少年翊卫

卷一 疯沙神的追寻

徐幼军 著

北京出版集团公司
北京十月文艺出版社

序

一般来说，都是孩子爱睡懒觉，他们长身体，他们喜欢做梦，夜里做不完的梦白天还想接着做。

大人杂念多，睡不踏实，想做梦也梦不出多少花样来。

我早就不是孩子了，但岁数越大越羡慕孩子们，我最近常常贪睡、多梦，梦还连成串儿，像个有鼻子有眼的故事，这是返老还童吗？

有可能，也不一定。

引

北京人不相信有神灵，等他们见到神灵时，一切都来不及了。

初冬，早晨，一个疯癫的神灵向北京城飞奔而来，在天空中划出一道从西向东、从低到高的弧形白光，他呼呼喘着气，焦躁的心绪让雪白的衣袍瑟瑟抖动。很快，这座伤心透顶的北京城出现在神灵的眼下，他聚定神死死凝视这座城，痴痴地盯着城里的某一个地方，他在寻找着，可是好几百年过去了，他要寻找的还是找不着。

不得已，这次又反身飞了回去。最近，他来北京越来越频繁了。

大早晨的，大人孩子忙着上班上学，这位疯疯癫癫的神灵出现时，谁都没有抬头仰望一下异样的天空。

初中生们一个个急匆匆往学校赶，北四环附近有人看见成群的飞鸟从城外的正西方向惊慌失措地飞往鸟巢，很多鸟被吓得翻白眼儿，两只细腿儿嘚嘚地颤抖，它们飞到鸟巢就扑棱扑棱地落下，精疲力竭，支着脖子捯气儿，有的甚至奄奄一息。大批的飞鸟持续不断地飞抵鸟巢，它们不像是来觅食的，鸟巢里空空荡荡什么吃食也没有；它们也不是来避寒的，真正的寒冬还远未到来，它们像是来避难的。飞鸟在叽叽喳喳叫个不停，麻木迟钝的北京人以为飞鸟在欢歌、在欣喜，谁也没听出飞鸟是惊慌，是恐惧。鸟巢北面高达二百四十六米的观光塔（北京人俗称大钉子）上，十几只鸽子时时刻刻不停地向正西方向瞭望，神情高度紧张。

鸟巢附近的人都没当回事，谁没看见过鸟，大惊小怪的。

鼓楼东大街，刚刚睡醒的太阳把柔和的光线投向高处的屋脊，低处的建筑还依然一片灰暗，尚未从回笼觉中醒过味来，雄伟的鼓楼，东侧面的山墙正对着鼓楼东大街，楼顶上的金漆彩绘在初升的太阳照射下，忽明忽暗地闪烁着诡异的光辉，像是发布着无人能懂的信号。

四周深灰色的民房沉静安逸，即将冬眠的树木随微风摇曳，在这似暗未明的时辰，只有金色的光芒在又高又远的前方指引着孩子们上学的道路，上学的孩子们由西往东或骑车或步行，从远处越走越近，理应被金色的光芒吸引，无奈孩子们只顾着低头赶路，或许脑子里还倒腾着怎么也记不住的单词和公式，没有注意到这每天早晨出现在鼓楼东大街的一道似乎是有话要说的光芒。

等到孩子们赶到了校园，天就大亮了，鼓楼东山墙上的光芒也不见了。

北京早晨的宁静，听上去像一首自己安慰自己的诗歌，看上去像一幅安详平和的图画，对即将发生的危险茫然不知。

1

凌青同学，一个无忧无虑的少年，宽额秀眼，身形机敏，骑着自行车左突右奔，飞快地由鼓楼东大街拐进宝钞胡同，远在七百多年前的元朝，这条胡同南口是蒙古人设立的新旧纸币兑换机构的所在地，所以起名叫宝钞。凌青向胡同北口的钟楼中学飞奔，绕过行人，绕过车辆，逆着清晨的微风，如入无人之境。

他很兴奋，他爷爷告诉他一个秘密。

昨天放学，凌青不做作业，被爸爸臭训一顿，赌气跑出家门，跑到位于南池子普度寺寺院内的爷爷家。临出门，凌青使坏，趁爸爸没留神，往他的陶艺制作箱里加了一碗带颜色的水，坏笑地等着爸爸有意料不到的新作问世。夜里十二点过了，爸爸打电话过来问爷爷，凌青是不是在这里，睡眼惺忪的凌青接起电话，没好气儿地说："您别操心了，我今儿晚上在爷爷家过夜了。"

撂下电话回头找，爷爷却不在屋里，三更半夜的爷爷去了哪里？凌青纳闷儿，出门到院子里寻找，院子里凉飕飕的，见一个黑影向普度寺大殿走去，凌青好奇，尾随着跟过去。

那黑影在开启一扇石门。

黑影不是别人，正是爷爷。

凌青不知道爷爷在干什么，不敢贸然跟进，就回到屋里静静地等。过了很久，爷爷悄没声儿回来，凌青瞪着眼睛不睡觉，还问这问那，爷爷躲躲闪闪怎么都不说。第二天早晨，凌青还是没完没了地问，爷爷不得已，把本来不该让凌青知道的秘密告诉了他。

凌青个子高，在同龄男孩子当中显着成熟，实际上稚气未褪，好奇心重，十五岁的日子就是从好奇开始的。

郎本同学身着袖长腿肥的大号校服，挽袖勒腰，脚踏新款耐克鞋，雄赳赳穿街疾走，每天上学家养的大白鹅都要在胡同里送他一程，郎本一边摇头晃脑赶路，一边大口豪吃早点，往嘴里胡吞海塞，大白鹅昂首挺胸跟在郎本身后，胡同里的街坊邻居一开始见着大白鹅，还觉得好奇，时间久了就见怪不怪。郎本一边走一边念叨着："每天过着无聊单调乏味的生活，每天走着同一条笔直重复枯燥的马路，每天……"等走到大街口，车水马龙拥挤不堪，郎本就弯腰拍拍大白鹅的脖子，算是告别，大白鹅独自回家转，郎本向学校走去。

郎本微胖，丰颐亮额，阔脸圆腮，脸上总是乐乐呵呵的，看着像是没心没肺，但惹急了也翻脸。他贪睡能吃，俗话说的半大小子吃死老子，说的就是他。

每天早晨马校长在校门口木头桩子一样直挺挺地站着，一站就是一个小时，从第一个学生进校门，到最后迟到的学生上气不接下气地往教室里跑，都得从马校长眼皮子底下过一遍。

在学校门口凌青和郎本相遇。

“嘿，胖仔。”

“嘿，老凌。”两人互相打招呼。

凌青对郎本说：“告诉你个秘密，别跟别人说。”

走进教室，郎本屁颠屁颠地跟着，凌青是这样说的，凌青的爷爷要交给凌青一项神秘任务，守护北京地境神，担任地境神翊卫，还给了他一个好听的称号：枣斑羚。

这个词郎本头一次听说，他问：“什么早班铃，是早晨叫人起床的烦人讨厌的铃铛？”

凌青一个字一个字给他解释，枣斑羚是一只身上有深红色斑迹的羚羊，凌青有几分显摆，故意把声音压低些。

郎本还问：“什么叫翊卫？这词没听过。”

凌青成心在教室里乱窜，郎本在后边大步紧追，凌青解释：“我也头一次听说，特意在网上查了查，是隋朝的词汇，就是禁卫军武侍。”

郎本一听武侍，眼睛睁得老大：“要杀人吗？佩枪吗？”

凌青被郎本逗乐了：“别逗闷子。”

郎本打着饱嗝儿，斜着眼问："北京城有地境神吗？"

凌青说："我当时也是这样问我爷爷的。"

郎本想知道答案，凌青说："我爷爷说，北京人不相信有神，等他们见到神时，一切都来不及了。"

凌青坐在座位上，郎本也就近坐下，还没坐稳当，又从凳子上跳起来，一屁股坐在桌子上，凌青讲得更来劲了，他还故意神神秘秘地叫郎本低调些，郎本的大脑袋不住地点头。没过一上午的工夫，郎本就把不让说的秘密告诉了鲍迪、贺嘉，末尾也叮嘱一句："别跟别人说。"

鲍迪是个相貌清雅、薄唇细眼、性格孤僻的男生，脸上总挂着一丝忧郁，话特别少。贺嘉是个女生，南方人长相，话密所以嘴唇薄，活泼所以眼睛亮，再长长个头儿就更好了。

蓝天上出现一道豁亮的白光
槐树依偎着死气沉沉的旧宫墙
校园内读书声琅琅
冥冥中神灵欲逞豪强
学生想到神灵，真荒唐
神灵见到学生，很忧伤
不管你是羚羊还是秋狼
接到密令你就得上场

以凌青本人的户籍所在地为依据，他是本不该在钟楼中学上初中的。北京市东城区公认的优秀中学有内街中学，有府学中学，还有一七一中学、东直门中学。

这所钟楼中学，论高考考生的数量和名次、校园建设、教学水平和师资都排不到前几名，它唯一值得称道的就是它古老。如果说，这份古老维系着北京城的安危，那非把校园里所有的师生都吓得尿裤子不可。

凌青和他的伙伴们在小升初择校时，谈论最多的是，乒乓球世界冠军庄则栋毕业于北京二十二中（东城）；女歌星王菲毕业于北京东直门中学（东城）；武术名将李连杰毕业于北京什刹海体校（西城）。但是凌爷爷要凌青上钟楼中学，爷爷没有多说什么原因，只是说文学大师老舍先生年轻的时候在钟楼中学担任过教员，凌青顺从了爷爷的意思。

钟楼中学的校园并不宽敞，教学楼也不高大，过去的平房其实很舒服，冬暖夏凉，但是很破旧，也没有暖气和空调，一股脑儿推倒后又没有更多的资金像重点学校那样盖起漂亮体面的教学楼、体育馆和图书馆，看着钟楼中学的教学楼就像是凑合事的二等货，既不是古色古香的过去，又不是冰凉冷峻的未来。学校大门是一座灰不溜丢的门楼，要气派没气派，要档次没档次，要风韵没风韵，一副姥姥不疼舅舅不爱的委屈样子，门楼上有一块奇怪的徽标，谁都不去注意。

等凌青入了钟楼中学才发现，同一小学毕业的鲍迪、郎本、贺嘉三人也上了钟楼中学。四个孩子都是极普通的初中生，相貌一般，气质一般，没什么太吸引眼球的神采，北京城胡同街巷里到处都可以见到这样的普通少年，就像拿大簸箕撮上一堆大土豆，有的是，多得很。因为上小学时就在一块儿，所以上中学他们四个人就走得很近。

凌爷爷讲神灵的事，凌青有些发蒙，到现在还不停地睁大眼睛，不停地用手摸脑瓜顶，好像说他是枣斑羚，他就真要咕突突地长犄角似的。

爷爷告诉凌青的任务很神奇，每年的农历四月初八、七月初八、十月初八、正月初八，这四天的午夜，必须从紫禁城东南角的普度寺穿过地道进入紫禁城传心殿，干一件神秘的事情。今天离十月初八没几天了，凌青一想起来心就乱跳。

普度寺离紫禁城的东华门很近，普度是佛教用语，意思是说，人死以后，有子孙的鬼魂能够回到家中去接受香火供养，没有子孙的孤魂就只好四处游荡，心善的人们在七月举行祭祀诵经等活动，超度孤魂野鬼，防止他们祸害人间，或是祈求他们帮助祛除疫病和保佑家宅平安。

三更半夜的，黑灯瞎火的，从一条人不知鬼不觉的秘密地道，偷偷摸摸钻到紫禁城里去，可能吗？谁信哪！

鲍迪、郎本和贺嘉越听越邪乎，都认为凌青是在编故事，贺嘉还嫌凌青语文课学得不够好，故事编得太假。郎本嘴上没有把门的，将地境神的神秘使命东一句西一句地传播开来，没过小半天儿，秘密便抖落得满校园四溅，遍地开花。

这下子学生们下课以后，就有的可聊可说可侃可演义的了，大家都把郎本作为攻击对象，指责他吹大牛，编故事。还有人嘲笑他故事编得没水平，漏洞百出，不能自圆其说。女生墨墨甚至嘲笑说：“我说郎本呀，你这个故事是从你家大白鹅嘴里说出来的吧？”周围的同学一阵哄笑，搞得郎本胖嘟嘟的脸蛋子红一阵白一阵的。

全班同学紧紧围住郎本问这问那，好几个男生听不真切，干脆站到课桌上看郎本眉飞色舞地演说，连宋老师走进教室都无人理会。宋老师看全班同学众星捧月般围着郎本，而没有一个人搭理她，心中不悦，一上课就向郎本发动攻势，考问他一系列问题，如连珠炮一样打过来。郎本满脑子地境神长地境神短的，哪还有空隙置放定理公式和解题方法，就站在那里发呆犯愣冒傻气。

宋老师最后质问他：“你家的神不肯帮你背背书吗？还是你家的神和你一样，脑袋瓜不好使？”

郎本也不服气：“老师您批评我行，万万不可说神的坏话。”全班同学都无知地傻乐起来，凌青低下头，好像欠大家伙儿一个交代，鲍迪眼望着窗外，他轻蔑这种起哄架秧子的阵势，贺嘉翻白眼，无所谓，爱谁谁。

宋老师也觉得话说重了，赶紧收场，她指着郎本命令道：“坐下。”

郎本乖乖地坐下。

宋老师从来都是一本正经，刀枪不入，她信教科书、信新闻联播、信领导讲话，怎么都不信无中生有的神灵。

钟楼中学炸了窝了，全学校议论纷纷，说什么的都有，有好奇的，有不当回事的，有指着郎本的鼻子讽刺挖苦的，还有跳着脚义正词严地谩骂的。有人说郎本所说简直就是电脑游戏，这故事比《魔兽》《魔法王座》之类的差远了。还有人上纲上线地说，北京是中国的首都，北京城的地下没有神灵，说北京城地下有神的人是恶意蛊惑。

这些闲言碎语，让凌青在学校里被大家笑话，被大家歧视，抬不起头来。还有墨墨这样的快嘴婆跳着脚地斥责凌青是天底下头号大傻瓜，郎本、鲍迪和贺嘉有意护着凌青，墨墨就说鲍迪是木鸡，说郎本是蠢驴，说贺嘉是狐狸精，鲍迪、郎本、贺嘉跟着凌青挨骂。郎本向鲍迪、贺嘉求援，两人不屑于救他，贺嘉埋怨他："谁让你多嘴！"郎本把求援的目光投向凌青，凌青也是爱莫能助。再说，最受同学们嘲笑的应该是凌青，他无法解释这些事情，他现在唯一能做的，是先堵住郎本的嘴，叫他不要再传播了。

啷啷敲门，宋老师闯进校长室告状，提议召开全校大会，立刻整训关于地境神的风言风语，马校长面无表情，把情况前前后后听了一遍，说现在学习任务很重，不要动不动就开全校大会，老师越是压制，学生们越是兴奋，老师不言不语，这件事兴许就过去了。

马校长的处变不惊，让宋老师有些意外，不过她不得不服，校长毕竟是校长，临事不慌。

马校长说这事就这么过去了，可宋老师没完。

宋老师是凌青、鲍迪、郎本、贺嘉他们班的班主任，将近三十岁的女性，个子不高，脾气很急，头发很短，嗓门很大，她常常以一种猫捉老鼠的方式对待学生，与其说是教育，不如说是管教。她看着男学生欢蹦乱跳就不耐烦，她看着女学生长得漂亮也不顺眼。

宋老师干脆利落，从来不穿超尺寸的衣裤和长裙，好像长袖子长裤腿总耽误她疾走，妨碍她出手，阻拦她大声嚷嚷。天气已经很冷了，她上课还撸胳膊挽袖子，脑门子冒油发亮。

宋老师断然阻止凌青的翊卫使命，说这完全是迷信，是装神弄鬼、不务正业、异想天开，她在全班同学面前厉声喝道："你们谁敢再在我面前提什么神灵，别怪我不客气。"

她指着凌青的鼻子怒吼道："你的使命要是你爸爸传给你的，就让你爸爸来见我，要是你爷爷传给你的，就让你爷爷来见我。我说的话你听见没有！"把凌青吓得大口喘气，再也不敢在宋老师面前提半个字。

有一天宋老师漫不经心地问凌青："最近收了心啦？不拿紫禁城的事儿招摇啦？"

凌青赶紧装傻说："宋老师，嘿嘿，我错了。"

宋老师还想追问什么，看凌青都举手投降了，就闭了嘴。

2

凌青一得意，把地境神的任务说给郎本、鲍迪、贺嘉听，被郎本张扬得满世界传，回过头来爷爷就把凌青臭训一通："谁让你跟别人说，不是让你保守秘密的吗？"

凌青刚要解释几句，爷爷就开口大骂："你和你那个爹是一路货色，根本担不起大任。"凌青一头雾水，不知道爷爷为什么发这么大的脾气。

爷爷对凌青说："这不是游戏，不是童话，一切都是真的。"

凌青在学校被同学们贬损得灰头土脸，他也怀疑爷爷是编故事，说："怎么证明这些全是真的，钻个地道就是真的啦？皇上哪个不怕死，皇宫里挖地道这不是名正言顺的吗？"现在的半大孩子，嘴好使，脑子好使，凌爷爷居然说不过孙子。

凌爷爷让凌青一字一句地复述一遍，他都跟同学们说了什么，当爷爷确信凌青没有把关键的秘密说出去后，再次叮嘱凌青："我自然会证明这件事到底是真是假，但是你千万不要跟任何人再提及紫禁城的秘事。”

凌青问：“任何人吗？”

爷爷再次确认：“任何人，包括你亲爹。”不留一丝缝隙。

凌青感到事情很严重，爷爷不是故意吓唬他。爷爷告诉凌青，全北京城，只能有一个人知道紫禁城秘事，绝对不可外传，凌青大大咧咧地说：“爷爷，现在都互联网时代了，哪儿有什么秘密可言。”

爷爷郑重其事地说：“别跟我犟嘴，这事儿非同小可，你必须听我的。”

凌青一下傻眼了，说出去的话，泼出去的水，整个钟楼中学已经风言风语传遍了，还保守哪门子秘密。凌青再也不言语了，谁再问紫禁城的事，他就嘿嘿一笑，说：“那是我瞎编的。”他要求鲍迪、郎本、贺嘉替他严格保密。

过了一段时间，渐渐没有人再提紫禁城传心殿的事了。

这一天的午夜，凌爷爷手把手教给凌青如何完成守护地境神的使命，临行前，爷爷拉着凌青的手，颤巍巍地说：“嗐，我犯了一个错误。”

凌青没听明白，也没往心里去。宋老师说得好，有错就改，改了就行。

凌爷爷带着孙儿凌青，从紫禁城外东南角的普度寺内自己的居室走出来，在正殿高高的汉白玉基座上轻车熟路地找到一扇不为人察觉的隐蔽石门，敲击密码，凌青下意识地用手拽拽自己的左耳朵，提提神。当时，黑灯瞎火，凌青想看清楚石门的样子和特征，想记住些什么，又什么都没看清，爷爷不让拿手电筒照亮儿，凌青只是模模糊糊觉着有个奇怪的楔子形状的图案。

爷爷开启石门进入地道，带领凌青向紫禁城方向走去。

地道里一片黑暗，老人手中没有照明工具，全凭几十年的记忆往前走，也不知他如何计算步数，如何分辨左右，这个世界上目前只有他一个人知道这条地道如何行走，凌青紧紧拽着爷爷的手，几乎是踉跄着摸索着向前走。凌青想要掏出手机照照亮，被爷爷制止，他压低声音对凌青说："不能有响动，不能有亮光。"

地道的出口在紫禁城东华门内，文华殿与传心殿之间的夹道里。除了工作人员和保安人员，从来没有人在深夜进入过紫禁城，更没有这样偷偷摸摸、孤孤零零、神神秘秘地钻进来过，谁也没有这样的权力和这样的机会。凌青只是一个普普通通的十五岁的少年，跟着爷爷在夜深人静之时摸索在这样一所占地面积七十二万多平方米的空荡荡、黑漆漆的皇家庭院之中，心里特别瘆得慌，同时也觉得很好玩，很刺激。

老爷子带着凌青，由夹道的暗门悄无声息地走出来，穿过狭长的夹道，转身进入传心殿内，殿内几乎是一片漆黑，只有一丝丝的暗光，老爷子几乎是不用摸索，不用思考，动作熟练而准确，只是有些迟缓。时钟的嘀嗒声由弱渐强，敲打着这深宫大院里的死一般的沉寂，也撞击着凌青的心。摸黑而熟练地去寻找存放在陈旧不堪的木柜里的两座时钟，轻轻地给时钟上弦。一座时钟上弦四十九转，另一座时钟上弦七转，两座钟走起来发出嘀嘀嘀嘀嘀嘀嘀嗒的七对一的节奏。上弦的规则很特别，爷爷告诉凌青，这条规则是死律，切不可有一丝一毫的更改，也万万不可告诉任何人。

这是两座设计与众不同的时钟，当时黑咕隆咚，表盘上刻写着什么，凌青也看不清楚。

六百年了，时钟实在走不动了。

但是不给它上弦，就很危险，时钟不能停下来。

给时钟上弦是凌家几百年来代代相传的使命，爷爷一辈子恪守着祖上传承下来的诺言，每年四次定时定点给时钟上弦，让这时钟不停歇地运转下去。他老人家坚守了将近七十年，这几乎死守的承诺，被凌青无意中撞见，爷爷也实在是太老了，干不动了，便把任务传递给凌青，一个十五岁的初中少年。

爷爷和凌青给时钟上完弦，一刻也不耽误，按原路悄悄返回普度寺，已经是后半夜了，凌青犯困，可又不肯睡觉，缠着爷爷讲地境神的事，爷爷欲言又止，吞吞吐吐，好像极不情愿，他说，翊卫的使命本来应该传给别人，但是那个人不肯接受，爷爷又不肯把使命传给凌爸爸，凌青知道，爷爷和爸爸的关系相当紧张。

爷爷不愿意把使命传给凌青。

凌青问："不传给我，您传给谁？"

爷孙俩大眼瞪小眼，陷入僵局。

爷爷唉声叹气，欲说还休。

爷爷叫凌青抽空去一趟颐和园，索取一本与使命攸关的秘志。

凌青很兴奋，他觉得天降大任于自己，他好像置身于一个神秘、复杂、有趣的电子游戏之中。他光顾着兴奋，却忽略了很多关键的东西。爷爷提到的伙伴由多少人组成，不知道。是些什么人，不知道。如何与这些伙伴取得联系，不知道。伙伴们的各自分工是什么，也不知道。按说这太平日子，不论是大人还是孩子，好好过就是了，没必要折腾，没必要闹欢，可是凌青要享受太平，而神灵要凌青帮忙，不让凌青闲着，别看凌青年岁不大，却是贼大胆，既不逃避也不躲闪，一来他觉得这事好玩，又神秘又刺激，二来他想躲也躲不开。

凌青把爷爷交给的任务想得简单了，他想虽然要深夜钻地道，虽然要进入紫禁城，但是守时并不难，地道的线路也不算太长太复杂，给时钟上弦这活计也没有什么技术含量，更不是什么体力活，所有这些对凌青来说都不在话下。至于说神啊鬼啊这些灵物有还是没有，凌青也没想太多，要是有，自然会撞见，要是没有，再怎么说也白搭。

折腾一宿，第二天上学，凌青就犯困，宋老师组织几位个头儿高、身量大的男生，过几天去府学中学参加东城区校际拔河比赛，算上凌青一个，算上郎本一个，贺嘉等女同学组成啦啦队鼓劲助威。

凌青摇头，说：“我不去。”

凌青不愿意去府学中学拔河，府学中学是全北京市重点学校，那里边都是准备上北大清华的高才生，钟楼中学的学生去那里丢人现眼的，脸没处搁，手没处放，腿肚子也转筋。

府学中学的旧址是元代末年（一三六八年左右）一位神秘的僧人建造的寺院，名叫报恩寺。学校的大门不在府学胡同，在细管胡同。为什么叫细管胡同？这条胡同真的形如细管，胡同东口看上去很宽绰，越往西走越窄越细，开车从东口进来就别想从西口开出去。你如果想逃学，千万不要出了校门往西跑，沿途有行人，有过往的自行车，你根本跑不脱，逃不掉，后边要是有老师追你，费不了多大力气，三下两下就把你擒拿归案。据说，沿途的洗衣店、冷饮店的老板及他们的老板娘，几乎都是学校教务处培养的沿街特派员，也就是被学校教务处免费收买的便衣卧底，他们在这条胡同里日久生情，对府学中学学生们兜里的零花钱心生爱意，当然要热心帮衬体力上、体形上、容貌上不如中学少年的老师们，学生往外跑，后边追赶的老师一声呼哨，洗衣店老板立马伸出钩挂衣服的长杆，横扫逃学学生的双腿，冷饮店的老板娘立马抄起屁股底下的小板凳，击打逃学学生的后屁股，看你还能跑多远，哼。

当然，府学中学是好学校，好学校里的好学生是轻易不逃学的。

府学中学是赫赫有名的北京市重点学校，每年都会有许多人考入北京大学和清华大学，钟楼中学的学生几乎没有人能考入北大、清华，万一哪年一不留意，鬼使神差，有一个玩命的学生考入，那整条宝钞胡同都得高兴得大哭三天。府学中学的学生有理由牛气哄哄、趾高气扬，不把钟楼中学的小屁孩放在眼里。钟楼中学的学生只能干生气，没辙。

府学中学的校委会决定扩建图书馆，增加电子阅读区，将原来地上大面积的自行车停车区改为地下停车区，地上扩建图书馆东区。

工人们在校园里挖大坑，挖出一块巨石，被附近一家企业看中，要费大力气运走，戳在企业大厦门前，说是为招财，也为辟邪。图书馆老馆长在施工现场极力阻止企业来人运走巨石，企业来的人说这巨石不是文物，他们也都办理了相关的手续，老馆长无可奈何，校长也劝老馆长，施工方处理地下挖出的土方，本来校方是无法阻拦的，再说这么大个巨石摆在学校任何一个位置都不合适，老馆长也提不出充足的理由留下这块巨石，但她心里就是不舒服。

这块巨石离开府学中学后，在企业大厦的门前夜夜啼哭，听上去好像还断断续续地有些词句流露出来，很是悲戚，白天人走车行吵吵嚷嚷，大家都不在意，夜晚出来进去的人稀少，也没引起众人关注，只是害得几位值夜班的保安员心惊胆战，企业领导一个劲儿地安慰，说那可能是错觉，也可能是风声，几个值夜班的保安员说："我们不可能好几个人都有错觉。"

他们说什么也要辞职离开，绝对不能再夜夜陪伴着啼哭的巨石了，让他们改上白班，他们都不干，说是看着巨石上一道一道的石纹，就像是一道一道的泪痕。其实老板就是看中这些似锦如绣的石纹，才花大价钱买下这块巨石。

至于说这块巨石的到来，是否直接影响到企业的经营业绩持续下滑，是否影响到企业十几位高管迅速地秃头脱发，就没有人详细考证了。

一棵硕大的树根被挖了出来，从体积上判断起码有几百年的树龄，好热闹的老师和同学们围着这棵树根，琢磨议论了老半天，说它必定是报恩寺的老树吧，有一位历史老师煞有介事地说：“北京城绝大部分中学都是在老年间的寺院、王府，甚至是皇亲国戚的坟地上建造的，轻易不要开挖动土，搞不好一铲子下去就挖出个鬼也哭狼也嚎的故事来。”

有学生起哄：“是不是连续剧？”“是不是穿越剧？”

图书馆馆长老太太默默地站在现场，站不住了就搬个椅子坐在那里，只要有学生、有工人在现场，她就不离开，不论谁劝，就是不走，从早上第一个工人到场，到傍晚最后一个工人离开。

善良的老师和同学们都非常敬重老馆长，在施工现场她这么大年纪还亲自盯守着，生怕有学生路过不小心磕了碰了，她真是爱学生如爱亲生子女呀，只可惜她没有子女，连婚都没有结过。

这日，工人们挖出了两个带土沾泥的东西，工人们以为是土坷垃，就准备装车运走。老馆长手疾眼快，以惊人的速度和灵敏度一个箭步冲了过去，面带惊喜地把两个土坷垃拿在手里，工人们不以为然，心想这位老知识分子捡土块儿干什么用呢？

这是两颗铜珠。

3

府学中学的陆珂同学和英瑛同学，和大家一起来到图书馆上自习，陆珂从书架上一本旧书中莫名其妙地发现一封写着“陆珂同学亲启”的信函。是谁把一封写给初中生的信函夹在一九五〇年出版的旧书当中？再说，互联网时代谁还用纸和笔写信？

信是用毛笔写就的，字体俊朗，内容是：

> 也许你已经听说了钟楼中学议论地境神的事情，我是疯沙神。
>
> 陆珂、英瑛二人是我的翊卫。
>
> 你们的称号是瑞斑鹿。
>
> 速速寻找原报恩寺铜像，我心急如焚。

陆珂看罢，愣在那里，一句话也说不出来。

陆珂天生鬈发，猿臂熊腰，骨架宽大，禀性张狂，拿什么都不当回事，晚上回家，陆珂在手机上看到英瑛的微信，英瑛接到了内容相同的信函。陆珂回复道：“我可没有时间参与这种游戏。”不管参不参加，他要先端着点儿。

英瑛是短发，单眼皮儿，眉毛微微上翘着，个子比贺嘉高半头，样子也比贺嘉稳重些，她对陆珂这样的男生不以为然，她对陆珂答道：“这好像不是游戏。”她不开玩笑。

陆珂回复：“我听奶奶说，我家是荒漠部落鹿的后裔，不知道与疯沙神所说瑞斑鹿是不是巧合。”

英瑛很真诚地回复说：“真的吗？看来我们二人得合作一把。”

陆珂不认可：“凭什么跟你合作？”

英瑛驳他：“不是我要跟你合作，是疯沙神指派我们两个人。”

陆珂心里别扭：“没有你，我一个人也能干得了。”

英瑛也不买他的账：“随你便好了。”

两个人的合作就这么磕磕绊绊地开始了。

陆珂和英瑛连夜向钟楼中学的学生询问地境神的事情，谁也说不清，大家建议他们去问当事人凌青，陆珂呵呵地说：“老凌啊，我们认识。”原本凌青、鲍迪、郎本、贺嘉、陆珂、英瑛都曾在一起参加过歌咏比赛和篮球比赛，相互熟识。可是升到初中后，府学中学的学生越来越看不起钟楼中学的学生了。

陆珂和凌青交流起地境神和疯沙神的事情是十分困难的，地境神和疯沙神的事情又怎么能关联到一起呢？两人一时理不出个头绪来。陆珂说他们是疯沙神翊卫，凌青心里有点儿忌妒，他觉得全世界就应该只有一个孩子是神的翊卫，那就是他，怎么又蹦出个陆珂和英瑛来。凌青安排着明天去颐和园取秘志，不愿意和陆珂在手机上多聊，他想着哪天还得去爷爷家，问问疯沙神是谁。

这两天他先老实在家猫着，爸爸正为了一碗颜色水破坏了陶艺制品，跟凌青算账呢，凌爸爸指着凌青的鼻子问："你这是要给我颜色看吗，啊？"凌青假装老老实实做作业，不搭腔。凌青每到周五放学非要玩几个小时游戏，凌爸爸怎么管都管不住，凌爸爸说："那么多作业你就不能抓点儿紧？"凌青一听这样说就烦，不过这几天先不言语。

第二天在府学中学图书馆，老馆长悄悄地坐在了陆珂和英瑛两个孩子的对面，两个孩子恭恭敬敬地说："老师好。"

老馆长低沉而镇静地说："你们好。"

这场谈话的开头很是客套，但两个孩子很明显地感觉到老馆长有话要说。老馆长表情神秘，拿出两颗铜珠，这就是昨天她拾起的那两块土坷垃。每一个府学中学的学生，在新生入学时都会从老馆长的校史讲座课中得知，府学中学的原址是元代末年北方荒漠中的一位僧人建造的报恩寺，现在老馆长手中的两颗铜珠很可能是报恩寺遗物。老馆长音色低沉地对陆珂和英瑛说，报恩寺不是一座普通寺庙，是疯沙神为母亲建造的神庙，寺中大殿里安放着疯沙神用数千年积攒的黄铜精心铸造的铜像，因为年代久远，神庙和铜像都不见了踪影。

陆珂脱口而出："这两颗铜珠正是铜像身上的？"

老馆长点点头："应该是。"

疯沙神为什么要寻找母亲铜像？怎样才能拿着两颗铜珠寻找到铜像呢？

老馆长说："疯沙神很急躁，他要求你们迅速寻找铜像的下落。"

陆珂和英瑛睁大眼睛，几乎是同时问老馆长："您怎么知道疯沙神给我们写信了？"

老馆长平静而又神秘地说："我也是翊卫。"

陆珂和英瑛听了很是兴奋，本来一件没着没落的近似荒唐的事情，因为老馆长的翊卫身份，显得有了依靠，他俩本来要问一问老馆长关于疯沙神、关于报恩寺、关于地境神的更多的疑问，不过因为疯沙神的任务紧急，各种疑问只能往后放一放。

疯沙神的任务让他们束手无策，他们不能把全北京所有的铜器都找一遍，然后用这两颗铜珠和那些铜器进行比对。就是逐一找到了那些铜器，手中的铜珠和那些铜器又如何比对呢？难道说要分析它们的化学成分吗？谁能允许他们二人把那些铜器的化学成分分析一遍呢！

老馆长提示他们两个人，只要是铜像身上的铜珠，那与铜像必定是有感情的，或者说是有感应的，到底是一种什么样的感应，她也不知道，只能去试一试。陆珂忍不住问老馆长："疯沙神是谁？"

老馆长说："疯沙神是沙漠之神，不知道是多少年以前，疯沙神的母亲神秘失踪，从那时起，疯沙神每年都要来北京城寻找母亲，最近来的次数越来越频繁了，咱们府学中学原址上的铜像是疯沙神对母亲的最后记忆了。"

英瑛不解："为什么要我们二人担当这项重任？"

老馆长说："你俩是荒漠部落的后裔，疯沙神的大本营和荒漠部落的聚居地临近，疯沙神相信你们。"

英瑛心想，闹了半天，我们老家和疯沙神是老邻居，老馆长的话和陆珂奶奶的话对上号了。

老馆长特意叮嘱陆珂要保护好英瑛，陆珂不爱听。一个丫头片子有什么危险？

英瑛也不干，梗着脖子说："我不用他保护。"

陆珂和英瑛两人接受任务，开始寻找铜像。

人沸车喧
钟鼓楼畔
英瑛回首轻声唤
陆珂满脸萦绊
风过天蓝
烟消云散
往事凌乱
追梦残断
谁的铜珠望眼欲穿六百年
谁是疯沙神的思念

陆珂、英瑛毫无进展，凌青准备直奔颐和园。

凌青的一举一动逃不过鲍迪的眼睛，鲍迪见凌青往校门外走，就问：“你去哪儿？”

凌青不想说，可是又憋不住，最后还是告诉鲍迪，他要去颐和园取秘志，鲍迪面色平静说：“我也要去。”

凌青为难，他心里清楚爷爷不让外传，可是他又没法拒绝鲍迪，鲍迪轻易不张口求人的。

正犹豫，郎本不知道从哪里蹦出来，咧着大嘴说：“我也要去。”

贺嘉也凑过来，用澄澈的大眼睛看着凌青，学着郎本的口吻，说：“我也要去。”

凌青真不知道怎么办了，他说：“爷爷说，这是一项秘密任务，我怎么好成群结队领你们去？”

郎本来劲了，威胁凌青：“你不带我们去，我们就把你的秘密继续传播出去。”

在哥们儿面前，凌青不得不退让一步，一再强调：“我带你们去可以，千万要保密，否则，爷爷收回翊卫使命，我就什么也干不成了。”三人都点头答应。

刚迈出两步，郎本装出一副爱护女生的样子，阻止贺嘉一同去，他对贺嘉说：“你是女生，万一有什么危险，我们不好向你爸你妈交代。”

贺嘉才不吃这一套，上来就揪郎本的肥耳朵，郎本求饶：“放手，放手，让你去就是了。”

几个孩子坐地铁奔颐和园，一边走一边小声聊天。郎本第一个发问：“紫禁城难道有地道吗？地道是干什么用的？”

鲍迪的知识储备显然比郎本多些，他说：“紫禁城是谁修建的？明朝第三位皇帝朱棣。他之前的明朝皇宫不在北京，在南京。朱棣当上皇帝是他用武力篡夺了前面皇帝的皇位，那位皇帝是朱棣的亲侄子。朱棣攻入南京，皇宫起火，侄子皇帝从皇宫地道夺命而逃。前几年，南京人在明城墙清凉门附近还发现一个涵洞呢，有人猜测说，当年皇帝就是从这个涵洞逃出城外的。可见，明朝皇帝营建南京皇宫是建有地道的，既然南京的皇宫建有地道，那北京的皇宫为何不修建地道呢？”

贺嘉插嘴道：“朱棣心狠手辣。”

郎本问鲍迪：“朱棣皇帝现在是不是还在十三陵坟墓里躺着呢？”

鲍迪说：“嗯，睡得正香呢。”凌青乐了。

郎本开玩笑说：“我们有什么不明白的疑问，哪天抽空我们去十三陵问问这位老爷子。”

贺嘉大惊小怪地回答：“那地方你一个人去吧，我们可不陪着。”

郎本乐得跷起二郎腿，对贺嘉说：“瞧把你吓得，哈哈。”

凌青言归正传，说：“我听说北京城一九五三年开始修建地铁，就是出于军事需要，由军方在北京城地下修建了一条由东向西进入西山的地道。”

贺嘉也补充说：“我听我妈妈说，英国的白金汉宫、法国的凡尔赛宫、俄罗斯的克里姆林宫都修建有地道呢。”

不过，细心的鲍迪也有疑问：“紫禁城中地境神翊卫使用的地道和皇帝使用的地道是同一条吗？”

大大咧咧的郎本不耐烦：“管那么细干吗用！”

贺嘉又问：“谁把钟表传入中国的？那么早的时候，中国有时钟吗？”

又是鲍迪回答：“应该是郑和，这位老先生当年去过阿拉伯半岛、东非，保不齐他把欧洲当年的稀罕物件带回了中国。”

郎本提出了一个看似幼稚的问题：“为什么不把那时钟从地道里搬回家按时上弦？省得每次钻地道，神秘兮兮的。”

贺嘉瞪了他一眼：“紫禁城里的物件能往家里搬呀！”

郎本不在乎：“凌青你怕担责任，我替你搬，反正你肩负着无比重要的责任，紫禁城管委会知道真相，也得敬你三分。”郎本那股子大胆胡为的蛮劲上来了。

“你再胡说，我不理你了。”凌青急了，狠狠地说了一句。

颐和园游人太多，像是一大锅煮饺子，什么馅儿的都有，翻着的倒着的溜边儿的打旋儿的，你挤我，我撞你，大家拖家带口，跟着旅行团，盯着导游的小旗子，走马观花看热闹图新鲜，不求甚解只管高兴。自从中国人生活富裕起来有几个闲碎银子以后，北京就变成上亿人的游乐场、娱乐城和狂欢大广场。凌青四人无兴趣欣赏风景，也无心跟身边的游客掺和，他们急急忙忙寻找一个叫作清华轩的小院落，直奔主题。

4

清华轩位于颐和园万寿山前麓，排云门的西侧，十分古朴幽静，与金碧辉煌的佛香阁、排云殿相比，简直太微不足道了，一般游客很少去关注它。纯手工绘画的颐和园导游图印制得古色古香的，但那上边根本就没有标注清华轩的具体位置。

凌青他们在排云殿东侧挨个寻找，没有找到清华轩，在排云殿西侧找，也把不起眼的清华轩漏过去了，四人不得不去询问卖饮料的大嫂，大嫂见他们不买吃的，也不买喝的，就一副不屑于和不懂事的小孩子纠缠的神态，随口说："就是在排云殿的西边，一看就能够看到。"

找到清华轩了，院门外有两棵很粗壮的西府海棠，墙外西南角孤零零地种有一棵梧桐树。院里几乎没人，门口三三两两的游客正探头往里看，觉得这么个普普通通的院子没有什么可逛的，转身就走。如果游人细心观察，才会发现这个院落和普通的民居或者是皇家院落都有所不同，一般的院落结构是前院用于居住，后院用于休闲娱乐，也就是说前院住人，后院用作花园。但是清华轩奇怪就奇怪在，一进门正中就是一个八角大水池，从院门到正屋出来进去都要走桥。主人为什么不把这个硕大的水池建在前院呢？前院居住的人们出门行走都要绕过这个水池，这不是很不方便吗？

院内有两棵白皮松，两棵柏树，正屋窗前有四棵丁香。讲究的北京人家是不能在院子里种植松树和柏树的，松树和柏树象征着长寿，只能在墓地种植。难道说清华轩里的主人是鬼魂吗？

“清华轩原是清朝乾隆皇帝修建大报恩延寿寺的一组附属建筑，名叫‘罗汉堂’，堂内供奉着五百罗汉。一八六〇年英法联军焚毁了佛香阁大报恩延寿寺，罗汉堂也被烧毁。后来慈禧太后修复了佛香阁，在罗汉堂旧址上建起了今日的清华轩，原罗汉堂前的八角莲池和池上的单孔石桥也被保留在新建的清华轩院内。”这段颐和园说明书上的注释，也许能消解人们心中的疑团，但视觉印象和文字解释是两码事，特别是当凌青等人发现地下的秘密后，心中的疑团就更解不开了。

前院正中的八角水池中间穿行一座单孔石桥，石桥上一共有二十七块石板。水池中是浅浅的一汪死水，谁也不知道这些水是秋天积存的雨水呢，还是多年积存下来的死水。水池的东侧，不知道是有意还是天然地码放着很多乱石，石头体积巨大，而西侧则平坦许多。石桥下的水池正中央有两块石板，两块石板之间留有一条隐隐约约的缝隙。谁也不明白院主人的真正意图是什么。如果是要水面，那为什么水池里铺设这么多石头呢？如果是要石头，那要这么浅的水面做什么用呢？这种死水浅水，除了夏天滋生蚊蝇好像没有其他的作用了。也许，这种设计另有其意，而凌青并不知晓。

前院八角水池内的乱石之下，暗藏有一口深井，这口井即是凌爷爷告诉凌青的秘宫入口。四人心存疑虑，他们原本以为凌爷爷所说的颐和园秘宫，充其量就是个神秘的院落，万万没想到是一口深井。四个初中生再有冒险精神，再有胆量，但自我保护的意识还是有的，凌青看看鲍迪，鲍迪看看郎本，郎本看看贺嘉，他们不敢贸然下井。

贺嘉嘴厉害，问郎本："你不是男生吗？你不是不怕危险吗？"

郎本心里犯嘀咕，嘴上还不服："下井有什么危险，你们敢下我就敢下。"他还是把别人放前头。

凌青壮着胆子说："下吧，不会有什么事。"他真是庆幸这会儿身边有三个伙伴陪着。

看四周没人，四个人顺着白玉栏杆进入水池，靠近石板。凌青用石头按照爷爷传授的节奏密码敲击井口上覆盖的石板，石板轻轻地开启，凌青四人提着心吊着胆，拎着魂鼓着气，进入井下。

颐和园万寿山是一座空山，这简直是胡扯！全北京的人不信，全中国的人也不信。谁也不会把这些历史建筑与神灵联系在一起，中国人现在不相信神灵，也不需要神灵。万寿山山体内隐藏着巨大的地宫，只有山上的松鼠们知道，但它们只是在通风口处徘徊几圈，从不钻进去，没有哪个松鼠胆敢向着神秘的地宫迈进半步，地宫内没有任何活物存在。

地宫并不复杂，高大宽阔，宫殿里有微弱的亮光，空气也是流通的，只是不够新鲜清爽而已，显然，这所地下宫殿在地面是建有采光口和通风口的，只是在地面上，除了整天蹿来蹿去的松鼠，没有人察觉而已。

凌青四人顺着地井转入通道，再顺着通道，慢慢摸索着观察着这所神奇而庞大的地下建筑，四个人紧张的心开始舒缓下来。四个人不约而同地掏出手机打开手电筒，凌青理所当然地走在前头，好像一个向导，其实前方是个什么情况，他也一无所知。鲍迪紧随其后，他想着遇到情况要及时协助凌青，凌青有心伸手照顾后面的贺嘉，贺嘉甩开不用，她胆子不小，有三个伙伴在侧，自不必心慌，只是她怕突然蹿出个老鼠、长虫之类的，这种担心也是多余。

郎本自然是体胖心宽，满不在乎，还兴趣盎然地遐想，下次老师布置作文作业，就写《颐和园地宫探秘》，非把一向看不起鄙人作文水平的老师惊个大趔趄不可。

一说起颐和园，所有人都会自然而然地想起中国最后一个王朝的最后实权统治者，那位在历史书上名声不好的老妇人慈禧，在一八八八年私自挪用海军军费，为自己的六十大寿修建贺寿皇家花园。在此之前，这片园林是乾隆皇帝为孝敬自己的母亲改建的，再往前，这片山水是当时的朝廷训练水师的场地，名叫昆明湖水师学堂。这座山体之下的巨大建筑，会不会是老妇人秘密修建的皇家水师指挥所？按照这样的思路，凌青他们还真的能够寻找到作战室、参谋室、通信部、后勤保障部和食堂等类似于战争指挥中心的建制格局。

四个人紧紧相跟着，有时是手拉着手，有时几乎是互相依偎着。这样一个巨大、复杂、空旷、昏暗、悄无声息、完全陌生的环境，让四个孩子好奇，所幸凌青心里大致有数，他们是来取秘志的，否则，四人一时都不知道干什么好。凌青对身后的鲍迪、郎本说："我走在前头，万一有什么危险，我先来挡一下。"

郎本回答说："大可不必，我们三人共担，贺嘉可以退后。"鲍迪在昏暗中不多说什么，贺嘉补上一句："你们不必在此张扬男性的英武。"一句话把三个男孩的光彩抹没了。

现在的孩子，惊险刺激的电子游戏都玩过了，《哈利·波特》小说、电影也看过了，魔幻大片那是一个都没有落下。他们的阅读量不缺、胆量不缺、机灵劲不缺。可是，那些小说、电影上的一幕幕场景都是虚构的，这回玩真的了。

秘志被放置在一个指定的位置，用不着他们翻箱倒柜四处搜寻，四人的任务简单明了，找到秘志就拿到手，拿到手就从指定出口出来，回家交差。

四个孩子却没有在爷爷说的指定位置找到秘志，东西南北的方位没有搞错，北京孩子的方位感是很强的，他们从小生活在北京这样一个几乎正方形的城池当中，常常以分辨东南西北为自豪，再说，这座地宫的布局也十分周正，横平竖直，没有斜路岔路，四个孩子不可能迷路，不可能发生方向性错误。他们从南面进，笔直走到北面，走了一个来回，就是找不到位于右手边的中枢室。

凌青和鲍迪愣住了，郎本和贺嘉心里有些发慌。细心的鲍迪觉得有什么地方不对劲，他发现这所地宫表面上看是一所水师指挥所（其实地下水师指挥所的提法，也是四个孩子的一时杜撰与猜测），从南面正门入，从北面后门出，东西南北方向合理，但是空间的大小却与众不同，作战室与餐厅一样大小，机要室与厨房同等重要，所有房间的布局和设置很容易混淆，大厅也是方方正正，分不出主位与次位、阴面与阳面。地下没有阳光，没有办法按照地面上坐北朝南的思路确认房间方位，难道地面和地下是相反的吗?

四人走到北出口，一无所获。凌青和鲍迪一回头，他俩隐约觉得，西面好像是正面。那好，把西门当作正门，到右手边寻找中枢室试试看。

找到了。

为什么这样一座庞大的地宫不是坐北朝南，却是坐东面西？与全北京地面上所有的皇家建筑、所有的民宅四合院都不同。凌青感觉怪怪的，鲍迪也心存疑问，从风水的角度讲，坐东朝西是讲不通的。

中枢室的书桌上，摆放着凌爷爷要寻找的藏有秘志的木匣。昏昏暗暗的，凌青他们确认了木匣上的字迹，也不打开细看，也不辨认周围还有没有其他物件，四人仿佛大功告成，什么昏暗，什么神秘，什么方向逆转都抛在脑后，凌青稳稳当当地抱起木匣，他们可以放心回家了，鲍迪、贺嘉、郎本三人本来就没有任务，是来跟着凑热闹看新鲜的，心里也就不多想什么。

到达出口处，奇怪，出口的门怎么也推不开。这是怎么回事？进来很容易，出去也应该不费力呀。四个人想尽各种办法，就是推不开这扇门。郎本还问：“是不是我们把地宫的格局搞乱了，因而把出口和入口也搞乱了呢？”显然不是，四个人急切切地跑回入口，他们没有搞乱，入口就是入口，入口是出不去的。入口是不能返回的，爷爷讲过入口只能入不能出，出口只能出不能入。四人急促地向出口走去，这时他们的脚步开始慌乱起来了，四人手上的四部手机都没有信号，无法与外界取得联系。他们返回到出口的石阶上，再接着想办法。

凌青一脸慌乱和急躁，出口被多年无人清理的泥土乱石堵死了吗？出口在战争年代或者“文革”年代被人为破坏了吗？凌青和他的伙伴们会不会被困在秘宫里？地面上的人会不会根本接收不到他们的求救信号？鲍迪想的第一个念头就是他们是不是遭暗算了，或是凌青的记忆有误，出口可能另有所处。郎本想的是：没有水怎么办？没有肉包子怎么办？他还以为这里是电子游戏中的虚拟场景，吃个肉包子就可以马上补充体力呢，他开始躁动不安，开始想办法补充能量，出得去出不去已经不是他的重要命题，反正有凌青和鲍迪呢。贺嘉倒是显得比那三个男孩子更加平静些，好像心中有底的样子，还有闲心东张张西望望。其实也不是她心中有什么解决问题的答案，她幼稚地觉得既然这里是神灵的地宫，总不能刚刚开个头就把他们几个困在这里，这个女孩儿的脑子里满是艺术细胞，她还有兴趣满怀惊奇地欣赏宫墙上的石刻花纹呢！有三个男子汉（至少是小男子汉）在身边，难道还会有什么不可化解的危难吗？

他们不能坐以待毙。

鲍迪提出寻找通风口，找到通风口，即使爬不出去，哪怕向外边嚷嚷两嗓子也是好的。他们寻路摸索到一个通风口，这应该是与外界距离最近的地方，从这里想办法钻出去，实在不行他们就大声喊叫，外面的人就是把万寿山挖开，就是把万寿山推平了，也得把他们救出去。

通风口很高，四个人搭人梯往上攀爬，凌青原本走在最前头，现在他提出要断后，鲍迪和郎本能感觉到他的仗义和担当，心里踏实些，他们让鲍迪抱着藏有秘志的木匣打头阵，鲍迪个子高，体形瘦，比较灵活，让贺嘉排第二，因为郎本胖，郎本要是排在贺嘉前头，贺嘉根本支撑不住，贺嘉和鲍迪先上去，合力拉郎本也会省点儿劲，按说凌青排最后，支撑郎本是很费气力的，但是把郎本放在最后，凌青不放心，怕把这个胖仔落下，郎本虽然很壮，关键时刻胆子有点儿小。

这个通风口位于铜亭之下。去过颐和园的人都见过位于佛香阁西侧的山坡上的那座铜亭，铜亭高七米还多，重二百吨出头，建在一座严严实实的汉白玉基座之上。四个孩子被这个庞然重物压着，想钻出来，谈何容易。推开？绝无可能，没有钥匙，没有路径，也没有机关。凌青四人眼瞧着通风口外的光线越来越暗，就是出不去。

绝望之下，不知是吓得哆嗦，还是心里发慌，郎本哼起在入口处使用过的凌爷爷传授的节奏密码，贺嘉还拉他的袖子，嫌他添乱。

咦，通风口的石头栅栏出人意料地自动打开了。四人喜出望外，贺嘉激动得眼泪都快要流出来，鲍迪和凌青一个劲儿地拍打郎本的宽肩、厚腰和胖屁股，以示鼓励和赞赏，四人赶紧侧身逃出。郎本有些肥胖，差点儿把大屁股卡在里边，终于钻了出来，他嘴里感叹着："我的亲娘二姨三舅母！"

出来了，四个人长长地喘口大气，心情平复了许多，没人留神在意，身后的石头栅栏又默默无声地关上了。

冬天，天黑得早，颐和园的游人渐渐稀少，只有附近居住的老年人晚饭后进园，冒着风坚持散步，他们多行走于山下，山上已经相当安静了，四人遇到巡查保安，提醒他们尽快离开，马上就要闭园了。

5

回城路上，四人少言寡语，显得很疲惫，又各自思忖着心事。

凌青抱着装有秘志的木匣，不敢撒手，也不敢看，木匣几乎没有什么分量，散发着一股淡淡的霉味。也许是因为紧张，凌青双手双臂乃至双肩又木又僵，脑子里一团乱麻：这件事前后有什么地方合不上槽，是计算有误？还是另有人暗算？木匣中的秘志是什么样子？上面都写了些什么？他此时想起爷爷的叮嘱，取回的秘志不要放在家里，凌青问过爷爷：“还不放心我爸爸吗？”

凌爷爷没说是，也没说不是。

凌青说：“那就放在您住的普度寺。”

凌爷爷皱着眉头说：“普度寺也不稳妥，再想想。”

凌青现在抱着木匣也不知道放在哪里保管比较稳妥，先回家，明天再去找爷爷。

凌青口渴得很，想喝水，这半天又没吃又没喝，倒是不怎么饿，就是想喝水。鲍迪感到腿很乏力，好像干了多沉重的体力活似的，其实什么也没干。鲍迪在心中默想秘宫结构布局，想画出一张地图来。贺嘉在想秘宫墙壁上隐隐约约的图案很是迷人，图案非植物，非动物，也非天象，她像什么都没发生一样，兴致很高地看车窗外的霓虹灯，其实那些霓虹灯没有什么新意，几乎是乱成一团。郎本憋不住要说两句，见凌青皱着眉头，就躲避些，低声跟鲍迪、贺嘉说：“下次我可不来了，我妈还等我回去吃肉包子呢。”

贺嘉听见了立刻开炮说：“瞧你这点儿出息，地境神要是选你做翊卫，千秋万代的江山，早已落入敌手。”

郎本不服，他说：“我要是翊卫，我起码应该把出来进去的门道搞清楚，哪能这样冒冒失失地进去，出都出不来，死在里面，臭在里面，都没有人知道。”

鲍迪暗自打定主意要跟着凌青把这件事干到底，别人什么态度他不管那么多，他跟郎本说：“算了，你还是老老实实地跟着宋老师念书吧。”

郎本又不干，说：“那不行。”胖小子没有个准主意，就是爱凑热闹。

郎本在想：这么晚回家，如何向满脸疑问的父母解释呢？说颐和园有秘宫？大人肯定不信，说学校有课外安排？明显是在说谎。说什么好呢？郎本真是饿得肚子里直叫唤，一兴奋他就感到饿，一饿他就开始打蔫儿，坐在地铁上咣当咣当的，他已经开始打盹儿了。

这次地宫之行的蹊跷是凌青万万没有想到的，一定要告诉爷爷。

心上有神
胸中无魂
手上有本
本中无文
秘宫有门
叩门无音

夜深了，先回家。四人各回各家，人困马乏。凌青有事惦记在心，抱着他的绒毛熊猫，久久睡不着，到天将亮才勉强进入梦乡。他梦见了爷爷。

凌青每天早晨起床前先做仰卧起坐，总看着有劲儿没处使的样子，今天他比平时醒得都早，心里有事，一骨碌爬起来，要去普度寺找爷爷。爸爸慌里慌张地告诉凌青，普度寺的人打电话来，说爷爷失踪了。

凌爸爸手脚麻利，一边找些必备的物件塞进宽大的挎包，一边简单对凌青嘱咐几句，就头也不回地出门，凌青追着问："怎么办呢？"

凌爸爸说："你去上学，我去找。"他尽量不让凌青看见他的眼泪在眼眶里打转，凌青还是听出爸爸的话音里夹带着哭腔。

爷爷以为凌青已经完成取秘志的任务，就放心了，他做出惊人之举，遁入西郊灵山不见踪影。凌青万万没有想到爷爷会在极短的时间内离开他，他以为完成任务过程中自始至终会有爷爷陪伴左右。一个懵懵懂懂的少年，心里依赖大人是无可厚非的，凌青怎么也想不通爷爷为什么不辞而别。按照常理，这个任务应该由爷爷传给爸爸，再由爸爸传给凌青，可是爷爷和爸爸父子疏远已经有很多年了。

凌青的爸爸和凌爷爷平日里不怎么走动，只是凌青时常去看望爷爷，凌青是凌爷爷一手带大的，凌爷爷常年居住在普度寺，凌青的童年就是在普度寺的殿前堂后蹦蹦跳跳、玩玩闹闹中度过的，直到上小学，凌青才回到爸爸身边，但他依然隔三岔五地去普度寺。

凌爷爷算是普度寺的编外看护人，他就住在寺里。凌爷爷说要去西郊灵山，身边的人并没有以为不妥，只是有人劝道，岁数大了，天冷风寒，路上要多加小心。直到凌爷爷一天一夜未归，人们才意识到出事了。

凌爸爸赶紧发动亲戚朋友邻居上灵山寻找，凌青的心里没法安生，课也上不踏实，他向宋老师请求，发动全班的同学上灵山寻找爷爷，宋老师便既同情又犯难，向马校长请示。宋老师看着凌青满眼噙着泪水叙述着爷爷失踪的经过，看着全班同学敲桌子拍板凳，跃跃欲试地要冲出教室直奔灵山，想拦也拦不住，不拦着又担心学生安全出问题。宋老师问凌青："你爷爷平时有没有老年痴呆的症状？是不是经常找不着家？他在灵山是不是有亲戚？他出门有没有带手机？"凌青一个劲儿地否认，心里说，我爷爷是地境神翊卫，他的头脑清楚极了。

马校长听到后，神色有些慌乱，他最后拍板儿，抽调没课的音乐、绘画、体育老师几个人带领学生，分成十几个小组到灵山寻找凌爷爷，同时千叮咛万嘱咐，不要独自行动，不要攀爬没有人去的荒山野岭。宋老师觉得八十多岁的老人去灵山，肯定不会像年轻驴友一样爬荒山、走野路，所以学生们也不要漫山遍野地搜寻，否则原本是一次助人向善的户外活动，万一有哪个学生磕了碰了，反而没法交代。

鲍迪有些蒙，他不知道凌爷爷的失踪和昨晚颐和园秘宫的遭遇有什么关联，他最怕什么人没了，什么人死了，心里无依无靠的。贺嘉心里不装事儿，她也烦和老头老太太打交道，她随便地安慰凌青说："凌爷爷不会走丢，肯定能找着。"郎本低头紧紧鞋带，把书包往课桌里再塞塞，呼着喊着带头往教室外冲，一大帮三四十人去灵山寻找凌爷爷。

凌青对学校老师和同学们的相帮相助十分感激，但是大家伙儿连续寻找了两天，也没有找到凌爷爷。凌青痛苦地觉得，他可能永远地失去爷爷了。

马校长见到凌青，脸色很难看。凌青为了感谢马校长动员师生找爷爷，给马校长深深鞠了一躬，马校长在凌青的肩头重重地拍了两下，凌青觉得马校长是让他别把功课耽误喽。

七天之后，凌青的爸爸和亲戚们为爷爷办丧事，凌青跟着忙前忙后，可心里总惦记着在颐和园找到的秘志，他这几天顾不上处理秘志的事情，七天之内要恭恭敬敬地安排爷爷的后事。

爷爷在普度寺住处遗留下的一些日常的生活用品需要整理归置，凌爸爸决定要烧掉一些物品，凌青不干，他要仔细整理一下爷爷的遗物。凌爸爸心烦，说：“小屁孩儿，这里哪儿有你说话的份儿！”其实爷爷一生俭朴，没什么值得纪念的遗物，原来保存的一些老物件早就在“文革”时被无知的凌爸爸破坏光了，现在就剩下些桌椅板凳。

爷爷走了。

凌青想起爷爷喜欢吃棒子面窝头，喜欢吃稻香村的素什锦，凌青想起爷爷热衷数独填格游戏，像个老小孩儿，做出答案就兴奋不已，眉飞色舞，做不出来就坐立不安，抓耳挠腮，凌青想起爷爷常说他白天昏昏欲睡，夜晚彻夜难眠，凌青陆陆续续想起爷爷的很多生活细节，还想起爷爷告诉他的有关地境神的秘密。

凌爷爷是这样告诉凌青的。

六百年前，爷爷的祖上是明朝朱棣皇帝的贴身侍卫，由朱棣皇帝亲授一道命令，一共数人（糟糕的是，凌青听讲述时忘记追问爷爷到底是几个人，凌青这个疏忽要多糟糕有多糟糕）共同护卫一位身份特殊的大将军，全力保卫他的生命安全，如果自己遇有不测，就把使命传给后人，不得中止。

朱棣皇帝还说，紫禁城三大殿在永乐十九年（公元一四二一年）农历四月初八遭雷击燃起大火，三座大殿被焚毁成一堆焦炭，致使大将军受害昏迷不醒，因此每年四月初八、七月初八、十月初八、正月初八，都要准时准点给紫禁城传心殿的两座时钟上弦，否则大将军将有生命危险。令人不解的是，朱棣皇帝的一道命令，让这几个人世世代代传承，一干就是将近六百年，从没有中止过。改朝换代、天灾人祸都没有打断这道命令的执行与传承。

凌青听爷爷讲述，像是听灵异故事，他也不信。怎么可能大将军将近六百年昏睡不醒？怎么可能两座时钟将近六百年嘀嘀嗒嗒走个不停？怎么可能祖祖辈辈将近六百年干一件事情不停不歇？难道说大将军是神吗？爷爷郑重其事地告诉凌青，大将军就是北京城地境神。

凌青答应爷爷，要把使命传承下去，他记住了每年四月初八、七月初八、十月初八、正月初八进入紫禁城给时钟上弦，他答应了去颐和园秘宫取秘志，爷爷身边的部分秘志早就被凌爸爸在“文革”当中撕得粉碎了，凌青只有读完秘志才能知道任务的全貌。

凌青四人打开从颐和园秘宫取回来的木匣，愣住了。木匣中确实有半部秘志，不过遗憾的是因为年代久远，秘志早已无法一页一页展开，无法看清楚秘志中写了些什么。贺嘉自告奋勇地说：“我爸爸认识中国古籍图书馆专门修复藏本的专家，请他们把秘志一页一页地打开。”

其他三人同意，贺嘉就拿着秘志回家央求贺爸爸。

贺嘉吮吸秘志发霉的气息
生怕这秘志中的谜语洒落一地
再也不曾拾起
生怕这秘志中的暗语随风而去
从此渺无踪迹

也不知还能不能复原当年的淋漓墨迹
也不知还能不能修复神灵的原本旨意

贺爸爸看着秘志，两眼放光，又一头雾水，这物件无疑是一件有年头儿的东西，可是看上去却不伦不类，贺爸爸问贺嘉："这是什么？"

"秘志。"贺嘉知道她说多少话也解释不清楚。

"在哪里得到的？"贺爸爸又问。

"在同学的爷爷家。"贺嘉说了个谎话，她要是如实告诉爸爸，这是从颐和园万寿山底下的一个秘密宫殿里得到的，身为高级知识分子的爸爸会相信贺嘉的话吗？贺嘉只能先用谎话央求爸爸托人修复秘志。贺爸爸当然对秘志产生浓厚兴趣，他仔仔细细地端详秘志，不敢触碰，自言自语道："修复它恐怕需要很长时间。"

贺嘉一听就急了，说："不能磨磨蹭蹭的，人家家里还要这东西有大用场呢。"

贺爸爸说："你别着急，你把这秘志一页一页揭开我看看，小孩子一点儿专业素养都没有，修复这本秘志起码需要半年时间。"

贺嘉没辙，只好央求爸爸尽量快些，时间不等人啊。

线索断了。

6

自从知道凌青是地境神翊卫，时常有街上的孩子甚至大人见到凌青就奚落几句。

“嘿，傻小子，逞能吧你就。”

“听说你是土地爷的护卫啊，一个月挣不少钱吧？哈哈。”

凌青没法搭理他们，窝一肚子火。

窝火的事总是凑一起，凌青自行车又丢了，这已经是他第三次丢自行车了。凌爸爸让凌青买个破车骑着得了，新车好车肯定被贼惦记着，凌青不甘心，他嫌骑破车丢人。凌爸爸说：“哼，丢人你心疼，丢车费钱你不心疼。”凌青也是怕了，但他又不能把自行车时时刻刻看着，时时刻刻捆自己裤腰带上。

府学中学变着法儿地欺负钟楼中学，让钟楼中学的学生给大树围草帘子，大冬天去野鸭湖给野鸭子筹集饲料，说府学中学的学生得抓紧时间看书，体力活儿由钟楼中学代劳。凌青知道这是他这个地境神翊卫惹的是非，其他同学蒙在鼓里，以为是教育局吃错药了，虽然我们学校的学生成绩一般，但也不能这样挤对我们，欺负我们，耍弄我们。马校长还说：“叫你们干什么你们就干什么，别发牢骚。”其实是马校长怕凌青的身份在学生中造成不良影响，主动把脏活儿累活儿都包揽了下来，宋老师和其他老师都不理解，何必这样虐待本校学生，觉得马校长有点儿过分，马校长也不辩解。凌青只能暗自叮嘱鲍迪、郎本、贺嘉忍着，还说“天将降大任于斯人也”。

贺嘉不爱听，说：“别来这个哩格儿唠。”

鲍迪对贺嘉说：：“当心神灵惩罚你。”

贺嘉说：“叫他来，我不怕。”这丫头就是嘴横。

爷爷不在了，很多疑团不知道去问谁，传心殿的任务一年进行四次，不用时时刻刻紧盯着，不过等爷爷失踪，凌青才意识到，全北京城只有他一个人知道给时钟上弦的规则。颐和园的秘志取回来了却看不成，凌青不知道干什么好。

鲍迪细心，建议凌青仔细清理一下爷爷的遗物，看能不能找到些新的线索。

凌青在爷爷屋里发现一枚玉版，这枚玉版凌青小时候见过，爷爷曾经说起，等凌青长大了就把玉版给他，但是这个交接过程没能在爷爷生前实现，凌青十分伤感。当年这枚玉版之所以逃过文革的劫难，是因为爷爷随时把玉版系在腰间，从不外露，侥幸躲过红卫兵的无知无畏的双手。

凌青把玉版拿给鲍迪、郎本、贺嘉观瞧，郎本好奇心旺盛，但却看不出什么名堂。

贺嘉说：“拱八拱？”这是一句贺嘉的口头禅，是福建闽南话，意思是“真的假的？”这是她跟她爸爸学的。

鲍迪问：“这不是玉佩吗？”

凌青更正他：“这不是玉佩，这是玉版。”

贺嘉看着看着冒出一句：“我好像在家看见过这样的玉版。”

郎本大呼小叫地说：“不可能，你家祖籍是福建，怎么会有和凌爷爷身上一模一样的玉版呢？”郎本觉得自己的分析颇有道理，凌青、鲍迪也觉得郎本说得不错。

贺嘉也犯迟疑，不敢肯定地说：“我似乎、大概、可能是在我妈妈手中见过。”

郎本依然以他的方式推论着：“这种信物是传男不传女的。”

贺嘉让郎本说得有些不高兴了，说：“当年朱棣皇帝的命令中有这么一条吗？”她的嘴从不饶人，尤其不饶郎本这个胖子。

凌青对贺嘉说：“你回家找找，要是有，也拿来让我们看看。”

四人谈得有些不甚愉快。

鲍迪隐约觉得凌爷爷的失踪十分蹊跷，没人追，也没人赶，一个八十多岁的老爷爷怎么说没就没了，不过鲍迪怕凌青再伤心，也不敢提出这个疑问。

飞鸟，成群结队的飞鸟飞入鸟巢，它们把鸟巢当作避难地，人们开始感觉不妙，不知道北京城的西面到底发生了什么。住在鸟巢附近的同学谈起这件怪事，郎本说：“这有什么大惊小怪的，那里本来就叫鸟巢嘛。”

凌青作为地境神翊卫，一上任就陷入僵局，乱成一团，没有个头绪，疯沙神的翊卫也没闲着，陆珂、英瑛在加紧寻找铜像，满北京城转悠，他们体会出疯沙神是个急性子，不能等，一时一刻也不能等。两颗铜珠放书包里太占地方，书包里的书本本来就满满当当，铜珠放裤兜里又硌得慌，英瑛为了两颗铜珠，单拿一个包，差点儿让陆珂随手放在出租车座位上给丢喽。

拿着两颗铜珠坐地铁，过安检也很麻烦。

安检员打开包，指着铜珠：“这是什么？”

陆珂要说是铜珠，英瑛说：“家里装修用的装饰品。”

安检员看着铜珠感到奇怪，就问陆珂：“你们哪个学校的？”

陆珂昂着脖子说：“疯沙神翊卫。”

安检员和周围的人都乐了，陆珂自豪地亮明疯沙神翊卫身份，被安检员笑话：“你说什么神？”

陆珂确认：“疯沙神。”

安检员还问：“你说你是什么卫？”

陆珂再次确认：“翊卫。”

安检员嘲笑陆珂道：“我说这位小帅哥，你是不是中午被学校考试考糊涂了？”

陆珂还要解释，英瑛赶紧走上去，把陆珂拉开，对安检员说：“他说的你们听不明白。”

陆珂背地里嘀咕一句：“麻瓜。”

安检员这句听明白了，上来就要和陆珂理论清楚，英瑛拿眼瞪陆珂，心里说：“你不怕耽误时间是不是？”

安检员不让陆珂走，不是怀疑两颗铜珠，是嫌陆珂装神弄鬼地捉弄他们，英瑛和陆珂给学校打电话，让老馆长出面做证，证明陆珂没有恶意，安检员才放行。陆珂心里说：我要堂堂正正地做翊卫，我要大大方方地高调地名正言顺地告诉所有的人，我是疯沙神翊卫，这难道不行吗？凭什么不让说，凭什么藏着掖着，凭什么！哪一天，我做一个红袖箍，上面写上五个金光闪闪的大字：“疯沙神翊卫”，我戴在胳臂上给你们看。陆珂觉得这个想法很好，立刻说给英瑛听，英瑛鼻子里哼了一声，不搭理他。

北京城现存的巨型铜器是屈指可数的，但无法断定哪一个与报恩寺铜像有关，两个人一方面到处瞎碰乱闯，另一方面想办法和疯沙神沟通，可是上哪里去找疯沙神呢？这神灵也不是招招手，说来就来的。最近的早晨北京城西郊外时常出现一道弧形白光，陆珂和英瑛也没有看见，就是看见了，也无法判断那就是焦急不安的疯沙神。

手持报恩寺铜像身上仅存的两颗铜珠，陆珂、英瑛二人在北京遍访所有铜佛、铜钟、铜水缸，不分时日地寻找北京的铜器，一个一个地去试，结果一无所获。

香山卧佛寺的卧佛、钟楼上的铜钟、大钟寺的永乐大钟、紫禁城的大水缸……找着找着两个人都有些没耐心了，偌大个北京城，到哪里去寻找早在数百年前被化作铜水的一尊铜像啊？这疯沙神也真是的，交派的这是什么差事啊。

我日日思念的母亲
你是怎样一个神
你让我孤独
你把爱带入了深不可测的黑门
我月月思念的母亲
你是怎样一个神
你让我成为无家可归的游魂
白沙和狂风让我无处安身
我年年思念的母亲
何地再听到你呼唤我的声音
何时再找到你安慰我的亲吻
六百年成一瞬
我的手还留着你的手的体温
我思念的母亲
我的母亲

疯沙神万分焦急，陆珂和英瑛却有些不耐烦了，老馆长劝他们沉下心，再找找。

陆珂和英瑛两人来到颐和园，他们率先走到东门附近的仁寿殿，两个人看着周围乱糟糟、闹哄哄的游客，心总是静不下来。再说，颐和园对于他们来说毫无新鲜感，对于北京孩子来说，像紫禁城、颐和园这些地方几乎都是专门给外地游客预备的，北京人轻易不敢进去挤，陆珂和英瑛耷拉着胳膊甩嗒着腿，心不在焉地、粗心大意地东瞭一眼西看一阵。

靠近铜麒麟时，陆珂站住了，他惊讶地发现，两颗铜珠在包里微微地发烫，微微地抖动，陆珂立在那里挪不动步子了，张着嘴，傻瞪着眼，手捂着包说不出话来，他急忙用手拉扯英瑛，用眼神示意英瑛，他有惊人的发现。

英瑛不知道陆珂想要说什么，看着陆珂犯傻，很可笑，她问陆珂：“神经兮兮的干什么呀？有话你倒是说呀，你是撞见了大明星，还是撞见了你崇拜的偶像呀？怎么激动得连话都说不出来了呀？咱们府学中学的帅哥儿多多少少还是应该有点儿矜持的吧。”

英瑛还有闲工夫跟陆珂斗嘴，可看着陆珂的紧张神色，她也傻了。她感觉到陆珂的神秘兮兮和陆珂的不言不语，与身旁这尊铜麒麟有关。陆珂用眼神告诉英瑛，她的判断是对的，陆珂不说话，好像他要张嘴说话或者是掏出那两颗铜珠，就能把眼前这尊黢黑黢黑、梆硬梆硬的铜麒麟惊醒喽，铜麒麟蹲坐上百年，腿也发麻、脚也犯木、肩膀子长期受风酸痛难忍，极可能腾的一声撒腿跑喽，他们就没办法向疯沙神交差了。

陆珂将英瑛拉到离铜麒麟比较远的地方，悄声地告诉她，他感受到了两颗铜珠的感应。英瑛听罢，恨不得一下回过头去，用绳子或者是用什么东西把铜麒麟紧紧地捆住，千万不要让它跑掉。陆珂一把拽住她，示意她轻一些，千万不要张牙舞爪地惊动了铜麒麟。

其实，铜麒麟怎么可能会站起来呢？怎么可能会跑呢？怎么可能会知道他们两个人的来意呢？这尊铜麒麟在仁寿殿前已经蹲坐了很多很多年了，但是铜麒麟兴许应该知道有两颗铜珠在靠近它吧。

英瑛悄悄地跟陆珂说：“让我去感受一下这种感应，可以吗？”英瑛说这句话的时候好像跟自己的亲哥哥要糖吃一样温柔，原先对陆珂的那股子横劲一下消失了，陆珂爽快地答应了她。陆珂趁着四周没有太多游客，悄悄地把两颗铜珠交到了英瑛手中。英瑛怀着年终大考的紧张心情，缓缓地、轻轻地向铜麒麟走去。显而易见，她也感受到了两颗铜珠的微微的颤抖，英瑛激动得眼泪都快掉下来了。

两个人站在铜麒麟的面前，久久不愿离去。

陆珂挺着胸脯跟英瑛说：“我们可以向疯沙神交答卷了。”陆珂就势找个石板一屁股坐下，不想再挪窝了。

细心的英瑛想了想，摇了摇头，觉着不能操之过急，她轻声对陆珂说：“也许我们的任务并没有完成，仅找到一尊铜麒麟，和我想象的报恩寺铜像的体积相差甚远，我们应该继续寻找，不能就此停止。”

陆珂看看英瑛，觉得有理，点点头说：“说得对。”两个人马不停蹄，继续在颐和园中寻找铜器。

逛过颐和园的人都知道，颐和园中最有名的铜器一个是昆明湖边的铜牛，另一个是万寿山上的铜亭，与铜牛和铜亭相比，铜麒麟的体积、地位和作用显然是次要的，两个孩子首先发现铜麒麟，仅仅是因为他们是从东门进入颐和园的，如果不是细心的英瑛提醒，两个孩子很可能忽略了铜牛和铜亭，无法完整地向疯沙神交差。

因为心里有事儿，两个孩子也感觉不到冬日的冷，北风的寒，在昆明湖东岸的铜牛面前，他们看见铜牛抿着嘴，支棱着耳朵，眼睛睁得大大的，一时一刻都不肯眨一眨，没日没夜地眼巴巴地期盼着，逛风景的人们谁都不知道它期盼着什么。带着铜珠的两个孩子清晰地感觉到铜牛在哞哞地低声呻吟，牛眼居然流出泪来，像是想家了似的。这上气不接下气的呻吟又像是要哭，又像是憋着不哭，用陆珂老家的词儿就叫作“吭哧”，听得陆珂二人心里一阵阵发紧，包里的铜珠在互相击打，发出咚咚当当的响声，仿佛在和铜牛对话。

陆珂和英瑛围着铜牛左转转、右转转，铜牛被一个半人高的铁栅栏护着，陆珂和英瑛也不能凑近铜牛的躯体，抚摩抚摩它的脊背，冲着铜牛说一两句安慰的话。

过了好一会儿，英瑛和陆珂拔腿要去测试铜亭，英瑛又怕走开了让铜牛觉得委屈，她忍不住频频回头，觉得铜牛要张开牛嘴对她说些什么，可是铜牛能说些什么呢，英瑛心里不是滋味儿。陆珂不管那么多，大步流星往前走。

陆珂和英瑛加快脚步，奔上万寿山，向铜亭靠近。

隔着老远，铜亭就发出“嗡——嗡——”的共振声，他们越靠近，铜亭的嗡嗡声越强烈，震得陆珂和英瑛脑仁儿疼，铜珠在包里咕噜咕噜地乱跳，铜珠在挣扎，在翻滚，在跳跃，在逃脱，陆珂要是不拿手捂着，铜珠就会从包里跳出来，直奔铜亭飞去，和铜亭紧紧地相拥在一起。陆珂和英瑛不得不停止脚步，痴呆呆地望着铜亭不敢动，再往前走，他们担心铜亭会动了感情，想起伤心往事，不由自主地晃动起来。

铜亭周身布满花纹窗棂，陆珂以为是原有铜像周身的血管，有粗的有细的，有横的有纵的，密密麻麻，他越看越像。英瑛心酸，陆珂不心酸，他觉得挺刺激。四周的游客全都心不在焉地一边吃着零食冷饮，一边欣赏风景，对于铜亭的共振声完全没有感觉，只有两个孩子肩负着疯沙神翊卫的使命，他们才能与神器沟通交流。英瑛拽着陆珂的胳膊，双腿在微微发抖。陆珂也吃惊不小，不过他尽量不让英瑛感觉到他也在微微发抖。

英瑛默默地哭了，粗心的陆珂不明白英瑛为什么哭。英瑛心想，疯沙神数百年来一次次地前来北京城，寻找母亲的铜像，而母亲的铜像却被砸成碎块，化为铜水，重新铸造成三个彼此分离、无法团聚的铜器，一个故作威武的铜麒麟头朝着东方，一个操劳镇水的铜牛在湖边久卧不起，一个肢体硕大的铜亭孤零零地矗立在隔着一湖之水的山坡上。

两个孩子立刻回到府学中学，将他们的发现告诉老馆长。老馆长听了很兴奋，拍着孩子们的肩膀低沉地说："你们回家休息休息，我设法告知疯沙神。"

陆珂心急地问："您能够见到疯沙神吗？"

老馆长转身离开，没有回答陆珂，英瑛拽拽陆珂的衣角，轻声说："也许你不该问。"

疯沙神得知自己用积蓄千年的黄铜为母亲铸造的铜像，

早已被地境神的翊卫化为铜水，另外铸造了铜亭、铜牛和铜麒麟，万分伤心。

在一个无人知晓的寒夜，疯沙神装扮成翩翩青年的模样，来到颐和园，缓缓走进已经结了一层薄冰的昆明湖，他站在冰冷的湖水里，站在北岸铜亭、东南岸铜牛和东门铜麒麟三个铜器形成的焦点上，聆听三个铜器发出的母亲的想念和呼唤，发出的母亲的呻吟："沙—儿—，沙—儿—。"

疯沙神应答："喏。"可是母亲铜像听不见他的应答。

疯沙神只有浸在湖水中才能更加清晰地听到三个铜器发出的呻吟，听着听着他跪入水中，给母亲铜像叩首，好长时间不愿起身，心似刀裁，实难舍母子俩分开。没有了铜像，母亲的音容笑貌仅存于疯沙神的梦中了。

疯沙神在哭，那既沙哑又纯净的哭声在湖水中并不能传播很远，却是极其凄厉的。

你的儿子想着你
爱着你
心在哭泣
泪水流淌了六百年
流淌了六百里
已经凝聚
凝聚成沙砾
呜呜呜
咿咿咿

疯沙神在昆明湖里哭，昆明湖的湖水一下溢出湖岸，差点儿就够着铜牛了。颐和园管委会不知是发生了什么事，赶紧开闸放水，疯沙神的泪水又苦又涩，湖里的鱼儿受了惊吓，噼里噗噜乱蹦。

疯沙神伤心极了，怨恨和怒火在冰冷的湖水中渐渐凝聚，疯沙神一声不吭地从昆明湖退出。

天上无声无息地飘下雪花，却无法湮灭疯沙神心中的怒火。

孩儿我屈跪寒湖恸哭号啕
昆明湖一池泪水漫过孔桥
千百年娘是我的骨肉依靠
怎忍心一去不还音信全消
集白沙凝铜水将铜像铸造
我有孝心留存您容颜面貌
恨那帮无情人砸毁铜像推倒神庙
我的挂念被捣碎心被刀削
周身热血似狂涛翻腾暴躁
满腔愤怒如烈焰逆风喧嚣
还我母亲
六百年恩怨我必须追讨
还我铜像
六百年欠债我绝不轻饶

7

北京城是个大工地，到处拆房盖楼，旧城改造和新居民区建设以难以计算的速度向前推进。在这个过程中，一些旧有建筑坍塌的现象时有发生。如果是废弃的建筑，那倒是省却了建筑工人的作业；如果是在建建筑，那就会有人员伤亡；如果是居民楼，那后果不堪设想，所幸到目前为止未见居民楼倒塌。一开始只是大雨过后偶尔有一两座古老庙宇的大殿倒塌，人们以为是年久失修，未加注意，也有人觉得是连天的大雨所致。等到有在建工地出现倒塌事故，施工方仍然把影响限制在最小的范围以内。

这一天，网上登载一则城建消息，有人在建筑工地捡拾到黑色楔钉状物件，疑似文物，又疑似古建筑材料，某废品收购站当作废铜烂铁收购，经手人的货车失去控制造成车祸，这则网文提示说，不要轻易捡拾要弄从地底下挖出来的不曾相识的物件。这前后常常有工地发现这种黑钉，没有引起过任何人的注意。而发布这则消息时登载的那黑钉的照片，进入了凌青的视线。

凌青平时是没兴趣看手机新闻的，作业又多，功课又重，现在的初中学生都快变成做作业的机器了。这天爸爸坐在沙发上看手机，无意中发现这一条新闻，觉着怪异，随口念出来，还让凌青看看这件奇诡的东西。凌青做作业心烦，想着歇歇，就有一搭无一搭地扫上几眼。

他看到这张照片。

照片上的黑钉和他在普度寺地道入口看到的楔形图案一模一样。这绝不是巧合，黑钉一定和爷爷的使命有关。

入夜，全北京的人们都睡着了，全北京的初中学生做完那些个没完没了的作业，也都洗洗睡了，可凌青睡不着。

凌青是在非常仓促的情况下，从爷爷手中接过翊卫使命的，爷爷没有告诉他，哪些事情该做，哪些事情不该做，没有给他提供操作手册和安全须知，他就凭着一股子强烈的好奇心和弱弱的责任心，往前走，往前探索。

由于北京城近乎疯狂的城市建设和近乎疯狂的人口膨胀，几百年来安安稳稳地埋藏于地下固定地点和固定位置的黑钉被野蛮无序地挖出来。在这些异动面前，孩子似乎更加敏感，而大人们却麻木不仁，甚至视而不见，无动于衷。

第二天，凌青和鲍迪、郎本、贺嘉商量，抽出时间去趟那个废品收购站，寻找黑钉。

凌青和郎本利用周末的时间，坐公交车去东四环外的废品收购站，跟收购站的员工打听寻找黑钉。那员工被问得稀里糊涂：“什么黑钉？钉子不都是黑的吗？我们这里没有钉子，这里都是废品。”

这员工一开口，郎本就听出他讲话的口音和自己西北老家的口音一模一样，他就操持着依稀记得的老家口音和那员工套近乎，并让凌青拿出手机，把照片给那员工看。

凌青听郎本说西北方言很想笑，但又觉得郎本这样做是对的，就忍住不笑，掏出手机给那员工看。员工看过照片，明白他俩要找的是这物件，就答应帮他们找找。当然，郎本的一口方音还是起了很大作用的。

郎本跟那员工用老家话唠家常聊闲天儿，凌青在仔细端详这两颗黑钉。黑钉一共两颗，样子很独特，像钉子，又像楔子，比一般的钉子粗壮很多，上面刻有稀奇古怪的花纹，黑钉上依稀有字，但是凌青辨认不清。为什么爷爷没有跟凌青说起过黑钉？凌青想不明白。

那员工对两个孩子说，这两颗黑钉是从两个建筑工地的地基深坑中挖出来的，建筑工人以为是废铜烂铁，就收集起来卖给废品收购站，两颗黑钉原本不在一起，不知道是自己长腿儿了，还是被谁挪动了，两颗黑钉跑到了一起。

郎本不以为然，黑黢黢的铁钉，怎么会自己长腿儿跑来跑去？凌青问那员工：“您还记得这两颗黑钉是从哪两个工地挖出来的吗？”

员工回答说：“这我们哪里知道。”

郎本这会儿挺有耐心，对那员工说：“你们和运送废品的货车司机都熟悉着呢，全北京收废品的人都分片包干，互不侵扰。”郎本把收废品的说成有是组织有行规有势力范围的行帮，虽说没有那么严重，可真就是那么回事。

那员工看这小老乡还挺在行，就帮着动脑筋细想想，他说："好像一个是府学中学，另一个是碾儿胡同。"

凌青小心翼翼地向那员工提了个请求："您看，我们能不能花钱买走这两颗黑钉？"

员工看在郎本小老乡的分儿上，说："什么买不买的，这些都是废品垃圾，不嫌弃你们就拿走玩去吧。"

凌青、郎本连声谢谢，把两颗被当作垃圾的黑钉放进书包，坐公交车回家。

这一路回来，司机总觉得驾驶的公交车莫名其妙地不听使唤，不是跑偏，就是踩不住闸，不过倒是不严重，司机就是觉得不对劲，他也不知道这种感觉和两位小乘客书包中的两颗黑钉有什么关系。凌青、郎本全然不知，眼看着窗外的冬景回家而来。

回到家，凌青感觉出异样了。他把书包一放，几分钟时间，就发现电视信号混乱，电脑死机，手机花屏，连墙上的石英钟都不走了。凌青心想不妙，连忙趁爸爸还没回家，发现家中异样，赶紧把黑钉先放到普度寺爷爷的那间小屋去。

普度寺的夜晚总是一片漆黑，各个殿宇空无一人，连仅有的几盏路灯也是昏暗无光。管理者恪守着出家人的规矩，勤俭节约，没有功用的设施一律不安不装，没有意义的水电损耗一律降低到最低限度。谁都明白，现在的普度寺空无一物，白天无人光临，夜晚也不用防贼防盗。就在往东数步之遥的王府井大街，作为全北京最响当当的商业街，此时此刻人头攒动、人声鼎沸、人仰马翻，普度寺这里却是一片死一样的黑暗。

城市夜晚的灯光，宣示着这座城市的繁荣和生命力，如果这座城市日出而作，日落而息，表明这座城市似人到中年，底气不足，如果这座城市夜晚灯火通明，该歇时不歇，该睡时不睡，表明这座城市火旺气足，一派欣欣向荣。北京各大商业街王府井、西单、三里屯、簋街、五道口的夜晚灯火辉煌，天空中一片明晃晃的光晕。而普度寺是一束黑暗，一束静悄悄的黑，一束不愿意被他人打扰的暗，像是光彩明亮的城市正当中的一处死角。在谷歌的地图上可以看到北京城白天的景象，不知有没有摄影师在高空中拍摄过北京的夜景。从高空俯瞰北京的夜景，你就会发现那一处黑暗的死角。用“死角”这个词不够妥帖，那是一处肩负神圣使命的入口，那是一处有着历史玄机、有着人神相通相守深刻要义的安静之所，只是它与市民的奔忙活跃、自得其乐的日常生活有些格格不入罢了。

北京城的傍晚很美，车灯路灯昏黄而柔软，在昏黄与柔软之中人们纷纷返回自己温馨的家。

一天的热闹喧嚣渐渐沉静下来，凌青骑着车从普度寺往家走，看见大人们下班了都笑模笑样地往家里奔。他们为什么不哭呢？他们不是总说工作很辛苦、很无聊、很黑暗、很艰难吗？那他们怎么不痛哭流涕，发泄出来，非要等回到家，跟我们发脾气，絮絮叨叨说个没完没了，我们又不是他们的心灵按摩师。以后最好让大人们回到家之前，在公交汽车上、地铁上、私家车上先哭先闹够了，再回家，别把一肚子牢骚满腔的怨气带回家来，排泄给我们，我们不是他们的抽水马桶，凌青可能是受了黑钉的影响，满脑子胡思乱想，脚底下蹬得飞快。

北京的街巷一向横平竖直，宽敞豁亮，如果你发现一处如江南小镇的局促窄巷，那不用问，里边一定有故事。凌青家住在一个曲里拐弯的胡同里，院子倒是很敞亮，从大门到最里边一共有三进。进院一听见鸽子房里的鸽子咕噜咕噜地叫，就找着凌青家了，凌青家养一只大狗和一群鸽子。

养鸽子是个技术活儿，凌青不大懂，也不插手，完全由爸爸操办。最近鸽子烦躁不安，它们已经从大西北逃难而来的飞鸟口中听到不好的消息，它们没办法转告给主人，这让它们非常着急，心里总是做检讨，主人给它们吃，给它们喝，还给它们在房顶上建个舒舒服服的鸽子窝，可是关键时刻，它们却不能搭救主人，好在还有时间余量，它们再想想办法。每天它们放风出去，都要直奔奥运村观光塔，瞭望西边的实时动态。

凌青一进门，金毛大狗就围着他转，申请凌青带它出去遛遛，它在家关了一天，又烦又闷，心里埋怨这位小主人最近不够关心它。

凌青家是第二进院子的西房，是一处工字形的平房，前边两间是客厅、厨房兼爸爸的陶艺工作室，中间一道竖廊，配有落地玻璃窗，窗外是两个精致的小院，东院一棵老榆树，西院一棵老槐树。竖廊后两间房，一间凌爸爸住，另一间凌青住。大间被爸爸收拾得还算利落，凌青的卧室就显得比较凌乱了，收拾多少回就再凌乱多少回，大杯饮料、薯条、游戏机手柄随意乱放，耐克鞋东一只，西一只，壁上海报有钢铁侠、蜘蛛侠，还有NBA篮球明星，床上牛仔裤、耳机拥挤在一起，书架上一整套《海贼王》，倒是码放得整整齐齐，地上铺着一块从新疆购回的纯手工羊毛地毯。家里所有的挂钟在凌青上小学时都被拨快半小时，用以防备凌青早晨睡懒觉，上学迟到，家里没一个主事操持的女人，就连凌爸爸每天早晨起来也是手忙脚乱。上中学以后，凌青自理能力强了，凌爸爸也就不再管，挂钟依然快半个小时，也没人去校正过来。

门框上刻写着凌青的身高：

2014.7.21—1.53

2015.7.21—1.64

2016.7.21—1.70

2017.7.21—1.75

凌青回来就给鲍迪、贺嘉通消息，他们都想过来，看看黑钉是个什么样子，凌青说：“放在普度寺了，改天吧。”

凌爸爸回来了，凌青请爸爸带金毛出去遛遛，他还得赶作业呢。爸爸问：“晚饭吃什么呢？”

凌青确实很饿，但是没兴致挑食，说：“随便。”

凌爸爸出门遛狗，顺道买些现成的吃食回来。大馆小店都弥漫着鲁菜的酱香、川菜的辣香、粤菜的鱼香和江浙菜的甜香。

孩子们正是长身体的时候，每天傍晚天还没黑就开始觉得饿。郎本从废品收购站回来，一路颠簸，甚是饥渴难耐，平日郎本进家门十有八九都是急慌慌地问："有吃的吗？"或者干脆问："有肉吗？"今天进门更是如此，大白鹅见小主人进门，隔老远就咯咯地叫个不停。郎本嚷嚷饿，郎妈妈给他一个馒头。

"老妈呀，干吗呀！咱家最近怎么这么素啊？"郎本抗议。

"怎么素啦？"

"每天每顿都是白馒头、白菜、白开水、白萝卜。"

"咱家最近经济危机了。"

"怎么危机了？"

"你爸爸的股票被套住了。"

"已经到了吃不起肉的地步了吗？"

"两天不给你吃肉都不行吗？"

"当然不行，我现在正长身体呢呀。"

"给你做碗面吃吧。"郎妈妈就听不得儿子嚷嚷饿，她随手摸摸郎本的胖脸蛋儿，提着郎家独有的花椒木擀面杖做面去了。郎妈妈不论上班多累，下班多晚，回到家必须和面擀面抻面，晚上全家人这顿面条是必不可少的，风吹不变，雷打不动，而且不吃商店里现成的切面挂面，那叫凑合事，绝对不行，这是西北老家的规矩，一天不吃上一碗面就是白活，还有最关键的是郎爸爸郎本不能进厨房，男人进厨房在西北人看来是大逆不道，郎爸爸回家就是看手机看电视，郎妈妈回家累成个孙子，这顿面也得她亲手做。

8

鲍迪提议四个人到紫禁城传心殿实地考察一番，凌青夜入传心殿，黑灯瞎火的四周什么也看不清楚，其他三人没有去过传心殿，也不知道现场到底是个什么情况。凌青摇摇头，他想起爷爷的叮嘱，轻易不敢让旁人接近传心殿，不过他自己倒是应该找个大白天去仔仔细细看一看。

紫禁城传心殿，这座古老陈旧的院落确实是一处有故事、有格局、有暗扣、有机关的场所。凌青一个人去了一趟传心殿。

紫禁城的旅游讲解词是这样描述传心殿的。

> 传心殿位于紫禁城东南隅文华殿东侧，是一组由长方形院落组成的祭祀性建筑。
>
> 院子前方（南方）无正门，在东、西两墙的前半部各开一随墙式琉璃门（看着像先砌好围墙后在墙上开个门）。
>
> 东墙较高，西墙与文华殿院墙相邻，墙体稍矮。

东门与紫禁城东华门遥望，西门与文华殿东角门毗邻，中隔夹道。

整个院落好似文华殿的一个跨院。

院中大庖井极富盛名，井水清甜甘洌，可与京西玉泉山之水相媲美，故有“玉泉第一，大庖井第二”之说，井水至今仍未干涸。

传心殿院落由南向北分别由治牲所、景行门、传心殿三座主要建筑组成，殿后有祝版房、神厨、值房等附属建筑。

传心殿是皇帝参加专门研读经史开设的讲席（大约如现在的领导专题讲座）之前，向国家的先师圣贤们行祭祀大礼的地方，殿正中设皇师伏羲、神农轩辕等牌位，殿东设周公位，殿西设孔子位。

治牲所位于传心殿南，是传心殿祭祀时宰牲之地，祝版房位于传心殿后，是贮放祝版之地，神厨位于传心殿后，为准备祭品之处。

紫禁城的传心殿是一处好长时间被人们遗忘的寂静的角落，现在游人们经常去逛太和殿、中和殿、保和殿三大殿，经常去逛御花园，游人们对帝王的权势和威严，对后宫的神秘和奥妙都很感兴趣，就是读书人想要去关注一下皇家的书院，也就走到皇帝研习经书的文华殿参观一番，无暇去光顾东侧那个连个正门都没有的院落。

为什么传心殿院落的正面没有院门，而安排一排南房作宰杀牲灵之用呢？凌青不明白。难道说，这个院落只能秘而不宣，藏而不露，不得吸收阳气，不得滋长、生发、扩张，因此南向没有门吗？凌青瞎猜着。也许，这座院落表面上是用于祭祀，而实际上是用于保护地境神吧？难道说地境神居住在这里吗？凌青不敢肯定。好像地境神不应该住在皇宫里，可是地境神为什么要把时钟放置在这里？

传心殿大门紧锁，凌青透过窗户往里望望，什么也看不见。

凌青悄悄走进文华殿和传心殿之间的那一条狭长的看似没有任何功用的夹道，夹道内空空荡荡，只有一些现代人架设的暖气管道，这个夹道是专为地境神的翊卫们特别预备的吗？

文华殿上专为皇帝研读经史开设的讲席，一般是每年春季和秋季举行两次，逢单日设讲，酷暑、严寒时关门休课。讲席开始前皇帝会派遣官员或亲自到紧挨着的传心殿，向十几位圣贤的牌位行礼祭拜。也就是说传心殿这个院落一年只有春秋两季的几天有人走动，平时空无一人。皇帝给这里命名为传心殿，就是把一颗传承之心存放于紫禁城中这个低矮的不起眼的院落，而地境神则把一串慰藉心灵的嘀嗒之声也存放在这个寂寞的院落。

是这样吗？这只能是猜测。

后院祝版房是贮放祝版的库房，祝版就是祭祀时所用的书写祝文（古代祭祀神鬼或祖先的文辞）的木版，每年只有春秋两季当中的寥寥几天，祝版房才开启房门，这里藏个什么秘密是再安稳不过了。后院神厨是准备祭品的厨房，内有大厨数人，谁是大厨的后人，不得而知。值房是皇宫兵丁值班的房屋，传心殿一年只有几天的祭祀，为什么要安排兵丁常年值班把守呢？看来是地境神的翊卫长年累月在值房秘密坚守着。

传心殿里安静得出奇，而传心殿外却是紫禁城最热闹繁忙的地方，在传心殿院外北面，御茶膳房、鹰房、狗房、花马厩、药房等都在这里，当年不仅人来人往，还有各种各样的动物穿梭其间。

凌青觉得传心殿不可思议，越琢磨越觉得传心殿有故事，它的布局、它的架构、它的地上地下，以及它的前前后后、左左右右，从它的东门西门进出的人们和祭祀用的牛羊，无一不体现出与整个紫禁城格格不入的格局和色彩。

后院的拐角处有一座不起眼的门，凌青鬼使神差地停下脚步，试图用手轻轻推一推满是尘埃的木门，又一想：确信有足够的好奇心推开这扇门吗？凌青把伸出去的手又缩了回来。

前院中那口京城闻名的水井叫大庖井，从字面意思看，这是一口用于厨房烹饪的普通水井，凌青往井中探头仔细观瞧，没有发现什么异常。凌青在网上看到有研究者说，传心殿位于紫禁城的东南，就好像这座宫城的心脏一般，大庖井应该是紫禁城的心门，打开这座门就能看见紫禁城的心灵在怦怦跳动。

咦，凌青再粗心大意，也能在内侧井壁上发现一个楔子状的图案，那是黑钉图案。普度寺石门上有黑钉图案，颐和园地宫入口有黑钉图案，现在凌青在大庖井又看到黑钉图案，这绝对不是一件偶然的事。井壁上还镌刻着一连串的名字：枣斑羚、墨斑豹、秋斑狼、羽斑鹤……凌青在心里默默记下。

贺嘉的妈妈出国讲学回来了，贺嘉迫不及待地向妈妈问起玉版的事情，贺嘉的爸爸在一旁问：“什么玉版？我怎么不知道玉版的事情？”

贺嘉向爸爸挤了挤眼睛说：“妈妈肯定不是有意瞒你的。”贺嘉对爸爸说话一点儿不客气，没大没小。

贺妈妈从家中犄角旮旯翻腾出一个陈旧的箱子，左掏右找，拿出那枚玉版，给贺爸爸和贺嘉看，并和他们讲起了玉版的事。贺嘉的姥爷是中国大名鼎鼎的文物学家，在紫禁城从事文物整理工作，一干就是一辈子，现在年事已高。贺嘉的姥爷和姥姥生有七八个孩子，到底是七个还是八个，姥爷总是记不清，姥姥活着的时候，一提起这事儿就又生气又好笑，贺嘉的妈妈是最小的女儿，姥爷趁着自己没有完全糊涂，把玉版传给了贺嘉的妈妈。

姥爷的叙述是，他年幼的时候从自己的父亲手中继承这枚玉版，被告知持有这枚玉版守护紫禁城中一位昏睡不醒的大将军，姥爷当时也就是个孩子，接受了这枚玉版后，直到晚年，就再也没有人来向姥爷提起守护紫禁城大将军的事情，姥爷也就把这件事当成儿时的童话渐渐淡忘了。到了晚年，姥爷忽然想起自己的爸爸当年提过，这项使命要向后辈交接，世世代代传承下去，姥爷就向贺嘉的妈妈提出，要她接受这项祖上传承下来的使命，不管它是真是假，是童话还是故事，要把这件事传递给后人。贺嘉的母亲、贺嘉的姥爷，包括姥爷的上辈都郑重其事地传递着这个使命，并且有玉版为证。可是很奇怪，将近一百年，这份使命没有任何具体的任务和安排。因此到了贺嘉妈妈这里，就真的将这一使命当成童话了。

一直在旁听的贺爸爸插嘴问贺妈妈："所以你这么多年一直没有告诉我这件事，是怕我当成幼稚的童话而笑话你，是不是？"

贺妈妈点点头："是这个意思。我怎么也想不通，紫禁城中怎么会有昏睡不醒的大将军。"

故事讲完了，妈妈突然问贺嘉："你为什么要问起玉版的事情呢？"

贺嘉拽着妈妈的胳膊说："我们有个同学叫凌青的，他也有这样的玉版。"

这对贺妈妈来说，可是个天大的消息。

凌青这个名字一下触动了贺妈妈的敏感神经，她进一步问："他是不是枣斑羚？"

贺爸爸没听明白，问："什么枣斑羚？"

贺妈妈解释："带有深红色斑点的羚羊。"

贺嘉一边点头一边看着妈妈："您怎么知道的？"

这时，贺妈妈又向贺嘉提出了一个更加奇怪的问题：

“你知道我是什么动物吗？”

贺嘉和贺爸爸这回同时睁大了吃惊的眼睛，贺妈妈不卖关子了，告诉他们说：“羽斑鹤，羽毛上带有斑点的仙鹤。”

贺嘉问：“拱八拱？为什么是羽斑鹤？”

妈妈眯着眼说：“这是姥爷传递下来的，因为我们姓贺嘛。”贺嘉表示认可，又微微点点头。

这时贺爸爸和贺嘉才明白，当年姥爷坚持要贺嘉随着母亲姓贺的真实原因，贺爸爸不姓贺，大家叫他贺爸爸，是从贺嘉的角度说的。

贺妈妈提出要见一见凌青，贺嘉索性把鲍迪、郎本和凌青一起叫到家里来。从辈分上说，贺妈妈是凌青这个有特殊使命的人的长辈，但是贺妈妈对这一项特殊的使命知之甚少，也什么都没有做过，这一点上，她还不如晚辈凌青呢。

贺嘉的父母是吃洋面包，喝洋墨水，在国外生活过很长时间的高级知识分子，在凌青上下够不着、左右摸不清的情况下，贺妈妈给凌青提供了关键的线索。但同时，也给凌青带来了更大的谜团。

两枚玉版静静地放在桌子上，一枚是凌青的，另一枚是贺嘉的，鲍迪和郎本都很羡慕，贺爸爸也是觉得稀奇。鲍迪眼尖，感觉凌青的玉版和贺嘉的玉版在色泽上略有差异，凌青拍着鲍迪的肩膀，不以为然地说：“你也太过敏感了吧。”

贺嘉也笑着说：“就是，我这个学画画的都没看出什么。”鲍迪于是自责自己不该太较真儿。

贺妈妈等于是认证了凌青、贺嘉两个人都是这个特殊使命的团队成员。凌青问贺妈妈：“贺姥爷没有提到过枣斑羚吗？他老人家认识我爷爷吗？”贺妈妈摇摇头，说没听说贺姥爷提起过枣斑羚。

鲍迪心生醋意，他对凌青和贺嘉说：“是不是只有你们俩有玉版，是翊卫？”

郎本没有听出鲍迪的本意，大大咧咧地说：“怎么可能？”

鲍迪一脑门子疑惑地问郎本：“咱们钟楼中学到底还有多少人是这个团队的成员？”

郎本也在问：“难道说有成千上万的人是这个团队的成员吗？”

凌青肯定地说：“应该不会。”

郎本不依不饶地说：“为什么不会呢？神灵的守护部队为什么不会有成千上万的人呢？我们看的美国大片里边不都是这样演的吗？”

郎本说着说着，就要把脚丫子抬到沙发上来，贺嘉不喜欢郎本这样坐没坐相站没站相的随便样子，就当着一屋子的大人孩子管教郎本，让郎本很下不来台。贺爸爸打圆场对郎本说：“你随意，你随意。”

贺妈妈端出自制的香芋泥和杏仁酪请孩子们吃，把郎本的馋虫钩上来了，可他又不敢开口多要一碗。

贺嘉才不愿意有成千上万的人和她一样肩负有特殊的使

命，她需要持有本姑娘的神圣感、神秘感。她理直气壮地反问郎本道：“你觉得，北京城里能有成千上万的人从地道钻进紫禁城吗？你觉得，北京城里能有成千上万的人知道颐和园万寿山下的秘宫吗？”

郎本和鲍迪都觉得，还真的不应该有成千上万的人。鲍迪调侃说：“看来，喝洋墨水儿家庭里长大的孩子，和吃白馒头长大的孩子，就是不一样。”

贺嘉以为这里边有恶意，忙着追问：“为什么不一样？为什么不一样？”

鲍迪说：“一个比较理性，另一个比较感性。”

贺嘉在椅子上跷起来二郎腿，点点头说：“这话我爱听。”

郎本梗了梗粗脖子说贺嘉：“你就爱听别人夸你的话。”

凌青对鲍迪和郎本说：“兴许你们俩家里也可以找到玉版呢。”

郎本对鲍迪说：“就是，就是，咱们也回家去找找，省得让人家看咱哥儿俩像编外帮工的。”

郎本很兴奋，但是鲍迪的情绪立刻低落了下来，郎本没有察觉，凌青和贺嘉看了出来。可怜的鲍迪连自己的生身父母都不知道是谁，他到哪儿去找玉版呢？

贺嘉知道自己是羽斑鹤，心里当然很得意，每天上学也觉得比以前有意思多了，她不像凌青那样沉得住气，她把欣喜和得意写在脸上。

她是每天坐地铁上学的，拥挤不堪的地铁是北京一大风景，好在早晨贺嘉上学时，拥挤程度尚未达到高峰。贺嘉现在想，我是羽斑鹤，应该飞翔着上学才对。贺嘉开始嫌自己走得太慢，看得不远，总是希望飞翔，指不定哪天真的飞翔起来，把周围的人惊得目瞪口呆。

我想飞
没有一双翅膀任我肆意地挥
我想飞
我的躯壳太沉太重太累赘
我想飞
不管上天是蓝是雾还是黑
我想飞
不管地面是高山是湖水
我想飞
不管前方你是谁

9

凌青还有一件令大家兴奋的事捂着没说呢。

郎本沉不住气，催促凌青快说，凌青只对三个伙伴悄声说："我在大庖井的井壁上，发现枣斑羚伙伴的名字。"

贺嘉一挺胸，一扬手，高声说："肯定有我，羽斑鹤。"

鲍迪用眼神问凌青：真的有羽斑鹤吗？凌青忍不住高兴的表情，抿着嘴点点头。郎本急着问："还有谁？"

凌青故意拖着不说。鲍迪和郎本都催他快说，贺嘉也想知道还有谁。凌青说出来："还有墨斑豹、秋斑狼。"

郎本跳起来，举着粗胳膊，蹦着高儿地嚷嚷："我郑重预告，我很可能是秋斑狼，鲍迪很可能是墨斑豹。"

贺嘉问："拱八拱？你拿什么证明？"

郎本大声说："凌青姓凌，就是枣斑羚，你贺嘉姓贺，就是羽斑鹤，鲍迪姓鲍，就是墨斑豹，我郎本姓郎，自然而然就是秋斑狼。哈哈哈。"他兴奋地大笑起来。

鲍迪看着郎本，觉得有道理，但是不言语。

郎本居然得意地唱了起来：

我是一匹来自北方的狼
走在无垠的旷野中
凄厉的北风吹过
漫漫的黄沙掠过
我只有咬着冷冷的牙
报以两声长啸
不为别的
只为那传说中美丽的草原

贺嘉斜着眼睛调侃他："谁见过天底下有你这么胖嘟嘟的狼。"

郎本啪啪地拍拍自己宽厚的胸脯，严肃地纠正她："我内心狂野。"

凌青有这几个伙伴陪着，心里暖洋洋的，虽然爷爷走了，地境神不知道在哪里睡大觉，翊卫使命也扑朔迷离，但是起码他渐渐地能够找到与他有相同使命的同学。

凌青四人到普度寺爷爷的小屋，仔细研究黑钉，他们并不知道黑钉是干什么用的。鲍迪思考问题比其他三人更严谨一些，他仔细观察了黑钉之后，提出一连串的推测，凌青、郎本和贺嘉都佩服鲍迪心细，就支棱着耳朵听着。鲍迪分析，黑钉与地境神有关，这不容置疑，但是黑钉的功用、数量、布局，现在一无所知。按照现在的情形看，如果黑钉数量有限，就不足以发挥应有的作用，黑钉不是一个两个，也不是十个八个，很可能是一个相当的数量。既然有一定数量，在北京城的分布就有一定的布局，不可能随意布置，我们只要画出分布图，就可以掌握黑钉的整体格局，就可以预知哪里还埋有黑钉，通过对已经挖出的黑钉和未曾挖出的黑钉的观察，就应该能推断出黑钉的功用，推断出黑钉和地境神到底有什么联系。

鲍迪的分析让伙伴们频频点头称是，贺嘉挺佩服鲍迪的严谨劲儿，心里说，别看他鲍迪平时不言不语的，脑袋瓜儿真好使。既然大家认为鲍迪说得对，那就按鲍迪的意思办吧。

一连几天，三个男孩子分头去跑北京近郊的几处大型废旧物品收购站点，这种脏兮兮乱哄哄的地方贺嘉就不要亲身前往了。凌青、鲍迪、郎本用手机拍下黑钉的照片，到废品收购站给那里的师傅们看，问一问是否见过这个东西，如果有，就征求人家的意见，看是否可以赎买回来，如果人家不肯，就把黑钉上的文字记录下来，并尽量问清楚黑钉的出土地址。很快，贺嘉从三个男生“野外考察”的战果中得出如下结论：已知挖出的黑钉有十几颗。黑钉出土地点在北京城老城城墙以内，大致相当于现在北京二环路以内。

黑钉是如何摆设分布的？四个孩子意识到这是个问题，别看他们年纪小，但对中国围棋、中国武术的知识还是略知一二的，他们肯定不会认为一定数量的黑钉是按照横平竖直的简单规则，排列在北京城地下的，就像宋老师给他们班的学生排队。鲍迪设计的寻找黑钉的方法，首先要找出黑钉的布阵方式，这个图案有没有原始图形可供参考？答案是否定的。

鲍迪说：“这黑钉是神布下的，不是人布下的，我们如何知道神是按照什么样的图案布下的呢？”

凌青分析说：“但神的布法也应该是有规律的，不会是随意的。”

郎本的插话总是近乎捣乱性质：“为什么不可以是随意的呢？神的想法可以与人截然不同啊。”但又言之有理，让对方必须加以思考并回答。

凌青的思路是相当清晰的：“因为这黑钉的布局是有功能性的，这种功能性要求黑钉的布局不能是随意的，而是有章法的。”

“是什么章法呢？”郎本认同凌青的话，但又提出新问题。

贺嘉说：“这章法要我们四人去找啊，而不是我们三人去找，你在这儿等现成的结论啊。”贺嘉带有批评意味的话算是堵住了郎本的臭嘴，郎本暂时不再言语了。

鲍迪顺着这个话题说下去：“可不可以这样？从已知的被破坏、被挖出来的黑钉的位置推算全城所有黑钉的布阵？”

凌青急忙催促：“具体说说。”

鲍迪说：“我也拿不准。”显然鲍迪心中的答案还在朦胧之中。他接着说：“找一张北京城地图，把已知的黑钉地点标注出来，看看能不能有个轮廓，有个图形，从中推测一下黑钉布阵的整体图案。”

郎本抢着说：“有道理，我去电脑上下载一张北京城地图出来。”郎本不明白的时候怎么都不明白，明白以后比谁都反应快。

凌青叫他且慢：“不行，现在的北京市地图不行。应该找一张明代的北京地图。”

凌青说得有道理，黑钉又不是昨天前天埋下去的，怎么可能依据现今北京城的地理格局呢？古时候的北京哪有三环、四环？哪有金融街、CBD？郎本意识到自己想问题又简单化了。

网上搜一张明代北京城地图也是可以做得到的，四人分头干活儿，找图，找黑钉数据，把数据还原到明代地图上。结果怎么样？没有那么简单。他们四人的办法也许是对的，但是黑钉的数据远远不够，没有办法勾勒出一幅完整的图案，他们必须再继续积累更大量的数据。

鲍迪在计算黑钉布局的时候，实在没有招数，就向数学曹老师寻求帮助，解这道难题。但是，他如何向曹老师描述这道题呢？说是几何，是方程，是微积分？曹老师肯定是有兴趣帮助他，在鲍迪看来，越是难题曹老师越是来劲、亢奋，眼睛发亮光，头发恨不得直竖起来，但如果鲍迪向曹老师如实交代，这是北京城下地境神埋布的黑钉布阵，曹老师肯定是会生气的，肯定会觉得，鲍迪是在用一个虚编妄造的题目来要笑他。曹老师作为残障人士，对于别人不友善的要笑是异常敏感的。

钟楼中学的数学课曹老师，那可是北京大学数学系毕业的高才生，他的同班同学有三位考上了中国科学院数学研究所的博士生，他因为身有残疾，来到中学教书，算是静养，也算是继续着自己的数学爱好。曹老师年幼时患病，一条腿落下残疾，装有假肢，走起路来一瘸一拐。但是他身材高大，长着一张有棱有角的脸，眼睛烁亮，鼻梁高耸，头发还有着天然的鬈曲，额头又宽又平，用北京话讲叫作“大奔儿头”，学生们背地里暗想，这么大的脑袋可以盛下多少数学公式呀。曹老师每天都穿着高档笔挺的制服，绝不马虎凑合，每天的衬衫都熨烫得平平整整，他是残疾人，对外表服饰极刻意。特别不可思议的是，他打乒乓球、拉小提琴均优异于一般人，数学课更是讲授得出于其类，拔乎其萃，学生们很爱听他的课。曹老师特别不愿意别人照顾他，可怜他，不能替他拿教具，不能替他开门，不能搀扶他上下楼梯，谁出手帮他，他跟谁甩脸子，所有的事都坚持自己做，老师学生都不敢招惹他。

曹老师四十多岁未婚，与自家老娘相依为命，他虽有腿疾，但是个儿高，肩宽，精力旺盛，走路快，性子急，说话嗓门儿高。曹老师板书极其工整，从黑板左上角写起，一行一行像印制的教科书一样，写完左边写中间，写完中间写右边，横平竖直，上下对齐。宋老师的板书没法跟曹老师比，谁的板书跟曹老师也没法比。曹老师擦黑板势头很猛，别的老师擦黑板都横着擦，或是一行一行地擦，曹老师是竖着擦，一片一片地擦，铺天盖地，横扫千军，因为个子高大，伸手就能贯通黑板的上沿和下沿，像大扫荡，像是有使不完的劲儿，像是和自己刚刚写在黑板上的公式、算法有着深仇大恨，必欲涂之抹之消灭之而后快。他讲课必是使尽浑身力气，汗流浃背，且乐在其中。曹老师板书快，讲得也快，全班谁都不敢走神，赶紧抄笔记，曹老师往左，全班的脑袋往左，曹老师又往右了，全班的脑袋跟着往右，慢一点儿都不行。曹老师上课严谨，学生们听课也紧张，别看曹老师身有残疾，但他高傲自信，拿中学生当小毛孩子，不放在眼里，在他的数学殿堂里，根本没有初中学生的位置，平时对学生相当冷漠，你不跟他打招呼，他连看都不屑于看你，大多数学生对他敬而远之，学生们知道他有天赋，有才华，万一把他招惹烦了，给你出几道谁也解答不了的数学难题，回家熬一夜也写不出个答案来。曹老师性子急，上课容不得别人打扰、插嘴。学生上课不听讲，走神儿，暗地里说悄悄话，他就急眼，大声呵斥。谁打瞌睡，他一个粉笔头儿飞掷过去，就会准确地击中你的脑瓜顶，谁也不敢反抗。

唯独鲍迪喜欢曹老师，因为鲍迪喜欢数学，曹老师也喜欢鲍迪，他在鲍迪身上隐约看到自己少年时的影子，鲍迪的忧郁，鲍迪的孤僻，鲍迪的少言寡语都能在曹老师心里产生共鸣。

鲍迪与凌青他们继续纠缠黑钉布局，凌青说："你可以把相关数据交给曹老师，让曹老师推演出可能的答案。"

贺嘉在一旁插嘴说："我倒是觉得，应该把这道题交给地理老师或历史老师。”

“为什么呢？”鲍迪问的时候也不抬眼看贺嘉。

贺嘉说：“我总觉得，布阵不是数学题，相关数据不仅仅包含几何数学的因素，还与地理位置有关，或者说，与北京城古城建筑格局有关。”

郎本立刻建议道：“我们把题目同时出给数学老师、历史老师、地理老师和语文老师，考考他们，平时他们考我们，这回让地境神考考他们，哈哈！”郎本因为能有机会考老师们一把，又放声笑起来，只可惜凌青、鲍迪、贺嘉一脑门子愁苦，谁都不配合着他乐。

鲍迪和凌青把题目编排好，贺嘉、郎本打打下手，数据条件尽量完备，但绝口不提地境神，不出现黑钉，谎称是为北京城铺设地下管线求证最佳设计方案，由鲍迪交给曹老师。

郎本问：“谁能确定地下管线的铺设与黑钉布局有什么对应关系？”

鲍迪说：“我们需要曹老师计算出一张均衡布局图。”郎本数学不太好，假装听懂了，点点头。

曹老师很认真，连续几个晚上计算、设计，苦思冥想，但始终没有妥当的答案，要么是假设的条件缺项，要么是得出的结论不完整，最后给出的图案，看上去总是布局不合理。其实也是为难他了，这位北京大学数学系的高才生，凭借人的高等智商，去计算神的布阵图形，肯定是鸡对鸭讲，对不上号。

他们去找历史老师，年轻的历史老师是全校自视最高的老师，谁说什么她都不听，她觉得她的历史学问是最神圣不可侵犯的，她每天到校，必要拉着一个又沉又笨又难看的行李箱，铝合金箱子外包一层牛皮，上着结实的铜锁外加密码锁，防磕防撞防风防雨，里边装的全是历史书，马校长不好打击她的教学积极性，可还是要善意地问问："你就不会把历史都装进脑子里？"

历史老师真诚谦逊地说："脑袋太小，装不下。"

马校长又说："装在iPad里也行啊。"

她摇摇自己那不够用的脑袋说："使不得，使不得，历史只能写在纸上才稳妥，最好是刻在石头上。"

现在她正忙着自己家孩子上小学的报班、考试、体检、交费等烦心事儿呢，根本没有时间管鲍迪他们的所谓地下管线铺设预案设计，对于北京城的历史，更是一无所知，因为她的那些历史书上没写这些，她脑子里那些历史知识，全是上中学、上大学时看蹩脚教科书看来的，几乎没有半点儿实际价值，但她显然不能让学生看出自己的知识匮乏和应付糊弄学生的姿态，硬生生摆出一副矜持的样子，来抵挡求知欲极强的学生们的发问，鲍迪他们碰一鼻子灰，终于发现这位老师除了课本上的几行几段文字外，什么都不懂。

"这是什么水平啊，简直是混饭吃。"贺嘉发牢骚。

鲍迪说："还不如去问内街中学的葛老师。"

郎本问："谁是葛老师？我怎么不认识？"

凌青和鲍迪给郎本解释说，葛老师是内街中学的地理老师，号称半个北京城的小诸葛，上知天文，下知地理，每周来钟楼中学做一次课外讲座，大家都爱听，郎本从来不听什么课外讲座，所以他不认识葛老师。

郎本不服气："天底下有这么神的老师，他怎么不当地境神翊卫？"贺嘉又要教育郎本，凌青示意贺嘉，算了。

下午葛老师来做讲座，四个孩子围拢着葛老师问这问那，葛老师心里自然很是受用，作为中学老师，他当然喜欢求知欲强的孩子，他当然喜欢学生们问他很多问题。一方面显示他有人缘，另一方面也可以在学生面前显示他的学识有多么的渊博，用一个不太好听的词来形容就是"显摆"。四个孩子也十分乐意配合葛老师的这种显摆，他们心里清楚，如果是去向历史老师请教，她还什么都显摆不出来呢。

葛老师身上还有一股淡淡的草木香味。

葛老师喝浓茶，头发中分，飘逸洒脱，上衣又像风衣又像斗篷，没有兜没有扣没有垫肩，一泻而下，既不是皮草也不是高级面料，脚下的皮鞋并不是闪闪发光，乌黑锃亮，而是粗犷的牛皮高帮靴，除了潇洒还是潇洒，他鞋带的编法很独特，全北京独一份儿。

葛老师款款道来，他极富煽动性，两只巨大的手掌完全展开，来来回回地挥舞着，嘴里喷出慷慨激昂的辞藻，脖子上的格子围巾都快被他砰砰作响的挥动撑开了。葛老师一打开话匣子，就没完没了，他说，北京的街巷叫作胡同，这个词很可能是一个蒙古语词汇，就是水井的意思，早在七百五十年以前，蒙古人在北京这个地方建造都城时，先是挖掘一座座水井，然后再依据水井建设一条条街巷，许多水井就坐落在十字路口。葛老师说，四个孩子提供的那道题当中所分布的各个节点，很可能就是北京水井分布的各个节点。

葛老师进一步讲，北京的水井，分为甜水井和苦水井，甜水用来饮用，苦水用来洗衣服和日常其他的使用。随着北京城市逐渐的扩张和北京水源的逐渐变化，甜水井越来越少，苦水井越来越多了。到了清朝，整个北京城的普通百姓差不多都是在饮用苦水。凌青插话说："我听老年人讲，北京城底下有海眼，是吗？"

葛老师挥挥手说："那都是吓唬人的民间传说，不可信，不可信。"

葛老师的解法让四个孩子心中大喜，不管这个所谓的管线铺设线路图与地境神黑钉布阵图是否一致吻合，葛老师的答案确实是最佳答案，最牛的答案。

现在的状况是黑钉被人移动，被人挖出，布局被破坏，是不是应该把挖出的黑钉重新埋入原来的位置？如果黑钉丢失或者残缺不全，是不是应该重新锻造黑钉？到哪里去请什么样的人重新锻造黑钉呢？这些难题，让四个孩子一筹莫展。

10

全北京的人对疯沙神的怨恨和疯狂毫无察觉，对地境神也无动于衷，只有凌青、鲍迪、郎本、贺嘉四个孩子和陆珂、英瑛两个孩子被神唤醒了。

差不多六百年以前。

明永乐十九年（一四二一年）正月初一，皇宫紫禁城奉天、谨身、华盖三大殿（现在所见的太和殿、中和殿、保和殿的前身）投入使用。奉天殿最宏伟，是皇宫的正殿，俗称金銮殿，奉天殿差不多相当于今天的摩天大楼了，新建的大殿，木材、油漆、石材、灰浆都还是崭新的，帷幔、龙椅、铜器、漆器都还是崭新的，朱棣皇帝和大臣们还能隐隐约约闻到油漆味道呢。现在我们在紫禁城看见的三大殿都是后来重建的，就拿奉天殿来说，初建时面阔三十丈，也就是九十五米多，进深十五丈，是四十七米多，现在面阔只有六十四米，进深三十七米。

四月初八，新鲜劲儿还没有过去，三大殿刚刚启用仅仅几个月，一场突如其来的暴风雨从天而降。按说北京在农历四月是很少下大雨的，听见春雷声也算是稀奇，偏偏这天下大暴雨，偏偏这暴雨夹带着滚滚惊雷和只有夏秋天才能遇见的闪电，偏偏这闪电就地团成一个巨大的火球，不邪不歪，精准地击中奉天殿穹顶，火球并不就此收手，沿着汉白玉高台的中轴线顺势而下，将奉天殿连带后面的谨身殿、华盖殿一并带入火海。

大火整整烧了两天两夜，不管是朱棣皇帝，还是大臣、手下的兵将，谁也没有见过这么强的火势，这么大的火灾，士兵们慌乱惊恐地哭号，太监们手足无措地奔跑，人们连救都不知道怎么去救。新木头、新油漆越燃越欢，越烧越旺，浓烟滚滚，散发着呛鼻的气味，这气味几乎是撕肝裂肺的味道，是捶胸顿足的味道，是不甘于心、不忍放弃的味道。辉煌的宫殿被烧成一片焦黑的废墟，不是说墙壁厚重结实吗？塌啦。不是说殿柱粗壮高大吗？烧成灰炭啦。不是说屋脊雄伟辉煌吗？倒啦。

此事在史书中有明确记载，《明史》这样记载：“十九年四月庚子，奉天、谨身、华盖三殿灾。”只有寥寥几个字。这件事前后蹊跷太多，谁也不敢深究，史官在史书上只记录了日期和地点，惊天动地的事件只记写了一个“灾”字，就心里哆嗦，手腕发抖，再不敢细写。朱棣费尽千辛万苦，把自己的亲侄子拉下皇帝宝座，冒着全国上下一片骂声，建立起新的政权，并且避开南京自己的父亲一手开创的基业，来到北京，大兴土木，费时十余年，建筑起属于他自己的皇宫大殿，没想到刚刚三个月，新鲜劲儿还没过去，屁股底下崭新的龙椅还没有坐热和，居然被一把天火烧为灰烬，朱棣皇帝一口气窝在心里，从此身体一天不如一天，这把火把朱棣皇帝坐江山的精气神，烧了个一干二净。

史书上没有写进去的是，发生火灾时，恰巧地境神闲来无事到地面上遛弯儿散心，走走逛逛，正走到文华殿，他站在殿外欣赏朱棣皇帝的子女们读书，留意到殿内两座奇特的时钟，时钟发出的嘀嗒嘀嗒的声响，让地境神觉得十分舒服，就站在时钟前久久不愿离去。千不该万不该这时发生大火，大火燃烧宫殿里硕大粗壮的楠木殿柱，散发出奇异香气，裹挟在浓烟中向文华殿飘散过来。地境神这么大牌一位神灵，偏偏就闻不得南方楠木那种特有的烧煳烧焦的香气，一下熏倒在地，昏睡不醒。

地境神的搭档冽水神得知消息，慌了手脚，堂堂地境神怎么会就地昏倒呢，她从地下水脉冲出来，即刻将地境神背回地宫，搭救地境神，可是地境神深度昏迷，再也没有苏醒过来，冽水神不知道怎么办好。冽水神找来朱棣皇帝，把他劈头盖脸训斥一顿。朱棣正在为三大殿失火而揪心揪肺地伤心，早在宫殿盖好之时就有个姓胡的人（是人是鬼，现在也不好说）提醒过皇帝："四月初八宫殿会发生火灾。"皇帝当作耳旁风不以为然，还把此人关入大狱，没承想三大殿只存在了三个月，就毁于天火，皇帝自忖是不是做了错事遭到天谴。

这时冽水神告诉他，大火不但烧毁了三大殿，还把地境神熏得昏睡不醒，这突发情况无异于雪上加霜，把朱棣皇帝吓个半死。朱棣在神面前，只能恭敬听命，神灵才不管你个万岁爷有多么威风、多么神武呢。洌水神说：“我马上动身去南方生长楠木的地方，找桀木神，为地境神寻求解药，你派人守护地境神，不得有半点儿闪失，如果地境神病重，整个北京城将毁为废墟。因为地境神昏睡于那两座神奇的时钟之侧，命你指派翊卫定期为时钟上弦，千万不要让时钟停下来，直到我从南方归来。另外，切记在京城地下神脉节点之处，埋有七十二颗黑钉，黑钉是北京城护城法器，黑钉布局已经有六亿年的功力，我洌水神不在，他地境神又不醒，任何人不可触动黑钉，切记我说的话。”

朱棣皇帝记住了洌水神的话，接受了洌水神授予的使命，并命人将那座时钟妥善保存在文华殿东侧的寂静无人的传心殿。

这就是凌青爷爷传承下来的北京城地境神和洌水神事件的开头。

将近六百年过去了，地境神未醒，洌水神未归。

将近六百年过去了，时钟被一代一代人守护着，始终未停。可是黑钉却被无知的人们触动了。

将近六百年过去了，原本的任务被演变成神话，原本的安排被人们忘得一干二净，只有翊卫还记得这世世代代传下来的祖训，本以为守着并不困难，没想到大规模的城市建设把七十二颗黑钉破坏得面目全非，布局全乱。昏睡中的地境神状态一天不如一天，北京城可能要守不住了。

六百年前的北京显然没有现今这样喧闹，这样躁动，那时有规律有节奏的响动寥寥无几，就是钟鸣鼓乐之声、打更之声、鸡鸣犬吠之声，所有这些，对于“土生土长”的北京地境神来说，也是习以为常，唯有时钟的嘀嗒声显得特别新奇，它的均匀、它的响亮、它的悦耳，深深地打动了地境神，按说地境神不应该像是个追逐日剧韩剧的豆蔻少女，多愁善感，听个悦耳的响动还恋恋不舍，但是，地境神就是在这样一个特定的情境之中，这样奇妙地伴着这样的声响睡着了。

一个人有一个人睡眠的习惯，凌青每天睡觉时一定得怀抱着孩童时他妈送给他的绒毛熊猫，你给他换个泰迪熊试试，他肯定睡不安稳。地境神昏睡时只对这时钟的嘀嗒声敏感，停止不行，更换也不行，神的专一性显然超乎想象。神只认那时钟的嘀嗒声，六百年后的今天，无论北京这座现代化都市多么吵闹喧嚣，无论私家轿车呼呼啦啦新增多少万辆，无论地铁咣当咣当又开通了十几条新线路，无论新开的餐馆多如牛毛，每天有数不胜数的杯盘碟碗叮当作响，无论新近潮水般涌入多少天南地北的青年人、中年人、旅游者、打工者、上学的学生，他们的脚步声原本回荡在山岗、在田埂、在草场、在竹林噼噼啪啪，现在他们的脚步声在北京城的水泥地上咚咚嘭嘭，而地境神一概充耳不闻，只认紫禁城中那座无人问津的宫殿中那两座疲惫不堪的时钟。谁让这钟声消失，神就必定从睡梦中惊醒。他醒了，是福是祸，是喜是忧，你们北京人走着瞧！

发生在六百年前的神事，在人间几乎没有记载，明清两个朝代的所有文献都没有记载这件事情，对地境神翊卫的代代相传也没有记载，凌爷爷的秘志是不是记录下这些，现在也辨识不清。这两座时钟外形机巧，结构奇异，当年很可能朱棣皇帝忽视了这两座时钟，只当成玩意儿送给文华殿读书的孩子们，地境神也拿时钟当玩意儿了。没想到的是，地境神的世世代代的翊卫们是拿时钟当作生命了。

凌青、鲍迪、郎本、贺嘉想要在短时间内搞清楚这件事情的来龙去脉，几乎不可能，所有的信息都是支离破碎，并且是口耳相传，查无实据。四个孩子必须一点一滴去积累，才能看到事情的原委。这对于性急的孩子们来说真是一种折磨。

四个孩子要解这道题，这道题给出了紫禁城地道、时钟、颐和园秘宫、残缺的秘志、黑钉、玉版、枣斑羚、羽斑鹤等一个个线索。但是没有公式，怎么能够推算出发展脉络和结果呢?

关键是地境神怎么样了，地境神在哪里，地境神需要他们这些翊卫做些什么，这些想要知道的疑问，没有人来解答。郎本耐不住性子发牢骚，说："偌大个北京城，也没有个学校传授些神法、魔法的知识，整天让我们猜谜语，这不是要急死我吗！"

贺嘉也着急，但还是看不惯郎本这副猴急猴急的抓耳挠腮的样子，说："你不愧为钟楼中学的学生，遇见难题，先找答案。"

郎本问："我请教你，你说说，遇见难题以后，东城区数一数二的好学校内街中学和府学中学的高才生们都是怎样做的呢？嗯？”

“积累知识，收集数据，多设计几种可能的方案。”贺嘉也不知道那两个中学的孩子们怎么样做，但她嘴头子上绝不能让郎本问倒。

凌青道：“这种神题，那两个学校的学生也未必有解，难道他们能与神相通不成？”

贺嘉这张嘴是见谁说谁，她冲着凌青说：“你们男生就知道去内街中学门口看漂亮女生，殊不知那些漂亮女生未必会解难题。”

凌青和鲍迪偷笑，郎本追问：“什么漂亮女生？我怎么不知道？”

凌青和鲍迪告诉他，内街中学的舞蹈队全市有名，舞蹈队的女生个个楚楚动人，钟楼中学的很多男生放学后经常去内街中学门口的马路牙子上坐着欣赏漂亮女生呢。

郎本动了心，随口说了一句：“哪天得闲，我也去观瞧观瞧。”

贺嘉指着郎本的鼻子笑着说：“瞧你那没出息的样儿！”

在全东城区，内街中学排老大，府学中学排老二，钟楼中学排不上号。可是，地境神的翊卫使命偏偏落在了钟楼中学学生的头上。

贺嘉有画画天赋，从小父母在这方面花了不少心血，贺嘉也有兴趣，闲散时间就坐在画桌旁潜心画画，贺嘉画画不喜欢画花，而喜欢画叶子，画草，画它们的千姿百态，画它们的零乱和随风摇摆，画它们在阳光照射下的色彩变化，当然，她还没有老辣到喜欢画晚秋初冬的枯枝残叶的程度。她不喜欢画花是因为花过于讲究规整对称了，太规矩，贺嘉觉着没意思。自从知道自己是地境神翊卫，贺嘉有好几天幻想着借助地境神的神奇力量迅速提高自己的数学、历史以及绘画水平，当然地境神如能帮她短期内快速提高英语水平，那就最好不过了。但她不敢奢望一个没离开过北京城的地境神，会与英国有什么瓜葛，北京的地境神会不会英语这事她真不敢确定。几天过后她彻底地失望了，地境神根本不管她学业上的事，她的学习成绩的提高，依然要靠她自己使劲儿。她也没有问过凌青，地境神是否会帮她提高分数，她自己也觉得这种话说出口，有些丢人。

下午贺嘉找绘画课陂复老师，参加课外绘画班。她噘着嘴唇想心事，拿了画笔，东抹一把，西涂一把，看起来漫不经心，又像是心事重重。

陂复老师问："为什么噘嘴？一个小丫头片子，能有什么心事？"

贺嘉顶嘴："我没噘嘴。"

陂复老师："别以为我看不出来。"

贺嘉憋不住了："同学们都不相信北京城有神。"

陂复老师把脏手往沾满油彩点子的大褂上蹭蹭，说："他们算老几，我就相信北京城有神。"

贺嘉意外找到一位知音，平时她也是跟陂复老师很随便，没大没小，陂复老师总是随随便便地把她的零食放进自己嘴里，此时贺嘉打开话匣子就要向陂复老师倾诉，陂复老师制止了她，让她先把神的样子画出来。贺嘉愣在那里说不出话来，她没见过神。

11

凌青把守护地境神的事前前后后向爸爸说了一遍，这下又把爸爸和爷爷的陈年往事勾了出来，惹得爸爸好几天没睡着觉。爸爸嘴上不多说什么，心里却翻江倒海般折腾，该来的事情终究要来，迟早要来，怎么躲都躲不过去。

爸爸鼻子下面人中的部位都上火起了大燎泡了，喝多少酽茶都压不下去内火。他不知道这个守护地境神的使命到底水有多深，到底火有多热，他没有亲眼见过地境神，就没有真情实感，也说不上强烈的责任感和使命感，如果不是那场“文革”让他愧对爷爷，他真可能劝凌青退出这场看似游戏实则真刀真枪的战斗。但话说回来，如果没有那场“文革”，这场战斗的亲历者应该是他自己，而不是凌青。在危难之际他不能退缩，那不属于他的性格，但他又不能让自己的幼子舍身而出。凌爸爸跟凌青说：“爷爷把翊卫使命传递给你，你就干好，我不能劝你打退堂鼓，我也不能鼓励你去冒险，一旦发现危险，立刻告诉我，万万不要逞能。”

凌青点点头。

凌爸爸喜欢陶艺，没事儿就钻进自己的工作室制陶，弄得满手都是泥巴。这几天凌爸爸的陶艺也做不下去了，本想坐在制作台前静静心，可是，做出来的坯子不是东倒就是西歪，不仅心没有静下来，反而更加心烦意乱。

自从凌青上初中，凌爸爸就觉着心很累，不知道是他心重，还是培养一个男孩子成长，确实需要做爸爸的身心和精力的全部投入，他不是要把凌青培养成什么精英，也不是指望凌青将来挣大钱，做大人物，他就是看着自己的儿子噌噌地往上长，又高兴，又放心不下。

在爸爸眼中，凌青就是个好孩子了，虽然凌青从小离开母亲，脾气上也有些倔，但是基本上没有什么斜的歪的。凌青身上小毛病也多，比如说他不爱吃水果，喜欢喝大量的饮料。爸爸苦口婆心地说他多少次，他改不过来，他从小到大就没有养成良好的饮水习惯，从来不喝白开水，不喝矿泉水，不喝没有味道的水。反正北京城的少年都是娇生惯养，在任何一个街口任何一个店铺都可以很随便地买到各种各样牌子、各种各样口味的饮料。现在凌青都已经是十五岁的大小伙子了，凌爸爸也不愿意在这些看似鸡毛蒜皮的事情上跟他过不去。再比如说，凌青内火大，不愿意穿厚重的衣服，冬天不愿意穿羽绒服，春秋不愿意穿秋裤，不愿意戴帽子，这些日常琐事，做爸爸的本来就粗心，天天说凌青还心烦。凌青这些源于自身天性而养成的生活习惯，很难改变，当家长或老师试图强行改变他时，双方就僵持得十分厉害，有时甚至到了剑拔弩张的地步，特别不愉快。凌爸爸依然把凌青当个孩子，认为他应该顺从，应该听话，但是这些理念，在凌青他们的身上已经渐渐地不起作用了。凌青的身高都快要赶上父亲了，还能让他顺从吗？

鲍迪喜欢使用左手，但他不是真正的左撇子，凡是从小由家长或幼儿园老师教授的技能，他都用右手，右手拿筷子、勺子吃饭，右手使用刀具切东西，右手写字，右手握拍打乒乓球。凡是从小自己学会的动作都习惯用左手，左手系鞋带，左手提裤子，打篮球用左手运球，用左手投篮。很奇怪的是，他小便时用左手，而大便时用右手擦屁股。在过去中国，左撇子几乎是一件大逆不道的事情，现在的孩子们都没有这方面的意识了，但是鲍迪的上一代人以及更早的长辈，见到孩子使用左手，一律毫不留情地纠正他们使用右手，在过去谁家孩子用左手吃饭，就要遭家长训斥，甚至被家长打手惩罚。就是在今天这样现代化程度很高的北京大都市当中，用左手向领导向长辈呈送或接受物品，依然被视作十分不礼貌的行为。可是长辈们没有想过，他们的训斥和纠正，埋没了多少左撇子们的成长天赋，鲍迪直至今日依然觉得左手和右手的转换，左脑和右脑的转换给他带来很大的思维障碍。

贺嘉喜欢吃零食，这个习惯让身为高级知识分子的贺妈妈看着十分不顺眼，但是和凌青的情况一样，怎么扳也扳不过来，贺爸爸过分疼爱女儿，不愿意在生活细节上苛求贺嘉。在宽容的父亲面前，喜欢吃零食这根本就不算缺点。贺爸爸的理论是，她喜欢干什么就干什么，随她去，不做干预。因此，人们常常在放学后，在街上或在家里，看见贺嘉往嘴里塞零食吃，一点儿也不像个传统意义上的大家闺秀。

郎本身上的臭毛病就更多了。

鲍迪家住团结湖，卧房直接面对团结湖水面，平日里甚是敞亮，公园里白天还算安静，傍晚总有老人唱歌跳舞，鲍迪紧闭门窗，不爱听那些嘀里咣啷的响动，姨妈也从不参与公园里的唱歌跳舞，一人一个活法，姨妈从不与陌生人交流，她都是清晨一个人在公园里转三圈，傍晚饭后轻易不去团结湖凑热闹。鲍迪家楼上，隔三岔五就发出杀鸡一般的号叫，那是邻居阿姨又在连训带打地教育她家那个顽皮的小学生，叫他背，叫他念，叫他写，嫌他背得差劲，写得歪斜，考得荒唐。普通杀鸡的作案现场是鸡在惨叫，在挣扎，在逃窜，她家是杀鸡的刽子手比临死的鸡调门还高，杀鸡的人以及被杀的鸡，从卧室到客厅你追我逃，你赶我窜，高一声低一声，长一声短一声，带着正义，夹着辩解，连着愤怒，缀着屈辱，久久不息。鲍迪多少次想让姨妈上楼劝劝，姨妈不愿意管闲事。

几次鲍迪到楼道里遇见那个小弟，老想怜悯安慰他几句，可是看着小弟欢蹦乱跳的，全没有被打过被骂过的狼狈样子，鲍迪的安慰话到嘴边又缩回去了。

鲍迪这些日子白天走神，晚上总是睡不踏实。

> 我与黑夜相拥
>
> 还有那遥不可及的星星

黑夜给予我深不见底的哲理
星星给予我忽明忽暗的柔情

鲍迪的父母是谁，这件事很蹊跷，凌青、郎本、贺嘉他们不知道，连鲍迪自己也说不清，他不可能没有父母，他父母却没有在身边，也从来不出现。去美国做生意去了？还是去欧洲驻外使馆当参赞去了？触犯了法律被关进监狱里去了？被派往西南深山研制航天飞机去了？他们总得有个去处，而且要跟鲍迪保持固定的联系，常年不联系是不正常的，或者说是有原因的，总不能将一个十五岁的男孩儿孤零零地放在北京亲戚家，不闻不问。鲍迪也始终在猜：父母是谁？他们在哪里？

鲍迪的姨妈一向少言寡语，她对鲍迪的学习，并不是像其他家长那样问这问那，既不给他报名上补习班，也不请家教，采取放羊式的管理方式，这在当今学生家长中极为罕见。哪有这样的家长，对孩子如此胸有成竹，如此放任自流，如此听之任之。可奇怪的是，鲍迪的学业并不因此而比其他的孩子差，每次考试鲍迪的成绩在班级、年级中总是名列前茅，这多半取决于鲍迪天生聪慧，读书不吃力不费劲。当然，其他家长和鲍迪的姨妈讨论起这件事，除了羡慕不已之外，谁也不敢效仿，谁也不敢冒这个险，谁也不敢大胆尝试这种不加管理的管理方法。鲍迪的姨妈绝不让其他家长效仿她的方法，她这样做自有她的原因，不便对别人说。而姨妈对鲍迪的健康和安全是格外操心的，从不让鲍迪有半点儿闪失。姨妈极力阻止鲍迪参加一切危险活动，甚至禁止他外出，这一点鲍迪和姨妈总是拌嘴，发生冲突，他都是大小伙子了，不可能总宅在屋子里，其实与其他男孩子相比，鲍迪就够宅的了。

鲍迪的姨妈养了一只看上去阴森森的波斯黑猫，黑猫时常用一种考官一样的眼神审视鲍迪，好像对鲍迪不甚满意，鲍迪也不明白是什么意思，其实黑猫没有恶意，只是因为黑，所以看着凶。

鲍迪想知道自己的生父生母在哪里，想知道他们有没有玉版。他从小到大喜欢抱着自己的胳膊睡觉，就像是小时候抱着妈妈的胳膊睡觉一样，在潜意识中总有一种渴望拥抱对方和渴望被对方拥抱的感觉。但对方是谁，他却是极为挑剔的。当然他从没有把这种潜意识表达出来过，甚至是压得死死的。

鲍迪要寻找属于自己的那一枚玉版，证明自己是地境神翊卫之一，他已经从内心里认定自己就是地境神翊卫，就好像他与墨斑豹这个称号有某种心灵感应似的。他的思路是相当缜密的，他是数学高手，不是语文高手，他的结论不是写作文凭感觉导演出来的，是用数学公式推导出来的。鲍迪认定自己就是墨斑豹，他要寻找玉版，有了玉版，他就是名副其实的地境神翊卫。他要寻找父母，只有找到父母才能找到玉版，玉版是代代相传的，上一代人传给下一代人，对！如果鲍迪是墨斑豹，那他爸爸也应该是墨斑豹，他爷爷也应该是墨斑豹，他爸爸手里持有玉版，为什么不传给他呢？

这件事无论如何要问问姨妈了。

找一个作业不多、时间宽松、心情愉悦的周末，鲍迪与姨妈开口深谈了一次。他问姨妈："姨妈，我的爸爸妈妈为什么总不和我联系呢，他们在哪里呢？"

姨妈一听这话题就沉静了下来，原本兴奋愉悦的气氛好像有点儿凝固，沙发上打盹儿慵懒的黑猫也睁开眼睛，竖起耳朵旁听。姨妈还是找原来说过多少遍的理由来搪塞鲍迪。

鲍迪不听，他心平气和地把凌青、地境神、枣斑羚、羽斑鹤和黑钉的事儿，逐一讲述了一遍。姨妈听得迷糊起来，心里说：我得找马校长提提意见了，好端端的初中生怎么满脑子妖魔神怪？钟楼中学改成魔法学校了吗？姨妈觉得：鲍迪讲的都是神话故事，根本不是眼前的现实生活，这世界上怎么会有神灵呢？连黑猫都觉得鲍迪描述得不够到位，不够精彩，不够煽情，眯缝着猫眼又打起瞌睡来。

鲍迪拿起手机，把凌青、郎本、贺嘉叫到自己家里来，四个人向姨妈证明这个事情的真实性。家里来了一帮半大小子和疯丫头，黑猫这回没法儿打瞌睡了，黑猫见着郎本就躲，怕郎本拿手摸它，拿眼看它，一副不友好的表情，郎本很奇怪：我又没欺负你，躲我干什么？凌青、郎本、贺嘉常来鲍迪家玩耍，与姨妈并不陌生，他们给姨妈看了凌青、贺嘉的玉版，贺嘉还说，可以让自己的妈妈来给姨妈再讲一遍这个事情里边的羽斑鹤的那一部分，大家都耐心等待着姨妈开口。

姨妈抵不住四个孩子轮番进攻，抱起黑猫讲述鲍迪一家的往事，她心里孤苦，不抱着黑猫觉得空荡荡的，没个依靠。往事一言难尽，有些细节不便让凌青、郎本和贺嘉听，她只是寥寥说了几句梗概。

鲍迪一家三口和姨妈一家两口原本都在美国生活，姨妈未婚生子，她的感情生活很失败，婚姻也无从谈起，只是自己执意生下来一个男孩儿。这个孩子和鲍迪长得很像，几乎是像双胞胎一样，因为鲍迪的母亲和姨妈就是两个像一个模子刻出来的亲姐妹，鲍迪像妈妈，那男孩儿像姨妈，两个孩子同一年出生。两个孩子三岁那年，由于鲍迪爸爸失手点燃了卧室的被子，燃成大火，大火无情地吞噬了姨妈的孩子。姨妈大受刺激，她没有了父母，也没有丈夫，现在连心爱的幼子也失去了，痛不欲生。鲍迪的爸爸妈妈怀抱着鲍迪，心中十分难受，就像失去自己亲生的儿子一样，同时，他们也因为失手而后悔万分。爸爸妈妈不忍心看着姨妈走投无路，狠心决定把亲生儿子交付姨妈抚养。鲍迪的爸爸妈妈答应姨妈，再不来见鲍迪，也不把孩子接走。姨妈紧紧抱着鲍迪回到北京，把鲍迪当作亲儿子抚养。

鲍迪和凌青、贺嘉、郎本四人傻愣愣地听着，面对长辈的悲痛不敢插嘴，鲍迪的心里十分难受，他万没有想到自己一家的经历这样凄苦。他轻易不肯当着众人哭出声来，他是那种有泪往自己心里流的孩子，有多大的悲，多大的痛，他不愿意让旁人可怜他。他只是上前拉着姨妈的手，帮她擦拭脸上止不住的泪水。姨妈不愿意提及往事，也不愿意刺激鲍迪，她控制着自己，尽量说得轻缓些，可是她说得越轻，鲍迪的心越沉，这孩子的心事积压得太久了。

凌青突然想起一件事儿：如果鲍迪的父亲也是墨斑豹，那他为什么不在北京坚守岗位？北京地境神难道不需要墨斑豹吗？鲍迪请求姨妈，允许他给爸爸发一封E-mail，问询墨斑豹和玉版的事情。姨妈沉默好久，只好同意了。

远在美国的爸爸很快给鲍迪回复E-mail，第一行写得干脆明了：我是墨斑豹。

压抑太久的鲍迪，这回再也控制不住自己，盯着显示屏，放声大哭起来。三个伙伴眼泪也止不住，围着鲍迪，又是胡噜后背，又是递纸巾，就是不知道说什么好，连恭贺鲍迪是墨斑豹的话都忘了说。

> 亲爱的儿子，爸爸妈妈十分想念你。想必你已经从姨妈那里知道了那些不忍回首的往事。你今年都十五岁了，十多年过去了，时间过得真快。你提到墨斑豹的事儿，让我很兴奋。我像你这么大的时候就听爷爷讲过守护紫禁城大将军的任务，并且告诉我要将任务代代相传，绝不能中止。但是这么多年过去了，我并没有接到具体的任务，也没有接到要把任务传给下一代的指令，我一直感到很奇怪。如果北京有要求说，让我把任务传递给你，我会立刻照办，并委托专人把玉版交付给你。但是作为你的亲生父母，我们还是要叮嘱你注意安全，不要贸然参加有危险的活动，要听姨妈的话，神的任务不是随随便便什么人就能轻易完成的。你的妈妈非常想

念你。——爱你的爸爸。

这是爸爸给鲍迪回复的E-mail的全部内容。鲍迪一边哭一边看，看后马上让姨妈看，他怕自己与爸爸妈妈联系上以后会惹姨妈伤心。姨妈知道地境神之事重大，她不能阻止墨斑豹的使命代代相传。

凌青、鲍迪、郎本、贺嘉紧紧拥抱在一起，鲍迪性格孤僻，他就怕孤独，就怕没有亲人和朋友。凌青兴奋地说："我们现在有枣斑羚、羽斑鹤、墨斑豹三个翊卫了。"

郎本有些郁郁寡欢，他想：凌青、鲍迪、贺嘉他们三人都像一家人似的，唯独我郎本还孤零零地站在队伍之外，我郎本到底是不是秋斑狼呢?

送走凌青、郎本和贺嘉，鲍迪把自己一人关在屋里，拿出最新款高达模型，足足拼装了一个晚上，一句话也不说。

姨妈给鲍迪买来一双最新款耐克鞋安慰他，姨妈和鲍迪一切如初，像是什么都没有发生过一样。

12

郎本急眼了，凌青、鲍迪、贺嘉都是地境神翊卫，都有祖上传下来的玉版，把他一个人撂下不管，那不行。

郎本肯定自己是地境神翊卫，谁说他不是，他跟谁急，他回家问他爸，问他妈，给爷爷家、姥爷家打电话，他把所有的亲戚都想起来了。郎妈妈见他不好好写作业，屋里屋外地转悠，不停地打电话，就骂他："你抽什么疯你，离着春节还早着呢，你给姥爷和爷爷打电话，又想要压岁钱是不是？"

郎本低着头，挥挥手，不跟妈妈辩解，他现在身负庄严而神圣的使命，他这是要跟组织取得联系，提钱是多么的庸俗。

郎爸爸正在给单位领导起草长篇万言报告，没工夫管郎本的闲事，什么神呀鬼呀妖呀魔呀，郎爸爸根本听不进去，单位的领导比神更重要，更不好伺候。郎爸爸每天写讲话稿，先写开幕词，再写心得体会，再写闭幕词，再写总结。最近他在学习一种新的文体，就是写领导讲话的评语，这样说不太礼貌，但因为是新文体，也不知道该起个什么样好听的概括的精彩的名字。这种评语很见功力，很讲究技巧和分寸，紧接着领导讲话之后，一般是如下的套路，分几个步骤，先是提炼精华，要精准，要深刻，千万不要用领导讲话里边的原词，显得你抄袭，没有自己的独到见解。再是梳理纲目，条理要清晰，句子要简洁，条数不要多，不要超过三条，让领导觉得你啰唆。第三是拔高理论层级，这一条最见真功夫了，要显得高，但又不能露出明显的拍马屁的痕迹，而且不能过于高，不能比领导讲话的原文理论水平还高，那你就算弄巧成拙了。最后号召在场以及不在场的人学习领会贯彻领导讲话。这篇评语不能长篇大论，只能控制在3分钟之内。一开始郎本爸爸极不擅长写讲话稿，这既不是文学创作，也不是公文写作，一般人玩不好，玩不转，玩不利索，现在郎爸爸刚刚摸着些门道，讲话稿写得渐渐受到领导好评，现在又冒出个新的文体，郎爸爸上班下班又得费一番心思细细模仿。

郎爸爸上班时被领导管，心里憋屈，血管不通，情绪不高，面部表情也僵硬，回到家见着郎本，难得遇到一个名正言顺的手下，就要管一管，郎爸爸对郎本话也多，嗓门儿也高，面部表情也丰富。可是郎本越来越不服管，爸爸说的大道理，跟他没关系，爸爸不让他干的，他都想尝试一把。常常是爸爸哗啦哗啦地说个没完，郎本听不进去，爸爸很扫兴，很没有成就感。

这会儿郎本顾不上与爸爸纠缠，坐在沙发上直接给爷爷打电话，开口就问：“爷爷啊，您是不是秋斑狼，您快点儿告诉我。”郎本心里嘟囔着，我的亲娘二姨三舅母，急死我了。

电话的另一头，西北农村的土屋里，传来爷爷亲切的话音：“郎本哪，你好着咧？你爹好着咧？你娘好着咧？首都人民都好着咧？”

郎本心里急，嘴上还得耐着性子回答：“爷啊，我爸我妈好着咧，我也好着咧，北京人民全都好着咧。您快告诉我，您是不是秋斑狼啊？”

爷爷问：“你怎知晓我是秋斑狼呢？我们一大家子七八个人都是秋斑狼呢。”

郎本跳起来站在凳子上大叫：“爷爷啊，您有没有玉版？”

爷爷慢条斯理地说：“有咧。你小子莫催命嘛，等爷爷咽气的时候再把玉版传给你。”

郎本嫌手机里声音不清楚，快步走向屋外，他感到自己失礼，忙纠正口气说：“不急不急，有就行啊。爷爷您硬硬朗朗的，放假我去看您。”

爷爷被胖孙子哄得颇高兴，在电话那头絮絮叨叨说了老半天，其实郎本从来没有回过老家，现在一说有玉版，他才觉得老家亲。郎本得意扬扬、忘乎所以地一屁股坐在门口的石阶上，冬天的石阶冰凉，坐久了容易蹿稀（拉稀屎），郎本不在乎，我现在是秋斑狼，蹿稀算什么。郎本确认了自己的秋斑狼传承人的身份，高兴得手没处搁脚没处撂，嘴里着了魔似的反复念叨：“我是秋斑狼，我是秋斑狼。”

爸爸见他发神经，插嘴问一句：“什么秋斑狼？你是，我怎么不是？”

郎本不管那么多，随口给爸爸个解释：“您早早就离家上学去了呗。”

郎本忙给凌青、鲍迪、贺嘉打手机，告诉他们这个令人振奋的消息。贺嘉还在手机里逗他：“这消息确切吗？编的吧？别急，我们没拿你当外人。”

郎本真急了，使狠劲把手机摁了，哼，我郎本不比你们差。凌青、鲍迪都打电话来祝贺他。

大白鹅觉得今晚郎本太反常了，吃错了药似的，它围着郎本身边转悠，抬着鹅头观察他，郎本兴奋地抱着大白鹅又抱又亲，惊得大白鹅扑棱着翅膀逃得远远的，大白鹅心里说：“怎么了这是？”

贺嘉补发过来一条短信：恭喜你，胖仔！

郎本在相貌和脾气禀性上都像妈妈，不像爸爸，但明眼人还是能察觉出郎本与郎爸爸的神似之处，郎妈妈把郎爸爸管得一愣一愣的，郎妈妈一吼，郎爸爸立刻听从指挥，但郎妈妈不在，郎爸爸就什么都不干。郎妈妈体形略胖，略圆，走路一甩一甩的，连蹦带跳，嗓子嘶哑，性情冲动焦躁，郎本在很多方面与妈妈酷似。郎本做事大大咧咧，可以善始，难以善终，高兴起来兴致比谁来得都快，可是这股子兴奋劲儿难以持久，稍有挫折就很容易不耐烦了。

自从确认自己是秋斑狼之后，郎本总想表现得凶狠些，可怎么都装扮不出来一副恶狠狠的样子，他在家好几次有意识地冲大白鹅瞪眼睛，大白鹅一点儿都不当回事，郎本干着急。秋斑狼郎本的狼性谁也没发现，大家一致认为郎本与狼最大的反差是郎本不应该这么肉嘟嘟的，郎本的解释是：“这不怨我，怨我妈。”他妈听此言恨不得饿他三天。

郎爷爷想念胖孙子郎本，总打电话，希望郎本能回老家看看，郎本电话里说他也想念爷爷，说好放假回老家看望爷爷，爷爷说学习课业太重，要护着些身体，郎本乐呵呵地回答说：“我身体壮得很。”

爷爷说：“你想吃些啥，爷爷给你寄过去。”

郎本说：“不用寄，北京啥都有，我回老家您给我炖一锅羊肉就行了。”

爷爷说：“行哪。”

小孩小孩你别哭
前边就是你大姑
小孩小孩你别急
前边就是你大姨

早年间北京小孩迷路了，就会哼唱这首歌谣，郎本一高兴，瞎编了个后半段，续上：

你大姨她买不着房
前边就是秋斑狼
秋斑狼，哈哈笑

前边就是墨斑豹
墨斑豹，特矫情
前边就是枣斑羚

描绘得就跟一支向前行进的大部队似的，唱起来还合辙押韵。

凌青来府学中学找陆珂打篮球，郎本也一同前往，郎本不会打篮球，他不喜欢运动，胖的人一般都是喜静不喜动。

走过音乐教室的窗前，郎本被音乐教室里传出的钢琴声吸引，探头一望，弹琴的人他认识，是英瑛，郎本就想进去与英瑛套近乎，也听听英瑛随手随意弹奏的曲子，郎本蹑手蹑脚走到架子鼓边坐下来洗耳恭听，英瑛抬头瞄他一眼，点点头，示意他坐一会儿，郎本就坐在了架子鼓前的高脚凳上。英瑛弹英瑛的，郎本听郎本的，谁也不干扰谁。英瑛并不是弹什么名曲或练习曲，而是随着自己的思绪，任意地在琴键上游走，郎本听得还很入神，往好听了说，这是对英瑛的尊重，往坏了说，这就是装。郎本就是郎本，他是不可能长时间静静地老老实实地坐着，竖着耳朵听琴的，他手欠，拿起鼓槌，伴随着英瑛的琴声挥动了几下，不经意间敲响了架子上的小鼓。他瞄一眼英瑛，又瞄一眼，英瑛若是稍有皱眉噘嘴之意，他会立刻识趣地住手，他不是来给人家捣乱的。英瑛既没有皱眉，也没有噘嘴，顺着刚才的节奏和力度继续往下弹，郎本继而轻轻地按照自己的发挥和想象敲击下去。渐渐地，英瑛的琴声开始应答郎本的敲击，衬托着郎本的节奏，向前展开，郎本听出来了，这让郎本欣喜起来，他由轻缓向有轻有重、有急有缓的节奏变化，由短节奏向长节奏发展，由被动的配合向主动的引领迈步，他居然想让英瑛的弹奏跟着他的敲击走，他自己心里都觉着自己太过分了，就又返回来，轻声配合英瑛的弹奏。这点儿小心思被英瑛察觉了，她装作没发现，也不笑出声来戳穿郎本，也不用手中的弹奏抵触郎本，本来郎本就是来做客的，就像聊天说话，说深了说浅了，双方都不必太在意。英瑛的大度让郎本觉得很舒服。一个击鼓，另一个弹琴，两个人像是聊天，有客气谨慎，有融洽和谐，有试探，有邀约，有应答，有自言自语，有你来我往，聊得越来越火热，越来越起劲儿。两人谁都没有意识到，英瑛弹的也不是名曲，郎本敲的也不是名段，两个人完全是自由发挥，随心所欲，却又如此地默契，如此地合辙合拍，如此地行云流水，这让郎本很惊喜，也让英瑛很意外。

郎本因为有点儿胖，老家是西北农村的，在学校里多多少少被周围的男生女生看低看扁，即使是和凌青、鲍迪、贺嘉在一起，鲍迪、贺嘉也总是在言谈中贬损他，玩笑他，他虽不在意，但人有脸树有皮。今天受到英瑛如此的善待，他真是高兴极了，英瑛欣赏他的特长，配合他，甚至可以说是哄着他，他心里美滋滋的。

英瑛的心里也很舒服，在府学中学，像陆珂这样的男孩子，和那些只顾低头念书的男孩子，英瑛都看不上眼，今天，这个钟楼中学的男孩子的纯朴与厚道让她产生好感。再说，府学中学谁又能对音乐才华那么看重，那么当回事呢？你要是弹练习曲还则罢了，你弹的完全是自己胡编乱奏的随性之作，这要是身边站几个府学中学的学生，早就挑刺儿找毛病了。

郎本时不常来府学中学听英瑛弹琴，为英瑛伴奏，也不多言，仅仅是敲敲小鼓而已，英瑛在繁重的学业之余遇到一个能读懂她的音乐、她的思绪的人，也是不易。

郎本来府学中学找英瑛，被陆珂撞见，陆珂问郎本：“你来干吗？”

郎本说：“我来找英瑛。”

陆珂说：“你找英瑛干吗？”

郎本说：“你别管。”

陆珂说：“你？你还有资格找英瑛吗？”

郎本心里呸了一声，你算老几。

几天不见郎本来，英瑛还有点儿想念，斗嘴无人搭腔，演奏无人应和，有一种小小的失落感，当郎本胖乎乎的身影又一次出现在音乐教室门口时，英瑛差点儿把兴奋挂在脸上，差点儿站起身迎接他，但她没有站起来，只是轻描淡写地打个招呼。

郎本对声音和节奏异常敏感。不要因为体形圆胖，就觉得郎本是个粗人，郎本的智商绝对不低，只是他的聪明表现的地方与众不同，任何一种有规律的节奏声，都会被他清晰准确地印记在脑子里，第二次出现的时候，他会迅速敏锐地回想起来。而别的同学数学、语文再好，课文背得再好，却没有这种本事。谁也说不清这是一种什么样的天赋，郎本本人并没有意识到自己的耳朵是天之赋予，也没有意识到自己有超常的音乐天赋。从小妈妈就知道给他吃给他喝，爸爸就知道催他念书写作业，他连一件乐器都没有正规练习过，他自己蒙在鼓里，只是在关键时刻可以不由自主地发挥出来。没有哪个老师特意培养和训练他的这种天赋，英文、数学、历史、地理课都不考这些东西，也没有哪个同学特意地欣赏、赞赏他的这种天赋。他周围的孩子都是普通的初中生，不是在艺术院校学习器乐、打击乐的学生。更没有谁夸赞他的这种天赋可以为神服务，因为，谁都不相信有神的存在。

府学中学的音乐老师左次，常常站在音乐教室的窗外，静静地听英瑛的弹奏和郎本的敲击，他不去打扰两个孩子，只是静静地听。

郎本节奏感很好，并不见得说他唱歌就很好，他平日里很喜欢哼呀唱的，陆珂最烦郎本唱歌了，说他唱得像公驴叫。郎本很受打击，就不再当着陆珂的面唱歌，背地里自己唱自己的。陆珂唱歌确实好听，有滋有味有板有眼的，他们那个荒漠部落的人唱歌都好听，但是陆珂那个显摆劲儿，别人受不了。

郎本总往府学中学的音乐教室跑，可逃不过陆珂的眼睛，陆珂不是那种搅是非编八卦的人，他还真不把郎本放在眼里。

贺嘉好意劝郎本收手：“别什么花都敢摘，什么门都敢进，什么人都敢惹，那英瑛的条件也太高了吧，我贺嘉说的是实话，不是八卦。”

连一向不言不语的鲍迪都张嘴劝郎本别玩儿悬的，只有凌青愣头愣脑地给郎本打气。郎本不信邪，偏要喜欢英瑛，他说：“人家英瑛本人还没说个不字呢，你们瞎叨叨什么。”

贺嘉对大家说：“反正郎本头大额宽，想撞南墙就随他撞吧，谁疼谁知道。”

陆珂性急，自从为疯沙神找到母亲铜像的去向后，就憋不住问老馆长：“有咒语吗？教给我。”

老馆长平静地说：“没有。”

陆珂又问：“有魔杖吗？交给我。”

老馆长不露痕迹地笑笑说：“没有。”英瑛也笑。

陆珂还不甘心：“有魔法吗？我应该怎么学才能掌握？”

老馆长不笑了，严肃地说：“什么都没有。”

陆珂很失望：“一点儿都不好玩。”

英瑛很当真地指责陆珂：“跟你说了多少回了，这不是玩游戏。”

陆珂歪歪脑袋算是认可：“好吧，就这么着吧。”

老馆长办公室桌子上的物件，英瑛从不触碰，陆珂几次随意拿这个，翻那个，都被老馆长制止，陆珂大大咧咧，想要拿老馆长的杯子喝水，老馆长不客气地说：“不要动我的水杯。”陆珂赶紧把手缩回来。英瑛见老馆长要喝水，就主动端起水杯要给老馆长续热水，老馆长固执地说：“我自己来。”

英瑛就不爱看陆珂这副傲慢自信的样子，好像交给他魔杖，教给他魔法，他就能拯救北京城似的。英瑛随手拿起阅览室里的扫把，递给陆珂，一副调侃的表情，陆珂知道英瑛要弄他，接过扫把，假装仔细看两眼，装出一副要骗腿骑上去的姿态，又随意丢下。

老馆长是一位步履轻曼，身材瘦高的老妇人，已经七十多岁了。她很阳光、很开朗、很善意，但她不言不语，也有点儿各色，因为她的周边都是不言不语的图书，她的不交流、不张扬、不表露，让她显得有几分高傲和神秘。她将一条灰白色的辫子盘在头顶，让孩子们看不出她的实际年龄。按说这个年龄绝不应该再上班了，但是老馆长一生未嫁，身边无儿无女，伶仃一人很是寂寞，学校就叫她继续在图书馆上班，也不用干什么采购编码上架入库的重活儿，年轻的馆员有什么书找不着，问她一声就是了。别小瞧了这位老太太，她年轻时却是全东城区数一数二的美人，现在七十多岁的高龄，依然风韵高雅，身穿名牌风衣和长裙，脚蹬羊羔皮长靴，骑风头牌（一九三二年英国名牌Raleigh）自行车。老馆长不允许老师同学碰她的自行车，看门保安都知道，老馆长的自行车放在哪里，就是哪里，不能挪窝。老馆长也不许别人碰她的水杯和围巾等私人物品。尽管岁数大了，她绝不迟到早退，图书馆女馆员因为送孩子接孩子，给孩子看病而迟到早退，她一律不同情，不宽恕，就是不批评你两句，也是脸色不好看。要是男馆员提出来早退回家伺候老婆孩子，她更是嗤之以鼻。

老馆长站在两个学生的身后，眼巴巴地望着他们没长大的背影。

谁阅读这墨迹的不羁
谁吟唱这唏嘘的高低
谁破解这凄迷的执意
谁演算这布局的无头无绪
无根无据
无边无际

13

满腹怨怒的疯沙神从颐和园昆明湖回大本营搬兵，准备对北京城发动最猛烈的进攻。

内蒙古阿拉善地区白沙堡，疯沙神一回来就迅即动员巨量的白沙，由阿拉善狂奔无数公里，进入北京城，这对于疯沙神来说也是个艰巨的任务，都说当年曹操率领八十万大军，感觉上浩浩荡荡，谁也没细想这浩浩荡荡的大军是怎么发动起来的。

什么是一盘散沙，白沙兵团就是一盘散沙，铺天盖地，规模浩大，奔跑起来前拥后挤，挥舞拳脚是你打你的我打我的，你是花拳我是绣腿。白沙兵团整天躺着晒太阳，懒散倦怠，渴了饿了懒得吃喝，困了懒得睡觉，睡了又懒得醒过来，叫它们去北京打仗，疯沙神说破嘴皮子，编造六七八九十种借口和理由，都不能说动白沙兵团。

疯沙神给白沙大军做战前动员，哭天抹泪地讲他六百年找不到母亲的悲惨遭遇，白沙大军却听得呼呼大睡，根本打不起精神，白沙们窃窃私语，谁也搞不明白：到底是谁把疯沙神的母亲拐跑了，是恶霸，是流氓，还是他母亲的相好，还是另有什么隐情？为什么要我们千里迢迢奔赴北京城埋葬北京人？

疯沙神又说：“北京城里花天酒地歌舞升平，年老的跳广场舞唱老歌，年轻的念书挣钱买房买车，楼也高，马路也宽，吃食也丰富，日子很滋润。”

白沙们还是没有兴趣，说：“我们在荒漠自由自在惯了，我们不愿意住高楼，我们不愿意吃烤鸭，我们不愿意看美国大片、日本动漫。”

疯沙神急了，跟你们动之以情晓之以理，全是白费。他一言不发，别无他法，只有启动法力，说干就干，不再跟白沙们破费口舌。白沙们都老实听话了，疯沙神用疯沙神密语掀动起滔天飓风，将无边无沿的白沙凝聚成战斗方阵，疯沙神率领着，准确地说，是裹挟着推动着白沙兵团，浩浩荡荡向北京进发。

白沙兵团的士兵个个嘴里吹着呼哨，身子打着滚儿，跳着高，往前飞奔。过境之处落下白茫茫一片。

白沙兵团背着、抱着、抬着、拖着沿途的苹果、牛羊、白菜、土豆、西瓜、哈密瓜，向北京城铺天盖地而来。北京人不是爱吃吗？北京人不是爱喝吗？给他们送去好了，让他们吃个够，喝个欢，吃饱了让他们撑着，撑得走不动，让他们躺着，躺得烦了，让他们玩手机，玩得腻了，让他们睡着，就像地境神那样，一睡六百年，怎么着都行，就一个要求，让他们把水泱神还给我们，这是多么简单的一件事。

我们白沙兵团不欺负你们北京人，你们也禁不住我们欺负，我们送这么多好吃的、好喝的给你们，也算公平，我们从大西北来的，都厚道。

疯沙神的频繁异动早就被飞鸟察觉，现在疯沙神兵团启程，飞鸟们先于疯沙神进入北京鸟巢避难。

飞鸟犯了一个致命的错误，它们把避难地选在北京，仅仅是因为北京有个硕大无比的坚固可靠的鸟巢，鸟儿们互相议论说，全中国人和全世界的人二〇〇八年都聚到鸟巢狂欢，这里一定是个宝地，这鸟巢的名字不是随随便便取的，一定是给我们鸟儿大难临头时预备的。它们没想到，北京城恰恰是疯沙神的攻击目标，哪个傻瓜会选择一个主战场当作避难场所，虽说你们鸟儿头脑简单，但也不应该傻到这种程度，这不是自投罗网，自取灭亡吗？再说，你们也不睁大你们的鸟眼看看，这座巨大的鸟巢没有顶盖，如何遮挡疯沙神的滔天的狂风和倾覆的白沙，如何安置你们这些手无寸铁的没法抵抗、没法逃避的飞鸟。

成千上万的飞鸟全都傻眼了，全北京的人都还蒙在鼓里，一无所知。

疯沙神开始向北京城进发，鸟巢的鸟越聚越多，北京人不可能视而不见了。

疯沙神离北京城越来越近了。

凌青用肩膀撞开鼓楼东大街一间咖啡屋的门，转着身子率先走进去，咖啡屋唤作“半眯半醒”。室内东墙上醒目位置手写体的名言警句，是陆奶奶常教训陆珂的那句话，叫作：“穷忍着，富耐着，睡不着就眯瞪着。”陆珂恨死这句话了。

这家咖啡屋里饮料品种很多，店主对他们这些半大孩子也很友善，他们常来这里喝点儿什么。

鲍迪、贺嘉跟着进来，郎本在后边磨蹭着也进来了，后面大步流星进来陆珂和英瑛。凌青习惯地坐在面朝窗外豁亮的位子上，鲍迪则喜欢角落的舒服位子，贺嘉、郎本对位子不挑不拣，哪儿都成，陆珂和英瑛坐在就近的位子上。郎本一坐下就想脱鞋，他偷看了一眼英瑛，忍住了。贺嘉又想从书包里掏出耳机戴上听音乐，郎本数落她："干吗来了咱们！戴着耳机还怎么聊天说事儿？"

贺嘉跟郎本吐舌头做怪相，算是听郎本一回。凌青从不纠缠这些细节，鲍迪话少，根本不管这些闲事。凌青四个人说得好好的，大家抱团，有困难大家想办法，有危险大家共同扛着，凌青也不是什么英雄好汉，出于好奇和对爷爷的承诺，磕磕绊绊走到今天，遇事也没有什么章法，也是惊慌失措，只能硬着头皮往前走，也需要鲍迪、郎本和贺嘉帮衬，谁让他们都是地境神翊卫呢。现在凌青有心拉着陆珂和英瑛合作，陆珂说话办事却根本不把凌青放在眼里。

陆珂对地境神昏睡的说法不以为然，他说疯沙神有模有样，敢作敢当，地境神不像个神，他说凌青他们四个翊卫也是没头苍蝇乱飞乱撞，这些话可把凌青四人惹翻了。鲍迪给陆珂两个字："莽汉。"

贺嘉添油加醋地说他是个棒槌，陆珂不爱听，急了，说了更多攻击凌青他们四人的话。凌青站起身大骂："疯沙神进攻北京城，你陆珂就是帮凶，北京城有个三长两短，你是罪人。”说着说着唾沫星子都喷出来了。

陆珂根本不把凌青放在眼里，他连地境神都不在乎，你们这些翊卫不就是地境神身后的跟屁虫吗。英瑛站出来为陆珂讲话，她虽然觉得陆珂话语伤人，但她不能容忍凌青给陆珂扣上罪人的大帽子，双方展开激烈争吵。吵干了喉咙就喝，喝滋润了接着吵。

老板娘不得不出面叫他们小点儿声儿，好在其他客人并不多。

郎本卡在中间很为难，他喜欢英瑛，可又是凌青的伙伴，他向着谁说话也不妥，攻击谁都下不去手。他说：“你们慢慢聊，我去趟厕所。”

贺嘉看出他要躲避，一步跨到桌子边把过道挡死，双手把着两边的桌沿，厉声说：“说不明白，谁也别走。”

郎本说：“我要撒尿。”

贺嘉说：“先尿在裤裆里。”

其实郎本没有尿意，见贺嘉真急了，只好坐下。陆珂用手指着贺嘉，对贺嘉的言辞表示极度震惊，但他一个字也没蹦出来，贺嘉才不在乎你陆珂惊不惊，讶不讶。鲍迪不动声色，心中暗赞，这女子好生了得。英瑛开始攻击贺嘉，说：“和本校的同学犯横使性子，算什么本事！”

凌青不愿见贺嘉吃亏，向英瑛进攻：“你们是北京生北京长，即便身为疯沙神翊卫，也不该眼见着疯沙神发狂发疯，不加劝阻。难道你们看着疯沙神肆虐北京，攻击你们的学校、你们的老师同学，就无动于衷吗？没有人成心给你们扣帽子，但你们要扪心自问。”

陆珂和英瑛理亏，不敢再争辩下去了，英瑛沉默了好久，说：“我们俩知道应该阻止疯沙神，但是疯沙神不可能听我们两个毛孩子的。”郎本赶紧出来打圆场，说一些陆珂和英瑛都不是坏人之类的大实话。

最后两伙人不欢而散。

疯沙神已经逼近北京北郊，孩子们开始陆陆续续地相信北京城有神灵，大人们也三三两两地跟着信了。每天上学时老师与同学们的招呼是：“安好。”放学时同学们与老师分手时相互的告别是：“保重。”谁也不提安全、小心、当心之类的字眼，谁也不知道即将要发生什么。

这几天，学校里同学们追逐打闹的游戏少了，同学之间说笑玩乐的话少了，跑步打球的同学也少了，操场上很少见到同学们灵动活泼的身影，大家多龟缩在教室里，最多去趟图书馆，连中午饭的饭量好多人都减少了。

大冷天的，宋老师出幺蛾子，非要组织大家去北郊野鸭湖观察飞禽过冬，好多女生说这么冷的天儿，野鸭湖是不是都冻上了，哪里还有飞禽。宋老师说：“野鸭湖今年很怪，不结冰，很值得去看看。”

贺嘉不想去，想找个理由留在家里画画，鲍迪不知道想什么，极力撺掇贺嘉去，说现在地境神、疯沙神的所有事儿都扑朔迷离，不如去郊外灌灌凉风，兴许有个解法。这么一说，把凌青、郎本都说得非去不可了，贺嘉也就答应了。

郎本回到家就跟家人说要去野鸭湖，大白鹅围着郎本转来转去，挺着脖子听郎本说，郎妈妈对郎本说：“你可能都忘了，这只大白鹅就是咱们从野鸭湖带回来的呢。”郎本低头看大白鹅，大白鹅好像能听懂似的。

第二天一早，郎本赶去学校，和去野鸭湖的同学们会合，大白鹅跟在身后，到了大街口，郎本拍拍大白鹅的脖子示意让它回去，自己就径直往前走，他也没在意，大白鹅还在身后执着地跟随着。到北二环集合，等候校车，同学们一看郎本来了，全都乐了，你怎么把大白鹅也带来了？郎本一回头，这才发现大白鹅紧紧跟着他，要去野鸭湖。

凌青说这恐怕不行，上车的时候司机师傅会把大白鹅轰下来。郎本说：“我觉得此事怪异，从昨晚上我一说要去野鸭湖，大白鹅就跟着我，野鸭湖是它的家乡，它好像是要回去一趟。”

同学们都觉得郎本是在编故事，贺嘉偏偏觉得郎本说的是真话，她认定大白鹅是有灵性的，不管别人怎么说，俯下身摸摸大白鹅的羽毛，把大白鹅装进自己宽大的大背袋里。郎本心里挺感动，别看平日里贺嘉对他咋咋呼呼的，今天真出手帮忙。大白鹅挺听话，藏在贺嘉的大背袋里也不闹也不叫。

宋老师看在眼里也不言语，别看宋老师上课又凶又严，内心里还是偏向孩子们。一路上，同学们又是唱又是说笑，郎本和贺嘉坐在离司机最远的后排，轮流抱着大背袋。大白鹅好像心事重重的，怯生生地伸出半个脑袋，望着窗外发愣。

冬天的野鸭湖没什么人，也没什么鸟，只有芦苇荡里还有一群一群的野鸭和孤零零的白鹅，能飞得动的都飞到鸟巢避难去了。人们不惊动它们，它们也不动窝，人们走得太近了，它们才扑扑啦啦飞走。凌青似乎感觉到疯沙神的脚步已经到达附近，风很硬，一层一层的白沙开始侵蚀着芦苇荡，说是散心，这哪是散心呢。

一阵大风，搅得野鸭湖陡然变了颜色，凌青、鲍迪、郎本被风吹得灰头土脸，贺嘉被风吹得两眼睁不开。郎本不愿意多走动，照看着大白鹅，在岸边的石头上歇息，其他同学三三两两地顺着步道往芦苇荡深处走。宋老师大撒把，宣布了一个集合时间，就不再多问。

别人看到的湖水都是淡绿色的，水里藏着隐隐约约的水草，而贺嘉看到的湖水却是五颜六色的，仿佛还散发着微微的清香，她从来没有想到北京郊区的湖水是这样的清澈透明，是这样的吸引人，是这样的神秘莫测。凌青和鲍迪走在贺嘉的身后，好心的凌青喊住贺嘉，叫她别再往水边走了，岸边又湿又滑，是有危险的。鲍迪在一旁不以为然："贺嘉又不是小孩子。"

眼见得贺嘉站在步道上，把头低下看着湖水发呆，她照见自己的形影，仿佛觉得自己是一只洁白的鹤鸟，心生诧异，就用手往自己的脸上撩拨湖水，确认是不是错觉，低头再看，还是鹤鸟。贺嘉鬼使神差地捧起湖水，喝了一大口，像是有谁诱使她吸吮从来没有体验过的甘泉。她突然感到像被电击了一般，脖子胀痛，手脚发麻，浑身冰凉，血脉为之一紧，心里一阵异样的感觉。谁也没有想到，贺嘉瞬间变成了一只鹤鸟，一只羽毛上带有美丽斑点的鹤鸟。

鹤鸟回头看了看凌青和鲍迪，眼神中充满陌生，展开双翅向天空中飞去了。

凌青和鲍迪惊呆了，他俩沿着长长的步道奋力追赶，拼命呼喊，鹤鸟头也不回，全班同学被眼前的景象吓坏了，好几个女生吓哭了。鲍迪和凌青玩儿命地奔跑，企图追寻贺嘉的踪迹，可是，鹤鸟越飞越远，越飞越高，最后，鲍迪和凌青什么也看不见了。

一阵骚乱，郎本这边居然毫无察觉，有同学哭哭啼啼地跑去告诉郎本，郎本龇牙咧嘴地笑，对同学说："别逗我开心了，贺嘉会变成鹤鸟？我还会变成大尾巴狼呢。"一边说还一边张开双臂扑向同学，假装吓唬她。那同学急了，拉着郎本走到事发处，让郎本看，全班的女生都吓得哭开了，男生都吓得直哆嗦，郎本这才感到是真的出事儿了。

等郎本跟着凌青、鲍迪忙活老半天，再回过头来找大白鹅，大白鹅也不见了，湖边站着一个由大白鹅变成的小妹妹，别说，大白鹅也是被谁诱使喝了野鸭湖的湖水。

宋老师急疯了，原地转磨，不知道怎么办好，她又是报警又是寻找野鸭湖管委会，可是谁都不信，连接送他们往返的司机师傅都做证宋老师说的话不可信：来时多少人，回去时候还是多少，一个不多，一个不少，怎么可以说变成鹤鸟飞走了一个?

全班同学嚷嚷着描绘当时的情景，警察说应该调看一下湖边的监控录像，但是事发地点在芦苇荡深处，除了看见有鸟飞起来落下去的情景，有孩子们追逐打闹的情景，什么异常都没有。警察认真地做着笔录，但脸上的神色明摆着是觉得他们报的案情太荒唐。

凌青拉拉宋老师的袖口，悄声说："这一定是疯沙神出手作怪。"

宋老师哭着大喊："别跟我提神灵，我心里有数。"

全班同学返回城里，唯独缺了贺嘉，来的时候在大巴车上还又说又唱又打又逗的，回来的时候车上死气沉沉的，没有人说一句话。宋老师急得嗓子哑了，嘴角起了一串大燎泡，鞋上裤脚上全是尘土，头发也凌乱着，像是刚跟谁搏斗过似的。凌青慌神了，眼前总是晃动着贺嘉变成鹤鸟扑扇着翅膀的样子，回城怎么跟贺爸爸贺妈妈解释呢。这半年来，他一时好奇，没深没浅地把鲍迪、郎本、贺嘉牵扯到地境神的翊卫使命当中，他对他们亲如兄弟姐妹，他们四个人形影不离，他们钻地道，探秘宫，找黑钉，都是有惊无险。现在贺嘉飞走了，不见了，没影了，他凌青怎么担当得起这份责任?

野鸭湖畔野草长
你头不回展双翅高飞向远方
野鸭湖水泛波浪

我心惶惶情切切似倒海翻江
野鸭湖边寒风起
看水无痕风无声无处觅夕阳
野鸭湖上现魔掌
辨真是假假是真神灵也荒唐

鲍迪一声不吭，他当时离贺嘉最近，他眼瞧着贺嘉变成鹤鸟，居然没有拉她一把，鲍迪生性羞涩，从没有和女生拉过手，可这是一条叫作贺嘉的鲜活的生命，你鲍迪还顾忌那么多干什么，废物！鲍迪深深地自责着。郎本此时的关注点不在贺嘉身上，他从小养大的大白鹅居然变成一位少女，白裙白袜，愣头愣脑，张嘴管他叫胖哥哥，郎本完全惊得哈喇子都流下来了，他连声惊叹："我的亲娘二姨三舅母。"他打手机给爸爸妈妈，告诉他们这个天大的事情，郎妈妈在手机里还问郎爸爸前几天的鹅饲料里是不是放了什么灵丹妙药。几个女生拉着白鹅妹妹的手上下打量，墨墨趁机又掐又摁，验证是不是真的，双手抱在胸前颤颤巍巍地说："一定是地境神显灵。"

白鹅少女回城的路上对郎本有点儿羞答答的，郎本再也不好意思去抚摩她的脖颈，去胡噜她的后脑勺，那已经不再是大白鹅的后脑勺了。

回到学校，宋老师在全班解散前，又把每一个学生清点一遍，生怕再少一个。马校长把宋老师劈头盖脸批评一通，说这是严重的安全责任事故，宋老师平静下来后，也不哭也不嚷嚷了。宋老师不服，说安全上没出现问题，严格说这是一次神变事件，宋老师没说，她还多领回一个人来呢。马校长不听宋老师强词夺理，拍着桌子厉声问：“跟贺嘉爸爸妈妈怎么交代？你说。”宋老师直愣愣地望着马校长，还真说不上来，她也着急，贺嘉不能就这样消失了呀。

贺爸爸贺妈妈红头涨脸连奔带蹿地跑到学校，贺妈妈一上来不问贺嘉怎么回事，先问你们谁看见地境神没有，看见疯沙神没有。凌青、鲍迪、郎本都摇脑袋，谁也没看见神，宋老师更是什么也没看见，白鹅妹妹躲在郎本身后吓得发怵，她仿佛看见疯沙神的先头部队了，可是没有人问她。鲍迪说清清楚楚看见贺嘉变成鹤鸟飞走了，贺爸爸扯着嗓子叫：“你胡说，我女儿不是妖怪，怎么可能变成大鸟啊！”

南方人说话没有儿化韵，管鸟儿叫鸟，平日贺嘉最爱挑爸爸这些毛病，现在这节骨眼儿上谁还顾这些。凌青等同学都做证鲍迪没说瞎话，贺爸爸还是不信。贺妈妈信了，她意识到这是疯沙神在惩罚地境神翊卫。贺妈妈贺爸爸倒吸凉气，不再责怪宋老师和同学们，低着头苦着脸告辞回家。临走时贺妈妈拉着凌青、鲍迪、郎本的手，叮嘱他们三人：“千万要加小心，疯沙神来了，地境神翊卫把疯沙神得罪了。”这还用您说，这不是明摆着吗。

三个孩子心里既惶恐又委屈：我们没招他，没惹他，为什么说我们得罪他了？马校长和宋老师都凝神不语，其他同学愣愣地听着，一个个目瞪口呆。

宋老师借着火劲儿又把凌青数落一顿，说不好好念书，非要当什么翊卫，她又提起凌青的任务，逼问传心殿的事儿，说这不是胡闹是什么。凌青噘着嘴跟宋老师较劲，一声不吭，你越骂我，我越不言语。曹老师看不过去，就劝宋老师几句，同时也说凌青几句，说："宋老师这都是为你好。"宋老师还是说个没完。

回城以后，白鹅少女蹑手蹑脚地暂住在贺嘉家里。白鹅少女为什么不住在郎本家？这还用问吗！贺嘉家里现在空荡荡的，贺爸爸和贺妈妈心里是什么滋味？贺嘉的爸爸妈妈望着陌生的白鹅妹妹，也不给她做饭，也不给她喝水，直愣愣地望着她，希望她什么时候变身成贺嘉。贺爸爸怎么都转不过弯来，但还是安慰贺妈妈："我们的女儿能飞走，就能飞回来。"

贺妈妈说："你心倒是宽。"她担任过羽斑鹤，但是她从来没有展翅高飞过，心里没底。

贺妈妈胡乱地问着："她会不会飞到福建老家去了？"

贺爸爸说："北京发生这么大的事，她飞到那么老远的地方去干什么，她心里应该还惦记着羽斑鹤的使命呢。"

"那她应该飞不远，我担心她离家不远，就是找不到变回人形的办法该怎么办？"说着说着，两口子还是忍不住哭出声来。

贺妈妈两眼无神，两腿没劲儿，在贺嘉的房间里收拾贺嘉出门时都没有来得及收拾的书桌，把书本合上，码放整齐。贺爸爸跟在贺妈妈身后转过来转过去，不知道该干些什么好，他抬头看到墙上挂着个贺嘉小时候玩过的灯笼，就细心擦拭干净，转身挂在阳台上，插上电插头，红色的灯笼或许能给出远门的贺嘉指明家的窗口。

白鹅妹妹傻傻地坐着，把贺爸爸、贺妈妈对贺嘉的思念和牵挂默记在心里。贺妈妈取出葡萄酒，借酒浇愁，贺爸爸本是不沾酒的，也给自己倒了半杯。

一连几天的晚上，贺爸爸在楼门口站好久，两只手一会儿插兜里，一会儿背在身后，不知道放哪里合适，也不知是耷拉着舒服还是摆动着好受。那盏孤零零的灯笼就这样亮着，白天也亮着，夜晚也亮着，虽然并不高，并不大，并不耀眼，但一直亮着。贺妈妈坐在屋里盯着窗外的灯笼发呆。

14

没有任何一只飞禽胆敢喝一口野鸭湖的水。疯沙神选择贺嘉是觉得女生好欺负，给凌青他们一个严厉的警告，他本想找郎本下手，看到郎本身边站着一只白鹅，就改了主意。在这个非常的时期，非常的时刻，疯沙神所到之处，大大小小水面都被疯沙神的双脚践踏过，都被疯沙神的咒语覆盖过，哪个飞禽饮用了这些水，就会失去翅膀，再也不能飞翔。哪个有翊卫身份的人族触碰到这些水，就会还原到斑兽形态，一直到疯沙神解除咒语。贺嘉一定是被疯沙神施加了魔法。

鲍迪心重，一连几天去野鸭湖畔寻找羽斑鹤的踪影，每次有大鸟飞过，他都高声呼喊："贺嘉，贺嘉。"

可是那不是贺嘉，只是普通的大鸟而已。鲍迪的眼前总闪现着羽斑鹤拍打的翅膀，那一上一下的振动，让鲍迪晕眩，把他眼前的雾霾扇乎光了，把路旁的树木扫荡没了，把街上的行人和过往的车辆也全都像擦黑板一样擦干净了，鲍迪站在羽斑鹤翅膀扇动后的一片空白之中。孤独，无依无靠的孤独，除了牵挂，什么都没有剩下了。贺嘉，你在哪里？你在哪里？鲍迪焦急地呼唤着。

一连几天，无论刮风下雪，他坚持着来到野鸭湖畔，希冀着有一天她会再度出现。鲍迪对贺嘉的牵挂，并不仅仅是出于对贺嘉的亏欠，不仅仅是因为贺嘉展翅飞走时，他没能伸出手抓住她的衣襟、她的手，而是贺嘉腾飞之时，把鲍迪的魂儿一同带走了。没有了贺嘉在身边，鲍迪坐也不是站也不是，吃也不香喝也不甜。回来的路上，熙熙攘攘的街道上人们自顾自地奔走着，路灯散布着淡淡的黄色的光，为行人们创作出一幅柔化的图景，试图软化行人们冷冰冰的心，行人也不理不睬，一副无所谓的样子继续自己的行走。鲍迪走出无情无义的地铁站口，踏着无动于衷的路面向家中走去。

姨妈察觉到鲍迪的情绪变化，连黑猫都觉得这几天鲍迪不对头了，姨妈问鲍迪出什么事了，鲍迪低着头，强忍着泪水，一句话也不会说。

贺嘉居然张开翅膀飞走了，居然找不着了，着实让陆珂和英瑛吃惊不小，连老馆长也从来没有遇到过这种情况，老馆长说：“看来这次疯沙神是真急眼了。”

陆珂晃着膀子，一面真心安慰凌青，一面往安慰的话里夹杂风凉话。他说：“我说什么来着，你们就干不了翊卫的使命，没有金刚钻，别揽瓷器活儿。”

英瑛觉得陆珂说话太难听，这哪里是安慰人，这不是往凌青的伤疤上撒盐吗。陆珂不听劝，还觉得自己说的都是真心话，是为凌青好，后面的路还长，指不定出现什么危险，什么灾难，凌青应付不了，也担当不起，不如就此收手。凌青低着头，接受着陆珂劈头盖脸的、没完没了的数落。陆珂以为凌青听进去他的话了，话越说越多。鲍迪急了，带着哭腔大叫：“你少在这儿说风凉话，这么大的事儿落在你陆珂头上，你能怎么办？”

陆珂被问住了，刚才还在滔滔不绝地说，一下卡壳了，他说别人容易，落在自己头上，他还真没想好怎么办。他老半天嘴里挤出一句：“我，我可以问老馆长怎么办哪。”

郎本说：“你们疯沙神翊卫身边有位老馆长，我们地境神翊卫身边有谁？谁也没有。”

陆珂不得不低头，不言语了。

凌青老半天没说话了，这会儿，他开口说：“爷爷失踪了，贺嘉飞走了，我不能退下来，我绝不能就此罢手，不管是输是赢，我都不低头。”

说得英瑛心里挺难受，郎本想安慰英瑛几句，又觉得有点儿不合适。事情发展到这一步，两个团队再争吵，再互相挤对，也是毫无意义。最要紧的是沟通信息，研究对策。等双方坐下来聊聊时，凌青他们吓了一大跳，他们从陆珂那里知道疯沙神的寻母情结，半晌说不出话来。

鲍迪问：“他要干什么？”

英瑛说：“不可预料。”

郎本说：“你们为什么不阻止他！”

陆珂不爱听：“站着说话不腰疼，你们怎么不去把地境神叫醒，跟他说六百年了，该醒醒了。”噎得郎本也无言以对。

郎本说："我要是找不到妈我心里也难受，鲍迪你说是不是？"他本想拉上鲍迪同意他的观点，一看鲍迪脸色很难看，郎本才反应过来，鲍迪也想着和亲生父母见面呢，他不敢再煽情了。

远在西北的郎本的爷爷，应该说是那只老秋斑狼和他的小分队，屡次向北京传递疯沙神的异动，都没有引起重视。北京的翊卫早就忘记了，当年地境神向大西北派出秋斑狼跟踪疯沙神，多少年过去了，这只秋斑狼小分队变成了被人遗忘的野沙人。疯沙神的异动早就被野沙人察觉，但是他们无法判断疯沙神要进攻哪里，等北京感觉到威胁，已经晚了。按说郎本应该传承郎爷爷，在沙漠中跟踪疯沙神，可是郎本却跟着父母在北京上学，稀里糊涂地加入凌青的战队，根本不晓得自己到底应该干什么。

贺嘉飞走了，自然好几天不来上陂复老师的绘画课。贺嘉的事全校都嚷嚷遍了，恨不得校园里的大树、门窗和桌椅板凳都知道了，唯独把自己关在画室里作画的陂复老师不知道。凌青和郎本前言不搭后语地把贺嘉的事告诉陂复老师，陂复根本不信贺嘉会飞，他完全不拿凌青和郎本的报告当回事儿，慢条斯理地、头都不抬地对满脸愁容的凌青和郎本说："别在我面前编故事，贺嘉少来上几次绘画课，我也不恼什么，你们编瞎话说她飞走了，就是你们的不对了。"

等到他相信了凌青、郎本说的是板上钉钉的事实，他不但不焦急，不慌张，反倒非常兴奋，前仰后合地摇晃着身子，说：“我的学生居然会扑棱棱展翅高飞，太牛了。”他兴奋得差点儿说出脏字儿来。

听说鲍迪急得天天往野鸭湖跑，陂复老师顺手甩着画笔说：“大可不必，贺嘉能飞出去就能飞回来。”把油彩甩得哪儿都是，凌青嘴上不说什么，心里想，哪儿有您这样当老师的。

陂复老师走到哪里就画到哪里，宝钞胡同经常因为他站在街当中捕捉灵感而堵车，他就算是这条破落萧瑟的、古老哀怨的胡同中像模像样的艺术家了。一条元朝的老胡同，像一位被打入冷宫七百四十多年的老嫔妃，此时此刻，被一位年轻倜傥的艺术家欣赏，她不敢笑，又不敢哭，浑身不敢哆嗦，连哼哼唧唧的嘴都不敢张开。当知道陂复老师要把老胡同、老房子画进油画里，每一块瓦，每一块砖，都坚挺着，紧绷着，临死前再风光一次，咽气前再露一回老脸。赶大潮、迎时尚、合口味的艺术家们，都在高朋满座的CBD、金融街或者高新技术开发区里畅谈阔论，自吹自擂，或者在各种各样的论坛、峰会、研修班上凑热闹、溜须拍马、起哄架秧子。这种狭窄憋屈的胡同里，能有个艺术家来回来去转悠，连当地的居民们都应该感动得烧高香磕大头了。当然，陂复老师也跟所有的艺术家一样，或是仰头挺胸，摆谱嘚瑟，目空一切，或是凝眉苦脸，思索艺术与人生这些永远也想不清楚的大事，他还和绝大多数艺术家一样，爱喝酒，借酒浇愁，其实他不知道因何而愁。

自从他从贺嘉嘴里听说了地境神、冽水神以后，就经常产生幻想，琢磨着地境神和冽水神到底长什么模样，是像人还是不像人，肯定不像人，那像什么呢。他想按照自己的想法设计地境神和冽水神的样子，又担心自己水平有限，想不出个神奇诡异的样子来，又怕万一哪一天见到地境神和冽水神，他们的形象和自己的想象完全不同，这对自己的艺术天赋打击太大。别的都在其次，艺术家的自尊心是首要的。

前几天贺嘉拿着日本漫画不撒手，陂复老师话里话外地不以为然，贺嘉嫌陂复老师土气，陂复老师不紧不慢地反驳贺嘉说：“你还别以为我是随口胡说，北京城的画风是什么，是宫崎骏吗？不是。是新海诚吗？也不是。是一种新旧杂糅、动静共处、快慢交替、明暗互补的韵律，就像你们这样的一群孩子，始终由灰暗向着光明奔跑，由昨天向着明天疾行。”贺嘉不爱听老师这样一套一套的说辞。现在贺嘉变成鹤鸟飞走了，所有的人都着急发愁，唯独艺术家陂复老师不仅不愁不慌，他自己也恨不得长出翅膀飞得高高的。陂复老师不管贺嘉飞到哪里去了，照旧安心画画，他画老房子、老树，认为老房子、老树有一种古典的沧桑的美感，他恋恋不舍，总是设法用画笔将它们的苍老、衰败、枯竭，即将死亡时的挣扎、留恋和无奈，一点一点地保留下来。

建筑工人开着推土机马上就要把老房子推成废墟和渣土，老房子在那里唉声叹气，吱吱呀呀作响，自己给自己写悼词，报送给地境神。殊不知地境神昏睡不醒，不管地面上的动静。陂复老师挽着裤腿，不在乎露出里边的灰秋裤，提着画板，捂着兜里快要滚落出来的画笔，连滚带爬地攀上推土机的驾驶室，央求工人说：“我还没画完呢，等我画完，你们再推倒，行不行？嘿！”

工人看他邋里邋遢的像个乞丐，不爱搭理他，训斥他：“画什么！你画什么！别耽误我们干活儿。”

陂复老师就把他画的老房子给工人看，旁边即将被连根拔起的老树也伸过颤颤巍巍的老枝枯杈，看陂复老师的画。工人被陂复老师的画惊呆了，他没有想到，他要推倒的老房子在陂复老师的画中居然如此光彩，如此高雅，如此凛然不可欺辱。工人被感动了，他对陂复老师说：“俺就再等你两天，俺就跟工头说，要回老家盖新房，中不中？”

陂复老师高兴极了，有两天就行，他忙说：“中啊，中啊。”一嘴的工人老家的口音，把工人也说乐了。

工人进而向陂复老师说：“我家娃儿也喜好画画呢，就是村里没有画画老师，他自己画得天上一笔地上一笔的，不像个样子。”

陂复老师是极爽快的，他说：“明年放暑假你叫他来北京，我免费教教他。”

工人高兴得大叫：“中啊，中啊。”欢天喜地地跳下推土机驾驶室，顾不得手里的活计，给老家的老婆孩子打手机，告诉他们好消息去了。

陂复老师从不穿成品衬衫，他的衬衫上的花纹都是自己手绘出的图案，全北京独一份儿，请专门的作坊印制。别以为他真邋遢，他相当前卫。陂复老师一个人坐在驾驶室里，稍稍喘口气，直直腰，从比较高的角度，继续给老房子和老树画画。推土机底下，老鼠、刺猬、黄鼠狼哧溜穿过来，又哧溜跑过去，正忙着搬家，旧家拆了，新家还没着落，它们成了无家可归的弃类，陂复老师也不在意。

老树哗哗地舞着风，搅着地上的尘土，对老房子说："这小哥给咱们画着遗像呢，你那自编的悼词写好了没有哇？"

老房子说："写好了也是死，没写好也是亡。他画的遗像也好不到哪里去。"

老树说："我看小哥画得颇有你年少时的神韵。他还跟推土机工人说情，把我们俩的死刑立即执行改为缓期两天执行了。"老房子听到这个喜讯也不怎么激动，还在那里吱吱呀呀地写悼词。

悼词是这样写的：

今天（因有人说情被推迟到后天）我们怀着并不十分沉痛的心情，怀念我们自己。

我们是一座建于一百多年以前的、前面有庭院后面有花园的、坚固耐用周正敞亮美观的、冬暖夏凉的、不招蚊蝇不钻老鼠的、居住过老太爷姥爷姥姥爸爸妈妈和大乖二乖三乖四乖和老小名叫小乖乖的、吃过炸酱面包饺子鳜塌子大西瓜山楂糕糖葫芦的、听过蛐蛐蝈蝈油葫芦唧鸟的、见过狂风暴雨冰雹瑞雪的、而今依然墙不歪门不晃梁不垮地基不陷的、已经遭人嫌弃姥姥不疼舅舅不爱的老房子。

我们自己向自己默哀三分钟，三鞠躬，奏自编自演的哀乐。我们死后哪里也不去，也不上天堂，也不下地狱，也不海葬、树葬、火葬、土葬。我们死后不用处理骨灰，不用树碑立传，不用唱圣歌，写颂词，不用披麻戴孝，不用烧纸钱，现在阴间也流行微信支付了，不用通知亲戚朋友三哥四弟，他们的下场与我们都是一样的，不用买墓地，推平了就行了，推的时候恭请好心人洒些净水，别弄得暴土扬烟的、东倒西歪的、盆儿朝天碗儿朝地的，别弄得跟鬼子进村似的，别弄得跟文革抄家似的，把我们的丧事安排得干净整洁些。

安息吧，我们自己。

老树听老房子念一遍他写的悼词，埋怨他岁数太大，写得啰里吧唆的絮絮叨叨的。老房子不高兴了："嫌我写得不好，你来写个好的。"

老树说："我不写，写了也没人看，我唱。"老树用仅存的余力，抖动着树枝哗啦哗啦地唱起来。周围除了陂复老师一个人都没有，树上连一只鸟都没有，除了老房子，没有人听老树唱最后的歌，连陂复老师也听不懂。

老房子对陂复老师说："本来我不应该开口讲话，一所破烂不堪的老房子怎么可能开口讲话呢？可是你们北京人太过分，太欺负人，太不拿我们当回事儿了，好歹咱们也是一百多年的交情，我再不开口吱吱嘎嘎响动几声，我就是憋屈死的，不是被你们拆了的。"

老房子一生气，墙犄角窗台底下的尘土扑哧扑哧地冒出来，呛得陂复老师睁不开眼。陂复老师忙劝：“您看您老也这么大岁数了，怎么还这么大气性。您消消气，消消火，别跟他们那些个不懂事儿的人一般见识。”

老房子长叹一口气，说：“咳，说又有什么用，谁听啊！”

陂复老师赶紧说：“我这不是听着呢吗。”

老房子心里说，你一个画画儿的，算老几。他也算是年高德重，不愿意驳陂复老师面子，毕竟这是唯一听老房子说话的人。老树想感谢陂复老师在临终的时候为他们送行，老树想给陂复老师挑选个媳妇。老房子说：“这一百多年，房子里的日子你还没有看腻烦哪。除了保媒拉纤儿，你还会不会点儿别的？你给我来点儿高深的，来点儿新鲜的。我们就缓刑两天，你还有闲工夫献爱心，你以为时间有富余是不是。”

“哦。”老树不言语了。

哗啦啦，呼啦啦，缓刑两天的老树居然哼起小曲儿来。老房子心里说：“这个没心没肺的老家伙。”

老树看出老房子的心思，给他一句：“高兴一天是一天，管得着吗你！”

15

一连好几天，鲍迪都在做噩梦，梦见贺嘉被疯沙神往高空拽，越拽越高，贺嘉连踢带踹，瞪着眼睛，也不悲伤，也不屈服，大叫着让鲍迪救她，可是鲍迪浑身使不上劲儿，手也伸不出，腿也迈不开，疯沙神从高高的上方扑下来，一层一层的白沙压得鲍迪喘不过气来，疯沙神凶狠地拽着他的衣服，一双愤怒的眼睛几乎要贴近他的脸，他张着能喷出乱风和白沙的大口，向鲍迪嘶吼着：“叫你尝尝什么是离别之痛！离别之痛！”

在高空，贺嘉眼睁睁地看着鲍迪，浑身洁白的羽毛扑扑簌簌地散落一地。

鲍迪全身颤抖，泪流枕畔张皇四顾，大声地呼喊：“我知道什么是离别之痛！我知道！”姨妈被鲍迪的梦话惊醒了，吓出一身的冷汗，黑猫吓得一纵身蹿到姨妈的床上，再也不敢下来。

鲍迪心中的疙瘩，越系越紧。

白鹅妹妹来到郎本家，郎爸爸郎妈妈好一阵忙，又是置办衣服被褥，又是买床，这家里活生生添置一口人，吃的喝的铺的盖的，一样也不能缺少。

郎本看着白鹅妹妹，怎么看怎么觉着新鲜，怎么看怎么觉着奇怪。他小的时候也读过不少的童话书，什么《天鹅湖》啦、什么《白蛇传》啦、什么《青蛙王子》啦，包括孙悟空和猪八戒，人变成动物，动物变成人，当时听着也是见怪不怪。现在没想到，一只白鹅真能够变成妹妹，耳听为虚，眼见为实，眼前的这个妹妹不是童话，而是真真切切的现实。

白鹅妹妹倒是比郎本显得更自然一些，她心里边没有那么多大惊小怪的想法，或者是说到目前为止，她心里边没有那么多大惊小怪的想法。

白鹅妹妹跟郎本哥哥说："我要去上学。"

郎本哥哥呵呵呵地笑，对白鹅妹妹说："我念书都费劲，你还要上学念书？你知道什么叫数学吗？你会说英语吗？你知道英国在哪儿吗？"

白鹅妹妹一本正经地对郎本哥哥说："我学得不一定比你差。"

郎本给白鹅妹妹讲道理说："你不要给我丢人现眼，你还是在家里待着吧，你想游水，我可以在院子里给你挖个大水池子，你想吃草，我想办法上宠物商店给你买去。你要是到了学校，同学们说我有个白鹅妹妹，我跟人家解释不清楚。"

白鹅妹妹不听郎本的话，她说："我就是要上学，学校又不是为你一个人开的。”

第二天早晨，郎本起得很早，也不大呼小叫，也不找鞋找袜子，急急忙忙吃两口早饭就往外跑。

郎妈妈觉得奇怪，今天郎本怎么这么勤快呢。

郎本不是勤快，他是想躲开白鹅妹妹。

白鹅妹妹哪里是郎本想躲就能躲得开的呢？郎本在前面跑，白鹅在后面追。

来到学校，见到宋老师，白鹅妹妹张口就大声说：“宋老师好。”宋老师看着白鹅妹妹水灵灵白净净的样子，心里很是喜欢，同时也非常的酸楚，她又想起了贺嘉。

宋老师问白鹅妹妹：“你来干什么呀？”

白鹅妹妹说：“我来上学啊。”

宋老师问：“你能念得懂书吗？”

白鹅妹妹说：“我比郎本哥哥念得好。”

郎本在一边听着，哭也不是，笑也不是，这年头儿怎么连一只大白鹅都是张嘴就吹牛。

他假装不认识白鹅妹妹，他也不听白鹅妹妹和宋老师两个人的谈话，自个儿闷头闷脑地坐到座位上去了。

宋老师拉着白鹅妹妹的手说：“我给你起个名字好不好？”

白鹅妹妹说：“好啊。”

宋老师想了想说：“你就叫郎白吧。”

白鹅妹妹很高兴，郎本也觉得这个名字挺好的，这样省得同学们老是在学校里白鹅白鹅地叫着，让别的同学拿他当作牧鹅少年。

郎白个子矮一些，她就坐在第一排，同学们陆陆续续走进教室，郎本不得已，就把郎白介绍给大家，其实大家与郎白都不陌生，凌青和鲍迪看着郎白，想着贺嘉，心生感慨。

从此，郎白融入了他们班的生活。

鲍迪心里惦记着贺嘉，但是他还不能丢下地境神的使命，课间，他找到凌青，把郎本也拽到大槐树底下，鲍迪说："我们现在应该去看一看秘志，问问贺爸爸，秘志揭开的进展情况。"

郎白看郎本哥哥三个人在聊天，也凑过来听，凌青他们也不回避郎白，四个人一起商量。郎本说："你比我还着急，贺爸爸不是跟我们说过，秘志需要半年时间才能揭开吗？"

鲍迪说："揭开一页是一页，只要有字，我们就能够发现一些线索，总不能等到半年以后，所有的纸页都揭开，我们再去看，到那个时候，疯沙神指不定把北京城祸害成什么样子了。"

凌青不得不佩服鲍迪思维缜密，但他犹豫说："我们现在去找贺爸爸，跟他提地境神的使命，是不是会让贺爸爸伤心？"

郎本着急说："现在顾不了那么许多，赶紧加快脚步吧，有枣没枣，咱们先打一杆子再说。"

郎白傻呆呆地听着，也不插话。

下午放学，四个孩子就去贺嘉家。

走着走着，鲍迪又犹豫起来。凌青问："怎么了？你怎么又改主意了。"

鲍迪说："找不着贺嘉，我没脸见贺爸爸、贺妈妈，你们去吧。"

凌青心里也难受，但他还是开导鲍迪说："你不能这么想，你要这么想我怎么办呢？我难道不是成了罪魁祸首了吗？"

鲍迪说："你能撑着你撑着，我实在撑不住了。"

走着走着，四个人正好碰见英瑛和陆珂。

英瑛和陆珂一听说凌青他们要去贺嘉家，又横插了一杠子。

郎本要跟英瑛说，他们去是要看秘志，凌青拦住他，不让他说。

凌青觉得秘志上的内容不能够告诉疯沙神的翊卫，现在疯沙神正在进攻北京城，如果让他们知道了地境神的秘密，谁知道会添什么乱子。

陆珂自以为是地说："你们不要去贺嘉家添乱。"

鲍迪也不看英瑛，也不看陆珂，低着头，闭着嘴一言不发。

陆珂又在没轻没重地向凌青和鲍迪他们开炮，陆珂和英瑛仗着疯沙神翊卫的身份在凌青他们面前颐指气使、盛气凌人，一来他们府学中学的学生有天生的优越感，看不起钟楼中学的学生，认为钟楼中学的学生就是笨蛋，什么也干不成。二来陆珂和英瑛完成疯沙神的任务比较顺利，也有结果，而凌青他们什么也没有干成，而且凌青他们损兵折将，爷爷失踪了，贺嘉飞走了，损失惨重，陆珂认为凌青什么也没干，就是个摆设。现在疯沙神进攻北京，陆珂认为是地境神得罪了疯沙神，凌青也难辞其咎。

凌青有口难辩，他找不到地境神，不知道为什么要他承担责任。陆珂老在他耳朵边上嗡嗡，他心里烦透了。

鲍迪心理压力越来越大，郎本却是一贯大大咧咧，陆珂说什么他也当作耳旁风。

凌青、鲍迪、郎本和郎白找借口告别陆珂和英瑛，往贺嘉家赶。

贺嘉爸爸妈妈开门让四个孩子进来，他们脸色很黯淡，人也消瘦了，估计是最近几天就没好好吃饭。

贺妈妈想给孩子们找点儿吃的，找点儿饮料，可是贺嘉不在家，家里没有什么零食和饮品能够招待孩子们，贺妈妈很尴尬，在客厅里厨房里四处找。

郎本和郎白劝贺妈妈快坐下，别客气，郎本对贺妈妈说："我们都不是外人。"

郎白拽着贺妈妈的胳膊不松手，挨着贺妈妈坐下，可是她也不知道说什么好。

凌青把要看秘志的意思告诉贺爸爸，贺爸爸觉得鲍迪的建议有道理，他打算明天就去中国古籍图书馆去看看，能看一页是一页，能看半页是半页，全都揭不开，看见一个字两个字也行。

鲍迪不说话，径直走到贺嘉的房间，抬头看着墙上贺嘉的照片发呆，看着贺嘉的画作发愣。

谁也没有去打搅鲍迪，知道他心里难受。

凌青叫鲍迪，让他跟贺爸爸详细说说，鲍迪在贺嘉的房间里不搭腔。

郎本又叫鲍迪，鲍迪还是不搭腔。郎本心里说，这个闷罐子别再憋出毛病来。

贺妈妈走进贺嘉房间，看见鲍迪倒地昏迷，浑身抽搐，贺妈妈大叫，全屋的人都拥过来。

鲍迪心中的疙瘩解不开，被逼疯了。

贺爸爸贺妈妈赶紧打120，把鲍迪送到协和医院救治，凌青给鲍迪姨妈打电话，慌慌张张告诉她这个意外的消息。

姨妈不顾一切地往协和医院赶去。

大夫看着年纪轻轻的孩子被逼致疯，甚是可怜，给开了好多对症的药，病情也不见好转，鲍迪不停地用头撞墙，凌青在一旁用手臂垫住鲍迪的头，他的手臂被撞得火辣辣地疼，疼得他直咬牙，他也不肯把手臂收回来。

郎本在后边抚摩着鲍迪的后背，一个劲儿地安慰他，可是不顶用，鲍迪一言不发，两眼发直，郎本想让他把一肚子的话倒出来，把一腔的眼泪倒出来，可是鲍迪一声不吭，死抿着双唇，两只冰凉的手僵硬地把握着椅子把手，一动不动。

郎本转脸对凌青说："你劝劝他，他本来话就少，是个闷葫芦，这样下去如何是好！"

凌青说了很多话，好生劝慰，鲍迪半句也听不进去，他的两只手紧紧地抱在胸前，生怕别人侵犯他似的。

姨妈守护在鲍迪的身旁，眼中含着泪水，嘴里还不住唠叨着："唉，自己都还需要人照顾呢，偏要挺身而出去照顾地境神，唉。"凌青和郎本谁都没有合适的话安慰姨妈。

鲍迪入院治疗，凌青、郎本差不多每天傍晚来看望他，哪怕是在鲍迪身边只坐十分钟，他俩心中也好受些。

陆珂、英瑛二人也来看过，英瑛心里满是愧疚，她以为是陆珂和她的几句重话把个活蹦乱跳的大小伙子说成疯子了，她还真有几分埋怨，这鲍迪的心也太重了。

陆珂执意要给姨妈一些钱，给鲍迪买些营养品，姨妈不收陆珂的钱，她说鲍迪这几天什么也吃不下去。

鲍迪由终日一言不发变成整日自言自语，嘴里不停念叨着黑钉的数据、排列方式、布局结构，这个以前极少说话的男孩儿现在整日说个不停，他不是跟凌青、郎本说，也不是跟姨妈说，而是自己跟自己说。

凌青被鲍迪这种无休无止的絮语搅得心乱如麻，他极力地克制着自己不要心生烦躁，郎本几次要用手捂住鲍迪一时一刻都停不下来的嘴，几次都被凌青劝阻住，郎本抓耳搔头的不知道应该如何是好。

他们俩什么也不能做，只能静静地陪伴在鲍迪身边。

你与我胜似好友故交
你与我好比一母同胞
你与我一同把秘志寻找
你与我一同把黑钉观瞧

今日里为贺嘉你疯癫哭闹
我懊恼我自责我的心在扑扑焚烧

宋老师和班上同学们都来医院看望鲍迪，宋老师跟鲍迪讲了好多宽慰的话，也板着脸讲了很多大道理，劝诫鲍迪以及旁边站着的凌青和郎本，不要由着性子做什么神灵的什么翊卫。

鲍迪理都不理，凌青和郎本也听不进去。

宋老师这班主任在全北京城的中小学真算是拔得头筹了，短短几天工夫，长翅膀飞走一个贺嘉，莫名其妙增添一个白鹅妹妹，现在又逼疯了一个鲍迪。宋老师要不是有什么特异功能，她自己都得疯喽。

宋老师在病房中一副想得开、看得透的样子，劝鲍迪，安慰姨妈，连带着训凌青和郎本，可她一出病房，就背着众人一边走一边流眼泪。

曹老师要不是腿脚不方便，也一定会来看望鲍迪的，他心疼这个内敛的孩子。

墨墨私下里议论，没想到鲍迪平日里冷若冰霜，目中无人，却对贺嘉如此痴情。其他女生指责她不该在贺嘉不见踪影，鲍迪病重这么危急的关头，还来搬弄是非。墨墨听不进去，反倒觉得自己看人入木三分。郎本愤怒地对墨墨说：“你敢编排地境神翊卫的是非，小心地境神醒来以后收拾你。”吓得墨墨老实了许多。

凌青在一旁不言语，心里说，北京城山雨欲来，地境神哪有闲工夫收拾墨墨。

16

中国古籍图书馆的专家顺利地揭开了几页，秘志的一小部分内容展现在贺爸爸眼前。

贺爸爸不敢耽搁，赶紧把情况告诉凌青和郎本。

从秘志寥寥几页的字里行间判断，在地境神翊卫之外，北京城里还应该有冽水神翊卫，大致位置可能是现在的内街中学附近。

真是远在天边，近在眼前，前一阵子郎本还嚷嚷着要去内街中学看漂亮女孩儿去呢，这回可以如愿以偿了。

凌青拉着郎本一边照顾鲍迪，一边寻找冽水神翊卫。

内街中学位于内务部街胡同，是全北京市最好的学校之一。这所学校里的学生，很多是大部委大单位的子弟，什么外交部啦、文化部啦、国家冶金局啦、国家旅游局啦之类的，很是让钟楼中学的学生们羡慕。

凌青四人和陆珂二人谁都没有进过内街中学的校园，谁都不知道内街中学的学生们是怎么样上课的，谁也没有见过内街中学的舞蹈队是怎么样排练舞蹈的，内街中学舞蹈队全市闻名，在全中国都数得着。

府学中学和钟楼中学的孩子们十分好奇，很多男孩子只能默默地站在、蹲在、倚在内街中学大门口，盼望着能看到舞蹈队有艺术气质的、受过专业训练的、一抬腿能踢过头顶的、走路一扭一扭的女孩儿。

内街中学的校园内有一口枯井，因为常年不使用，早就被人扔下很多的砖头、木块、废料，甚至垃圾，校方为了学生安全，就把这口枯井填埋了，也就把这所学校与那位六百年杳无音信的冽水神的关联通道彻底堵死了。

学校的教学楼是新盖的，而校门依旧是古色古香的砖刻门楼，不起眼的地方也镶嵌着一块与钟楼中学校门上徽标相仿的奇怪的徽标，只是图案并不相同。

凌青他们现在仅仅是根据秘志推断，假设冽水神翊卫就在内街中学，郎本甚至大胆地推断说，冽水神翊卫很可能就是舞蹈队的女孩儿。

郎白笑了起来，说："天底下哪有这么巧的事儿！"

凌青几人到内街中学，也不知道找谁，干脆就硬着头皮找舞蹈队。他们把事情一说，舞蹈队高傲矜持的女孩子们对此嗤之以鼻，给了他们四个字："你们有病。"

郎本一听就急了，上前与她们理论，指着她们的鼻子说："你们狗屁不懂。"

女孩子们理都不理，转身飘然而去，郎白看不惯，鼻子里哼了一声。

凌青他们碰了一鼻子灰，不知道怎么和这些飘飘然的女孩子们沟通为好，三个人悻悻然往校外走去。

一位走在后边的舞蹈队队员不经意地跟凌青说：“去找我们舞蹈教师吧，什么事都是她说了算。”

三个人叩开了舞蹈教师办公室的门，一位女老师优雅而客气地请他们坐下，老师姓李，叫李含章，项间佩戴着一枚水滴状玉坠。

李老师从校服上判断凌青他们是钟楼中学的学生，还特意问了一句：“你们是钟楼中学的学生吧？”眉宇间一点儿看不起的意思都没有，凌青觉得李老师纯静善良，像难得一见的天使。

凌青回答：“我们是钟楼中学的学生，内街中学的葛老师常到我们学校做课外讲座呢。”

李老师笑笑，凌青他们现在还不知道，葛老师现在正追求李老师呢。

李老师耐心地听凌青讲述地境神、冽水神的神神秘秘，郎本不时地插话，一会儿说贺嘉飞走了，一会儿又说鲍迪被逼疯了，情况万分危急。

当听到凌青说要寻找冽水神翊卫时，李老师优雅地抬起手，打断了凌青的话，沉静地对他们说：“我就是冽水神翊卫，我是锦斑鲤。”

郎本一下瞪大眼睛问：“什么是锦斑鲤？”

李老师说：“你们是枣斑羚、墨斑豹、秋斑狼、羽斑鹤，我是锦斑鲤，锦绣的锦，斑点的斑，鲤鱼的鲤。”

凌青腾地一下站起身，向锦斑鲤李老师连连鞠躬，恨不得给李老师磕头，郎白在地上跳了起来，兴奋得手舞足蹈，郎本没大没小地伸出双手要和李老师握手，李老师微笑着握住郎本的胖手。

郎本又脱口而出他那句口头禅：“我的亲娘二姨三舅母！”没想到李老师俏皮地接了一句：“我不是你的亲娘二姨三舅母。”在场的人哈哈大笑起来。

李老师走路像鱼儿在水中游弋，轻盈极了，她的脸没有一丝皱纹，皮肤细腻光润，像是一杯冰牛奶。

自从冽水神离开北京后，冽水神翊卫就像没娘的孩子，虽说是翊卫，但是没事干，没人管。冽水神翊卫是怎么一代一代传下来，这六百年都干了些什么，凌青他们一句两句也问不清楚，李老师想答也答不明白。

她给凌青四人带来的另一个惊讶是，舞蹈队中还有一名女孩儿也是冽水神翊卫，只是她自己不知道而已。

凌青问：“那怎么辨认谁是冽水神翊卫？谁不是？”

李老师说：“她胸前挂着一枚水滴状的玉坠，和我一样。”她说着，指指自己胸前的玉坠给凌青三人看。

凌青凝视细看，想从中辨识出冽水神玉坠和地境神玉版的关联，玉坠和玉版确有关联，只是这关联，不是凌青一眼两眼能够看透彻的。

凌青和郎本、郎白向李老师探讨，可不可以将人们丢弃的黑钉搜集起来，进入地境神或者冽水神的区域，将黑钉重新安装妥当，可不可以找到地境神，唤醒地境神，疯沙神要对北京城下狠手了。

李老师说北京城地下有地境神的地脉，有冽水神的水脉，至于地境神在什么地方昏睡不醒，她也不知道。

“我们可以下去逛逛吗？”凌青和郎本几乎同时问。

郎本又想起了什么，乐着问凌青：“你不怕像上次在万寿山秘宫，被困在里边出不来吗？”

凌青向李老师身边靠靠，说：“有李老师引路，咱们不用担心。”

李老师说：“我们身为神灵翊卫可以进入地脉和水脉，但要有任务才能下去。”

三个孩子对北京城地下的神异世界充满期待。

一个女孩儿走进来，就是刚才在过道里让凌青找李老师的那个。

李老师给他们互相介绍，进来的这个女孩儿就是冽水神翊卫，名字叫黎雪。

黎雪几次看凌青的眼神里都好像有话要说似的，凌青见到黎雪这样的漂亮女孩儿，心跳有些快，表情有些木，眼睛盯着黎雪看个不停，郎本更是四爪挠心，浑身痒痒，郎白看出两个哥哥的小心思，心里暗自发笑。

黎雪这样从小受过舞蹈形体和韵律长时间训练的女孩儿，自然与钟楼中学的普通女生区别很大，与府学中学的高分数女生也大相径庭，再迟钝的男生也能体会得出来，黎雪笑起来很甜美，眼睛眯缝着似一弯月牙，她说话绵软，柔若无骨，再迟钝的男生也不能不被吸引。

她并不刻意打扮自己，只是喜欢变换发型，今天梳个马尾辫，明天梳个麻花辫，每天借着变换发型，保持个好心情。

凌青回过神来，还是不依不饶地问李老师："我们现在什么都不做吗？"

李老师说："我们谁也没有接到神的指令，不知道应该做什么。"

凌青不甘心："就这么干等着吗？就这么等着疯沙神来攻击我们吗？"

李老师也没法回答。

陆珂从郎本嘴里得知凌青去内街中学寻找洌水神翊卫，也听说内街中学的舞蹈队队员个个美若天仙，他还知道地境神翊卫持有玉版，洌水神翊卫戴有玉坠，他问英瑛："为什么我们什么都没有？"

英瑛反问他："你问我我问谁去呢？"看陆珂说起舞蹈队美女的兴奋样儿，英瑛就心生几分轻蔑。

陆珂说："我们去问老馆长。"

英瑛假装不以为然，说："行吧。"她自己也很想知道这些疑问，但她就是不愿意顺着陆珂。

他们来到图书馆，向老馆长提出这样的问题，老馆长听后笑了起来。两个孩子不明白老馆长为什么笑。他们急切地需要老馆长给他们一个令人满意的答案。

老馆长说："你们两个孩子太粗心了，人家都说府学中学的学生又细心又聪明，我看未必哦！"

英瑛几乎是撒娇地向老馆长说："快告诉我们答案吧！"

老馆长慈祥地跟他们说："你们的玉就在你们的名字当中啊！"

两个孩子听后恍然大悟。可不是吗？陆珂，英瑛两个孩子的名字里边，都有一个玉字旁。

陆珂问老馆长："这难道不是巧合吗？"

老馆长回答说："这不是巧合，这是疯沙神的意志。"

两个孩子一齐点点头，但是玉字旁的真正含义他们并没有读懂。

不要说他们，凌青四人也只是把玉版当作联络符号，没有读懂玉的真正含义。冽水神翊卫刚刚进入角色，就别奢求她读懂什么了吧。

老馆长问陆珂："地境神的翊卫去找冽水神的翊卫干什么？"老馆长想要知道，地境神翊卫和冽水神翊卫互相联合是不是与疯沙神有关。

陆珂回答说："据我所知，他们没有提到疯沙神，凌青是要进入地脉修复黑钉。"

老馆长不知道黑钉是什么，也不知道水脉在哪里，据老馆长和陆珂、英瑛的分析，疯沙神的举动好像和黑钉没有什么关系。

就目前的事态发展看，他们也只能分析理解到这个层次了。

内街中学的舞蹈队员不仅娇美，而且她们的舞蹈与众不同。为什么？是因为舞蹈队员们跟从着李老师，用她们的舞蹈来表现对洌水神的久久盼望。这些舞蹈普通人只看出优美，只看出曼妙，看不出其中的舞蹈语汇与洌水神有什么联系。

可惜，洌水神六百年前为搭救地境神，远赴二千三百多公里外的四川宜宾，到桀木神大本营寻找解药，到今天也没有回来。洌水神翊卫盼星星盼月亮，盼着洌水神早些回来。

神醉楠木香，鼾声长
不问世间悲凉，甚荒唐
哪有太平岁月，贪雕床
害我远走他乡，祈良方
费了时光
误了城隍

洌水神离京长年未归，舞蹈队的舞蹈哀婉凄楚，舞蹈者的形体总是展现着一种苦苦的期盼，女孩们总是不由自主地面带着一种哀婉的表情，每每令观者内心酸楚。过春节等喜庆节日谁都不敢请内街中学舞蹈队表演节目，人们看她们的舞蹈总是忍不住落泪，连她们自己也不明白为什么一舞起来就像丢了魂似的。学校校长要求舞蹈队编排出乐观向上、欢天喜地、歌舞升平的舞蹈，可就是见不到预期结果。舞蹈节目在全市中学生舞蹈比赛中评价很高，但总是不能得奖，因为主题不够阳光乐观，或者是虽然主题乐观向上，但舞者的面部表情、肢体韵律以及节奏都与乐观向上的主题不合拍。女孩子们一舞蹈起来就怎么也欢乐不起来。

她们每个人身上随时携带一个大容量的水瓶，整日饮水如注，即使在湿润的雪天也是如此。一到下雪天，她们便喜欢在操场上、街道上撑伞散步，在雪白的地上踩踏出一连串脚印，她们甚至在雪地里奔跑，而不愿意蜗居室内。

钟楼中学的校徽是钟楼的侧影，府学中学的校徽是早已经不见踪影的报恩寺山门，是后人杜撰的还是当年果真是那个样子，真说不清，只能去问疯沙神了，可谁敢去问呢，这不是往他的伤心处撒盐吗？内街中学的校徽是一个井亭，就像传心殿的大庖井的那个井亭。原来内街中学内的那口井，井上也有井亭，可惜现在井也没了，井亭也没了。

三拨儿孩子一共四男三女外带着郎白，分别担当地境神、疯沙神和洌水神的翊卫。

内街中学的可圈可点之处不限于那个舞蹈队，不限于洌水神翊卫，还有那个学生特别喜爱的葛老师。葛老师叫葛蕌，名字很怪，念起来拗口，写起来费事，“蕌”字很多时候被写成三个圆圆的轮子。葛老师身上总有一股子奇异的气味，有时浓郁有时浅淡，不是男性香水味道不是面霜味道，葛老师自己也不在意，一个大男人，对气味不像女人那么敏感。

葛老师追李老师，李老师若即若离，李老师在镜子面前总是会自己哼着韵律扭动起来，跳舞是她躯体的不可或缺的一部分，是释放是缓解而不是表达，她是个内心宁静如水的人，无须表达什么，但李老师不表达，葛老师就摸不着头脑，着急也使不上劲，葛老师还很矜持，不愿意别人看出他使劲的样子。

内街中学的舞蹈教室的地面似是蓝色的静静的水面，所有的孩子跳舞就像是在平静的水面上舒展身姿。葛老师很少到舞蹈教室来，他说他看着眼晕，像要被淹没的恐惧感总是吓唬着他，他找李老师说话都是请李老师到室外的走廊上，后来舞蹈队的调皮女孩儿看出葛老师喜欢李老师，就故意逗他，非要他进到舞蹈教室中来走一遭，幸灾乐祸地看他晕头晕脑的样子。

如今的北京，几个大湖看上去全像是死水。北海、什刹海、昆明湖、团结湖、玉渊潭全有水，但是既不流动，也不养鱼虾，静悄悄、绿幽幽，不知是死是活，了无生趣。谁要说北京的水域有水神，没有人会相信。

贺嘉走失，鲍迪患病，凌青硬着头皮坚守，郎本还算皮实，现在找到了锦斑鲤，可是一切还显得那么寂静，凌青心里十分焦急。

鲍迪的墨斑豹使命无法继续下去了，远在美国的鲍迪的亲生父母不得不飞抵北京。

17

鲍迪的父母终于从美国归来看望鲍迪，可是疯疯癫癫的鲍迪并不认识生父和生母。

在医院的病房里，面对十多年未曾见面的鲍迪，面对相见却又不能相认的鲍迪，鲍妈妈泪流满面，鲍爸爸看着这么个俊秀聪慧的疯儿子，不知道说什么好。

疯疯癫癫的鲍迪见到自己的亲生父母时，面无表情，无动于衷，鲍妈妈抱着鲍迪亲不个停，一边亲一边哭，鲍迪很反感地躲避着，看着姨妈，不知道眼前这个情绪激动的阿姨和旁边那个自称是亲爹的男人是谁。

姨妈拉着姐姐鲍妈妈的手，有说不完的话，她再不把心里的话向姐姐倾诉，就要憋疯了，姨妈的压力太大了，面对鲍迪的亲妈亲爸，又要叙述事情原委，又要解释一大堆原因，还要描述鲍迪的病情。她不都说出来，怎么向鲍妈妈和鲍爸爸交代哪。

倒是鲍爸爸沉得住气，他安慰姨妈说："鲍迪这个样子，完全是因为他执行了地境神翊卫的使命，他会好起来的，只要找到贺嘉，他就会好起来。”

鲍妈妈和姨妈商议着，等鲍迪病好了，说什么也不让他担任什么地境神翊卫了，她们俩才不管什么地境神的闲事儿呢。

鲍爸爸是个很有风度、很有趣的中年男人，洋范儿十足，天天穿着讲究，出门的那种感觉总像是拜见总统或者是会见大亨，衣袖衣领永远挺括、洁白。

他很乐观，与鲍迪的性格截然相反，并且反差特别大，就像不是一家人似的。

鲍爸爸和鲍妈妈的突然出现对鲍迪影响还是很大，冥冥之中影响着鲍迪的病情，多少能够促进他早日康复。

鲍迪十分恋家，却始终没有一个安安稳稳、团团圆圆、热热闹闹的家。

鲍爸爸给鲍迪带来了玉版，鲍迪略略看了一眼就不看了，鲍爸爸要给鲍迪讲这枚玉版的事，鲍迪也不听，见此情景，鲍爸爸暂时还不敢把玉版交给他，怕他疯癫之中把玉版摔在地上。

鲍妈妈说，不要把玉版交给鲍迪，也不要把地境神使命传给鲍迪，鲍爸爸嘴上不说什么，心里却反感，他觉得鲍妈妈没深没浅，只顾得鲍迪的病情，不顾及地境神的使命。

爸爸妈妈和鲍迪聊天，鲍迪也不搭理，他还在自言自语地念叨着黑钉的数据和布局结构之类。

凌青、郎本和郎白来看望鲍迪，鲍妈妈居然把他们给轰了出来，叫他们以后不要来打扰鲍迪，不要再跟鲍迪说地境神翊卫的事。

鲍妈妈把鲍迪的疯病归罪于凌青、郎本他们这些孩子，认为是他们把鲍迪带入歧途，是他们平白无故编撰些神呀、魔啊的故事，凌青、郎本开口解释，鲍妈妈根本不听。

鲍爸爸得知凌青是枣斑羚，就有意躲避他，不和他多说什么。但他也不支持鲍妈妈的做法。还是姨妈对凌青、郎本和郎白十分友好，十分感激，毕竟这么多天的风风雨雨、磕磕绊绊，姨妈都看在眼里。伙伴们是真心对鲍迪好，鲍迪就怕孤独，鲍妈妈这样把凌青他们赶走，鲍迪就是病好了也绝对要心痛。

凌青陷入一个巨大的困局。

鲍迪疯癫，贺嘉被疯沙神变为鹤鸟飞走，他该怎么办？就这样手足无措地守着地境神昏睡吗？就这样眼巴巴地等着冽水神归来吗？就这样静等着疯沙神把北京城掩埋入白沙之中吗？他应该做些什么？他应该怎样做？真是把他急坏了。

他有心找葛老师谈谈，葛老师对地境神、冽水神很感兴趣，但是葛老师只是一味地问这问那，他并不能告诉凌青应该怎么办。

他又想敲开马校长的门，可是马校长会理解他吗？

他和郎本决定去找锦斑鲤商议对策。李老师真是像条鲤鱼，慢条斯理，不着急不上火，她安慰凌青说：“神的事儿自然由神来安排，人不必惊慌失措。”

凌青对这位比自己大不了多少的女老师的话颇为不服，

他顶撞说：“那还要我们这些翊卫干什么！”

李老师还真被眼前这位小大人式的男生问住了，她想了想说：“是不是需要我去南方桀木神的大本营，去把洌水神叫回北京？”凌青立即说行，只要能干些什么就行，总比这么干等着好受。

可是如何找到桀木神大本营呢？他们枣斑羚、秋斑狼和锦斑鲤三人不是桀木神翊卫，怎么可能知道桀木神的住处。

去问问陆珂、英瑛或老馆长？千万别去，那会惊动疯沙神的。

凌青几次试探着想去询问老馆长，他说：“我不相信疯沙神会进攻北京城，老馆长、陆珂和英瑛作为翊卫诚诚恳恳对疯沙神说两句好话，疯沙神就退回去了，大不了让府学中学的学生给疯沙神赔不是，写检讨。”

陆珂极不耐烦凌青的废话，说：“凭什么，我们府学中学的老师和学生对疯沙神心存敬意，我们从没有干过捣毁寺庙、砸烂铜像的缺德事儿，谁干的，谁去赔礼道歉。”

英瑛冷静地对凌青说：“你以为说几句好话，就能让疯沙神心里六百年的怒火平复下去吗？这又不是游戏。”

老馆长说：“我们仅仅是翊卫，我们不能替神拿主意，如果疯沙神袭击北京城，是抵抗还是投降，要由北京市民来决定。”

凌青还在解释：“我只是心存善意。”

陆珂居然说：“你的善意一文不值。”

凌青不言语，心里不服，暗自说，你别跟我充大爷。

按说寻找桀木神应该先找到桀木神翊卫，可是因为桀木神不是北京本地神，桀木神翊卫在不在北京，这谁也说不清，郎本的评判很直白：桀木神不在北京，充当他守护者的翊卫在北京待着干什么？

请给我的咖啡杯加几颗荒唐
请给我的日记簿写几笔混账
请给我的奏鸣曲添几分迷茫
请给我的晚餐上一碗莫名其妙的酸汤
你们别叫我是羚羊
也不要问我的伙伴是豹子和狼
谁能把地境神唤醒
我就为谁鞠躬鼓掌

疯沙神的脚步狂躁、荒诞、急促。地境神的酣睡沉闷、无聊、麻木。冽水神的行踪遥远、无望、惆怅。

凌青垂头丧气回到家，跟爸爸说，鲍迪的亲爸亲妈回来看望鲍迪了，凌爸爸问："那你为什么满脸的不高兴？"

凌青没好气地说："鲍妈妈觉得鲍迪的疯病是我们害的。"

凌爸爸知道凌青心里不好受，他也不好往深里说。

往日凌爸爸很喜欢邀同学来家里做客，显得家里很热闹，郎本嘴甜，叔叔长叔叔短地和凌爸爸聊，说得凌爸爸满心欢喜，总是拍郎本的厚肩膀。大狗见到郎本就躲，郎本也不在意。鲍迪也不拘谨，只是话不多，凌爸爸很喜欢和鲍迪下围棋，但是凌青、郎本不高兴，一屋子人闹嚷嚷地高兴，他们二人闷声不语地下棋，让大家玩不嗨，再说跟鲍迪下棋凌爸爸老是输，凌青也没面子。凌爸爸刻意招呼鲍迪喝点儿什么，他喜欢鲍迪的聪明劲儿，贺嘉不敢让长辈给晚辈张罗，就主动帮着凌爸爸端饮料和水果。没一会儿，凌爸爸就有意离开，让他们自娱自乐。

现在鲍迪来不了了，贺嘉也来不了了，凌爸爸心里很不是滋味。

凌爷爷为什么不把地境神翊卫的使命传给凌爸爸，凌爷爷没跟凌青说过，凌爸爸也不肯说。

凌爷爷与凌爸爸在“文革”期间结下了死疙瘩。

凌爸爸在幼年的时候，也常常听凌爷爷讲地境神的事儿，并为之神往，那时他也善意地认为，地境神是存在的，地境神是善良的，地境神是有求必应的，地境神是保护北京城、保护北京百姓的。

但是，一场大革命，把他和他们那一代人卷入一场史无前例的疯狂，他们以无知无畏的单纯、盲从和狂热，在自己的心目中塑造了一尊新的神，那时凌爸爸也就比现在的凌青大几岁，年轻火旺，当红卫兵造反是自然而然的事情，在“破旧立新”口号的鼓动之下，以突如其来的暴力和狂风漫卷式的扫荡，将一切原有的神灵，一切神灵的塑像、书本、庙宇，以及在人们心目中的信念，全部砸了个稀巴烂。

凌爸爸把爷爷家凡是带有历史痕迹的物件，几乎全部损毁，砸的砸，撕的撕，烧的烧，扔的扔。

凌爷爷无力保护普度寺的神像佛龛，无力保护家中留下来的一切与旧思想、旧文化、旧风俗、旧习惯沾边的瓷瓶瓷碗、木桌木椅，也无力阻止凌爸爸内心如魔鬼附体一般的狂野。

爷爷是个负有特殊使命的人，这个特殊的使命是要祖祖辈辈传承下去的，爷爷应该把使命传承给爸爸，再由爸爸传承给后人。这一砸，把爷爷保留的信物几乎全毁了，爷爷再也无法找到完成任务的其他伙伴了。

凌爸爸跟随着那个时代的大潮，与凌爷爷渐行渐远，最终背叛了凌爷爷，凌爸爸三番五次地逼迫凌爷爷说出地境神的秘密，要求凌爷爷如实详细交代翊卫的任务细则、翊卫的人数和组织方式、翊卫的行动路线，并要求凌爷爷把地境神交出来，不管地境神藏得多么深、多么隐蔽、多么神秘，一定要把这个邪恶魔鬼挖出来，让革命群众踏上一万只脚，叫他永世不得翻身。

凌爷爷紧闭双眼，一言不发，死守秘密，他并着腿弓着腰低着头，告诉凌爸爸说："我以前给你讲的地境神的事全是瞎编胡扯，全没有根据。我有罪，我罪该万死。"

爷爷从此少言寡语，也很少与爸爸交流，到了晚年，爷爷心里的门堵死了，爷爷和父亲连见面都懒得见上一面了。

那一场大革命过去四十多年了，凌爸爸心生忏悔，但是凌爷爷再也不肯饶恕凌爸爸，再也不肯相信凌爸爸，再也不肯向凌爸爸说关于地境神的一言一字。

凌爸爸自从步入中年后，渐渐发生一种别人不易察觉的变化，他开始喜欢旧东西，觉得新衣服不贴身，新鞋子不合脚，买东西认准一个牌子，不肯轻易改变，对新事物也不是一概排斥，但要等别人使用很久，他才肯上手，比如电脑，比如手机。

他只唱二十岁左右唱过的老歌，年轻人笑话他那些歌曲的内容太老套，甚至有很多过时的老词老句，他也不在意，只因为那些曲调他太熟悉了。

他与当年那个冲在最前头的激进分子判若两人，其实这也很好理解，本来就不是什么激进派，骨子里就是具有忠诚、热忱、服从、固执等陈旧因素的旧人，只是在那个特殊的年代头脑发热，像个激进的狂热分子。

嗐，谁不是从年轻时过来的。

凌青心烦，陆珂比凌青更烦，他现在不知道应该服从疯沙神，还是应该阻止疯沙神，他从老馆长嘴里得知疯沙神已向北京城进发，也不知道走到哪里了。

陆珂和奶奶生活在一起，陆奶奶是个霸道的北方老太太，嘴不饶人，对陆珂处处不满意，陆奶奶对陆珂爸爸、妈妈和陆珂的评价全都不怎么样，奶奶用的定语十分尖酸，给的定论十分刻薄，在陆奶奶眼里，陆珂也差不多是个废物。

她心中唯一的正面的高大的人物是爷爷，陆奶奶认为陆珂远不如在荒原生活一辈子的爷爷，陆爷爷彪悍威猛，陆爷爷手大脚长，陆爷爷饭量惊人，这诸多方面陆奶奶皆认为陆珂不如爷爷。

陆珂回家就充大爷，跟奶奶拌嘴，陆奶奶看他气不顺，也不多惹他。他一屁股坐在电视屏幕前，四仰八叉地打游戏。鼓楼东大街上最近有什么新上市的游戏盘，他都一盘不落地买回来，哪个新鲜玩哪个，哪个刺激玩哪个，常常是刚玩一半，遇到特别不好过的难关就随手撂下。陆奶奶出来进去看两眼，说这些游戏里的场面比荒漠部落的真实场景差远了。

陆珂说："您岁数大了，落伍了。"陆奶奶不爱听。

陆奶奶又要打开话匣子大讲荒漠部落的辉煌、磨难、诡异、神奇，陆珂不爱听。

陆奶奶跟陆珂说："你不配做陆家的孙子。"

"陆家的孙子应该什么样儿呢？"陆珂跟奶奶斗嘴。

"陆家的后代，不说能呼风唤雨，也得能策马奔驰。"

"那您以为我就不能策马奔驰了呗？"

"我看你被这么个大城市给毁了。"

"何以见得？"

"眼不能望千里之外，足不能走四面八方，肩不能担千斤重担，心不能容千山万水，你就是个废物。"陆奶奶把府学中学的好学生陆珂说得一钱不值。

天下的孩子的亲奶奶，也包括邻居奶奶等各种各样的奶奶，都是慈眉善目、和颜悦色的老妇人，唯独陆珂的奶奶是个严厉得出圈儿的老太婆。

陆珂也不反抗，也不懊悔，他自幼已经习惯了奶奶，哪一天听不到奶奶吼两嗓子，心里还有些空落落的呢。

陆奶奶急了就用擀面杖在案板上敲得叮当乱响，以振家威。

陆珂做作业时心烦意躁，经常无预兆地乱声嚷嚷，陆奶奶骂他是不是出生时打雷惊着了，陆珂没有好气地说：“就是。”

陆奶奶说：“都十五年过去了，这股子惊吓怎么还顺不过来！”

陆珂说：“我也想不通呢。”继续怪叫发泄。

陆奶奶不搭理他，自言自语道：“瞧把这孩子折腾的，这要是在部落里，都该张罗娶媳妇生娃了，念书反倒把孩子念成怪物了。”奶奶讲究老理儿，岁数大可嗓门儿依然不小。

别人当着陆奶奶称呼陆珂是“您家大少爷”，陆奶奶称呼陆珂是“我们家那个小兔崽子”。天只要晌晴白日，陆奶奶洗完被罩洗床单，刷完了锅又刷碗，自己蹬着凳子爬到高处把各屋的窗帘卸下来，放进洗衣机一个一个清洗，陆珂也不知道伸手帮帮忙，不是写作业就是打游戏。

英瑛家是另一番景象，英妈妈与丈夫离异，独自一人带着英瑛过日子。英妈妈为什么与英爸爸过不到一起，原因好像与疯沙神还真有些关联。英妈妈对英瑛的疯沙神翊卫的使命全然不知，英瑛从不向这个性情各色的亲妈说半句关于疯沙神的事。等英妈妈知道了英瑛那弱不禁风的小肩膀上担负这么神秘、这么怪异、这么闻所未闻的使命时，兴奋异常，她又是刨根问底，又是给前夫打电话核实查问。英爸爸对英妈妈的问话一头雾水，他只知道英家是荒漠部落的后代，从来没听说过有疯沙神。英妈妈怀疑英爸爸对她有所隐瞒，声色俱厉地和前夫嚷嚷了一通，她认定前夫肯定知道疯沙神翊卫的秘密，由此推断前夫对她不忠实，不说实话，为此和英爸爸怄气好几天，其实夫妻二人离异很长时间了，英妈妈还是拿英爸爸当作出气筒，真是冤枉了英爸爸。

继而英妈妈又向英瑛提出，要顶替英瑛担当疯沙神翊卫，或者是与英瑛共同担当疯沙神翊卫。

英瑛愣住了，她没想到妈妈会提出这样的要求，她对妈妈说："这事儿我说了不算。"

英妈妈理直气壮地辩解："妈妈不是外人。"说着就要往门外冲，仿佛立刻就要为疯沙神干点儿什么。

英瑛纹丝不动，耐着性子说："这不是外人内人的事儿。"

英妈妈不得不转回身，又生一计："我可以保护你。"她认为这个理由又充分又感人。英瑛不言语，心说有疯沙神在，还用您保护我。

其实，疯沙神翊卫的使命并不是由父辈向子辈代代相传的，像是地境神的翊卫们那样。疯沙神的翊卫是由疯沙神指派的，当然，疯沙神选择谁，是有他的标准的，为什么他偏偏选中两个荒漠部落的后裔，这也是有缘由的。严格意义上讲，疯沙神翊卫不应该叫作翊卫，疯沙神没灾没难，也没有昏睡不醒，他觉得他不需要守护。

英妈妈爱显摆，不肯吃亏，不愿谦让，谁都不能比她好，谁都不能比她强。她总觉得别人欺负她，总觉得别人算计她，总觉得身边的男人对她不怀好意。

别人说点儿什么事她都要和自己做对比，英瑛夸电视上某个电影明星气质好，英妈妈说："我年轻的时候气质比她强十倍。"

英瑛练习钢琴时跟音乐老师讨教指法，英妈妈上前插话，意思是说当年她一门心思钻研数理化，忽略了自己的艺术天赋，其实如果年幼的时候就开始练习钢琴，她的水平不比英瑛逊色呢。

音乐老师应酬着说："那是，那是。"心里说这家长怎么还跟自家的亲生闺女比高低呢。英瑛不言不语在一旁站着装作没听懂，她让着她妈，不跟她争。

英妈妈把好胜逞强的个性施加在对付英瑛上，让英瑛跳着高儿地成长。英妈妈还特别喜欢男孩子，一看见讨人喜欢的男孩子就对自己的女儿冷淡好几天，英瑛泰然处之，不以为然。

这家人和别人家是反着的，小孩子当家主事，大人撒泼使性子。

英瑛家的家务活儿谁干？是英妈妈？不是，是英瑛干，英妈妈等吃，等喝，等着英瑛伺候着。女儿放学负责买菜做饭，当妈的回家吃现成的，还时不时地挑鼻子挑眼，今天说咸了，明天说淡了。这要是在郎本家，郎本挑肥拣瘦，嫌咸嫌淡，郎妈妈早就拍桌子瞪眼了。这要是在陆珂家，陆珂嫌饭菜不合胃口，陆奶奶肯定有一车的话给陆珂预备下了。可是英瑛家不行，英瑛不能跟亲妈拍桌子瞪眼，也不能预备下一大堆话嘲讽亲妈。英瑛只能是淡了添盐，咸了加水，好生伺候着，英瑛就是这种性格脾气。

英瑛从小在这种自主自立的环境中长大，并不感觉有什么不适，也不因为缺少溺爱而感觉委屈，只是上了中学后，她因为父亲长期不在身边而渐渐尝到些孤独的滋味。

英妈妈和英瑛说话，结尾总是问："你看呢？"英瑛就从小养成习惯，一张嘴就先说："依我看。"陆珂和英瑛说话才不管英瑛怎么看，他要按自己的意愿行事，英瑛也不跟他多商量，就说："这事儿就这么定了。"陆珂还真没辙。

18

凌青三人和陆珂、英瑛二人预感到疯沙神来者不善，他们全力寻找地境神，请他出面抵御疯沙神，可是谁都不知道地境神睡在哪里。

凌青在学校朗诵了一首他自己写的诗，诗中这样写道：

我是枣斑羚
我是一头孤独的枣斑羚
行走在北京的迷雾之中
我找不到青草
找不到可以救命的水井
我迷失在历史与现实的交道口
不知如何前行
我困惑在地下与地面的夹层
不知是沉降，还是爬升
看不见蓝天
保留着双眼有何用

喝不到清水
我用白沙冲刷着自己的喉咙
我的皮毛沾满了灰尘难以洗净
身上的枣斑早已含糊无法认清
谁认得我，我是枣斑羚
让我归依我的羊群
让我亲吻我的草原青青
让我寻找我的神灵

疯沙神来了。

疯沙神裹挟着白沙兵团向北京城一步步逼近，沿途的飞鸟早已不见踪迹，沿途的牛羊马匹无处藏身，牧民和农民不得不躲避起来，农民老大爷满腹牢骚，挨着北京城，什么好处没得着，所有的罪都跟着受，我们又没有得罪疯沙神，干什么把我们也扫荡一遍啊。

老乡家的酸菜坛子被疯沙神吹得满地打滚，酸汁老汤四处横流，奔跑的牛啊、羊啊被呛得一个劲儿地流口水，大树连根拔起，树坑被瞬间埋没，大树略一迟疑，就找不着老窝了。

高速路上运菜的、运煤的卡车全都翻倒在地。所有的白菜大葱土豆胡萝卜跟着疯沙神飞，菜帮子变成了飞翔的翅膀，葱叶子变成定向把握平衡的大尾巴，土豆胡萝卜没有翅膀，坐在大白菜身上蹭着飞。原来的陆运改为空运了，收费站的费用也全免了。

所有的煤块，大的小的全都跟着疯沙神飞上了天，大块的飞得近些，小块的飞得远些，煤末不歇脚地就直奔北京了。

疯沙神白衣白裤白靴白袜，甚是整洁，手下的白沙兵团却不是个个如此装束，毕竟荒漠地界贫瘠，银两短缺，如此庞大的兵团哪儿能个个都是白靴白袜，那也太奢侈了。将士们宽衣罩裤，披发跣足，一个有洁癖的神灵统领一帮神采飞扬的兵将，也别是一番风景。行至北京城边，疯沙神对手下说："北京是大都市，多少要体面些。"手下们各自抹抹脸，搓搓脚，算是执行命令。

北京城里开始刮大风，扬白沙，大白天能见度很低，办公楼里白天就灯火通明，环路上的电子显示屏格外晃眼。

市民没有愤怒没有抱怨，还很淡定，他们用调侃的语调在微信上议论着这昏天黑地的沙尘暴。微信上写道：今天在北京出门，需要戴口罩，戴帽子，戴围巾，带雨伞，带秤砣。万万不可被狂风刮到天上去，没有带秤砣的，请珍惜身边的胖子，拽着别撒手。

北京人一开始是隐隐约约地，继而是明明确确地，最后是震耳欲聋地听到疯沙神的脚步声。疯沙神进攻北京城的步伐，从荒漠到草原，到北京六环、五环，到四环，到三环一步一步迈进。

北京的孩子当中传言说，疯沙神来自大西北，爱吃葡萄干、杏脯，哪个孩子兜里装有葡萄干和杏脯，疯沙神就以为是老乡，觉得亲切，于是很多北京人纷纷购买紫葡萄干、酸杏脯、大红枣、枸杞。这倒不是人们要与这位不速之客套近乎，祈求这个疯狂少年高抬贵手，而是善良的人们都想体验一下疯沙神孤独寻亲的滋味儿，是酸，是甜，是苦，是涩。

疯沙神原居北京北部，母亲是北京城冽水神的姐姐，叫作水泱神，疯沙神的父亲叫作仗山神。六百年前，在地境神、冽水神和疯沙神都不知情的一个瞬间，水泱神诡秘失踪，疯沙神无时无刻不在寻找母亲，地境神和冽水神也在寻找。后来，地境神和冽水神都摊上事儿了，就顾不上水泱神了，疯沙神疯疯癫癫地在北京城惹是生非，被地境神的翊卫和斑兽们连蒙带骗，驱赶到远远的荒漠，在阿拉善一带建立自己的大本营。

今年冬天，疯沙神得知在府学中学报恩寺原址发现母亲铜像上的铜珠，往事重又涌上心头，千不该万不该北京人办事没有分寸，没有章法，把他母亲的铜像化为铜水，另外铸造了和水泱神毫不相干的铜麒麟、铜牛和铜亭。疯沙神率领冲天的狂风和铺天盖地的白沙，发誓要把北京城掩埋起来，让北京人都尝尝思念亲人的苦涩。

当年（大概是哪一年，谁也记不清）摧毁报恩寺，凡是为水泱神祈祷平安的祝词一律焚毁，院内十几棵高大的松树柏树，也没招谁也没惹谁，就是和水泱神铜像也一点儿关系都没有，全被地境神翊卫齐根儿伐倒。报恩寺被夷为平地，与水泱神有关的物件一个都不留，不仅不留，还要通通砸碎，连与水泱神无关的物件都不留，也不知道地境神翊卫是怎么想的，恨不得连报恩寺的一点儿气味都要荡涤干净，省得疯沙神寻着味道再来找：你就断了这份儿念想吧。

摧毁报恩寺的行动，地境神的翊卫雪斑马最疯狂，数十匹高头大马套上绳子，把两层楼高的水泱神铜像轰然拉倒，铜像的头被摔断了，磕瘪了，沾满泥土，默默地流出泪来，咕咕噜噜在寺院的石板地上来回翻滚，胳膊腿被摔折了，把石板地面砸出一个个深坑。

雪斑马翊卫带领一伙戴袖标的年轻人，把报恩寺里所有的木质的、石质的、铜质的物品通通砸碎，山门倒了，大殿塌了，经文散了，幢幡扯了。报恩寺里的所有僧人全都跪在当院火辣辣的太阳底下，每个人自己抽打自己的嘴巴，发誓他们再也不为疯沙神做任何事。所有的僧人一律还俗，要么回乡种地，要么到学馆教书，就是不许再提为水泱神铜像诵经的事。

报恩寺被夷为平地，所谓平地，就是地上所有的树木被砍伐得一棵不剩，所有的石墙、石阶、石础被全部搬空，大殿前的水池用大殿的碎石渣土残砖破瓦填平，所有的房梁、门板、窗户和家具，能贱卖的就贱卖，卖不出去的就当劈柴烧火，连地上自生自灭的与疯沙神一点儿关系都没有的小草，也被拔得一棵不留，所有铜像碎块都被砸成小块，装车拉走，不知去向。

只有一个妇人默默地守在原地，坚持不肯离开，她不言不语找个旮旯儿站着，不被人注意，也不被雪斑马注意，她就是府学中学图书馆老馆长的祖辈，妇人每天天不亮，就来报恩寺的空地上扫扫地，洒洒水，白天也抽空来转转，一声不吭。

平日里疯沙神干净整洁，虽然久居荒漠，但有洁癖，一身白衣白裤白靴白披风，有型有款，形象很帅，一看就是个孤傲的贵族，绝不像个土匪恶棍，但他的仇恨极深，破坏力极强，他即将给北京城带来建城以来从未遇到过的危难。

大风把钟楼中学、府学中学、内街中学以及一切学校的图书、教材和学生们的作业，全都刮得漫天飞扬，把教室的玻璃全都刮碎了，玻璃碎屑肆意飞舞，所有没有进入地库的汽车都被吹得东倒西歪。

这回北京城才相信有神灵，钟楼中学的学生老师、宝钞胡同的大爷大妈、鼓楼东大街的商贩和行人，齐刷刷、情深深、意切切地问凌青：“地境神在哪里，快让他来救我们。”

凌青不知是风吹的沙眯的还是心酸的，流下眼泪，他不知道地境神在哪里。

疯沙神对府学中学的学生也不轻饶，陆珂、英瑛原以为他俩为疯沙神找到了铜像的下落，疯沙神应该对府学中学心存感激，没想到，满不是那么回事，疯沙神不仅没有表扬他们，反而报复府学中学。府学中学所有学生头晕健忘，口干舌燥，成绩直线下降，郎本、凌青暗自偷笑，陆珂、英瑛觉得我们成绩再次也比你们钟楼中学强，没想到一次区统考，钟楼中学居然和府学中学平起平坐，校长老师全急了，家长堵住学校大门不依不饶，要求校长赶紧采取措施，学习成绩再往下出溜，家长就带着学生转学。

校长表面镇定，安抚家长勿急勿躁，他自有安排，背地里却急得直哭，他哪里知道全校学生成绩持续下降的原因是什么，应该采取哪些补救措施。他再怎么想，也想不到会是疯沙神在惩罚府学中学。

上级限三天拿出整改方案，迅速扭转府学中学成绩下降的被动局面，校长脸色乌青，住在校长办公室里不回家，早五点到晚十一点看着学生学习，他楼上楼下每个教室督阵，腿都跑细了，一点儿效果也没有。再过几天，校长没法交差，怎么办呢？

老馆长知道原因，不敢直说，说了，府学中学的学生肯定都转学了，可是都走光了，也救不了府学中学，救不了北京城，疯沙神肯定会有更加凶狠的报复，老馆长不知道怎么办才好。

陆珂、英瑛吓坏了，他俩眼巴巴地看着老馆长，老馆长只是说："神有求于我们，我们就应该出手帮忙，神发怒，我们束手无策，只能低头。"

陆珂很直白地问老馆长："您的祖上是疯沙神母亲的仆人，难道就不知道水泱神铜像的下落吗？您家祖祖辈辈守护着报恩寺，怎么就不能给疯沙神一个完美的交代呢？"

英瑛不喜欢陆珂这样问问题，好像在埋怨责备老馆长和她的先人，不过英瑛也没有办法，陆珂就这么愣头愣脑，谁也拦不住，再说，陆珂问得并没有错，只是话糙。老馆长看着陆珂，缓缓地解释说："疯沙神的直接意图是寻找母亲水泱神，而不仅仅是寻找水泱神铜像，我们发现两颗铜珠，等于是给疯沙神火上浇油，引发了疯沙神的狂暴与愤恨，该来的迟早要来，疯沙神心里的结必须打开才行，北京城想躲也躲不过去。至于你责问我的先人……”

英瑛忙插嘴替陆珂解释，绝没有责问之意，陆珂也慌乱地摆手说：“当然没有，显然没有。”

老馆长抬手示意他俩安静下来，她接着说：“这要归罪于雪斑马，当年雪斑马拆毁报恩寺时，不允许任何人知道那些石料木料和被毁铜像的去处。”

陆珂咬着牙说：“雪斑马不该把事情做得这么绝。”

老馆长说：“是啊。”老馆长又说：“如果水泱神的去向六百年神也不知，人也不晓，我猜想，这一定是一个惊天动地的秘密。”

陆珂、英瑛都把眼睛瞪得老大，异口同声地问：“什么秘密？”

老馆长两手优雅地一摊，表示她也不知道。

揭开这个谜对北京城来说是福是祸呢，英瑛有些忧心忡忡。

陆珂说出一句他奶奶总说的老理儿：“是福不是祸，是祸躲不过。”

英瑛向郎本诉苦，郎本同情英瑛，但也就是几句安慰的话，没别的大主意，郎本问凌青，凌青说：“我们应该找到地境神，唤醒地境神，驱赶疯沙神。”陆珂不同意，说：“你这是替神拿主意，你胆子太大了。”

英瑛也觉得凌青是胡扯：上哪里去找地境神？

凌青说：“让我低头我不肯，让我找地境神我也找不着。”

地境神哪地境神，您就知道睡大头觉，又不让您高考，又不逼您升学，您哪来那么多瞌睡呢，您在哪儿啊，哪怕您打一声呼噜，让我们听见，我们也好顺着声找您啊。

叫天天不应，叫地地不灵。

凌青迟迟寻找不到地境神的地宫，见不到地境神，头皮发麻，脚心滚烫，嘴唇上急起了大燎泡，郎本几乎要摔桌子砸板凳，贺嘉飞走，鲍迪被逼疯，可是地境神还在呼呼大睡。

凌青想问问宋老师，不行，肯定是碰一鼻子灰。想问问曹老师，也不行，曹老师肯定把脑袋抬得高高的。去问李老师，他早就问过了，李老师说她也不知道地境神在哪里。去问葛老师，葛老师虽然知识渊博，但他与地境神、冽水神一点儿关系都没有。去问贺嘉妈妈或者鲍迪爸爸，那还不够他们伤心的呢，再说他们知道的也不见得比自己多。去问马校长，马校长这几天都没有露面，不知道他是去哪儿了。

凌青想起了爷爷，心里更难受了。

无奈至极，凌青陪爸爸看一会儿电视，最近凌爸爸热衷于收看养生节目，一个一个的心肝脾胃肾的专科大夫，特别是中医专家，给怕死怕病怕三高怕癌症的中老年人讲养生保健知识，一阵儿说得耸人听闻，似乎全北京的人都是病秧子，一阵儿又说得生动风趣，仿佛人体的经脉穴位早就被专家们握在手掌心里。

疯沙神都奔到家门口了，还学习这些保命的知识有什么用？

一位貌似资深的中医专家正讲解人体前胸穴位的名称，他为观众讲解道：

中医发现我们人体的前胸有一连串的穴位，老祖宗自下而上给这些穴位依次命名，分别叫作中庭穴、膻中穴、玉堂穴、紫宫穴、华盖穴、璇玑穴、天突穴。

这一列穴位的排列和命名十分奇妙，像是描述一个中国皇帝登基的全过程。

“中庭”是描述皇宫门外的院落；

“膻中”描述的是皇宫门内站满文武百官的庭院；

“玉堂”是描述那个汉白玉台阶之上的宫殿；

“紫宫”是说皇宫在阳光的照射下发出紫色的吉祥之光，皇帝坐着銮驾缓缓而来；

“华盖”是指罩在銮驾之上的巨大金黄色伞盖；

“璇玑”是表示皇帝威严的权杖；

“天突”指明皇帝登基走向天的最高处。

人体前胸的七个中医穴位描述的像是紫禁城由南向北、由皇宫宫门到太和殿的登基路线图。

凌青不能完全听明白，但是觉得新鲜，人的肌体脉络怎么会和紫禁城的布局构图如此吻合呢？太牵强附会了吧？

第二天下午，凌青、郎本、郎白、黎雪坐在鼓楼东大街的半眯半醒咖啡屋里一起闲聊，天上一脚地上一脚地讨论地境神究竟在哪里。他们这伙人自从北京城刮起大风那天起，就再也不搭理陆珂和英瑛了，他们认定疯沙神进攻北京城，是陆珂和英瑛给招来的。

凌青有一搭没一搭地说起昨晚看的养生节目，说是紫禁城的中轴线居然还和中医穴位勾连起来，要不是紫禁城传心殿与地境神有关，凌青也不会关注什么中医呀、中药呀、养生呀之类的。跟一个虎虎生风的半大小子说养生，那不是鸡同鸭讲吗？果不其然，郎本在一旁听得直撇嘴，意思是你怎么跟老大爷老大妈一个欣赏档次。

细心的黎雪眯缝着笑眼对凌青说：“我们学校校医盈缶老师是中医世家，可以向她讨教讨教。”

黎雪特别爱和凌青聊天，她笑的时候眼睛眯成一条缝，像被糖稀粘住了一样。黎雪离凌青很近，凌青明明白白清清楚楚感觉到黎雪的气息，黎雪的律动，黎雪的笑眯眯的眼神，黎雪的断断续续似有若无的话语。

不知是天意还是巧合，盈缶老师恰巧从咖啡屋窗外路过，耳朵上戴着一副很夸张的耳机，一副旁若无人自由自在的样子。黎雪起身一个矫健的大跳，推开咖啡屋的玻璃门，招呼盈缶老师进来。

盈缶老师一见是她们内街中学的学生，立刻把脸假装严肃起来。

她一进门就问几个孩子：“放学不回家写作业复习功课吃晚饭收拾家务看新闻联播做仰卧起坐以及喂狗哄猫，怎么居然在此泡吧？”

黎雪故作真诚地看着比自己大不了多少的盈缶老师，乖巧地说："盈缶老师，我们有一个谁都解答不了的中医问题，想问问您。"凌青起身给老师让座，郎本打量这位校医，觉得和自己有几分相似，胖乎乎的，圆鼻子圆眼圆嘴唇，戴着一副夸张的圆眼镜。

黎雪要给老师点上一杯咖啡，老师不好这口儿，说："要一瓶北冰洋。"

郎白暗想，大冬天的喝北冰洋，这老师是火大。

盈缶端着老师架子开口："说，什么问题？"

凌青把这几天脑子里乱七八糟的线索和昨晚看的支离破碎的中医知识，一股脑儿倾盆折箩倒给盈缶老师，盈缶老师饶有兴趣地听，叫靠近吧台的郎白取一张北京市旅游地图来，打开，展平，舒舒坦坦地铺在茶几上，几个孩子都把杯子拿起捧在手里，恭恭敬敬地给盈缶老师腾地方。

盈缶老师开始施展她的中医知识，把紫禁城中轴线和中医穴位又掰开来揉碎了讲述一遍，她白白肉肉的手指头豪迈地往地图上一指、一指、再一指，说北京城的心肝脾胃肾以及大肠小肠，在这儿，在那儿。

郎本愣愣地问盈缶老师："北京城的海眼在哪儿啊？"

黎雪越听越玄乎，就怯生生地问："什么是海眼？"

盈缶老师不耐烦地回答："纯北京人都知道什么是海眼。"不过盈缶老师也说不出海眼在哪儿，她嫌郎本问她这个跟中医中药不沾边的问题，让她答不出，黎雪也只好暂时放下不提。

凌青皱着眉头，扽着左耳朵，心里琢磨事，听着听着，张开大嘴合不拢，惊得把手中的大杯甘草乌梅汁跌落在地上。他全身发抖，颤颤巍巍地指着地图，磕磕巴巴语无伦次地对盈缶老师说："您是说，北京城的心脏部位，在这里吗？"

盈缶老师一脸孩子气："对呀，是呀，当然呀，很奇怪吗？觉着很长学问不是吗！"

凌青几乎是带着哭腔说："这是我们钟楼中学啊，地境神就睡在我们学校的地底下啊！"

大家都觉得凌青太激动、太跳跃，太突兀，没有说明白。黎雪用手轻轻地摩挲凌青的颤抖的臂膀，安慰他，让他平静下来慢慢说。凌青又说了一遍，大家听明白了。凌青是说，地境神的地宫不会在紫禁城地下，也不会在二环以外，地宫的位置肯定十分讲究。如果说钟楼中学处于北京的中轴线偏右上位置，那就是盈缶老师所说的心脏位置，地境神的地宫一定就在这里。

郎本把大腿拍得啪啪响，也不觉得疼，赞同凌青的推断，大声赞叹道："我的亲娘二姨三舅母。"其他孩子也表示认可。

盈缶老师反倒蒙了，她不知道地境神是谁，她头一歪，屁股一抬，说："不陪你们这些个毛孩子玩了，我还有事，告辞。"临出门还不忘谢谢黎雪的饮品。

凌青给盈缶老师再三作揖感谢，他终于知道地境神在什么地方昏睡着了。

黎雪笑了，她引荐盈缶老师，给凌青帮了大忙。黎雪赶紧给李老师打手机，李老师一听就连说靠谱，说她马上赶过来，她要和孩子们一起拜见地境神。几个孩子速速结账起身，拥着挤着推门告辞，也不回家，直奔钟楼中学而去。

长街灯火映照着黄昏
来去不是浮云
盈缶一语拨开迷尘
学生向着地境神撒腿狂奔
情焦急双眉锁紧
心急似火焚
地神啊地神
赶紧
赶紧睁开你的睡眼
快快拥抱我们

天渐渐黑下来，可是凌青心里亮堂多了。

19

李老师急匆匆走出内街中学直奔钟楼中学，葛老师拦住李老师想问个究竟，李老师着急，一句两句也说不明白，葛老师说：“我陪你一起去吧。”李老师迟疑了一下，点头同意。这些天葛老师说什么，李老师都拧巴着，偏偏此时此刻她出人意料地随和，答应了葛老师的请求。李老师虽说是洌水神翊卫，但是从来没有执行过任务，现在要进入地宫，她心里也没底，身边有个大男人终究踏实些。

从内街中学到钟楼中学，葛老师的嘴就没停，一直问这问那，李老师能解释的都告诉了葛老师，葛老师还是问个没完。两人紧赶慢赶，与凌青等人在宝钞胡同北口会合，李老师的身影一出现，黎雪脸上的焦虑立刻消失一半。

按说钟楼中学再破再旧，也得有把门的保安，放学这么长时间了，学生不能说往里闯就大摇大摆往里闯，还带着外校的老师和学生。可是凌青说他要在钟楼中学的地底下寻找地境神，两个保安小哥立刻恭敬起来，谁都不加阻拦，甚至还给他们提供大号的手电筒，更换上最新的电池，为这一行人提供方便。

心急火燎的凌青带着大家伙儿在校园里转悠，对犄角旮旯儿凌青特别留心，还是不知道地境神地宫的入口在哪里，又转悠一圈，郎本拿着手电筒东照照，西照照，漫无目的地乱撞。黎雪，还有李老师、葛老师对钟楼中学校园不熟，两眼一摸黑，帮不上什么忙，跟在他们屁股后面乱窜瞎转，李老师还不住地安慰凌青说："耐心一点儿，不要着急。"葛老师即使会神机妙算，这会儿也使不上劲。黎雪几乎追不上凌青的步伐，她一边小跑着，一边劝凌青，凌青烦躁地甩手，叫黎雪闭嘴，黎雪脸上都有点儿挂不住了。李老师手拉着黎雪的胳膊，示意她别给火头上的凌青添乱了。郎白怕黑，她乖乖地跟着郎本哥哥，怯生生地不言不语。

一连转了好几圈。

走到老槐树下的花坛边上，郎白被脚下什么东西绊了一下，一个趔趄扑到郎本后背上，李老师身手敏捷，赶紧上前扶住她，郎本一肚子不耐烦，回头对郎白说："你回家吧，这里没你什么事儿，回家洗洗睡吧。"

郎白委屈地辩白："我不是不小心，谁让你们把石板放在过道上。"

黎雪劝郎本兄妹俩不要吵嘴，凌青回头看脚底下，他也觉得纳闷，平时这个过道上人来人往，不应该有一块凸起的石板，他拿手电筒一照，一个黑钉的图案清清楚楚地刻在石板上，这块石板平时是正面朝外安置在老槐树花坛边的，今晚像是有人动过，背面朝外躺在过道上，黑钉图案刻在背面，平时人们无法注意到，再说除了凌青、鲍迪、郎本和贺嘉，谁也不认识黑钉。

众人围拢过来，郎本猫着腰细瞧，凌青拍拍郎本的肩膀，发出命令："敲击密码，开启地宫之门。"郎本屈膝蹲下，接过凌青递过来的一块石块，在刻有黑钉图案的石板上敲击起来。花坛边的数块石板缓缓开启，一个精雕细刻的入口展现在众人面前，里边散发出幽暗的光，并不黑暗阴森。

凌青不做多想，低头钻了进去，郎本紧随其后，他还不忘记拉住郎白的手，关键时刻还有点儿哥哥样子，其实郎本胆子比凌青、鲍迪都小，别看他平时咋咋呼呼的，真到关键时刻还真哆嗦，这时候郎白就明显感觉到胖哥哥的胖手在颤抖，在冒汗。黎雪看看李老师，李老师点点头，示意可以进去，不会有危险。但李老师对身边的葛老师说："你不是翊卫，站在这里等我们吧。"葛老师才不管那一套，他是不放心李老师，再说十几岁的男孩儿女孩儿进得，他一个有为青年凭什么进不得。

葛老师一脸疑惑地走进地宫，他不知道前方会出现什么，会发生什么，他不知道地境神是谁，神经一紧张，他身上的异香更加浓醇了，葛老师自己都没注意，李老师感觉到了，其他几个孩子正兴奋着，注意不到这上面，就是闻到，他们也以为是地宫特有的味道。葛老师心神不定，他还在怀疑这个奇异的神灵世界是否真的存在，现在李老师执意进去，他肯定不能置身局外，他要保护李老师，别出什么意外，当然他是人民教师，理所当然也要保护凌青这些孩子们。

在不甚明亮的过道里，葛老师拉起李老师的手，李老师没有拒绝。

谁都没有提防，一行人滑下一个漫长的陡坡，凌青、郎本、郎白和黎雪，加上李老师和葛老师六个人，连轱辘带滚跌落下去，十分狼狈，有人胆小，有人心慌，有人发蒙，凌青和郎本两人最为尴尬，他俩进过颐和园地宫，满以为走下去的经验可以照搬，没想到这次是这样狼狈。

凌青平时打篮球，在坡道上打几个滚问题不大，郎本有肉有膘，打几个滚也不至于磕着碰着，郎白没经历过这场面，受到惊吓，心惊肉跳，黎雪和李老师平日里在舞蹈室练功，有舞蹈功底，这几个翻滚算不了什么，就是苦了葛老师，一个如此绅士的帅哥，突如其来地连翻带滚，把他给摔蒙了。一行人在见到地境神之前，各自的头发上脸上衣服上鞋上先沾满了黄土，不知道这算不算是一种觐见礼仪。一行人滚到一座高大威严的宫门前。

地境神的大本营叫作黄地宫，一副年久失修的样子，仿佛是因为地境神长年疏于管理，长达六百年的不闻不问不管不顾，黄地宫呈现一片败落之象。大门倾斜，地板破裂，巨型窗户上的帷幔也早已破烂不堪，窗户已经多年没有人擦拭，铁门上昔日的花纹布满灰尘，没有了光彩。凌青不知道还能不能推动这样一扇六百年破败的宫门，还能不能听到那宫门发出的吱吱呀呀的声响。

前方有亮光，凌青心里有一种抬头望见北斗星的感觉，大家加快脚步走进有亮光的侧室。室内直愣愣站着一个人，一个凌青和郎本天天见面的人，一个不苟言笑、个头儿高大的人，一个让凌青和郎本大吃一惊的人。

他就是马校长。

凌青自从进入钟楼中学的第一天就觉得马校长面熟，后来又觉得马校长像是有话要对他说，可是凌青和马校长除了礼貌性地打招呼，一句多余的话也没有说过。郎本每次看到校长，心中都会泛起一股莫名的惧意，他自以为校长对他充满敌意，这敌意好像也不是因为郎本调皮好动，也不是因为郎本学习成绩平平，到底是因为什么，郎本琢摸不透。他见到校长只会鞠躬，一句话也说不出口，他也没有得罪过校长，但总觉得校长的目光很严冷。

李老师、葛老师认识马校长，毕竟钟楼中学和内街中学相隔不远，葛老师常来钟楼中学开讲座，但李老师和葛老师想不到在钟楼中学的地底下和马校长见面，他俩很尴尬，原本拉着的手下意识地松开了。

黎雪根本不知道面前这位高高大大的中年男人是谁。

马校长开口说话，声音洪亮，和钟楼中学开大会校长训话时没有什么分别：“你们好，我是雪斑马。”

凌青的眼泪都快掉下来了。

凌青本应为找到又一名翊卫而兴奋，可是他兴奋不起来，他脑子里全乱了。也顾不上给马校长介绍内街中学的李老师、葛老师、黎雪，是葛老师把李老师和黎雪介绍给马校长。

马校长看着凌青一行人的狼狈样子很诧异，凌青问马校长："您也是轱辘下来的吗？"

马校长说："不是呀，我是骑着斑兽下来的。"

郎本捂着屁股埋怨："我们为什么没有斑兽可以骑？"

马校长这才明白，为什么他们一行人这么慌里慌张的狼狈样子，他解释说："你们这是擅自闯入，当然没有斑兽等候你们。"

凌青问："什么是斑兽？"

马校长说："不急，一会儿你们会见到。"

爷爷不在了，爸爸指望不上，在他最需要帮助最需要安慰的时候，一匹高高大大的雪斑马就站在他的身旁，居然这么长时间一言不发。凌青心里很别扭，当他们几个孩子为了地境神东奔西走，可是马校长却始终沉默不语，好像这件事与他无关似的。您是校长，您是成年人，您是雪斑马，您得给我们做主。

作为雪斑马，马校长太为难了，整个雪斑马团队为地境神犯下大错，马校长和他的祖先都担负着不可推卸的罪责，他始终不知道是出手好还是沉默好，出手，他怕再干砸喽，沉默，他又觉得没有尽职尽责。难就难在他无法面对那几个身为翊卫的孩子，他又是校长又是翊卫，进退两难。

凌青性急，先不纠缠这些，赶紧把地境神唤醒，这是最要紧的，要不然他怎么也得冲着马校长哭诉三个多小时，马校长怎么也得低着头抚摩着他抖动的肩膀，耐心给他解释两个多小时。北京人干事情从来都不着急，磨磨蹭蹭的。

再磨蹭，北京城就被疯沙神掩埋了，你们就磨蹭吧。万幸的是，马校长、凌青不是那种不着四六的废物，赶紧干正事儿要紧。

大家在马校长的带领下推开黄地宫正门，屏住呼吸走了进去。

远处，飘浮着一片闪着黄色星光的尘埃，像一片星云，像一片发光的星团，这就是地境神，他好像在均匀地呼吸，云团的某些部位在有规律有节奏地开合，郎本被这有规律的节奏吸引住了，他试图要记住什么。所有的人除了马校长都在不眨眼地看着地境神，太神奇了，他们有生以来第一次见到神。

黄地宫里，凌青他们看见了斑兽，枣斑羚、墨斑豹、秋斑狼等在来来回回地走动，羽斑鹤在空中飞翔。孩子们头一次见到这样半神半兽的动物，感到很新奇，连葛老师也目不转睛地看个没完。枣斑羚眼神善良高傲，耳朵有花边，眼睛四周和额头正中有斑驳的纹饰，犄角多叉，高大威猛，当中有环状的骨节，全身的毛如波浪翻卷，小腿上缠有绑腿。墨斑豹眼神孤独，耳朵有花边，额头正中有奇异的纹饰，花纹与枣斑羚明显不同，肩部和胯部有铠甲状硬壳，爪子十分锋利，闪烁着刺眼的青光。秋斑狼眼神坚定，耳朵有花边，腿关节包有乌钢铠甲，小腿缠有绑腿，爪子十分锋利，闪烁着刺眼的寒光，寒光的颜色比墨斑豹略柔和些。羽斑鹤，眼神聪慧，周身洁白，尾翼斑斓秀美，爪子上的纹饰如同穿有锦靴，鹤冠熠熠生辉。

凌青必须回过神儿来，他几乎是用埋怨的口吻对马校长说：“您为什么不早早告诉我们，您也是地境神翊卫？”

马校长低沉地解释说：“是我的祖辈误解了地境神的旨意，把疯沙神驱赶到荒漠，把细管胡同的报恩寺夷为平地，把水泱神铜像化为铜水。疯沙神进攻北京城的直接责任者就是雪斑马，雪斑马是地境神的罪臣。”凌青他们这才多多少少能理解为什么马校长整日一脸严肃，少言寡语。

李老师说：“现在不是要追究雪斑马责任的时候，当务之急是要唤醒地境神，抗击疯沙神。”

“谁也无法唤醒地境神，谁也无法找到冽水神。”马校长的回答让大家很失望。

地境神远看一团黄土烟尘，细看有个大致的人形，一只手捂着脑袋，另一只手在睡梦中打着节拍，光着大脚丫子，盖着厚重的斗篷，脑袋上扣着个与斗篷同等质地同样颜色的睡帽，让凌青以为地境神穿的是睡衣，不是斗篷。凌青感到奇怪，地境神怎么睡得这么舒适。葛老师胆子简直太大了，他这里瞧瞧那里转转，居然独自一人往地境神跟前凑近，想要更加真切更加近距离地观察地境神，他异常兴奋，身上散发出来的异香越来越浓醇了，李老师有些尴尬，后悔把这个外人带进来。

凌青等人还在一筹莫展，找见了地境神，却没有唤醒地境神的办法，凌青找开关，没有；找门道，没有；找马校长问，马校长也没有答案。

葛老师还在往地境神跟前儿凑近，忽然，天地间一声雷鸣般的巨响，巨大的气浪把高高大大的黄地宫搅得乌烟瘴气，所有人都被掀翻在地上，凌青等人被呛得眼睛睁不开，口腔里又干又涩，几个女生的头发被吹得像荒蓬野草，郎本裤裆里好像湿了一大块，马校长和李老师伸手探身护着身边的孩子们，马校长眼里噙着泪水，葛老师吓得一激灵，身上的异香全缩回去了。郎白被呛得睁不开眼，她强拽着郎本的胳膊，弱弱地说："神醒了。"

20

地境神醒了。

星团迟缓地变换着形状，开口说话。空气振动剧烈，连黄地宫里的桌椅板凳家具陈设都被震得来回晃荡，桌上小物件干脆被吹得在空中飘荡，没法落脚，所有人不得不扯下窗帘帷幔上的丝绦，把自己捆绑在几根土柱子上，黎雪和李老师虽是有舞蹈训练功底，这会儿也感到头晕，郎白胆小，把自己和郎本哥哥捆在一起。

凌青心里嘀咕："地境神您不能让这些桌椅板凳消停一会儿吗？"没想到话没有说出口，地境神回答说："黄地宫里多闷得慌啊，让它们活动活动也好。"

地境神好像更加清醒些了，更加沉稳些了，他不愿意看着大家捆在柱子上的可怜样子，说："这点儿动静就把你们惊成这个样子，大可不必。马校长你大小也是个校长呢。"

马校长头一次当着学生的面儿挨批评，他不得不把绳索解开。

地境神说："在空中飘着荡着没有什么危险，一会儿你们就适应了。”

地境神一说话就像吃油炒面，糊得上嘴唇下嘴唇到处都是黄土面，甚至于脖子上都是。地境神闲着没事就爱在上下飞扬的黄土面中游荡，也不妨碍他呼吸，他需要这种氛围，他不喜欢地宫中一尘不染的样子，太冷清。

不过这样的场景是需要凌青他们渐渐适应的，这些黄土面是黄色的神族的灵物，不是人世间的尘土，放心好了，不会吸到凌青、马校长他们的肺里去。

地境神渐渐变化着自身的形状，渐渐地显现出非人非兽的相貌，为了不让身上的泥巴干裂脱落，除了大脑袋，他腰上腿上胳膊上胡乱捆绕了许多粗糙的麻绳，他的前胸后背近看像干打垒，翡翠、水晶、玛瑙、宝石胡乱地点缀，自顾自地散发着星光。

地宫中分布着大大小小的气孔，间歇性喷出五颜六色的地气，这就是地底下的“风”。

地境神飘到哪里，泥土制成的桌椅板凳，甚至桌上的茶壶茶碗，就跟随着飘到哪里，凌青他们也身不由己地尾随着跟到哪里，地境神翻个身，大头朝下，桌椅板凳茶壶茶碗连同凌青等人也跟着翻转过来，倒是头也不晕，眼也不花。就是觉得闹腾得慌，凌青心想，还不如让地境神昏睡着更消停些。地境神翻过头对凌青说：“我消停不了了，你们来就是不让我消停的。”

地境神虽然昏睡了这么久，但是好像对地面上发生的一切略有耳闻，慌乱之中谁也没有仔细追究这是为什么，要是鲍迪在，兴许他会细想想，只可惜他正疯癫着呢。凌青和马校长急切地请求地境神抗击疯沙神，说北京城有难，作为北京城的保护神，地境神不能坐视不管。

地境神对凌青和马校长他们说："我可以率领你们保护北京城，但我不能出手抗击疯沙神。"

为什么，他不说。

几个孩子和几个大人，像在游乐场中坐翻滚过山车，不过速度没有那么快，没有那么刺激，他们还得一边翻滚一边支棱着耳朵听地境神说话，不是声音小听不清，而是声音太大太厚太沉，嗡嗡地响，很不习惯。

地境神，大智若愚，计算能力很差，总是把一四二一年至今算成六百年，其实是五百九十多年。他从来不算细账，大大咧咧，但是他不傻，也不迟钝。谁不尊重他，或与他抗衡，他就会毫不留情地埋葬谁。

说着说着，马校长想起一个事情，大为不解。冽水神没回来，地境神也没有得到解药，地境神怎么就说醒就醒了呢？他开口问地境神。

地境神指着葛老师的鼻子对大家说："他身上有强烈的楠木异香，是他把我唤醒的。"

现场所有的人都像看怪物一样地看着葛老师，葛老师自己也一头雾水。难道我是桀木神的翊卫吗？他心里想，没说出来。地境神又打了个喷嚏，也没戳穿葛老师。

郎本凑上鼻子闻葛老师身上的异香，黎雪跟他开玩笑说："你的鼻子愧对秋斑狼的称号了。"郎本确实是没怎么闻出来。葛老师情绪亢奋时，还有就是暗暗想李老师时，异香就会特别浓醇，心平气和时或喝浓茶时异香就比较清淡，现在一受惊吓，异香味儿早没影儿了。

凌青着急，说话就有点儿没大没小，在地境神面前一副慷慨陈词的怪样子，极力鼓动地境神出战。马校长在一旁明明知道地境神迟迟不动，并不是昏睡可以解释得清楚的，但地境神究竟为什么不对疯沙神痛下狠手，他也不明白，凌青这些孩子爱北京之心纯洁幼稚，情绪激动，马校长此时也不能给孩子们泼冷水。

葛老师和李老师像是局外人，插不上话，默默地守在一旁。地境神对疯沙神寻找母亲不以为然，他觉得儿女情长应该是人类的臭毛病，不应该是神的本性，但他自己也时常思念水泱神，一个是他也难免有些私情，人常说日久生情，地境神和水泱神交往千年万年还能不生情吗？还有，地境神老谋深算，他总在探究水泱神突然失踪的背后，是不是有什么隐情。地境神是疯沙神母亲的老相好，他不能出手伤害水泱神的孩子，这是不能对人族言说的神的私情。

地境神只能请回冽水神收拾他姐姐的孩子疯沙神。

地境神心里知道，凌青这个孩子年纪不大，心思很重，他问凌青：“你是不是把我当作冬眠的熊了？”

凌青就是这么想的，但他知道如果这样回答显得对地境神太不恭敬，便梗着脖子不言语。

郎本冒出一句：“我们觉得您睡得太久太久了。”这话倒是实情，没有恶意。

北京城大祸降临
情急擅闯地宫门
怎忍心千万家灯火风吹沙侵
怎忍心偌大个都市没入积尘
能是谁举战旗逆风推进
能是谁掌帅印布阵排兵
地境神昏睡百年不闻不问
急煞我这年幼的北京人

地境神沉默良久，对枣斑羚、秋斑狼、锦斑鲤和雪斑马说道：“随我出征。”

这是命令。

凌青、郎本、马校长和葛老师、李老师、黎雪，还有郎白立刻精神一振。

瞬间，黄地宫里变得一片光明。

凌青突然想起一件大事，他抬头询问地境神：“您既然已经醒过来了，我还要继续给传心殿的时钟上弦吗？”

地境神严肃地说：“继续按时按规则给时钟上弦，不得停止。”凌青听明白了，可是心里打了个问号。

地境神从钟楼中学操场下的黄地宫通过地脉走到颐和园万寿山下的战役指挥所，是轻而易举的事，可是马校长心生一个念头，请求地境神从地面上行走。

地境神不解，问：“为什么？”

马校长说：“全城的百姓盼望着见您一面。”

地境神不屑地说：“见我干什么？北京人不是不相信有神灵吗？”

李老师也帮腔说：“现在是盼星星盼月亮，就盼着您出来亮个相。”

葛老师说：“疯沙神把北京人吓得够呛，需要您出面鼓舞士气啊。”

凌青、郎本、黎雪和郎白眼巴巴看着地境神，都不敢插嘴。

地境神勉勉强强答应了，心里头别扭，嫌人族矫情。

如果不是人们移动了黑钉，神才不和人打交道。

“地境神卧在钟楼中学操场下的黄地宫里，如何能够听得见紫禁城传心殿里时钟的嘀嗒之声呢？”郎本不解地问。

马校长猜测说：“我们是凡人，不能理解地境神是用什么办法收听到远处的时钟声的，也许地脉中传心殿与钟楼中学是相连相通的，地脉中有特殊的传导系统，将这种嘀嗒声原原本本地传递给地境神。”

“地境神的地下宫殿为什么不建在紫禁城之下呢？”凌青也心存疑问，按照他的这番设想，地境神睡在紫禁城的地下，他在紫禁城中听皇子皇孙读书，在紫禁城中闲逛，并守着时钟昏睡，这不是顺理成章的事吗？

“这恰恰是人的思维与神的思维不相一致的地方，神不会把自己放置在一座城市的正中位置上，而是把自己放置在这座城市的心室位置上，他是有自己的方位观、居处观的。

再说，地境神怎么可能屈居在人间皇帝的屁股底下、皇位宝座之下？从人的角度讲，给皇帝一百个胆子，他也不敢在地境神的地宫之上建造自己的宫殿呀！”马校长振振有词地说了一大套，似乎有些个道理，让凌青和郎本不再提奇奇怪怪的问题了。

马校长的祖先看到疯沙神找不到母亲，在北京城撒泼耍混，就自己做主，谎称水泱神奔西北去了，将疯沙神驱赶到遥远的西北荒漠，为了了断疯沙神返回北京的念想，雪斑马将疯沙神的一切遗留物全部摧毁，夷为平地，捣毁了疯沙神为母亲建造的报恩寺，将高大的水泱神铜像化为铜水，要不是地境神昏睡不醒，他们还要向地境神汇报请功。耿直忠厚的雪斑马干的这蠢事给今年的北京城带来灭顶之灾，马校长看到疯沙神一步步向北京城逼来，实施疯狂的报复，感觉自己是个罪人，抬不起头来。

马校长内心的痛苦跟谁都不能说。他眼看着凌青为寻找地境神心急火燎，他也不能站出来说：你们跟我来，我带你们去见地境神。他没有这个权限，再说就是见到地境神，谁又能把地境神唤醒呢？

现在地境神因为葛老师莫名其妙地出现在黄地宫里，因为葛老师身上浓醇的楠木异香而苏醒过来，所有的人都觉得葛老师立了大功，马校长也有功劳，但是马校长的心还是放不下，脸上还是没有笑容，放进来一个陌生人，用撞大运的办法鬼使神差地将地境神唤醒，也不知道是福还是祸……

21

孩子们开始行动起来，全北京的孩子们上学纷纷戴上头盔，这些头盔原本是骑摩托车用的，北京城交通法规限制使用摩托车，因此大街上很少见到戴头盔者。现在满大街都是戴头盔的学生，男生主要流行黑色、银灰色、白色，女生则是花里胡哨的。头盔形状以圆形为主，也有大奔儿头形的，后脑勺撅个尾巴形的，也有人标新立异，在上边安插牛角、鹿角、熊猫耳朵等，既有装饰性，又有些开玩笑。学校的老师和校委会不知道为什么学生们热衷于头盔这么个大家伙，但是既无安全隐患，又未违反校规，也并不能阻止。有的老师甚至为了给自家孩子购买头盔，还要征询班上学生的网购途径和挑选方法之类。

全城的孩子除了戴头盔，还佩风镜，戴皮手套，脚蹬高筒马靴，腰间系上攀登带，佩带水壶，还有手电筒、指南针、眼药水、创可贴，准备抵抗疯沙神，奇怪的是平日里闹雾霾，孩子们都戴口罩，现在疯沙神来了，他们都不戴口罩了。

街道上开始出现奔跑的枣斑羚、墨斑豹、秋斑狼，天空中开始出现飞翔的羽斑鹤，没有出现雪斑马，也没有出现瑞斑鹿。斑兽冷漠，坚毅，固执，脾气古怪，让人摸不透，凌青等人轻易不敢招惹它们，一开始把它们当坐骑，也是凌青和郎本胆大，其实它们是神兽，不是牲口。凌青、郎本好几次被斑兽摔下来，要不是凌青腿脚灵活，郎本皮肉厚实，非伤筋动骨不可。

凌青等人抓紧落实地境神的旨意，指派郎本记住地境神密码，上钟楼敲钟，向远在南方的冽水神发出求救信号，及时组织人力在钟楼北侧修建挡沙墙，通知全北京的市民进入地脉和地宫避难。郎本向凌青借玉版，说："好兄弟，我上钟楼敲钟，你能不能把玉版借我戴几天。"凌青不干，说这块玉版不能离开他，郎本说："就这几天，过后肯定还。"凌青就是不肯，郎本心里空荡荡的。

宋老师见着地境神了，精神为之一振，浑身冒热汗，这下她相信真的有神灵在了，眼见为实嘛，她迅速集合他们班的队伍，再加上其他班的壮劳力，赶赴钟楼，开始修建挡沙墙，临走时还叮嘱曹老师赶紧设计施工图纸。宋老师一脸严肃，没有半点儿玩耍之意，齐耳的短发被风吹得颇有几许飒爽英姿。曹老师不明白为什么要建挡沙墙，郎本着急地跟他解释，地境神命令郎本上钟楼撞响铜钟，用特殊的节奏和特殊的密码向远方的冽水神发送呼救信号，为防止过几天疯沙神带来的白沙把钟楼掩埋，信号传送不出去，同学们要在钟楼北部修建一堵挡沙墙，减缓白沙掩埋钟楼的速度。

曹老师一听就懂，他让宋老师到达现场后赶紧把场地的尺寸规模告诉他。

马校长当然要和孩子们一同保卫钟楼，内街中学的李老师来了，葛老师也来了。

郎白提醒大家："鸟巢里的飞鸟都聚满了，它们没有危险吗？"

凌青说："你跑一趟去看看。"

郎本不放心："你一个人去成吗？"

郎白回答："和飞鸟打交道我不怯场。"

一只矫健的秋斑狼驮着郎白向鸟巢奔去，几天不见，鸟巢已经乱作一团，鸟巢的情形只有郎白能够了解清楚，别人谁也不懂鸟言鸟语，无法和飞鸟交流。

钟鼓楼附近的居民全都动员起来，传达地境神的通知，地境神将在昆明湖、玉渊潭、什刹海、龙潭湖、北海、陶然亭、团结湖等水面排尽湖水，开启地脉大门，请全体市民进入地宫避难。

大人们在惊慌失措地搬运财产，抢购物资，大包小包地连背带扛地跑去地脉入口排队，进入地宫避难。孩子们昂头挺胸精神抖擞地赶赴钟楼搭建挡沙墙。鼓楼东大街上孩子们向着钟鼓楼方向走，大人们背着钟鼓楼方向走。孩子们神情坚定，大人们神情忧郁，孩子们步伐豪迈，大人们步履慌乱。时不时有大人拦住急行军的孩子们，用祈求的目光望着他们，向孩子们求教，这场北京城保卫战到底能不能赢，孩子们总是紧紧握定拳头，也不多言，心想管它能不能赢，先打起来再说。人越挤越多，人流越走越快，很多人都急慌慌地跑起来。但是大家都自动给孩子们让出道路，让孩子们尽快抵达钟楼。

巍巍的钟楼
寂静无声
北京的黎明
沉睡不醒
该不该唤醒这座古城
该不该催促你踏上征程
有人问
要这无声无息的铜钟何用
铜钟答
北京有难我必长鸣

北京城所有的大人和孩子都把钟楼和鼓楼当作摆设了，当作普普通通的建筑了，充其量觉得它们年头久远些，个子高大些，也有好多人视而不见，漠不关心，甚至还有人觉得钟楼和鼓楼立在那里碍事儿呢。

钟鼓楼位于北京城中轴线北端。钟楼上浑厚悠远的钟声可以向两千三百多公里之外的冽水神传递信息，但是没有人能够轻易掌握钟声的节奏密码，一旦敲错节奏，后果不堪设想。地境神将这个光荣的任务交给郎本，郎本对节奏异常敏感，全北京城的孩子中到目前为止只有他能够在短时间内记住并掌握节奏密码。疯沙神一旦掩埋北京城，孩子们必须全力保证钟楼露出楼顶上的两个龙吻，只要龙吻外露就可传递密码给洌水神。龙吻也称“大吻”，呈现龙头形状，龙口大张咬住屋顶的正脊，是建筑屋顶正脊两端的装饰构件，也是神灵传递信息的发射器。北京城的每一片瓦每一块砖都有自己的奇异故事，要是龙吻被白沙吞埋，那各方神灵就全都无法知道北京城遭灾遇难了。

凌青和郎本站在钟楼上，郎本埋头牢记节奏密码，别人不敢打搅他，凌青瞭望四周，这里看看，那里走走，他感觉有些奇怪，他从小在钟鼓楼附近长大，钟楼鼓楼对他来说再熟悉不过了，可是今天登上钟楼四下一望，他感到很陌生。

钟楼往南是北京城一条笔直通达的中轴线，全北京最辉煌最重要的古建筑都在这条中轴线上，由北往南依次是钟楼、鼓楼、地安门、景山、紫禁城北门、紫禁城三大殿、紫禁城南门、北京城正阳门、永定门。北京城中轴线由南往北一路通达贯穿，为什么在钟楼戛然而止？凌青头一次发现，钟楼北面的街巷参差不齐，错落无序，很难想象北京城内有这样一片慌乱、堵塞、毫无章法的状态，街巷很短、很窄、杂乱无章。这里是花园吗？不是，这里是一片开阔地吗？不是，这一片地域中没有气派宽阔的官宅，没有寺院，没有官府机构，没有像模像样的商铺。好像北京人把钟楼后面这片区域忘却了，抑或是根本不敢触碰这片区域，这不是一件奇怪的事情吗？

北京城正北为什么没有城门？连紫禁城都有正北的神武

门，而北京城的北城墙偏东有安定门，偏西有德胜门，唯独正北面是一堵死墙。据说唐朝的长安城，宋朝的汴梁城都是在正北有城门的。

凌青抬头仰望钟楼。为什么钟楼不是一座四敞大开的建筑，而是一座严严实实的砖楼？没有窗户，门洞很小，小得与整个建筑不成比例，难道说东西南北四个小门洞能使钟声传得更广更远吗？国外的巴黎圣母院钟楼，国内的西安钟楼，哪里不是把钟挂得高高的，把钟楼盖得敞敞亮亮的，没有谁把钟遮盖得这么严实。

地境神和冽水神是不是另有意图？

凌青用手摸着后脑勺，问马校长：“地境神长时间昏睡，他的智商是不是有问题？”

“此话从何谈起？”

“他为什么把地宫设在钟楼中学，把战役指挥所设在颐和园万寿山，把通信系统设在钟楼？这个抗击疯沙神的战役为什么是这么个打法？您见过这样布局设阵的指挥官吗？地境神的兵将在哪里？他用什么来与疯沙神展开战斗？他没有一兵一卒，只靠我们几个初中生充当翊卫，就可以打退疯沙神吗？”

“你是人，你不是神，你只知道人如何打仗，不知道神是如何打仗的。”

“此话怎讲？”凌青一脸真诚。

“地境神从不用抗击的办法抵御对手，地境神的办法是容纳，地境神在北京城地下建有一个异常庞大的容纳系统，原本地境神打算当外来对手入侵时，开启昆明湖、什刹海、团结湖、玉渊潭等湖面入口，将疯沙神带来的巨量白沙通通纳入地下容纳系统，有多少容纳多少，直至将疯沙神的能量耗尽。但是，此次疯沙神大战的局面十分特殊，地境神万万没有想到北京城人口突破三千万，疯沙神急匆匆火燎燎奔袭北京城，地境神只能优先考虑让成千上万的北京人躲入地下容纳系统避难，而自己就难以单独抵抗疯沙神了，必须借助洌水神的力量将疯沙神冲刷而退。”

“那为什么将通信系统建在远离万寿山战役指挥所的钟楼上？”凌青越听越起劲，越听疑问也越多。

“钟楼的通信系统不是地境神所建。钟楼的铜钟发出的信号不是仅给地境神一个神使用的，是发给地境神、洌水神、仗山神、疯沙神、桀木神，还有其他没有说到的神的。也就是说，钟楼不是地境神的通信中心，而是所有神的通信中心。”

“到底还有多少神？”凌青得寸进尺起来，他发觉马校长知道的特别多。

“这个问题你不该问。”

“好，我闭嘴。”好吧，不该问的就不问了。

22

挡沙墙是一个特殊的工程设计，是在钟楼北部建造一个高度与钟楼等高的帆布幕墙，底部支撑牢固，顶部向北部白沙袭来的方向倾斜，用足够的绳索和支架向白沙袭来的方向用力加固，尽量减缓白沙掩埋钟楼的进度。地境神预料，疯沙神一努劲，几天时间就把北京覆盖平了，钟楼也不能例外。曹老师设计了巨型的帆布幕墙，陂复老师按照曹老师的设计画了一张效果图，曹老师把尺寸、用料、设计要求都标注清楚，嘴里还跟陂复老师念叨：“要是鲍迪和贺嘉在，还能给咱俩搭把手。”

马校长、宋老师、李老师、葛老师带领学生加紧施工。居民们一开始不知道他们在干什么，听了墨墨的大嘴解释宣传，纷纷要求参加，墨墨甩着短发，得意扬扬地拒绝人家：“你们不是地境神翊卫，你们没有权限。”

有人问：“你们都是地境神翊卫？”

同学们拍着胸脯，脆生生地齐声说：“我们是翊卫的伙伴。”

西边的居民们送来饮用水，到吃饭的时候，东边簋街的饭馆送来红烧肉、宫保鸡丁、京酱肉丝、西红柿鸡蛋、尖椒土豆丝、黄花木耳酸辣汤、大米饭、大烙饼、大馒头和大包子，郎本一边往嘴里塞一边和旁边同学议论："比咱们学校食堂做得好吃多了。"凌青叫郎本多吃些，他有神圣的任务在身，郎本当然不客气。

建筑公司任大大和潘叔叔他们提供的帆布、支撑架、缆绳源源不断地运过来，工人们拉着马校长的手说："我们老板说了，地境神要多少，我们就给多少。"马校长连连感谢。

黎雪走过来说："天快黑了，我们可能需要照明灯。"

墨墨不爱听漂亮女孩儿说话，她给了一句："你以为这里是搭舞台跳芭蕾舞呀？"

黎雪甩她一句："黑灯瞎火的怎么干活儿！"

工人说："没问题，我们马上把照明灯运过来。"

天黑下来，全城除了避难的队伍，已经没有了车水马龙的喧闹，唯独钟楼脚下还热热闹闹的。

葛老师忧心忡忡，他总觉得冽水神和地境神无法战胜疯沙神，他无法和孩子们争论大战的局势预判，他不便临阵搅乱军心，他也不便和李老师多说，怕李老师笑话他胆小，看不起他，他心中的忧虑无法排解，很难受。李老师看出葛老师满脸愁云，想安慰葛老师几句，她对冽水神是充满信心的，而葛老师对冽水神知之甚少，李老师在现场很忙碌，无暇顾及葛老师。疯沙神之战对葛老师日后的道路留下难以捉摸的阴影，这是后话。

狂风一起，陆奶奶就感觉要出大事，她在荒漠部落生活了一辈子，清清楚楚地知道大风和白沙意味着什么，但是她怎么也不能想到白沙要把北京城埋喽，她以为疯沙神再怎么疯狂也不会到北京城这块风水宝地来。

陆奶奶不叫陆珂出门，说外面危险，陆珂怎么能不出门，他是疯沙神翊卫呀，疯沙神此如此面目光临北京，陆珂怎么可能不出面。陆珂将疯沙神翊卫的使命告诉给奶奶，奶奶大喜，说："你为什么不早早告诉我这些？"

陆珂斜着眼睛说："您这么大岁数，我说了您也整不明白。"

陆珂不拿奶奶当回事，这要是在平时，肯定是招奶奶一通数落，今天不同，今天陆奶奶心平气和，她对陆珂说，陆家老家在荒漠深处，是一个没剩下几户人家的荒漠部落的后裔，疯沙神是荒漠部落的恩神，为疯沙神担当翊卫是无上光荣的事。陆奶奶这么多年终于有一回能和孙子聊到一块儿去，两眼放光，头发都要奓起来，特意照照镜子，把头发理理，把因为干活儿而挽起的袖口摩挲下来，特意洗洗手，漱漱口，认真听陆珂讲疯沙神的事。

陆奶奶问陆珂，还有没有别的同学与你一同为疯沙神充当翊卫。

"有。是个女孩儿。"陆珂爱搭不理地回答。

"她姓什么？叫什么？"陆奶奶进一步问。

陆珂说："她叫英瑛。"奶奶没听真切，侧过头来仔细听。

"姓英雄的英，叫英瑛。"陆珂又描述一遍。

陆奶奶毕恭毕敬地站起身，用手再次抿了抿头上的白发，神情庄重地对陆珂说："英家是荒漠部落的首领，英瑛是咱们部落的公主。"

陆珂撇着嘴不以为然："她就是我们学校的一个丫头片子，什么公主！"

陆奶奶一巴掌胡噜到陆珂的头上："我们陆家世世代代是部落首领的护卫将军。"

从这日起，陆奶奶对陆珂态度温和了许多，但急眼了还是免不了骂几句，吼一阵，老太太也是恨铁不成钢。陆珂年纪不大，可满脑子都是陆奶奶给他灌输的男尊女卑、男主外女主内等大男子主义思想和做派，偏偏遇上个英瑛，不吃这一套，偏偏这个英瑛还是个首领后裔，压得陆珂喘不过气来。

孩子们拒绝陆珂和英瑛参加保卫钟楼的神圣壮观的劳动，陆珂和英瑛身为疯沙神翊卫，也没有脸面参加抗击疯沙神的任务，他俩在府学中学图书馆望着窗外，痴痴地发呆。好在有老馆长在身边安慰他们，不然的话，两个孩子太孤立了。

陆珂和英瑛守着老馆长不知道干什么好。他们是翊卫，要是缩手缩脚躲进地宫避难，这不是叫人笑掉大牙？但是在府学中学这么守着是十分危险的，他们几次带着府学中学的学生去钟楼，要求参加保卫钟楼的劳动，凌青非常抵触，他对陆珂和英瑛说：“你们是疯沙神翊卫，怎么能够参加挡沙墙的劳动？”

一句话把英瑛问愣住了，陆珂嘴快，反驳道：“难道疯沙神翊卫就不能阻止疯沙神掩埋北京城吗？”

身边的墨墨等人跳着脚地大吼：“是你们把疯沙神引到北京城的。”

英瑛一听这话也不干了，大吼：“胡扯。”

墨墨又给英瑛、陆珂扣个大帽子：“你俩是北京城的罪人。”

好多女生嚷嚷着：“把贺嘉还给我们，把贺嘉还给我们。”

几个女生眼圈都红了，她们也不知道贺嘉飞到哪里去了，有吃的喝的没有，晚上冷不冷，睡在哪个草窠里。

凌青瞪着眼睛，提着安装脚手架的扳手，陆珂不敢走近，怕凌青急眼了揍他一顿，凌青和郎本明明知道疯沙神不是陆珂和英瑛招来的，就是贺嘉飞走，鲍迪发疯，凌青们也没有过分地埋怨陆珂和英瑛，但是没想到疯沙神出手这么狠毒，居然要掩埋北京城，凌青他们不得不拿陆珂和英瑛撒气了。

英瑛心里很委屈，申辩说他们俩也是北京市民，不是北京的罪人，凌青不依不饶地说：“你们找地境神说理去。”

郎本又恨疯沙神，又同情英瑛，左右为难，他一个劲儿地当好人，一会儿劝英瑛先回去，一会儿劝凌青别对英瑛嚷嚷，墨墨骂郎本：“你别在这儿和稀泥，你是不是疯沙神派来的奸细？”

英瑛还要辩白，陆珂一赌气，拉起英瑛就往回走，此处不留爷，自有留爷处，走了，不干就不干。

疯沙神真的来了，竟然还有人不急不慢，居然还有人无动于衷，府学中学的高才生们，两耳不闻窗外事，一门心思考大学，外面白沙飞扬，他们就披头巾戴帽子，外边狂风哭号，他们就戴上耳机，书桌上落了厚厚一层白沙，他们坦然地把桌子上书本上的沙土擦一擦，抖一抖，继续念书不止，他们喊出的口号是：

“白沙埋半截，依然爱上学。”

“不管风沙有多大，照样拥抱数理化。”

直到老馆长以从来没有过的高嗓门儿对他们嚷嚷：“再不走地宫就要关大门啦！疯沙神把你们全都活埋在教室里，你们还考哪门子大学呀！”学生们这才呼噜呼噜地跑向什刹海地宫入口。

内街中学的学生们绝大部分惦记着出国留学，极少有人对神感兴趣，北京城毁成什么样子跟他们没有多大关系似的，反正再过三年他们就拍拍屁股走人了，在他们眼中伦敦、巴黎、纽约比北京漂亮多了，舒适多了，北京城爱怎么着就怎么着吧。李老师和葛老师跟这帮白眼儿狼急眼了，葛老师说：“你们看着钟楼中学的学生们吭哧吭哧地为钟楼建挡沙墙，你们就不能去搭把手吗？都在这儿闲坐着装大爷大奶奶，是不是！”不挨骂，长不大，内街中学的学生们全都冲向钟楼，他们干起活儿来还是挺卖力气的。

狂风在呼啸，白沙在呼啸，孩子们拼死要减缓白沙的掩埋速度。要在钟楼北面竖起一道和钟楼一般高，还要有一定的倾斜角度的挡沙墙，任务是十分艰巨的，而且这项任务只能由地境神翊卫和洌水神翊卫率领的团队来进行，换上别人，必被疯沙神活活吹死。同学们搭建支架，固定绳索，安装帆布和挡板，内街中学的女生看上去弱如摆柳，轻如飞萤，攀登跳跃却极为灵巧，上下翻飞像是锦斑鲤摆动鱼尾，扭动鱼鳍，似空中飘荡的精灵，墨墨等钟楼中学的女生们看着十分羡慕，她们也爬上爬下的，就是没有舞蹈队员那么好看罢了，用墨墨的话说：“这都什么时候了？还管好看不好看！”男生打基础桩，安装支架，干得挺欢，高处的绳索也需要男生爬上去安装，毕竟女生胆小些。夜晚寒凉，孩子们在工地上不停地干活儿，鼻子眼和嘴巴不停地呼出热气，干累了大家就轮流躺在钟楼里睡一会儿，一睁眼就接着干。

立柱、支柱、横梁、交叉杠、支撑杠，杠与杠之间的牵拉，支架与钟楼墙体间的衬垫，整体架构，局部拼接，墙体自身的加固，墙体与地面和钟楼之间的支撑，曹老师的设计堪称完美，同学们的操作也一丝不苟。

也有的同学一边干活儿一边发牢骚：“我说，这都什么年代了，怎么还让我们用手工的办法搭建挡沙墙？”

“因为我们是地境神、洌水神的守护者，所以我们要手工劳动，建筑机械和建筑工人都没有守护地境神和洌水神的权限。”

“地境神是不是个距离现代化生活很久远的土老帽？”

“我看不像，只不过地境神在地下昏睡太久了，任大大和潘叔叔的机械他老人家用不惯。”

“任大大和潘叔叔还特意叮嘱，给神用的建筑材料要用最好的。”

“那我们更要保证质量。”

“这要干到猴年马月呀。”

“干不干，不干就下到地宫躲着去，那里不用你干活儿。”

“我怕我干不了多一会儿。”

“你不能临阵退缩，别的同学干得了你就该干得了。”

“我又不欠地境神、冽水神什么。”

“你欠捶打，没出息！”

同学之间连推带搡，连拉带拽，不让一个人离开。这个岁数的学生，让他们离开同学团队，回到爹妈的怀抱，真是丢人。

白沙越积越厚，挡沙墙越搭越高。有的地方帆布安装得不结实，被白沙顶破，同学们就爬上去修补完整。白沙把孩子们抽打得浑身青一块紫一块的，孩子们除了头盔能护住脑袋，全身都是被沙砾击打撕扯的口子，头发也因为出汗与白沙搅在一起，乱作一团，一个个像是从荒漠中爬出来的野沙人。

郎白给郎本打手机，十万火急地报告，鸟巢危急，那里没有顶盖，巨大的场地像一个敞口的大碗，挡不住白沙，白沙有可能把鸟巢填满、吞噬。

郎本和凌青商量，赶紧请求任大大和潘叔叔向鸟巢提供绳索和帆布。黎雪问要不要曹老师和陂复老师出设计图纸，郎本拿着手机大着嗓门儿询问郎白，郎白说不用，飞鸟们天生就有编织鸟巢的本领。郎本还不信，谁知道鸟儿编织的鸟巢什么样子。

鸟巢的紧张场景不亚于钟楼。

渐渐地，挡沙墙里面也开始灌沙子，同学们集合队伍，仅留下马校长陪伴郎本撞钟，其他人全都从什刹海入口进入地宫。

钟楼中学的学生由宋老师带领，乘坐着斑兽，赶赴颐和园战役指挥所，那里还有一堆的事情等着他们呢。有同学担心郎本一个人孤单，请求留下来，马校长坚决不同意，郎本也一个劲儿地摆手说不行。凌青想特意叮嘱这个胖兄弟几句，郎本抢先说："放心去吧，不用多说什么。"显出一副很有把握的派头。李老师、葛老师和黎雪，没有接到地境神的具体指令，就跟随市民进入地宫了，黎雪不甘心，跟李老师说："咱们锦斑鲤就成了闲人啦？"

李老师拉着黎雪的手说："你父母不在北京，我得照顾你。"黎雪看着凌青的背影，想问问凌青去哪里，情况怎么样，也不好意思张嘴。

23

奥林匹克公园里高高矗立着瞭望塔，鸽子在这里建立了瞭望哨，它们大着胆子向西飞，观察疯沙神的动向。

鸟可以给北京城报送疯沙神异动的信息，刚刚入冬的时候，疯沙神的异动就被飞鸟捕捉到，比人、比马、比骆驼都更灵敏，飞鸟从天空中俯视大地，从总体上判断形势的细微变化，而人不行，马和骆驼也不行。

人族在北京搭建巨型鸟巢，被飞鸟误会了，它们想当然地以为，既然这个巨型建筑叫作鸟巢，那必定是人也能用，鸟也能住，等二〇〇八年奥运会开完，人们翻跟头拿大顶要把式你追我赶欢蹦乱跳折腾狂欢之后，鸟巢就顺理成章地留给飞鸟安安静静地栖息。

疯沙神早早晚晚是要来的，全中国西北部的飞鸟最终有一天要弃家而逃，无家可归，所有受疯沙神折磨的飞鸟都会成群结队来鸟巢安家避难，鸟巢旁的水立方游泳馆也被当作是为飞鸟蓄水用的。这两天，由斑兽引路，飞鸟之外的动物，腿儿快的也都拉家带口地跑到鸟巢避难来了。

可是鸟巢没有顶盖，飞禽和动物们必须加紧给鸟巢编织一个足以抵挡疯沙神的顶盖，否则里边避难的飞鸟和动物照样会被白沙活埋。

郎白站在场地中心的一个临时的草垛上，指挥着大家紧张地忙碌着。

牛、羊、熊、骆驼、鹿等壮劳力把绳索、帆布等物资运到鸟巢指定位置，是肩扛还是背驮，姿势不限，但是要快，不可磨磨蹭蹭，狗熊常常迷路转向，分不清东南西北，它们觉得这座人造的鸟巢四面八方全一样，很难分辨，它们埋怨人办事就是粗心，还不如狗熊。

所有飞鸟编排成不同的编队，由鹰、雕、鹫、鸮等猛禽用爪子抓着或用嘴叼着绳索，打头飞在前面，向对面飞去，编织一个经纬有序的大网，燕子、喜鹊、乌鸦等小鸟抓住绳子紧紧跟随其后，一根绳索从鸟巢东头飞到西头，从北头飞到南头，也挺费事的，途中必须出动大量的飞鸟用爪子抓住绳索一同前往才成，否则打头的猛禽飞到半道，很有可能被绳索的重量拽下来。

狗、猴子、猫等心灵手巧的动物负责给绳索结扣，这是个责任心很强的工作，有几只肥猫打瞌睡犯困，结的扣松松垮垮，被大狗严厉批评，肥猫这样糊弄事儿，飞鸟的劳动就前功尽弃了。

猫和猴子拽着帆布一块一块地铺在大网上，再用绳索将帆布系牢，这活儿飞鸟干不了，牛羊又上不去，高空作业属于技术活儿，猫和猴子心里都挺自豪，干得挺欢，全城的无家可归的猫都来参加劳动了，那些家养的猫都乖乖地跟着主人下地宫避难去了。

马和骡子负责运送粮食和水，它们要储备三天至五天的食物，与疯沙神对抗到底。

鸟巢这个冰冷的灰蒙蒙的钢铁巨型建筑，变得生动热闹起来，也温暖了许多。

现场相当混乱，各路队伍互不熟悉，来来回回的线路也多有交叉冲突，再加上平时狗熊、狼和豹子脾气都大，现在让它们礼让弱小者，一时也来不及，委派钟楼中学、府学中学和内街中学的老师，来给全场成千上万的动物讲文明、讲礼貌、讲规矩，恐怕是远水解不了近渴。郎白的办法就是，命令鸟巢北面瞭望塔上负责瞭望的鸽子，每二十分钟就来报告一次疯沙神的进攻速度，所有的动物都知道疯沙神越来越近了，一个个都很守规矩，不敢调皮捣蛋，滋事生非。鸽子腿上的鸽子哨发出呜呜的鸣叫，叫得狗熊、狼和豹子头皮发麻，乌鸦、喜鹊们脖子上的羽毛惊得都支棱起来了。

每隔二十分钟，鸽子飞下来向郎白报告前方瞭望到的沙情沙况，喉咙里咕噜着郎白可以听懂的鸽言鸽语："报告，一百公里前方情况基本稳定。"郎白听后故作镇定地点点头，鸽子迅即飞回瞭望塔。

狗和羊累得跑不动了，还拼命干活儿，好几条金毛犬累得口吐白沫，呼呼喘着粗气，趴在地上起不来了，其他的狗接着干活儿。

动物们在郎白的指挥下终于在白沙封住鸟巢之前织好了

鸟巢顶上的大网，铺盖并加固帆布，把鸟巢严严实实地包裹起来。

风越刮越猛，天色越来越浑，鸽子又一次报告：“疯沙神已经靠近北京。”

郎白问：“还有多远？”

鸽子眨着鸽眼说：“十公里。”

郎白说：“继续瞭望。”鸽子立刻飞了回去，鸽腿上的鸽哨在风中呜呜作响，平时听着像唱歌，现在听着像哭泣。

全部就绪后发现没有储存足够的水，郎白带领大家从地下通道走向西面水立方，取游泳池中的水供给饮用，她告诫大家一定要节约。

鸽子最后惊慌失措地飞下来报告：“疯沙神来了！疯沙神来了！”目光中充满惊恐，脖子上的羽毛都奓起来了。

现场所有的飞鸟大声鸣叫，互相报告着疯沙神的踪迹。郎白用手一挥，用鹅语叫道：“所有工程结束，全体隐避。”

身边的麻雀和乌鸦立刻飞奔着把郎白的命令传遍整个鸟巢。羊拉着小车驮着几只累坏了的金毛犬迅速钻入鸟巢，鸟儿叼来食物慰劳累趴下的金毛犬，金毛犬的大眼睛一闪一闪地像是说着什么。

现场渐渐安静下来，出入口处的牛和马立刻用身子把大门强顶着关严扣死。

鸟巢和水立方之外，狂风卷着白沙奔腾而来，水立方的薄膜被大风吹得扑哧扑哧发抖，鸟巢中渐渐昏暗下来，动物们从里边眼看着外面的白沙层层上涨，大家惊恐万分，小动物偎在大动物怀里紧闭双眼。

沙神喧嚣　天暗风高
沙神暴躁　白沙滔滔
沙神桀骜　乾坤尽扫
沙神狂飙　北京哭号

疯沙神启动十五级狂风，最后增强到十八级，夹带着漫天白沙向北京城直扑过来。大街上的行人都戴上帽子头盔，脖子上绕好几绕长围巾，袖口用绳线扎紧，裤腿绑上绑腿，顶着风走不动，就手扒着街边的铁栏杆或者大树，一步一步往前挪。

钟楼中学原本的栅栏被掀翻，几棵跑道旁的小树被折断，几棵老槐树被吹得前仰后合，树下花坛的石板死死地抵住地宫的入口，不放过一粒沙子钻进去。教学楼的墙体玻璃早就被风刮碎了，校园一片狼藉。书本、教科书、辅导材料，不管是海淀教师进修学校出版的，还是湖北黄冈出版的，通通散落在教室里、草坪上、操场上，角落里还散落着语文作业本，贺嘉挂在楼道里的画作被狂风撕扯成碎片，郎本的作业本挂在树梢上正随大风呼扇着呢。校图书馆的图书被狂风吹得碎如纸屑，纸上的文字都被风吹没有了，无人顾及，也无人怜惜。

孩子们的课本、教辅书、作业本、复习卷子打着旋儿地往天上飞，以为是高升了，超脱了，自由了，可是飞着飞着，这些原本在学生面前一贯趾高气扬、盛气凌人、作威作福的本子卷子又都悲伤起来，没有了宋老师的红对钩儿和蓝叉子，没有了曹老师的评语和纠错，它们飞得再高，飘得再爽，又有什么意义。要上天吗？上天有何用途，要落地吗？凌青、郎本他们都忙着帮地境神干活儿，没心情正襟危坐地诚惶诚恐地接待它们这些本子卷子了，真是失落得很哪，当初真应该对同学们亲切些、和蔼些、友善些，不应该得势不饶人，一副装腔作势、吹胡子瞪眼、又故弄玄虚的霸道嘴脸。

空气中弥漫着万木萧瑟的味道，狂风把课桌课椅高高举起，再翻过来重重地摔在地上，狂风把黑板从墙壁上拔下来，从东墙摔向西墙，黑板上残留的曹老师的数学公式全都稀里哗啦地散落在地上，这回谁也别逞强说自己数学课学得好了，你有本事把散落在地上的数学公式拼凑起来，计算出答案让疯沙神看看。狂风把宋老师精心刻制的“友爱”“奋斗”字样的剪纸从教室墙上硬生生拽下来，狂风才不管这红扑扑的字是个什么意思，要把剪纸撕成粉末，可是剪纸虽是普通的红纸刻制而成，虽然有些褶皱，虽然沾上些泥污，却任凭狂风如何撕扯，依然保持完整。足球门被吹翻倒地，凌青和鲍迪打篮球的篮筐被摔瘪了，篮球架子侧身卧在球场上像是打球累了，四仰八叉地躺下眯瞪一会儿。

疯沙神所到之处，把所有的玻璃击得粉碎，把所有家庭多一半的财产抛撒到大街上，每个家庭给每个人只留春夏秋冬八套衣服（一套穿一套换洗），七套内衣（一周每天一套），其余全扔，图书保留少许经典之作，年鉴、文集、汇编、大全、套书全扔，家中自以为有收藏价值而实则伪冒假劣品全扔，家中三年以上未使用过的物品全扔，旅游纪念品全扔，会议礼品资料全扔，保健品、营养品全扔，冰箱里厨房里阳台上积攒的过期的和没过期的、爱吃的和不爱吃的食品全扔。

疯沙神一边呼扇一边气哼哼地骂："我是来找我妈的，不是来给你们北京人打扫卫生，拾掇垃圾的。"疯沙神这次来北京，无意中干了一件北京爱国卫生运动委员会和市民提倡节约杜绝浪费促进会好几年想干可怎么都干不成的事，还给嫌居室不宽敞的北京人增加了居室使用面积。

疯沙神还一鼓作气把街道上的公家车、私家车全都挤压成废铜烂铁，这下子谁也别嚷嚷北京交通拥挤了，谁也别抱怨北京买车得摇号了，谁也不用担心每周要有一天限行了，马路上的轿车全没影儿了。

大街小巷里的小偷和混混儿都是混水摸鱼的，但这次不同，他们没有胆量下手，也来不及，别人都急着避难，他们急着偷东西，然后再把偷来的东西隐藏好。地宫万一关门了怎么办？还是先下地宫，偷鸡摸狗的事先缓一缓吧，他们这些人是惧怕神灵的。

喜欢高谈阔论的知识分子都不言语了，也不争论左右对错黑白是非了，他们用手在肚子里脑袋里的犄角旮旯儿摸索老半天，也找不到地境神、冽水神和疯沙神的相关知识，这时候他们不吓得尿裤子就不错了，这时候他们不在避难的队伍里加塞儿就不错了。

农民工全撤回老家了，回家之前，好心的他们还惦记着把工地收拾收拾，整理整理，他们指望着过几周，最多两个月，他们还回来接着干活儿呢。

出租车司机的表情很尴尬，他们特有的云山雾罩七连八扯地侃大山的兴致，受到极大的打击和压制，这是他们自从有了出租车那一天至今从未遇见过的、这么大的、这么轰轰烈烈热热闹闹的阵势，他们竟然不知道来龙去脉，不清楚是非曲直，没办法添油加醋地铺排生动鲜活的细节，更没办法展开大胆的想象预测事态的走向，他们的脸上羞臊极了，红也不是，白也不是，让坐车的人看着他们没说辞，没水平，没夸张，没比喻，没本事，没有鉴赏力，真是丢人现眼。他们和乘客一路上无话可聊，要不然说说股市，说说房价，说说足球，说说明星八卦，说说美国日本，可是疯沙神来了，说这些还有什么意思呢。

全城的非本地人一律购火车票、飞机票逃回老家，北京人开始储备土豆、白薯、大白菜等传统食物，当然还有白米、白面，以及玉米，有好多老人偏爱玉米面。此时此刻的北京人特别喜爱花卷、烙饼、糖三角和大馒头，特别喜爱酱疙瘩、酱豆腐，就连罐装的莲子八宝粥这些平日不到万不得已很少有人问津的玩意儿也早早被抢光了。新兴食品如方便面、热狗、三明治、麦当劳、比萨、日餐、韩餐等备受冷落，碳酸饮料也不怎么受欢迎，无论店员在门口跳着脚地高呼减价甩卖，也没有人搭理。小孩子路过时贪婪地看上几眼，也被年轻的父母硬生生拽走，他们告诉孩子：“这些吃食不顶时候。”大难临头之时，人们全都开始拥抱传统生活习惯，而把时髦的外来的新鲜玩意儿暂时抛在身后。很多人到处寻找豆汁，这东西在大冬天真不好找，人们说是这种酸溜溜臭烘烘的豆绿色饮品，最适合在疯沙神肆虐的北京城饮用，败火、安神、解淤、降燥，有人说给疯沙神喝些个豆汁，兴许他不会这样跟北京城不依不饶地玩命。

网上一眨眼的工夫就迅即开始售卖防沙霜、防沙水、防沙膏、防沙面膜，可是防得了沙，防不了神，更防不了发了疯的神，广大妇女疯狂抢购各种未经检验、不知是否有效的防沙防风抗吹打抗干燥化妆品，可惜的是，等不及货品送到家门，她们早就撒丫子飞跑到各大地宫入口处，迫不及待地等着下地宫了。

地境神手下的斑兽一再强调进入地宫不必带食品饮料，不要带乱七八糟的东西，地宫再宽绰，容量也是有限的，但是人们根本听不进去。在地宫里边既不用吃也不用喝，既不用拉也不用撒，但是人们不放心，还有人带着大卷大卷的卫生纸。英妈妈平时每次逛街都大包小包的，郎妈妈平时每次都无休止地为郎本做超过他胃容积一倍以上的食物，餐桌上的盘子和碗绝不能低于六个。现在听说疯沙神要来，全北京的女性采购量比平时蹿涨三倍，无奈地境神不允许她们将这些超量物品带入地宫，她们要跟地境神理论理论，地境神不见她们。

全城的邮递员异常紧缺，也异常繁忙，年老的人忙着写遗嘱，中年人忙着写家书，年轻人忙着寄情书，有错误的写忏悔录，欠债的写欠条，很少再有人写计划书、决心书、保证书了。居然还有人写诗，这种时刻还有灵感，还有激情，还有遣词造句的情趣，真是神人。最后几天，白沙越积越厚，邮路也就全断了，所有的遗嘱、所有的家书和所有的情书和诗歌，几乎没有发送出去，而是被疯沙神当作废纸垃圾刮得满天飞，所有的愿望，好的和坏的，长的和短的，确实温情的和故作温情的，全都落实不了了。

地铁停运了，有关部门担心发生不可预料的断电，地铁里的乘客会有危险，有人倒是建议，在地铁站台安排避难人员，凌青问马校长行不行，马校长否定了，他说：“地境神安排怎么办，就怎么办吧。万一出入口被埋，地铁里没有空气，一系列突发情况都没办法解决。”

郎本的父母要拉扯着郎本回老家避避，郎本死活不同意，他不能离开北京，他有使命在身呢。

24

昆明湖、团结湖、什刹海、玉渊潭这些湖水平日里静得出奇，今年的水面很怪，迟迟没有上冻。地境神命令斑兽将团结湖、玉渊潭、积水潭等水面的湖水吸干，在湖底开辟通往地宫的通道，设立几乎与湖面一样大小的巨大升降机，一次可以承载上千人，昼夜不停地将北京人送入地下。全城上千万的居民扶老携幼整齐有序地从什刹海、玉渊潭、积水潭、昆明湖等湖面开启的通道进入地宫避难。

曹老师平日对学生十分严厉，但是当危险和灾难来临之时，几乎所有的孩子都愿意帮助他、搀扶他，谁也不愿意让他落在后面，避难的孩子们集体停下脚步，等待曹老师一步一步艰难地追赶上来。曹老师自尊心极强，他一跛一跛地很不灵便，但他不愿意孩子们可怜他。他说："我走不动了，同学们先走吧。"全体同学集体摇头不愿意。有同学找来自行车，让他坐在后座上，男生推着，女生扶着，继续往前走。风沙无情地打在脸上，曹老师心里一团乱麻，疯沙神走后，应该给同学们多留些作业，把这几天浪费的时间补回来。陂复老师肩上挎着他心爱的铜质酒壶，外套一件精致的皮套，跟在同学们的后边，一边走一边还在观察狂风肆虐时大树像喝醉了酒一样的摇摆状态，满不拿疯沙神当回事儿。

郎白在鸟巢忙前跑后，累得满头大汗，前额的头发都粘在宽大的脑门子上，一只白鹅刚变成人形没几天，就担此重任，压力也大，强度也大，真够她受的。她比郎本、贺嘉他们个子矮小些，可是这个节骨眼儿上，她不出马担当统领，别人还真干不了，只有她能和鸟巢里里外外的飞鸟们用鸟语交流，飞鸟们也听得懂她的指挥调遣，否则全场必定陷入一片混乱。

郎白在一片混乱中左奔右跑，突然，她发现一只鹤鸟身上有特殊的羽斑，心里咯噔一下，她睁大了眼睛，追逐着这只奇异的鹤鸟，用人言呼唤："贺嘉！贺嘉！"

那只鹤鸟听不懂人言，不做应答。

郎白急出泪来，她哑着嗓子，试探着用大白鹅的语言发出鸣叫："贺嘉。贺嘉。"那只可怜的鹤鸟站住身，回过头，惊讶地凝望着郎白，满含泪珠，不住地点着鹤鸟的头，它激动地挥动着硕大洁白的翅膀，向郎白飞奔过来，鹤嘴里发出悲戚的鸣叫。

羽斑鹤终于找回来了，羽斑鹤不能与人对话，只能与大白鹅交流，她有话说不出来，一个劲儿地鸣叫。郎白赶紧用手机呼叫凌青和郎本，呼叫贺爸爸、贺妈妈。全城的网络系统越来越受到严重干扰，手机信号已经极其微弱了。

团结湖西门附近，人们有序而焦虑地排队等待进入地宫。有人牵着狗，有人抱着猫，还有孩子背着沉重的书包，下去准备抓紧时间写作业，各色人等，什么样的都有。有位老人被家人推着，坐在轮椅上跟周围的人们聊天。她说：“我老了，下去不下去，意义不大了，下去占地方影响别人，我也于心不忍。但是啊，我就是想在临死前，看一眼这北京城下的地宫究竟什么样子呢。”旁边的人点头安慰她，都说值得看一眼。

地宫入口处排队的人群里有好几对新人，女的穿着洁白的婚纱，男的穿着单薄的西服，双双裹着羽绒服，在寒风中硬挺着，旁人羡慕地问：“这是要去地宫举办婚礼吗？”

他们说：“不是，就是要下去照几张相，留个纪念。”

旁边有人叨叨：“心真大啊。”

好几家老字号的老掌柜，也不背着包，也不挎着袋，怀里抱着或手里提着盛着百年老汤的密封陶瓷坛子，身边跟着几个年轻的伙计陪着，有常去的吃客跟老掌柜聊：“疯沙神就是埋上个三天三夜，也不会把您的秘方老汤都打翻在地，您不至于这么费劲抱到地宫里去。”

掌柜眯缝着眼睛，打趣地说：“我呀，是不给疯沙神留念想，疯沙神闻着我们家的老汤，贪恋北京城的美食，滞留在北京不走了，那不就麻烦了吗。”说得周围的人都难得地笑起来。

大风把历史老师的铝合金牛皮铜锁宝贝箱子刮开了，里面一股老木头、老书本、旧衣服、破棉被的混合的迂腐的味道四散开来，呛得周围的人捂鼻子，唐朝宋朝漫天飞，元朝明朝遍地跑，历史老师傻眼了自言自语道：“平时看着是经典，遇着些风啊沙啊，全乱了。”进入地宫之前，斑兽极力反对老师把教材教辅带到地宫里去，枣斑羚安排斑兽在各个地宫入口劝阻，历史老师自作聪明，非要把历史教科书带到地宫里去，她撒谎说：“这个箱子里装的都是些衣物。”

斑兽用怀疑的眼光盯着她，说：“我说的话你最好听进去。”

她搪塞说：“那当然。”

凌爸爸把一饼一饼的普洱茶里三层外三层包裹起来，随身背着进入地宫，生怕疯沙神把茶叶味道吸光喽，他还把狗链牢牢拴在自己的裤腰带上，人走到哪里大狗就跟到哪里，生怕金毛跑丢喽。鲍迪的姨妈和爸爸妈妈拉着鲍迪，姨妈找一个双肩背旅行包把黑猫背在身后，腾出双手照顾鲍迪，黑猫使劲伸脑袋，东张西望，但又胆怯，缩成一团，郎爸爸进入地宫之前，给想得到的大大小小的领导发短信，说明自己避难的地点和大约的时间，领导有急事、要紧事可以随时找他，其实大大小小的领导也都无一例外地进入地宫避难去了。郎妈妈大包小包提着背着，与陆珂的奶奶、英瑛的妈妈互相照应着进入地宫，贺爸爸、贺妈妈满脸愁容地跟在大家后面。

患病的鲍迪好几天不出门活动，身体很僵硬，他也不管周围匆忙的人群，眼睛直勾勾地凝望着远处，嘴里还在念叨着黑钉布局的算法。

进入地宫就没有手机信号了，贺爸爸、贺妈妈就在即将跨进升降机之际，突然接到手机信息，郎白在鸟巢发现身为鹤鸟的贺嘉，贺爸爸哇哇哇地连声大叫，双手在空中乱伸乱抓，双脚在地上乱蹦乱跳，贺妈妈一下就控制不住情绪，周围几个家长不知道发生了什么事，贺爸爸嘴里叽里哇啦地说起闽南话来，谁也听不懂，贺妈妈就知道呜呜地哭，老半天贺爸爸才意识到周围的人不知道他说什么，梗着脖子改用普通话说："贺嘉，郎白，鸟巢，找到了。"

众人听着贺爸爸语无伦次的话，意识到郎白在鸟巢找到贺嘉，一起兴奋起来。贺爸爸、贺妈妈决定马上奔赴鸟巢一看究竟，大家劝阻说，从团结湖到鸟巢一路上白沙弥漫，是很危险的，贺爸爸、贺妈妈哪里听得进去，执意要去，非去不可，就是白沙埋到嗓子眼儿也要去见贺嘉。

站在一旁絮絮叨叨、自言自语的鲍迪听见大家议论着贺嘉，似乎明白了什么，一下挣脱了姨妈的搀扶，向鸟巢的方向撒腿奔跑，一边跑一边口中高声呼喊着贺嘉的名字，被大家拼命拦下。几个家长有抱腰的有拉胳膊的，四五个人拉不住鲍迪，鲍迪拼着命地挣脱，要去寻找长了翅膀的贺嘉，姨妈使不上劲，在一旁呜呜地哭，嘴里不停地劝鲍迪："别急，别急，已经找着了吗不是！"

鲍爸爸一边拍着鲍迪的肩膀劝他莫急，一边向贺爸爸、贺妈妈说："我开越野车同你们一起去。"鲍迪向爸爸发出恳求的目光，鲍爸爸、鲍妈妈示意鲍迪安静下来，由鲍爸爸代表鲍迪去探望贺嘉，姨妈在一旁暗想，鲍迪的病应该有救了。

人们进入地宫十分顺从，或者说是呆若木鸡，他们的大脑中一片空白，平日里从广播电视上听来的勇敢、顽强、拼搏这些个光鲜亮丽的辞藻现在都灰溜溜地自己先逃跑了，所有的词汇说得再好听，也打不过疯沙神，再说他们没有见过地境神，也不知道洌水神是谁，这场战役谁胜谁负无法预料，大家你看看我，我看看你，看着别人钻地宫避难，他们也跟着走就是了。

一切的财富都变得毫无意义：“你手里还有多少钱？”

“钱？现在谈那些纸票子还有什么意义！”

“那我们谈点儿什么？”

“你给我闭嘴！”

一切的海誓山盟都变得荒唐可笑：“你我不求同日生，但求同日死。”

“你歇歇吧，这还用你求吗？这不是已经实现啦！”

只有孩子们心里是敞亮的：“地宫里什么样？”

“一个新世界。”

“听说不用吃喝也不用拉撒。”

“那少了好多乐趣。”

“估计会有新的乐趣出现吧。”

“呵呵，走着瞧。”

进入地宫的升降机像一个巨大无比的莲花叶子，没有电力，没有上下锁链，完全靠几十只斑兽，从底部用他们的力量或者下拉，或者上举，升降机速度很快，也很平稳。美中不足就是行进过程中，四周围没有照明设备，十分昏暗，这些出入口都是斑兽临时维护的，设备不足，人们只好忍一忍，大家伙儿一声不出，等待平安降落地宫。凌爸爸惦念着凌青，也不知道这半大小子跟着地境神有没有什么危险，他心里乱，嘴上不自觉地唱起京剧来，他唱得悠扬苍凉，四周的人一声不吭，静静地听他吟唱，有人暗暗地用手指轻轻地打着节拍，有人摇头晃脑，绝大部分人一副无动于衷的痴呆样子。升降机底下奋力劳作着的众斑兽听了那几句京剧十分悦耳，枣斑羚的眼睛睁得老大，墨斑豹的眼睛却眯成一条细缝，秋斑狼几乎要停下手中的活计专心听起京剧来。

秋斑狼开口赞道："好听！"

旁边的墨斑豹提醒它："干活儿，别分心！"

升降机平稳地降落在地宫地面上，人们有序地进入宽敞的地宫，安顿下来，一千多万人也不显得拥挤，也不显得混乱。

历史老师提着不该提的书箱子，一进地宫，书中的历史人物受到地宫中神灵气韵的滋润，全都苏醒过来，在箱子里伸胳膊蹬腿，攀爬打滚，敲得铝合金的箱体咚咚当当乱响，历史老师吓坏了，她几乎想把箱子丢掉，但是人挤人人挨人，她无处下手，急出一身汗。

地宫外边的北京地面上，风越刮越大，天越来越浑。

北京广播电台把所有的节目都停播了，只保留了一个节目就是"大家帮助大家"，内容包括买食物买水、买防沙头盔、联络亲属、指路、实时路况、天气预报，最关键的是实时播报疯沙神行进路径与速度，应听众要求，还要反反复复插播已故老艺术家关学增先生演唱的北京琴书：

我从小在北京土生土长
没招过谁
没惹过谁
总想要点儿强

还有歌唱家汪峰扯着嗓子演唱的《北京，北京》：

我在这里欢笑
我在这里哭泣
我在这里活着
也在这儿死去
我在这里祈祷
我在这里迷惘
我在这里寻找
我在这儿失去
北京，北京

二十四小时不断地播放，好些人连续不断地收听，直至把手机和收音机听得没电了。

报纸期刊都停止发行了，电视也没法看了，谁还可能困坐在客厅里守着电视？全城的人都收听北京广播电台所有的手机都只有收音机功能了，几个主持人的嗓子都说哑了，他们还在坚持跟北京人说着聊着，在如此突如其来的大灾大难面前，怕北京人闷得慌，怕疯沙神把已然娇生惯养养尊处优的北京人吓出毛病来，这是北京人间唯一的声音了，最后，风沙越来越大，干扰越来越厉害，电台的声音也听不清了，本来听着清亮的声音，变成像是捂在被窝里的含混不清的断断续续的“呜——呜——呜——”了。

最后声音断了，一片死寂，什么也听不见了。

听，钟楼上的铜钟响起来了，地境神的翊卫开始敲钟了。

25

在贺爸爸、贺妈妈接到郎白手机信息的同时，凌青在颐和园战役指挥所也接到郎白的信息，他不管不顾地大叫大蹦起来，宋老师和同学们不明白发生了什么事，凌青告诉大家郎白在鸟巢发现一只长有斑点的鹤鸟，她确认那就是贺嘉。大家不敢相信，墨墨撇着嘴说："她能确认那就是贺嘉吗？她拿什么确认，DNA吗？"

凌青也没法解释郎白是怎么确认的，但他坚信贺嘉是被找到了，他也不跟墨墨多废话，向地境神申请骑着枣斑羚赶往鸟巢，营救贺嘉。宋老师担心外边危险，让凌青干脆就在这里等着，反正贺嘉也再飞不到哪里去，凌青不干，偏要去，墨墨极其不满："不听话，就是不听话，宋老师的话你就不往心里去。"

贺爸爸、贺妈妈和鲍爸爸三人开车向鸟巢疾驰，越往北白沙越厚、越高、越疯狂，越野车开到一多半路程，车轮就陷入白沙开不动了，三人下车手拉手向鸟巢进发。远远的沙丘高处，鸟巢仅仅露出顶部的几根钢铁架构，而大部分建筑体已经被白沙活活吞噬了。三个人手脚并用，又攀又爬，向鸟巢爬去。

终于跋涉到鸟巢，三人艰难地扒开白沙寻找到一个入口钻了进去。

凌青已经早于大人们骑着枣斑羚从颐和园赶到鸟巢了，郎本在钟楼坚守岗位不能前来。

鸟巢里十分昏暗，也十分安静，成千上万的飞禽和成群的牛、羊、马、狗熊等动物，一个个睁大眼睛一声不吭地待在鸟巢里，贺爸爸他们费老半天劲才找到郎白和鹤鸟，场地上的飞禽与动物们自动让出一条路，让三个大人快速地向鹤鸟和郎白奔将过去。

贺爸爸、贺妈妈急得要命，拥抱着鹤鸟不停地呼喊贺嘉，仿佛呼喊声就能唤醒鹤鸟的人的意识，可是鹤鸟无动于衷，听不懂人在说什么，也不认识自己的爸爸妈妈。郎白耐心地向贺爸爸、贺妈妈解释，鹤鸟就是鹤鸟，它听不懂人言，与贺爸爸、贺妈妈也不能相认。这可把贺爸爸、贺妈妈急坏了，如何才能让鹤鸟恢复贺嘉的人形呢？大家束手无策，贺妈妈倒在贺爸爸怀中失声大哭，凌青不知道该干些什么好，他拿出玉版给鹤鸟看，鹤鸟不认，他敲击密码给鹤鸟听，鹤鸟也听不懂，他用手拽着鹤鸟的翅膀，生怕鹤鸟一展开翅膀，又飞走喽。

郎白眨着眼睛，试探着分析，从她自身由鹅变人的奇特的经历来看，或许鹤鸟应该再次饮用野鸭湖的湖水，才能恢复人形。

大家认为郎白说得有道理，可是野鸭湖在鸟巢北面，鸟巢已经被白沙完全覆盖，野鸭湖早就被白沙填平了。

贺爸爸问："这么说，只有等疯沙神退却才能解救贺嘉了？"

现场的人只能默认这个残酷的事实，贺妈妈用手紧紧地搂抱着鹤鸟，一刻也不愿意松开，凌青建议贺妈妈把自己脖子上的彩色丝绸围巾系在鹤鸟脖子上，做个记号，贺妈妈连连点头，马上照办。

凌青此时想起自己那个苦命的兄弟，忙说："不管怎样，应该先带鹤鸟去见见鲍迪，兴许鲍迪的病会好起来。"大家都同意凌青的话，鲍爸爸马上就要带着大家往外闯。可是地境神命令凌青前往颐和园战役指挥所，而不是进入地宫去见鲍迪，大家只好把鲍迪的事儿先放一放。鲍爸爸干着急，也只能服从。

几个人马上就要动身奔赴颐和园，但是郎白发话了："我是留在鸟巢坚守岗位呢？还是陪伴着鹤鸟去颐和园呢？"

这下子为难了，凌青要护卫地境神，郎本要充当传令兵，贺爸爸和贺妈妈，还有鲍爸爸现在已经不是翊卫，什么也干不了，郎白又是唯一能听懂和传递鸟言鸟语的人。

这时，郎白身边的几只苍鹰和鸿雁开口对郎白说："白鹅，你们有急事去忙吧，我们在鸟巢里会自己管理好自己。"

郎白于心不忍："那怎么成！这么危难的时刻，人怎么可以丢下你们撒手不管？”凌青、贺爸爸、贺妈妈、鲍爸爸听不懂飞鸟们和郎白在讨论什么。

苍鹰说：“人为我们搭建了这么大、这么坚固的鸟巢，我们已经很感激了，再说，我们兽族的抗灾害能力远比人族要高明得多，你们尽管放心好了。”

郎白把鸟儿们的意思翻译给凌青等人听，大家都很感动，凌青心想，飞鸟够仗义。

郎白简要地向苍鹰和鸿雁做些必要的交代，几人拉着鹤鸟骑着后续赶来的斑兽，迅速奔赴颐和园，北京北部地面上的交通已经完全中断了。

地宫里鲍妈妈昏昏欲睡，对以前发生的一切不稀奇，没兴趣。姨妈抱着黑猫，守着鲍迪，痴呆呆地闲坐着。她问黑猫：“你说鲍迪能好吗？”

黑猫能听懂，它喵一声，表示肯定，姨妈好像也能听懂。

姨妈又问：“鲍迪不会留下什么后遗症吧？”

黑猫喵喵好几声，意思是说这要看贺嘉对鲍迪好不好，贺嘉对鲍迪好，鲍迪就没事，贺嘉对鲍迪不好，鲍迪就会留下后遗症。这回姨妈听不懂了，黑猫着急，抓耳挠腮，埋怨姨妈听不懂还要聊天。

姨妈也不管黑猫的感受，继续聊：“鲍迪这孩子心太重。”

黑猫喵喵地说：“聪明人心都重。”这观点源自黑猫对人的敏锐观察，黑猫还有一层意思是说姨妈心也重，这些猫论，姨妈又听不懂了。

姨妈还没完没了问黑猫："你说鲍迪怎么不像他妈他爸那么心宽，一门心思做生意，孩子的事也不伤心。"

黑猫眯着猫眼，若有所思地说："鲍迪像姨妈。"

姨妈似乎听明白了这句猫语，把怀中的黑猫抱得更紧了，嘴里念叨着："还是我们二黑让人省心。"二黑是黑猫的昵称，他们家老大是鲍迪，老二是黑猫。

黑猫心里说，邻家的母花猫要是长出翅膀飞走喽，我也拿猫脑袋撞墙。它怕姨妈操心，没有说出猫口，它说了姨妈也听不懂。

没一个让人省心的。

鲍迪自从知道贺嘉的下落，疯病就好了一半，他想知道贺嘉现在怎么样了，问谁谁都不知道，他只能耐着性子等着。地宫中很安静，鲍迪心里惦记着贺嘉，也无心听姨妈和黑猫聊天，一直睁着眼睛痴痴地望着远方，三天三夜没有合眼。

地境神久居北京城，跟北京人学了很多老规矩老礼儿，你邀请上千万北京人乌泱乌泱地来地宫做客，这地脉里一派盆朝天碗朝地的东倒西歪颠三倒四的混乱样子，怎么成？地境神的老脸往哪儿搁？地境神对手下说，先别管我的黄地宫，赶紧把人来避难的场所打扫一遍。因为北京水神迟迟未归，地宫显得有些破旧干燥，虽说地境神的手下仓促地打扫打扫，收拾收拾，但是四壁上还是开裂着许多大口子，心情好的人看着是花纹，心情不好的人说是破败之象。地境神在颐和园战役指挥所忙着抗击疯沙神，也不在意人们议论什么。

地宫虽然处于深不见底的地下，但是异常敞亮，既没有电灯也没有阳光，却是光线充足而柔和，谁也搞不明白地境神是有什么办法将地宫照耀得如同春天早晨八九点钟同学们上第二堂课时的样子，地脉中没有风，不阴冷，也不闷热，进入地宫的北京人全都觉得，地宫中的体感比地面上还要舒服安逸，好多中老年人事先预备的厚衣服全都派不上用场，一些过于细心的矫情的妇人还带着帽子、羊绒围巾，全都用不着。

地宫里设置着还算舒适但略显粗略的泥桌、泥椅、泥床、泥榻，以黄色居多，也有灰色的、红色的，人们或坐或卧，倒也软和，身上也不会沾上泥巴。地宫里随处可见闪闪发光的宝石，但是哪个避难的人都不敢伸出贪婪的手去捡，放在自己的兜里，虽然翊卫们谁也没有传达进入地宫不许窃取财物的规定，但是所有的人都不敢出手，包括那些在北京地面上以偷盗为职业的人们，贪婪不行，好奇不行，心存侥幸也不行，万一宝石有放射性，有毒性，有毁灭性，那不是自取灭亡吗？地境神到底有多么神圣，多么厉害，谁也说不清，地宫里的东西谁也不敢碰，人们在地面上对财富充满贪婪，在地宫里对财富却是一副淡定的模样。

北京人就爱聊天，不论走到哪里都要聊几句，不然就闷得慌。

“你能肯定我们这不是下地狱吗？”

“你对自己的人生如此地否定吗？”

“不是我否定自己的人生而奔赴地狱，而是我不能相信那个陌生的地境神。”

“你应该相信地境神，应当感谢地境神，这个世界上还是有善意在。”

“谢谢你提醒我。”

地宫里很宽绰，但那么多人拥挤在一起也免不了摩擦，不过大家平和了许多，火气小了许多。疯沙神把北京埋三天，把北京人埋三天，北京人好像有思考有长进，就像人们常说的，小孩子大病一场过后，就成熟许多，在神眼里，人有时就像还没长大的孩子。

在地宫里，人们和斑兽一样，也不吃也不喝，也不上厕所大小便，三天三夜，没什么不舒服的感觉。事后人们回想起来也觉得挺奇怪的。

三天三夜，北京一片寂静。但是北京没有昏睡，躲入地宫的人们，无论大人和孩子都大眼儿瞪小眼儿地合不上眼，睡不着，除了极个别没心没肺的。疯沙神如此疯狂地进攻北京，北京人还能合眼睡觉？心也忒大了吧。

白沙埋没了街道，埋没了车辆，平房被白沙吞噬，楼房一层一层沉入白沙之下，高层建筑仅露楼顶，窗内狼藉一片，白沙是缓缓地涨起来的，把北京掩埋了三天三夜，风很紧，很狂，但白沙的堆积很静，这种静静的侵蚀过程，特别瘆得慌。谁也没有想到白沙会掩埋北京三天三夜，地境神在颐和园战役指挥所只能抵消白沙的能量，减缓白沙的速度，把白沙的侵害降到最低程度。但是地境神无法击退疯狂的疯沙神，地境神命令郎本不间断地向洌水神发送信息，盼洌水神早日归来。

白沙一层一层一片一片地掩埋北京城，直至漫过钟楼楼顶，巍峨的钟楼仅仅露出两个孤零零的龙吻。

一座世界知名的大都市，喧嚣热闹火爆的都市，突然安静下来，人声没有了，车声没有了，树木的摇曳声都没有了，冬日乌鸦的叫声都没有了，孩子们哇啦哇啦的读书声和课间的追逐打闹声没有了，空气中弥漫的红烧肉葱花饼二锅头的味道全都没有了，连几日的狂风都停了。北京话说是，全都消停了，就连疯沙神和他的曾经疯狂的士兵，也都默默地趴伏着，一声不吭，一丝喘息声都感觉不到。

疯沙神太伤心了。

26

凌青、贺妈妈、贺爸爸带着鹤鸟到颐和园战役指挥所躲避疯沙神，鲍爸爸，郎白一同前往。同学们和宋老师见到鹤鸟，又希望它就是贺嘉，又觉得它不像贺嘉，也不知道握手好，还是拥抱好，鹤鸟与他们也不相认，同学们都盼望鹤鸟快快变回贺嘉，好几个女生始终不离鹤鸟左右，给她喂水，还给她吃零食，鹤鸟对零食没有兴趣，有几个平日里与贺嘉要好的女生觉得不爱吃零食的鹤鸟不是贺嘉。

鹤鸟没得吃，她不能吃面包馒头，贺妈妈和郎白把面包碾成面包屑，还找来一些炒米。战役指挥所是个封闭的空间，贺妈妈不用担心鹤鸟飞丢了，就让鹤鸟在指挥所里随意飞翔，可是鹤鸟自从和郎白说上话，就添了心事，再也不愿意高飞了，同学们都追着鹤鸟奔跑，也把双臂展开像鹤鸟的样子，可惜他们谁都飞不起来。郎白不羡慕他们，她现在要习惯如何做人，如何在地上一步一步行走。凌青跟大家说不要乱跑，要听从地境神的指挥。

凌青跟随在地境神左右，传达地境神的命令，记录地面各个地区的实况进展，协调地境神照顾不到的一些市民需求，宋老师则带领着学生们打下手。

郎白这几天累得够呛，嗓子也哑，腿也乏，这会儿还不能闲着，要照顾鹤鸟，其实鹤鸟不用照顾，可是郎白的心放不下。

贺爸爸、鲍爸爸这些个大男人反倒没事可干，甩着手这儿转转，那儿看看，不是他们不用心，不出力，完全是他们的学识、他们的技能、他们的本领，在这场神与神的战役中根本派不上用场。按说鲍爸爸也曾经是地境神翊卫，他也曾经是威风凛凛的墨斑豹，可是，地境神的事仿佛和他一点儿干系都没有似的，谁也搞不懂这是为什么。

贺妈妈为长翅膀的女儿悲伤，贺爸爸为长翅膀的女儿骄傲，贺妈妈说他没心没肺，贺爸爸仰着脖子说："哼，我有一个会飞的女儿。"贺爸爸真的为有一个鹤鸟闺女而得意起来，他自己走路也把双臂甩得老高老高的，显出鹤鸟的爸爸与众不同。大家各忙各的，没有人给他捧场，他还一个劲儿地自娱自乐，脚步也轻快了，头脑也清醒许多，好像脖子也拔长了些。他也不想想鹤鸟如何变回贺嘉，他也不想想这么多天不能和鹤鸟交流说话，有多么别扭，他的心也真是宽得没边儿。贺妈妈不跟他一般见识，她一步也不离开鹤鸟，一连几天，鹤鸟吃面包屑，她也吃面包屑，鹤鸟吃炒米，她也吃炒米，鹤鸟睡在麦草上，她也睡在麦草上，鹤鸟伸着长脖子咕噜几声，贺妈妈也自言自语地嗯啊几句，凌青几次提醒贺妈妈，在地宫里既不要吃也不要喝，可是贺妈妈听不进去，她怕鹤鸟受委屈。

宋老师劝贺爸爸要镇静，贺爸爸还嘴硬：“天底下有哪个父母不希望自己的儿女飞起来？”

鲍爸爸冷静地对贺爸爸说：“你这是疯了。”

贺爸爸回嘴说：“你儿子才疯了呢，我没疯。”

贺爸爸心里恨恨地说，整天嚷嚷着让孩子插上理想的翅膀，这回真插上翅膀了，又都吓得一个个尿裤子。

鹤鸟周身洁白的羽毛在地宫中显得格外耀眼，郎白陪伴在鹤鸟身边陪她说话聊天，鹤鸟话不多，十分孤傲，原来贺嘉话挺多的，变成鹤鸟怎么就话少了呢，郎白也搞不懂，她还不知道原来的贺嘉是个什么样子呢。郎白咕噜噜说，鹤鸟呃呃地叫，别的同学插不上嘴。

全北京的空中，数百只羽斑鹤按照地境神的命令，顶着狂风和白沙艰难地飞翔，在高空观察情况，并把眼睛看到的情况随时传回颐和园战役指挥所，指挥室里的大屏幕上反映着外面的一举一动，同学们进入战役指挥所后，协助地境神指挥各个地宫入口市民避难的进度、鸟巢编织顶盖的进度和钟楼上郎本传递密码的实时情况。还有一些同学储备食物和饮用水，准备和疯沙神进行长时间的抵抗。地境神说过多少遍在地宫不用储备吃的喝的，但是宋老师和很多同学不相信，还是大包小包地带着，毕竟这是第一次和神打交道，心里没底。

鲍爸爸刚钻进颐和园战役指挥所，就把其他事情推一边，打开手机要查看美国股市行情，战役指挥所里没有手机信号，把鲍爸爸急得四爪挠心，他要钻出去找个有信号的地方，贺爸爸告诉他全城的信号都被疯沙神吹得无影无踪了，这可怎么办，耽误了买卖，对于鲍爸爸来说比给鲍迪治疯病还重要。贺爸爸看出鲍爸爸焦急，心里自责，为了救贺嘉，鲍爸爸耽误了自己的生意，这可如何是好。贺爸爸不懂生意，也不知说什么好，呼嗒呼嗒地扇动着胳膊来回转悠，鲍爸爸看着眼晕，也不好直说，只是对贺爸爸说："您忙您的吧，我没事儿。"

俩人聊不到一起，贺爸爸只好走开了。鲍迪疯疯癫癫的，鲍爸爸鲍妈妈心里也难受，但是没有一般人想象的那么难受，长达十年亲生儿子不在身边，他们都受得了，儿子疯疯癫癫，他们也忍受得了，人跟人不一样，有人心肠软，遇见事儿就哭哭啼啼的，有人心肠硬，天塌下来也跟没事一样。

初冬的时候凌青四人钻进颐和园秘宫，那时光线昏暗，四个孩子精神也紧张，除了贺嘉有心看了看墙壁上奇异的花纹，谁都没有注意这个战役指挥所到底是个什么样子，现在凌青和同学们看清楚了。

地宫很高大敞亮，如果空间局促就不够地境神来回上下飘荡的，一开始凌青他们还猜测这里是慈禧太后的海军指挥所，没想到这里真是一个指挥所，不过不是慈禧太后的，是地境神的。主厅正东的立面，显示着全北京高空俯瞰实时图像，由几百只空中飞行的羽斑鹤提供数据和影像，厅内既没有作战地图也没有各种计算、通信设备，所有数据都装在地境神的脑子里，四周的几个房间分别是作战部、参谋部、地面部、空中部、地下部等，所有斑兽都以雕像的形式稳稳当当地站立在四周，它们是枣斑羚、墨斑豹、秋斑狼、羽斑鹤、瑞斑鹿、锦斑鲤、雪斑马。一旦地境神下达指令它们即刻现形执行命令，如果所有斑兽都来回走动飞来飞去，看着倒是挺热闹，却非把地境神搅和乱了不可。

这个战役指挥所是神和神打仗（或者说打架）用的，不是人和人打仗用的，这次地境神抗击疯沙神虽然是一场神与神的较量，但因为北京城人口众多，人造设施把北京城挤得满满当当，神和神被拥挤得施展不开，地境神昏睡了六百年，一睁眼北京城冒出将近三千万人，还冒出无数高楼、地铁、车辆，这让地境神眼花缭乱，心里也烦，只好委托凌青这位少年代行管理，要他协助自己尽快、尽可能全面透彻地了解人族的方方面面新事物新情况。可是，人的好多需求神也满足不了，最后地境神烦了，说："你们人族臭毛病一天比一天多，太难伺候了。"

宋老师说："地境神您老人家不必烦恼，您老把疯沙神赶走即可，人的事情我们人自己看着办。"

地境神听着有道理，但他对于宋老师称他"老人家"很不高兴，他清清嗓子说："我不老，不许叫我老人家。"

墨墨没大没小地插嘴："那我们管您叫帅哥吧。"地境神不爱搭理这个贫嘴姑娘，口中一哼，把墨墨震了个大跟头。墨墨心里说，唉，还说我们难伺候，神也不好伺候呢。

同学们和老师要实时观察记录什刹海、团结湖、玉渊潭等地宫入口的人流状态和人群进入地宫的速度。

现在凌青搞明白了初冬时节钻进来产生的一个疑问，为什么地宫坐东朝西，与北京城地面建筑的朝向都不相同。原来地宫朝西是为了抵御由西方向北京城进攻的疯沙神。如果哪一天北京城北边又来一个神灵进犯，这座战役指挥所会不会扭转为坐南朝北？也很有可能。

27

陆珂和英瑛作为疯沙神翊卫被进入地宫避难的人们拒之门外，有钟楼中学和内街中学的学生指责他们把疯沙神引进北京城，叫他们赔礼道歉，陆珂不服，说他们没有罪过，英瑛也是一肚子委屈，她叫陆珂低个头，和陆奶奶、英妈妈一同进入地宫避难，陆珂倔强地说："不要，我们不是吃奶的娃娃，我宁可回学校图书馆和老馆长做伴，也不和家长一起进入地宫，我嫌丢人。"

英瑛劝他："你以为你是谁，你以为你是疯沙神翊卫就牛哄哄的，地宫就放不下你了吗？"

陆珂就是不低头："反正我不下去，凌青、郎本他们都在战斗，我们这时候灰溜溜地去避难，这辈子别想在他们面前抬起头来，这也事关府学中学的荣誉。"

白沙把北京城埋了个严严实实，越埋越高越积越厚，英瑛说："我们去求郎本，求凌青。"

陆珂嘴里一边往外呸呸地吐沙子，一边说："我不去，我丢不起那人。"

英瑛说：“你不去，你就在白沙里埋着吧，死要面子活受罪。”

陆珂一甩手说：“这疯沙神的翊卫我不干了，我们俩成了全北京的罪人。”

英瑛心里看不起陆珂，说：“刚刚开个头你就打退堂鼓，看你这点儿出息。”

陆珂气得面皮紫涨，龇牙咧嘴，半晌说不出话。

老馆长叫他们去颐和园找凌青求救。临行前老馆长解下脖子上的围巾给英瑛围上，英瑛要让给陆珂，陆珂不耐烦地说：“行啦，行啦，我没有那么娇气。”两个孩子和老馆长挥手告别。

英瑛照直往前走，腿脚使不上劲儿，也不停歇。陆珂在后面垂头丧气地跟着，嘴里叨叨着：“这疯沙神真就是个疯子，用我们的时候，张嘴使唤我们，不用的时候，也不来救救我们。”英瑛也不搭腔，免得满嘴灌的都是沙子。

原本英瑛是想去钟楼寻找郎本，府学中学离钟楼比离颐和园近多了，近得不是一星半点儿，她知道她有难，郎本不会看着不管，但她怕陆珂反对，最近她一提郎本，陆珂就烦，这节骨眼上她不好再滋事生非，再说，老馆长叫他俩找凌青，他们就老老实实去吧，别自作主张，万一钟楼进不去，颐和园也进不去，他俩就无家可归，成了北京城的弃儿。

从府学中学徒步走到颐和园，在沙丘上跋涉，艰难程度可想而知，好在陆珂、英瑛都是荒漠部落后裔，他们不惧怕白沙，可是走到中关村实在是筋疲力尽了，空中的羽斑鹤发现两个人影艰难地向颐和园方向移动，立刻向战役指挥所报告，凌青说：“地面上应该没有人了，谁还会这么不知死活，在沙丘上奔走？”

地境神叫来凌青辨认，并指示羽斑鹤飞得低些，凌青仔细一看，那是陆珂和英瑛。

墨墨看着大屏幕上的英瑛和陆珂，跳着脚大叫大嚷：“不管他们，不管他们，叫他们接受惩罚，叫他们在外边吃沙子。”

一个女生说：“他们也可怜呢。”

另一个男生说：“他们把贺嘉害得太惨了。”

地境神低头看着凌青，凌青也恨疯沙神，也埋怨陆珂和英瑛，疯沙神把贺嘉变成鹤鸟，把鲍迪逼得疯疯癫癫的，凌青巴不得让陆珂和英瑛吃些苦受些罪，来补偿贺嘉和鲍迪。

凌青低着头，咬着牙，憋了好久，抬起头对地境神说：“还是请地境神搭救他们。”凌青双手抱拳请求地境神。

墨墨还想不依不饶，宋老师在后边阻止她。地境神指示外边盘旋的羽斑鹤，将已经在沙子地中走不动的陆珂和英瑛驮在背上，送入战役指挥所。

进入指挥所，陆珂和英瑛两个人像是刚从沙土地里刨出来的白薯，陆珂满脑袋沙土，脚上的白鞋白袜早就认不出本色儿了，英瑛原本白净秀气的面庞被风沙刺激出来的眼泪画得灰一道黄一道的，脖子上老馆长给围的围巾也都沾满白沙。

谁也不和陆珂、英瑛搭话，墨墨鼻子里一个劲儿地发出哼哼的抵触之意，凌青也很冷淡，只是啊啊地打了个招呼就忙别的去了，宋老师看两个孩子可怜，叫同学们带陆珂和英瑛去洗漱一下，学生们冷冷地站在那里，谁都不愿意帮助陆珂和英瑛，他们心里的怨气还都没消呢，无心伺候他们两个。郎白悄声走上前去，给他们俩拿来瓶装水，叫他们洗洗脸，英瑛谢谢郎白，陆珂还较劲，说："不用，这样子挺好。"英瑛拿胳膊肘拱拱陆珂，叫他别不识好歹。

宋老师问英瑛："老馆长怎么办？不能把她一个人留在学校里呀。"

英瑛说："她执意要守护学校图书馆，她说疯沙神不会对她下狠手。"

宋老师说："这个疯沙神真是疯了。"

陆珂洗把脸就乱讲话，他跟宋老师没大没小地说："您要是六百年找不着老娘，您也会疯。"

墨墨立刻和陆珂开战："你怎么跟老师说话呢你，你们府学中学的高才生就这么没礼貌吗？"墨墨嗓音尖厉刺耳，一张嘴就把府学中学全装里面了。陆珂领教了墨墨的厉害，不愿意搭理她，故意倒退几步躲避着。英瑛主动替陆珂给宋老师赔不是，说陆珂在沙土地里走了大半天，火气大。宋老师笑笑，不往心里去，她设身处地地想，陆珂的话也有道理。

英瑛和贺爸爸、贺妈妈打招呼，悄悄地小心地接近鹤鸟，抚摩着鹤鸟洁白的羽毛，心里很不是滋味。英瑛解下脖子上老馆长的围巾要给鹤鸟系在脖子上，鹤鸟好像不愿意，一个劲儿地躲避，英瑛很难过，觉得她和陆珂欠贺嘉一个人情，也欠鲍迪一个人情，日后要还。

在战役指挥所，别的孩子都在忙活，陆珂和英瑛无事可做，像个局外人，英瑛想起远在钟楼上的胖仔郎本，担心他一个人闷出毛病来。

凭什么把我的童年变成哭泣
凭什么把我的回忆当成污泥
凭什么把我的过往视为儿戏
凭什么把我的思念夷为平地

疯沙神盘旋在北京的上空，不依不饶，肆意破口大吼：“你们谁毁了我母亲的铜像？”没有人回答。

“我与你们无怨无仇，你们为什么这般对我？”没有人敢回答。

“你们把我的母亲骗到哪里去了？”更没有人能回答，全北京的人缩头藏脑地躲进地宫，疯沙神在外边大吼大叫，谁也听不到，疯沙神不甘心这么白费气力，他要让全北京人把这三天三夜的经历记好几辈子。

疯沙神要把颐和园里的铜麒麟、铜牛和铜亭搬走，被地境神摁住不放，疯沙神都把铜器抬到半空了，又被地境神摁住，反复几次，地境神就是不让疯沙神得逞。

府学中学老馆长以疯沙神母亲仆人后裔的身份死守报恩寺旧址，不肯后退半步。疯沙神知道报恩寺已经夷为平地，不存一物，他一发狠打算连府学中学一起埋入白沙，他万万没有想到老馆长还痴痴地守卫在那里，等疯沙神在老馆长的呼唤中明白过来，才停下手，把老馆长从白沙中解救出来，老馆长是讲究人，平日里上上下下把自己拾掇得利利落落，干干净净，现在让疯沙神捯饬成个沙土里掏出来的“兵马俑”，一脸的不高兴。

疯沙神对老馆长也是心存误解，他觉得老馆长既然世世代代守护着报恩寺，就应该知道水泱神的下落，知道铜像的下落，他气哼哼地质问老馆长：“您应该知道水泱神去哪里了，您应该知道水泱神铜像哪里去了。”

老馆长被白沙埋得差点儿断了气，断气事小，形象事大，她从白沙里钻出身忙不迭地梳理头发，打扫衣服，抹去脸上的白沙，把疯沙神晾一边，换了别人，疯沙神早就不耐烦了，但是面对老馆长的高贵气质，面对这样唯一一位与母亲有关的老妇人，疯沙神不能撒野。老馆长一字一顿地回答面前这个疯子的疯话：“我要是知道，能不告诉你吗？能由着你的性子在北京城胡作非为吗？”

疯沙神说：“这是你们逼的。”

老馆长说：“没有人逼你，你找不到母亲，必定另有原因，不能拿北京城撒气。”

疯沙神大吼道：“我不管，我心里难受。”

疯沙神看在老馆长的面子上，保全了府学中学，图书馆里所有图书原封不动地保存下来，不像钟楼中学图书馆的书那样，全被撕成了碎片，音乐教室里英瑛弹过的钢琴也没有头朝下脚朝上，或是被摔成烂劈柴，只不过每一个琴键上都覆盖着厚厚一层沙土，郎本敲击的架子鼓被风推到墙旮旯，看着似倒未倒的尴尬样子。

疯沙神待不住，拔腿又要走，老馆长把火急火燎的疯沙神叫住，叫他拿走那两颗铜珠，做个念想，疯沙神郑重地把两颗铜珠放在手里抚摩了几下，又还给老馆长，说："我在外边疯跑疯癫，放在兜里要是丢了，就找不着了，还是放在您这里稳妥些，改日消停了我再来取。"

老馆长埋怨道："你现在就不能消停消停啊？"

疯沙神也不作答，俯身要拥抱一下老馆长，老馆长一个劲儿地躲闪，她不愿意一个疯狂的男神触碰她，疯沙神后退一步，躬身给老馆长作了一个大揖。

古老的图书偎倚着古老的书橱
泛黄的记忆掺杂着泛黄的尘土
沉重的铜珠不知是缄默还是倾诉
年迈的馆长不知是故旧还是家奴
六百年沉睡
六百年孤独
幽幽墨香就要保存不住
卷卷文句就要依稀模糊
零乱，乱了文字的凹凸
积叠，叠了篇章的页数
延长，长了无尽的征途
踟蹰，误了原本的归路

28

在厚厚砖墙包围的钟楼之中，郎本和马校长清晰地感觉到疯沙神率领着白沙兵团，一浪紧似一浪地拍击钟楼，掩埋钟楼，沉闷，恐怖，持续，震荡着郎本的心。

同学们没走时，大家拿郎本当作唯一能与神通话的人，郎本要多得意有多得意，要多神气有多神气，大家有搬板凳的有递矿泉水的，一个劲儿地伺候着这位钟楼上的大主角、大明星，凌青、鲍迪、贺嘉都不在，连陆珂、英瑛、黎雪这些翊卫也不在，山中无老虎他郎本要称大王，天上地下舍我其谁的一股子傲气，咻咻地顺着眼睛、鼻子眼、耳朵眼和肚脐眼儿往外冒，老得意啦。等大家都走光了，全北京城地面上仅仅剩下郎本和马校长两个人，如果不是马校长在身边，郎本心里真有些哆嗦。

白沙呼呼地刮过来，哗哗地落下，又呼呼地刮过来，又哗哗地落下，郎本的钟声在咚咚的沉重敲击之空当，夹杂着嘀嗒嘀嗒的密码。郎本用撞击铜钟的方法向南方的洌水神传递信息，盼其速速归来，当郎本在钟楼敲响铜钟时，整个钟楼通体上下发出阵阵斑驳怪异的光芒，北京人从来没有见过这样的光芒，他们现在想看也看不着。

第一天郎本兴奋，斗志昂扬，坐着觉得太沉稳，站着觉得太枯燥，走两步又觉得没意思，想跟谁说点儿什么，周围又没人，同学们给他储备的食品和饮料第一天就被他消耗了一半，平生头一次给地境神干活儿，他出手比较重，用力也过猛，生怕冽水神听不见他的钟声，不过节奏密码他把握得很准，不敢有丝毫的差错。头一天他跟马校长话也不多，他还是觉得马校长不易亲近，马校长也帮不上他什么忙，既不能替他敲钟，也不能替他干别的，两人头一天有点儿尴尬。

郎本在敲钟的间歇，坐在钟楼黑洞洞的大厅里，一肚子怨气没处发泄，跟马校长也没法说，他想，一个远道而来的疯沙神居然把北京城埋了，简直是欺人太甚，我要是钟楼鼓楼，绝不肯老老实实稳坐在这里，忍着受着熬着耗着，我非站起身反抗不可。他想得倒是轻巧。

狂风最终把挡沙墙吹得千疮百孔，白沙最终把钟楼吞埋了，不过就像钟楼中学和内街中学的同学们期待的那样，钟楼顶上两个龙吻三天三夜都显露在白沙沙丘的外面，郎本坚持三天三夜不间断地向远方的冽水神发出求救信息，马校长也一丝不苟地陪伴了郎本三天三夜。马校长要帮郎本撞钟，郎本不让，他说轻重的力度和长短的节奏只有他自己能够掌握，他怕马校长一帮忙就乱套了，马校长是怕他累坏了。

钟楼里渐渐黑了下来，白沙已经漫过四个高高的门洞，马校长手中仅有几把手电筒，还得节省着用，奇怪的是也不知道郎本和马校长是怎么喘气的，难道说钟楼的建筑另有管道与什么地方相通，也搞不清。郎本就在这黑灯瞎火的钟楼里坚持着，坚守着。

第二天，郎本开始解开衣扣，开始挽起袖口，开始松裤腰带，开始脱下心爱的耐克鞋，只穿着棉袜在钟楼里来来回回地窜，大冬天，郎本一点儿不觉得冷，还呼呼冒汗，他沉不住气，焦躁不安，站不稳，坐不住，一会儿走动走动，也不与马校长多说什么，马校长说："你消停些个行不行？你稳当些个行不行？"郎本嘴里应着："我懂，我懂。"心中依然烦躁不止。向洌水神发去的信号简单明了，不费解，不玄奥，旁人听不懂，郎本却是心领神会的，但他总是觉得洌水神应该回应一声，应该给他个答复，哪怕是用嗓子轻轻咳嗽一声也行。洌水神您走到哪儿了？您能不能听到我郎本急切的呼叫？您能不能给我一个回复？您别这样几天几夜无声无息没感觉没动静的，好不好！

钟楼的救急密码敲响之后，全中国各地的山神、水神、地神都竖起耳朵，睁大眼睛，他们都把目光投向北京城。洌水神确实收到了郎本的信号，还准确地听出郎本的忠诚，郎本的守候，郎本的急切，甚至是郎本的埋怨。但是她无法回复郎本，因为信号的回路被阻断了，北京通往南方的水路与六百年前洌水神离开北京时相比，早已面目全非了，即使她回传信号，郎本也接收不到。她唯有加快步伐向北京飞奔，飞奔。

全北京城太安静了，什么声音都没有，郎本的爸爸爷爷那几辈是在西北生活的，有经历，有体验，因此郎本骨子里并不惧怕狂风，也不惧怕白沙，但是他害怕寂寞。

第三天，郎本绝望了，马校长说些个什么他都听不进去了。郎本被困在钟楼里，他四仰八叉坐在地上，背靠着粗大的圆木钟架，也不想吃也不想喝，他开始浑身发冷，手脚冰凉，他坚持着，咬牙忍着。白沙越埋越高，越埋越厚，钟楼里的空气虽然没有完全堵死，但是越来越稀薄，郎本觉得不够用，发现自己脑子开始不好使，记忆力减退，这让他感到紧张，原本滚瓜烂熟的节奏密码，会突然地毫无征兆地忘记一些片段，特别是一些重要的片段，这让他心慌。他清楚，绝对不能忘记密码，忘记密码就无法完成向洌水神传递信息的使命，那太糟糕了。虽然三天时间很短，但他在这三天时间里把密码在脑子里重复了无数遍，当最后一天他意识到他有可能将密码忘记得一干二净时，迫不得已用笔在自己的胳膊上记写下节奏密码，因为紧张，用力过猛，这些由点和线为记号的节奏密码，在郎本肉乎乎的胳膊上都划出血印子了，郎本也不觉得疼。

马校长满脸的胡子楂，一头浓密乌黑的头发也有些凌乱，他也有些坚持不住了，他是成年人，但他也是平生第一次经历这样的考验，他不像郎本一门心思完成地境神交派的任务即可，他还想很多其他的事情，他比郎本负担更沉重。

29

六百年前，地境神昏睡不醒，冽水神为了解救地境神，远赴四川宜宾桀木神大本营，叫作青木垒，向桀木神索要解药，据说被楠木烟熏致昏，很难治愈，必须用楠木香精反复熏治，才能让患者清醒过来，而全中国大面积的楠木树林，就在四川省宜宾的深山里。

冽水神千里迢迢来到桀木神大本营，桀木神不得不见，桀木神对冽水神是不能得罪的，水越充沛，树木就越茂盛，这个道理谁都懂，桀木神把冽水神尊为贵客，可是冽水神焦急地讨要解药，桀木神就是兜圈子，一会儿说点儿这个，一会儿聊点儿那个，就是不提给解药的事。

六百多年前明朝的朱棣皇帝为了修建紫禁城，把桀木神千百年种植的楠木通通伐光了，桀木神与北京城结下死疙瘩，他发誓要置朱棣皇帝于死地，桀木神借用火炼神的火种，将朱棣皇帝建好刚刚几个月的紫禁城三大殿烧成一片废墟，大肆发泄了一番，朱棣皇帝心里都不知道是得罪了谁，遭此报复。刚实施完复仇计划，冽水神就来找桀木神要解药，救助熏得昏睡过去的地境神，桀木神就两个字：“没有。”桀木神怨恨地境神在自己的地盘上对朱棣的肆无忌惮不加管束，还有闲心在紫禁城闲逛，看热闹，熏晕了活该。

洌水神对桀木神讲道理：“北京城不能没有地境神。”

桀木神阴阳怪气地嘲讽北京：“北京城不是有皇帝吗？皇帝的本事不是很大吗？还不是你们地境神和洌水神，把北京人养得酒足饭饱，花天酒地，宠得没大没小，胆大无畏吗？”

洌水神不爱与桀木神纠缠他与朱棣的恩恩怨怨，她嫌桀木神格局太小：“我不管你怎么报复朱棣那小子，我只管地境神。”

桀木神不听这话还好，一听还有些吃醋：“别看我离北京城那么老远，你洌水神和地境神的交情我也有耳闻，不是说地境神喜欢水泱神吗？你在其中掺和什么？”

一席话说到洌水神痛处，洌水神流起泪来，洌水神一动情不要紧，整个桀木神大本营大水漫灌，把青木垒里面的木桌木椅木床木榻全都冲得漂浮起来，四处漫跑，桀木神连忙劝阻洌水神不要再哭，再哭整个青木垒都泡糟了，沤烂了，冲垮了。

桀木神喘口气，让手下的把冲跑的家具都捡拾回来。桀木神是个很节俭的神，说不好听的，有些抠门，这也不能怪他，人族发展得太不像话，桀木神再怎么经营自己的木族，都赶不上人族的乱砍滥伐。桀木神与人族的冤仇几天几夜说不完，他收回思绪，跟洌水神说洌水神关心的事。他说：

“你真的不能着急，朱棣这小子把粗壮的楠木全都砍伐光了，必须等幼小的楠木经过数百年的时间长成粗壮的楠木，才能制作楠木香精。”

冽水神说：“你有法力，有年轮密语，能不能让楠木长得更快些。”

桀木神说：“这种多快好省的揠苗助长，都是人族训练小娃娃的昏招数，万万用不得。”一提起小娃娃，桀木神还愁眉苦脸起来，他一发愁，青木垒四壁的树叶子就呼呼啦啦往下落，落得冽水神脑袋上身上都是树叶子，冽水神不明情况，一边拨拉树叶子，一边试探着问询，桀木神咬牙切齿地对冽水神说，朱棣派来的官员大肆砍伐楠木时，桀木神的七个孩子神不知鬼不觉地丢了，其中就包括大楠（楠木童子），冽水神睁大眼睛问：“七个孩子都丢了？太夸张了吧，你这个爹是怎么当的！”

桀木神面露愧色，两手一摊，向冽水神叫苦：“我日子过得艰难啊，我拉扯这么一大家子不容易啊，人族是步步紧逼，不依不饶啊，山上但凡有土有水的地方都让他们霸占了啊。”冽水神嫌桀木神磨磨叽叽、絮絮叨叨，不过她不得不说几句劝慰的话，其实七个孩子对于桀木神来说不算多，他有好几百个孩子呢。

冽水神见青木垒的窗台上摆满了瓷坛子，不经意地问：“坛子装的是老酒？是腌菜？”桀木神的脸色苦苦的，也不作答，忙活别的事，冽水神又问：“是不是装的楠木香解药？”伸手就要打开看看。桀木神急了，虎着脸阻止冽水神。

六百年当中冽水神也不是不想回北京城看看，只可惜，南北水道更改阻塞，冽水神想回也回不来了。桀木神对冽水神说：“你向北看看，你看看长江，你看看黄河，你看看来时横贯南北的大运河，哪里还能找到回去的路。”

冽水神说：“我飞也要飞回去，你休想困住我。”

桀木神冷冷地说：“你是神，你可以飞，别忘了不走水路，你这位冽水神回到北京，还有什么功力可言！”冽水神无言以对，只好坐等。

冽水神在南方困居六百年。

今年的冬天，遥远的北京城钟楼传来郎本敲响的钟声，告诉冽水神，疯沙神掩埋北京城，地境神醒来，盼冽水神速速返回北京。

冽水神不能再等了，二话不说，别过桀木神，直奔北京城而来，一路上冽水神很是兴奋，她走到哪里，哪里就大雨滂沱，河水暴涨。行至湖北丹江口，冽水神得知北京人已经把水路由北京修到这里，喜出望外，顺着这条新开通的水路以最快的速度返回北京。

奔流的血，是幽蓝的清澈
蹦跃的身，是湛蓝的欢歌
隔世的别，是青蓝的苦涩
今日的归，是亮蓝的会合

这下，疯沙神要倒霉了。

洌水神冲进颐和园战役指挥所，指挥所内一片蓝汪汪的光明，洌水神不是像地境神那样的云团状态，而是大大小小数十个蓝色的水球在空中悬浮着，她拥抱地境神的场面很奇特，两个神在宽大开阔的地宫里翻跟头打滚，伸胳膊踹腿，抱头搂腰，黄土欢腾，蓝水奔流，地境神轰隆隆号叫着，洌水神哗啦啦呜唱着，好半天安静不下来。

宋老师直捂着脸皱眉头，心里说：神灵都应该是庄严肃穆的，正襟危坐的，北京的地神和水神怎么这么没有正形，还当着这么多孩子的面亲亲热热的，这将来还怎么教育孩子们走正道，听雅音，做好人？在场的孩子们包括鹤鸟和斑兽，都被洌水神、地境神之间的浓浓的亲情所震撼，大家都感到头脑一阵晕眩，口腔里泛起酸酸甜甜的唾液，手脚暖暖的，心跳加快了许多，耳畔响起悦耳的吟唱，每个孩子和斑兽都情不自禁地蹦起来跳起来。凌青都呆了，这就是久别重逢呀，这就是爱呀。

洌水神一来，地境神立刻来了精神，兴奋得不行。他将赶走疯沙神的重任托付给洌水神，他单枪匹马不敢对疯沙神出以重手。地境神和洌水神商议作战方案时，洌水神问：“要不要启动北京城的青将军、赤将军和角将军？”

地境神说：“我们俩使唤不动他们，我看驱赶疯沙神，也不至于闹那么大动静。”

洌水神见疯沙神将北京城埋得严严实实，立刻着手驱赶这个发了疯的外甥。

30

疯沙神来京，天是惨白惨白的，冽水神回京，天是湛蓝湛蓝的。疯沙神以一个巨型少年的狂放形象在高空疾走，越走越大越走越猛，披头散发，身后飞荡着无数的丝带，他凝聚全身的疯劲，化作无数的白沙喷射过来，然后再次变化成一个巨型少年，再次凝聚全身的疯劲喷射白沙，如此往复不止。

冽水神一开始面对外甥不忍下手，她看着自己姐姐的孩子寻找母亲，疯狂到如此程度很是心疼，但看到疯沙神把北京城掩埋得都快看不出轮廓，她知道再不出手，北京城就憋死了。

冽水神和疯沙神在北京上空一边对抗撕扯，一边对话。

“你不该返回北京。”

“我是在寻找我的母亲。”

“她怎么可能在北京？”

“北京人凭什么捣毁我的水泱神铜像？”

“你又不是小孩子，胡乱耍脾气。”

“你就知道斥责我，我不服。”

疯沙神的唾骂在北京的沙丘上往返穿梭，疯沙神的哭号在北京城的上空唱着无字的悲歌。

白沙的咆哮，洌水的怒吼，在北京城的上空声如暴雷，响若霹雳。

疯沙神的白沙兵团遇见洌水神又爱又怕，它们千百年来就珍爱水神，就需要水神，就崇拜水神，现在它们遇见了洌水神，它们任由洌水神抽打，那既是洗涤，是滋润，也是享受，但是它们不得不执行疯沙神的命令，不得不一边享受，一边使出浑身力气抵抗，这场战役打得稀奇古怪，场面莫名其妙。

一个是翻波跃浪乾坤暗，另一个是吐沙喷风日月昏。洌水神气韵宏大，铺天漫地，恣意挥洒，千姿百态，放得开，收得拢。洌水神掀起蓝色的巨浪将白沙卷起从空中抛向远方，白沙形成沙丘死死挡住洌水神的来路，继而大水翻飞，白沙乱舞，双方在空中和地面上展开一场又一场厮杀，北京高层建筑的屋顶隐隐约约露出沙丘，被白沙和水浪击打得啪啪作响，白沙一会儿借助风势占据高位，一会儿被水浪冲击得复开复合，水浪一会儿列成一排水墙向前推进，一会儿翻滚着浪花如群魔狂舞，把白沙兵团搅动得狼狈不堪。

天空中乱云翻滚，忽明忽暗，一会儿出现白袍沙神的翻腾雄姿，一会儿出现蓝袍水神的飞舞之躯，双方把北京城当作了大战的角斗场。水神形成长虹从左至右跨过，形成巨幕漫天展开，将顽强抵抗的白沙奋力吸起托举升空运回荒漠。从天而降的水柱将街面上厚厚的白沙冲击出一个个深坑，白沙似是燃烧的火花向四处飞溅，水柱又分出巨型水波将腾空而起的白沙卷走，白沙上开出一朵朵水神的花朵，巨大的叶片向上翻卷，白沙飞起打击这噗噗生长的水花，把叶子拍打得摇摇欲坠。水神舞动水波、水浪、水花一次次向白沙发起进攻，水神的攻势既不是太极，也不是剑法，更不是长袖放歌，一开始是飘然游动，继而是跳跃奔腾，最后是山呼海啸，冽水神的柔美后面的刚强是疯沙神难于抵御的。冽水神变化万千，手疾眼快，正在混乱之时，手挺巨浪，在疯沙神脑后霹雳而下，疯沙神听得脑后一阵风响，急躲闪时，已然来不及，湛蓝色的巨浪已将疯沙神活活罩住，疯沙神顿时没有了再战的气力，负痛逃走，率白沙兵团败阵而回。

你也思我也想水泱神模样
天不知地不晓她走向何方
我是你亲姨娘情比天长
打得你遍体是伤驱赶你返回原荒
疯沙神虽然是倜傥狂放
不应该在北京城里犯浑逞强
飞禽走兽在鸟巢里魂飞胆丧
埋京城三昼夜黎民百姓遭殃
波千行浪千丈冽水浩荡
打是疼骂是爱规劝你早早还乡
盼水泱神结束这旷世迷障
盼团圆找回我的姐姐你的娘

地境神在冽水神到来之前迟迟不肯动手，非要等到冽水神出手后他再出手，地境神的法力比冽水神老到稳当，力度也更大，疯沙神在地境神面前只有招架之功，没有反击之势，但是疯沙神的执着和倔强也令地境神暗暗吃惊，他心里想，疯沙神的骨子里是水泱神的那股子倔强，地境神不肯伤害疯沙神，把他打个落花流水，屁滚尿流，毕竟他与冽水神的身份不同，冽水神怎么打疯沙神，那是小姨打外甥，他一个高大粗壮的男神把一个自己曾经暗恋的女神的儿子暴打一顿，这有失风度。地境神像一台巨大的抽风机，将地面上的白沙兵团成阵成片地吸到空中，然后奋力推向北方，巨大的能量把疯沙神撞击得连滚带爬。

说句公道话，冽水神和地境神两个打一个疯沙神，这有些不厚道，但是疯沙神也疯得太过分了。

疯沙神在北京城撒了一回野，没有找到母亲，他在冽水神和地境神的打击下，不得不撤回西北荒漠，但是他不甘心，这事儿没完。

疯沙神之战结束了，天将明还暗，冽水神听见钟楼的钟声还在一阵一阵地鸣响，就扒开钟楼四周残存的白沙，一个箭步跃入钟楼。冽水神的到来让昏暗了三天三夜的钟楼一下豁亮起来，冽水神看着郎本还在奋力撞钟的背影，甚是疼爱，跟郎本说："我来了，不用再敲了。"

郎本头也不抬，还在敲，说："你是谁呀？"

冽水神说："我就是你千呼万唤的冽水神。"

郎本一回头，头一回见冽水神，吓一大跳。马校长跑过来给冽水神行礼，郎本松开钟槌，咧嘴冲着冽水神笑，不知道说什么好。这三天三夜郎本又是紧张，又是烦躁，又是劳累，现在冽水神一来，带来久违的新鲜空气，郎本神一松，劲一懈，一屁股歪坐在椅子上，也没说跟千呼万唤才叫回来的冽水神好好聊聊，也没心思听冽水神和马校长说些什么，他睡着了。这胖仔累坏了。

冽水神指着郎本问马校长，这怎么说睡就睡了，马校长替郎本解释，这几天郎本实在是太辛苦了。冽水神埋怨，活该北京城被掩埋三天三夜，这都是哪儿找来的翊卫呀，都是些个贪吃贪睡的娃娃，这些个毛孩子能顶什么大事，马校长忙跟冽水神解释："北京城多亏了这些冒冒失失东突西撞的孩子们。"

马校长晃荡晃荡郎本，叫他回家睡，别着凉。冽水神叫来一只秋斑狼，把郎本驮回家里去，马校长一直陪着郎本回到家，给他扫去床上残留的白沙，抖落抖落被子，扶着他睡到床上，才算放心。郎本睡得很香，马校长守着呼呼大睡的郎本，自己也开始犯眯瞪，但是他坐在郎本家里不敢闭眼，直到郎妈妈郎爸爸回来才起身离开。

郎妈妈一进门就要摸摸郎本的胖腮帮子，郎本烦妈妈这样拿自己当小孩子，不耐烦地摆脑袋躲，郎妈妈又扽耳朵又捏鼻子，看看大耳朵是不是还软和，鼻子眼还通不通，郎本半梦半醒地说："好啦好啦，都被您揉搓烂啦。"

郎妈妈呵呵呵地乐，说："马上给你做好吃的，啊。"

郎本不言语，接着睡。

郎本睡了一天一宿，张开眼一看，妈妈还在身边不放心地守着，郎本突然伸出双手捧着妈妈的脸，轻轻地揉着，然后又是扽耳朵，又是捏鼻子，妈妈的眼泪哗就下来了。郎爸爸在一旁说：“赶紧爬起来洗手去，脏兮兮的。”郎本呵呵地乐。

31

北京城又恢复了先前的模样，其实要恢复原本的模样已经不可能了，只是粗心的人以为和原来一样，细心的人能够察觉出很多不同。

身高力大的牛、马、狗熊、豹子和狼推开鸟巢大门，里面困守了三天三夜的走兽和飞鸟兴高采烈地跑出来，所有的飞禽争先恐后往出飞翔，拥挤不堪，鸟儿叽叽喳喳地叫个不停，欢呼飞舞，在北京的上空盘旋好几圈，久久不肯离去，鸟巢是北京最讨神灵喜欢的人造建筑物之一，有些小鸟雏雁央求妈妈爸爸就在鸟巢做窝，不再离去，大鸟大雁一个劲儿地摇头，它们教育小辈们说：“人族喜怒无常，高兴时候拿我们当朋友，不高兴时候拿我们当干粮。”小鸟小雁觉得这是成见，可又不敢不听。

飞鸟都飞走了，它们编织的鸟巢顶盖也不管拆除了，马校长不得不找建筑公司帮忙。建筑公司任大大和潘叔叔来到鸟巢，仰头观看苍鹰大雁们和猴子猫狗们为鸟巢编织的顶盖，自愧弗如，脸臊得绯红，暴脾气的任大大连着打了自己两个大嘴巴，说：“我们的设计师数学力学美术学了一箩筐，到头来还不如个鸟。”

潘叔叔在一旁劝：“消消气，消消气。”

潘叔叔眨着小眼睛问任大大：“您看，鸟儿编织的顶盖是不是保留着？”

任大大甩着手大声说：“拆喽吧，赶紧拆喽吧，看着它我脸发烧。”

市民们从地宫陆陆续续返回地面，团结湖、昆明湖、玉渊潭、什刹海的水面已经恢复了往日的清澈和宁静。公共汽车和私家车损毁严重，大家只能迈开双腿走回家，进门就扫地擦桌子，仔细地清扫没有退干净的白沙。战役结束了，打扫战场的工作倒是十分省时省力，冽水神把漫天飞舞的白沙兵团冲刷得干干净净，犄角旮旯儿留下一些也难免，毕竟冽水神是神不是小时工，有些市民好奇心重，收集起没有被冽水神冲走的白沙，集在花盆里，掺些营养土，种白薯，有人问：“种白薯干什么，多土气啊！”

那人回答：“我就是要看看绿叶子，这也是一份奢侈品。”白薯喜欢沙性土质，长出的三角叶子油绿油绿的，越长越茂盛，越长越蓬勃，看那样子颇有几分疯狂的神韵。

等从地宫钻上来，历史老师的箱子又恢复了平静，历史老师很奇怪，不敢跟旁人说，但她心里痒痒，非要打开箱子看个究竟。她回到钟楼中学历史教研室，看看四周静悄悄的，就大着胆子打开箱子的锁，揭开箱盖，一本一本的教科书，里儿是里儿，面儿是面儿，字儿是字儿，画儿是画儿，并没有什么异样，她脸上露出不以为然的怪笑，随手翻看，这一翻不要紧，她惊恐地发现，教科书中的历史人物全都乱套了，秦始皇跑到明朝，杨贵妃跑到清朝，刘备拉着关羽和张飞上了水泊梁山。历史老师的脑子也被搞乱了，不得不申请停薪停职回家，休养半年，这半年她不能胜任历史教学了。

地宫里没有网络，没有手机、电脑和电视，年轻人短短三天熬不下来，都丢了魂儿了，像是当了三天三夜的聋哑人和盲人，他们自说自话，拿头撞墙，拿手挠地，其实，中老年人这样安安静静地过三天，也不适应了，成群的年轻人从地宫上升到地面，不找爹不顾妈，先找网络。

天大地大不如手机屏幕大
爹亲娘亲不如互联网络亲
千好万好不如微信聊天好
河深海深不如淘宝友情深

从地宫出来以后，所有中老年高血压心脏病患者，症状明显减轻，胸闷、气短、面红、耳赤、疲惫乏力、腰酸腿软的感觉都有所好转，他们走路轻快多了，胸部也不憋得慌了，头重脚轻的症状消失了，很多肺病患者的肺部气管就像被清洗过一遍，特别舒畅。

从地宫上来，北京人自己没觉得什么异样，从外地返回北京的人们发现，地宫出来的人像是敷过面膜，做过美容，一个个好像刚从韩国美容院出来一般，皮肤细腻光亮，又嫩又鲜，又白又润，褶子也消失了，黑斑也不见了，连白头发都减少了。好几天过去，大家才想明白是地宫的空气、水和土壤经过层层过滤，简直就是天然美容院，很多中老年妇女重新聚集在团结湖、什刹海等水面周围，不依不饶地围着湖水打转，只要湖水底下有呈现开启的迹象，她们就立刻一个猛子扎下去，下沉到地宫，继续免费无偿尽情顺心地享受一下天然美容院的神奇效果。可惜，地宫的大门再也没有开启过。

不可思议的事情接连发生，带进地宫的香水一上来都失去了味道，所有的金首饰金项链和珍珠玛瑙之类的宝石全都褪色，碳化锈化非常严重，所有的原木原色的物品全都发亮发光，所有的假冒伪劣的商品全都碎成粉末。凌爸爸带到地宫的普洱茶饼回来后散发出奇异的香气，口感醇厚了许多倍，凌爸爸喝了一壶，还想再喝，可是心里又舍不得，这么高品位的普洱茶不是说有就有的。

凌青家的大狗和鲍迪家的黑猫从地宫出来以后，浑身的毛熠熠闪光，眼睛变得倍儿亮，耳朵和鼻子变得异常灵敏，它们各自回到家中，大狗不再喜欢凌爸爸提供的狗粮，黑猫对姨妈放在猫食盆里的猫粮也失去兴趣，大狗要啃大骨头，黑猫要吃腥鱼鲜虾。以前大狗和黑猫都自认为已经上升为国际大都市中的中产阶层，除了进口的高档的带品牌的狗粮猫粮，其余食品一概不碰，连看都懒得看一眼，从地宫出来后它们返璞归真了，黑猫居然还对院子里的老鼠感兴趣了。

黑猫一会儿趾高气扬，在小区里昂首阔步地走，一会儿灰头土脸，找个安静的旮旯儿打蔫儿。它因为跟着姨妈到地宫走了一遭，有了独特的经历而得意扬扬，又因为鸽子指责它和大狗在疯沙神之战中没有冲锋陷阵，只是躲进地宫里避难而垂头丧气，黑猫一会儿高兴，一会儿不高兴，像个没长大的小孩子。团结湖小区里面的猫都跟随主人进入地宫避难了，但是大家想法不同，有的认为进入地宫是件好事，有的摇头反对，它们开始打架，一派是拥戴黑猫派，另一派是反对黑猫派，拥戴黑猫的一派认为黑猫在地宫里得到了大地精华的滋养和地气地韵的熏陶，虽然时间短，已然开始升华，另一派不以为然，它们认为黑猫丢掉了高尚的纯粹的优雅的都市生活，变得土头土脑、土里土气的了。时间一长，不仅有了左右两派，还分出假左派、形左实右派和逍遥派、观望派。过去小区里的公猫因为母猫打架，母猫因为公猫吃醋，现在小区里的猫因为理念、因为价值、因为品位，打得一塌糊涂。

还是凌青家的大狗比较沉稳一些，但是大狗这几天也闷头丧脸，不高兴，低着头在家做检讨。凌青和凌爸爸这两天觉着大狗的情绪不高，但是也不知道大狗到底在想些什么。无论是人也好，是狗也好，猫也好，想跟随着神灵当个英雄，都没有那么容易。

郎本的大白鹅，凌青家的大狗和鸽子，鲍迪家的黑猫是斑兽的掉队者，它们一心想成长为斑兽，获得像枣斑羚、墨斑豹、秋斑狼、羽斑鹤、雪斑马、瑞斑鹿、锦斑鲤这样的称号，但是它们好像到目前为止还没有成功。黑猫迟迟没有成为斑兽，心里总憋着怨气，经常牢骚满腹，看什么都不顺眼，不过遇到机会它还是想成为斑兽。大狗任劳任怨，想成为斑兽的话从不挂在嘴边上。疯沙神战役中，大白鹅和鸽子表现出色，黑猫和大狗不及格，它们就知道跟在主人屁股后面逃命，它们的听觉、嗅觉和直觉一点儿都没有发挥应有的作用，事后大狗埋怨说："我和黑猫吃人造高级猫粮、狗粮，吃得太多了，鼻子耳朵都不灵了，你看鸽子，天天吃糠和小米，眼睛明亮，方位感依旧那么敏感，要不是它们在鸟巢北边的大钉子上瞭望，鸟巢早就被疯沙神埋得透不过气来了。"

鸽子咕咕地说："平时叫你们多运动少贪吃，就是听不进去。"

大狗低下狗头，脸红了。

疯沙神退却，快递小哥们纷纷回来上班，把一周前各色各样滥竽充数的防沙防风化妆品送上门来，一些不耐烦的妇人们张嘴就要求退货，一些有耐心有心计的就把货收下，留存备用，防备着哪天疯沙神一不高兴再来一趟。

临近年底，北京城小偷大盗行业协会（原本小偷和大盗是两个协会，后来精简机构给合并了）召开评定专业职称的例行年会，大师类、专业类和业余类三个类别九个等级中，老的小的男的女的，你看看我，我看看你，没有一人偷过地宫里任何一件东西，大家一致认为，不是他们胆小，也不是他们技术不过关，更不是他们不知道地宫里那些天然宝石的价值，是他们齐刷刷地把偷盗这件事给忘记了。

疯沙神走后，所有家庭的女主人都哭天抹泪，所有家庭的男主人都暗地里拍手称快，这回房间里豁亮多了，房间里多余的物件都被疯沙神吹走了，女主人多少年积攒下来的衣服鞋子保健品化妆品锅碗瓢勺等宝贝，全都一扫而空。女主人们背起超大号的购物包又要上街采买，男主人说，超市里的东西都被刮跑了，不要去买了。女人们心里恨死疯沙神了。

学生们有喜有忧，作业本都刮没影儿了，起码短时间内不用写作业了，游戏机游戏盘也刮没了，小说、影碟也刮没了，刚通几关的游戏没法玩了。操场上的篮球架子刮倒了，足球场地也是一片狼藉，想打个比赛得先收拾收拾。音乐教室里的钢琴塞满沙子，英瑛一弹，全是沙子哗啦哗啦的声音，郎本喜爱的架子鼓也东倒西歪。英瑛眼看着左次老师一件一件地整理，她一边帮忙一边问：“是不是都要换新的？”

左次老师说：“这很为难，新乐器用起来不顺手，不买新的，这些乐器的音质又很难恢复。”英瑛也不知怎么办才好。

郎本累得筋疲力尽，回家大睡一天一夜，起来就嚷嚷着要吃红烧肉。郎妈妈三天不见郎本，如隔三年，她真的觉得郎本瘦了，郎爸爸特别骄傲，觉得儿子比自己强，他打电话给西北的郎爷爷，把郎本大大夸奖了一番。爷爷说：“不愧是秋斑狼哦！”

贺爸爸、贺妈妈、鲍迪、鲍爸爸、鲍妈妈、姨妈、凌青、郎本一大帮人领着鹤鸟急匆匆来到野鸭湖。贺妈妈用野鸭湖水轻轻洒在鹤鸟的头上和翅膀上，这只美丽的羽斑鹤抖动几下脑袋、长脖子和身躯，重又恢复了贺嘉的模样，鲍迪重又见到贺嘉，也不言语，也不拥抱，他又恢复了原本那个郁郁寡欢的模样，疯病好了。贺妈妈死死拉着贺嘉的手不放，把贺嘉的手都拽红了，贺嘉平时不拿妈妈当回事，很少跟妈妈拉拉扯扯的，此时此刻也不肯放开妈妈的手，回到家里，贺嘉依偎在妈妈的身旁，母女俩聊了大半宿。

变回人形后贺嘉稳重成熟了许多，话少了，不那么叽叽喳喳的了，那股子活泼欢蹦的样子时有时无了。贺嘉不是娇滴滴的女孩儿，胆子也比一般的同龄女孩儿大些，但是自从被疯沙神施以咒语变为鹤鸟后，她是真怕疯沙神，一说起疯沙神，她后脊背就冒凉气。可笑的是，贺嘉恢复以后，贺嘉爸爸自己却恢复不过来了，走起路来，那两个肩膀还是一奓一奓的，那脖子还是一梗一梗的。

孩子们在地宫里憋了三天三夜，好像长大了许多，都极度兴奋，他们终于确信北京城有神灵，也见识了地境神、洌水神的无比巨大的威力，他们觉得这比看美国大片、玩网络游戏真实得多，也生动得多，他们大呼过瘾。

钟楼中学以本校出了地境神翊卫凌青、鲍迪、郎本、贺嘉为荣，同学们对马校长也开始刮目相看，他们不仅把他当作敬畏的校长，还把他当作高高大大的雪斑马，他们也不去深究马校长内心的纠结。府学中学也为陆珂、英瑛的翊卫身份感到兴奋，他们还特别崇拜老馆长，没想到平日里温文尔雅的老太太居然如此勇敢、如此正气凛然。内街中学更是把黎雪捧作校花，把李老师视为仙女，还捎带着把葛老师当作救醒地境神的智者。

不过凌青、鲍迪、郎本、贺嘉四人还是格外谨慎的，他们一致认定北京城神灵的使命才刚刚开始，远不是扬扬得意的时候，特别是贺嘉飞走，鲍迪逼疯这些事给凌青震动太大了，也让鲍迪、贺嘉受惊不小，郎本心再宽也不敢拿神不当回事儿了。鲍迪不敢耽搁，立刻着手继续演算黑钉布局。四个孩子催促中国古籍图书馆的专家尽快拿出修复秘志的完整结果。这个馆的专家办事特别沉得住气，不紧不慢的，遇见天塌下来都不着急。

凌青他们想把地境神、冽水神、疯沙神六百年的经历与北京城的建筑遗存再实地验证一遍，毕竟还有一些翊卫没有现身，还有一些疑团没有解开，还有关于黑钉的事情没有搞明白。

郎妈妈总还是把郎本当作小娃娃，甚至当作玩意儿，给吃给穿，看着郎本欢笑，看着郎本顽皮，可是郎本已经长大，把郎妈妈落在后面，地境神翊卫的使命让郎本经了风雨，见了世面，让郎妈妈吃惊不小，她意识到再宠着孩子不行了。郎妈妈说郎本："不求你学多大本事，只要你不招惹是非便是。"

郎爸爸说："我们本是草根人家，你这么护着守着郎本，不放手让他学本事，他长大了吃什么喝什么？"

郎妈妈辩称：“孩子还小。”

郎本不高兴地说：“我永远是你们的跟屁虫。”

凌青、鲍迪、郎本、贺嘉四个孩子又聚在一起，不过现在不是四个，是五个，多了一个郎白。咖啡屋里，凌青不愿意坐软凳子，说话时使不上劲儿，伸不开胳膊踹不开腿，每次来咖啡屋，他都把书包垫屁股底下。郎本喜欢软凳子，恨不得躺着才舒坦呢。鲍迪先坐在靠外的椅子上，郎本让他往里挪挪，鲍迪懒得动窝儿，直到贺嘉走过来，鲍迪才往里挪挪，让贺嘉并排坐下，郎本也不往心里去，随便找个靠近凌青的位子坐下。黎雪也来了，这就是六个了，黎雪想挨着凌青坐，郎本也没有眼力见儿，坐在凌青身边不起来，黎雪没辙，只好坐在凌青对面了。凌青把在内街中学找到锦斑鲤的过程告诉贺嘉和鲍迪，并把黎雪介绍给他们，贺嘉对黎雪很陌生，见黎雪与凌青很熟络，心里有点儿犯酸，心说你一个外校的女生，上来就插一杠子，这算什么，贺嘉看凌青对黎雪不转眼珠子地看，就拿话讥讽凌青，凌青假装听不懂。黎雪有意把贺嘉往鲍迪身上引导，让贺嘉不要老注意她与凌青。

贺嘉从凌青、郎本和同学、家长那里得知，鲍迪为她疯了一场，心里又感动又难受，特别是郎本添油加醋地描述，让贺嘉掉下泪来，她望着鲍迪清瘦的面庞，不知道说什么好。鲍迪对贺嘉这么心重，贺嘉很珍惜这份情意。鲍迪一言不发，他不轻易表露什么。

贺嘉不认识郎白，她看着这个陌生的姑娘很稀奇，她问郎白：“你是谁呀？”

郎白还没开口，郎本双手胡乱比画着，抢先说：“你不知道吧，你怎么可能知道呢，她是我们家大白鹅耶。”

贺嘉惊得张大嘴巴，对郎本说：“不可能，你没疯吧，说什么疯话！”

郎本摇晃着大脑袋，得意得不行，好像郎白是他变戏法儿变来的。贺嘉看看凌青，凌青肯定地点点头，贺嘉又看看鲍迪，鲍迪也肯定地点点头，看来郎本没有耍弄她，她拉着郎白的手，显得很亲，一个由人变成鹤鸟，另一个由白鹅变成人，两人你看看我，我看看你，你对我笑笑，我对你笑笑，肚子里有好多话要说，也不知道从哪儿开始说起。

凌青加重口气对贺嘉说：“是郎白在鸟巢成千上万的飞鸟中，把你认了出来，要不然，我们就再也找不到你了。”

一句话，说得贺嘉、郎白、鲍迪、郎本眼圈都红了，贺嘉拥抱着郎白久久不肯撒手，鲍迪规规矩矩站起来，深深地久久地给郎白鞠了一躬，郎白脸色绯红，连忙摆手对鲍迪哥哥说：“使不得，使不得。”郎本伸手拉鲍迪坐下，意思是不必太正经八百的，好像鲍迪是给他鞠躬呢。

贺嘉由鹤鸟变回人样，周身其他地方没有感觉有什么不适，心照跳，血照流，说的还是汉语，智商还是原样，就是两个肩膀轴子一阵一阵地酸痛，这必是在天上呼扇翅膀累着了。她坐在画板前提起画笔画画，惊讶地发现，笔下习作的格局、色彩和视野都大有变化，她赶紧发QQ跟陂复老师聊，陂复老师正在家喝酒呢，一看手机上的QQ，啪的一声把酒杯一摞，连夜就要来贺嘉家看贺嘉的神作，都跨出门了又觉不妥，叫贺嘉明早务必把神作拿到学校给他看，这一晚上，贺嘉兴奋了好久，陂复老师也没睡踏实。

32

洌水神见到久别重逢的地境神，心里自然不能平静，其实六百年对神灵来说不算什么，依地境神看来，也就是一觉醒来打个哈欠的工夫，但是洌水神心里牵挂着、惦记着地境神，地境神的昏睡让她放心不下。现在大老远地返回北京城，见地境神要不是跟疯沙神干仗，还一副睡眼惺忪的样子，心里就怨艾起来，嘴里不住地埋怨。地境神盯着洌水神嘿嘿地乐，见四处没有杂人，就对洌水神悄声说："你以为我真的呼呼傻睡了六百年吗？"

洌水神大惊，她睁大眼睛，全身的湛蓝色的清水哗哗流个不停，她问地境神："你难道是骗人的？"

地境神诡秘地不动声色地摇摇头，又点点头。

洌水神站起身，动了气，湛蓝色的水浪咕嘟咕嘟冒泡，她问地境神："你难道连我都骗吗？"

地境神见洌水神真急了，不仅不慌，反而有些得意，他拍打着洌水神的肩膀，亲昵地说："听我慢慢道来。"

两个神的说话声越来越小，只能看见洌水神一会儿认真倾听，一会儿问这问那，一会儿又笑着对地境神连捶带打。

冽水神一来，地宫里干燥的空气立刻湿润起来，六百年不见水神的土柱土廊土桌土椅禁不住湿气的突然来临，稀里哗啦、嘁里咔嚓、乒里乓啷地掉土坷垃和土沫子，地境神与冽水神聊得火热，也不顾这些，越聊感情越浓，气氛越烈，兴致越狂，冽水神和地境神坐着聊不带劲儿，就站起来接着聊，站着聊也不尽兴，就双双飞舞起来聊，飞舞累了又随便找地方坐下来聊，冽水神话多，地境神本来话少，此时此刻已经算打开话匣子了，冽水神还不满意，刺激地境神多说多讲多聊，嘴皮子不能闲着，牙齿活动着，舌头翻卷着，不能停歇，让地境神把六百年没说的话都找补回来，地境神也兴奋，也不累，就是有些喘。

冽水神眉飞色舞地正开心，宫殿顶上大块大块的泥土掉下来，砸得冽水神灰头土脸，很是狼狈，地境神有些尴尬，一个劲儿地赔不是，冽水神满不在乎地说："你给我找把伞撑上。"地境神的宫殿年久失修，各种物件是东撇一个，西扔一个，上哪里去找趁手的伞？先聊个痛快，管他掉土掉渣，黄地宫塌了都不管，再盖个新地宫都行，两个神接着聊。

地境神手下收拾打扫地宫的方法很特别，不用扫帚也不用墩布，鸡毛掸子不用，抹布也不用，他们看墙壁屋顶哪里残哪里破，哪里脏哪里丑，就随手和一块新鲜泥巴，用力一抛一甩，将残破脏丑处严严实实遮住，反正这地宫是泥土夯筑的，用新泥巴一遮，很耐看。

地境神对洌水神发感慨说："你没觉得现在的北京城和六百年前的北京城有什么不一样吗？"

洌水神笑了，说："我看哪儿和哪儿都不一样，这不是废话吗。"

地境神说："我不是说地面上，我是觉得地底下隐隐约约有响动。"

洌水神静心听了听，说："你是六百年大头觉睡迷糊了。"

地境神没再多想。

洌水神与地境神六百年没见面，见着面自然要亲亲热热，北京城的泥土味浓郁，大冬天冰冻的泥土、冰水全都融化了，树上的鸟雀全都不叽叽喳喳叫了，浑身酥麻，发呆发愣，像是在思考，像是在作诗。地穴地洞里的老鼠全都被一股浓郁的泥土味熏得醉了好几天醒不过来，有好几天颐和园、团结湖、玉渊潭、什刹海、北海等水面澄澈见底，湖底的水草鱼虾一目了然，湖边的大树长这么大、这么高，从来没有见过自己长什么样子，湖水向来都是污突突的，照不见影，现在大树们从清澈的湖面上照见自己的面容，臭美得不行，不管是老树还是小树，都往湖面上探身子低脑袋，凝神痴望。唯有人族的反应迟钝，感觉不到地境神和洌水神正亲着爱着，当然像凌青他们几个翊卫和陂复老师、葛老师、李老师他们还是有所触动，陂复老师脑子里的灵感捂不住摁不住地往外蹿，连着好几天画画不止，也不累也不烦，自己看着自己的作品，怎么看怎么满意。葛老师身上的楠木香气越发浓烈，吃什么都香，喝什么都醇。李老师看着学生觉得亲，看着同事觉得爱，看着黎雪觉得是自己的亲妹妹。

亲亲热热好几天，两个神差不多尽兴了，洌水神返回水宫歇息，地境神率领手下又是蹬梯爬高地修理房屋，又是里里外外地打扫归置。手下的劝地境神，刚刚苏醒过来没几天，还是要多休息，修理打扫的活计不用劳烦地境神亲自动手，地境神不爱听，训斥手下的说："你们跟人族学得一身臭毛病，领导就不用动手干活儿吗？"说得手下们一脸的惭愧。

洌水神归来了，特意去内街中学看望舞蹈队，全校师生打着伞聚集在校门口欢迎洌水神，洌水神一进内务部街，胡同里的水立刻就漫过小腿肚了，上面冻一层薄薄的冰，街坊邻居以为是输水管道漏水了，又是堵沙袋，又是大盆大勺子往外淘水，不知是谁高喊一声："洌水神来啦。"老老少少都扔下大盆提着大勺子往外跑，去迎接洌水神。内街中学的校门内通道上，舞蹈队员们个个梳妆打扮，穿戴好舞蹈服饰，她们的脸上终于露出笑容。李老师也不献花，也不致辞，她独自一人站在通道中央，为洌水神献上一段独舞，没有音乐，没有伴奏，全场师生鸦雀无声，前排的自觉地蹲下来，后排的踮高脚尖，大家静静地观看，谁也不懂洌水神密语，但是谁都能看出李老师的真情，跳着跳着，李老师眼泪就止不住地流。洌水神也是个眼窝子浅的神，被李老师感动得又抛洒出好多水、冰碴儿和雪花，浇得两旁的大杨树哗啦哗啦作响。全场的师生都把伞收起来，也不戴帽，不穿雨披，任由冽水神抛洒着，浇灌着，冽水神带领黎雪，和舞蹈队员们跳起“水之舞”，全学校的学生们和老师们也随之站直身板，拉开距离，彼此你看看我，我看看你，情不自禁地翩翩起舞，李老师这才止住泪水，脸上泛出幸福的笑容。葛老师拿着相机前前后后左左右右给同学们和李老师拍了很多照片，就是镜头上沾了好些水滴，葛老师也顾不得这些，冽水神回来后，葛老师觉得李老师更加可爱了。

冽水神让李老师把葛老师叫到身边，见一见面，冽水神不明白，她没到北京，地境神怎么就自己醒过来了，她得知葛老师身有异香，要亲自验证一下。

她问葛老师：“你是不是桀木神翊卫？”

葛老师说：“没有人说我是桀木神翊卫，我也不知道桀木神是谁。”

冽水神奇怪，这难道是歪打正着吗？神灵的事情不会这么蹊跷呀！

这世界变得连冽水神都蒙了，我六百年没回来，北京怎么成这样了。

黎雪问李老师：“既然地境神是被楠木燃烧的浓烟熏晕的，按理说，让地境神再次闻到楠木香气，他应该睡得更死更沉，怎么反而醒过来了呢？”

李老师说：“我只是冽水神翊卫，我也搞不懂，不过我猜测，这可能是深层记忆唤醒吧。”说得黎雪似懂非懂。

凌青说：“我听说过，如果一个人喝酒喝得酩酊大醉，浑身难受，最奇特的解酒办法是让他再喝一杯。”

郎本说：“这是什么混账道理？”

鲍迪说：“好像确有其事，凌青不是瞎编的。”有鲍迪支持，凌青乐了。

鲍爸爸和鲍妈妈见鲍迪好了，收拾行李就返回美国，说是有买卖要打理，鲍迪心里不好受，嘴上也不说，他渐渐能扛得住一个人的孤独，亲爸亲妈在不在身边都一样。鲍妈妈久居美国，对神啊、鬼啊的玩意儿不屑一顾，她关心的是鲍迪的学业和安全，拼命劝鲍迪离开北京，不要再参与地境神翊卫，鲍爸爸态度也很消极。而鲍迪我行我素，根本不听鲍妈妈劝阻。一来他跟母亲不亲，没有共同生活的经历；二来他不是那种听人劝的孩子，他的性格越来越倔。

鲍妈妈又是办签证，又是买机票，想让鲍迪飞去美国，鲍迪不由分说就把机票撕碎了，不讲情面地对鲍妈妈吼道：“十多年前你是怎么答应我姨妈的？”鲍妈妈愣在那里，半晌说不出一句话来。

鲍爸爸和鲍妈妈只是来看望一下逼疯的鲍迪，就回美国经商去了。临走时鲍迪对鲍爸爸说：“请您把玉版给我留下。”

鲍妈妈还在说：“你能不能别再担当翊卫使命？”

鲍迪说：“我不。”眼睛直勾勾地看着爸爸妈妈，鲍爸爸把玉版郑重地传给了鲍迪，鲍迪站起身，双手接过来，再不肯放开。

贺爸爸委托专家成功地修复了秘志。修复的秘志被一页一页展开，里边记录的是翊卫秘志。

陆珂、英瑛想要亲眼目睹秘志，却遭到了贺嘉的拒绝。贺嘉认为秘志内容是地境神和冽水神的高级机密，绝不允许把保密的内容告诉疯沙神，当然也不能让陆珂、英瑛看。陆珂大声抗议："不让我们看秘志，说明凌青这些人并没有拿我们当知己的朋友。"

贺嘉言辞犀利，她说："凭什么拿你们当朋友，不拿你们当敌人就算便宜你们了。"

陆珂非常生气，阴阳怪气地对贺嘉说："我要是你我就感谢疯沙神。"

贺嘉盯着陆珂问："我感谢他什么？"

陆珂说："没有疯沙神，你怎么会有在天空飞翔的人生体验？你看我们这几个人，谁像你似的能够展翅高飞？"说得大家都乐了。

鲍迪一言不发，也没有笑意，贺嘉飞走对他刺激很深，他到现在也不能完全释然。贺嘉看了看鲍迪，明白鲍迪为什么笑不出来，她用手拍拍鲍迪的后背，算是无言的安慰。

凌青顾全大局，建议贺嘉把秘志的内容告诉陆珂、英瑛，贺嘉坚决不同意。贺嘉的态度也直接影响着鲍迪，他此时此刻不可能提出与贺嘉相左的意见，郎本因为英瑛的关系在这个问题上犹犹豫豫，他想着如果英瑛开口问他秘志的内容，他不可能避而不答。但是贺嘉一瞪眼，郎本也不敢自作主张，郎白嘛，眼下看显然是跟从着郎本的，现在的局势是四比一，凌青处于劣势，他也只好听从大家的意志。

贺嘉不仅不让陆珂和英瑛看秘志，连老馆长想看也被贺嘉阻止。

“为什么不让老馆长看秘志。”陆珂急了。

“没有为什么。”贺嘉回答得很干脆。

“我们都十分尊重老馆长，你不应该防着她，这对她不尊重。”英瑛也帮着陆珂说话。

“不要指责我，我有我的职责权限。”

“一个初中生毛孩子有什么职责，煞有介事。”陆珂说话开始不好听了。

“我不是毛孩子，我是羽斑鹤，一名地境神翊卫。我想提醒你们，搞清楚什么叫秘志！”贺嘉才不吃陆珂这一套。

“告辞。”陆珂站起来就往外走，英瑛也跟着走了。

疯沙神败退荒漠后，陆珂和英瑛极度压抑，他们成了北京城的罪人，成了北京人的敌人，整日垂头丧气，一蹶不振。两人开始反思这些日子为疯沙神所做的一切，并且激烈辩论他们到底应不应该为疯沙神担当那个翊卫，陆珂准备向老师递交检讨书，英瑛不干。

“我们没有做错什么，我们不应该去检讨，神族的差事凭什么给人族的老师交检讨书！”英瑛说。

“疯沙神报复北京城，我们两人成了疯沙神的帮凶，我们是在助纣为虐。”陆珂痛心地说。

“你说得不对，疯沙神与地境神、洌水神的纠葛是神族的是非，人族无权评判谁是对的，谁是错的。”英瑛就是不低头。

“我受不了老师和同学们的那种鄙视的目光，我受不了。”

“心中没鬼，任凭别人怎么说！我一个女孩子都受得了，你一个男子汉有什么受不了的。”英瑛给陆珂打气。

贺嘉和鲍迪对陆珂和英瑛是不依不饶，贺嘉因受疯沙神施法变为鹤鸟，在天上飞了一遭，现在作为胜利者平添了几分英武之气，过去在府学中学高才生面前的自卑感一扫而光，对疯沙神翊卫的陆珂和英瑛摆出一副得胜者的骄傲和自豪。鲍迪虽然不像贺嘉那般把什么都写在脸上，但对陆珂和英瑛的冷淡和藐视，陆珂和英瑛还是能够明显感觉出来的。英瑛才不买账呢，只要贺嘉一说话，英瑛就顶嘴，两人谁也不服谁。可是终究疯沙神是失败者，陆珂和英瑛大多数情况下真是感觉灰溜溜的。

郎本的善良就体现在这样的时刻，体现在别人落难的时刻，他从开始到现在没有说一句欺负英瑛的话，在英瑛委屈别扭的日子里他一直陪伴着她，他也不说什么安慰的话，最多只是给英瑛买过几次她爱吃的巧克力，陪着她在琴房弹奏钢琴。一开始英瑛心烦，连郎本也懒得搭理，对郎本十分冷淡，想让郎本起身离开，她只想一个人静静地待着，可是郎本几次没有来，她真的感觉孤零零的周身发冷。

敏感的贺嘉觉出郎本开始黏着英瑛，她和鲍迪都劝郎本知难而退，毕竟，英瑛是重点学校的高才生，不是郎本能攀得上的，郎本梗着脖子听不进去，嫌贺嘉管闲事，凌青不这么想，他觉得人与人之间的情分与重点、非重点无关。贺嘉说：“凌青你太幼稚啦。”

凌青蹦出一句：“要是黎雪，就不这么想。”

秘志的内容既没有写疯沙神如何进攻北京，也没有写地境神和洌水神如何抵抗疯沙神。秘志上记的是北京城世世代代守护地境神、洌水神的人员名单，也就是翊卫的家谱，只是这份家谱只写到第五代就断了，后半部秘志在“文革”时被凌爸爸撕碎了，所以凌青寻找伙伴只能是瞎碰瞎撞、瞎抓瞎找，凌青找到锦斑鲤是受了秘志寥寥几页的启发，找到雪斑马是纯属意外，找到墨斑豹、秋斑狼、羽斑鹤，只能算是冥冥中的巧合了。打开秘志后应该还能找到其他翊卫，只是不知道六百年前的翊卫和六百年后的北京城里的某一个人如何对应起来。

郎本对凌青说：“地境神都醒过来了，还要秘志有什么用，有什么不明白的，直截了当问地境神不是很省事吗。”

凌青觉得郎本说得在理，就通过马校长下到地宫，向地境神问这问那，要把地境神翊卫使命原原本本问明白，没想到在地境神那里碰了一鼻子灰，地境神说：“叫你执行的任务自然会告诉你，与你无关的事情不要打问。”

地境神并不知道凌爷爷原来不打算把翊卫使命传给凌青，很多话没有跟凌青说。地境神既然不肯多说，凌青只能摸着石头过河，心里没底，好在还有鲍迪、贺嘉、郎本、郎白在身边，遇事可以商量商量。

紫禁城传心殿和大庖井依然如故，神秘的夹道依然如故。颐和园里，松鼠还是不敢靠近秘宫的通风口，经历了疯沙神之战，地境神的战役指挥所重新恢复了平静。颐和园管委会和其他知情人士对外界绝口不提秘宫的位置、规模和出入路径，这个指挥所不是供人参观游览的景致，必须保持原样，以备后续的战事，万一哪一天，哪一个神跟北京城闹别扭，又打起来，这战役指挥所里又是参观游览的人群，又是小喇叭高声讲解，又是卖水的兜售纪念品的，这战役还能赢吗？后续战事也许发生在第二年，也许就发生在几个月之后。

普度寺里，细心的人也许还能寻找到地道入口的蛛丝马迹，普度寺的沉寂或许掩盖了许多不该揭开的秘密，今后维护修复黑钉的任务是否还要借助普度寺的场地，无从得知，也许凌青干脆跟马校长商议，就把场地设在钟楼中学校园内，也不无可能。

33

马校长在抗击疯沙神之后受到全校学生的拥戴，也受到全市学生的爱慕，有的孩子不甘心，一板一眼地分析说，北京城的神灵肯定不会仅仅与钟楼中学、府学中学和内街中学有关，肯定不是这样，据说北京城的学校有百分之七十以上建在古旧庙宇、寺院和王府之上，显然北京城的神灵和北京城的学校有着千丝万缕的联系。北京市教育部门早年有一份专门的文件，规定在旧校舍改造的过程中，为防止地上建筑包括地下原址上的地基、神物、神器对未成年人的心智造成某些难以捉摸的影响，建筑工程公司在建设新校舍时，务必把原有地面建筑、地基、砖瓦、树木、地下埋藏物品、神器、神物一律清除干净，这确实是出于对孩子们的爱护，把原址原物通通当作垃圾运走了，也就把不为人知的事儿都消灭干净了，孩子们猜测，至于说哪个神要复活，哪个神要显身，那要根据神的需要，人不能拿主意。

很多学校的学生纷纷询问自己学校的校长，是不是神的翊卫，这让校长感到很尴尬，学生们私下议论是不是因为校长学问不够，能力有限，修炼不到家，没有被神看上眼。马校长一时间成了热点人物，即使他再低调、再谦恭，也挡不住学生们连带家长们天南海北不着边际的分析、揣测、类比和推演，以及少许的杜撰和瞎编。时间一长言论的热潮也就过去了，但有关方面对马校长的校务管理还是提出了批评，说批评有些言重，但那些话确实不是表扬。那些话都是官方词汇，大概意思就是，马校长的校务管理还是有疏漏，不该擅自组织未成年的学生参加如此大规模、如此危险的战役，校方应该尽全力避免类似事件发生。马校长全然保持沉默，不予辩解，我行我素地安排着学校的日常工作，这并不是因为马校长是地境神翊卫，就可以拿有关方面的话当耳旁风，而是他觉得自己确实无愧于孩子们，孩子们在神的号召下，抗击风沙，保卫家园，这既是一次历练，也是一次洗礼，比上多少堂课，做多少道题，背多少本书都管用得多。

在战役之后，马校长关闭了钟楼中学地下通往地宫的通道。他知道，地宫是地境神居住的圣地，不是旅游景点，不能由着学生们和学校外慕名而来的人们随意进入地宫串门拜访，找地境神聊天谈心，那也太没有章法了。再说，钟楼中学的学生和老师们也该收收心读书和教书了。

宋老师改变了原先对神灵的存在全盘否定的做法，大声地向全班同学夸赞凌青和郎本拯救北京城的壮举，还有鲍迪、贺嘉的牺牲精神，她爽快地把前段时间对凌青他们的指责抛在一边，宋老师从不记仇，这一点很让同学们喜爱。宋老师专门腾出几节下午自习课的时间，让凌青详细地讲讲地境神的故事，郎本自告奋勇要上台，宋老师不让，说：“你总是添油加醋，添枝加叶，我们要听凌青讲真事。”郎本还说：“我讲得更生动些个。”全班同学发出善意的起哄声，郎本只好作罢，宋老师还想让贺嘉讲讲飞翔经历，贺嘉一句也讲不出来，宋老师又点鲍迪的名字，让他也说说，鲍迪一言不发。

宋老师一高兴言辞就过火，她赞美凌青的忠诚，赞美鲍迪的无私，赞美郎本的豪情，赞美贺嘉的勇敢。夸得全班女生热血澎湃，夸得全班男生群情激扬，但是凌青不这么想，他只是专心致志地做好爷爷交办的事情而已，特别是因为爷爷不在了，他就尤其不能懈怠。至于说市民的安危，城池的太平，他可没想那么多。他接受不了大人的那种话语格式和思维格式，太做作，说得跟神似的。凌青心想，我见过神，神不是这个样子。鲍迪、贺嘉更是反感这种上纲上线式的夸赞，身上直起鸡皮疙瘩。郎本倒是心宽，不计较宋老师嘴里跑火车。

宋老师和凌青、鲍迪、郎本、贺嘉他们在一起的时间，不亚于他们的父亲母亲，孩子们有时很烦宋老师叽叽喳喳唠唠叨叨的说教，但是没有宋老师在身边，他们也觉得周围特别冷漠，就像冬天在有暖气的屋子里待习惯了，初春还寒时节，暖气突然一停，就会浑身感觉到凉飕飕的。现在宋老师教训学生，新增加了有关神灵的内容，张嘴闭嘴就是神，她觉得神挺管用，原来老北京人吓唬孩子，说：“再不听话，狼就来了。”其实北京没有狼（秋斑狼不算），现在宋老师吓唬学生，说：“再不听话，神就来了，我说的话你听见没有？”

疯沙神战役过后，府学中学老馆长开始编织丝绦，学生不知其意，以为是老太太打发时间，年轻老师们夸老馆长手巧，想学，老馆长也不教，左次老师几次问老馆长编织丝绦的技法，老馆长或者笑而不答，或者随口说：“编着玩的。”老馆长是老姑娘，大家不便与她深谈，特别是男老师都敬她几分，左次老师也不敢再深问了。

只见老馆长一有空就编织，但是速度很慢。

陆珂和英瑛心里委屈，老馆长站在陆珂和英瑛的身后，看着他们俩，也不出声安慰，在她老人家眼里，这点儿委屈算得了什么呢，老馆长为了疯沙神在十八岁时就丢失了恋人，为了疯沙神在“文革”中备受折磨，为了疯沙神她挺着年过七十的身板还坚守在图书馆的岗位上，她的委屈是一辈子的委屈，她都忍下来了，她要把这份隐忍传承给陆珂和英瑛。

老馆长把陆珂和英瑛叫到图书馆，告诉他们她所知道的关于疯沙神的一切，希望两个孩子更加坚定对疯沙神的信赖，她还郑重地告诉两个孩子：“疯沙神翊卫的任务还没有结束呢，保卫北京城的任务还远未完成呢。”

陆珂和英瑛听了这些话，心里敞亮了许多。陆珂对英瑛多了一份佩服，他感觉到了这个女孩儿在身处低谷时的坚韧和自信，英瑛拿眼睛瞪他，意思好像是说，你别总是不服。

大战过后，英瑛心中的疑团还是没有解开，疯沙神的母亲水泱神到底去哪里了，她委托郎本询问凌青，询问马校长，询问李老师，甚至询问地境神和冽水神，谁都不知道，凌青特意找英瑛讨论了一次，他对疯沙神的行为动机表示理解，谁找不着母亲都着急，但是凌青告诉英瑛，以他对地境神和冽水神的判断，两位神灵是真的不知道水泱神去哪里了，绝对不像是明知道不说，当然，地境神和冽水神不知道水泱神的去向，马校长、李老师他们就更不知道了。想到疯沙神寻母不得的委屈，陆珂说："看来我们的使命并没有完结。"英瑛望着陆珂说："说是这么说，但要是疯沙神来回来去地折腾北京城，恐怕谁也受不了。"

郎白觉得北京城太大，找个地方晕头转向，她预备了个精致的日记本，顺手记下几位同学和老师的住家地址。凌青住犄角胡同，郎本住郎家胡同，鲍迪住团结湖，贺嘉住安定门，李老师和黎雪住在井儿胡同，葛老师住在喜鹊胡同，英瑛和陆珂住沙井胡同，老馆长住在宝玉胡同西口，马校长住马道胡同。

这一年，凌青继承了爷爷交予的使命，鲍迪、贺嘉遭到了疯沙神的惩罚，郎本在钟楼大干了三天三夜，陆珂和英瑛也经历了磨难，黎雪，还有她郎白，就算是刚刚登场。

北京的人，北京的神，北京的动物，北京的植物，就因为凌青这个少年翊卫的不成熟，不按规矩行事，而莫名其妙地走到一起来了，没办法，情况危急，没有那么多规矩可讲了，再纠缠那些个条条框框，疯沙神早就把北京城毁为废墟了。

不客气地讲，北京人很少敬神。说到地神，人们居住在如此现代化的大都市里，脚踩的都是水泥，看不见地，土地是什么颜色他们都快忘了，土地有生命，能种树能长庄稼，那都是遥远的农耕社会的旧事了。说到山神，北京就没有高山，西郊北郊的山说好听的叫作余脉，说直白些就是燕山太行山的小尾巴。说到水神，不好意思，北京人最大的本事，就是把原本北京地面上的湖面河系，通通赶出北京城，为什么北京人肝火旺，脾气暴，整天大杯大杯地喝水还是口干舌燥，就是因为水神不在家。说到沙神，沙漠就靠近北京城边，和北京人有着历史渊源，可是他们一说起沙漠就骂街，好像沙漠是他们的仇人。说到木神，别往下说了，北京人种什么，什么不活，吃什么，什么遭殃。

千不该万不该，不该移动黑钉，惊动神灵。

千不该万不该，不该把拯救北京城的千钧重担，如此匆匆忙忙、慌不择路地交给一个十五岁的孩子。

神与人，人与动物植物本是老死不相往来，各有各的活法，各干各的事情。现在可好，谁也别挑理儿，谁也别较真儿，人要是在大街上胡同里遇见神灵或斑兽，不必大惊小怪，大呼小叫，神遇见乌泱乌泱的闹闹哄哄的人，也别不耐烦。

从这一年的冬天起，北京人在大街上，尤其是钟鼓楼附近、颐和园内或是紫禁城里，遇见斑兽，甚至是神灵，面部表情一定要平和淡定，双手双脚不要颤抖，心绪务必要镇定，就像遇见个久别不见的老邻居，充其量是遇见个二流三流的明星吧，仅此而已，一流明星是不会上街的。外地人和外国人也不要拿北京城这样的情景小题大做，这是北京城的新常态，也别来北京城扎堆儿看热闹，神和斑兽都有正经事儿要紧事儿要办呢，没闲工夫陪着你们合影签字聊天戏要解闷。

有好事者出主意，说在《北京旅游指南》上增加斑兽的介绍，找钟楼中学的知情人撰稿画插图，被马校长及时制止，马校长说："别没事找事，闹得沸沸扬扬的，不是给神添乱吗！拿斑兽当旅游品吸引眼球，不怕斑兽抬起蹄子踢你？你以为斑兽没正事在北京城闲逛哪。"马校长就烦北京人遇见点儿事就起哄架秧子，这毛病总也不改。好事者被训得理亏，可心里总还是痒痒，想让更多的人，特别是小孩子，看到斑兽，机会难得啊。

疯沙神被击退后，北京人依旧存钱，依然买房，依然给孩子报各种辅导班，依旧摇号买车，依旧对各台新推出的电视剧不满意，依旧费劲写年终总结算计年终奖金，依旧感冒咳嗽吃板蓝根喝止咳糖浆，好像什么都没有发生过一样，一切都迅即恢复原样。这北京城家家锅也淤，盆也满，户户茶也香，酒也醇，连宠养的猫狗都肥头硕耳，大腹便便。

喜欢逛鼓楼东大街、南锣鼓巷的年轻人很容易把宝钞胡同忽略过去。这条胡同太不起眼了，太破旧了，太憋屈了，从元朝到现在已经老得掉渣，老得喘不过气来，自从钟楼中学被确认为地境神地宫入口，街坊四邻都多多少少得意起来。只是房子还是斑驳破落的老房子，街道变得越来越窄，大家也不能因为跟地境神做邻居，就有什么可骄傲的，地境神不负责为老邻居们拓宽居室面积，不为大家重新铺设上下水，不管煤改电，更不会因为大家住在宝钞胡同，离着地境神近，就给大家发放神现金补贴，老邻居们也都不那么贪小便宜，沾沾仙气就知足满意。

北京是一个四季分明的城市，甚至于可以清晰地区分出二十四个节气，如果你对气候足够敏感的话，如果气候正常得足以让你公允地切分的话。这种气候条件下生活的人们静也静得，动也动得，热闹便热闹个底儿朝天，安静便安静得如若少女，而且最难得的是北京的夏天与冬天、冬天与夏天之间，各有一个很美很平缓很诗情画意的过渡，即是秋天和春天，如果一年只有两季，那北京的生活就太单一乏味了，断不能像现在这样丰富多彩，北京人的性格断不能像今天这样刚中有柔，柔中有刚。

十二月中旬该为圣诞节张挂彩灯了，CBD街区比其他街区更富有节日气氛，其他街区好像无动于衷，只对购物打折的信息比较敏感。新老北京对圣诞节的感觉是五味杂陈，温馨的感觉有了，暖意有了，而洋味道退减了很多，很多年轻人直截了当地把圣诞节过成中国节日了。

钟声停　风声静
京城如梦
凌青独守时钟运转不停
鲍迪演算黑钉
郎本牢记密码传飞鸿

贺嘉展翅画苍穹
谁是谁的癫疯
谁是谁的约定
喜看水神地神重相逢
送沙神远去背影
年幼孩童
苦心耿耿
好在有神能懂

英妈妈买了几瓣水仙头，说冬天的屋子里摆几盆水仙花，看着有灵气，来访的陆珂看见，不以为然地说：“水仙有什么好看的，就是两个大撅撅。”

英妈妈扑哧乐出声来，说这是水仙花，陆珂逗着说：“我知道这是水仙花。”

英妈妈说：“你们这些愣头小子对花呀草啊就是没有兴趣。”

陆珂笑着说：“有兴趣那就怪了。”

街上的人们忙着置办年货，负责停车收费的师傅穿着耀眼的橙黄色工装在马路上来回走动，像个被冻得发抖的大橘子。只要没有雾霾，行人就不愿意戴口罩，把鼻子、嘴与眼睛、耳朵一起暴露在可以忍受的寒风里，不受那份拘束。北京的冬天不是太难挨，吃几顿涮羊肉，泡几回热水澡，一眨眼就立春了。

下雪了，北京城的雪有气无力的，单薄，短暂，不痛不痒，即便是这样，北京人还是眼巴巴地渴望着下雪，哪怕是极浅极薄的一层也行。广播电台不厌其烦地把气象局关于下雪的预测告知大家，人们都盼星星盼月亮地盼着下雪，熟识的人见了面也不问候：“你好。”也不问候：“吃了吗？”就说一声：“要下雪了。”就算是最惬意的问候了。

老天爷敷衍了事，薄薄地下一层，意思意思得了，北京人只要有一场雪，不管是厚是薄，就算是这冬天没白过。

冽水神回到北京了，李老师和黎雪议论着：今年冬天的雪是不是就能像模像样些？可惜冽水神还没抽出工夫管下雪的事，她忙着找地境神聊别的事呢。

谁都没有在意，桀木神尾随冽水神悄悄潜入了北京城。

图书在版编目 (CIP) 数据

少年翊卫：全 4 卷 . 卷一 . 疯沙神的追寻 / 徐幼军
著. — 北京：北京十月文艺出版社，2018.8
ISBN 978-7-5302-1802-0

Ⅰ . ①少… Ⅱ . ①徐… Ⅲ . ①长篇小说—中国—当代
Ⅳ . ①I247.5

中国版本图书馆 CIP 数据核字 (2018) 第 046115 号

少年翊卫　卷一　疯沙神的追寻
SHAONIAN YIWEI　JUANYI　FENGSHASHEN DE ZHUIXUN
徐幼军　著

出　　版　北京出版集团公司
　　　　　北京十月文艺出版社
地　　址　北京北三环中路 6 号
邮　　编　100120
网　　址　www.bph.com.cn
发　　行　新经典发行有限公司
　　　　　电话（010）68423599
经　　销　新华书店
印　　刷　北京盛通印刷股份有限公司
版　　次　2018 年 8 月第 1 版
　　　　　2018 年 8 月第 1 次印刷
开　　本　850 毫米 ×1168 毫米　1/32
印　　张　10
字　　数　199 千字
书　　号　ISBN 978-7-5302-1802-0
定　　价　144.00 元（全四册）
质量监督电话　010-58572393

少年翊卫

卷二 桀木神的造访

徐幼军 著

北京出版集团公司
北京十月文艺出版社

34

北京人相信有神灵了，但还是不拿神灵当回事。

凌青他们班的年终联欢会上，凡是会几下子乐器的同学，全部被墨墨连拉带拽地组织起来，站在讲台上，各种乐器，中西合璧，古今杂糅，尽情撒欢儿地吹拉弹奏，不管搭配与否，只为烘托气氛。墨墨要的是声音大，气氛欢，效果爽。宋老师满心欢喜，她认为效果不错。以艺术家自居的陂复老师把鼻子都气歪了，他认为这完全是亵渎艺术，是大杂烩，他认为越是孩子越应该接受正规专业的艺术训练，不能这样糊弄事。

凌青和郎本原本想给宋老师写首诗，怕宋老师大着嗓门吼他们，就写了一首存心刺激曹老师的诗。他们坏笑着拿给鲍迪看，鲍迪淡淡地笑笑，把他们推开，他可从不和曹老师开玩笑。

曹老师经常挂在嘴边上的一句话就是："如果你是一截儿木头，就别和我讨论数学。"不过，从地宫避难回来后，他对学生们柔和了些。

凌青把诗念给大家听：

我们是一截截木头
围绕在曹老师周围
用我们的心火肝火
把老师的智慧煎熬成灰

我们是一根根棒槌
敲打着数学的城垒
拿我们的张狂愚昧
逼得老师找不着北

后边还有两句没念出来，曹老师从座位上站起来，有好心的同学暗示凌青和郎本赶紧打住，墨墨迅即想好了难听的词儿要贬损这首胡诌白咧的歪诗，没想到曹老师接着凌青和郎本的韵脚脱口而出：

你们是北京的壁垒
你们是神灵的翊卫
任它白沙漫卷翻飞
任它寒风激荡劲吹
两眼一闭　困守城围
两眼一睁　冬去春回

全场男生拍桌子嗷嗷叫好，女生鼓掌欢呼，谁都没想到一向近乎冷酷的曹老师说出这么慷慨激昂的诗句来。

曹老师随手举起一瓶矿泉水说："为你们又长了一岁，干杯。"

全场欢腾，平时怕曹老师的孩子们都离他远远的，这时都高兴地靠上前来，和曹老师亲近、说笑。刚才井然有序的联欢会，就有些乱套了。宋老师一边跟着大家欢笑，一边维持秩序，叫墨墨安排下一个节目。

鲍迪让爸爸妈妈从美国买了一根乌木拐杖，送给曹老师，曹老师爱不释手。郎本开玩笑说，曹老师拄这根拐杖像黑社会老大，曹老师笑着闭上一只眼，用拐杖敲打郎本的屁股。

宋老师一向穿着很素，尤其不穿大红的衣服，即便是要过年了，她也不沾红色，人民教师嘛，太艳了，太扎眼了，终归不好。

联欢会结束了，贺嘉、郎本他们走路连颠带跳，三蹿四蹦，贺嘉跟陂复老师学得潇洒随意，穿上衣把手褪到袖子里，系围巾随便在脖子上绕两绕，挽个大疙瘩。宋老师走过来，两眼一瞪，贺嘉、郎本他们不得不收敛些，学个绅士淑女的样子。宋老师还是那句话："没正形，站没站相，坐没坐相。"

郎本挑起大拇哥搭下茬儿："您圣明。"

宋老师指着郎本说："即便你是秋斑狼，也要做一只端庄高雅礼貌的秋斑狼，我说的话你听见没有。"

郎本马上高声应道："那是当然。"

宋老师一走过去，学生们又张牙舞爪起来。

桀木神尾随洌水神来到北京，让地境神吃了一惊，他以为是洌水神把桀木神带回北京城的，洌水神说不是。洌水神也觉得蹊跷，我六百年哭着喊着要回北京，他桀木神三番五次地阻挠，现在我回来了，他跟来干什么？按照神族的规矩，每个神有自己的大本营，不应该随便到别的神的地盘上来，像桀木神这样不请自来，不打招呼，贸然闯入，地境神心里不快。

但是，地境神还没把心中不快表露出来，桀木神先开口堵地境神的嘴了，他说他是来解救地境神的，说得地境神尴尬了起来，人家是你苏醒过来的大救星，踏进你家的门，你还不欢迎人家，真是没礼数。

地境神手下也有好事之徒，给地境神出主意，说要给桀木神来京举行一个隆重的欢迎仪式，按照人族国家元首的规格铺黄地毯（地境神的吉祥色是黄色），斑兽列仪仗大队，点华灯，奏喜乐，鸣高炮，通告其他各路神灵，地宫地脉和水宫水脉各个主要路口悬挂绿旗七天（桀木神吉祥色是绿色）。地境神厚道，也觉得欠桀木神一个像样的礼节招待，就和洌水神商议，准备操办一番，没想到洌水神不以为然，把地境神损了一通，嫌他学人族的臭毛病，搞那些虚头巴脑的花架子，费时费力，一点实际意义也没有，地境神的手下学着人族的口吻辩解说："这些是为了对内凝心聚力，对外彰显风范。”

洌水神轻蔑地回答他们两个字：“狗屁。”

地境神暗想，还是洌水神的心里清澈些，不过用词太俗气了。

仪式不搞了，桀木神进京一路劳顿，地境神和洌水神为桀木神安排住处，并为他准备充足的吃食，也不知桀木神要吃泥土和泉水，还是要吃北京烤鸭、涮羊肉。地境神说：“北京人有没有别的本领，我不好说，吃的本领却是天下闻名，全世界所有的口味、所有的美食在北京城都能找到，法国烤牛排、俄罗斯红菜汤、德国啤酒、巴西烤肉、澳大利亚龙虾、印度抛饼、日本料理、韩国泡菜，都唾手可得。”神灵是需要吃喝的，只不过他们不像人一样一天三顿，他们几百年才吃喝一次，而且口味很固定。桀木神最近不停地往嘴里塞吃的灌喝的，是因为有很多植物面临大面积死亡，再加上桀木神长年累月找不见丢失的孩子，心里慌乱，肠胃也失调，他必须超量地补充营养。

桀木神拱手谢过，说：“不必不必噻，我口味清淡得很噻，唯有一个小要求，就是想住在十三陵长陵的祾恩殿里。”桀木神的心里话没有说出来，他是真瞧不起地境神的这个黄地宫，土墙土窗，土桌土椅，桀木神手巧，把自己的青木垒收拾得有模有样，地境神的大本营他住不惯。

地境神没有察觉出桀木神的心思，喘着粗气呵呵地乐了：“是要守着祾恩殿那六十根楠木柱子不是？”

桀木神眨眨深深凹进去的木眼说：“正是噻。”桀木神说话夹杂着四川宜宾口音，有腔有调。

洌水神摇动着蓝色的手臂说：“大老远来一趟北京城，屈身住在朱棣皇帝的坟圈子里，传出去让别的神笑话我们待客不周。”

地境神回过头来看洌水神，佯装不满地说：“桀木神是南方来的贵客，你不该满嘴北京口语土话，什么‘坟圈子’，让客人觉得你粗鄙庸俗。”

洌水神知道地境神这是拿她逗闷子，回敬他说：“神也得贴近生活。”洌水神说话风趣，整天围着地境神活蹦乱跳，不识闲儿，走路就像黎雪的舞步，这舞步对黎雪来说是高难度动作，对洌水神来说就是散步遛弯儿。也是，如果地境神洌水神都是慢性子，都是一副憨实厚道样子，那北京城得多么沉闷多么死气多么无趣啊。

桀木神不爱听地境神和洌水神打情骂俏，显得自己像个灯泡碍事，就说：“我们是神灵，阴间、阳间对我们来说区别不大，不必拘泥于人族的礼数。”

地境神说：“那就主随客便吧，看来楠木是你桀木神的心肝宝贝呢。”

桀木神点一点沉沉的木头脑袋，伸出长长的手臂，抱起两个大大的木拳头答谢。桀木神的样子像是一个巨型的树根，伸展着无数的根须，深木色的躯体隐现着闪着幽光的木纹和脉络，那种幽光时明时暗，像是桀木神在有规律地呼吸。桀木神浑身上下包裹着一层透明的油脂，油脂发出蕴聚了千年万载的奇香。

地境神、洌水神、水泱神、仗山神、疯沙神都是自然神，桀木神不是，他是寄生神。他不像地境神、洌水神那样大气、大度，站得高看得远，他的生活方式极其严谨，规矩特别多，远道来一趟北京，按说北京生活应该是最安逸舒适的了，但桀木神没住两天就表示不满，茶水他不喝，纯净水他也不喝，可口可乐他更是连看都不看一眼，说像酱油汤子，他明确提出不喝一切植物配方饮料，只喝山泉水，北京的山泉水他又觉得口感太硬，碱性大，命令手下回四川宜宾给他运山泉水过来，这让地境神和洌水神心生怨气，但又不好说什么，不就是要喝一碗可口的水呗，就别计较了。

桀木神到水脉拜访洌水神，偶然发现洌水神在水脉中自制佳饮，味道甘醇，就毫不客气地一通豪饮，洌水神秘制佳饮被这个大胃口的客人喝了个瓢干碗净，一滴不剩，洌水神还不能阻止他，心里叫苦不迭，你喝多喝少我亦不恼，倒是给我多少留一些哦。

桀木神吃饭时用藤筐装满泥土灌进他的大嘴巴，一些五颜六色的石头（火山岩、水晶石、铜矿石等）就当作他的零食，给他补充营养，桀木神也没有伶牙俐齿，直接吞咽下去就是了。

桀木神的宗旨是走到哪里就占领哪里，桀木神的桌椅板凳的腿儿都要落地生根，他自己坐在地境神或洌水神的宫殿里，时间一长，脚下的根须就开始生长，等他抬屁股告辞时，非要把脚下的泥土带走一大块不可。

桀木神头一天走哪一条道，第二天还必须走这条道，抄近路都不行，地境神和冽水神都没留心眼，带着他在北京城下的地脉和水脉逛了一圈，桀木神参观完地境神的黄地宫，又来参观冽水神的蓝水关。蓝水关里大水弥漫，除了水神，谁来都得坐船，船由无数大大小小的锦斑鲤合力推动，坐上去又平又稳。锦斑鲤是一个个纯洁的精灵，复式鳍，双尾，通体透明，闪动着银色的光芒，可以清晰地看到内腹脏器和肌肉纹理，身上的鱼鳞大片覆盖着小片，大片的鱼鳞上还有细细的锦纹，大的鳞片和小的鳞片之间的排列组合非常奇异。远处瓦蓝瓦蓝的水闸高大阴森，像一堵巨墙，无数大大小小的水车不停地运转，各种各样的透明的水管井然有序地缠绕在一起，或者露出水面，或者沉于水下，除了水神，没人搞得懂这些水管通向哪里。桀木神对蓝水关的湿度很不适应，没待上一时半刻的，浑身就长满绿苔，脑袋上的绿发有一尺多长，腮帮子上的绿胡子打着卷儿，地境神打趣地对桀木神说："你倒是知冷知热，这么会儿工夫还套上一件绿毛衣。"冽水神回头一看，也乐了，说："别的神来都没事，你太敏感了。"

朱棣皇帝在长陵里躺了将近六百年，听说桀木神要下榻长陵祾恩殿，吓得要尿裤子，可惜他在棺材里躺了将近六百年，早就没有尿了，他预感桀木神又要找他算账，再也睡不着了。[1]

---

① 明长陵位于北京市西北郊天寿山，是明代朱棣皇帝和皇后的合葬墓（一四二四年），地面建筑祾恩殿是祭祀场所，殿内六十根一米多粗、十几米高的金丝楠木大柱在中国境内极其罕见。

朱棣当年为夺皇位，在南京城杀人杀得太多了，总是怀疑有人是从南京来，腰里别着刀，心里揣着恨，找他来报仇，朱棣死了近六百年了，依然面生愧色，嗓子眼儿发干，心里还是不得安生。

朱棣皇帝睡得太久，后脊梁后腰后屁股酸麻，想着翻个身，换个侧卧的姿势，伸腰展臂，摇头摆腿，全身的骨头咯吱咯吱响，就是使不上劲儿。

桀木神来了，朱棣顾不上这些了，桀木神是来追讨乱砍滥伐的债，六百年不能就这样黑不提白不提。朱棣躺在棺椁里，命手下人推开棺盖，他腾地一下坐起来，要下一道圣旨，他犹疑地问手下人："我的圣旨现在还管不管用？"

手下人打蔫，睁一只眼闭一只眼地回答说："兴许管用，听说现在地面上的人正怀旧，天天看古装剧。"朱棣下旨，命朱家后裔设法偿还欠桀木神的楠木债。

手下人哭着说："您有所不知，先祖朱元璋的后裔总共一百多万人，在大明朝灭亡时全被杀死了呀。"

朱棣有气无力地说："那，那就动员所有姓朱的人。"

全北京城所有姓朱的人，不论大人小孩，都在夜里梦见自己上山种树，一连数日，不堪其苦，天亮醒来胳膊酸痛，两腿抽筋，大人手足重茧，小孩子虎口磨出了水泡。

35

全城的人都把桀木神尊为恩公，鼓楼中学、府学中学、内街中学还举行歌颂木族的诗歌大赛。贺嘉费老劲编出两句自认为还凑合的诗句：

紫藤因为冥想天空而延伸着无序的枝蔓
乔木因为追思大地而生长着自由的根须

第三句、四句就怎么都挤不出来了。

鲍迪说还行，凌青说不错，郎本说："什么呀就不错？煞有介事。"陆珂说："故作深沉。"贺嘉不搭理陆珂，她指着郎本说："有本事你给我诌两句。"

这有何难，何止两句，郎本能诌四句，张嘴就来：

木椅承载着我的肉身
木桌存储着我的年轮
木窗关不住疯长的郎本

我转身推开那不曾锁扣的木门

郎本一手摁着课桌，一脚踩着课椅，很是得意，英瑛拍手叫好，黎雪也跟着起哄，说郎本跟着英瑛长进很快，一下子把英瑛说不好意思了。一听英瑛夸郎本，陆珂立刻给郎本拆台，说第一句应该改成“木椅承载着我的肥臀”，大家哄笑起来，郎本提提裤腰带，哈哈地乐，也不在意。

贺嘉问鲍迪桀木神来北京做什么，鲍迪没往心里去，随口说：“桀木神来北京不是好事嘛，北京城应该多种树啊。”

贺嘉自言自语道：“未必吧。”

谁也没有见过桀木神，孩子们描写桀木神，大多是温柔妖娆、浪漫妩媚之类，他们没有往深处想过，从古至今人族一向是对森林树木刀劈斧砍，一向是把木头锯成条条块块，盖房子，修桥梁，制作桌椅板凳，他们没想过桀木神对人族是什么样的情感，只是听翊卫们说，桀木神对北京城的朱棣皇帝恨得牙根痒痒。

葛老师专程跑到长陵祾恩殿求见桀木神，桀木神不认识葛老师，问：“你是谁？”葛老师解释说，他就是替桀木神把地境神唤醒的那个人。葛老师先把学生们的诗作献给桀木神，作为见面礼，桀木神瞭都不瞭一眼，甩在一边，葛老师碰了一鼻子灰，情绪低落，不知如何向这位陌生的神表示自己的一片心意。

桀木神问葛老师："谁叫你唤醒地境神的？"

葛老师一愣，不知道该如何回答，他镇定一下说："没有谁让我这样做，纯属巧合。"

桀木神倒也没有埋怨葛老师的意思，他只是纳闷一个内街中学的青年教师，身上怎么会有楠木的异香，这种人族与木族之间的变异，真是稀罕，桀木神也是头一回遇到。葛老师并不惧怕桀木神，就像他去年不惧怕地境神一样，他直截了当地问桀木神："我是不是您桀木神的翊卫？"

这句话提醒了桀木神，他在北京城正缺翊卫呢。几百年前他在北京城倒是有个翊卫，不知道为什么找不着了，既然葛老师与楠木有着天然的联系，那就让他当翊卫吧。

桀木神郑重其事地任命葛蕌老师为翊卫，葛老师抿着嘴，僵直着浑身上下的骨架子，低头接受任命。葛老师心里想，这么大个事，没一个动静，没一个仪式，不说是挂印悬牌，击鼓放炮，一纸镶金烫印的委任状总还是需要的，桀木神说："没有。你心里惦记着这件事，你即是翊卫；你心里没有这件事，你就不是。"

走马上任的葛老师主动问桀木神，需要他做些什么，桀木神说："暂时不用。"

葛老师告辞桀木神，从十三陵回到城里，一路上脑袋瓜子就不停地转，什么稀奇古怪的想法都有，基本上是不着调，不合常理常规。这么聪敏的一位年轻人，忽然之间转变了身份，自然要飘起来，心里怎么可能平静，他越看车窗外的行人和骑车人越不顺眼，越看这个原本安逸的都市越不舒服，他看着路边的一棵棵大杨树好像认出他这个刚上任的翊卫，一个个亲切热络地和他打招呼，树枝子摇动的声音仿佛带有他能听懂的旋律，树干晃动的姿态仿佛带有他能领会的情感，他也不加克制地龇牙咧嘴地和窗外的大杨树笑一笑，算是回礼。

呵呵，是不是翊卫，感觉就是不一样噢。

他越琢磨越觉得应该为桀木神做些事，既然是翊卫，那就得走马上任，不能闲着，他决定编一部《桀木神辞典》。

冽水神回到北京后，跟她的翊卫李老师说起桀木神丢了七个孩子的事情，女人对这类事情比男人更敏感，更放心不下，冽水神怀疑这七个孩子是不是来北京了，李老师说："不大可能吧，路途太遥远了。"

冽水神心疼地说："我有预感。"

李老师问："六百年过去了，这七个孩子还在吗？到哪里去找？"

冽水神觉得李老师问得挺幼稚，就说："六百年对神来说不算什么，这事你留心就是了。"

李老师答应了，还给这七个走失的孩子起了个名字，叫"孤孩儿"，她把这件事告诉了黎雪，黎雪一听桀木神把孩子丢了，就不自觉地联想起现在农村和偏远地区有人拐卖儿童，她自己也是多少年没有见到爸爸妈妈了，想起这些事就心中酸楚。李老师也是年轻心粗，给黎雪讲孤孩儿的事情，也不想想现在的黎雪自己就是个孤孩儿。

黎雪把这件事讲给凌青听，听得凌青心里也很难受，就好像黎雪自己走丢了，找不着家了，他看着黎雪凄楚的样子，不知道怎么安慰她才好，他同情黎雪的身世，但也不刨根问底，就是默默地关照着。

凌青又要给传心殿的时钟上弦了，这件事不能忘喽。上弦的规则很特别，叫作“六对一”，一座时钟是上弦七七四十九转，另一座时钟是七转。凌青心里纳闷，这不是七对一吗？为什么叫六对一？他也没有张口问过谁。爷爷告诉过凌青，这条规则是死律，切不可有一丝一毫的更改，也万万不可告诉任何人。

要过春节了，陆奶奶让陆珂贴对联，陆珂拿着两张夸张的红纸，上看下看，分不清哪句在左哪句在右，打电话给英瑛。

英瑛回答说：“要看平仄。”

陆珂头一次听说，问：“什么叫平仄？”

英瑛不耐烦：“真是费了劲了。”三言两语地给他解释。

陆珂贴完大门外的对联，余兴未消，肚子里的词句咕噜咕噜地冒泡，他找来毛笔、墨汁、红纸，给自己写一副对联：

持苹果观日漫英美大片每场不落

上天猫战网游摩拜单车满街横飞

横批：

厚爱少年郎

什么平啊仄的，直抒胸臆即可。

陆奶奶也看不出这副对联有什么不好，就是觉得陆珂没憋好屁。她不许陆珂贴外面大门上，叫他贴自己屋门框上。

北京人过年别的可以不买不吃，总还是要去稻香村买些糕点和熟食，这天，各个稻香村的门店显眼位置上都张贴出大字布告，恭恭敬敬地写着："为了和斑兽共同欢度佳节，经地境神和冽水神点头同意，稻香村各门店精心制作印有斑兽兽头的馒头和点心，欢迎顾客选购。"

斑兽馒头和点心的工艺并不复杂，就是上锅蒸之前在斑兽兽头的模子里摁个印记即可，再复杂些的，就是随意地涂点油，烤一烤，略显出些斑纹的痕迹。

全北京城的中学生和小学生一传十十传百，都嚷嚷着要吃斑兽馒头和点心，稻香村门口购买斑兽馒头和点心的孩子排起了长队，他们说着笑着，叽叽喳喳的，见到胖一些的男生，就用郎本的口头禅打招呼"我的亲娘二姨三舅母"，故作一副惊慌失措的样子；见到活泼漂亮的女生，就展开双臂，学着羽斑鹤的样子呼扇两下子。

买馒头和点心的人太多，不能特意挑选是要枣斑羚、墨斑豹，还是要羽斑鹤、瑞斑鹿、雪斑马，只能碰上什么买什么，你要是特别想凑齐各种斑兽的模样，不太容易。

黎雪过春节没地方可去，她不想回老家。李老师看出黎雪的心思，就对黎雪说：“春节就在我们家过吧，我们家吃什么，你就吃什么，行吗？”

黎雪躲闪着李老师的目光，表面平静地对李老师说：“行，谢谢李老师。”

李老师盯着黎雪的双眼说：“见外啦。”黎雪嘴角扬扬，心里却想哭。

李老师给英瑛、贺嘉和凌青打电话，让他们有什么聚会有什么活动别忘了带着黎雪。黎雪一个人在北京过春节，肯定不是滋味。几天下来也是热闹，英瑛、凌青几个也很会照顾黎雪。

36

北京城最早的春天，差不多是由最丑陋、最卑贱的杨树花带来的。这种花出奇的丑，颜色说棕不是棕，说灰不是灰，毛茸茸的样子像条虫子，不招人喜爱，有的人管它们叫毛毛虫，有的人管它们叫杨奄拉儿，就是一副垂头丧气、低三下四的三孙子模样。同学们最早都不知道这些从杨树上纷纷落下的是什么东西，它们怎么可能是杨树的花朵呢？柳树的萌芽最开始是嫩黄色的，不是绿色的，远远望去，四周的树、草、水、土还昏昏睡着不肯醒来呢，春日的暖意已然把柳树渐渐唤醒了。不消几日，柳枝就开始由黄变绿了，全北京的人们说得最多的一句应景的话就是："柳树绿了，柳树绿了。"就是因为杨树的花朵其貌不扬，谁都不搭理，倒是让柳枝争了报春的头功。

全北京城的人心也由冬日的冰凉变温和了，变柔软了。

唤醒芬芳

不是春光

是你心中的痒
敦促绽放
不是芬芳
是你脚下的匆忙
花百样
日短长
却不知路在何方

鼓楼东大街，基本上被逛南锣鼓巷和什刹海的外地游客占满了，街南街北的房子全都打开铺面，迎接客人。北京像是一大锅八宝粥，什么食料都往里放，中国的外国的今日的古旧的，什么都有，微火慢熬，不以新物欢喜，不以老物伤悲，不与强人争辩，不为衰人落泪，又黏又稠，又香又糯。

春天说暖和就暖和了，厚重的衣服一下子穿不住了，桀木神很得意很舒适。

春天不只是人心暖了，还有更激动人心的消息传来了，远在大西北执行追踪任务的野沙人，向北京城传来一份惊人的信息，他们在跟踪疯沙神的过程中，发现了失踪上百年的雪斑马马群。

在校长办公室，马校长听到郎本带来这个消息，不相信自己的耳朵，他一连追问好几遍，郎本脸上都挂不住了，心说我还会骗您？马校长兴奋地喘着粗气，把郎本紧紧地拥抱在怀里，郎本很久没有被长辈这样拥抱过了，他抬着头望着校长办公室墙上悬挂的马头雕塑，觉得马的眼睛里对他这位秋斑狼充满厚意，原来对马校长的那种冷峻的印象也消退了许多。

不知道多少年前，身为紫禁城皇宫传心殿大厨的郎本祖先，按照地境神和冽水神的秘密指令，全家离开北京城，放弃安逸舒适稳定的生活，组成秋斑狼小分队，深入大西北，追踪疯沙神，从此以后就在大西北荒漠中安家落户，这支秋斑狼小分队在极其艰苦的荒漠中，对疯沙神紧追不舍，一直暗中监视疯沙神的行动，那个时候疯沙神并没有进攻北京城的疯狂举动，只是在荒漠中为了寻找水泱神漫无目的地奔走，秋斑狼追踪疯沙神的目的也并不是要防范他进犯北京，他们的目的很奇怪，也是要顺着疯沙神的足迹，寻找水泱神。后来有很长一段时间，枣斑羚、墨斑豹、羽斑鹤等在北京的翊卫以讹传讹，说是秋斑狼惧怕翊卫任务艰巨，躲避到大西北享清福去了，骂秋斑狼翊卫是逃兵，郎本的祖先背着逃兵的骂名，很委屈，但又不能站出来辩解，因为地境神和冽水神交给他们的任务是谁都不能知道的。郎本的耳朵灵敏看来是有遗传的，秋斑狼的耳朵特别灵敏，能够跟踪疯沙神行进过后特殊的声波，其次，他们有狼一样的嗅觉，即使疯沙神有洁癖，他们也能够嗅到疯沙神的味道，这些为郎本研习诸神密码提供了很好的基础。几百年来秋斑狼追踪疯沙神，他们对疯沙神留下的痕迹有着极其敏感的鉴别能力。当然，疯沙神没有防备地境神会派出小分队追踪他，也就没有试图掩盖销毁那些痕迹，为秋斑狼的追踪提供了些便利。

地境神、冽水神和他们的翊卫，谁都不知道水泱神去了哪里，秋斑狼一直跟踪疯沙神，看看从疯沙神的行迹中能不能找到水泱神的下落，结果也是一无所获。

秋斑狼行动看上去很诡异，跟踪，观察，蹲守，等待，这个行动中没有厮杀、没有角力，把原本烈性子的秋斑狼折磨得够呛，他们一直忍着。

郎本的爷爷迟迟没有把玉版移交给郎本，也是因为爷爷身上肩负着神秘的秋斑狼行动，任务没有完成怎么可以交班呢？因此，虽然郎本知道自己是秋斑狼传承者，但是他到现在都还没有得到玉版，也就是说，他跟着凌青鲍迪和贺嘉执行的任务，并不是他爷爷要传承给他的任务，只有秋斑狼行动结束，郎本才能归队。郎本误以为他现在所从事的工作就是地境神交付的使命，实际上他应该在沙漠盯守疯沙神，秋斑狼行动在荒漠由爷爷和二爷爷、三爷爷、四爷爷几个老头子和他们的家人默默地坚守着，他们都是八九十岁的老人了，沙漠当中的生活是异常艰辛和孤独的，几代人坚守数百年不是一个轻松的事。

郎本祖先在荒漠中坚守了好几代，秋斑狼翊卫渐渐变成了野沙人，头发又黄又硬，眼睛被大风吹得迎风流泪，皮肤粗糙得全是曲里拐弯的皱纹，手掌和脚掌粗大，奔跑极快而且悄无声息，现在郎本一说上体育课跑步就头疼，实在是对不住先人。郎本的爸爸从小爱念书，进城上了大学，和郎妈妈结婚，过起城里人的日子，生下郎本这样的又白又胖的大小子，他的身上一点野沙人的痕迹也看不出来。郎本的爷爷特别喜爱郎本，成天念叨着要来北京看望他。

爷爷还没来，雪斑马的消息就已先期传到北京了。

雪斑马要回北京面见地境神和洌水神，马校长委托凌青、鲍迪和郎本去北京北郊最北端的喇叭沟门迎接雪斑马。几个孩子骑着枣斑羚、墨斑豹和秋斑狼奔驰而去。

穿过原始白桦林，越过喇叭沟门，凌青他们惊呆了，眼前哪里是一群雪斑马，而是一长队雪斑马的骨架。数百匹雪斑马被疯沙神折磨摧残得已然无皮、无血、无肉、无筋，仅剩下一具一具的骨头架子，这队雪斑马骨架从大西北跋涉千山万水，回到北京。

尽管经历过疯沙神之战，多多少少见过了大场面，凌青他们还是被眼前的惨景吓着了，早春的山坡上依然十分寒冷，几个孩子穿着羽绒服，帽子围巾手套捂得严严实实，还是觉得北风把裤子都刮透了，凌青心想，马骨架子是不是更感觉寒冷？

雪斑马队伍的头马郑重其事地向郎本鞠躬致敬，并用马蹄敲击一段感谢秋斑狼的话，郎本受宠若惊，忙说："不必客气，不必客气。"也不知道雪斑马头马能不能领会其意。疯沙神与雪斑马结了死仇，对雪斑马实施绞杀，雪斑马的数量越来越少了，大部分的雪斑马已经死去，一少部分仅剩下一副副马骨架子，还有一部分雪斑马顽强地活着，在西北的荒原上流浪。

一群雪斑马

浪迹天涯
血肉抛舍在漫漫白沙
只留下
一具一具铮铮骨架
为什么依然站立
为什么依然行走
没有颓然崩塌
谁来解答
这个苦难的神话

疯沙神之战后，疯沙神对雪斑马略略放松了围剿，雪斑马闻听北京城的地境神已经苏醒，洌水神也回来了，它们费尽千辛万苦要回到北京拜见地境神和洌水神，向他们做个交代。

雪斑马的骨架有的雪白如玉，有的经历风霜雪雨，乌黑如铁，每副骨架的眼孔都是一双幽暗深邃的黑洞，有的披着掉色的斗篷，有的带着残缺的肚带和马鞍，走在最前面的，马背上硬生生插着一杆雪斑马军团的军旗，是一面奔马图案灰白辮穗白色碎尾旗，经过风吹雪打已然破旧不堪。骨架队伍一边行走，一边发出嘎吱嘎吱的声响，凌青、鲍迪、郎本一路上听着这声响，心痛得哭不出来。

天坠残星
地境神被噩梦惊醒

疑是烈马嘶鸣
哪里还有喉咙可以发声
看似双眼泪盈
眼睛已是黑洞洞的窟窿
千里奔行
回归故城
只为那无法言说的最后一次相逢

雪斑马将疯沙神驱赶到荒漠以后，本该与其他斑兽一起在北京郊区的深山里安营扎寨，却遭到仗山神的拒绝，仗山神看到雪斑马对地境神忠心耿耿，对水泱神寺庙下手凶狠，心生怒火，关闭了雪斑马营地，让雪斑马去没吃没喝地荒漠中流浪。

雪斑马躲不过疯沙神复仇的追杀，一开始采取分散逃跑的办法，以避锋芒，但是，它们发现，跑得再快，也没有疯沙神跑得快，它们散到四面八方，也逃不过疯沙神的眼睛，后来它们干脆不跑，集体抱团在一起，顶住疯沙神的袭击，它们围成一层一层的圈，公马保护母马，母马保护马驹，数千匹雪斑马你挨着我，我靠着你，低着马头，马鬃与白沙纠缠在一起，圆瞪瞪的马眼被疯沙神鼓动的狂风吹得睁不开，还止不住地流眼泪，四条马腿顽强地站立着，躯干在风沙中瑟瑟发抖，最后都被白沙掩埋大半了。但是没有一匹马选择退缩。

最后雪斑马被大风吹来的白沙冲击得骨肉分离，马的皮毛、血肉在白沙中纷飞，和白沙搅在一起，继而迅速被白沙掩埋。数千匹雪斑马为保护自己的血脉，被疯沙神摧残得仅剩下骨架了，也没有一副骨架倒在地上，没有一副骨架龟缩退让，远远望去，一排排一队队的雪斑马骨架直挺挺地屹立在沙丘之上。

有好长一段时间，疯沙神不再追击，使得雪斑马群可以喘一口气，它们利用这样短暂的机会，繁衍后代，休养身体，保存体力，它们不能被疯沙神消灭干净，无论如何也要把这支队伍保存下来。

雪斑马知道，疯沙神只要找不到自己的母亲水泱神，就不会饶恕它们，它们也希望疯沙神尽快找到水泱神，但是以它们倔强的性格，是绝对不肯向疯沙神低头认错的。

在当年疯沙神与雪斑马的一次又一次搏杀中，马校长的祖先为了守护马群，被疯沙神活埋了二十多人。这些只有雪斑马还记得，马校长都无从知道。

全北京的目光都被雪斑马吸引过去了。贺嘉给凌青鲍迪郎本发微信，询问雪斑马的进程，她还提醒三人，不要因为雪斑马进京，而忽略了对桀木神的关注。

37

马蹄声敲击着寒冷的地面，发出撕心裂肺的嗒嗒声，敲得原本无情的地面都一阵阵地抽搐，真希望那啼声能软一些柔一些，只无奈初春的天还是寒，地还是硬。

谁都没有见过成群结队的大型动物在首都北京的街头奔走，更不要说是成群结队的动物骸骨了。黎雪带头，加上贺嘉、英瑛、郎白，将雪斑马惨烈的故事告诉给周围的孩子们，一传十，十传百，全北京城的孩子们都感动了，都上街张开双臂，迎接雪斑马的归来。

西风烈
马踏悲情一阕
京城老少皆呜咽
皆呜咽
风骨铮铮如铁
心如皓月
多少年流浪

一路风霜一途白雪
多少年往事
一曲高歌一腔赤血
告慰后来人
再现龙腾马跃

凌青、鲍迪、郎本骑着枣斑羚、墨斑豹、秋斑狼一路相随。看到全城的学生们都被惊动了，凌青、鲍迪心想一定是黎雪把消息捅了出去。鲍迪不喜欢黎雪这样做，但他看见沿途的孩子们这么热情，这么激动，心想这也算是北京城给雪斑马一个温暖的拥抱吧。

全城都轰动了，广播、电视、电台、报纸各大媒体都派出记者跟随着马群，全程跟踪报道，电视台把直升机都用上了。雪斑马的马蹄敲打在地上，直冒青烟，它们也不在乎路旁人们的议论，昂首挺胸、气宇轩昂地行进着，它们的气势让那些说三道四的人们闭上了嘴。

凌青向马校长汇报着雪斑马的进程，他也不知道雪斑马到底要去哪里，马校长对凌青说："雪斑马要去哪里，你们就跟从到哪里。"媒体想从三个孩子口中探知雪斑马为什么要来北京，这背后有什么神秘的故事，孩子们在凌青的要求下闭口不谈，他们担心媒体的炒作和胡乱揣测，干扰了地境神和洌水神的既定安排。

沿途经过望京区、使馆区和CBD街区，老外的孩子听了北京的同学们哭天抹泪儿地讲述也全都坐不住了，各国驻华大使和大使夫人、文化参赞、武官、各大公司的高管，也全都放下手中的活计，跟着他们的孩子们拥向街头。

聚居在望京区的朝鲜族人整整齐齐地排列在道路的两旁，向路过的雪斑马跳起了凄婉的朝鲜族舞蹈，雪斑马发出低沉凄厉的嘶鸣，它们对舞蹈中表现出来的那种饱受欺辱而绝不低头的倔强，那种在列强夹缝中顽强生存的执拗，产生了强烈的认同。

雪斑马走过燕莎商城北边的德国使馆学校，全校师生停课半天，穿着整齐的校服，背着小鼓，站在马路边，为路过的雪斑马击鼓扬威。

雪斑马走过美国使馆，大使的女儿和文化参赞的儿子在使馆门口为雪斑马早早预备下草料，城里没有喂马的草料，他们就买了一百多包喂兔子的苜蓿草料，铺展在地上，他们看到雪斑马仅仅是一副副骨架，伤心地问："马儿怎么能把草料吃下去呀？"大使先生摇着脑袋，无法回答孩子们的提问。使馆铁栅栏内的美国大兵向雪斑马行军礼致敬。

沿途还有日本的少女身着和服，向雪斑马深深鞠躬表达敬意，俄罗斯少年拿着大列巴，掰开了揉碎了要喂给雪斑马吃，阿拉伯大叔身披长袍手持礼宾长刀，向雪斑马行注目礼，几位英国青年为雪斑马演奏起《骑兵进行曲》，激昂的军号让凌青、鲍迪、郎本立刻精神了起来，原本悲悲戚戚的情绪被赶走许多，好像雪斑马听了进行曲能提提精神，活过来似的。

雪斑马走向府学中学，校长和老馆长都不同意雪斑马进入校园，凌青两眼望着校长为难的表情，向校长解释，府学中学的前身就是一座元代末年的寺庙，校长说这些我知道，凌青继续说，府学中学是疯沙神为母亲水泱神建造的报恩寺，后来被雪斑马捣毁，校长说这些我也听说了，凌青还在说，雪斑马回访府学中学，说明雪斑马的内心还深深地记忆着这座早已不存在的寺庙呢。凌青把校长说得眼圈都红了，老馆长在一旁，一声不吭，校长亲自打开学校的大门，请雪斑马进入校园。但是，他又不知道能为雪斑马提供些什么好吃的好喝的，来款待一下这些长途跋涉远道而来的客人，一具具风侵雪袭的骨架又能吃些什么，喝些什么呢?

细心敏感的孩子能从马骸骨的神态中体会到它们的挣扎和隐忍，粗心的孩子也能察觉它们的寒冷和饥渴。陆珂、英瑛、左次老师都夹在同学老师的人群中，激动地观看着雪斑马骨架的行进，英瑛还把手举得高高地和凌青、鲍迪、郎本打招呼，其实英瑛、陆珂心情很复杂，他们自然也为雪斑马的悲壮所感动，但还是觉得最委屈的是疯沙神。

凌青、鲍迪、郎本还得替雪斑马维持现场秩序，人挤人，人挨人，总得给雪斑马腾出条道来，本来细管胡同就窄，凌青和陆珂发动府学中学个子高的男生自动形成一堵人墙，维持秩序。老馆长一脸的严肃表情，她并不感到雪斑马可怜，她觉得它们应该受到惩罚。她觉得雪斑马是愚忠，它们为地境神的使命不遗余力，甚至变本加厉，雪斑马觉得只有这样才是忠诚，才是坚定，才是服从，它们的委屈根本不值得同情，倒是应该反思。当然，她也清楚，雪斑马这次来，不是来吸引眼球的和博取同情的，它们或者是来为既定的任务做汇报，或者是来领取新的任务的。

这种场合，她也不便和孩子们说这些，但愿孩子们慢慢会懂。

雪斑马围着府学中学的校园走了一圈，默默地离开，又向钟楼中学走去。

到了钟楼中学情况就不一样了，马校长把全校师生组织得井然有序，毕竟这是马校长的“亲人”来到钟楼中学。马校长率领全校师生沿途列队，欢迎雪斑马的到来，凌青牵着头马与马校长走在最前面，马校长一言不发，凌青感觉到他内心里在号啕大哭，他心里的泪水一路走一路流。

雪斑马在钟楼中学的操场上整齐地列成方队，马蹄在操场上嗒嗒作响，敲击了很长时间，像是写一封长长的言辞恳切的家信，像是有好多好多的话要讲给地境神听。郎本能听出马蹄声时而似泪珠滴滴答答地落在地面上，时而似抽泣欲断还续，时而像密密匝匝地讲一件事情，时而又如一阵风不管不顾疾驰而过。

过了很长时间，雪斑马停止了敲击，它们静下来，全体低着马头，静静地，像是在聆听地境神的回答。

地境神并没有走出黄地宫接见雪斑马，凌青、鲍迪、贺嘉和郎本都有些想不通。马校长也在琢磨，为什么地境神不出来召见雪斑马？所有斑兽的指挥权在疯沙神的父亲仗山神手中，雪斑马对地境神的忠诚不仅惹怒疯沙神，也把仗山神得罪了，得罪疯沙神事小，得罪仗山神事大。地境神是不是不想因为雪斑马而进一步刺激仗山神，地境神如果在此时此刻大张旗鼓地安抚雪斑马，那雪斑马这支部队就死定了，马校长暗中琢磨，不知道地境神到底打的是什么主意。这些事凌青、鲍迪他们肯定想不明白，地境神也不会对他们说，就是马校长也没有完全理顺这其中的恩怨情仇。凌青现在心里总觉得地境神和疯沙神和桀木神都很厚道，对自己的嫡系雪斑马反倒躲躲闪闪的，他远没有看清事情的全貌。

老师和学生们都静静地在四周恭敬地候着，不去打扰雪斑马。郎本凭借着自己掌握的地境神密码，大致能够读懂雪斑马马蹄声所诉说的内容。随行记者们丈二和尚摸不着头脑，不知道雪斑马要来干什么，也不知道雪斑马诉说了些什么。

说完最后一句话，雪斑马在头马的带领下剧烈地抖动着周身的骨骼仰天嘶鸣，突然，几百具雪斑马骨架轰然倒塌，钟楼中学操场上一片白骨。

马校长带领着全校的学生，手戴洁白的手套，将雪斑马遗骨一块一块捡拾到布袋中，用车拉到郊区，为雪斑马的遗骨选一块墓地，马校长带着学生们忙活了大半天，又是挖坑，又是下葬，现场谁也不愿意多说什么，心情很沉重。

雪斑马军团并未全军覆灭，这让马校长稍感宽慰。雪斑马是地境神最忠实最诚恳的护卫，也是最惨烈的牺牲者，它们既得不到地境神的庇护，又得不到正规的训练，长年累月被疯沙神追击。但是雪斑马没有覆灭，他们在草原深处还保留着自己的血脉，这次雪斑马的骨架返回北京，一个最重要的信息就是告诉地境神，雪斑马还在，这个称号和建制不能撤销。地境神让马校长筹备几日，出发去大西北寻找还健在的雪斑马马群。马校长立刻向上级部门请长假，赶赴大西北寻找雪斑马。

教务长拍着胸脯向马校长打包票，说他会代替马校长把钟楼中学管理得妥妥当当，规规矩矩，让马校长放心地走，马校长把一大串钥匙转交给教务处，教务长立刻牢牢地拴在自己的裤腰带上，一走路，钥匙串儿发出叮咚悦耳的响声。

宝钞胡同太老旧了，雪斑马的遗骸队伍走过后，其他马路都没什么痕迹，宝钞胡同的地面上留下好多深深浅浅的马蹄印子，钟楼中学的学生们上学下学，脚踩在马蹄印子上，都会发出呱嗒呱嗒的马蹄声，心里一阵阵发紧。学生们觉得新鲜，骑车的也改作走路，走路的故意放慢脚步，大家有意踩踏马蹄印子，有意倾听这呱嗒呱嗒的马蹄声，没过多久，马蹄印子就被学生们磨平了，呱嗒呱嗒的马蹄声也听不见了。

葛老师立刻跑去十三陵，绘声绘色地向桀木神汇报雪斑马进京的消息，桀木神忙着手中的活计，像是在听，又像是不怎么关心，淡淡地说了声："我知道了。"

葛老师想不明白，这么轰动京城的一件事，桀木神为什么不太感兴趣。桀木神说："我们有更要紧的事情要办。"桀木神和葛老师交谈了很久，葛老师越听越着迷，一个劲儿地点头，这个平日里在学生面前牛哄哄的老师，在桀木神面前像个乖乖听话的学生。结尾的时候，桀木神叮嘱葛老师说："其他翊卫们愿意关注雪斑马，叫他们都去关注好了，不要叫他们管我们的事。"

葛老师又像明白又像不明白，他问："叫大家都来参与不好吗？"

桀木神严肃地说："我们这项工程伟大而崇高，他们理解不了，只会添乱。"

38

去年冬天，大街路旁的树木被疯沙神结结实实地埋了三天三夜，憋得喘不过气来，它们有苦说不出，有怨没处诉，它们的委屈没有人在意。开春儿没几日，树木们都纷纷地传播消息：“桀木神来北京了，我们的神来了。”

“真的假的？”

“真的，是真的。”

所有的树木，不管有没有风吹拂，都摇头晃脑地兴奋起来，哗啦哗啦的声响激起一阵一阵的躁动，树木们自娱自乐，人族没有谁听得懂它们在说什么。

桀木神来北京，不是做客的，不是来搭救地境神的，正是应了那句名言，桀木神不是来请客吃饭，不是做文章，不是绘画绣花，不可能那样雅致，那样从容不迫，文质彬彬，那样温良恭俭让。

“桀木神来干什么，为什么不说？”贺嘉使劲问。

凌青还是觉得桀木神进京就是来搭救地境神，没有恶意，贺嘉说：“照这么说，疯沙神进京也没有恶意，你怎么受不了？”

凌青不爱听：“你这不是较劲吗！”

贺嘉攻击凌青说：“别只顾着照看漂亮姐儿，忘了正事。”

凌青就烦贺嘉管他和黎雪的事，本来没事也让她给管出事来。好男不和女斗，她贺嘉在天上飞一遭，脾气见长，凌青拿她没辙。

鲍迪受贺嘉影响，也对桀木神不放心，他问凌青：“桀木神进京是不是与黑钉布局有关？”

“这不是胡扯嘛，什么都与黑钉有关哪？”

鲍迪反问：“你以为不是吗？”

凌青耐着性子劝鲍迪：“不要因为你痴迷于运算黑钉布局，就把所有的事都和它联系起来，黑钉布局没有那么神秘，缺几颗咱们想办法找到挖出地点，设法补上就齐活。”

郎本也对鲍迪说：“不要胡思乱想，照你这么说，地境神昏睡，洌水神出走，疯沙神寻母，桀木神进京，这些都与黑钉布局有关联啦？”

鲍迪挺挺腰板坚定地回答：“我还真是这么想的。”那股子认死理的劲头又上来了。

贺嘉又不耐烦了，她说：“谁也别吵吵了，咱们去黄地宫问问地境神。”

地境神问他们要打听什么，凌青说：“翊卫们要问黑钉布局。”

地境神一口回绝，严厉斥责凌青：“不许任何翊卫过问黑钉布局！什么黑钉，谁起的这么难听的名字！”几个孩子全傻眼了。

地境神越不让问，鲍迪越要探究，连凌青也觉得此事不那么简单，不过凌青鲍迪都老实了，不敢再轻易张嘴。还是郎本实在，不让问就不问，连想都不去想了。

北方的居住环境过于粗糙，地脉和水脉虽说是地境神和冽水神的大本营，以土为墙，以水为径，但外人一看总是质木无华，再说地境神昏睡了六百年，冽水神又离家不归，地脉和水脉年久失修，看上去破破烂烂的，不成体统，桀木神几次来黄地宫做客，话里话外总嫌地境神不善于居家过日子，说黄地宫暴土扬烟，杂乱无章，居室布局不合理，手下的也懒散随意不勤快。地境神本性似乎就是粗枝大叶，不拘小节，再说他一门心思在疯沙神和水泱神那里，哪有闲心收拾黄地宫，冽水神回来了，临时拾掇拾掇，桀木神来访，又临时打扫打扫，这就不错了，桀木神还挑眼。面对桀木神，地境神和冽水神就像面对检查卫生的老师，被指出这里脏，那里乱，这里芜杂，那里破旧，被数落得脸上无光，耳朵根子发烫。

进而桀木神建议用自己的手下给黄地宫和地脉、水脉重新装修一遍。地境神连忙摆手拒绝，说：“北京人最烦装修了，我也不胜其扰。”

桀木神说：“装修是我们木族的拿手好戏，不用你操心，也不用你花钱。”

那地境神也不干：“你是来做客的，怎么好意思让你动手干活？”

桀木神讨巧地说：“不干活闲待着，我浑身不舒坦。”

死说活说，桀木神非要干活，一番肺腑之言，说得入情入理，地境神心里怎么想怎么别扭，可又实在没招儿拒绝，就勉强答应了。

桀木神得意了，地境神上当了。

老子在《道德经》里说：“兵强则灭，木强则折。”桀木神是阴柔的神，但他的力道是极强的，甚至超过疯沙神。坦率地讲，地境神、冽水神对桀木神的想法有些吃不透，搞不懂他哪里硬，哪里软，哪里强，哪里弱，甚至在一开始根本就搞不懂桀木神的真实意图，桀木神这家伙身上既有神的天性，又有植物的生命力和忍耐力，他甚至还要动用人的智力，他长年累月地动脑筋琢磨鬼点子，地境神和冽水神看似真的防不住他。

六百多年前桀木神的七个孩子确实是来到了北京城，不过此刻桀木神大任在身，无暇顾及他们。

桀木神从没有向葛老师提过丢失七个孩子的事，一来他羞于启齿，让自己的翊卫看着，这么伟大这么英明的桀木神居然把孩子丢了，还居然丢了七个，还居然六百多年找不回来，真是丢人现眼。二来他来北京城也不是为了找孩子的。倒是冽水神对找孩子的事挺上心，让李老师多加留意。李老师自然会把这件事说给葛老师听，葛老师跟桀木神一个臭毛病，也是过于敏感自尊，他问李老师：“这么大的事情，桀木神为什么不先跟我说，你作为冽水神的翊卫反倒先知道了？”

按说李老师作为冽水神翊卫，桀木神的事情可管也可不管，但是李老师是个心软的人，看着桀木神六百多年找不着丢失的七个孩子，心里很不是滋味。她回答葛老师说：“用心去找就是了，谁先知道谁后知道，又能怎样！”

团聚对于桀木神来说很重要，需要孤孩儿延续后代。他一生的事业不能依仗地境神、仗山神、冽水神，只能依仗自己的子女，这也是桀木神孤独的一面，他没有伙伴，必须拼命地繁衍后代。

桀木神的七个孩子是：大楠、二竹、三槐、四蔓、五杨、柳姑和花椒妞妞。

孤童　孤行
七个精灵迷失在京城
孤影　孤梦
六百年找不到你们的行踪
北方的风沙是不是很猛
北方的面食是不是很硬
你在出门的那一刻也没有告别一声
我在回家的路口为你留一盏灯
为父我牵挂远行的后生
不知道何年何月何日何时才能重逢

六百多年前的桀木神大本营，身为兄长的大楠，带着弟弟妹妹们在楠木树林里玩耍，没想到野蛮的人族前呼后拥地进入林区把大片大片的楠木伐倒，削去臂膀，剁除根须，孩子们惊恐万状，慌乱中爬上了去往北京的运木料的货车，出宜宾走水路，沿金沙江、长江，经重庆府（现在的重庆市）、武昌府（现在的武汉市）到应天府（现在的南京市），再沿大运河北上进北京城，一路上几个孩子不敢抬头，不敢睁眼，生怕有人一斧子朝他们砍过来，也不管这一路有多么漫长遥远，他们想着，反正运送木料的人马还会返回桀木神大本营，也就心无顾忌，可是到了北京城，他们才发现，回不去了。他们成了紫禁城里无家可归的孤孩儿。

孤孩儿们被拉到紫禁城的大工地，那个时候，紫禁城还是大空场，木工瓦工干得热火朝天，七个孤孩儿你拉着我，我牵着你，小个儿的还要哥哥姐姐背着抱着，他们东张张西望望，看着什么都觉得新鲜。泥瓦匠在和泥，五杨和柳姑跳进泥池子里戏耍，泥点子溅得四处飞扬，二竹看着一摞摞的砖瓦整整齐齐地码放着，就把砖瓦搬下来，推多米诺骨牌，当然他不知道什么叫多米诺，但他知道这么个玩法，气得工头直骂，哪个捣蛋鬼把砖瓦糟蹋成这个样子。四蔓看见木匠挥舞着斧子收拾木料，吓得直哭，二竹赶紧把她拉开，怕大斧子抡起来伤到她。几百根粗壮的楠木被刺刺啦啦扒光树皮，楠木上的树脂像鲜血一样汩汩地溢出，洒落一地，工匠把楠木上下涂满刺鼻子的桐油，让它们顶着巨大的屋顶，一站就是几百年，大楠流泪了，孤孩儿都吓呆了，大楠问粗壮的楠木：“我们必须被奴役吗？我们只能被奴役吗？”

楠木无法回答大楠的问题，他们的嘴被堵死了，双眼被蒙住了，连鼻孔都出不来气息了。

大楠费老大劲，也找不到一个睡觉的窝儿，最后好不容易找到一个新落成的配殿，七个孤孩儿忍饥挨饿地挤在一起睡觉，孤孩儿都是站立着睡觉，不能躺下，谁要是躺下，那就是生了病了。花椒妞妞哭着喊着要回家，四蔓心烦意乱，左哄右劝，连蒙带吓唬，算是让她合眼睡了。

七个孤孩儿睡一觉，紫禁城就长一截，再睡一觉，又长一截，这下，孤孩儿可有得玩，有得逛了，孩子终究是孩子，一玩得开心，就把回家的事儿放一边儿了。他们到处乱跑，哪里热闹往哪里钻，三槐问："人族为什么要盖房子呢？我们木族为什么不盖房子？"

四蔓说："人族娇气，冬天怕冷，夏天怕热。"

二竹说："其实我们也怕冷怕热，但是我们不如人族手巧。"

四蔓说："你还夸他们。"

二竹说："事实嘛。"

紫禁城在七个孤孩儿的玩耍游逛中建成了，他们在里面转得迷迷糊糊，虽然东南西北看看天上的日头就能够分得清，可是大门小门层层叠叠，他们磕磕碰碰摸摸索索了好久才搞明白。孤孩儿们先于紫禁城的主人朱棣皇帝，把紫禁城里里外外前前后后左左右右视察了一遍，这个说这里宽绰，那个说那里气派，好像这紫禁城是给他们盖的，等皇帝带着后宫嫔妃和大大小小的官员以及太监宫女侍卫，浩浩荡荡走进紫禁城，孤孩儿们才发现，根本没有给他们安排一房一厦。大楠带着弟弟妹妹好不容易在一个大殿的旮旯安个家，第二天大殿就被宫里的人摆满柜子，连个插脚的地方都没有，大门上锁，二门上闩，大楠带着弟弟妹妹们，在屋檐下忍了一夜，大雨整整下了一天一夜，弟弟妹妹有的喊冷，有的喊饿，大楠要吃没吃，要喝没喝。吃食总是不够，大楠给二竹一块，三槐一块，五杨、柳姑和花椒妞妞都噘嘴等着，眼巴巴看着，生怕没有他们的，等给到老七花椒妞妞手里，二竹三槐都吃完抹嘴了。

大楠想对弟弟妹妹们发火，怕他们心里难受，想好言相劝又不起作用，带着二竹出去找些吃食，举目四望，空空荡荡，偌大的一片紫禁城，树木奇缺，也没有动物，也没有流水，也没有山石。他们原本以为，京城很热闹，很好玩，没想到这里这么冷冷清清，这里有的，和他们一点关系也没有，他们想要的，这里一样也没有。大楠好几宿睡不着觉，合不上眼，天一亮就得寻找落脚之处，一连搬几次家。大楠后悔，出门在外怎么都不如在家里舒服，可是已然回不去了。

紫禁城里没有大面积的水面，水井也屈指可数，孤孩儿对水的需求得不到充分满足；紫禁城里也没有多余的裸露的泥土，孤孩儿们吃饭很成问题，一个个长得面黄肌瘦，营养失调，消化不良，不得不学着吃人族的食物。

入冬了，来自南方的孤孩儿没见过下雪，以为天上飘的是白面，纷纷站在院子里张嘴接着，二竹说是冰水，不是白面，五杨嫌白雪不解饿，躲进宫殿暖和去了，四蔓三槐在院子里疯跑，踏出许多脚印。二竹咳咳地咳嗽，花椒妞妞冻得流鼻涕，四蔓嫌她脏兮兮，没有耐心照顾她。二竹把自己的围巾给花椒妞妞围上，四蔓嫌弃地说："这围巾又脏又破，你不嫌丢人？"

二竹说："你为什么不给花椒妞妞织个新的？"

四蔓说："没工夫。"

二竹嫌四蔓一点姐姐样都没有，但他嘴上也不责怪四蔓，给四蔓留面子，下完雪就过年，几个孤孩儿也学人族的样子，到御膳房多拿些吃食，大楠让四蔓和柳姑给每人置办一套新衣服，置办一双鞋，到现在为止，七个孤孩儿还光着脚，没穿过鞋呢。四蔓不上心，只顾自己玩耍，柳姑低着头吭哧吭哧干活。

大楠二竹有心，给弟弟妹妹们找些玩具做新年礼物，给三槐一副围棋，给四蔓几根红头绳，给五杨搞来一个大车轱辘，给柳姑一顶帽子，四蔓嘲笑柳姑戴帽子不好看，说得柳姑想戴，又怕难看，就把帽子珍藏起来，给花椒妞妞一根可以藏身的花椒木杖，花椒妞妞可以躲在里边呼呼大睡。三槐一不留神，身边的花椒妞妞把围棋子抓一把，塞在嘴里当糖豆吃了，硌得牙疼，直咧嘴。五杨最高兴，每天晚上蹬着大车轱辘在紫禁城里乱跑，宫女太监和武士们看见一个大车轱辘在漫无目的地滚过来滚过去，吓得不敢出门，有几个胆大的武士企图让大车轱辘停下来，用门槛堵截，用长枪刺，都不见效。直至五杨玩烦了，大车轱辘才不再夜夜飞奔。

39

贺嘉变回人形后，郎本曾经好几次神不知鬼不觉地盯着贺嘉的脖子和手臂看，他好奇贺嘉身上是不是还留有鹤鸟的羽毛，当然他不敢惊动贺嘉，否则是要挨骂的。有时他自己也担心自己，怀疑自己会不会哪一天长出些狼毛来。

变回人形的贺嘉，与郎白这个由大白鹅变成人的姑娘，结为好友，郎白也觉得贺嘉特别亲。贺嘉有时热情过度，好为人师，要教郎白这个那个，郎白的白鹅天性哪里是贺嘉一时半会儿就能抹去的？贺嘉都不知道大家闺秀是怎么个尺度，却要让郎白学规矩，明尺度，郎白一时半会儿接受不了。

郎白总是一而再再而三地问贺嘉同一个问题：

“贺嘉姐姐，你变成鹤鸟后，在天上想些什么呢？”这是一种比较委婉的问法。

“贺嘉姐姐，你变成鹤鸟后，急着想变回人形吗？”这是一种直截了当的问法。

贺嘉只有跟郎白才能谈谈那段经历的内心感受，她回答郎白很简单："身不由己，长了翅膀的飞翔并不是我渴望的自由。"

做人还是做鹤鸟，不是由贺嘉做主，是由神掌控的，别人羡慕她在天空中自由自在无忧无虑地飞翔，她自己却一心想着落地返回人形，郎白问她是不是急切切地想返回人形，返回北京，她说："急有什么用？不急又能怎样？"一种受外力摆布的束缚、被动与无奈，在自由翱翔的羽毛下纠缠着贺嘉的心。这种纠缠，当时没觉得有多么难受，返回人形后，贺嘉才有深切体会。

贺嘉不太和凌青、鲍迪讲这些，她很少与凌青聊内心感受，也从不与鲍迪聊野鸭湖边的往事，那件事对鲍迪刺激太大太深，每每提及，鲍迪的脸色都很不好看。贺嘉有时觉得男生遇见事比女生还要脆弱。贺嘉其实也不曾主动与郎白谈及此事，每次对话都是郎白起头儿。贺嘉后来才突然意识到，郎白多次问她这个问题，是不是她自己由白鹅变人形有什么心理变化？

贺嘉找个机会，装作很随意的样子，反问郎白："你由白鹅变为人形感觉如何呢？"

郎白没想到贺嘉会这样直白地问她，愣在那里，好半天不说话，贺嘉耐心地等待着她的回答，郎白声音轻轻弱弱地说了句："做人不好玩。"眼眶有些湿润起来。

贺嘉添了心事，如何劝慰郎白热爱人的生活呢？人族能拿什么向一只白鹅展示人间生活的美与好呢？难了。

有一天贺嘉突然冒出一句："可是人间有郎本呀。"

郎白的前身大白鹅是郎本小的时候在野鸭湖畔的一个农家偶然捡到的小白鹅。那天，三岁的小郎本跟随着爸爸妈妈在农家玩耍，偶然发现院里的这只小白鹅总是不离不舍地跟着自己，就张嘴央求农家主人把这只小白鹅送给他，农家不肯，说白鹅越养越大，在城里无法饲养，并且说，白鹅是有灵性的禽类，如果白鹅发脾气，人都要让它几分。年幼的小郎本听不懂，只是觉得没有满足他的愿望，挺委屈，郎爸爸说要花钱买下小白鹅，农家不卖，说不是钱的事，郎妈妈对小白鹅一点儿不热心，只是不知道如何劝止郎本的想法。临走时，小白鹅趁人不备，居然就着土坡蹦上了小郎本家的轿车，农家这下再也不好阻止了，小郎本满心欢喜把小白鹅抱回了家。

小白鹅长成了大白鹅，大白鹅变成了大姑娘。

郎白皮肤白皙，嘴唇饱满，嗓音浑厚，一开始郎爸爸郎妈妈都对郎白很好，天上掉下个大闺女，谁不喜欢。渐渐的郎妈妈的热乎气就冷却了下来，郎白毕竟不是她亲生的。每次有苹果有梨，郎妈妈都把大的给郎本，把小的给郎白。郎本也不知道让着妹妹，放到嘴里就啃，郎白妹妹也不争，给多少就吃多少。郎白不爱吃肉，不喝牛奶，郎妈妈说郎白不该挑食，后来觉得不吃反倒省下了，也就不叨叨了。郎白个子略矮些，走路跑步都不快，但是性子也急，急脾气上来谁也劝不住。郎白很聪明，学东西不吃力，出乎宋老师预料，宋老师已经做好准备，给郎白开小灶补课，没想到没多长时间，郎白成绩就跑到郎本前头去了，快赶上鲍迪了，宋老师动不动拿郎白给郎本施加压力，说：“你看你，还不如一只鹅。”

谁说郎本的不是，郎白都不爱听，说：“宋老师您不能当着我的面批评郎本哥哥。”

宋老师觉得郎白这孩子很有趣，故意板着脸对郎白说：“身为老师，我不能督促郎本念书吗？”

郎白还伸着脖子顶嘴：“批评郎本可以，不能贬损他。”

郎本、贺嘉见这局势，赶紧打圆场，说郎白初来乍到，不懂得规矩，请宋老师原谅，郎本煞有介事地向宋老师拱手弯腰撅屁股作揖，保证一定向郎白学习，把分数搞上去，郎白觉得郎本哥哥很不严肃。

郎白越顶嘴，宋老师越是喜欢她，宋老师是个直筒子，她就喜欢直来直去的爽快孩子。宋老师罕见地把手搭在郎白肩膀上，郎白不买账，还要挣巴，贺嘉赶紧拿眼瞪她，暗示她别不领情。

郎白爱水，爱洗澡，一洗澡就关在卫生间老半天不出来，郎妈妈一听水管子响就心疼，嫌郎白费水，特意给她买个木桶，跟她说：“别老开着水管子哗哗地流，用水是要交水费的。”说了两三次，郎白终于记住了。

郎白不怕冷水，天儿凉也敢用冷水洗澡，郎妈妈发现后赶紧制止，说：“你这孩子太让人操心，女孩子绝对不能用冷水，长大了会落下一身的病。”郎白听不懂，也不往心里去，郎妈妈就不高兴了，三番五次地嚷嚷，直到把郎白洗冷水澡的毛病扳过来。

郎白还爱洗衣服，自己的衣服天天洗，还帮着郎妈妈洗全家的衣服，郎妈妈用洗衣机，她还不习惯，觉得用手在水里哗啦啦哗啦啦地搅和揉搓很有意思。

郎白生活很有规律，几点起床，几点睡觉，书放在哪里，本放在哪里，绝不改变，郎本一来她房间，就把她搅和乱了，她还要原原本本地恢复原样，就连吃饭坐的位置她都不变，郎本要是随随便便坐在她的位置上，她一定要把郎本赶走，否则一口饭也吃不下去。

郎白心目中，郎本哥哥没有什么大毛病，就是到处乱丢臭袜子，郎白怎么说，郎本都不听，郎白用塑料口袋把臭袜子装起来，用根细绳挂在院子的晾衣服绳上，邻居眼神儿不好，问这是你们家晾的干菜吗？怎么还套个塑料口袋？郎白偷笑着说："您问问郎本哥哥吧。"郎本气坏了。

郎爸爸郎妈妈从大西北来北京，没为买房子的事操心，住的是郎爷爷祖辈留下的四合院，很宽绰，但还是无法满足郎妈妈，她把院子安排得乡土气息浓烈，房檐下挂着左一串红辣椒，右一串紫皮蒜，秋天窗台上摆满黄柿子，春天在院子里挖十几个小坑，灌上粪便，沤六七天，然后撒种，种向日葵，没风没雨的天总是要在院子里晒粮食，还有茄子干、白薯干，如果不是居委会管得严，她还要养一院子鸡鸭兔子，还要挖大坑灌满水养鱼，还要种葡萄，种丝瓜，种豆角。郎爸爸管不住郎妈妈，郎本也越来越反感，实在受不了了，拉着妈妈的胳膊说："妈啊，娘啊，咱们今晚上订火车票，明天就走啊。”说着就回屋装着收拾行李。

郎妈妈一愣：“去哪儿呀？”

郎白知道郎本的意思，偷着乐不言语。郎本说：“回老家呀，您看您在北京活得多憋屈多郁闷多不自在，这么个院子您也施展不开啊，干脆回老家得了。”

郎妈妈再不敢由着性子铺展，开始学着做城里人。

学做城里人也不易，郎本跟妈妈说：“我们也请小时工把屋子收拾收拾。”

郎妈妈说：“咱不花那冤枉钱，自己就能动手。”

郎本说：“咱们也去喝喝咖啡。”

郎妈妈一听说咖啡就皱眉头，心里说苦不啦叽有什么好喝的。

郎妈妈穿衣赶不上时髦，总是慢几拍，发型变来变去，不知道哪一种适合自己的脑袋，别人说什么她都容易相信，今天有人说烫出些波浪显得年轻，她就烫出些个波浪，明天有人说波浪显得像乡下人刚进城，她又赶紧把波浪全拉直了。

郎妈妈是那种不转弯的直性子，对谁好就死心塌地，对谁不好就变着法儿地表现出来。她总是跟郎爸爸叨叨物价上涨，什么都贵，郎白的出现让郎妈妈觉得家里来了一个吃闲饭的，养活一个胖小子都快把一家子饿个半死，又要养活个闺女，郎爸爸不爱听，也不还嘴。一开始郎妈妈还当着郎本的面儿说这些，郎本极不爱听，跟妈妈嚷嚷了几次，郎妈妈就不在郎本面前说。每次吃饭，郎妈妈总对郎白说：“让你哥多吃些，他正长身体。”郎本不言语，呼噜呼噜哗啦哗啦地吃。郎白心里不好受，也不说什么。

疯沙神之战结束后，疯沙神的行踪就不必再跟踪了，西北大漠中的野沙人只听说疯沙神来北京干了一仗，后来疯沙神回到大本营白沙堡，老实了很长一段时间，野沙人派人回北京报告，来的不是一个人，是一大帮，大家成群结伙顺便来北京逛逛，全住在郎本家里，郎妈妈烦死了，整天耷拉着脸，没有好气儿，这些个穷亲戚饭量也大，嗓门也高，还不拿郎妈妈这个妇道人家当回事，在乡下，媳妇就是用来使唤的，哪像城里，都把媳妇当佛供着。郎本跟家乡来的人打听野沙人行动，那些亲戚闭口不说，郎本见秋斑狼小分队居然拿他当外人，当小毛孩子，就急了。他在饭桌上指责野沙人多少年不回北京城汇报行动进展，是无组织无纪律，他没大没小地说着：“我现在问问英瑛，就知道疯沙神在干什么。”全桌子的人大眼儿瞪小眼儿地看着郎本，不知道英瑛是何方神圣。

还是郎爸爸端起酒杯，把郎本在没有秋斑狼身份的情况下执行翊卫任务的英雄壮举告诉大家，郎本梗着脖子觉得自己挺牛，大家一听，还真是佩服，长辈举杯，平辈晚辈都站起身来，给郎本敬酒，能喝酒的喝酒，不能喝酒的孩子就拿饮料当酒，郎本一看这阵势，自然很得意。不过长辈一句话，又把郎本的得意打压下去了，长辈说，郎本不能够这样指责野沙人，这等于是指责爷爷，郎本连说：“那我可是不敢。”玉版还在爷爷手里攥着，郎本有多大气焰也不敢指责爷爷。

郎本、郎白带着野沙人当中两个和他们年龄相仿的狼兄狼弟，在北京城逛逛，狼兄狼弟在沙漠中天天唱歌，到了北京还是走到哪儿唱到哪儿，地铁上马路上餐馆里，闷得慌就唱，不唱脑袋就发胀，血就黏稠，嗓子眼就发紧，就觉得周围的陌生人都不搭理他们，不理解他们，如同沙漠中举目无亲的感觉。郎本一见狼兄狼弟要张嘴就躲，装不认识，怕丢人。狼兄狼弟也知道城里人规矩多，可就是控制不住自己。郎白劝郎本："你让他们唱吧，不唱会憋出病来。"

四人在星巴克坐着，狼兄狼弟喝不惯咖啡，只喝水，狼弟喝完水就要唱信天游，拦都拦不住，郎本捂着脸说："你实在想唱，就站门外唱得了，这星巴克是美国人开的。"

狼兄说："美国人不是号称牛仔吗？"

郎白说："人家虽说也是牛仔，跟着欧洲人学乖了，不兴这么扯着嗓子吼斥。"

狼弟像是憋不住了，站起来就往门外走，刚把门推开一半，人还没完全走出去，就唱开来。

北京城凭甚这样样大
累死个骆驼跑死个马

人像个庄稼街像个田
乌乌泱泱望不到边

天个苍苍呃地个黄黄
想起我大河边的爹和娘

一个馍馍掰两半
胖哥哥带我在都城里转

转了那东城转西城
狼兄狼弟想做个北京人

街上的行人有给叫好的，也有捂耳朵嫌吵嫌闹的，有想家掉眼泪的，还有举手机拍照片发微信朋友圈的。

郎白跟出来，听狼弟唱信天游，眼睛直勾勾地，听呆了，她从不知道还有这么动人的歌声，她缠着狼弟教她唱信天游，狼弟脸红着，磕磕巴巴地说：“乡音野曲，拿不出手咧。”

郎白学着老家的调调说：“你莫谦虚。”

狼弟便不再理睬郎本，专心教郎白唱信天游，郎白学得很快，她一张口唱，狼弟笑得在桌子上磕头，郎白问：“怎么啦，唱得不对吗？”

狼弟笑着说：“嗓门粗得像个糙老爷们儿。”

郎白也被这个淳朴的弟弟说乐了，她对狼弟说：“我这是女低音，学校老师教的专业唱法。”

狼弟说：“这算什么专业，我们老家，站在塬上唱信天游，隔着一道梁，一条大河，都能听得真，你这么唱，连屋后的羊都听不见。”

郎白一边乐一边点头，觉得狼弟说得对，但她又不会唱高音。

郎本在北京城是一只孤狼，野沙人来北京，才和群狼聚首，狼弟给郎本起外号，叫大白肥肉哥，狼兄叫狼弟不要放肆。狼兄狼弟比郎本跑得快，蹦得高，吃得少，干得多。郎本不得不服，但是狼兄狼弟不爱念书，郎本来劲了，撸起袖子教训狼兄狼弟，狼弟翻白眼，说：“好的老师、好的学校都让你们北京人占着，我们连汤都喝不上。”这话一巴掌打到郎本脑门子上。

狼弟还没深没浅地对郎本说：“你长大了回老家当老师吧。”

郎本彻底蔫了，没底气地说了一句：“去个三五天行，去一辈子不行。”一路上再不假模假式地教育狼兄狼弟要好好念书了。

狼兄狼弟在大街上健步如飞，他们俩在便道上走着极不耐烦，前面左面右面总有人阻碍他们踢腿抬步，阻碍他们甩动胳膊。郎本一开始还哇啦哇啦做向导，说故事，后来走得脑门子上下、粗脖子四围全是汗，裤裆都湿透了，黏黏糊糊的不舒服，臭脚发胀，和鞋子粘在一起。没走半天就连呼哧带喘，腿也沉了，腰也酸了，又要喝水又要吃冰激凌。狼兄狼弟又要听郎本讲风土人情，又嫌郎本走得慢，是个累赘。最后没办法，四个人干脆骑自行车逛游北京城，狼兄狼弟周末连续两天早晨六点出门，晚上九点回家，把北京城里里外外大街小巷逛了一个遍，彻底把郎本逛垮了，狼兄狼弟对郎本说：“就你这肉大身沉的样子，还追踪疯沙神，早就被甩得无影无踪了。”

郎本趴在床上叫娘，郎妈妈一边做炸酱面一边心疼胖儿子。郎白都不忍心了，跟郎本说：“你明天叫陆珂哥哥陪他们逛吧，你歇一天。”郎本得了救，竖起大拇指表示郎白懂他，有气无力地让郎白给陆珂打电话。

陆珂一听是大西北来的亲戚，爽快答应，还说要请狼兄狼弟吃大餐。郎本趴在床上不甘心地嘟囔：“又让他出了风头。”还找补一句，“吃大餐，加我一个啊。”

腿可以沉，腰可以酸，吃大餐不能落下。

40

郎本这几天累得跟孙子似的，还不忘去府学中学找英瑛，英瑛这些日子放不下疯沙神的事。陆珂从郎本嘴里知道凌青团队在地境神那里碰一鼻子灰，心中好像挺解气，他刚向英瑛叨叨几句，英瑛就说："你先别管凌青他们，咱俩还是管管疯沙神的事吧。"

陆珂忙问："什么事？有新任务啦？"

英瑛把陆珂叫到老馆长的办公室，老馆长对两个疯沙神翊卫说："荒漠部落的几个后生找到线索，说最近英国伦敦举办了一个远东文物展，他们发现荒漠部落写在鹿皮上的经文在文物展上展出，那经文记录着荒漠部落的许多秘密，已经失传多年了，现在才知道经文保存在英国伦敦一家私人博物馆里，几个人去了一趟伦敦，把经文一字一句抄录下来，马上就要返回北京，疯沙神要读这部经文，看能不能从中找到水泱神的下落。"

陆珂、英瑛不明白疯沙神这又是什么思路，找自己的母亲与荒漠部落有什么关系。老馆长说："你们俩耐着性子陪着疯沙神仔细研读经文吧，答案有可能在经文里边。”

荒漠部落的几个后生，从英国一笔一画地誊抄了大半年经文，小心翼翼地带回国内，只可惜谁也读不懂，后生们把誊抄本带回北京，存放在府学中学图书馆，由老馆长认真看管，同时四处打听，到底谁能够读懂经文。

陆奶奶听说荒漠部落来人了，特意张罗让几个后生来家吃一顿饭，英瑛当然要参加，老馆长和英妈妈不是荒漠部落的后裔，也被邀请来列席。陆珂看荒漠部落的后生们个个是帅哥，高鼻梁深眼窝，肩宽腿长，一下子惊呆了。英瑛一进门，陆奶奶就忙不迭从厨房转出身，恭恭敬敬地向几位后生介绍，说英瑛是荒漠部落首领的后裔，所有后生都诚惶诚恐地站起身，向英瑛施大礼，陆珂在一旁傻站着无动于衷，陆奶奶一脚差点踢到他屁股上，他才跟着后生们给英瑛施礼，心里老大的不情愿。英瑛一再解释大家不必拘礼，其实她现在也能明白陆奶奶的一番苦心，他们这个可怜的部落眼看着就要灭绝了，礼数上再不讲究些，就散摊子了。

大家作为荒漠部落寥寥几位能聚在一起的人，男的女的老的小的，吃了一顿陆奶奶亲手做的家乡饭。陆奶奶忙活了大半天，英瑛要插手帮忙，陆奶奶就是不让，她嘴上不说，心里是嫌英瑛做不出老家的味道来，等忙活完了，陆奶奶坐下来，手拉着远道而来的后生们，仿佛拉着荒漠部落最后的一缕希望，问家乡怎么样了，是不是人都走光了，村口的胡杨还剩下几棵，羊和牛是不是都死了。

后生们躲闪着陆奶奶恳切的目光，说他们也是大半年都没有回老家了。陆奶奶急了，叨叨着要回老家。陆珂不高兴，当着一屋子客人大声问："您走了，把我饿死了怎么办？"

老馆长听陆珂这么说话，直皱眉头。

陆奶奶一只手继续拉着身边的后生，一只手指着陆珂的鼻子说："你这小兔崽子跟我一起走，北京城没什么可留恋的。"

陆珂抽身往后退，躲开陆奶奶的手："我还肩负着疯沙神翊卫的使命呢。"

陆奶奶没辙了，但还是坚持要走，英妈妈吃着喝着，趁机拉起陆珂的手，插话说："让陆珂住我们家来，我可喜欢这个帅小伙了。"

英瑛回头暗地里悄悄对陆珂说："你敢来我们家住，我就把你饿死。"

陆珂也悄悄地回敬英瑛一句："我才不去你们家呢。"

陆奶奶要去府学中学观瞻经文誊抄本，陆珂不愿意让陆奶奶去，他说："谁都读不懂，您去了，照样大眼儿瞪小眼儿，读不懂。"

陆奶奶大声吼道："我读不懂，我跪下给经文磕三个响头行不行。"

陆珂看奶奶急了，不说话了。

老馆长本是个整洁有序的老妇人，但是她的图书馆里最近越来越乱，书多得无处码放，分类、编码、录入根本来不及，上架也成为一种奢望。图书馆里简直就没有地方码放那么多的书架，上不去书架的书只能码在地上，眼巴巴地排队等候，有些书从出版社和书店大老远地送来，根本就没有人给拆包，整包整捆地在楼道里摞着。各种五花八门的教材、辅导材料、课外书每天像潮水一样涌进来，让老馆长和馆员们连走道的空间都没有了。

疯沙神走进图书馆，被眼前的混乱和疯狂惊呆了，他问老馆长："对不起，我是不是走错门了？"老馆长热情地请疯沙神进来，她像带领疯沙神进入八卦迷魂阵，左拐右拐，留神别把地上的书踩坏了，别把摞得横七竖八摇摇晃晃的书垛撞倒了，别被东一个西一个的书架子引迷了路。老馆长一边探路，一边回答疯沙神的疑问："混乱一些是很正常的，知识爆炸嘛，爆炸现场还不就是这个样子。"

疯沙神实话实说："这里不像图书馆，倒像是垃圾站。"老馆长不爱听，她不愿意当垃圾站站长。

陆奶奶来到府学中学，在陆珂、英瑛的引领下，走进图书馆古籍馆藏室，路过的同学问陆珂："这是你奶奶吗？"

陆珂说："是啊。"同学们都觉得陆奶奶侠气逼人。

陆珂、英瑛惊讶地发现，古籍馆藏室里坐着一位翩翩青年，白衣白裤白鞋白袜，正在低头盯着案上的经文看。

是疯沙神。

陆奶奶不认识疯沙神，她看疯沙神专心致志地读经文，不愿意去打搅，她悄声问陆珂："这位年轻人是谁，没有到咱们家来过。"陆奶奶把疯沙神当成荒漠部落的后生了，陆珂和英瑛也没有见过疯沙神，他们没法回答陆奶奶的提问，就回头看老馆长，老馆长悄悄地告诉陆奶奶、英瑛和陆珂：“他是疯沙神。”

陆珂愣头愣脑地要往前走看个仔细，被陆奶奶一把拉住，她拉着陆珂和英瑛蹑手蹑脚退出古籍馆藏室。

陆奶奶带着英瑛和陆珂，恭恭敬敬规规矩矩地站在门外，不言不语，陆珂站时间长了就想找个椅子坐着，可是他看见奶奶一动不动地站着，自己也不敢乱动窝。

疯沙神如一尊洁白的雕像，一坐就是半天儿，胳膊腿儿都不挪动，腰不塌，头不摇，专心致志，除了轻轻地翻动经文，一声不吭，一动不动，连眼睛都不眨一眨。老馆长几次劝陆奶奶回家休息，不必在这儿恭恭敬敬地守着，陆奶奶就是不听，陆珂有些熬不住，一会儿想去打球，一会儿想去给疯沙神沏个茶倒个水。英瑛和陆珂怕陆奶奶累着，也是悄声地劝，陆奶奶更是听不进去，英瑛后来实在没辙，就对陆珂说：“你在这里陪着奶奶，我进去请疯沙神出来劝劝奶奶。”

陆奶奶一听这话，没再坚持，叮嘱陆珂和英瑛好生守着，自己先告退了。陆珂和英瑛还在门口站着，老馆长把陆奶奶送出学校大门，天都黑了。直到全校晚自习结束的铃声响起，疯沙神才起身。

临出门他又转回头，向老馆长伸出双手，老馆长、英瑛和陆珂都没有明白疯沙神的用意，疯沙神对老馆长说：“请您把两颗铜珠交给我保管。”老馆长这才想起来，赶紧找出两颗铜珠，郑重其事地交给疯沙神。疯沙神双手捧着铜珠，凝视良久，轻轻揣进怀里，转身而去。

陆珂和英瑛眼瞧着疯沙神化为一道白烟从窗户飞走了，窗外划出一道银色的弧光。

自此，疯沙神每周都来一两趟，他要在经文中寻找母亲水泱神的下落，弄明白水泱神从什么地方消失的，到什么地方去了，干什么去了，为什么所有的神都不知道她的行踪。

老馆长对英瑛、陆珂说："疯沙神来读经文，你们不必守着，你俩抽空也要把经文读一读，看能不能读懂。"

经文上的文字英瑛和陆珂都认得，就是读不懂句子的意思。

英瑛下死功，把经文一字不落地背诵下来，陆珂没有耐心，只能硬着头皮猜，两人均不得要领。回到家，陆珂学着疯沙神的模样，凝神定气，盘腿而坐，也不打游戏，也不看手机，也不喝水，也不吃这吃那。陆奶奶不干了，围着陆珂左看看，右摸摸，问陆珂："怎么啦？病啦？有心事啦？吃得不满意啦？夜里做噩梦啦？"

奶奶说："嗷，这是要跟疯沙神学好哪。"

英瑛愁眉苦脸，郎本看着心疼，他建议让凌青鲍迪贺嘉来看看经文，兴许能看出些端倪，英瑛不愿意，她对郎本说："你们贺嘉把着秘志不让我们疯沙神翊卫看，我们凭什么上赶着让你们看经文。"说得郎本答不出话来。

陆珂更是对郎本一通看不上，说："府学中学的学生看不懂，反倒央求钟楼中学的学生帮忙，哼，可笑。"陆珂这话说得太难听，郎本好心帮忙反倒被陆珂讥笑，心里不高兴。

其实不仅英瑛和陆珂，连老馆长也不愿意把经文拿给外人看。陆奶奶听陆珂说经文读不懂，就骂陆珂是笨蛋，这么多年的书都是白读了。陆奶奶对陆珂说："经文必须拿到荒漠部落去读。"

陆珂听着新鲜，不以为然地说："在堂堂北京城读不懂的经文，拿到大沙漠当中，就能读懂啦？您别编故事了好不好，我亲爱的奶奶。"

郎本隔三岔五往府学中学跑，去听英瑛弹琴，给英瑛击鼓伴奏，府学中学门口保安本不让这个外校的胖小子进门，郎本就说找左次老师上音乐辅导课，一来二去保安也就不再拦他。就是撞见左次老师，老师也不拆穿他，反而真的给郎本做一些音乐知识辅导，郎本对左次老师既尊重又感激，可他就是没有深想，左次老师为什么对他这么好。左次老师送给郎本一根看似奇异的木槌，由一根木根雕刻而成，木槌不知道被多少代人用过，早已看不出本色，左次老师告诉他："这可不是玩具。"郎本拿在手中玩耍，左次老师警告他："不要用它敲击人。"郎本点点头，从此，郎本总是拿着这个奇异的木槌敲击密码，走到哪儿带到哪儿，带到哪儿敲到哪儿，十分顺手。

郎本时常用筷子敲击节奏，或是随手拿起桌上的蚕豆、小刀，敲敲打打的，一开始爸爸妈妈会制止他，认为这样做无异于要饭的乞丐，是极没有教养的行为。后来爸爸妈妈发现郎本是在敲打节奏，琢磨地境神密码，虽然他们还是觉得闹得慌，吵得慌，但他们忍着不再去管他。有时在场的人心烦，不爱听他嘀嘀嗒嗒地敲击桌面，郎本就敲自己的大腿。现在好了，有了木槌了，郎本基本上是木槌不离手了。

郎本上谁家做客都不见外，见有活儿顺手就干，见有食物张嘴就吃，帮着贺嘉的妈妈拖地，陪着鲍迪的姨妈聊闲天，凌青的爸爸做陶艺他打下手，把桌上地下的泥点子都擦抹干净，出门告别还不忘把垃圾带出去。一看人家做饭，二话不说就上手帮忙，一开始人家都拒绝，哪有让小客人下厨做饭的道理，再说，谁又能相信一个十几岁的胖小子会揉面切菜拌凉菜呢，哪个孩子不是来了就抓住游戏手柄玩起来上瘾呢，凌爸爸笑呵呵地说郎本："你家祖上一定是大厨，你肯定是得了祖上的真传。"说得郎本挺得意。贺妈妈、鲍迪姨妈、陆奶奶也都喜欢郎本，夸这孩子既懂事，又勤快，嘴还甜，唯独英妈妈不太喜欢郎本，英妈妈自己不会做饭，郎本再喜欢做饭，在英妈妈面前又怎么能显出能耐来？英瑛越是让郎本帮忙，英妈妈越是看不起郎本，英妈妈是吃硬不吃软，郎本就有些怕英妈妈，轻易不敢去英瑛家。

郎妈妈耳朵尖，察觉郎本跟英瑛过从甚密，就有意打听，几次看似不经意地问郎本："英瑛是谁？哪个学校的？住在哪里？爹妈是干什么的？"郎本一开始随口答之，后来发现妈妈三番五次地问，意识到妈妈是有意要知道些什么，心里就很腻烦，不愿再回答。郎妈妈转而问贺嘉、凌青和鲍迪，鲍迪绝不回答这类婆婆妈妈的问话，凌青也不多说什么，只是冲着郎妈妈笑笑，笑里藏着话，让郎妈妈猜，郎妈妈越是猜不着，凌青越是笑，就是不开口。贺嘉听出话音儿想多说几句，差点打开话匣子给郎妈妈开讲，可她看见鲍迪使眼色，便觉得这样不合适。当着郎本的面说几句玩笑话无所谓，但当着家长的面说多了，就不合适。

郎白觉得胖哥哥，与英瑛不应该走那么近，这不是郎白有私心，而是出于一只大白鹅的预感。

孩子们越是不说，郎妈妈越是觉得有事，越是要打探清楚，她是个急性子，心里装不住事，转而去跟郎爸爸闹腾，说："你看你的宝贝儿子！你也不管不教。"

郎爸爸一听，不仅不跟着郎妈妈一起生气着急，反而乐了，郎妈妈埋怨郎爸爸没心没肺，郎爸爸说郎妈妈没事找事，原本没有的事也让你们这些个碎嘴婆姨说成事了。郎妈妈心想也是，但心里还是不踏实。

晚上郎本家吃面，凌青送给郎本家的四个大海碗派上用场，这是凌爸爸纯手工制作，郎妈妈喜欢得不行，说起在西北老家家家户户都用这样的大海碗吃面，说得郎爸爸眉飞色舞，说得郎本热血翻腾。

郎妈妈给郎爸爸一大碗，郎本一大碗，给自己也盛上一大碗，给郎白盛上一小碗，郎白愣愣地问："我的大海碗呢？"

郎妈妈一边往嘴里送面，一边说："大海碗盛着肉汤呢，女孩子家哪有用大海碗吃面的。"

郎本嘴里含着面条，哈哈傻乐起来，郎白不明白，妈妈也是女的，为什么能用大海碗。

从此，郎白再也没用过大海碗。

41

孩子们谁都没把桀木神当回事，贺嘉就是起疑心，也是无根无据。

桀木神可没闲着，他带领成千上万的青木兵团在地脉和水脉中修建木廊木道木架，把泥土和水渠裸露的部分全都遮盖起来。

人族干活，动静很大，北京城各个工地不管规模大小，噪声扰民是一件非常头痛的事，而木族干活却悄无声息，以至于地面上的人们根本没有察觉，地境神冽水神也不觉得吵闹。

桀木神的手下干木工活，全不用锛凿斧锯，也不用铁钉铁锤和电钻，完全是榫卯结构的拼装、凹凸结构的对接，严丝合缝，平整顺滑。它们也不在木料上涂刷油脂油漆，所有的工程都是棕黄、乌青、暗红等原木本色构成，木料的本色有深有浅，也有木质的纹路，拼接起来极其华美，桀木神还用各种树木叶片的图形和纹理，做成木窗的格栅，令人目不暇接。

桀木神平时温文儒雅，文静沉稳，行动起来非常迅速，他对北京城的进攻是暗中布局，择机下手，不为大家察觉，到目前为止地境神和洌水神都还以为桀木神是构建装饰工程，不知道他是在排兵布阵。

数千年前地境神和洌水神为了报答人族的某一次善举，让西面北面的仗山神作为屏障，安排人族在北京生息繁衍，结果人族耍弄小聪明，时时刻刻想着占据地境神和洌水神的资源，人族的繁衍不仅排挤了地境神和洌水神的既定空间，还把原本在北方苟延残喘的桀木神仅有的地盘全部霸占，桀木神惹不过人族，节节败退。人族把大面积的水域填埋，盖房子、种庄稼，搞得洌水神内心痛苦不堪，洌水神心地绵软，仍然与人族和谐相处。人族的皇帝朱棣为了建筑紫禁城，把桀木神大本营的楠木砍伐殆尽，桀木神数次借用火炼神的火种燃烧紫禁城，人族仍不收手，因此结了不共戴天之仇，这回桀木神来北京，绝对不是来做客的。

但是这些，北京人全然不知，他们谁也没有看出桀木神心怀恶意，就连地境神和洌水神也好像未加提防。

桀木神比疯沙神心眼儿多，满脑袋木旋儿，说话时老是眨眼，怎么看怎么是个鸡贼。桀木神记仇的疙瘩怎么都解不开，扣儿越系越死，怨不得脑门子的树皮上全是皱纹。他将自己的阴谋掩盖在善意的外表之下，不像疯沙神那样一副疯狂凶狠的样子，北京人总觉得桀木神是善意的、是绿色的，让北京人想不出他有什么恶意。桀木神要打击谁，不知道，如何打击，也不知道，大家就知道桀木神与死去近六百年的朱棣皇帝有不共戴天的仇恨，可是与一个死鬼报仇，也不至于摆这么大阵仗啊。

地境神偶尔来桀木神的工地转转看看，冽水神一次也不来，嫌工地又脏又乱，地境神要来，桀木神也不拦着，随便看，还可以提意见。桀木神特意从南方运来大量樟木，装饰木廊木道，说是樟木的特殊香气能够防虫防蚁，地境神隔着老远就闻着怪味，连忙制止桀木神，再不可使用樟木，他指着桀木神的鼻子说："你忘啦，楠木的炭烧味把我熏晕了六百年。"地境神叫桀木神把樟木都撤走，说是北方不长虫子，没必要防虫防蚁。桀木神心里说，一个大老爷们儿你还挺娇气。

桀木神使用很多生长快的树种做材料，什么柳树、杨树之类，这些木料组建队伍迅速；还使用很多有树瘤的树种，最典型的就是榆树，看着疙里疙瘩的，不知道桀木神为什么选中它们；像槐树、桑树这样硬邦邦的树种，桀木神也喜欢用，估计是打击力强。地境神只知道哪些木料结实，哪些木料好看，这些木料在今后桀木神战役中的作用，地境神全没有在意，谁能防备着木头会张牙舞爪地打起仗来？地境神认不清这么多树种，跟桀木神聊着聊着脑子就乱了，也就不细问。桀木神越干越来劲了，地境神越看越不多过问了。

看着桀木神在地脉和水脉搭建的木廊木道和装饰工程，地境神和冽水神赞许有加，高大的穹顶由圆木拼搭而成，廊柱一根根整齐有序地排列其间，每根廊柱之间还建有互相勾连的横梁，地面通道也由一块块木板排列铺就，他们俩没有意识到桀木神的真正意图，只是觉得他为神脉搭了个框架，又坚固又美观又整洁，其实他们应该想到，地境神和冽水神为北京城铺就的神脉，用得着桀木神来加以修理吗？

神族的事情和人族的事情没有什么两样，厚道者都是为情所困，看似愚钝的地境神十分老到，他的嗅觉十分敏锐，按说他应该察觉桀木神来者不善，但碍于恩公情面，他厚待桀木神，而冽水神对桀木神过分热情，觉得桀木神远道而来，与北京城无冤无仇，应该没有什么恶意，她哪里知道桀木神对朱棣皇帝耿耿于怀，要让今天的北京人偿还六百年前朱棣皇帝欠下的旧账。

桀木神是可怜的神，时时刻刻需要依附于另一个神，要么依附火炼神抗击地境神和冽水神，夺取地境神和冽水神的营养和能源，要么依附仗山神抗击火炼神，他没有真诚的朋友，也没有绝对的敌人，没有土地、水、山脉和地下热能，桀木神根本无法生存，而且桀木神还总是与人族作对，对人族不依不饶，这种心理使得人族与木族的矛盾时断时续，永无终期。人族数千年来的数十次严重的饥荒，导致人族数量急剧减少，都是桀木神与水神、火神联合发力的结果，人族到现在只是敬畏天地山川，却始终不拿桀木神当回事，桀木神怎么都咽不下这口气。人族得罪桀木神的年头太长了，桀木神报复人族的想法也不是想了一天两天了。

这一年的春天，北京下雨次数出乎意料地多起来，桀木神高兴极了，他命令手下的乔木灌木藤萝加速生长，不是为了好看，也不是为了绿化，而是为了实施他的大森林计划。

他以为上天都助他一臂之力，阳光和雨水都宠着他、偏向着他，他信心满满地实施起他那个异想天开的计划来了。

桀木神的孤孩儿在紫禁城一天天长大，不知道为什么，长了几百年还总是一副孩子模样，当年紫禁城建设时，巨大的楠木被刀劈斧砍，其他孤孩儿还小，只是觉得这种壮阔的场面好玩儿，而大楠却铭记在心，他毕竟是桀木神的长子。

初到紫禁城，人生地不熟，大楠每天的头等大事就是三番五次地要求弟弟妹妹们不要乱跑，最后还是跑散了好几个，他无法向桀木神交代，他是兄长，大家失散了，他十分内疚。

二竹极其不习惯北方的生活，但他生性孤傲，遇到什么难事就硬挺着，也不言语，一到冬天就感冒，又打喷嚏又流鼻涕，干瘦干瘦的，让大家看着心酸，西北风一吹他就要倒，几个兄弟赶紧扶他一把，怕他个子瘦高，一倒就会折胳膊断腿，哧啦哧啦地疼，大楠把脖子上的围巾让给二竹，二竹说什么也不要，说我没有那么娇气，大楠说这是爸爸的一条围巾，也是个念想，二竹就围上，再也不愿意摘下来。二竹躲进宫殿里取暖，屋里生火他又觉得干燥难忍，脸上手上脚上裂很多大口子。柳姑吸溜着鼻涕抱着熟睡的花椒妞妞，对二竹说：“二竹哥哥，咱们回家吧。”

二竹哄着她说：“要回咱们一起回。”

二竹自己编制竹衣挡雨挡雪御寒，虽然好看可是全是缝隙，被四蔓讥讽为样子货，四蔓用藤条编织的藤线衣既好看又保暖。

紫禁城的戏台在节庆的日子里为皇家演戏，有人打快板伴奏，竹板那铿锵有力、节奏鲜明的敲击声一下吸引了二竹，他没有想到，人可以用竹板敲击出如此玲珑清脆的声音，他迈开大长腿顺着声音寻过去，趴在戏台边沿痴迷地听着，大气儿都不出，戏散了，戏班收拾家伙走出紫禁城，二竹就跟着人家的队伍出了紫禁城，在人家的住地听了三四天。

二竹失踪三四天，急得其他孤孩儿哭起来，担心他被寒风吹死了，幸亏他迈着快板的节奏一蹦一颠地又回来了，大家才喘口气，从这日起，二竹一张嘴就是快板节奏，“他李哥他，他李哥他，他李哥他他零零他”。长脖子长腿顺着快板的节奏来来回回摇晃，嘴里嘴外唾沫星子四溅，三槐和五杨觉得二竹哥哥好笑，想学又学不来，四蔓撇着嘴说：“神经有毛病了。”

二竹在人家窗台底下趴久了，那家窗前第二年春天居然长出一片竹子来，家里主妇要砍了做劈柴生火用，被那家的男人，也就是那位快板艺人制止了。

二竹个子高，不是一般地高，是出奇的高，他走道不看脚底下，遇见个小沟小坎儿的，不是脚底下拌蒜，就是踉踉跄跄，所以二竹练就了高抬腿迈大步的本领，走起路来健步如飞，全身还呱嗒呱嗒地响着打快板一样的节奏，又欢快，又热闹。孤孩儿们要是有个私密谨慎的活动，都得事先提醒二竹，提醒他弓着身，猫着腰，不要挺胸抬头地暴露目标，也不要呱嗒呱嗒地敲打个没完。好几次二竹带领三槐四蔓等孤孩儿悄悄地溜进御膳房偷馋嘴吃，都因为二竹动静太大，被大花狗轰出来，以失败告终。后来，二竹就再也没有了打头阵的资格，只是到达墙根儿底下充当个隔墙瞭望，或是充当个爬墙梯子之类的角色。二竹性格厚道，虽是老二，从不欺负弟弟妹妹，即使弟弟妹妹们跟他发脾气，使性子，他也不气不恼。三槐四蔓五杨等都怕大楠，大楠有长兄的威严，但不怕二竹，二竹从来不黑脸，从来不发怒。每次孤孩儿们和传心殿后面的宠物狗宠物猫，苍鹰、御马打群架，二竹就往后退，能不出手就不出手，每次都是大楠点着名字让他冲，他才极不情愿地打上两拳，踢上两脚，四蔓骂他："自私鬼。"

他说："我是文人。"

四蔓对文人评价不高，说二竹是穷酸饿醋的文人。

二竹不爱理发，头发留得很长，翠绿翠绿的，随风乱飘，大楠劝他理整齐些，他不愿意，说北京的艺术家都是留长头发的，四蔓就乐，说风凉话："也不知道做艺术家有什么好，吃也没多吃几口，穿也没高别人几分。"

二竹对四蔓说："你这么说就俗了。"

四蔓今天气儿顺，不跟二竹哥斗嘴，艺术家说她俗，她也就认了。

椞木神忙活这个，忙活那个，为什么不忙着寻找孤孩儿？天晓得。

42

这个春天，因为桀木神的到来，全北京树也争春，花也斗艳，花长得太旺，开得太盛，花粉花香随着风四处乱飞，八方乱窜，全北京有一多半的大人孩子都过敏，打喷嚏流鼻涕，一派狼狈尴尬无奈的景象，桀木神还没有正式出手，北京人的体面，就被奚落得不成个样子。

葛老师虽是桀木神的翊卫，但也不完全了解桀木神计划的全部。

葛老师高颧骨，高鼻梁，两鬓胡楂子很重，长下巴。他嗓音清朗，举止潇洒，腿长脚宽，手指修长。他爱种花，家里客厅里能站人插脚的地方，都让他摆上花盆了，他种什么，什么都长得茁壮、蓬勃、欢实。他不给花儿施化肥，有心施一些有机肥，又怕房间里臭气弥漫，就自己在小区里找个角落，收集一些枯枝败叶，沤一些有机土，定期给花换土。陂复老师和左次老师与他年龄相仿，平时也有些走动，对他这种爱好十分不解，一个年纪轻轻的男性，怎么会对花花草草的这么上心呢？葛老师自己也觉得好笑，又不是生物课老师，又不是农艺课老师，偏偏喜欢侍弄花草，好在他没有饲养宠物的习惯，否则这家里就进不来人了。

葛老师的板书是东一榔头西一棒子，想到哪里写到哪里，黑板上先写中心，然后就随意踱步，走到左边就写左边，走到右边就写右边，最后把黑板涂抹得差不多了，就插空，哪里有空白就写到哪里，学生们上课精神必须高度集中，脑袋跟着葛老师的粉笔上下左右没有规律地晃荡。但是葛老师讲课很生动、有趣，学生们很喜欢上葛老师的课。

李老师表面弱不禁风，但内心极其坚定。她的身姿，她的步履，她的柔声的话语，同学们不懂得欣赏，葛老师是懂的，不过他心里想的不是如何读懂李老师，而是自负地想要李老师读懂他。像葛老师这种能从头到尾背诵《新华字典》的才子，一般人治不服他。

特别是从担任桀木神翊卫后，葛老师好像变了个人，步伐异常豪迈，脑袋总是扬得高高的，语调嗓门变得神秘兮兮的，好像巴不得让大家都知道他作为地境神的解药，让地境神提前苏醒过来。葛老师不仅拿旁人不当回事，连李老师他也不珍惜了，这位年轻教师有点不知道自己姓什么了，李老师感觉到了他的变化，她有些伤心，别人都是跟着神学好，这位葛老师怎么跟着神学坏了呢，她想不通。别说李老师，连盈缶老师看在眼里都想不通，她跟李老师议论，是不是男人越有才华就越薄情寡义，李老师与这位快人快语的校医还真是能说些心里话。

盈缶老师拿自己的中医学问解释说："我看他是虚火

旺，摔两个跟头，浇两盆冷水，兴许会好些。”李老师听了，扭头望着窗外，苦笑。

葛老师编写《桀木神辞典》，把他所钟爱的植物用他的语言重新定义一番，其中一项重要的改动，就是将木族可以存活的年限和树冠高度、树干的直径尽可能地提高放大，又想把树木的年轮描述得精准无误，这怎么可能？他想请陂复老师手绘配图，陂复老师觉得葛老师近来有些神神道道，不愿意靠他太近，不敢接受这个活儿，就给他推荐贺嘉，说贺嘉的插图手艺已经到了比较专业的水平，可是葛老师怎么能一下子看得上一个小毛孩子的作品，就跟陂复老师掰扯了几句，说：“你不干就不干，但不要敷衍我。”

陂复老师连忙解释道：“我真不是敷衍你，你是大学问家，我应该向你学习才是，我向你推荐贺嘉的插图，绝不是随随便便一说，我建议你拿几张贺嘉的画作仔细看一看。”

葛老师叫来贺嘉，让她择日拿几张画作看一看，贺嘉不知何意，就从家中找出几张拿给葛老师看。葛老师看了贺嘉的画作，觉得贺嘉的画作确实非一般的少年习作，确乎有几分地境神和洌水神的意韵在里边。什么叫地境神和洌水神的意韵？没法解释，葛老师是桀木神翊卫，他能慧眼识得，旁人不一定能识得。

葛老师请贺嘉为他的辞典作插图，一开始贺嘉认认真真画了几幅，铺白纸于画板之上，执彩笔而绘之，树干、树冠、树枝和树叶，画得像是大不列颠百科全书的插图，可葛老师不满意，葛老师说他的辞典不是一般意义上的辞典。

贺嘉问："那您让我画什么呢？"

葛老师说："画桀木神。"

贺嘉瞪大了眼睛说："我没有见过桀木神。"

葛老师说："你是地境神的翊卫，你见过地境神，也见过冽水神和疯沙神，桀木神和他们是一样的神。"

贺嘉想了想说："您写的文字可以想象，我画出来的画只能具象了。"

葛老师说："未必，你再想想看。"贺嘉一连好几天想来想去拿不出一个答案。

贺嘉向葛老师反复请教、修改，很多画作要推倒重来，葛老师把辞典中对桀木神精神世界的把握完完全全地表达出来，葛老师过于自负，完全没有防范之心，贺嘉可不是一般小孩子，她从葛老师的言谈话语中听出一股子火药味儿。

葛老师的反常引起贺嘉的怀疑，葛老师是桀木神翊卫，是不是桀木神有什么企图？如果桀木神有什么企图，那一定要告诉地境神和冽水神。

凌青大不以为然，他说桀木神是地境神和冽水神的客人，又是地境神的救命恩公，怎么会有不良企图？

凌青、鲍迪、郎本、郎白，包括英瑛和陆珂，谁都没有在意桀木神，这让贺嘉很奇怪，北京城莫名其妙远道而来个神，你们不感到奇怪吗？凌青乐了，说："这有什么可大惊小怪的？地境神、冽水神、疯沙神，我们见过得多了。"凌青数落贺嘉，大家也觉得贺嘉过于敏感，贺嘉心里就是别扭。除了鲍迪，谁也不拿贺嘉的猜测当回事。内向的鲍迪有什么想法也不会挥着拳头嚷嚷。

凌青请求进入黄地宫拜见地境神，报告个别人对桀木神的怀疑，他给远在西北寻找雪斑马的马校长打电话请示，马校长不同意同学们拜见地境神：刚刚消停没多长时间，怎么会又生战事？再说桀木神是北京城的大恩公呢，退一万步讲，桀木神有什么打算预谋，那还不是地境神和冽水神先知道，怎么可能几个孩子预测到桀木神的心思？

北京人谁不爱过太平日子，谁老惦记着打仗，有病啊。

43

桀木神从不进城，对北京城一副不闻不问的样子，也不去紫禁城，对紫禁城这个全世界最大规模的木结构建筑群看似一点兴趣也没有，他要是去了紫禁城，兴许就见到孤孩儿了。

葛老师几次请桀木神进城转转，桀木神都冷言拒绝。葛老师觉得桀木神深不可测，他没有把自己对桀木神的印象告诉其他翊卫，他必须牢记桀木神的话，不把桀木神的事告诉其他人，他自己学着桀木神，摆出一副深不可测的样子。李老师和盈缶老师几乎要讨厌葛老师了，葛老师心里却很为这种姿态而得意。盈缶现在见了葛老师的面，连招呼都不打，就当没看见，心里说，你以为你也是神哪，瞧你那副德行。

葛老师和贺嘉不在同一所学校，葛老师所作所为，贺嘉平日里观察不多，李老师、黎雪都是心软面善之人，锦斑鲤的心都是水做的，盈缶就是硬，也是嘴硬，她们还真不如贺嘉眼毒。

钟楼中学的教务长拿自己当校长了，进进出出地觉着很过瘾，每天早晨在校园里溜达，检查学生的发型，要求女不遮眉，男不蔽耳，马校长不在，教务长凶了很多，横眉立目，手里提着剪子和簸箕，看见谁头发长就上前剪一剪子，他也不全剪，也不剪出个模样，只是一下两下在你的脑袋上留个记号，让你山河破碎，不阴不阳，遭周围同学哄笑。这样促使你下回再也不敢保留过长的头发。他要是心情好，生怜惜之情，可能会在走出不远之后，回过头来对你说："你一会儿到我办公室，我再给你拾掇拾掇。"他要是心情不好，还会以此要笑学生，说："我这两天手艺退步了，找个学生的脑袋练练手儿。"好多男生要留头发，见到教务长就躲，骂他是法西斯理发师，他一脸的得意，甚至还有些二流子的神态，把令行禁止说一不二掩盖在轻松愉快的表皮下面。凌青和郎本不留长发，对教务长的游荡视而不见，鲍迪却不行，他发质柔软，剃寸头他觉得很难看，他就想留长一些，因此成为教务长的追踪目标，教务长几次对他发出警告，他跟教务长梗脖子，教务长说："这是学校统一规定。"

鲍迪反抗说："不合理。"

教务长说："留长发影响学习。"

鲍迪又反抗说："我学习挺好。"

教务长抖一抖右手的剪子，把左手的簸箕咣当往地上一扔，就像好戏开场之前的锣声敲响了一样，操场上、过道上的学生都停止脚步转过身来，甚至教室窗户里的脑袋都伸出来，大家都等着看教务长怎么下剪子，鲍迪昂着头一动不动，跟教务长较劲，这时，曹老师从旁一瘸一拐地奔过来，他跟教务长说：“这事交给我吧。”

教务长给曹老师面子，放下手中的剪子，嘴里还大叫着：“这个刺头必须理一理。”

曹老师说：“我给他理。”一把把鲍迪拽走，鲍迪浑身僵直，趔趔趄趄着走开。

抗击疯沙神的战斗并没有给钟楼中学的学生提高多少学习成绩，也没有让府学中学和内街中学的学生改行去做勇士，但是学生们确实在心智上、性格上发生很多变化。

下午，在曹老师办公室，鲍迪乖乖地坐在椅子上，曹老师给他理发，曹老师的手艺鲍迪是信服的。

曹老师精于计算的头脑中永远是多种可能性的罗列和经过成熟考量之后的排除与选定，他对世间万物充满敬畏，而不会像葛老师那样表现出肆意而无畏的张狂。他跟鲍迪说过很多次，黑钉绝不是简简单单的布局，越演算，越接近真相，越觉得这其中的神秘和诡异。鲍迪对曹老师说：“地境神明令禁止我们再谈论黑钉，估计我们的运算，地境神也不会同意。”曹老师望着鲍迪，说：“人族既然触动了黑钉，就要探究清楚，否则有可能出大事。”鲍迪点点头。

葛老师越来越狂妄，得知钟楼中学的曹老师在鼓励鲍迪计算黑钉布阵，他专门赶到钟楼中学，把曹老师训斥一顿，他也不管曹老师比他年长几岁，也不管曹老师腿脚不便，也不管跟曹老师本来就不熟，说话理应客气，他高着嗓门，单刀直入，断然否定曹老师的这种行为，把曹老师和鲍迪说得愣在那里，一句话也插不上嘴。

葛老师说了一通神族神秘布局的不可计算性，甚至是不可触碰性，说了一通他自己对黑钉布局的一系列严谨的、缜密的推理和判断，说了一通对曹老师、鲍迪连同钟楼中学全体师生的讽刺挖苦，一通从上到下、从里到外的毫不留情的贬损，结论就是一个：人，任何人，包括他自己，绝对不可以擅自计算诸神的布局。

葛老师自始至终站在数学教研室的正当中，连比画带说，整整两个多小时，曹老师一言不发，闷头听着，鲍迪站在旁边陪着挨训，他出于礼貌给葛老师一杯一杯地递白开水，葛老师前前后后喝了九杯之多，眼看着数学教研室的桶装水都快被葛老师喝得见底儿了。

终于等到葛老师说累了，说完了，曹老师还是不搭腔，老半天不说话，最后从牙缝里挤出几个字说："谢谢你。"

曹老师行动不便，委托鲍迪把葛老师送到学校大门口。从教研室到校门口的短短的一段路上，葛老师还不失时机地训了鲍迪几句，把鲍迪训得跟三孙子似的。

鲍迪回到教研室，看到曹老师把平时不离手的玻璃杯摔在地下砸得粉碎。曹老师被刚才葛老师的一番训话说得怒不可遏，他越是愤怒，越是一言不发。鲍迪被曹老师这阵势吓到了，他从来没有见过曹老师发这么大的火，呆呆地站在那里，不知道干点什么好。

曹老师对鲍迪说："坐下，拿笔拿纸。"

鲍迪知道曹老师要开始计算了，他先拿起扫把，想把地上的玻璃杯碎片清理一下。

曹老师厉声说："先别管那些。"鲍迪听话，拿出纸和笔，搬个椅子坐在曹老师身边。

师生二人又开始了黑钉布局的计算，天渐渐黑暗下来，全校只剩下他们师生二人了，全校的教室、图书室和教研室全黑灯了，只有数学教研室的灯还亮着。

晚上十点了，曹老师怕鲍迪家里人惦记，才结束了手头的计算，二人走出昏暗的校园，鲍迪伸手想搀扶曹老师，曹老师甩开他的手，他不肯被别人照顾。

曹老师提议在街边的面馆吃点饭，两个人每人要了一碗素面，曹老师加了一瓶啤酒。鲍迪看见曹老师大口大口地喝啤酒，半瓶酒下肚，眼中闪出泪花，鲍迪不敢言语，他知道今天曹老师的自尊心被葛老师深深地刺了一刀。

鲍迪和曹老师经过演算，推翻了葛老师所说的黑钉埋设地点就是北京城水井分布点的论断，他们觉得事情没有那么简单，黑钉是神布下的，北京的百姓挖井取水，只能是与神的黑钉设置点部分地暗合，不可能神按着人选定的位置埋设黑钉，也不可能神把自己选定的位置告诉人，让人去打井。

鲍迪几次三番地提醒凌青，不要因为地境神的禁令，放弃对黑钉布局的关注，凌青对黑钉的兴趣当然很大，只是不知道从何处下手，他和鲍迪暗自约定，不能不管黑钉，只是嘴上不说罢了。

马校长不在，凌青他们有什么事就请示李老师，他们向李老师申请，要去地脉和水脉转一转。凌青和鲍迪没说，他们要下去观察一下黑钉布局。

44

笑眯眯的黎雪来找凌青，说是李老师要带他们进入地脉，陆珂瞄着黎雪多看两眼，贺嘉立刻开火：“看什么看，没见过美女吧。”气得陆珂急不得恼不得，英瑛心说：“这不是活该嘛。”

一听黎雪说要进入地脉，陆珂和英瑛都想去，所有的人，包括凌青都不同意，英瑛眼巴巴地看着郎本，寻求支援，这时郎本却装没看见，郎本心里想，地脉和水脉哪里是随便什么人都可以进入的。英瑛心里不高兴了：“胖仔，你等着，看我怎么收拾你。”此后好几天，英瑛不搭理郎本，郎本要给她讲讲地脉和水脉，英瑛很想听，嘴上却说：“不要讲，我没有资格听。”郎本像脑门子撞到南墙上，生疼。

贺嘉、鲍迪恨疯沙神下手太狠，对陆珂和英瑛不依不饶，陆珂的态度很明朗，恨就恨吧，我怕谁，我谁也不怕。他对鲍迪和贺嘉很抵触，鲍迪研究黑钉布局，陆珂不以为然，嘲讽说：“就钟楼中学那两下子还想研究神的布局，先把区统考的卷子上的错题改明白了。”说得郎本抬不起头，他的错题还真的没改干净呢。

贺嘉不服，顶撞陆珂："你有什么了不起，不就是拿着两颗铜珠全北京城瞎逛，不过是瞎猫碰上了死耗子。"

鲍迪不言语，别人怎么攻击他，他都不屑于反抗，因为对方没有击中他的要害，但鲍迪对疯沙神的仇恨和恐惧是一时半会儿化解不开的。

贺嘉还有更狠的话要说出口，凌青劝阻她："你可以说陆珂和英瑛是瞎猫，但不可以将水泱神铜像说成是死耗子。"贺嘉这才收敛了些。

陆珂就是看不上钟楼中学这几个翊卫，贺嘉越生气，陆珂越来劲。英瑛对凌青几人是心存感激的，在疯沙神不管不顾地进攻北京时，是凌青出手搭救了他们，再说她与郎本也越走越近，郎本解析地境神密码，英瑛也是很有兴趣的。但英瑛不能在陆珂面前提郎本，一提陆珂就急。

陆珂和英瑛能不能进入北京城地脉，几个孩子争论了好几天，鲍迪和贺嘉固执地认为疯沙神是北京的仇敌，他的翊卫没有资格进入地脉，英瑛理性地说："大家都是神灵翊卫，权限是一样的，不能以人的恩怨判定神的是非。"凌青觉得英瑛说得比较公允，但他不好当着鲍迪和贺嘉的面支持英瑛和陆珂，郎本也觉得英瑛这话有道理，但他也不敢直截了当地赞同英瑛，贺嘉的嘴太厉害，郎本抵挡不住，黎雪一时半会儿不好介入这两派翊卫的恩怨，躲在凌青背后不吱声。

僵持不下，凌青提议大家找李老师说句公道话，李老师轻飘飘一句话就把双方的敌对化解了，她说："疯沙神是洌水神的大外甥，疯沙神的翊卫为什么不能进入地脉？”说得鲍迪和贺嘉不好再说什么了。

葛老师也要去地脉，凌青礼貌地阻止说：“您没有翊卫身份吧。”葛老师整整衣襟，把一头秀发往后一甩，说：“我是桀木神翊卫。”大家都对葛老师刮目相看。李老师这两天越来越烦葛老师，两人冷战多时。

凌青他们即使是身为翊卫，也不可随意出入地脉和水脉，进入地脉在入口处需要敲击密码，在地脉中如果迷路很可能就再也出不来了，进入的翊卫也切不可因为贪图舒适而流连忘返。

李老师告诉同学们进入地脉和水脉后的规矩。

“还有规矩？”郎本和陆珂都着急地问。鲍迪也好奇，但是他憋着不问。

李老师说：“在地脉中见到熟人或亲人，千万不要叫他们的名字。”

“为什么？”所有的孩子都好奇起来。

李老师说：“这是规矩，神也没告诉我为什么。”

不过李老师接着说：“我猜过，在地面上你的熟人、亲人都是极平凡的人，既不是神的翊卫，也不知道北京城有神灵。但是在神的世界里，你一叫他的名字，神就把这个陌生人记下了，这对他来说，是一次十分强烈的惊吓，很多人经受不起这样的惊吓，会大病一场。”

“让神记住，不是好事吗？”陆珂不知深浅地问。

李老师解释说：“不是那么简单啊，你不知道这个人的所作所为和神的意愿是否相符合，也不知道他愿意不愿意按照神的旨意行事。”陆珂和其他孩子似懂非懂地点点头。

凌青感叹说：“人的想法和行为和神的要想一致起来，需要很多很多年吧。”黎雪看着凌青，凌青说什么她都认真听，都觉得有道理。

“那认识的人就不打个招呼吗？”郎本插嘴问，这种讨论他是不会一言不发的。

“打招呼是可以的，别出声叫名字，你可以笑笑，可以点点头，甚至可以鞠个躬，都是可以的。”李老师轻轻淡淡地说。

“还有呢？”英瑛认为还有规矩，不会就单单一条。

“还有就是不要把地面上的恩恩怨怨带到地脉中去。”李老师接着说。

陆珂不以为然，连郎本也觉得这条规矩有点像是宋老师式的说教。李老师说：“我还真不是吓唬你们。神的力量比人的力量大无数倍，地脉中的场的作用会把人的想法放大无数倍。”

“那又怎样？”黎雪没听明白，她理科成绩一般般，场的概念也理解得不透。

“比如你在地脉中见到老师，埋怨他不该给你留那么多的作业，然而回到地面上，你会发现这老师会给你留出比原来多好几倍的作业。”几个孩子听得张大了嘴巴。葛老师在一旁听着李老师和同学们的对话，也不插嘴，自己心里想着桀木神的事。

地脉和水脉太奇妙了。

这回，一大帮人进入地脉，可不是像上次那样叽里咕噜滚下去的，那次是凌青他们不摸门道，太狼狈，太丢人了，这次他们事先约好了斑兽，就像北京人出门前，先在网上约出租车一样。

等大家进入地脉和水脉，全傻眼了，眼前的景象超乎所有人的想象。北京城地下有一个多层的神灵世界，一层是地脉，再一层是水脉，往下还有岩脉和火脉，与一般人关于地下矿坑、隧道的概念没有关系，是一个强大、宽广的王国，有完备的能源体系，包括光源、水源和火源，温度湿度能够自然调节，空气能够自然净化，人族、木族、兽族当中与神灵相关者，还有斑兽，可以自由自在地生活。

这个地下的王国有建筑，有街道，街道和建筑的名称都是神灵的历任翊卫们按照地面上发生的事情给命名的，和地境神洌水神没有什么关系，地境神和洌水神的命名体系一般人看不懂，郎本想要完全掌握地境神和洌水神的语言密码，要想搞明白这套命名体系，恐怕也要很长时间。

去年以前，地境神昏睡，洌水神不在家，地脉中的活物们无事可为，除了寥寥几只斑兽值班以外，地脉中冷冷清清的。地境神一醒，洌水神又和疯沙神大战一番，地脉中开始热闹起来。

桀木神在地脉和水脉中修建装修工程的现场都用木板围挡起来，为安全起见禁止通行，也禁止参观。像郎本陆珂这样的男孩子，你不让他干什么，他偏要干什么，明明围挡上写着“请勿靠近”的警示，郎本和陆珂非要凑近前看看，葛老师教训他们：“跟你们说有危险你们看不见吗？”两个孩子自知理亏，只好扭头走开，李老师叫葛老师多留心看着这几个毛手毛脚的男孩子，别出什么意外，葛老师心里说，不用你说，桀木神早就嘱咐过我了。

凌青一行人在地脉中可能遇到的人，与地境神和洌水神多多少少有些关联，有些就是认识的人，甚至亲人，还有许多人凌青他们不认识，也不便问。李老师甚至猜测，有些人还可能是哪朝哪代为地境神和洌水神服务过的人或者相关的人。

简单地说，人越修炼，离神越远，人总是自以为聪明，总是由着性子折腾，神看着人很好笑，怎么劝，人也听不进去。动物修炼得离神越来越近了，它们把自己的精英修炼成斑兽，而斑兽也就是半神半兽，离神还有距离，植物费了九牛二虎之力真的修炼出自己的桀木神，植物离神最近，它们可以依靠桀木神的力量抵御人族和兽族长年累月的欺辱侵扰，如果没有桀木神，地球上的植物早就被人族和兽族糟蹋光了。神之所以在地下修筑地脉、水脉、岩脉和火脉，一方面地下本身就是神的家园，另一方面神也是觉得地面上的人族太不安生了，太闹腾了。

凌青他们在地脉和水脉中说话有回音，在地脉中一个人说话就像好几个人说话一样，相当于凌青和七八个兄弟在合唱，水脉中的水流愣是给孩子们的说话配上了高高低低的曲调，让他们说得比唱得还好听，每次从地脉或水脉返回地面，凌青他们几个再张嘴说话都觉得单调乏味极了。地脉或水脉中的光线比地面上柔和许多，也没有或明或暗的巨大反差。人的血流放缓，心跳放慢，情绪也不会有剧烈的波动，郎本不再那么兴奋闹腾，话变少了。鲍迪反倒没了那么重的心事，话变得多起来。黎雪这些女孩子在地面上总是手脚冰凉，可是在地脉中她们的手脚都是暖暖的。黎雪如果想在地脉中翩翩起舞，那比在地面上更加柔美、更加灵动，很多高难度动作会毫不费力地展示出来。黎雪在地脉中走着走着，就会情不自禁地曼舞起来。就连贺嘉这个不善舞蹈的女生，步履也轻盈了许多，翩翩欲飞，不过她看着黎雪在凌青面前扭呀扭的，真是看不惯。英瑛也会有和黎雪贺嘉一样的感觉，甚至她还会有荒漠部落后裔更加不同一般的感悟，她脑子里胡思乱想着，是不是应该把经文带到地脉中读一读，看看地脉有没有特殊的助读功能，不过她不敢，怕经文拿到地脉里有什么闪失。

疯沙神进攻北京时，全体北京人进入地脉避难，很多老年人的心血管疾病都有一定程度的缓解，诸如梗塞、绞痛、瘀滞等症状都悄悄地消失了，但是只有短短的三天三夜，绝大多数人效果并不持久，有几位身怀中医绝技的高手敏锐地察觉到这些细微变化，想一探究竟，可惜，他们以后再也没有进入地脉的机会了。

凌青、鲍迪在地脉中行走，看到的场景和物件令他们十分好奇，他们小心谨慎，不去触碰好奇的物件，不与地脉中的人物和斑兽对话，不到万不得已，不携带地脉中的物件走出地脉，最好不要在地脉中翻看书籍，那些书讲的全是奇奇怪怪的事情，让人琢磨一辈子也不能明白，很费脑筋，不要听音乐，不要随身携带手机和iPad之类的物品，如果让地脉中的神灵学会使用手机和电子网络，是福是祸不堪设想。

地脉中有人追赶鲍迪，有人欺骗郎本，有人抓住贺嘉的胳膊不放，历史人物和现实人物的碰撞与纠结，不能详说。历史讲多了没意思，让人家觉得北京人后背上驮着个盛满历史的箱子，怎么也走不快。

凌青和鲍迪留着心眼儿，要实地观察黑钉布局，谁也不知道他们都看到了什么。

葛老师跟李老师说：“以后别带着学生们进地脉闲逛了。”李老师点点头，觉得葛老师说得有道理。

在地脉逛了一遭，作为神的翊卫居然对桀木神的布阵毫无察觉，这也不能怪他们无知和无能，连地境神和洌水神都还蒙在鼓里呢。桀木神巴不得凌青他们今天接雪斑马回京禀报，明天探探疯沙神阅读经文，后天逛逛地脉的奇异景致，不把自己放在视线之内。

45

桀木神建造的木廊木道木架根本不是什么装修工程。桀木神哪里有那份好心，他经过周密布置，木质建筑的结构异常复杂，什么地方疏通，什么地方堵塞，什么地方开阔，什么地方狭窄，表面结构、下面的支撑以及底部的机关几乎无人能破解。

每一块木料之间由特殊机关连接，可开可合，开则四通八达，合则力不能解，越用力连接得越结实，平时是一个通畅的通廊，行动起来后瞬间变成个木质牢笼。

桀木神用无数块木料构建了一个神秘莫测威力巨大的木阵，每一根木柱，每一件木梁，每一块木地板都是精心设计的阴谋，地境神和冽水神都不明白这些尚未启动的木阵，更甭说凌青他们这些孩子了。

木阵分为眠、顿、链、展四阵和锁、移、翻、遮四技。

桀木神高大魁梧，有深不可触的盘曲错节的根。桀木神变幻莫测，今天青春勃发枝繁叶茂，明天就粗皮老脸枯枝败叶。桀木神的寿命长，心眼也多。他和他的部下多少年多少代都是委曲求全，夹缝中求生存，从来不硬碰硬，不短兵相接，如果不是人族把它们逼得忍无可忍，它们不会奋起抗争。而一旦桀木神发布命令，所有树木、藤蔓，乃至花花草草全都团结起来，拼上一把，那人族必遭祸殃。这一年的北京城，人们不得不咀嚼六百年前朱棣皇帝一手种下的恶果。

他此次来北京，是来报朱棣的深仇大恨的，虽然朱棣皇帝早就死了将近六百年了，桀木神可不管那一套，对于人族来说，六百年前的事早就忘光了，对于木族来说，六百年前的事就是昨天的事。

孤孩儿在紫禁城也不是一天就长大的。

三槐不爱在紫禁城里老实待着，天天在北京城的大街小巷闲逛，东瞧瞧，西看看，搞得北京城里城外到处都是槐树，大楠劝他别乱跑，他说："正是长身体的时候，老在家坐着太闷得慌。"

大楠说："本来就吃不饱，你到处逛就不饿吗？"

他说："心里一高兴就忘了饿了。"

三槐整日在外边疯跑狂颠，那一年北京突降大雨三日，把三槐浇得染了重疾，倒卧街头，大楠二竹把三槐背回紫禁城，三槐已经快没气了，大楠怀抱着三槐不肯撒手，昼夜将他抱在怀中，一天，两天，三天，四天，终于，可怜的三槐在得病后第六日出汗而愈。

三槐经常迷路，分不清东南西北、前后左右，就像郎爸爸开车经常迷路一样。如果大楠不在家里呼唤他，他指不定走到哪里去，所以每次出去久了，大楠哥就喊：“小骚子，小骚子。”

这是三槐的乳名，他不耐阴湿，一喝多了水就总尿床，搞得床单子床褥子每天一股子尿骚味儿，把桀木神烦得够呛，就随口给他起这么个乳名。现在三槐要是迷路了，或是心玩野了不回家，大楠呼喊“三槐”他听不真着，喊“小骚子”他就知道是喊他呢。无人的夜里，紫禁城总能听到树枝拍打宫墙的声响，那就是大楠哥又找不着小骚子了。

三槐的飘洒
原来是懵懂无知的玩耍
弥天的槐花
找不到自己的老家
春雨滴答
你依偎着紫禁城的黄瓦
微风嘶哑
你盘旋在钟鼓楼的檐下
不知何时
才能停止这无家可归的生涯
不知何时
才能终结这无依无靠的挣扎

下雨的时候，三槐和柳姑就喜欢迎着风冒着雨，满院子乱跑，下完雨三槐和柳姑就喜欢攀爬到大殿的屋顶上晒太阳。屋脊上的屋脊兽[1]见到孤孩儿上房顶戏耍，就站起身，驱赶他们下去，说这是他们的地盘，任何生人歹人闲人旁人游人浪人不许上来，屋脊兽一使劲，三槐和柳姑脚下站不稳，从房顶上轱辘下来，摔得鼻青脸肿，三槐和柳姑拉上大楠、二竹、四蔓、五杨，上房顶报仇，大楠和五杨力气大，爬得快，四蔓腿脚也麻利，三槐和柳姑就显得笨手笨脚，二竹就把三槐和柳姑举过头顶，几个孤孩儿爬上房顶，看见屋脊上的三十六只屋脊兽早已行动起来，列队整齐，准备和孤孩儿开战，五杨上来就要动手开战，大楠先礼后兵，质问屋脊兽为什么欺负三槐和柳姑。屋脊兽怒目而视，说："房顶是禁地，不许你们上来玩耍。"

正说着，三槐没站稳，又从房顶上轱辘下来，还翻了好几个滚儿，三槐连呼二竹哥哥救命，幸亏二竹在墙根底下连蹦带跳地接住他，否则非得把他脑袋瓜子摔出几个大口子。

众多屋脊兽看三槐的狼狈样子，哈哈大笑起来，屋脊兽说："房顶上不是游戏场子，连飞鸟、草籽都不让停留，更别说你们这些小孩子。"

大楠和屋脊兽讲和，屋脊兽说："不要以为越高处就越好玩，这里很危险的，要是让你们由着性子玩耍，不出几年，这房子就会漏雨了。"

孤孩儿们听劝，再也不上房顶玩耍了，三槐临走时还跟

---

① 屋脊兽是中国古代建筑放置在房屋、宫殿等房脊上的雕塑作品，分布在房屋四端的垂脊上，依次是：龙、凤、狮子、天马、海马、狻猊、狎鱼、獬豸、斗牛。太和殿上还有行什。

屋脊兽说："有空下去和我们玩要玩要。"

屋脊兽说："我们还得站岗呢。"

三槐问："就没有轮休吗？"

屋脊兽严肃地说："职责所在，永远没有。"

孤孩儿们走了，屋脊兽都回到各自的岗位上，一动不动地站岗。

大楠走出紫禁城在北京闲逛，跟着小孩子走进学校，人家在教室里上课，大楠就在窗根儿底下听，他对数学很感兴趣，可是脑袋瓜子太硬，学得慢，二竹在艺人家的窗根儿底下待了没几天，那家人的窗根底下就长出竹子来。大楠在学校的校园里旁听数学课好几百年，那个学校的校园里也没有长出楠木。

四蔓经常给大楠出难题，叫大楠给她解决困难，她怕冷怕风怕苦怕累怕干活，大楠总说："你在女孩中是老大，能不能帮我照顾弟弟妹妹。"四蔓就不爱听这些话，一点儿大姐的样子都没有。

四蔓在紫禁城想着法子跟嫔妃学着怎么样打扮自己，跟宫女学着怎么样钩心斗角，人家怎么做手工她不学，人家怎么收拾屋子院子她也不干。她照看花椒妞妞，没几天就觉得花椒妞妞是累赘，一狠心，居然把花椒妞妞卖了。

这天下午，四蔓抱着花椒妞妞坐在墙根下晒太阳，一队宫女有提着盒的，有拎着篮的，各个不空着手，漫着香味，碎步轻盈，排着队走过去，四蔓站起来就要追，她知道宫女们去的地方一定热闹，可是怀抱着花椒妞妞哪里跑得动，她将大楠哥送给花椒妞妞栖身的那根花椒木从后背上解下来，将熟睡的花椒妞妞存入花椒木，嘴里念念有词，手指快速在花椒木上写下一行字：“花椒妞妞盖花被，有吃有喝不受罪。”将花椒妞妞封在里边防备她醒来乱哭乱跑，然后发狠一使劲，把疙里疙瘩的花椒木摩擦成一根光光溜溜的擀面杖，走进附近的传心殿，把这根花椒木擀面杖卖给传心殿一位并不认识的大厨师，心想着等自己玩舒坦了，再把花椒木擀面杖赎回来。

那位大厨师挺胖，笑眯眯看着花椒木擀面杖，觉着奇怪，他还凑近鼻子闻闻花椒木的气息，说：“人们都拿枣木做擀面杖，很少看见花椒木的，真是稀奇。”

四蔓趁着人家稀奇，还就势多要了几个钱，大厨师买下花椒木擀面杖，四蔓这下一身轻松，追着前面走远的宫女们，看热闹去了。

这天傍晚，天都大黑了，四蔓迟迟不肯回家，她心里编着瞎话，琢磨着怎么跟大家伙交代，见到大楠哥，四蔓就撒谎说花椒妞妞跑丢了。大楠二竹等孤孩儿急着问：“在哪儿丢的？夜里花椒妞妞饿了冷了怎么办？被黄鼠狼叼走了怎么办？”

五杨听说花椒妞妞找不着了，上来就要捶打四蔓，大楠赶紧拉开五杨。

四蔓心里好像有底似的，辩解说：“花椒妞妞出不去紫禁城的高墙，一定能够找回来。”

好几天过去，大家见不到最小的妹妹，急眼了，一起围攻四蔓，四蔓知道闯了大祸，不敢再撒谎，跟大楠哥实话实说，在场所有兄弟姐妹合伙把四蔓打了一顿。大楠大骂：“哪里有你这样当姐姐的！”

大家伙冲出房门，跑到传心殿找花椒妞妞，传心殿早已锁大门了，大楠问这个问那个，好心的人告诉他们，传心殿一年当中只有一两天开门祭祀，平日里根本就没有人，四蔓哭着问：“里面的大厨师去哪里了？”没有人知道。

花椒妞妞就这么丢了。

46

刚刚四月份就开始下大雨，雨下了一夜；刚刚入春没几天就开始打雷，好多老人还没有脱去冬装，春雷就轰隆轰隆响起来了，原本静悄悄的春天闹这么大动静做什么？桀木神喜欢，他得意极了，滋润极了。

陆珂睡觉从来没有个正形，把两只大脚丫子捅在被子外边，奶奶大骂，说不可以这样盖被子，只有死人盖被子才把一双脚露在外边。

陆珂顶嘴说："我热，哪儿来的那么多规矩。"

陆珂最近长胖了，上学出门弯腰穿鞋，刺啦一声，把裤裆撑开个大口子，从前裆一直裂到后腰眼，陆珂毫无察觉，还要往门外走，陆奶奶在一旁咧着嘴乐，忙说："回来，你要穿着开裆裤去中学上学啊。"

陆珂回手一摸后屁股，飕飕灌凉风，也乐了，说："还是亲奶奶爱护我。"他不得不重新找条裤子换上，慌乱中耽误时间，上学也迟到了。

家里什么东西坏了，陆珂就信心满满地说：“我来。”结果是修什么物件，什么物件倒霉，非但修不好，反而越修越坏，还不如不修，气得陆奶奶大骂他“败家玩意儿”。

陆珂自以为什么都会，什么都行。客厅的灯不亮了，他自告奋勇，登上凳子就要上手修灯，陆奶奶大骂：“小兔崽子你找死，不知道先把电闸关了吗？”

陆珂关掉电闸，把吊灯从房顶上拽了下来，左摆弄右摆弄，灯就是不亮，再想把灯具原样装上，怎么都装不上了，他仰着脖子，抬着胳膊，提着臀，撅着腰，五次三番摆弄还是不灵。陆奶奶打电话给物业的师傅，师傅来了，望着天花板上七歪八扭垂头丧气的灯具，问陆奶奶：“这是谁家的棒槌干的活？”

陆奶奶乐又乐不得，恼又恼不得，嘴里叨叨着：“还能有谁！”

陆珂把自己关在房间里，从门缝露出半个脑袋，说：“我用劲儿太大了，它不听我使唤。”

陆奶奶说：“过来学着点，光念课本有什么用。”

陆奶奶在窗台上种一些花草，虽然不知名，也不金贵，但是陆奶奶很上心，陆珂自告奋勇帮奶奶浇水松土，没完没了地浇水，没深没浅地松土，没过几天，就把几盆本来挺顽强挺皮实挺耐活的花草折腾死了。陆奶奶看着日渐枯萎的花草发呆，想骂陆珂两句，都没有那份心气儿了。

家里的门锁坏了，陆珂又一通忙活，开不开就拿手拽，拽不开就拿脚踢，最后活活把陆奶奶关在屋里出不来了，陆奶奶跳着脚地大叫："放我出去，放我出去。"

陆珂没辙，最后还是得给物业师傅打电话。物业师傅在电话那边问："你是哪家呀？嗷，又是棒槌他们家吧，别着急，我马上过去。"

陆奶奶说："小祖宗，你听我一句劝，趁着年少，学点手艺活，将来不吃亏。"

陆珂"哎，哎"地答应着，根本不往心里去。

其实陆珂和陆奶奶在很多地方很像，嗓门大，走道急，说话时爱比画手势，高兴了爱拍大腿，爱骂人。可是陆奶奶就是对陆珂不满意。

按照老理儿，陆珂在陆奶奶面前必须规规矩矩地站立，不能歪着个膀子靠在门框上；陆奶奶递给他物件，他必须双手接，不能单手接；不能大声喧哗；吃饭喝水不能出声，可是现在，陆珂居然听着陆奶奶说话时爱答不理，自己四仰八叉地坐在地上打游戏，跟奶奶说话居然把双臂搭在奶奶的双肩上，拿奶奶当他铁哥们儿了，陆奶奶也没法，拿擀面棍吓唬他了，他的个头比奶奶高出一头还多，他不怕奶奶了。

陆奶奶拿陆珂没辙，对英瑛却是毕恭毕敬的，英瑛一出现，陆奶奶就请英瑛坐在客厅的主位上，拿热毛巾请英瑛擦脸擦手，请英瑛喝茶吃点心。只要是英瑛在，陆奶奶永远站着，绝不坐下。英瑛一开始特别别扭，她从小到大没有被人这么样伺候过，当她知道这是陆奶奶拿她当作荒漠部落首领侍奉着的时候，面对这位饱经风霜的老奶奶，不知说什么好，她不是为自己感到滑稽，也不是为老奶奶感到荒唐，而是为这个仅仅剩下寥寥数家人的荒漠部落感到悲哀，她按捺着内心的激动，柔声细气地对陆奶奶说：“请您老今后再不要这样客气，这样拘于礼节，我就不敢再来看您了。”

话虽柔和，还是说得陆奶奶紧张起来，陆珂在一旁早就憋不住了，这英瑛不是成了我们家的女皇了？他拿手拍打着桌子，气哼哼地说：“英瑛你这是不是要挟我奶奶？是不是？”

陆奶奶反过身就要给陆珂一个大嘴巴，怎么跟部落首领说话呢这是！陆珂迅速一躲闪，陆奶奶没有打着，当着英瑛的面挨奶奶打，这不是很丢人嘛！英瑛甩手示意陆珂别在这里添油加醋，她站起身来，拉着陆奶奶的手两人一同坐下。英瑛跟陆奶奶说：“我来拜访您，是要学习荒漠部落的历史，是要搞清楚疯沙神的来龙去脉，这些事，都事关荒漠部落的未来命运，您是长辈，您不要对我这么多的礼数，让我很拘谨。”

说得陆奶奶居然哭泣起来，陆珂傻眼了，赶紧凑近奶奶身旁给奶奶擦眼泪。陆奶奶一甩膀子，对陆珂呵斥道：“后边站着去。”

这个年龄段的男生，要么开始跟女生套近乎，要么拿女生不当回事。陆珂很怪，他拼命打压英瑛，却打压不过，他变着法和黎雪套近乎，黎雪不搭理他，只要陆珂对黎雪说两句好话，郎本、鲍迪立刻炸窝，就好像陆珂对凌青有什么侵犯一样，陆珂觉得郎本、鲍迪的过激反应很好笑，他就成心靠近黎雪，和黎雪聊天，看着鲍迪、郎本跳脚，陆珂心里特美，但是只要英瑛冷眼一瞧陆珂，陆珂立刻收敛。英瑛心里骂，你还有闲心逗咳嗽是不是。

陆珂看着贺嘉趾高气扬的样子就来气，总想找机会耍弄她，可贺嘉在陆珂面前就像一只刺猬，陆珂无处下嘴。

陆珂傲娇毒舌，对所有人、所有事的评价都是挑刺或者挖苦，他评论黎雪的舞蹈说，在我们荒漠部落，这种舞蹈就是小菜一碟，黎雪不搭理他，嫌他吹牛。其实陆珂一边吹牛一边盯着黎雪看，眼珠子都不打转了，黎雪还能看不透他?

鲍迪与陆珂截然相反，鲍迪喜欢女孩子的方式是一言不发，一声不吭，贺嘉跟鲍迪撒娇，鲍迪就知道脸红，一句哄人的话也不会说。

郎本当着大家的面，夸女生还是短发好看，贺嘉调侃说："你就直接说英瑛梳短发好看，不就得啦，绕什么弯子。"

郎本现在嘴也不饶人，他回贺嘉一句："我当着本校美女的面夸外校的美女，不是招人讨厌吗。"

贺嘉回敬说："没关系，本美女已经习惯了。"

英瑛装没听见，不搭理郎本和贺嘉，第二天见面，伙伴们眼睛一亮，英瑛剃了一个男孩子式的寸头，那叫一个飒。郎本心中赞叹道："女神哪。"陆珂看不惯，他不说英瑛，眨着眼睛数落郎本："你看英瑛跟着你不学好。"郎本不反击陆珂，他知道英瑛心里有他，这就知足。你们说什么都是废话，我先得意一会儿。

英瑛自己做主，理了个精致的短发，不在学校时就穿中性的筒裤，戴鸭舌帽，帅气中夹杂着丝丝柔美，坚毅背后还拖带着几分妩媚。英妈妈不高兴了，反对英瑛打扮得像个假小子，头发短短的，裤子长长的，鞋子硬邦邦的，她担心自己孤家寡人的单身生活，是不是给女儿的青春期带来某些不良的影响，如果是那样，她觉得对不起女儿。

英妈妈好几次跟英瑛谈，先是难得地承认自己在处理婚姻上有失误，一反先前一味地指责英瑛爸爸的偏执口吻，让英瑛一时半会儿还真接受不了，不过英瑛自己没觉得没有父亲的日子有什么艰难，也就不拿英妈妈的检讨当回事，她粗粗拉拉地没听明白，妈妈检讨自己失败的婚姻，与自己的偏男性的穿着打扮有什么联系，等她明白妈妈的一片苦心，才搂着妈妈的肩膀，对妈妈说："亲爱的老妈，"还没说完，妈妈就插嘴纠正："你妈我不老。"英瑛忙解释："老不是说您的容颜或者年龄，是说咱们俩不在乎不讲究不当回事的亲密样子。"英妈妈这才听女儿接着说下去，英瑛接着说，"您不要瞎操心，女儿我怎么打扮，怎么捯饬，完全是出于自然的天性，绝不是受了什么委屈。"

英妈妈不放心地追问："真的吗？我看不像。"

英瑛忽然蹦出一句："您要是想再找个男伴儿，我绝不拦着。"

妈妈终究是妈妈，在闺女面前从不提这件事，今天妈妈心疼女儿，本来是妈妈给女儿宽心，怕女儿委屈，没想到这个梳一头飒飒短发、举手投足有几分帅哥儿气质的女儿来这一击，直戳到妈妈的痛处，妈妈受不了了，居然吭哧吭哧地哭泣起来。

英瑛既不慌，也不怯，给妈妈倒一杯温水，任由着妈妈哭，也不多说一句劝慰的话。

天底下这样的母女，真是少见。

英妈妈再不责问英瑛的打扮，反倒从内心里增加几分赞许。

英瑛的心思在荒漠部落的后生们誊抄的经文上，她三天两头去找老馆长观看经文，虽然看不懂，但是她放不下，她跟老馆长聊天时叹道："别看我们平日里对鲍迪的孤傲冷嘲热讽，但是鲍迪一心一意地演算黑钉布局，着实令人钦佩。"

老馆长手里一边编织丝绦，一边说："曹老师一直在帮助鲍迪运算黑钉布局，而对这经文你们到现在为止没有找到合适的方法，无从下手。"老馆长手中捻揉绞编，口中念念有词。

英瑛看着经文发呆。

老馆长还问英瑛："也不知道地境神的秘志里都写了些什么。"

不提还好，一提这事英瑛又对贺嘉有意见了，她说："贺嘉死把着，不让疯沙神的翊卫看里边的内容，就好像地境神秘志是她家的私物。"

老馆长耐心地说："地境神、疯沙神没有什么根本的利害冲突，贺嘉、鲍迪的心里那股怨气会慢慢化解的，再等等吧。"

英瑛问老馆长："您看地境神秘志是有什么新想法吗？"

老馆长低着头忙着手中的编织，淡淡地说："我想找人。"

英瑛没有再深问。

英瑛孤立无援，心事重重，英妈妈帮不上忙，陆奶奶也帮不上忙，想去求教贺嘉爸爸，又顾忌贺嘉那张不饶人的嘴，有时跟郎本念叨，郎本随口就说："经文念不懂就背，背不懂就唱。"

英瑛说："你太不拿我们荒漠部落的事当一回事了。"郎本自己也觉得说话太随便了，打算给英瑛买巧克力赔不是。

陆奶奶老跟英瑛念叨，要回荒漠部落的老家去，英瑛也在想，兴许去了荒漠部落老家，能够找到读懂经文的办法。可是英瑛无法动身，英妈妈不干，学业也耽误不得。

英妈妈不爱听英瑛提荒漠部落的事，那些个陈芝麻烂谷子早就该随西北风吹得远远儿的了，北京城里的日子再不如意，也比荒漠里边强百倍，北京不如意可以去伦敦、去纽约、去巴黎，怎么可以去荒漠，这不是往下出溜嘛！绝对不行。原来英妈妈喜欢陆珂，顺带着也喜欢和陆奶奶聊聊天，现在陆奶奶嚷嚷着要回荒漠部落老家，还把英瑛说动了心，英妈妈和陆奶奶再也聊不到一块去了，有几次还拌嘴，英妈妈嫌陆奶奶乡土气息太浓，思想太保守，陆奶奶打心眼儿里就不喜欢英妈妈，要不是看着英瑛这层关系，陆奶奶才不搭理英妈妈呢。

陆奶奶要买荞麦皮做枕头，英妈妈嫌那东西太脏，陆奶奶要烙大饼，英妈妈说：“大饼不如面包香。”

陆奶奶说：“我不会做面包。”

英妈妈说：“买着吃。”

陆奶奶说：“妇道人家哪能天天不做饭，买着吃！”

英妈妈说：“您那些都是老皇历啦。”

俩人没法聊到一起。

所有的翊卫都没有提防桀木神，就是贺嘉起疑心，也抓不到把柄，桀木神把北京人蒙得一愣一愣的。都说神族、人族、兽族、木族当中，人族的心眼儿最多，没想到这一年的春天，木族要跟人族斗斗心眼儿，耍耍计谋。

可是，葛老师在贺嘉这个小姑娘面前露了马脚。

47

最近葛老师总是一副有话憋着不说的凝重表情，脑门子发紫，嘴唇发硬，心事看似很重。

葛老师无意中救醒了地境神，这让桀木神十分恼火，桀木神完全没有要救醒地境神的意图，他恨不得地境神再睡六百年才好呢。但是当他尾随洌水神进入北京，看到疯沙神以出人意料的速度和规模大举进攻北京，他才明白葛老师无意中为他桀木神办了一件天大的好事，如果不是及时救醒地境神并放回洌水神，让疯沙神全面掩埋北京城，那他桀木神的计划就会落空了。

当然，他不会当面夸奖葛老师立了大功。

葛老师自从担任桀木神翊卫后，就开始酷爱绿色，穿绿衬衫绿袜子，手机配墨绿的机壳，汽车座套也是绿格子布，同学们远远看见葛老师走过来，就像是一棵摇头晃脑的绿叶大葱或者是一棵健步疾行的芹菜。

葛老师把自己打扮得像根长满绿叶的木头，内街中学的师生们见怪不怪，内务部街的居民们看着别扭，议论着：重点学校的学生们被功课折磨得人不像人鬼不像鬼的，怎么这老师也被折腾得像个绿毛妖怪，读书真是苦呃。葛老师才不管街上的人怎么议论，他要让更多的人知道他是桀木神翊卫，恨不得在脑门子上贴上标签才过瘾呢。

葛老师越是外表倜傥，内心越是焦躁不安，他没有属于自己的华丽的青春乐章，他没有娱乐过，没有放纵过，他的青少年是在书本纸堆中度过的，苍白，枯燥，死板，因此当他接收到桀木神翊卫的使命后，义无反顾地冲上前去，企图在桀木神的指导下，将一切现有秩序、现有模式打个粉碎，再创造一个新的乌托邦。

葛老师胸怀大志而无处施展，常以一副怀才不遇的姿态在学生面前昂着脖颈子，学生们知道他肚子里有学问有知识，但也仅此而已，他常常在家熏香抚琴明志。当一个偶然的机会他将地境神唤醒后，那可就不是他了。他变成一个热情奔放的宣传鼓动家，声音响亮，配上大幅度的手势，极富煽动力，总处在极度兴奋之中，动作急促而不协调，常常爱神经质地哈哈大笑。他不厌其烦地向学生们赞美桀木神，阐明自己的观点，一开口就滔滔不绝，脑袋上的乱发如随风飘舞的蒿草。

葛老师夜里闭着眼，呼吸均匀，身体很安静，而他的心却睁着眼睛，一刻也睡不着，他跟桀木神讨教、争执，他自己不停地思考，他的思考让他周身疼痛。葛老师白天睁着眼，忙这忙那，可是他的心却在昏睡，眼见着这个纷繁的世界，他像吃了去痛片，哪儿都没有感觉了。

葛老师总觉得桀木神不重用他，不给他更多更奇妙的任务，让他这个翊卫干着不带劲，不风光，他自居功臣，向桀木神索要北京大计划的翊卫权，桀木神绝没有要给予他的意图。

桀木神说："在神族看来，一切都是应该的，没有功过之分。"

葛老师对桀木神虔诚地念叨着："我是您的忠实翊卫。"

桀木神说："我在意的是，我能不能在北京完成大计划，而不是在你应该做的职能前，多加几个忠实之类的定语。你不要开口向神讨要什么，你的境界还不如你的学生。"

桀木神交给葛老师一项特殊任务，指令葛老师专心背诵年轮密语，并要求他把高等数学的知识加入到年轮密语当中。葛老师点头领命，从此不言不语，发奋用功背诵这人族当中只有他一人能掌握的密语。年轮密语是一套用古树木桩年轮格式构建的木族密语，年轮是千百年形成的固定在树木之内的图案，它们的排列、疏密、宽窄、曲直是由天地和桀木神共同设定好的，桀木神将他的语言系统注入年轮之中，这是比树杈、树叶、根须更加牢固、更加清晰、更加持久的语法系统和词汇系统，桀木神要葛老师背诵这种语言，不仅要原封原样地一丝不差地背诵，还要使用特殊的私密的方法添加高等教学的公式和算法，真是对他最高级别的信任了。葛老师是个一根筋的人，桀木神看中的正是这一点。

"为什么要在年轮密语中加入高等数学？怎么加进

去？”葛老师问桀木神。

桀木神不想跟葛老师说太多，这是桀木神的核心机密，但他一句都不说，又怕葛老师不能完整准确地背诵年轮密语，就简单扼要地解释说：“与人族相比，木族的成长演化过于缓慢了，在年轮密语中加入数学的计算公式，我能够在必要的时候加快加大年轮密语的功效。”

葛老师听得兴奋起来，他马上和桀木神探讨在年轮密语的哪些部位、哪些系统中插入数学公式，到底插入哪些数学公式更加高效，更加迅捷。他突然想起曹老师，觉得是不是应该请教请教这位北大数学系的高才生，转念又一想，我葛藟一个人就能成就大事，不必要请一个残疾人帮忙。

桀木神特意叮嘱葛老师，年轮密语在整个人族中只有你葛藟一人掌握，万万不可外传，葛老师抿着嘴唇点头。

李老师发现葛老师过于痴迷桀木神的翊卫使命，有些走火入魔了，有心劝他，又怕他对自己有什么误会，说他两句他也是当耳旁风，李老师觉得无论怎样忠诚、怎样执着，也不能失去人的本心本分，可以是尽职尽责的桀木神翊卫，但不至于做桀木神的奴隶，没头没脑地围着桀木神乱转。

葛老师看似很听李老师的话，李老师说什么，他都点头赞成，但葛老师仅仅是点点头而已，根本不照着李老师的意思做，依然按照自己的既定想法行事。他是那种不撞南墙不回头，甚至于撞了南墙都不肯回头的倔驴。

一个是人，好言相劝，一个是神，发号施令，葛老师毫不犹豫地选择跟随着神。李老师看着葛老师我行我素，心里渐渐发凉。

葛老师时常自言自语
吟咏着他自己发明的真理
葛老师悄悄自鸣得意
背诵着桀木神编写的密语
得意自己的得意
痴迷自己的痴迷

葛老师的脾气越来越坏，对学生也越来越没有耐心，上课动不动就拍桌子瞪眼，摔卷子，有几次几乎要把自己心爱的大茶缸子扔到地上。

贺嘉为葛老师的《桀木神辞典》画插图，越画越不对劲儿，越画脑子里的问号越多。她敏感地觉得桀木神有一种恶毒的企图，她把这种预感讲给鲍迪听，鲍迪对贺嘉佩服有加，还说着贺嘉的口头禅说："拱八拱？"

贺嘉说："火烧眉毛了都，别再闹了好不好。"

她和鲍迪把这种预感讲给凌青听，凌青听不进去。

凌青说："葛老师就是个大嘴狂人，满嘴里跑火车，他说什么，大家听听就是了，不必当真。"

贺嘉可不这么想："葛老师的思路十分清晰，绝对不是自己瞎编的，也不是他自己杜撰的。"

"我们不能轻易把葛老师的浪漫主义遐想移植到桀木神身上，并当作一个罪恶的阴谋。"凌青还是维护桀木神。

“凌青你应该听人劝。”鲍迪话不多，但是挺狠。

凌青就是一根筋，谁劝也不听，他还觉得他自己正直厚道，鲍迪说贺嘉说得有根有据，悟性是超过你凌青和我鲍迪的，但是凌青说：“干大事不能依靠悟性。”凌青不在乎悟性谁高谁低，也不在乎贺嘉是男是女，他从来没有歧视过女孩子，这倒是郎本时常流露出来的臭毛病。此时的凌青过于相信地境神的威望了，他不相信神也有误判，桀木神要是有什么阴谋，地境神为什么不说？洌水神为什么不语？

今年凌青长大了，不爱拍自己的后脑勺了，可是这后脑勺不拍一拍，还真误事。

48

你要说学画画儿能把北京城救喽，谁都不信，可就是这个学画画儿的贺嘉识破了葛老师，提醒凌青、鲍迪他们，不要轻信桀木神。

贺嘉从小跟着陂复老师学画画，小时候她看不上陂复老师，嫌陂复老师大大咧咧邋里邋遢，陂复老师画画时，穿个宽宽大大的帆布工装裤，裤腿儿不知为什么总是高高挽着，像个打鱼的。几次贺妈妈见到陂复老师也心生不快，担心女儿跟这么个不着调的艺术家学画画，弄不好走到邪路上去，贺嘉学着学着，真是服气陂复老师的画技画风，连穿着打扮也开始学着陂复老师的艺术范儿，开始不修边幅起来，哪一天陂复老师刻意穿得整齐些，她还觉得不习惯。

在陂复老师的画室里，陂复老师问贺嘉，地境神长什么模样，鼻子高不高，眼睛是单眼皮还是双眼皮，贺嘉说：“地境神是神啊，怎么能长一副俗人模样。”

陂复老师犯难了，他想象不出地境神与人不同的样子到底是个什么样子。他今天往画布上泼一把，明天往画布上抹几笔，别说，与他从没有见过的地境神还真有几分神似。贺嘉看了看说："姑且如此吧。"

陂复老师对贺嘉的态度不满，说："不要因为见过地境神，就不把我这个教书匠放在眼里。"

贺嘉毕恭毕敬地说："学生不敢。"说完趁老师回头的工夫吐了吐舌头。

陂复老师被冽水神看中，让翊卫李含章老师和他谈谈。李老师带着黎雪，陂复老师带着贺嘉，四个人聚在陂复老师的画室里。

四合院的大幅油画平时轻易不给外人看，现在就要完成了，画面很震撼，贺嘉每次见，都想给这幅画三鞠躬，李老师和黎雪初次看见这幅画，半晌说不出话来，李老师差点把冽水神交代的话给忘了。

李老师缓过神来，对陂复老师说："冽水神叫我来拜访您。"

陂复老师心想自己与神没有什么关系，就问："叫我给她画画吗？"

李老师不直接回答，接着说："冽水神说，您怎么看怎么有地境神年轻时候的神韵。"

贺嘉和黎雪都乐了，盯着陂复老师的脸仔细看，想知道什么叫地境神年轻时候的神韵。

听到冽水神这样夸，陂复老师放下手中的画笔，把手清理干净，专心地听李老师接着讲，他心里犯嘀咕，我正琢磨地境神到底长什么样子，难道就和我自己很像吗？

李老师说洌水神请他做翊卫。

陂复老师站起身，欣然同意，他唯一的愿望就是一睹地境神和洌水神的风采，去年地境神现身时他喝醉了，没有能爬起来看地境神冲天而起的样子，洌水神大战疯沙神时他躲进地脉避难去了，也没看到洌水神的风采。

贺嘉一边祝贺陂复老师，一边开玩笑说："您和李老师都是洌水神翊卫，是师兄师妹呢，还是师姐师弟呢？"

黎雪也觉得这问题有意思，可是李老师一脸正经地说："神面前不分长幼尊卑，尽自己的职责就是了。"

正说着，葛老师不请自来，他问贺嘉，给《桀木神辞典》画的插图什么时候结稿。

陂复老师出其不意地阻止葛老师的话，说："我看插图就不必画下去了。"

葛老师对陂复老师的话大为不解，贺嘉倒是能明白自己老师的意图。

先前贺嘉仔仔细细地画了几幅插图，陂复老师很满意，却不料被葛老师私自改动了，有些线条被葛老师断开了，并且不是偶尔的，随意的，而是有规律的，有心计的，陂复老师火冒三丈，前几天仗着酒力和葛老师吵了一架，说是葛老师践踏他的艺术，藐视他的学生，葛老师出奇地温顺，一个劲儿地道歉，并编了一套说辞，企图换取陂复老师的原谅，陂复老师酒劲过去了，真的原谅了葛老师，但是敏感的贺嘉却不能放过葛老师，她觉得葛老师有阴谋，她把自己的想法和陂复老师一说，陂复老师的火又上来了，今天陂复老师一口回绝了葛老师，随意改动我们的画作，我们不干了。

葛老师也急了，你刚刚担任洌水神翊卫没几分钟，就对我这个桀木神翊卫甩脸子，你也太过分了。可是葛老师出奇地压着性子，什么也没有表现出来。

葛老师的这些反常举动，都被贺嘉记在心里，她一定要搞清楚他和桀木神到底要干什么。

你把远方的诡计揣摩
惊动了青色的魂魄
你翻开陈年的斑驳
你端详昨日的花朵
你闯入神秘的躯壳
你梳理未知的脉络
呃
那里是复仇的王国
别以为静立无言就是沉默
别以为随风摇曳就是柔弱
你听
那是桀木神的狂歌

贺嘉回到家，就跟贺爸爸、贺妈妈噘嘴发脾气，可是葛老师的事她又没法开口和爸爸妈妈探讨，一两句话掰扯不清楚。

贺爸爸晚上睡觉，做梦时又说闽南话了，这种全中国最拗口的方言贺嘉根本听不懂，她甚至认为闽南话很可笑，操闽南话的人舌头都是竹板做成的，梆梆硬，脆脆响。其实贺爸爸本人也已经将家乡方言忘却大半了，他能听懂闽南话，开口说闽南话已经越来越困难了，在北京待久了，越是想说家乡话越是说不出来，觉得家乡话土气寒碜，奇怪的是他做梦时说闽南话既流利又熟悉，他发高烧时说胡话也是用闽南话，觉得家乡话亲。

一开始贺妈妈对此十分反感，她想当然地认为，贺爸爸在梦中与家乡的初恋情人幽会，为躲避妻子才故意在梦中操持闽南话，贺爸爸大呼冤枉，他自己都怀疑自己还会不会闽南话。

贺妈妈说："这好办，你若再在梦中说闽南话，我就用手机将你说的话录下来，等你醒来给你听，看我是不是冤枉你。"

贺爸爸说："我心里没鬼，不怕你录音。"贺爸爸这种学究型的知识分子，最要命的就是自尊心。

这夜，贺爸爸又在梦中长篇大论了很长一段，被同床共枕的贺妈妈用手机录下音来，第二天早晨贺妈妈放录音给贺爸爸听，贺爸爸听着自己在睡梦中亲切生动、流利顺畅、抑扬顿挫的闽南方音，不敢相信自己的耳朵，听着听着，像个孩子失声大哭。贺妈妈乱了方寸，一旁吃早点的贺嘉也受到惊吓，她们不知年近半百的贺爸爸为何如此动情，如此失控，贺嘉轻轻地询问爸爸，在梦中叽里咕噜咿里哇啦地说些什么，贺爸爸也不解释，只是忍住些情绪，不在妻女面前哭得那么放肆，贺妈妈后悔戳到丈夫的心痛处，小心地给他沏一杯乌龙茶，让他安静下来。

过了好久，贺爸爸说了一句：“我想我那可怜的死去的阿爸和阿妈。”就再也不说什么，贺妈妈和贺嘉这些没怎么离开过北京的北京人，根本不知道想家是个什么样难受难挨难忍的滋味。

醒来的贺爸爸依旧不能熟练地说闽南话。

陂复老师自从担任冽水神翊卫以后，每天把自己拾掇得清清爽爽的，不过他的酒还是照喝不误，他跟贺嘉开玩笑说：“水就是酒，酒就是水，就是水的升华，离开酒我就没有办法画画了。”

贺嘉提醒他：“您别因为喝酒耽误了冽水神的任务就是了。”

陂复老师向贺嘉拍胸脯打包票说：“绝对不会。”

贺嘉心说，别吹，上次你就是因为喝酒，连地境神走出地宫的壮观场面都没有看到。

陂复老师一高兴，随手就把鲍迪送给贺嘉的美国巧克力放嘴里嚼巴嚼巴吃了，还说：“美国巧克力就是好吃。”贺嘉笑笑也不说什么。

陂复老师画完四合院，接着就要画北京城的老树，老树的纹理他怎么都画不好，一开始他采用写实的技法，尽量接近老树的细节，细倒是足够细，就是很死板，贺嘉不以为然，说：“像倒是很像，就是无神。”贺嘉说话太直白，陂复老师脸上有点挂不住，自己的学生就算是神的翊卫，也得给老师留面子，但是贺嘉的话确实有道理，他也不能不往心里去，贺嘉是翊卫，眼力与众不同，陂复老师心里是佩服这孩子的眼光的。如何让画作更加真切地表达出老树的神韵，陂复老师一时半会儿也拿不出个办法，贺嘉呢，也没有办法，说起来容易做起来难。

贺嘉跟陂复老师聊天，问：“您画北京的老房子老树，为什么不动笔画一画钟楼和鼓楼？”

陂复老师答：“我不敢，我害怕。”

贺嘉觉得陂复老师的回答很奇怪，问：“您怕什么？真逗。”

陂复老师战战兢兢地小声回答说：“我曾经几次认认真真地观察过钟楼和鼓楼，这两座建筑的墙体坡度和高度的比例太奇怪了，我好几次觉得钟楼和鼓楼马上就会站立起来，活动起来，奔跑起来。”

说得贺嘉哈哈大笑，觉得陂复老师过于疯癫了，贺嘉假装拿手背试试陂复老师的额头，笑着说：“是不是吃了美国巧克力引起发热？是不是头晕迷糊？”继而一本正经地劝陂复老师，“您别忘了您是中学教师，别这么不着调。”

可是陂复老师脸上一点玩笑吹牛的意思也没有，装得跟真的似的，嘴里还叨叨着：“美国巧克力应该让人镇定才是。”

49

桀木神悄无声息地开始布置四阵。

第一阵要等到最后再布置，这违反常理，但桀木神就这么干。

第二阵叫作顿阵，顿阵的核心意义是停顿，按说所有的进攻战阵都应该是前进的、战斗的阵法，桀木神却要在木阵的关键部位安排几个大小不等的顿阵，这些顿阵静止不动，既不进攻也不后退，如果别的木阵都被敌方打得稀巴烂，顿阵也一动不动，直到最后再发起攻击。

桀木神着手布置第三阵，叫作链阵，是各个木阵之间的链接阵，暗藏在所有木阵的背后，链阵当中的部件分为暗链、复链、榫链、跳链、曲链、滚链、铰链、死链、藤链等多种形式，链阵都安排在很隐蔽的位置，一般人很难看得见，也看不明白。链阵之间的力量传导完全听从于桀木神的指令。链阵在运行当中各个木质部件发出的噼啪作响十分悦耳，节奏感很强，不过战役开始后，要是还有人觉得这样的噼啪作响是悦耳之声，那就不对头了，那是一种十分恐怖的充满杀气的动静。

桀木神在布置第四阵了，叫作展阵，展阵比较好理解，就是木料以战阵的方式迅速展开，投入战斗，展阵阵势巨大，所有木料按照既定规则和路线翻滚、移动、展开。

桀木神把第二、第三、第四阵布置完毕，最后布置第一阵，叫作眠阵，眠阵中安有暗关扣锁，也就是布阵的启动机关，眠阵不动，其他阵皆不动，眠阵一触，四阵皆惊，眠阵的暗关扣锁在哪里，谁也找不到。眠阵给人极大的错觉，以为桀木神的布局风平浪静，波澜不兴，表面一看是个庞大的壮观的木质建筑，道道相通，廊廊相连，宫殿和居室内从上到下铺装厚实的木板，装饰性很强，而眠阵一旦启动，桀木神的战争面目便立刻显现出来，让人防不胜防。令人意外的是眠阵既可正向启动，也可反向启动，正向启动就是开启战斗状态，其余三阵立刻开战，而反向启动则是让处于开战状态的战阵回复到平静状态，也就是说敌方的士兵被桀木神的布阵消灭后，布阵恢复原态，等敌方第二波士兵进入木廊木道时依然对脚下的危险没有丝毫的察觉，桀木神太阴险了。

眠阵、顿阵、链阵和展阵这四阵是桀木神的战前预备阵，在桀木神还没有实施大规模进攻之前，就安排如此精密复杂庞大的布阵，可见桀木神用心良苦。等第一阵布置完毕，所有四阵就算完成。

桀木神布置好四阵后，开始布置四技。

四技是为了防止人族、神灵、斑兽在桀木神尚未发动战役之前破坏四阵，而采取的防御措施。第一技叫作锁技，是启动上下左右前后六块木料将进犯者死死锁住，没有拿到解锁的密钥，进犯者就难以逃脱，看形状基本上像是一具直立摆放的棺材，把进犯者死死地捂在里边出不来。

第二技叫作移技，用一块厚重的木板将进犯者推至木廊暗处，具有移技的木板和周边其他木板没有区别，但是只要有物体触碰它，它就瞬间启动，叫你防不胜防。

第三技叫作翻技，是在行进路程中设置踏板陷阱，可怕的是具有翻技的踏板都不是单一设置的，一块踏板启动会带动周边前后的踏板连环启动，有些翻技踏板像是上了弦，反复连续翻滚，停不下来，进犯者想从踏板下的深坑里爬出来，几乎不可能。

第四技叫作遮技，很恐怖，遇见具有遮技功能的木板，进犯者瞬间消失，像是进入一个漆黑莫测的暗门，不知道被带到哪里去了。

李老师、黎雪她们寻找孤孩儿，还是没有着落。

孤孩儿们拿紫禁城当作自己的家了，紫禁城到底是不是孤孩儿的家？四蔓说："当然是。"

柳姑说："不是。"

四蔓狡猾地问柳姑："那你说，我们的家在哪儿？"

柳姑答不出，她对老家一点印象都没有了。四蔓紧盯一句："那你为什么说紫禁城不是我们的家。"

照这么说，好像柳姑在说瞎话，柳姑有委屈说不出来。她抬头看大楠，大楠应该知道老家在哪里。可是大楠不说话，他应该坦坦荡荡地说出老家在四川宜宾，不在北京紫禁城，可是身为大哥，他没有办法带弟弟妹妹们回到老家去。

三槐五杨和四蔓赌气："紫禁城有什么好。"

四蔓伶牙俐齿，说紫禁城有什么好，那真是一套一套的，四蔓把北京城的好，北京城的美，北京城的舒适，北京城的安逸，说得头头是道。

三槐五杨本来嘴就不如四蔓好使，这么一问，等于是给四蔓拱手送上一个显摆机会，五杨想阻止四蔓滔滔不绝地说下去，四蔓都停不下来，她还旁征博引，说全中国的孩子都往北京跑，全北京的孩子都往纽约、伦敦、巴黎跑，这不是和我们往紫禁城跑是一样一样的。

"照你这么说，我们在紫禁城这是享福啦！"三槐问四蔓。

"那是自然，别身在福中不知福。"四蔓越说越觉得自己有理。

二竹不爱听四蔓这样说，他指责四蔓说："说着说着你就头晕了，把流浪当成享福，把无根无源的漂泊当成理所当然，把别人的家当成自己的家，把失忆当成真实。哼。"

四蔓立刻攻击二竹："你才是头晕，一定是脖子太长，脑供血不足，那么多虚无缥缈的感受，一点也不接地气，不头晕才怪。"

二竹不高兴，但也不与四蔓计较。

关于家的争论，孤孩儿们就没有断过，今年他们争论得更加不可开交了，好像冥冥之中他们感到离回家的日子越来越近了，六百年了，爸爸也该想办法寻找他们这些个没家的孩子，疯够了，野够了，耍够了，终究是要回家的。

孤孩儿大多记不起谁是他们的父亲，幸亏大楠是个有心计的孤孩儿，六百年来不知道多少次叮嘱弟弟妹妹们不要忘记自己的语言和文字，语言就是桀木神密语，年轮就是文字，不要忘记故乡的歌谣，不要忘记自己是桀木神的儿女。就是觉得做人好玩，也不要忘记宜宾老家饭菜又麻又辣的味道。大楠对弟弟妹妹们说："老家的房子是个从上到下的大厦，不像这里，占地这么开阔，从东到西从南到北要走老半天。"二竹记得老家到处是油绿油绿的，这紫禁城里基本上看不见绿色。三槐记得老家到处都是溪水，紫禁城这里到处都是墙，不习惯时就觉得胸口堵得慌。

紫禁城对于孤孩儿来说，又堂皇气派，又宽大安逸，只是这里不是他们的家，孤孩儿哪里能够理解这些，就是体会到一二，他们也不会往深处想。他们不会想到他们终将有一天会离开这里，这里不属于他们。别看他们现在有吃有喝活蹦乱跳的，等他们走的那一天，他们才明白紫禁城不是他们的，北京城不是他们的。

桀木神把孤孩儿丢失在紫禁城，就像外地人花钱把孤零零的孩子送到北京上学，北京人把自己的孩子送到纽约或伦敦念书，这三件事就像是一件事，看着非常风光，甚至还令人羡慕，但是你知道把漂泊当作安逸，用物质的富足顶替内心的迷茫，是甜蜜还是苦涩吗？你问问孤孩儿们吧。

五杨长得高高大大，脾气暴躁，不管发生什么事，听不得解释，上手就打，总在紫禁城里惹是生非，御药房里的药材谁都看不上他，也惹不起他，御马厩里的马和骡子都打不过他。可他对兄弟姐妹们非常怜悯，五杨看见什么不顺心的事，就把大拳头攥得嘎嘎作响。他谁都不服，发起脾气来，连大楠哥、二竹哥的话都不听，就疼爱花椒妞妞，花椒妞妞一哭他就心软，可是四蔓居然把可怜的花椒妞妞带丢了。他一见四蔓就要扬手打，抬脚踹，四蔓见他就躲着走，心里有愧，不敢正眼看他。

老六柳姑最勤快，帮哥哥姐姐干活，她比四蔓年纪小，但比四蔓懂事。她帮助大楠操持七个孤孩儿的吃喝拉撒睡，自己省吃俭用，要让大家吃饱，她吃得最少，穿得最单薄，干得最多，最后自己营养不良，长得又干瘪又瘦弱，一大家子人，大事小事都依靠她，她还好脾气，总受大家埋怨，嫌吃得太乏味，嫌住处不舒适，嫌被褥太单薄。四蔓总是使唤柳姑干这干那，出了错还往她身上推，柳姑从不抱怨，总是低着头苦着脸，干活。

柳姑的命苦，头发蓬如秋蒿，面色青似瘪椒，一天，柳姑出门担水，按说这担水的活应该男孩子干，可是大楠又去学校听数学课去了，二竹那个自视清高的文艺少年正呱唧呱唧打快板，三槐那个脚底下像捆绑着车轮子的男孩儿整天在外边疯跑，五杨那个五大三粗的男孩儿不知道又上哪里打架斗殴去了，柳姑只好自己出门担水，沉重的水桶把她的肩膀都压塌了，腰都压弯了，脸上的汗水滴答滴答往下淌，柳姑皮实，不叫苦也不喊累，实在走不动就歇会儿再走。

路过一座大门，这里正在修缮施工，柳木的大门刚刚装好，还没有上油漆，柳姑靠在柳木门上喘气歇息，顺便和柳木门聊几句闲话儿，柳木门头一次遇见柳姑，觉得很亲，家长里短地聊得起劲，柳姑实在太累，靠在柳木大门上睡着了。

油作师傅来了，柳木门没在意，柳姑也没醒过来。

油作师傅用现在的话说就是油漆匠，他们看不见柳姑，不管三七二十一，在柳木门上制作地仗，地仗就是用砖灰、细沙子、碎棉花、乱麻刀、碎麦秸、胶、矾、蛋清等调和而成的涂料，将麻布黏附在柳木板上，形成灰壳，为了防止虫蚁和防腐防潮，涂料中还掺杂有毒的作料，这层地仗很结实，要先后用三层麻，两层布，九层灰，共十四层，称作“三麻二布九灰”，这是内廷工程最高级的做法，然后，在做好的地仗上还要再刮一遍细泥子，再磨光，然后，依次刷上带色的一道糙油、三道垫光油和最后一道清油。

等柳姑醒过来，早已经被“三麻二布九灰”的地仗牢牢地封在里边，怎么都挣脱不出来了，她哭，她闹，也没人听得见，她又蹬又踹，又拉又拽，怎么都出不来，皇家做地仗刷油漆的繁复工艺，把桀木神最温顺最勤劳最善良的女儿，包裹得严严实实、密密匝匝。

两个水桶和一副扁担就放在大门洞的过道里，担水的柳姑再怎么找都找不着了。

七个孤孩儿，又丢了一个，大楠都快急疯了，可恨的四蔓还说风凉话，说这下不能赖她带丢妹妹了，谁都有可能丢，三槐和五杨冲着嘴欠的四蔓大骂：“怎么就不把你这个可恨的家伙丢了呢。”大楠二竹带着弟弟妹妹在紫禁城里找了个遍，就是找不到柳姑，喊也没人应，叫也没人答，柳姑丢下的扁担和水桶早就被油作师傅当作施工工具收拾走了。

好在地仗中的碎棉花、乱麻刀、碎麦秸和蛋清可以为柳姑充饥果腹，画工在地仗上作画时，手持一个很恶心的动物尿脬（学名叫膀胱），利用它的弹性把画粉挤出来，这种原始材料的工艺效果很精湛，就是味道腥臊难闻，画工一边拿着尿脬干活，一边捂着鼻子，恶心得柳姑要吐，一个桀木神的宝贝女儿，哪里受过这等委屈。这还不算完，画工还要在她的脸上身上涂油彩画画。

柳姑被封在柳木门中将近六百年，憋得难受极了。忽然有一天，木门上的大漆，因年代太久爆开裂缝，柳姑逮着机会，一个箭步蹿了出来，挣脱开束缚，她这个爽啊，她这个痛快啊，她这个高兴啊，出来就唱呀说呀跑呀跳呀。

柳姑与大楠等久别重逢，抱头痛哭，二竹三槐急着问柳姑，这么多年到底去了哪里，四蔓怀疑柳姑是不是刚从阴沟里爬出来，怎么浑身上下一股难闻的骚味儿。柳姑把自己的痛苦经历一五一十地说给大家听，大家都非常可怜她。五杨恨不得去把柳木大门砸个粉碎，柳姑劝住五杨说：“不怪柳木大门，都怪我干活时太贪玩儿了。”

三槐指指柳姑，又指指四蔓，说：“你看看人家，再看看你，让你看着花椒妞妞，到现在都找不着。”

四蔓不耐烦别人指责她，回嘴说：“别哪壶不开提哪壶，我发誓把花椒妞妞找到就是了。”

你一言我一语，吵个不停，最后还是大楠说晚上大家吃顿好的，庆贺找回柳姑，大家这才消停下来。二竹拍着柳姑的肩膀，低下长长的身子问：“想吃点什么？”一句不经意的家常话，说得柳姑哇的一声又哭起来，还是二竹哥哥知道心疼人。

可爱的柳姑被封存了六百年，脾气禀性完全变了。

柳姑变得特别爱说话，日日夜夜嘴就不停，得把六百年没说的话都说出来，她口也不干，舌也不燥，她也不烦，她也不知道歇会儿。她四处乱窜，什么都觉得新鲜，又什么都觉得不适应，不顺眼，什么都要大惊小怪地议论一番，她挑水那年还是十五世纪呢，现在已经是二十一世纪了，她能不大惊小怪嘛。

她一张嘴说话，就有一股子动物尿脬的腥臭味，很难闻，谁听她开口说话都用手捂住鼻子。柳姑满嘴的大道理，她被困的那扇门，不知道有多么庄严，多么厚重，时不时专门进出满腹经纶的撰写八股文章的侍郎，或是给皇子皇孙教书的太傅，他们的一言一行把她传染了，她的观念总有一种破旧门板的味道，兄弟姐妹们说：“你在门板里憋屈太久了，你的说法都是六百年前的陈芝麻烂谷子。”

她说：“你们不能忘了老祖宗。”

柳姑找回来的头一天，大家还都心疼她，第二天就都躲她远远的。四蔓对谁都刻薄，唯独不敢招惹柳姑，一句话不合，柳姑就能把四蔓教训一上午，四蔓实在受不了，她觉得柳姑简直是变成了妖怪。

因常年被困，柳姑变得狂躁，谁跟她说话，她就跟谁使性子，成心和人家作对。汉字中“柳”和“留”谐音，人们常用柳树、柳枝寓意挽留之意，这个柳姑偏偏反其道而行之，人家要挽留的，她偏偏驱赶着人家快快分别，谁家有重病人，柳姑一出现，这病人必死，吃什么药也留不住性命。谁家去飞机场或火车站送人，本想着多说两句惜别的话，多叮嘱几句路上小心，出门在外自己照顾自己之类的，柳姑一出现，送行的人话还没说完，离别的人连头都不回，拔腿就走了，让送行的人很伤感。

很多人当然不知道这是柳姑在捣鬼，知道的人都厌烦她。

六百年，对凌青他们来说太遥远，太漫长了，对七个孤孩儿来说，也不算短。

总有一些日子
让大楠在异乡漂泊
总有一些漂泊
让二竹在孤独中寂寞
总有一些寂寞
让三槐苦心地琢磨
总有一些琢磨
让四蔓泪眼婆娑

总有一些婆娑
让五杨整日浑浑噩噩
总有一些浑噩
让柳姑不得不紧锁魂魄
总有一些魂魄
让花椒妞妞无法割舍
总有一些割舍
让孤孩儿眷恋故乡的山与河

50

鲍迪在曹老师的帮助下，对黑钉布局有一些初步的计算结果，凌青、郎本、贺嘉、郎白，包括黎雪，都很兴奋，陆珂、英瑛也不得不服，虽然府学中学的学生从不把钟楼中学的数学水平放在眼里，但是鲍迪的确是钟楼中学的凤毛麟角，陆珂心想，搞不好这小子是得到地境神的帮助了，其实这都是瞎猜，地境神根本不允许翊卫们过问黑钉的事。

葛老师依然对鲍迪的计算横加指责，李老师现在极不愿意看葛老师那副嘴脸，她护着鲍迪，对葛老师说："你做好桀木神翊卫的本职就是了，对地境神翊卫的事不要说三道四。"葛老师脸色很不好看。

北京城看似太平安逸，可家家都有不顺心的事，神也是如此，疯沙神哭着喊着找妈妈，桀木神悄没声儿地找孤孩儿，谁都不消停，这是要找回有形有影儿的亲情和传承，已是不易，要找回神秘奇异的黑钉布局，当是难上加难。万幸的是，北京城里还有鲍迪、曹老师这样死倔死轴的人物，否则黑钉布局丢了弃了，谁也不心疼，最后黑钉布局真的引出什么惊天大祸，大家伙也都稀里糊涂。

既然有一个初步的结果，鲍迪就提出，应该把人们挖出来的黑钉重新埋下去，有了计算结果，就有了修复黑钉布局的线路图。大家都对鲍迪刮目相看。

别把我权当慰藉装进混浊的黄酒
别把我权当春雨陪伴无聊的茶楼
茫茫人流如滔滔江水匆匆行走
静静古城如江底磐石默默厮守
我们是七十二颗神钉早已生锈
我们是七十二名卫士早已花白了头
你把你的欢愉带到春风过后
给我留下斑驳，留下忧愁
留下六百年的不朽

北京城下的七十二颗黑钉呈现一种多方对阵的格局，每一颗黑钉都有自己独立的定位，几个黑钉之间形成一格，几个格组成一个阵，几个阵再连成一个局，格与格之间相互照应，阵与阵之间排列有序，有些黑钉可以上下震颤，有些黑钉可以前后左右移动，有些黑钉可以发射信息，向很远处的某一颗黑钉交流或发力，自从人族大力度地建筑楼宇，铺设道路，修建地下铁之后，黑钉布局遭到一定程度的破坏，有些黑钉还被建筑工人挖了出来，李老师对鲍迪的运算心生敬意，别看鲍迪岁数不大，平日里不言不语，但他对黑钉布局的执着让李老师对黑钉也关心起来，一开始她还跟葛老师讨论讨论，现在李老师不搭理葛老师了，她知道地境神禁止翊卫们过问黑钉，但是，她比孩子们年岁大些，就算是个大姐姐吧，她也应该比鲍迪多出些力，多用些心。

据李老师私下的观察，黑钉布局在有计划有意识地向更深的地下沉降，她和凌青等人谁都不敢向地境神和冽水神提及黑钉的事情，他们几次开口，都发现地境神和冽水神避而不谈，地境神说得再明确不过了："你们没有权限管这件事。"

鲍迪隐隐约约觉得桀木神和疯沙神一样没安好心，他们之所以不能轻易撼动北京城，除了地境神冽水神合力保护之外，黑钉布局暗中发挥着强大的作用，别看黑钉布局沉默不语，不显山露水，但是这个遥远年代的布局是地境神、冽水神，或许还有更多的神灵共同埋下的，地境神冽水神不让翊卫们插手过问黑钉布局的事情，不像是对翊卫们不信任，倒好像他们惧怕着什么。

他们是神灵，还惧怕什么吗?

凌青给马校长打电话，马校长犹犹豫豫地拿不定主意，他担心又要挨地境神训斥。

贺嘉悄悄对鲍迪说："这些事情是不是不应该让桀木神知道?"

葛老师问："你们是把桀木神当盗贼一样防着吗?"

贺嘉和鲍迪直勾勾地盯着葛老师，意思是说，确有此意。

凌青嘴上没说什么，心里觉得鲍迪和贺嘉有点过分。

李老师去向地境神和洌水神汇报，回来后带来一个令众人莫名其妙的消息，地境神和洌水神双双病倒了。

大家都忙活着修复黑钉的准备工作，谁都没有把地境神和洌水神的病当回事，神还会得病？头疼脑热的，也不算什么，可是地境神和洌水神不发话，谁也不敢贸然动手。唯独郎白心里慌慌的不好受，她拉拉郎本的手，低声说：“要出事。”郎本不耐烦看郎白这副胆小怕事的样子。

凌青提出下到地脉查看一番，他心里的感觉和去年疯沙神来北京时一模一样了，外来的神跃跃欲试，本地的神莫名其妙地不起作用了。他拿眼睛看着贺嘉，贺嘉也感觉到凌青此时开始怀疑桀木神了，可是又应了凌爷爷留下的那句话：一切都来不及了。

葛老师对桀木神计划了解得越多，对孩子们的行动就越不放心，他发疯地叫喊，叫大家别去进入地脉。他知道桀木神在地脉中修建暗道机关，担心大家有危险。

李老师瞪着眼睛问葛老师：“有什么危险？你说出来。”凌青、鲍迪、贺嘉三人在对眼神，他们此时达成共识，葛老师心里有鬼，他们要逼葛老师把桀木神的秘密说出来。

葛老师哪里说得出来，他只是有一种不祥的预感。他越说同学们越是着急，因为时间不能再拖了，最后葛老师都带了哭腔了，仿佛同学们这一去再也回不来了似的。同学们听也不是，不听也不是，显然葛老师拿不出确凿的理由来。最后凌青和鲍迪还是决定去，一来他们要逼迫葛老师，葛老师越是不让干的事，他们越是要干。二来地境神冽水神有病，他们不能袖手不管。凌青、鲍迪、贺嘉三人心里有疑问，但又不敢当着葛老师李老师嚷嚷出来，这时的凌青显出与其他孩子的不同之处来，他很沉着冷静，担心现在跟葛老师嚷嚷，猜测桀木神意图，翊卫们便会军心大乱，成一盘散沙。他先带着翊卫们甩开葛老师的纠缠，进入地脉一探究竟，鲍迪、贺嘉、郎本几个头也不回地相跟着走了进去。

进入地脉，孩子们发现桀木神修建的木廊已经基本竣工，围挡都已经拆除，看上去是平平坦坦的通途，孩子们看着桀木神修建的富丽堂皇的木廊木道，惊喜不已，郎本和陆珂争着要迈步上桥，进入木廊，突然鲍迪沉着脸叫道："且慢！为什么葛老师不让我们下来？大家要小心。"陆珂不以为然，险些要走下去，被凌青一把拽住。

英瑛有点看不上鲍迪这副神经兮兮、故作神秘的样子，她拿起一块石块随手往桥下地板上一丢，嘴里随便念叨着："一条木地板通道有什么大惊小怪的。"

话音刚落，只见被击中的那块地板忽地弹跳起来，随后，木板连环翻转、弹跳，发出噼噼啪啪的击打声，木板之下深不见底，桀木神早已把地脉中的泥土和水吸光了，下面空空荡荡。桀木神在地脉中设计了诸多暗板，看似地板块块相连，拼接有序，如同一个手艺高超的木匠精心拼制而成，纯美的木纹甚至能让贺嘉痴迷，但是葛老师的预感是对的，千万不要冒冒失失地下去，不知哪块木板踏错，孩子们就会受到所有地板的连环打击，有的木板会翻转，有的木板会陷落，有的木板会弹跳而起，所有木板都会自动成为反击利器，让踏上去的人进不得退不得，只能束手就擒，成为桀木神的俘虏。

哪块木板是明板，哪块木板是暗板，此时，鲍迪的计算和推演已经派不上用场，贺嘉的绘画本领也无计可施，郎本掌握的地境神密码和这里桀木神的设计也风马牛不相及。

所有人都寸步难行。转眼之间，木廊上翻滚跳跃的木板又全都恢复了原样，男孩子们很好奇，歪着脑袋琢磨，女孩子也不再叽叽喳喳地议论，但谁都不敢再往前踏出半步了。凌青站起身，又向前投掷了一块石头，木地板又是一阵噼啪乱响，上下翻飞，陆珂不满地问："你上瘾了是怎么着？"

凌青不理他，拉过鲍迪说："你看，木板底下有暗关扣锁，按下那个暗关扣锁，木板就会恢复原貌，抬起那个暗关扣锁，木板就会翻腾起来。"

鲍迪顺着凌青的手指方向看明白了暗关扣锁的原理，他忧心忡忡地说："我们谁也钻不进去，按下那个暗关扣锁。"

黎雪自己觉得有舞蹈底子，身体比较灵活，但她左比画，右比画，也是钻不进去。

郎白走上前，跟鲍迪小声说："把你家二黑抱来，它行。"

鲍迪立刻听明白了，他反身撒腿就往家跑，凌青对贺嘉说一声："你陪他一起去。"贺嘉也跑走了。

陆珂问郎本："谁是二黑？"郎本不耐烦他这么问来问

去的，就给他几个字：“鲍迪家的黑猫。”

陆珂脑袋一歪，下巴快扬到天花板上去了：“黑猫？！”嘴里哼着不忿的声响。

去年和疯沙神搏斗，黑猫跟着姨妈躲入地脉，被鸽子奚落一番，很是伤自尊心，这回黑猫必要帮鲍迪一把。木廊的地板缝隙十分狭窄，别说身体胖的郎本钻不进去，就是黎雪也钻不进去，这时郎白想起了黑猫，但是鲍迪等人无法向黑猫传递命令，只有郎白可以。鲍迪和贺嘉把黑猫抱来，郎白和黑猫沟通好半天，黑猫高度紧张兴奋，猫眼睁得老大，捋一捋胡子，嘴里喵喵地说个不停，大家以为是郎白给黑猫布置任务，就静静地等着。没想到黑猫向郎白提条件，问完成任务后，是不是由普通动物升格为斑兽，郎白说：“我怎么能够许诺你？”就把黑猫的要求说给大家听，别人还没说话，贺嘉先急了，说：“这都什么时候了还讲条件！”她本来跟着鲍迪跑一趟，现在气都还没喘均匀，哪有耐心伺候黑猫，连鲍迪都感觉脸上无光，黑着脸让郎白转告黑猫，不能提条件，觉悟太低了。黑猫听了，缩着猫脑袋，心里还挺委屈的。

黑猫按照郎白的事先指导，壮着胆子，冒着危险钻进桀木神设置的木廊，猫尾巴奓奓着像陆奶奶的扫帚疙瘩，用猫爪子小心翼翼把暗关扣锁按了下来。

大家小心翼翼地通过木廊。其实暗关扣锁，只是桀木神对翊卫们提出的严正警告，巨大的布阵还暗藏在地脉和水脉的核心关键部位，警告翊卫们切不可贸然行动，谁胆敢进来破坏桀木神的计划，绝没有好下场。

要知道，凌青从普度寺走到传心殿，相对来说是短短的一段距离，而在地脉中要找到北京城黑钉布阵点，等于把二环以内的北京城走了一遍，方圆六七十平方公里。这是一项相当庞大的任务，可以说一两天是无法完成的。需要定位，需要把握方向，需要测量距离。这些任务完成起来是相当困难的。幸亏凌青事先做了充分的准备，他带黎雪为一组，鲍迪带贺嘉为一组，陆珂带英瑛为一组，郎本带郎白为一组，分头向东西南北四个方向前进，鲍迪的组里还有一个成员，就是黑猫。

凌青叮嘱大家，在地脉的任务不是修复黑钉，而是要仔细观察桀木神修建的木廊木道，地点、走向和基本面貌，要一一记录清楚，千万不要触碰任何木料，哪怕是脚下的一根不起眼的木棍儿，也不要踩踏，仔细记录下位置，最好画图。

陆珂不明白地问："为什么不修复黑钉了？"

凌青悄声说："我们八人现在的核心任务，是侦察桀木神的真实意图，下来之前说要修复黑钉，只是要迷惑葛老师。"

黎雪没听明白："为什么要迷惑葛老师，他是坏蛋吗？"

一听黎雪说话，贺嘉就替凌青回答："我们现在怀疑葛老师是桀木神的走狗。"

陆珂脸上有些不好看，就好像去年冬天，有人说他和英瑛是疯沙神的走狗一样，英瑛看上去无所谓，倒是比陆珂还大度，两人现在和凌青他们团结在一起，对付桀木神。

凌青还说，在地脉中遇到什么人或者斑兽都不要耽搁，遇到什么事情也不要犹豫，必须准时准点在出发处集合，集体返回地面，其实地脉中静悄悄的，所有活物早就被桀木神赶跑了。

凌青在地宫里跑得飞快，脚下生风，黎雪跟着凌青，又兴奋，又胆怯，她拉着凌青不撒手，凌青一边往前走，一边照顾黎雪。黎雪进入地宫就要蹦啊跳啊，手脚都不自觉地飘动起来，如果不是周边有凌青他们在，黎雪恨不得飞舞起来，她看看凌青，再看看鲍迪、贺嘉他们，自己不得不克制一些。

陆珂和英瑛一队这回安静了下来，英瑛不拿话刺激陆珂了，陆珂也不咋呼了，刚才通过木廊时的一幕，让陆珂不敢轻易冒险，他大步走在前头，心里还记着陆奶奶的话，要护卫英瑛，两人的配合越来越默契了。

鲍迪、贺嘉这一组显得有些疲惫，刚才两人连跑带颠儿地奔回家一趟，出了一身汗，现在一个抱着黑钉，一个抱着黑猫，也都有些分量。鲍迪在地宫里话变得多起来，贺嘉有感觉，别人居然没在意。贺嘉在地宫里又发现很多奇异的图案，她真得动脑子记住一些，回到地面上马上画到画板上，否则这些奇异的图案就会消失。黑猫一言不发，东张西望，它在陌生环境中保持着高度的警惕，至于能不能实现升当斑兽的愿望，就暂时先放一放，从长计议吧，反正这次回去跟鸽子和大狗，已经有足够的功绩可以说说了。

郎本手拿着木槌这里也想敲敲，那里也想打打，刚才那一幕把郎本吓得够呛，手立刻老实了，郎白干脆把木槌从郎本手里抢过来，塞进书包里。郎本不爱带着郎白完成任务，郎本想跟英瑛一组，这心思他不能说出来，凌青不会这样安排，陆珂也肯定不干，他还是先以任务为重，他总是嫌郎白走得慢，催促她快些，他的心思郎白当然能看出来，别看郎白年纪小，但是郎白的灵性不同于一般人，郎本总是不拿郎白当回事，拿她当作小妹妹，其实不仅郎本不拿郎白当回事，连凌青、鲍迪、贺嘉都没有意识到郎白的重要。神灵不会平白无故地给郎本，给凌青的团队添个小妹妹的。

各组的工作进展顺利，没有出现什么意外。

51

北京市气象台十四时十五分发布大风蓝色预警，预计当日下午至前半夜，本市将有四到五级偏南风，阵风可达七级左右。桀木神启动罕见的大风向全北京的树木传递战斗命令。

盈缶老师一副很伤感很悲壮的样子，跟几个女生说，网上在热议颐和园里的雨燕这几天就要出发远行了，很多雨燕爱好者纷纷到颐和园为雨燕送行。盈缶闲得没事干，也想去颐和园送一送，黎雪、贺嘉、英瑛、郎白四个女生都要去，她们是锦斑鲤、羽斑鹤、瑞斑鹿和大白鹅，要去送行雨燕，不知道说点什么好，她们怎么都不明白雨燕为什么要飞那么老远去南非，这简直无法想象，是北京对你们不好吗？还是南非原本就是你们的老家？为什么每年跑那么远的路，真是不可思议。

风很大，街边的大树在说话，树叶摩挲的沙沙声越来越大，越来越吵，大树聊得很起劲，只有它们自己知道它们在说些什么，行人当然一句也听不明白，还有人以为这是风在说话，不是树在说话。风有什么心里话，也是说给天上的云彩听，要是说给人听，人听得进去吗？北京人老说“耳旁风”，不就是不拿风说的话当回事嘛。

树其实也没有雅兴和人聊天儿，这不是要开战了嘛，说几句，你们爱听不听，反正不能怪我们是偷袭，是不宣而战。

过往的行人，没有一个抬起头看看街边的树，问问：“你们是不是有什么心事？”

北京人对疯沙神记忆犹新，一听见刮风心里还是哆嗦，他们放眼一看，风把天吹得很蓝，把云彩吹得很白，心里就踏实了。也是，北京城是风水宝地，哪能年年来那些从没听说过的神灵来祸害这座城池。

可是，桀木神发动总攻的时间越来越近了。

鲍迪回到家，把二黑交给姨妈，就给贺嘉发短信，他坚信桀木神没安好心，从今天木廊设置的情形来看，贺嘉对葛老师的怀疑，对桀木神的怀疑，绝不是捕风捉影，大家必须找葛老师问问，桀木神到底来北京城干什么来了。贺嘉回复鲍迪：“完全同意。”她说，从葛老师编写的《桀木神辞典》的内容来看，桀木神绝对不是善者，桀木神的思想与人族的想法格格不入，两人又马不停蹄和凌青郎本等人交换意见，凌青也说：“看来贺嘉的预感是对的。”贺嘉建议尽快逼迫葛老师说出桀木神来北京城的真实意图，大家都同意贺嘉的想法。

黑猫回来，闹了好几天情绪，饭量也减了，水也不怎么喝，姨妈看着黑猫不高兴，也不知道因为什么，黑猫心里说，鲍迪就是不仗义，我给他帮这么大忙，给他争光露脸，他不升格我做斑兽，是他没有这份权限，我也不恼他，回来连夸我两句的好话都不说，就知道忙活他自己的事，算了，我跟您说，您也听不懂。黑猫喵喵地唠叨，姨妈静静地听，一句也听不懂。黑猫把话喵出来，心里好受些。

黑猫嘴很刁，姨妈给它买的食品，它非常挑剔，这一点让鲍迪很反感，但是姨妈惯着黑猫，鲍迪不便责怪姨妈什么。黑猫能从鲍迪的眼神和姿态上看出鲍迪的不屑，它心里暗想，吃喝不就是一件享福的事，不挑不拣那只是为了填饱肚子，这都什么年代了，谁还过那么低级的日子。

姨妈每个周末请小时工来家里做保洁，姨妈只是极简单地交代几句，再不说一句话，小时工觉得这家人话少，屋子里冷冷清清的。鲍迪小时候还跟小时工叫声阿姨，给人家倒一杯白开水，现在越大越没有礼貌，小时工给他的房间擦桌子，收拾地上的插线板、充电器，他坐在椅子上连屁股都不抬一抬，埋头做自己的事。鲍迪的房间虽说是井井有条，但音乐光盘已经从地板快摞到天花板了，漫画书成套成套地一本不缺，也快没地方码放了，巨大的音箱东一个西一个，好在线路被鲍迪套上了套管。他不愿意别人动他桌子上的东西，就对小时工说：“桌子不脏，不用擦了。”小时工看鲍迪年龄和自己家孩子相仿，有心跟鲍迪聊两句，鲍迪也没什么兴趣。

鲍迪的姨妈独居太久，对外人有着严重的偏见和恐惧，她一般不和生人打交道，即使不得不打交道的场合，比如购物，她也选择比自己弱小的，或者看上去面善的人开口，在单位跟谁都不说话，尤其是不和异性主动交谈，聊闲天就更无可能。

黑猫这两天在小区里转悠，头抬得老高，见到小区里的白猫黄猫花猫胖猫，就把它的英雄事迹讲一遍，所有的猫兄猫弟猫姐猫妹都听傻了，猫眼睁得溜圆，猫嘴咧得老大。几只猫老远看见姨妈拎着猫粮来喂它们，都抢着向姨妈献媚，心说，吃了姨妈的猫粮，就有成为猫英雄的可能。没过一天工夫，团结湖地区的猫都传遍了，三里屯、金台路、甜水园等地区的猫纷纷邀请黑猫去做先进事迹报告，黑猫挺上心，不敢太随意，在家认真准备起来，只身入危穴，金睛辨迷途，利爪扳扣锁，舍己救主人，一套一套的，还照着镜子练练，说到激扬处猫爪子如何在空中有力而坚定地挥动，表现勇敢时猫脑袋如何微微上扬，表现智慧时如何暗暗歪向左侧，表现幽默时如何微微歪向右侧。其实鲍迪和姨妈都很低调，黑猫按说也不应该太过张扬，全是因为鲍迪没有适时表扬黑猫，让黑猫憋得慌，这么往出一蹦，蹦得有些过头了。

所有翊卫围坐在一起，包括老馆长和李老师、陂复老师，一起质问葛老师，桀木神到底要干什么？

葛老师端坐沉默，就是不说。

凌青和鲍迪把地脉中木廊的种种迹象讲给大家听，贺嘉插嘴道："这绝对不是简单的装修工程，很可能是军事工事。”贺嘉把从《桀木神辞典》中解读出来的种种迹象、种种疑点，一条一条地讲出来，毫不客气地质问葛老师。

连李老师都急了，罕见地冲着葛老师大声嚷嚷：“你再不说，北京城几千万人就会有生命危险。”

老馆长说了很多劝解葛老师的话，让他站在人的立场上考虑问题，不要一味地无条件追随桀木神，到最后连是非黑白都分不清楚了。

葛老师沉默许久，低声说：“桀木神在北京城有一个大森林计划。”他把他知道的计划安排一说，说着说着，贺嘉、郎本、陆珂性急的都从椅子上蹦起来，再说下去在场的人都坐不住了，凌青请李老师赶紧向地境神冽水神汇报，大家焦急地等待着李老师。

李老师带回来的消息是个晴天霹雳，黄地宫和蓝水关大门紧闭，地境神冽水神病重。老馆长分析说：“桀木神早有预谋，他很可能切断了地境神冽水神的营养供给，或者是把地境神冽水神的资源吸干了。”

葛老师发狂地说：“把我们的家园奉献给桀木神是神圣而庄严的，我愿意为桀木神献出我的一切。”

气得李老师发狠说：“你简直就是一根死木头。”李老师觉得这个狂妄的葛老师已经没有半点可爱之处了。

陂复老师觉得葛老师的幼稚几近病态，他回头问盈缶老师，能不能给葛老师开几服中药，治治他这走火入魔的癔症，盈缶老师咬着后槽牙说：“他这是对人族太过失望了，我治得了病，治不了心。”

葛老师还在为桀木神辩解，他说：“我们不应该去探讨人族、木族、兽族的高下和优劣，因为我们拿不出一把公允的尺子，我们要把三个自以为互不相干的部族放置在一个平台上，构建一个人类世界、植物世界和动物世界之上的大世界、大格局。”

老馆长气愤地质问葛老师：“桀木神在北京建大森林，我们去哪儿？”

葛老师对老馆长也是没大没小，他脱口而出说：“我们给桀木神腾地方。”

老师们说话，凌青他们不便插嘴，自己围一堆叽叽喳喳开小会，葛老师已经把桀木神的真实意图说出来了，鲍迪、英瑛让凌青拿主意，凌青果断地说：“别再和葛老师费嘴皮子，赶紧着手制止桀木神。”大家都点头。

52

谁都想制止桀木神，可是谁都无从下手。

桀木神跟葛老师说过，他原先在北京城留有一名翊卫，不知道为什么没打招呼就不干了，多少年过去了也没有谁再追究这名翊卫的下落，也不知道他是否有传承人，这件事葛老师没往心里去，他也没办法去寻找，自己把自己的翊卫使命尽职尽责地干好就是了。

别看盈缶老师圆圆乎乎的，每天还在医务室里练拳脚功夫，黎雪非常羡慕，提出要拜盈缶为师，练习功夫，盈缶老师不教，说女孩子家，学这些干什么用。黎雪只是说对跳舞有益处，更深层的想法没有说出来，盈缶看出来了，心说，你小小年纪还想瞒我？她也不去挑破。从此，盈缶在屋里练，黎雪就在窗根儿偷学。

一连好几天，盈缶老师在屋里练自己的，不和黎雪说一句话，窗外的黎雪闭息忍声，模仿着盈缶老师的一招一式，也不敢进屋打扰。两人隔着一层玻璃窗，就像隔着一座山。

盈缶的拳脚是继续着祖辈的秘籍

无心无意
黎雪的练习是排解着父辈的忧郁
若即若离

忽一日，冷不丁盈缶老师从桌上顺手抄起一个盛药布囊，掷击窗外的黎雪，钢化玻璃被打得粉碎，窗外的黎雪临危不惧，右臂飞速抬起，将打过来的盛药布囊稳稳接住，一股药香沁入心脾。盈缶老师头都不回，喊了一声："进来吧。"

黎雪推门进来，向盈缶老师低头拱手，说道："谢谢老师。"自此，盈缶老师算是收下了黎雪这个徒弟。

黎雪不忘把窗下的碎玻璃收拾干净，并自己出钱把玻璃买来安上。盈缶能看出黎雪是个心里很苦涩的女孩，她也能从黎雪的眼神中预感到，这孩子外表看似单薄，实则爆发力很强。她表面上只和黎雪谈谈拳脚，谈谈中医中药，从不触碰黎雪的家事，这算是这个大大咧咧的校医做的少有的一件细心事。

黎雪因为家里的事，在学校里不怎么交朋友，与周边男生女生都隔着一段距离，除了跳舞不怎么多说话。自从认识了凌青，像是换了一个人，跟凌青话多，跟鲍迪、郎本他们也很亲近。黎雪特别喜欢凌青敢作敢当的气派，这也是她眼前的囧境中最需要的支撑。

英瑛心细，她能体会出黎雪的难处，英瑛对鲍迪、陆珂说："黎雪在北京无依无靠，家里又有不幸的变故，她胆小怕事是有原因的，你们这些个男孩子应该体谅她。”说得鲍迪、陆珂低头不言语。

黎雪走到哪里，都把一条腿放窗台上，或者沙发背儿上，贺嘉瞧不惯，说几次，黎雪仗着有凌青，不听她的，贺嘉心里不高兴，嘴上还没招儿，你贺嘉又不是淑女，还给别人立规矩。咖啡屋的老板娘最初也觉得黎雪这样不合适，没等她管，却发现好几个女客人跟着黎雪的样子学，老板娘灵机一动，反倒夸起黎雪来，这给她的普普通通的咖啡馆屋平添一道风景，黎雪一来压腿，年轻的女客人但凡腿长腿细腿白的，就都照葫芦画瓢学着压腿，男客人就陡然增加。老板娘窃喜。

盈缶老师小时候被中医父亲管教得喘不过气，现在二十八岁了，最怕当老姑娘，其实她不算是老姑娘，但是她着急，总是怕。欢喜热闹，喜爱年轻人。说话直率还爱撒娇，嗓音的穿透力极强，她在内街中学南门呵呵一乐，戗着风北门都能听见。

舞蹈队的服装仓库与医务室挨得很近，舞蹈队的服装道具全都堆放在库房里，平时很少有人进去，就像是紫禁城里的传心殿，想起来就用一下，想不起来就上锁关门。服装仓库的后窗外就是那口被填埋、被遗忘、被丢弃的水井。

黎雪想起孤孩儿还没有找到，她对凌青建议道，如果现在能找到孤孩儿，是不是能劝阻桀木神收手，凌青直挠头，他征求老馆长和李老师的意见，老馆长也怀疑，桀木神这么来势汹汹，恐怕不是为了寻找孤孩儿，但是李老师还是觉得找到孤孩儿兴许能够便于和桀木神沟通。

凌青儿个现在拿桀木神没辙，只好先去各处逛逛，看能不能找到孤孩儿。

六百年过去了，二竹越来越想家，脖子上的围巾围了六百年，风吹雨淋都撕扯成玉米须子了，二竹就是不扔，他想回到南方，北京城他实在过不惯。凌青儿人到紫禁城走动，二竹一下子盯上了贺嘉和黎雪，贺嘉的装束太显眼了，她在校外从不爱穿校服，学着陂复老师的样子装倜傥，穿个肥肥大大的灯笼裤，像个洒脱自在的渔家姑娘，黎雪的步态风韵更是让二竹一眼就认定她是南方人。

二竹一会儿跳到贺嘉的肩头，一会儿钻进黎雪的套头衫的后帽子里，心想着，这两个善良的女孩兴许会带我回家。六百年来，紫禁城里的大臣、侍卫不乏有南方人，现在游览紫禁城的游客中南方人也多如牛毛，为什么二竹偏偏看上了贺嘉和黎雪呢？因为她俩是神灵的翊卫，和神更亲近些。

黎雪回到家，二竹从黎雪的帽子里跳出来，显出身形，一个绿竹精灵，头戴竹荪帽，身披竹叶蓑衣，脚下长满竹根，为了不吓到初次见面的黎雪，他把细长细长的身体尽量缩短些，但还是把黎雪吓了一跳，她连连后退两步，握紧拳头，脚底暗暗发力，一旦发现二竹有什么恶意，她就要试试刚从盈缶老师那里学来的拳脚，管他是不是初学乍练，抵挡一阵算一阵。二竹说明自己来历，黎雪怎么听都听不明白，直到二竹说自己是桀木神的儿子，在北京紫禁城走失了六百年，想找个南方人帮助自己回南方老家，黎雪这才把眼前这个竹子精灵和桀木神孤孩儿联系起来。

二竹不给黎雪插嘴的余地，上来就直说，让黎雪带他回家，黎雪一头雾水，问他："回哪个家？"

二竹说："我看出你是南方人，老家在南方，我的老家也在南方，你可不可以带我回南方老家去。"

黎雪缓缓神，请二竹坐下，二竹不肯坐，竹叶子竹枝子把四壁划出好多绿道子，桌上的书本也被二竹划拉到地上，二竹赶紧把书本拾起来放好，毕竟他也算是个文人，文人着急也还是要讲究些礼仪。黎雪对二竹实话实说："我的家确实在南方，我们家的房前屋后到处都是成片的竹海。"

二竹兴奋得要流眼泪，他眼巴巴地看着黎雪问："什么是竹海？"

黎雪不知道怎么用简单的话描绘竹海，她按着自己的思路继续说："可是我不能带你回南方老家去。"

二竹的大眼睛立刻黯淡下来，"为什么？"他问黎雪。

黎雪愁苦地说："我的父母因为生意受挫，欠下巨额债务，身陷囹圄，家族的人认为我家故意欠款不还，把我从家族里驱赶出来，我回不去了，也不想回去。"

二竹好不容易找到一个可以带他回南方老家的翊卫，却又不能动身。"怎么办？那怎么办？"二竹嘴里不停地叨叨。

黎雪用手拉着二竹，她替二竹难过，更为自己伤心。黎雪说："你别急，会有办法的，我们肯定会帮你。"

二竹忽地想起贺嘉，就对黎雪说："刚才和你在一起的另一个女孩也是南方人，你带我去找她。"

黎雪明白他说的是贺嘉后，立刻动身，先给贺嘉打电话联系，贺嘉不爱跟她聊，让她找凌青，她在电话里兴奋地说："人家二竹指名道姓就说要找你。"然后骑着自行车奔贺嘉的家，她让二竹缠得昏了头，也没想着跟李老师报告一声，二竹缩回身形趴在黎雪的帽子上，催促黎雪快些，再快些。

贺嘉很好奇，为什么孤孩儿指名道姓要找她，她和贺爸爸、贺妈妈特意在家门口隆重地迎接二竹，还有黎雪。

贺嘉仔细端详二竹，非常喜欢他，二竹拉着贺嘉的手不放，生怕这又是一个不能回老家的人，小艺术家看小精灵，他们是息息相通的。

"你老家在哪里？"二竹直截了当问贺嘉。

贺嘉还没回答，贺爸爸就抢着说："福建泉州哇。"

"老家有竹林吗？"二竹上来就问。

贺嘉答不出，贺爸爸又抢着说："门前溪水边，屋后山岭上，到处都是竹子。"

贺爸爸得意地回答一连串关于老家、关于竹林的提问。

二竹越问话越多，贺嘉一个也答不出，只能看着爸爸眉飞色舞、神采飞扬地跟二竹热聊，从楼门口到家门口，二竹和贺爸爸你一言我一语，把贺爸爸聊得两只手臂又像羽斑鹤的翅膀一样扇动起来，黎雪和贺嘉在后边呵呵地乐，贺妈妈拽贺爸爸的衣角让他克制些，贺爸爸不管那些。

聊着聊着，贺爸爸情不自禁地说起闽南话，贺妈妈怕二竹听不懂，就打断贺爸爸的话，让他说普通话，没想到二竹还急眼了，扇呼着竹叶子，不让贺妈妈插嘴，让贺爸爸接着说下去。这一大一小恰似他乡遇故知，说起竹林，话多得收不住，把贺嘉、黎雪和贺妈妈晾在一边不管了，黎雪听不懂闽南话，可是贺爸爸和二竹聊南方老家，勾起她很多心事，她时不时望着窗外走神。

天很晚了，黎雪起身告辞，她刚才被二竹和贺爸爸的热烈场景迷住了，都忘记给李老师打个电话，把二竹的事告诉她，现在才想起来。

她打完电话，问二竹要不要跟她回去，二竹一点礼貌都不顾，认准了贺爸爸，就把黎雪忘到脑后去了，还是贺妈妈提醒他，没有黎雪，你二竹怎么可以找到贺爸爸？二竹上前抱住黎雪又是鞠躬又是作揖，一脑袋的竹叶子沙沙作响。

二竹和大家说好，要在贺嘉家里住几天，听贺爸爸讲南方老家的竹林。至于要不要和大楠打个招呼，让兄弟姐妹们别惦记，那就他自己安排了。

一连几天，贺爸爸一下班回家就和二竹聊，直到深夜十一二点，按说贺爸爸老家在福建闽南，二竹的桀木神大本营在四川宜宾，一个地处东南沿海，一个地处西南深山，二者关系不大，但二竹不管那么多，他认准有竹林的地方就是老家，没有竹林的地方就不是老家。本来贺爸爸的闽南话都忘记得差不多了，面对着这个执着想家的顽皮精灵，贺爸爸的家乡话居然全都想起来了，不仅家乡话全复活了，家乡的山水、竹林、茶园、渔场、老屋也都一幕一幕地复活在贺爸爸的脑海里。

贺爸爸拿二竹当作老乡，当作亲人，和他聊贺爷爷、贺奶奶，还有贺嘉的叔叔。贺妈妈在一旁不敢打断他们，贺嘉头一次听贺爸爸这么详细、这么动情地讲述老家的亲人，贺嘉只知道爷爷、奶奶和叔叔都已经故去了，她没听爸爸说过他们是怎么去世的。贺爸爸和二竹说了很多很多，贺嘉才有所了解。

贺嘉爷爷是福建海边的渔民，年轻时很穷。新婚没几天就随同村的人出海下了南洋，去南洋谋生也没有挣到钱，十几年就回来过一次，就是新婚和探亲这么两次短暂的相遇相逢，让奶奶生下来贺爸爸和叔叔兄弟二人，在漫长的时间里奶奶如同守寡，拉扯着两个孩儿艰难度日。直到晚年，爷爷回国回家的念头越来越强烈，但手头的积蓄连回国的船票都买不起，爷爷无奈，他思念故乡和妻子儿子，每周步行很远的路，去当地中国使馆阅读国内的中文报刊，以解思乡之情。时间一久，使馆的工作人员了解到这位困顿潦倒、白发苍苍的老华侨，因为囊中羞涩，无法回国与家人团聚，十分同情，全使馆的中国人凑钱，给爷爷买了一张抵达中国厦门的船票，送爷爷回国与亲人团聚。贺爸爸和叔叔去厦门迎接爷爷，亲生父子竟然完全认不得了。贺爷爷一踏上中国的土地就瘫软在地，一病不起，他老人家思乡念家太久太久了，最后眼巴巴地望着近在咫尺的泉州老家，人死在了厦门，至死也没有能够再见奶奶一面。

贺嘉的叔叔是个天才，但也是个疯子，不到十七岁就考上厦门大学数学系，没上两年就因病退学了，后来疯病越来越重，终于有一天发病，在完全失控的状态下，一砍刀把面对砍刀一脸慈祥的奶奶活活砍死了。没过多久，叔叔就病故了。

贺爸爸说呀说呀，嗓子都哑了，他把心里的话全都倾倒出来，浑身上下畅快许多。二竹越听越入迷，越听越想家，贺爸爸说，你回家还有父亲，还有兄弟姐妹，我回家却什么都没有了，说得二竹想哭，可是又没有眼泪，浑身的竹叶剧烈地晃动着。

贺嘉从没有听爸爸这么详细地说起过家乡，说起过亲人，她心疼爸爸，爸爸想家和疯沙神找母亲不就是一回事嘛，疯沙神还能撒泼犯浑，发泄一下，爸爸却忍在心里什么都不说，要不是二竹打开了爸爸的话匣子，爸爸心里的话又能对谁诉说？她跟爸爸妈妈提议，去马连道茶叶城去吃福建菜，那里聚集了很多贩卖茶叶的福建人，福建菜做得相当地道。贺爸爸拍着贺嘉的肩膀说："女儿知道心疼爸爸了。"

二竹在紫禁城生活六百年，言谈举止颇有古风，贺爸爸十分喜欢，当二竹随口说出明朝那些事情时，贺爸爸以为二竹是从明朝穿越来的，二竹说："我不是穿越而来，我压根儿就没走。"说得贺爸爸对二竹心生敬意，不拿二竹当小孩子看待，其实二竹按人族算都六百多岁了，哪里是什么小孩子。二竹在贺嘉家生活这几天，贺爸爸看二竹站有站相坐有坐相，说话温文尔雅，言谈举止像古代的书生，他动不动就跟贺嘉说："你看看人家，你看看人家。"

一开始贺嘉还真的认认真真看二竹的一举一动，觉得很有味道，后来就觉得好笑，再往后就烦了，二竹的做派贺嘉实在学不来，贺爸爸要贺嘉以二竹为榜样，为楷模，贺嘉怎么受得了。贺嘉搂着爸爸的脖子一副没大没小的样子，对爸爸说："我学不来啊。"

爸爸无可奈何地说："罢了，罢了。"

贺嘉学着京剧韵白的腔调，拉长嗓音说："罢——了——哇——，罢——了——。"

二竹不忍看贺嘉这副疯丫头样子。

53

就在二竹在贺嘉家里住着这几天，盈缶老师在紫禁城遇见了四蔓。

四蔓特别想做人，特别爱闲逛，她偷偷从大楠哥那里识得年轮密语，掌握了精灵变成人形的方法，哪里人多去哪里逛，图的就是热闹，她每天打扮得漂漂亮亮的，一会儿冒充志愿者解说员，一会儿帮游客照相，还教给人家怎么样选景，怎么样摆姿势，怎么样穿古代的服装，一会儿又跟在旅游队伍后头听人们聊天，还学人家说各地的方言。逛一天累了，就坐在屋檐下打盹儿。

盈缶老师平时很少来紫禁城，她嫌游人太多，人挤人、人挨人地难受，这天从网上知道紫禁城举办太医院药方原物展览，就拉着徒弟黎雪前来。盈缶来不是要记录药方，也不是要看热闹，她是想找一找祖上先人在宫中行医的那种感觉。

她和黎雪走过一个普普通通的屋檐下，看到四蔓正在打瞌睡，盈缶老师一愣，她上前仔细端详这个女孩，左看看右看看，像是看个怪物。

跟在后边的黎雪以为她遇到内街中学的学生了。

盈缶弯腰轻轻推醒四蔓，问："这位同学，你叫什么名字？"

四蔓睁开眼，见有人主动找自己说话，心里欢喜，说："阿姨您好，我叫四蔓。"

黎雪知道盈缶老师的心思，就纠正四蔓："不要叫阿姨，叫姐姐。"四蔓笑了，笑得很好看。盈缶老师不知道再说什么好，若有所思地走开了。

黎雪感到很奇怪，问盈缶老师："这是咱们学校的学生吗？"

盈缶表情很怪异，说："肯定不是。"

"那您叫醒人家干吗？"黎雪不解，两人接着往前走，黎雪不住地回头看，盈缶老师好像不敢再回头。

"她不是人。"盈缶说了一句黎雪听不懂的鬼话。

黎雪乐着说："您被毒太阳晒晕乎了吧？"

盈缶不说话，低着头想事情。她们两人走进展室看展览，盈缶心不在焉，没走几步又走出来，去刚才那个屋檐下找那个女孩，女孩已经走开了。

盈缶像丢了魂似的四处寻找，再也没有找到。

回到学校，盈缶就焦急地找到李老师和葛老师，和他们说今天的怪事，她说她见到一个小精灵，她还让黎雪做证，李老师看着一惊一炸的盈缶，再看着一旁凑热闹的黎雪，不知道她们要说什么。黎雪满不当回事地说："嗨，就是一个普普通通的女孩，挺漂亮，比我还漂亮。”

“别闲扯。”盈缶老师打断这个拿事不当事的徒弟。

李老师对盈缶老师说：“你慢慢说，你到底看见谁了？”

盈缶老师坐下来，说她看见一个奇异的女孩，周身包裹着绿色的藤蔓，她认定这女孩不是一般人，一定和神灵有关。黎雪虽是洌水神翊卫，但是她不具备识别桀木神精灵的能力，除非精灵显形，她觉得盈缶老师看花眼了，盈缶老师不高兴了，指着黎雪的鼻子说：“你说我别的可以，说我头昏眼花不行，我祖上乃是多少代的中医家传，不可能连一个小孩子都看不清楚，我习武练拳十几年，不可能被太阳晒晕，你不要低估我。”

黎雪见盈缶老师真急了，不敢言语了。

葛老师突然醒悟了什么，低声说：“盈缶有可能是桀木神翊卫。”

此言一出，所有人都愣在那里不说话了。

盈缶断然否认说：“不可能，我们家和神没有瓜葛。”

李老师说：“是不是你学中医，练拳脚，无意中与神有了勾连。”

盈缶瞪眼说：“胡扯，中医不是神学，武术也不是魔法。”

黎雪又喜欢盈缶跟她嚷嚷，又怕她真不高兴了，毕竟盈缶老师是她师傅，不能没大没小，她嘴里嘀咕说：“那，我怎么看您一整天神灵活现的。”

盈缶说："那你别缠着我，小心我吃了你。"说着，盈缶扑哧乐了，大家觉得盈缶又可气又可爱。

为什么那孩子认不出盈缶老师呢？这恐怕和盈缶老师自己也无法确认自己的翊卫身份有关。李老师耐心对盈缶老师说："这其中必有缘故，你的祖上也许把神灵翊卫的使命中断了，但你的内心和神并没有完全切断联系。"

盈缶老师自己不得不承认这话的准确性，尽管她眼下还无法证实这一点。黎雪也暗自认可这一点，她今天一天确实看到了盈缶的特异之处。

葛老师紧锁眉头，心中暗暗吃惊，他不是正宗的桀木神翊卫，是桀木神临时抓差，就因为他阴差阳错救了地境神，桀木神要用他的名声。虽然葛老师是被桀木神临时选中，但他比谁干得都更完美、更执着、更卖力气，他现在觉得做普通人寡淡无味，做翊卫有成就感。他没想到北京城里还有一名桀木神翊卫，而且此人的翊卫使命很可能是出于家族传承，相比他这个临时任命的，很可能更厉害、更有本领。这是个伙伴？还是个来拆台搅局的？他眼下还不敢肯定。

盈缶老师添了心病，她不知道该如何验证自己是桀木神翊卫，她原本没有心思管神的事，一听李老师、葛老师说地境神、冽水神就躲，她觉得这些跟她一点关系都没有，她还得抽空会男朋友，还得练拳脚，还得背诵古医书，她很忙的呀。自从那个下午她在紫禁城的那个屋檐下遇到那个四蔓，她变了，再也不能置身事外了。

二竹拉着贺嘉、黎雪、凌青、鲍迪、郎本、郎白去见大楠等孤孩儿，英瑛和陆珂从郎本嘴里知道了孤孩儿的事，也要去紫禁城见见孤孩儿。

八个孩子和六个孤孩儿在传心殿外树林里见面，相互介绍就费了好长时间，现场十分热闹，大家很亲热，玩得很嗨。陆珂提议请孤孩儿吃饭，说是北京孩子应尽地主之谊，大楠说他们想吃宜宾家乡菜，可是孤孩儿现在没有变成人形，怎么能够张口吃饭呢。

凌青急着问孤孩儿们能不能找到桀木神，大楠抱着凌青大声问："我爸爸来北京了吗？他在哪儿？"凌青这才明白孤孩儿到现在为止还没有找到父亲。

四蔓搂着郎本的脖子亲热地说："我可喜欢做人了。"郎白看着四蔓跟郎本拉拉扯扯的，心里别扭，上去不顾情面地把四蔓的手从郎本脖子上拉开。

此情此景，让高高大大的五杨黯然落泪，抽动的身子惹得脑瓜顶上的杨树叶子哗哗响，四蔓不高兴地说："大家高高兴兴的，你哭什么，扫兴。"

五杨抽着鼻子酸酸涩涩地说："我想花椒妞妞了。"

不提则已，一提起这事，三槐噼里啪啦就给四蔓儿下子，四蔓一边护着脑袋一边说："我肯定把她找回来。"三槐这才罢手。

贺嘉问："疯沙神能变人形，你们为什么不能？"

大楠说："我们还小，年限不够，不能随便启用年轮密语的开启指令。"

“这是为什么？”黎雪天真，总是搞不明白这些问题。

鲍迪回答黎雪说：“桀木神可能是怕年幼的孩子跟着人族学坏喽。”这回答其实也是瞎猜。

傲气的陆珂不爱听：“人族还能把神的孩子教坏喽？真是的。”

郎本嘴上不说，心里说：“就你身上的臭毛病，就够孤孩儿们学好几百年的，你以为呢。”他现在当着英瑛的面儿，不跟陆珂戗戗。

四蔓偷偷使用年轮密语的开启指令，经常变成人形在紫禁城闲逛，这时大家讨论变成人形的事，她装傻不言语。但她提了个建议，得到全体翊卫和孤孩儿的赞成，她说：“我们孤孩儿不变人形，也可以和翊卫们出去逛逛呀。”大家全同意，说走就走。

每个翊卫骑着自行车，车筐里盛着孤孩儿，在北京城一通游逛，翊卫们很开心，他们找到了新的伙伴，孤孩儿们也特别兴奋，他们就要回家了。

英瑛、贺嘉等兴奋地歌唱起来，郎本在车把上打着节拍。

我们是快乐的少年
穿梭在北京城的街巷间
车轮飞转，神比人还欢
笑脸舒展，心比蜜还甜
你是凌青，我是大楠

你是英瑛，我是四蔓
我们把北京城里里外外转个遍
我们让孤孩儿高高兴兴回家园

54

疯沙神、老馆长、英瑛和陆珂，谁也读不懂经文，疯沙神打算回到自己的大本营去，临走前，他跟老馆长、英瑛和陆珂都没有打招呼，自己来到贺嘉家，要给贺嘉道个歉。

白衣白裤的青年轻轻敲打贺嘉家的门，贺妈妈得知这位来访者是把贺嘉变成鹤鸟的疯沙神，浑身颤抖，吃惊不小，疯沙神说明来意，贺妈妈才颤颤巍巍地把疯沙神让进屋里。贺嘉闻听来客是疯沙神，面色惶恐，连连倒退几步，背靠着墙，仿佛只有这样硬抵着，后背才不会再长出雪白宽大的翅膀，她还不时用手指把着桌角，提防着一不留神脚底发飘，再飞起来。见疯沙神没有恶意，她顿时来了精神，两眼冒火，半是发怒，半是撒娇。疯沙神坐下身，刚说几句话，贺嘉就不干了，指着疯沙神的鼻子嚷嚷不止，她要把疯沙神赶出门去，指着疯沙神说："你当魔鬼，就害得我长翅膀长羽毛，高飞远翔，你扮菩萨，就来我家登门做客假装绅士，拿我当小丫头哄着玩。"疯沙神全无凶相，贺嘉手脚虽不敢妄动，嘴却巴巴不停。

疯沙神说：“我要找我母亲，我不是跟你们这些孩子过不去。”

贺爸爸用身体护着贺嘉，怕疯沙神又动手，贺妈妈暗自打量着疯沙神，看疯沙神文静典雅，才渐渐放心，疯沙神的名字上有个“疯”字，那是因为有什么事把他逼急了。贺妈妈贺爸爸给他水，他不喝，给他水果，他也不动，他不是不领情，是他有洁癖。身为羽斑鹤的前任，贺妈妈劝阻贺嘉不应该这样与疯沙神使性子，这么神圣的神到咱家来做客，全北京谁家孩子有这样的待遇？就是凌青家也没有来过神呢，贺嘉强忍住情绪，嘴上还是不依不饶地说：“我不稀罕。”

贺嘉也不招待客人落座，也不沏茶倒水，一副没礼貌的凝眉噘嘴样子。疯沙神这次来，也不单纯为了哄贺嘉开心，他是要和地境神的翊卫联手寻找母亲，也要寻找能读懂经文的人，他看到陆珂和英瑛力量单薄，寻找母亲恐怕是遥遥无期。

贺妈妈、贺爸爸替贺嘉做主，答应疯沙神的请求，贺嘉站在窗户旁边生闷气，疯沙神不来，贺嘉心中的难受劲儿也就渐渐过去了，疯沙神一来，贺嘉反倒觉着一肚子委屈，你就是欺负我是女生是不是，你怎么不把郎本变成大尾巴狼呢。

贺嘉抄起手机噼里啪啦地给鲍迪、凌青、郎本发微信，说：“快来呀，疯沙神来我们家啦。”疯沙神没想到自己倔，贺嘉比自己还倔，他也是脸皮薄，就臊眉耷眼地起身告辞了。

鲍迪、凌青、郎本前后脚来到贺嘉家，鲍迪和凌青一进门就先问："疯沙神在哪里？"一副势不两立的架势，以为疯沙神又把贺嘉变成鹤鸟了，郎本也要见见疯沙神，他顺手抄起贺嘉家门口的长把儿雨伞，不知是要进攻还是要防御，贺妈妈和贺爸爸解释了老半天，说疯沙神是来赔礼道歉的，鲍迪和郎本根本听不进去，鲍迪埋怨贺嘉："你这么快就认敌为友啦。"

贺嘉不爱听，冲着鲍迪嚷嚷："是我妈把那家伙放进来的。"凌青倒是觉得疯沙神有诚意，劝各位不要过于感情用事。贺嘉这会儿见众兄弟在身旁，就渐渐消了气。

郎本还问贺嘉："疯沙神长什么样。"

贺嘉脱口来了一句："还挺帅的。"

郎本多事，把疯沙神给贺嘉道歉，贺嘉把疯沙神赶走的事告诉了英瑛，英瑛立刻不高兴了，贺嘉一个小丫头片子，怎么能这样对待我们的神，太没礼貌了，这种道歉的事本来派我们翊卫去即可，堂堂一位疯沙神亲自登门给你贺嘉道歉，你居然不领情，太过分了，郎本赶紧拿话哄英瑛。

葛老师向凌青等翊卫说出桀木神的大森林计划，桀木神大怒，骂葛老师就是个废物，葛老师硬挺着，也不检讨，惹得桀木神身上的树脂滋滋往外冒，指责葛老师有可能坏了他的大事，毁了他的大业。

葛老师说："凌青他们找到了孤孩儿，他们马上就要和您团聚。"

桀木神挥手大叫："这是圈套。"他命令葛老师立刻到预先设计的地点隐藏起来，准备执行任务，绝不许再与任何翊卫有任何瓜葛。

葛老师的暴露，迫使桀木神提前动手，孤孩儿与桀木神的见面化为泡影。凌青带着大楠去见桀木神，祾恩殿空荡荡的，不见桀木神的踪影。谁也不知道桀木神把战役指挥所转移到了哪里，大楠很失落，嘴里念叨着：“爸爸忙大事，我们再等等。”

他只好带着弟弟妹妹们先回到紫禁城，四蔓、柳姑见大楠哥一路上苦着个脸，也不叽叽喳喳地絮叨了，她们这些女娃都觉得桀木神有可能不要她们了，但这话她们一个字也不敢对大楠哥说，不敢再往他心上扎针。

桀木神发布一号令，命令就两个字：“狂长。”桀木神之役正式展开。

桀木神一声令下，所有木头和树木变为桀木神的士兵，它们被桀木神的指令激发出内心千百年的能量，以极快的速度生长，北京城马上就要变成大森林。北京城霎时间处处野花盈路，杂树遮门，鸟也欢，猫也闹，树木、灌木、杂草、藤蔓都在疯狂地生长，连城里不多见的蒿草荆棘也一派盎然生机。树干粗得像得了肥胖症，把表层树皮的皱褶都撑得平展了许多，牡丹花的样子快赶上圆白菜了，街边的冬青原本就到园林工人的胯部，现在全都蹿得高过头顶，园林工人不得不放弃对它们的修剪。四合院所有的墙壁、屋顶都爬满了欢呼雀跃的藤蔓，街道的柏油路上都滋长出绿茵茵的青苔。行人在茅草地上无处下脚，车辆在青苔路面上哧哧打滑，老师同学稍不留意，掉在头发里的草籽隔天就会发芽。

不用贺嘉再追问葛老师了，不用凌青再带着人进入地脉侦察了，所有人都明白桀木神的意图了，连老实厚道的金毛大狗都看明白了，家里的窗户全被紫藤绿萝糊死了，什么也看不见了。

桀木神的士兵还在北京地下铁道中生长大树，从下水道口钻出来乌藤，从团结湖、玉渊潭、什刹海湖底钻出来大片大片的鲜花，北京人即将被成群成队驱离北京，他们的家园就要被桀木神全霸占了。

桀木神在地脉建设的木宫，铺设的木道，搭设的木架、木廊相继发芽生长，不几日地脉中呈现一片枝叶繁茂、郁郁葱葱的奇异景象。前几日凌青他们进入地脉之时，仅仅察觉桀木神铺设的木廊、木道、木架，建有具备打击能力和伏击能力的装备，他们料想桀木神要开战，但他们谁也没有预想到，桀木神在地脉和水脉中铺就搭建的圆木、方木、乌藤开始发芽生长，木族的士兵把地脉和水脉变成了木脉，让地境神和冽水神喘不过气来，脉道被严严实实地、密密麻麻地堵死了。

当初桀木神一进入地脉，在地脉中行走一遭，他心中就暗自明确了大森林计划的雏形，他要夺取地脉和水脉的控制权。他是桀木神，他的骨子里深知地下网络对于树木森林的重要性，占据了地脉和水脉，就占据了北京城的根基，也就从根本上控制住了地境神和冽水神，没有地境神和冽水神的支持，仅仅依靠人族自身的力量是奈何不了桀木神的。

这时大家才反应过来，地境神和冽水神的病重是什么意思，这哪里是什么头疼脑热，完全是被桀木神控制住了，他们二位已经被桀木神暗暗吸光营养和资源，爬都爬不起来了。洌水神被桀木神挤压得喘不过气来，北京城地下水位急速下降，水都被桀木神吸干了。内街中学的舞蹈队员们再次变得没有了笑容，所有舞者无精打采。

地境神、洌水神此时此刻救不了北京城了，乌藤顺着钟鼓楼的外墙向上攀爬，砖缝成了乌藤的落脚点和营养补给点，乌藤最终是要爬上钟楼，将铜钟死死缠住，铜钟再也发不出一丝声响。桀木神十分得意，谁也别想再发送任何信息了，地境神、洌水神、疯沙神、仗山神之间的联系被彻底切断了，北京城的神灵之声死一般沉寂，仿佛各个神灵真的被憋死了一样。

桀木神就像一位高明的战略家，一切都是谋定而后动，真让人拍案称奇。中国人贬损反应迟钝的笨人叫作木头疙瘩，说他们像木头一样愚笨，没想到桀木神却是个脑筋极其灵活，思维极其敏捷的聪明神，不仅心思缜密，而且反应迅速，统率全局能力极强。有时他的行动看似太冒险，但那绝不是赌徒式的盲目瞎撞。而且桀木神连环套式的进攻，让人族目瞪口呆。

成百上千、成千上万规格统一、步调一致的圆木，条木和方木在桀木神统一指挥下，几天之内把钟鼓楼周边、鸟巢附近和三里屯街区的干道封死，人们困在胡同和小区里等待救援，木块并不破坏建筑，那会消耗巨大的力量，桀木神只是要挤走北京人，腾出地方让树木生长。有人用锯锯，用斧头砍，用石头压，都无法阻止树木的生长，人们开始恐惧，开始退却。

机械的办法、手工的办法对付得了疯沙神，桀木神的生命力太强了。疯沙神有软肋，他的软肋是水泱神，一提水泱神他就像给孙悟空被念了紧箍咒一般。而桀木神没有软肋，无法无天，为所欲为，疯沙神是平行推进，由此及彼，想办法抵挡还是有效果的，但是桀木神从地脉内部蔓延生长，让北京城防不胜防，谁也不知道哪天哪夜从地下钻出绿藤绿蔓来。糟糕的是，等凌青等人发现下水道出口滋长出绿苗时，地脉中早已挤满了粗壮的树根。

桀木神另外有冲击阵给北京城预备着呢，也是四阵。桀木神明白弱兵强阵的道理，他的青木兵团一旦生根发芽，则水淹土埋都不可能赶走他们了。

55

老馆长、李老师束手无策，陂复老师刚上任没几天，也是拿不出什么办法。大家寻找葛老师，却不知所踪，李老师问盈缶老师："你不是桀木神翊卫吗？赶紧想想办法。"黎雪也眼巴巴地望着盈缶老师，看她手里有什么灵丹妙药。

盈缶一脸的无辜，对李老师说："我这个翊卫是你猜测的呀，是不是真的，还不知道呢呀。"

凌青不得不思考，桀木神是不是真的心存歹意，地境神和冽水神是不是太不拿人族的利益当回事了，如果桀木神大肆进攻北京城，那不管有没有得到地境神和冽水神的指令，都必须奋起反击。

凌青对围坐在身边的几个人说："去年抗击疯沙神，我们寄希望于地境神和冽水神，只要找到地境神，请回冽水神，就能把疯沙神赶走，这次桀木神之役，看来指望不上地境神和冽水神了，不知道是地境神、冽水神有什么更加深不可测的战略意图，还是他们真的已经奄奄一息，只能靠我们自己抵抗桀木神了。要么举手投降，要么战斗到底。"

所有的孩子都选择战斗，尽管他们还不知道如何战斗，也不知道能不能斗得过桀木神。

凌青和陆珂、黎雪发动钟楼中学、府学中学和内街中学的所有同学们，出主意想办法。可是，善于写作业、精于背书、勤于考试的同学们，面对桀木神，什么办法也想不出来。桀木神的青木兵团步伐很快，越来越快。北京城就要被桀木神完全占领了。

桀木神执意要在紫禁城种满树木，特别是当年帝王们修建宫殿被大肆砍伐的楠木、松木。陆珂问英瑛："北京是温带地区，能生长热带树种吗？楠木百年才能成材，现在种下去，要等我们的重孙子上府学中学念初中，才能见到紫禁城中成片成林的楠木吧？"

英瑛说："你低估桀木神了，今天种植，一个月内即可成材，等你重孙子百年以后来到紫禁城，楠木还在，可是紫禁城不复存在了。"陆珂似乎是听明白了。

郎本说："也不能让桀木神想干什么就干什么，紫禁城怎么能让桀木神说毁就毁了。"

鲍迪说："我们目前只能眼看着桀木神胡作非为。"

黎雪急了，催促凌青："凌青你倒是快想办法呀。"

贺嘉半是困惑，半是劝慰地说："你以为凌青是神呀，我们仅仅是神的翊卫而已。"

英瑛说："大家不要慌乱，一定会有办法的。"

办法在哪里呢？

春天的阳光照在人后背上暖暖的，痒痒的，照在人脸上很柔，很软。而这一切的美好就要不属于北京人了，阳光这种宝物，人也喜爱，木也喜爱，沐浴在阳光下的树木、藤蔓、荆棘和一切的花草，在桀木神的指令下发了疯地生长，人族不能施之以农药和除草剂，在北京城施农药不仅会杀死树木花草，也会伤及地境神和洌水神，最终将危及人族自己的生命。北京人眼睁睁地看着自己为之歌颂、为之赞美的树木将要把人族硬生生排挤出去。

郎白这两天像是感冒了，总想睡觉，可又睡不实，还总做梦，她不知道这些梦有什么特殊的含义，也不敢说，怕哥哥姐姐们笑话她。

但是她脑子里的梦挥之不去，时常出现幻觉，其中有一座座陡峭险峻的高山，一群群高大威猛的斑兽，斑兽瞪着大眼睛看着她，她怀疑心灵深处是不是埋藏着神灵的暗示。郎白觉得应该赶紧跟凌青谈谈，她隐约觉得斑兽能够抵御桀木神。她先把心中的怪想法讲给郎本哥哥听，郎本根本看不上郎白心里冒出来的古怪想法，郎本说："你行吗？别给凌青出馊主意。"

郎白本来没把握，可郎本这么一顶她，她心里反而有主意了，她不看郎本的目光，回嘴说："别瞧不起人。"

她战战兢兢地和凌青说出梦里的景象，凌青听不明白郎白的意思，他对郎白分析说："地脉里的斑兽数量有限，势单力薄，显然打不过庞大的青木兵团。"

郎白摇着脑袋冥思苦想，想得脑瓜仁疼，她得把大白鹅的底层记忆倒腾出来，再左翻翻，右扒扒，她说："我说的不是地脉中的数量有限的斑兽，我说的是庞大的斑兽军团。"

所有的孩子第一次听到斑兽军团的说法，他们都惊呆了：哪里有斑兽军团？斑兽军团在哪里？

郎本又在怀疑郎白是胡扯，你一只大白鹅能懂得什么。凌青、鲍迪、陆珂都急了，三人一齐动手捂住郎本的嘴，叫他不要阻止郎白。

郎白要想起斑兽军团的线索，找出斑兽军团的驻地地址，大家大气儿都不敢出，等着她能想起什么，最后她朦朦胧胧隐隐约约依稀大概地想起斑兽军团的驻地在高山深处，山势陡峭，岩石怪异。郎白一边想一边说："我印象中有成群成群的斑兽，个儿头比地脉中的斑兽高大好几倍，身披铠甲，手擎战旗，阵营庞大，气势威武。"

陆珂一听就很失望："你大概是美国魔幻大片看多了吧？"

郎白一本正经地说："我从来没有看过美国魔幻大片。"这一点郎本可以做证，郎白由大白鹅变成少女的时间并不长。

男孩子们都觉得郎白说梦话，女孩子觉得郎白从不吹牛侃大山，她这么说必定有依据，大家找来老馆长、李老师、陂复老师、盈缶老师，都来听一听郎白的"梦话"。几经讨论，老馆长和盈缶老师确信，郎白说的是她做大白鹅时祖先传递给她的信息，是有依据的，也就是说，北京郊区的大山里确确实实驻扎着不为人所知的斑兽军团。

凌青又启发郎白，让她想想斑兽军团的驻地到底在哪里，郎白死活想不出来。郎本着急得又要跟妹妹嚷嚷，英瑛一把拽住郎本，叫他闭嘴："你有点儿耐心好不好，别这么急赤白脸地好不好。"郎本见英瑛这么说，憋着不言语了。

黎雪在一旁劝慰郎本："如果郎白帮我们找到斑兽军团，你郎本的脸上也有光彩呀。"

陆珂插嘴："就是，你那胖嘟嘟的脸上也有光彩呢。"

贺嘉示意大家别吵吵，静下来让郎白好好想一想。

思维缜密的鲍迪耐心地启发郎白，他把大家经历过的地点、地貌、地形一一点拨给郎白：传心殿的夹道、大庖井、普度寺的台基、颐和园清华轩的石桥。

"有一座石桥。"郎白闭着眼睛轻声回答。

"石桥上有白玉石板？"

"有二十七块白玉石板。"郎白点点头。

"桥下是一座八角水池？"

"确实是八角形水池。"郎白睁开眼睛，惊异地望着凌青、鲍迪和郎本。

凌青、鲍迪、郎本说的是颐和园清华轩内的场景，郎白从没有去过颐和园清华轩，她脑海里的场景是斑兽军团驻地的入口。

老馆长、李老师、陂复老师和盈缶老师立刻发动三所中学的学生们在北京郊区的大山里寻找和颐和园清华轩内一模一样的白玉石板桥和八角水池。三所学校放假三天，学生们让家长开着私家车向北京郊区的大山深处四散奔去，家长们满脸疑惑："不好好念书，找什么石板桥？找什么八角水池？"

孩子们急了："还念什么书，北京城要完蛋啦！"

56

浓浓的雾　遮盖深山的迷途
厚厚的露　洗涤斑兽的四足
请问高山是否有神兵驻扎的营铺
请问神兵是否有出征作战的部署
我邀约你们的队伍
我祈求你们的救助
枣斑羚的角逐
墨斑豹的神速
羽斑鹤的狂舞
秋斑狼的奔突
瑞斑鹿的英武
敲响保卫北京的咚咚战鼓
向桀木神发出不屈的战书

孩子们找遍郊区所有怪异的大山，先排除旅游景点（斑兽军团绝不会在游人如织的地方安营扎寨），再排除土山野岭（一般的山岭斑兽肯定看不上），孩子们历经辛苦，终于找到玉石桥和八角水池。

凌青一行人翻山越岭，来到玉石桥边斑兽军团的营地入口处，四周静悄悄的，没有居民住家，没有鸡鸣犬吠，没有农田，也没有过往车辆，更看不见斑兽的一丝踪影。树林茂密，好似没有路，或是草木茂密把道路掩盖住了，从狭窄的入口进入山谷，里面甚是开阔，山坡平缓，石岩上树木稀少。斑兽军团几百年隐匿在营地中，没有什么动静，营地里的草木和小动物也都静悄悄的，小心翼翼的。自从水泱神失踪以后，这六百年来，所有斑兽军团再没有操练过，再没有出去过，再没有战斗过。

斑兽军团是动物千百年修炼后凝炼成岩石和金属的结晶，一个个斑兽高大威猛，身上的肌肉、羽毛甚至尾巴，都在时间的长河中磨炼成坚硬无比的花岗岩和汉白玉，还有石英岩、玄武岩、橄榄岩和安山岩，还有的干脆就是金属之躯。郎本用石块在玉石桥的白玉石栏上敲击节奏，不见斑兽出现。

凌青下意识地用手拽拽自己的左耳朵，提提神，他猛然想到腰间的玉版，取出自己的玉版，又让鲍迪拿出他的玉版，交给郎本，郎本用两块玉版敲击密码。

一次，两次，一共敲击七次，山里起风了，蓝色的风打着旋儿无声无息地游动过来，树林哗哗作响，像是颤抖，又像是惊醒，林间的鸟和松鼠、兔子惊动了，咬紧牙关，一声不吭地向四处奔逃，从玉石桥通向山口的土路瞬间变成由一块块玉石铺就的甬道，巨型斑兽走了出来。

凌青、鲍迪、贺嘉手中的玉版被震得嘚嘚抖动，黎雪脖子上的玉坠叮叮跳跃，陆珂、英瑛脚板像触电一样嘀嘀地敲击着脚下的玉石桥，郎本和郎白手中没有自己的玉版，有些失落，但眼前的场景让他们顾不得这些了。

石化的斑兽比城里地脉中岗位上的斑兽高大三倍，它们在仗山神部署的驻地坚守了几百年，浑身上下布满石纹，面貌沧桑，有的斑兽额头上还顶着青苔和小草，风化斑驳，但它们的大眼睛炯炯有神，体魄威武，既不狰狞，也不丑陋。同学们要是站在平地上，抬头只能看见斑兽的下巴颏，只有站在玉石桥上，才能看见斑兽的大眼睛。黎雪拽着凌青的胳膊，贺嘉靠近鲍迪，郎本站在英瑛身侧，大家心里发抖，斑兽一开口讲话，大家都规规矩矩站好，笔挺笔挺的，谁也不敢有什么小动作、小想法，比听马校长训话还老实一百倍。

最先出现的墨斑豹，体形异常健硕，走近前来与凌青说话，墨斑豹身居深山太久了，嘴巴舌头都僵直生硬，有些词语混浊模糊，凌青听不清楚，凌青说话也要重复好几遍，墨斑豹才能理解，双方的交流磕磕巴巴，凌青将北京的危机简要地告诉墨斑豹，特意强调情况紧急，求斑兽军团出山解救，墨斑豹不动声色，沉着地回复凌青，枣斑羚军团、墨斑豹军团、秋斑狼军团、羽斑鹤军团和瑞斑鹿军团，将联合派出战队与桀木神的青木兵团决战。谈毕，凌青等人向墨斑豹抱拳致敬，四周的墨斑豹一同向同学们点头致意，神的翊卫得到斑兽的充分尊重。

凌青等人有了斑兽军团的承诺，心里踏实多了，在回来的路上郎本几次探问郎白肚子里还有多少秘密，郎白扭着头和贺嘉黎雪聊天儿，故意不搭理他，郎本心里说，我的小妹妹不简单哪。

老馆长把凌青、鲍迪、郎本、陆珂几个男生叫到府学中学，带他们到图书馆最里边的一间略显破旧的库房，让他们进去寻找些可用的装备，陆珂问老馆长："您原先从没有跟我们提过还有装备呀？"好像是说老馆长不够偏爱他和英瑛，老馆长笑笑，拍拍陆珂的肩膀，也不多说什么，郎本插一句说："你不知道的事多啦。"陆珂一扒拉，把郎本甩在后边，自己走在郎本前面。

他们翻箱倒柜，在库房发现很多好东西，但不知道是干什么用的，看着像是舞台上的道具，又像是在电影里见过的装备，觉得仿佛与神有关。几个女生也闻讯赶来，大家出人意料地找到可以抵抗桀木神的装备：

乌钢爪，一副可以自如活动又质地坚硬的钢制手套，可抓，可拽，可锤打，甚至可以在木料上钻孔。

抗击打、防耳鸣头盔，这种头盔带一副垫肩，头戴这副头盔，可以防备青木兵团的空中击打，在战斗场景中稳步移动，健步前行。贺嘉在自己的头盔上插上两根五彩的羽毛，在行走中随风飘舞，几个女孩子都要效仿，英瑛制止说："战场不是舞台，这样做会吸引敌方的注意力，遭到更疯狂的打击。"大家都觉得英瑛说得有道理，贺嘉也低头把羽毛拔了下来。

还发现特制的行军靴，这种靴子看似由普通帆布制成，但足底防滑防水效果奇好，尤其可以有效地摆脱树木溢出的黏胶和毒液，这种靴子的设计完全摆脱了某些皮鞋、运动鞋坚硬厚重的特点，又轻又薄，就像是穿在脚上的一双厚袜子，脚感舒适，轻便有力。郎本选了一双肥大些的，穿在脚上像没穿鞋一样自如，弹跳力还增加了许多。不过，这种靴子的鞋带一定要仔细系好，不能外露环扣，桀木神的战场上到处是树枝树杈，钩上鞋带，人就得摔个大马趴。

去年抗击疯沙神，很多北京人纷纷购买葡萄干、大红枣、枸杞，今年听说四川宜宾的桀木神来了，北京人纷纷追着抢着要吃竹筒糯米饭和竹叶粑粑。郎本还忙里偷闲，给英瑛买了巧克力，揣在兜里。

57

英瑛建议让贺嘉赶紧绘制斑兽军团的图画，发到手机上，让钟楼中学、内街中学、府学中学的同学们广为传播，告知大家，斑兽军团要来北京城驱赶桀木神的士兵。

郎本说："斑兽军团来就来呗，干吗还要事先通知？"

英瑛沉着脸说："我们把庞大的斑兽队伍引进北京城，这不是一件小事情，搞不好有人会被吓破了胆。"

凌青说："英瑛考虑得仔细，贺嘉赶紧画吧，黎雪、郎白你俩给贺嘉打下手。"

贺嘉画得很快，寥寥几笔就勾勒出斑兽的神韵，有的斑兽躯干画得很威严，有的斑兽面部画得很凝重，有的斑兽眼睛画得很圣洁，黎雪和郎白画画手儿生，拿着笔蘸上颜色不敢下手，贺嘉叫她们大胆上色，时间来不及了。

郎白看着斑兽的画面，心里一直哆嗦，不知道自己给北京城带来的是福还是祸。

枣斑羚军团、墨斑豹军团、秋斑狼军团、羽斑鹤军团、瑞斑鹿军团蹑手蹑脚屏声静气地开进北京城，它们不敢大张旗鼓声势浩大地吼着叫着，不敢用力跺脚，怕把北京人吓坏了。

真正战役开打以后，斑兽们就顾不了那么多了，斑兽军团出手没轻没重，打架不要命，它们长时间隐居深山，对人族木族都不知道友善相待。

凌青他们头一次看见瑞斑鹿的英姿，眼神清高自恋，犄角威猛，周身华美的皮毛闪闪发亮，骨架英武，四肢修长，身上穿有精心修饰过的铠甲。五路斑兽军团由翊卫引路，在北四环列队布阵，准备开战。斑兽头戴铜盔，身披钢甲，足蹬战靴，各个高大威猛，威凛凛战阵齐整，呼啦啦旌旗迎风。

枣斑羚军团是羚羊角图案黄穗赤色方旗。

墨斑豹军团是豹头图案金边双角黑色旗。

秋斑狼军团是狼面图案白穗条杏黄色旗。

瑞斑鹿军团是鹿身图案黑穗单角棕色旗。

羽斑鹤军团在空中行动，不必挥舞军旗。

全城各战区的电路都被桀木神用大树杈子刮断了，夜里黑漆漆的，斑兽军团在每支队伍前安排一只斑兽举旗，一只斑兽高高举起一只灯笼，为前进的队伍指路。

斑兽在深山中困守千百年，今日得此机会施展拳脚，各个兴奋异常。它们从没有和桀木神交过手，不知道桀木神的深浅，都不把青木兵团放在眼里。它们有组织有纪律，有冲锋陷阵的、有看守放哨的、有围追堵截的，内部的组织性非常严谨，行动彼此呼应，协调一致，明眼人一看就知道斑兽军团是经过严格系统训练的。斑兽军团的手中没有刀枪剑戟之类的武器，青木兵团的手中也没有机枪和大炮，这看上去像是一场原始的徒手的角力，但请别忘记，这是一场神与神之间的较量，这是积蓄六百年恩怨的复仇与抵抗。在神与斑兽面前，人显得异常渺小，仿佛北京城是神的，而不是北京人的。

地境神、冽水神不能临阵指挥，马校长又不在北京，凌青和伙伴们在老馆长和李老师的支持下，担当指挥斑兽军团的重任，他们要给斑兽军团描画进攻路线，划分作战区域。最激烈的战区主要有三个，一是鼓楼战区，主要分布在鼓楼东大街、鼓楼西大街和地安门外大街。二是鸟巢战区，主要是鸟巢周边和北四环沿线。三是三里屯战区，主要是三里屯太古里商业区、三里屯SOHO以及向东延伸到团结湖周边街区。

凌青没有做过指挥工作，心里没底，光凭着一股子勇气不知道能否胜任这么重的担子，李老师虽然年长一些，也没见过这阵势，她问老馆长："您为什么不坐镇指挥？"

老馆长满有把握地说："斑兽军团是凌青他们请来的，应当交由凌青他们指挥，神族的事情没有年龄辈分的分别，关键看谁能够胜任。"

李老师又问："您怎么有把握凌青能胜任？我们做长辈的是不是不能这样大撒把？"

老馆长脸上放光地说："地境神曾经说过，不要小看少年人。"

凌青诚恳地对贺嘉说："对桀木神的判断，你是对的。”贺嘉听着凌青的话，眼睛望着凌青，一句话也不回答，这样一场恶战刚刚开始，凌青的这句话很沉很重，贺嘉现在只能鼓劲儿，不能再让凌青因是非而分心。

凌青给大家分派具体任务，凌青本人负责钟鼓楼战区，盈缶老师协助，盈缶本想要自己出头，李老师说：“你尚未确认翊卫身份，还是协助凌青为好。”盈缶心里略微有些不服。

郎本负责鸟巢战区，陂复老师协助。陂复老师不跟郎本争，他自己承认没有指挥才能。

陆珂负责三里屯战区，李老师协助。李老师主动让陆珂挑大梁，陆珂得到李老师的鼓励和信任，热血沸腾，差点抱着李老师亲一口。黎雪抓着陆珂的胳膊恳切地说：“你这个冒失鬼可要保护好李老师。”

陆珂爽快地说：“你放心，我保证，没问题。”

鲍迪和老馆长留守钟楼中学，女生一律不得外出冒险，贺嘉又冒出一句：“歧视我们，哼。”凌青还特意叮嘱，几个女生有什么意见分歧，由英瑛做主，贺嘉还真接受了，她知道自己几斤几两，遇见大事她还真拿不定主意。

鲍迪要求每一个人在微信群里随时报告各自战区的情况，互相沟通战法。

老馆长岁数大了，英瑛和黎雪劝她回家休息，老馆长执意不肯，她放心不下，她对英瑛说：“都说疯沙神是个疯子，我看桀木神也是个疯子。”英瑛不敢跟老馆长顶嘴，心里说，还不是被人族逼的。老馆长把亲手编织的丝绦交给了陆珂和英瑛，说能派上用场，陆珂嘴上不说，心里不当回事，都网络时代了，美国大兵都用激光枪，谁还用这种手工线绳子，既不值几个钱，又没有什么技术含量，随手胡乱塞进书包里，英瑛觉得好看，但仔细看也看不出个名堂，贺嘉想要，英瑛才不会给这个嘴不饶人的贺嘉任何礼物，郎本也想要，英瑛问："是不是贺嘉让要的？"

郎本说："你们女生就是小心眼儿。"遂不再提。

葛老师呢？葛老师哪里去了？

所有的人都在寻找葛老师，谁也不知道他躲到什么地方去了，李老师不解地说："他是桀木神翊卫，桀木神打得热火朝天，他躲起来干什么？这不像他的为人。"

贺嘉一针见血地说："他一定是在执行桀木神交给的特殊任务。"大难临头，贺嘉也不管李老师爱听不爱听了，她怀疑葛老师跟随桀木神干什么秘密的坏事，其实李老师与葛老师已经闹掰了。

郎本和陂复老师迅速到达鸟巢，可是所有斑兽都拒绝接受郎本，有意躲避他，谁都不搭理他，郎本蒙了，陂复老师也无法解释这奇怪的现象，郎本赶紧给凌青、陆珂打电话，问凌青、陆珂是不是也遇到相同情况，凌青、陆珂都说没有，他们和斑兽沟通得很顺畅，郎本急着问："凭什么你们行，我就不行？"

凌青听了也挠脑袋，莫名其妙，他只好临阵换将，改由鲍迪指挥鸟巢战区，通知鲍迪把郎本替换下来。鲍迪心里没底，不明白为什么鸟巢战区的斑兽这么特殊，贺嘉说："恐怕是郎本的问题，我发现好几回了，你们家黑猫和凌青家大狗都躲着郎本，好像特别怵他。”大战正酣，谁也没工夫细想这些。郎本窝火，不愿意留守钟楼中学，凌青说：“只有你懂地境神密码，万一地境神苏醒过来，你不在身边会耽误大事。”郎本浑身难受，回到钟楼中学在楼道里东突西撞，漫无目地乱转，一股子邪火上蹿，嗓子嘶哑，身上的力气发泄不出来。别人都有事干，他郎本成闲人了。

斑兽军团接收着空中一只只羽斑鹤传递的总部指令，迅速到达指定位置，一场大战即将展开。桀木神得知斑兽军团进入北京城，心中有些波动，不过他并不胆怯，也不慌乱，有条不紊地向各战区发布一条又一条指令。

桀木神的战前预案，是充分估计到北京人的抵抗，他制订了一系列应对方案，北京人的武器不外乎三种，最狠毒的是泼洒农药，把桀木神的士兵通通杀死，但这一手段人族不可能使用，使用农药把桀木神的士兵杀死了，同时也就污染了环境，人族自己也活不成了。第二手段是互联网，据说这是人族的高科技，但是互联网对青木兵团无济于事，既不能左右青木兵团的前进后退，也不能摧毁青木兵团的战斗力。第三手段是机械，只有这一手段对桀木神的青木兵团形成威胁，桀木神提前发动士兵把道路和机械出发地的出入口通通堵死，并指挥士兵切断战场上的电源，所有的车辆都趴了窝，所有的电锯电钻电斧都无法运转，桀木神对付人族还是有办法的。

但是他万万没想到斑兽军团出场，没想到如此庞大的军团被几个年少的翊卫调动起来。桀木神后悔没有让葛老师牢牢地看住凌青他们，桀木神太不拿凌青他们当回事了，凌青他们印证了那句话：成也少年，败也少年。

不管遇到多么强大众多的敌人，桀木神也要开战。

凌青请求全城的企业家赶紧筹备设备，在主要战区的高楼下安装发电机，在楼顶安装探照灯，凌青让英瑛、黎雪具体落实，英瑛、黎雪两人的装备保障工作做得很到位，她俩发动三所中学以及全市中学的学生家长，赶紧征集相关的设备，发电机、探照灯全是企业家和市民赞助的。

58

桀木神的青木兵团展现给人们的是一个极度矛盾的局面，由他的指令操纵的青木兵团，木块、木球、木棍都训练有素，打法是经过桀木神密语训练的，队形有序，前进、展开、进攻、防守乃至于后退都有板有眼，木球成梯队式滚动，木块成方队式推进，木棍七个一行九个一列，或向前翻滚，或飞起身形向前奔跑。

可是，受桀木神密语唤醒的街边树木们，就是另一番景象了，它们没有受过训练，参加这次战役完全是自发自愿，在桀木神的指挥下，树木神经质地摇摆起来，本来树冠冲上、树根冲下的大树左右一抖，上下一顿，自己往上拔，拔不动，再拔还拔不动，泥土只是有些松动，第三次终于拔了出来，大树兴奋地抖动着身上的泥土，摇着头晃着膀子，抖动着身子拔地而起，欢欣喜悦之情溢于言表，树木的根须常年在地下伸不直，展不开，又麻又僵，来到地面上伸展拉抻，很是惬意。大树们互相聊着："刚出来舒坦舒坦，就要开打吗？"

“那那那，你以为是出来享福的？”这棵大树脚底下一舒坦，血脉流通，脑瓜顶上供血不足，说话打磕巴儿。

“得，开打就开打。”树木不愿意打仗，但桀木神把它们从地底下拔出来，就是让它们打仗的，自由和使命不可兼得。树木们怀揣着要自由的渴望和要胜利的决心，奔跑起来。不论长的短的粗的细的，一律有胆量无节奏，有张力无配合地奔跑起来，像大树长了无数只脚，一会儿树冠朝东，一会儿树冠朝西，把路边的建筑物划拉得左一条子右一道，面目惨烈，有的大树居然还来了一个树根朝上、树冠朝下的倒立，就是孩子们所说的拿大顶，根须上的泥土抖落得到处都是，树冠上的树枝、树叶伸到泥坑里沾满泥土，一副欢天喜地、胡作非为的模样。

树木们几千年疯狂这么一次，手之舞之足之蹈之，头一次这样舞动，这样奔跑，非但手脚僵硬不听使唤，语言还跟不上，桀木神的语言系统里动词少得可怜，没有“跑、跳、蹿、飞奔”这样的下肢动词，也没有“打、锤、挥、劈”这样的上肢动词，上肢动词里只有一个“摇晃”。桀木神费尽心机，在年轮密语中创造一系列动词，可是灌输给树木们也需时日，很难一蹴而就，所以北京人躲在屋里看着树木们发起进攻，一开始总觉得不协调，不顺溜，看上去树木们个个像是患了癫痫症，就是因为桀木神的语言系统和树木们的行为系统还没有调试好，磨合好。反正是打仗不是作秀，好看不好看不重要，能打就行。

泥土和流水对于桀木神的士兵来说就是粮食，就是烧饼和大米粥。人族把泥土都遮盖在水泥板底下，只图自己干净舒适，全不顾树木花草想抓取些被阳光雨露滋润过的泥土和流水有多费劲。桀木神一声令下，树木把街道上的水泥板、沥青路面全都拱开了。想抓多少抓多少，想吃新鲜的、被阳光照射过、被雨露滋润过的泥土，你们敞开啦，你们随意啦，大树们这个开心哪，这个高兴啊，它们一个个跳舞唱歌，桀木神让它们过节，让它们狂欢。桀木神的士兵们完全忘记了所谓对朱棣皇帝的复仇，而演变成那些树木、那些藤蔓、那些花草的生命狂欢。

树根上的泥土甩得四处飞溅，树枝上的叶子抛得漫天飞舞，它们有横着飞的，有竖着跑的，还有一蹿一跳往前蹦跶，五花八门，各显其能，它们用树干顶，用树根砸，实在不济还有用树杈子横着划拉的，场面极其混乱，也极其热闹，这哪里是打仗，简直就是狂舞，树木们用它们的狂想、体力、热情和勇气，参加了一场本不该参加的战斗。

大树的枝杈前后挥舞，像手持长枪、长矛，把街道两旁的电线劈头盖脸打得七零八落，乌藤缠住所有电缆使北京城电网停止运转，宽大的树叶变得异常锋利坚硬，它们漫天飞舞，把所有玻璃击碎，将所有电线截成段，像陆奶奶案板上的葱段儿和姜丝，靠近街道的窗户玻璃在树杈的击打下像被狂风刮飞的雪片胡乱飞舞，凡是喜欢在阳台上堆放杂物的人家，探头只略略一看，全都找不见那些宝贝物体的踪影，赶紧缩回头躲得严严实实，生怕树杈子、树叶子在他们的面皮上划出无数的大口子。成千上万棵大树飞跑着、挥舞着，准备向迎面而来的斑兽军团展开厮杀。

大树把所有湖水吸干了，这回与疯沙神进京不同，北京人连地脉都进不去了，桀木神早已把地脉水脉都堵死了。桀木神的最终目的是要把北京人赶出北京，把北京变成大森林。狂风一起，树枝树杈树叶随风狂飞，比任何武器的杀伤力都强，桀木神的冲击波不能强力摧毁建筑物，而是以地下向上发力，破坏建筑物地基，将建筑物拱倒，火车站上的铁轨，像面条一样挂在树干上，美术馆的油画、水彩画、版画东一张西一张地迎风飘扬，雕塑作品东倒西歪，鸟巢跑道上钻出一根根树干，像等待发令枪的运动员，直挺挺、僵硬硬地立在那里，就是不跑。

松树、梧桐树、银杏树的果实像愤怒的子弹嗖嗖袭来，它们本没有多少杀伤力，就是射到斑兽身上，也是自己撞得粉碎，但是它们的拼命，它们的顽强，令斑兽不得不防备，万一桀木神指令它们专门射击斑兽的眼珠子，那斑兽是绝对吃不消的。

战役初期，桀木神的士兵居然占据优势，把斑兽军团打得很狼狈。

斑兽们千百年隐藏在深山营地里，筋骨僵硬，头脑迟钝，身子骨都酥软了，精神头儿也懈怠了，虽然身高体壮，气势威武，但初试身手还是有些混乱，再训练有素的队伍，也架不住多少年没打仗了。桀木神的士兵个个玩命，有桀木神坐镇，它们无一不是冲锋陷阵，把斑兽集团冲得七零八落。

按照桀木神的部署，青木兵团列出四阵。

燕尾阵，看上去像个前部尖锐、后部宽大的三角，前锋突击性很强，在斑兽集团前沿迅速扎开一道口子，后面的士兵强力推进，口子越撑越大，斑兽再想合拢这道口子比登天还难，也可以说是黄河决堤一溃千里。

巨葵阵，看似圆圈阵，大环套小环，实际上每一条长队分别向左右两个不同的方向延展，形成一个强烈的外凸阵势，斑兽单枪匹马很难冲击进来。这个阵法看似是个防守阵，实际上是个攻击阵，桀木神没有什么可防守的，所有士兵义无反顾地往前冲，看似一场不要命的狂欢。

奔球阵，无数巨型木球如脱缰的野马，四散奔突，随时改变方向，压力巨大，斑兽闪转腾挪，都无法躲避木球的冲击。

平底高楼阵，一块块方形木块一层层一摞摞叠床架屋式地累积起来，将斑兽压在底层。高处的木块继续从高处一跃而起，压向前方的斑兽，后续木块又滚滚而来，形成新的压迫之阵。

鼓楼战区平房居多，道路狭窄，适合桀木神的青木兵团为非作歹，不适合斑兽军团施展拳脚。桀木神在鼓楼战区的首要任务就是把所有道路堵死，禁止有人接近钟楼。一块块巨型圆木、条木、方木在街道上整齐列队行进，围堵钟楼鼓楼，将钟楼鼓楼周边的所有干道堵得水泄不通，所有的汽车被挤压成一张张的扁片，街边招揽生意的桌椅板凳全都被压成劈柴，水泥电线杆被折成几节，电话线网络线全都被扯断了，圆木方木条木先是挤占街道，后又挨门挨户堵死楼房的门和窗户，人们不得不龟缩在房间里，远远望去，钟楼和鼓楼被青木兵团一层层一摞摞围得水泄不通，谁也别想再靠近钟楼和鼓楼半步。

59

鼓楼战区的形势最严峻，这里靠近北京城的中心，又居于中轴线上，是桀木神必争之地，木块木球堆积起又高又厚的木垒，把钟鼓楼周边堵死，鼓楼东大街、鼓楼西大街、旧鼓楼外大街、地安门外大街凡是能够通往钟鼓楼的交通要道上全部由大槐树大柳树严防死守。凌青压力很大，如何从桀木神手中夺回钟鼓楼的控制权是这场战役的关键。

大树们呼呼啦啦地向前奔跑，和迎面而来的墨斑豹军团、秋斑狼军团撕打起来。成群结伙的树木在大街上赤着脚狂奔，它们勇敢地面对斑兽，不怕牺牲，为了千百年来迎来的一次复活的机会，它们拼了命地挥舞着粗壮的臂膀与斑兽军团搏斗，无数的树木被斑兽砍成劈柴，黏稠的树脂似鲜血般流出，空气中弥漫着鲜活生命的青青的涩涩的味道，它们不哭泣、不嘶喊、不抱怨，后续的树木继续往前冲，斑兽顶不住这么顽强、这么执着的桀木神士兵，不得不动员更多数量的战队投入厮杀，战斗异常惨烈。虽然斑兽力大无比，但抵挡不住桀木神士兵的木梁木棍狂轰滥炸，墨斑豹和秋斑狼一个个被桀木神打得鼻青脸肿，遍体鳞伤。

长杆方阵作为先遣部队开道，一根根长杆把街上的自行车、铁栅栏、牌匾灯笼、服装鞋帽，挑得老高，掷出老远。可是长杆抵不住斑兽，斑兽不用使劲儿，一根根长杆就嘎吱嘎吱折成几节，全无了战斗力。

乌藤方阵黑压压飞奔过来，每根藤条看似柔软无力，却来去无踪，速度极快，三下两下就将墨斑豹和秋斑狼捆个结结实实，墨斑豹和秋斑狼四蹄和利齿都无法招架乌藤的缠绕，而且乌藤一边发力还一边生长，变化多端，越箍越紧，乌藤使出套头绳、缠腰带、绊腿索，墨斑豹和秋斑狼无法继续前进，只能原地互相啃咬身上的乌藤，极大地拖延了斑兽军团的进攻速度。

市政部门在街上安装一排一排的铁栅栏，汽车、自行车、行人各行其道，把原本舒舒坦坦的大街搞成一个个没装顶棚的铁笼子。树木们举起铁栅栏做武器，铁栅栏的强度硬度显然是不能和枣斑羚、墨斑豹、秋斑狼的脑袋和利爪的硬度相抗衡的，斑兽把铁栅栏撞个稀巴烂，顽石与金属的撞击声异常响亮，碰撞出耀眼的火花。

地安门外大街，由景山向鼓楼方向的南北通道上，一棵棵大树拔地而起，土开根现，连泥带土腾空而飞，叶子也晃，枝杈也摇，空气中弥漫着泥土和树根的味道，泥土飞扬挡住了斑兽的视线，树干树枝落下吱呀作响，敲击水泥地面陷出一个一个凹坑。大树横过来向枣斑羚和瑞斑鹿猛扑过来，高大威猛的枣斑羚和瑞斑鹿用犄角对准粗大的树干，全力猛顶，树干遇到尖锐猛烈的羚羊角、鹿角，从中间四分五裂开来，破碎的木料纷纷落地，木屑纷飞，树叶树枝树杈也漫天飞舞起来，另一棵大树又不顾一切地冲上来，枣斑羚和瑞斑鹿发挥体力和犄角的优势，把木料通通粉碎，羚羊角和鹿角顶刺砍劈，似金龙挺进，大树的树枝树杈很难抵挡。

但是切不可轻敌，大树后面的战阵确实很难对付。

桀木神的正规军运用燕尾阵、巨葵阵、奔球阵等阵法向斑兽发动进攻，绝不允许斑兽靠近钟鼓楼。燕尾阵冲击力很大，斑兽的战队被冲击得溃不成军，青木兵团的士兵你抵着我我挤着你能够形成合力，而斑兽前后排的力量叠加不到一起，后排斑兽的头顶着前排斑兽的屁股，这怎么能够使得上劲呢！ 面对燕尾阵，凌青脑筋转得极快，他要求斑兽迅速改变战法，不与燕尾阵正面相击相撞，而是故意退到左右两侧，等燕尾阵的尖角暴露出来后，从左右侧翼猛烈冲撞，将其彻底摧毁，燕尾阵的后续部队又形成新的尖角，斑兽再从左右两侧将其摧毁。燕尾阵最强的力量是往前突进，而左右侧翼显然力度不够，燕尾阵的左右两侧被斑兽死死抵住，又不得不形成新的尖角，就被斑兽一次次击毁。为什么不能临时改变成方阵，不给斑兽留出左右的侧翼空间呢？因为木头就是木头，蛮劲有余，灵活不足。

巨葵阵很难破解，初期斑兽吃了很大亏，斑兽看见巨葵阵一行一行的木块有缝隙，就往里钻，企图搅乱巨葵阵，没想到每个木块步调一致，井然有序，单枪匹马的斑兽钻进去就被木块一通暴打，抵挡不住。而排成队列的斑兽突进巨葵阵，又被这里的木块撞得东倒西歪，斑兽是直来直去，巨葵阵里的木块却不是走直线，它们像葵花子在葵花盘上的排列一样，是分别呈现向左向右的弧线，把斑兽搞得昏了头，脚底下也站立不稳，十分狼狈。凌青要不是让羽斑鹤从空中识别巨葵阵这种奇怪的阵法，真拿它没有办法。看清这种寤迷三道的阵法后，凌青指挥斑兽顺应巨葵阵的弧线步伐，你走弧线，我也走弧线，顺利穿插进木块的行列，将木块各个击毁。

奔球阵的气势最大，斑兽完全抵挡不住，一个个巨型木球滚滚而来，斑兽不是被碾压，就是被撞击，正面抵抗木球阵让斑兽伤亡惨重。凌青给斑兽支着，让斑兽把地上死伤的木料组建起木栏，改变木球滚动的方向，在地安门北大街上安排两个岔口，让前面的木球拐弯顺着后门桥的斜坡滚入什刹海，让后面的木球在烟袋斜街遇到木栏，也滚到胡同里去，进入什刹海，不过，烟袋斜街的铺面倒霉了，全被滚动的木球撞得稀里哗啦的了。

凌青忙得不可开交，浑身冒汗，他是头一次遇见这阵势，心里也没有底，好在斑兽军团高大威猛，让他能够踏实些，真打急了眼了，心里哪还有个“怕”字。桀木神的阵法井然有序，但是凌青在低处看不出名堂来，必须登临高处才能看出桀木神阵法的玄机，凌青三步并作两步攀上楼顶，仔细观察阵法，探明斑兽使用蛮力作战不利的原因，凌青脑筋转得快，遇到突发情况能随机应变，临时改变战术，什么战术有效就用什么，他迅即通知鲍迪、陆珂说：“斑兽勇武有余，聪慧不足，现场要随时观察，灵活改变战法。”鲍迪、陆珂都表示同意。

盈缶在凌青身旁，一个劲儿地拍巴掌，嘴里一会儿冒出一句：“干得漂亮。”一会儿高呼：“冲呀，杀呀。”凌青连连劝：“淡定，淡定。”老师还是欢叫不止。她居然把自己疑似桀木神翊卫的身份抛到九霄云外去了。凌青正在指挥斑兽军团把她本家的神兵神将打得伤亡惨重，她居然跳着脚地叫好，也不知道是天真可爱，还是没心没肺。她还有个职责是现场保护凌青，凌青为了清晰观察战局，完全暴露在青木兵团的密集的树枝树杈的打击之下，盈缶的拳脚此时派上用场，为凌青担任贴身的盾牌，凌青嫌盈缶老师遮挡他视线，说：“我戴着头盔呢，挨两下打问题不大。”

凌青见斑兽有的腿骨折了，有的犄角断了，对盈缶老师说：“您能不能组建个战地医务所，给斑兽正正骨，抹抹药。”这下盈缶老师有事干了，她带着几个内街中学的男生女生在后门桥火神庙的空场上要给斑兽正骨疗伤，可是，一干才知道凌青出的这个主意不切实际，斑兽的四肢比盈缶老师的个头还长，它们的肌肉和骨头都是千百年锤炼而成的顽石，这样的腿骨折了，就靠盈缶老师那双肉乎乎的手能给矫正过来？盈缶老师用尽吃奶的力气，也掰不动斑兽的大腿，她坐在火神庙的石阶上呼呼喘气：“唉，给斑兽当兽医，应该找个石匠来。”几个男生女生也跟着她叹气。

凌青在微信群里及时向鲍迪和陆珂通报破解桀木神战阵的方法，贺嘉迅速画出图解，传到群里，陂复老师特别喜欢自己徒弟的这股子精灵劲儿。

鼓楼东大街遇到难题，战区道路狭窄，高大的斑兽施展不开，斑兽军团的首领把这种尴尬局面通过羽斑鹤传递给凌青，叫他赶紧想办法，凌青、鲍迪、郎本、陆珂几人在手机上商议对策，郎本想起在家切黄瓜大葱的情景，挥着手在桌子上比画，一紧张，就是想不出个名词来。

英瑛说："那叫穿插。"

郎本说："对对对。"

凌青命令枣斑羚、墨斑豹、秋斑狼、瑞斑鹿分成小队，由几只羽斑鹤引领，从北二环钻宝钞胡同、北锣鼓巷、赵府街，穿插到鼓楼东大街，把道路上的桀木神士兵拦腰切割，逐个歼灭。

贺嘉、英瑛赶紧制作地形图，郎本赶紧向四五只羽斑鹤分别传达命令，郎白把路线图向它们说明一遍，让它们迅速出发，四五只羽斑鹤在空中飞，四五支斑兽军团的小分队在胡同里迅速奔跑，大街上的桀木神士兵个个张牙舞爪，可是小胡同里，除了青苔藤萝和花花草草，桀木神没有自己的有力部署，斑兽军团的小分队在小胡同里没有遇到任何抵抗，迅速到达青木兵团聚集的大街上，这下，青木兵团阵脚被冲乱了。

60

鸟巢附近的中学生小学生，连带幼儿园里胆子大的孩子，全都躲在屋子里观战，大人们提心吊胆，吓得要尿裤子。好多家长护着自家的孩子躲在自家桌子底下、沙发后面、衣橱的旮旯里瑟瑟发抖，孩子们死活不干，要看热闹，要给斑兽鼓劲加油，提气助威，有的孩子挣脱大人的管束，要出门助战，爸爸妈妈哇哇大哭，爸爸比妈妈哭得还凶，说："我们投降吧，我们下跪吧，我们告饶吧，我们把北京城让给桀木神，不就得了嘛！"

妈妈也跟着求饶："这不是电子游戏呀，这是真刀真枪地打起来啦，乖宝贝儿，咱们躲躲吧。"

两天两夜，北京城没有一个孩子入眠，没有一个孩子退缩，他们都把脸贴在窗户上，观察外面的战斗。全北京城不得不休假两天，学没法上了，上班也出不了门了，人们躲在家里任凭斑兽军团和桀木神青木兵团肆意搏杀。

一只秋斑狼被巨形木块击伤，一头撞碎玻璃，跌倒在一家人的客厅里，它身躯过于高大，把地板压出一个坑，把天花板也剐出了大口子，秋斑狼抱怨这家客厅太狭窄，透不过气来。

女主人躲在桌子底下探出头来，争辩说：“北京房价太高了呀。”

男主人藏在女主人屁股后面，安慰女主人说：“斑兽不管降房价的事。”

孩子扑棱一声跳出来，给斑兽包扎伤口，他拿出纱布和创可贴，拿起剪子把自己的床单剪成布条，又把爸爸妈妈从桌子底下拽出来，给秋斑狼包扎伤口，孩子把冰箱里所有的饮料瓶子掏出来把饮料一股脑倒进一个大盆里，端着大盆给秋斑狼喂水，秋斑狼不喝这种花里胡哨半酸半甜的碳酸饮料，孩子心存感激地抚摩秋斑狼的头，吓得爸爸妈妈一个劲儿拽孩子的衣角，秋斑狼大声喘着粗气，强忍着疼痛，站起身来飞身从窗户跃出，继续战斗。

眼看着战斗要打到屋里来了，沿街居住的孩子们不得不把被子褥子毯子或钉或挂或捆或粘在窗户上和门上，防备张牙舞爪的树木们把树枝树杈树叶树皮树根须等利器没头没脑地投掷到屋里来，沿街几乎所有的玻璃窗都被打碎了，被子褥子也都被划出横七竖八的大口子，或是撞出大大小小的窟窿。

斑兽军团他们在深山里隐藏了几百年，虽然还没有遗忘怎么说话，但是石化的口腔、舌头、声带长年不用，突然发声，僵直坚硬的石头和石头摩擦发出的语音，不仅凌青他们听得刺耳，后脖颈子冒凉气，就是斑兽自己听了都直打激灵。这几天的混战，斑兽发出一阵高一阵低的怒吼，石化的声带口腔嘴唇被吼得通畅豁亮，枣斑羚、墨斑豹、秋斑狼、瑞斑鹿撒着欢儿地叫唤，看谁叫得声儿高，看谁喊得悠远，北京城的上空回响着斑兽的分高低声部的大合唱。桀木神的青木兵团也不示弱，别看它们不能发声，它们会敲击，会摔打，会发出噼噼啪啪嘀里咣当的声响，绝不让斑兽的嘶吼占据上风。

枣斑羚打急眼的时候甚是凶猛，眼珠子都快努出来了，鼻孔翻着，冒着热气，大牙龇着，嘴唇绷得发青。秋斑狼成帮结伙，相互配合策应，它们是一攻一大片，一冲一大群，山呼海啸，气势凶猛。打得不顺手就发脾气，打得得意了就毛发飞扬，又吐舌头又摆动耳朵，眯缝着狼眼睛，得意地发出呵呵的笑声，张着嘴哈哧哈哧喘气。墨斑豹爆发力强，速度极快，虽然喜欢单打独斗，但面对这样群情激奋的场面也不好再多矜持，时不常地也和枣斑羚、秋斑狼说上几句，打打配合。瑞斑鹿一边打架斗殴，一边利用间隙爱惜身上的铠甲，看见大玻璃大镜子就抽空照一照，看高大威猛的鹿角有没有受到过度的损坏，至于蹭破点皮儿那是不必在乎的。

无数的藤蔓撒着欢儿地往鸟巢上攀爬，鸟巢及北四环沿线有成千上万的木棍学着鸟巢的样子编制木栅栏，挤占所有的空间，只要所有的木栅栏编织完毕，它们就地生根发芽成长，这一片区域就是桀木神的天下了。一根根木棍彼此你搭我，我靠你，形成颇为壮观的栅栏群，这可不是为了好看，也不是什么阵法，它们这样做，完全是为了站立在地上，不至于倒下，等到桀木神发布下一道命令时，它们可以迅速将木棍的底端深入地下，在地下生出根须。

斑兽军团对木栅栏群展开残酷的扫荡，还没等它们在地下生根，就将它们成片摧毁。木栅栏群虽然拼死抵抗，但是它们的阵势再大，数量再多，但脚下没根，手上没有武器，根本抵挡不住斑兽军团推土机式的扫荡，木棍一边抵抗一边后悔，要是桀木神早些发布生长根须的命令，它们立稳脚跟，真的不怕斑兽军团。

一根根木棍犬牙交错，肩抵着肩，腿顶着腿，不肯后退半步，原本它们还指望后续冲上来的树木们，能够从斑兽军团的侧翼助木栅栏群一臂之力，可惜鸟巢周边的树木年头太短，没有一棵够粗够壮，都是近十年内栽种的嫩秧子，一个个超不过碗口粗，哪里有什么战斗力，木棍们看着这些个没长成材的生瓜蛋子冲上战场跟斑兽军团拼命，难过得直哭。

在鸟巢，巨大的木方块儿像集装箱一样排列有序，桀木神一声令下，像爆炸一声响雷，每个大木块儿，像巨大的炸药包向四处飞去，目标直指墨斑豹军团，墨斑豹队列整齐，猫下前爪，飞速奔跑，用前爪扑打木块儿，双方大战几十个回合，木块儿抗击不过豹子，被击成碎块。

鲍迪在鸟巢战区指挥不够果断，设计也不够周全，瞻前顾后，不忍下手，陂复老师对桀木神的士兵也仇恨不起来，与其说是协助鲍迪，不如说是个甩手大爷看热闹的。如果不是斑兽军团卖力气，如果不是凌青、陆珂、郎本互相沟通战法，鸟巢战区很可能打得很被动，很掩沓。

鲍迪在出现混乱局面时，心里没底，就知道在微信群中一会儿告急，一会儿求对策，其实什么大事都没有，凌青一再安抚鲍迪，让他稳住，不要慌。鸟巢战区开阔，非常适宜斑兽军团的大兵团作战，这个地区属于新建街区，树木都比较细弱，战斗力较差，凌青叫鲍迪不必惊慌。

大柳树爱显摆，爱搞阵势，伸着胳膊展着腿，跑在最前面，大柳树的奔跑夹杂着舞蹈的律动，不知是它生性如此，还是此次千载难逢的复活机会让它激动得发狂，不过舞姿比较原始粗犷，显得头和脚配合得不太协调，也可能是久在树坑里一个直挺挺的姿势，上半身比较灵活，下半身比较麻木。要是送到内街中学舞蹈队让李老师调教调教，兴许会更优美些。不过，这是打仗，谁还管什么好看不好看。

柳枝上的嫩叶刚刚滋长出来时间不长，就扮演着大柳树烈焰尖儿上最鲜活最艳丽最灵动的绿火苗苗，在大街上狂奔猛跑。大柳树长发披肩，徒有其表，打起来看着花哨，但没有力度，就是把柳枝全变成皮鞭，抽打在坚如硬石的斑兽身上，连个印儿都留不下。即使这样，大柳树也要参战，不肯后退半步，柳条子没力量就用树干愣撞，豁出去了。

大柳树手脚麻利，现编柳条球做投掷物，打得瑞斑鹿脑袋肿起大包，现编柳条筐，往秋斑狼、墨斑豹的脑袋上扣，扣得秋斑狼、墨斑豹睁不开眼，张不开嘴。大柳树想用同样的办法扣枣斑羚、瑞斑鹿的脑袋，无奈枣斑羚、瑞斑鹿的脑袋上长着枝枝杈杈的长犄角，柳条筐不合尺寸。瑞斑鹿抬起前爪，抓起大柳树的满脑袋枝条，左编一下，右拧一下，活活把十几棵大柳树拴在过街天桥的铁栏杆上，大柳树动弹不得，就是把天桥拽得左右摇晃，也解不开瑞斑鹿系的死扣。瑞斑鹿看着大柳树的狼狈样子，居然哈哈地笑出声来，急得大柳树嗷嗷直叫。

大槐树的步履沉重些，跑得一点也不慢，就是他的姿态显得比大柳树克制些。大槐树横枝斜杈，树皮黑暗，皱纹又粗又深，看着就是心情不佳，要不然为什么脸色这么难看。但能不能打，光脸色吓人不顶用，没听说谁黑着脸就能把敌人吓退的，斑兽这样的对手就更不会被你的黑脸吓倒了。大槐树出手很重，身形迅捷，它用粗糙的树干朝着斑兽的腰上、腿上、屁股上猛烈撞击，好几只斑兽的身上被槐树树干撞得裂开石纹，疼得斑兽嚎叫不止。槐树底部的树根盘根错节，七扭八歪，给斑兽的行进也造成很多障碍。

大杨树倒是面色相对光滑些，也浅白些，大杨树人高马大，树干又粗又壮，树杈又长又高，自恃力大无比。可是高大有高大的难处，它不能低头弯腰，身高不仅没有成为大杨树的优势，反而成了它的弱势，闪转腾挪又笨又蠢，想攻击斑兽，大杨树枝杈还徒有其表，使不上劲儿，把大杨树急得浑身冒汗。最致命的弱点是大杨树木质脆弱，禁不起枣斑羚、墨斑豹的击打，枣斑羚用犄角一顶，没费什么力气，大杨树就被劈得四分五裂，歪倒在地。这高高大大的身形难道是唬人玩的？大杨树不甘心，企图爬起来再战，可惜，被斑兽劈成四五块的大杨树已经没有什么战斗力了。

大杨树躺在地上，内心总结起教训来，也许这些个战场心得，下次再上战场能用上。可是，有没有下一次战斗，这就不好说了，很多事一辈子只遇上一次，别指望着再有第二次了，大杨树依然在地上躺着。

61

陆珂又是摩拳，又是擦掌，勒紧裤腰带，扣紧头盔，带着府学中学的几十个男生就往三里屯直冲过去，登上三里屯战区的高楼，上次在疯沙神之战他是太窝囊了，这回在桀木神之役中一定要大展身手，他的嗓门比谁都大，手臂舞动得比谁都欢实，连蹿带蹦，脚不着地，伸手忙这个，回头抓那个，他总嫌头盔碍事，妨碍视线，又憋得不透气，几次把头盔摘下来甩在一旁，李老师几次重又给他戴上，后来李老师急了，冲着陆珂吼起来："你能不能有点大将军的样子，啊！你身边的同学们都像你这样摘头盔行不行？你身边的同学们都像你这样顾头不顾尾的行不行？"陆珂在李老师的训斥下，稍稍安稳些，沉着些。

三里屯太古里商业区和对面的三里屯SOHO是北京城的青年最喜欢逛的地方，对于桀木神来说则是块难于攻克的硬骨头，上上下下左左右右全是时尚的高楼，水泥结构坚硬牢固，没有桀木神喘气的空间，也没有桀木神扎根的土壤。桀木神不服，越是这样的地方，越是要占领，他的这股子犟劲儿，在三里屯战区大战两天两夜的惨烈程度上，鲜明地表现出来。这片区域桀木神的士兵没办法扎根没办法落脚，桀木神就命令强攻，要用木块儿木球将这个商业区填满，让这地方从今以后归桀木神所有，让所有的年轻人滚得远远的。

一走进三里屯苹果店前的街心广场，迎面的双层过街走廊先是被斑兽们撞得裂大口子，后又被树木们撞得东倒西歪，倒在进出的道路当中，树木们和斑兽出来进去都得挺身跨越。

一到夜晚，陆珂准时指挥府学中学的同学们在高楼顶上打开探照灯，桀木神的士兵投出飞弹将探照灯击碎，学生们就再架起新的。陆珂像个大将军，他的风格就是追求声势浩大，活没干多少，架势特别唬人，使唤这个，指挥那个，好像巴不得明白告诉桀木神，他陆珂把指挥部设在了这里。

广场西墙上的大型显示屏也被陆珂他们通上电源点亮了，显示屏也不管游人客人早已逃之夭夭，还在自顾自地播放着新近拍摄的商品广告，这些个产品宣传并不能引起混战中桀木神士兵和斑兽们的兴趣，倒像是给喧闹的战场增添了一份背景效果。

斑兽在中国年代久了，也就会些拳脚功夫，它们的前腿相当于武士的前臂，后腿相当于武士的腿脚，所有斑兽不仅用头顶，还会用前臂击打，用后腿给树木下绊子，让树木摔得嘴啃地，脚朝天，它们甚至会把树木高高举起扔出老远。笨手笨脚的树木除了使用蛮力横冲直撞，不会什么别的了。

大杨树发狠地对大柳树大槐树说：“我也要学武术，我学不会，就让我的子孙后代学。”

让它们学会武术？大槐树晃动着黑黢黢的脑袋说：“你快算了吧，那可不是咱们桀木神一道密语就可以奏效的，下腰你行吗？抬腿你行吗？”

大柳树不爱听这哥俩辩论，它脑袋上的柳枝本来就甩得生疼，不想再费脑筋了。

大槐树嘴里念叨着：“张之为掌。”啪的一声给秋斑狼狠狠扇个大嘴巴，又接着念叨：“卷之为拳。”扑通一声照着秋斑狼的腰背狠狠一拳，秋斑狼哪能容它一边引经据典，一边打架斗殴，劈头盖脸一通反击。

所有的玻璃幕墙都被击碎，战场上到处是玻璃碎粒，树木们的根须踩踏在玻璃碎粒上，虽说不至于被刺得哗哗流血，也刺得生疼，树木们又没有鞋穿，它们光着脚踩在玻璃碎粒上，滋味确实不好受。斑兽就无所谓，石质的四蹄别说踩在玻璃碎粒上，就是踩在散落一地的钢筋和铝合金支架的茬口上，也不痛不痒。

所有的时装橱窗都被斑兽和树木们的扭打撞得惨不忍睹，塑料的模特们东倒西歪，原本精心设计的背景图片和灯箱被撕扯成碎片垃圾，高悬在墙壁上的霓虹灯早被大杨树的枝杈剐蹭得瞎迷糊眼的了。优衣库、H&M商店的衣服裤子，耐克的鞋，不是挂在枣斑羚的犄角上，就是耷拉在大槐树的树杈子上，秋斑狼以为大槐树枝杈上的花里胡哨的时装是桀木神青木兵团的战旗，刚要上前撕扯，大槐树先下手为强，将优衣库的一件棉麻衬衫式连衣裙呼啦一下套在它头上，随即在秋斑狼背上腰上屁股上一通乱捶暴打。秋斑狼被连衣裙蒙着头，看不见敌人，喘不出气儿，四只狼爪拼命乱蹬，吃了老大的亏。

苹果电脑店里的iPad散落在展示台上，地上也到处都是，斑兽和树木们谁也不去捡，谁拿在手里当武器，都嫌太薄太轻太小巧，都觉得不顺手。星巴克咖啡店里整桶的咖啡豆全被大柳树一股脑塞进墨斑豹嘴里，这下墨斑豹没法张嘴撕咬大柳树了。

桀木神的部队打不过斑兽军团，这是明摆着的。石头就是石头，木头就是木头，不过，全北京凡是见过桀木神之役的孩子们，无不对树木们的玩了命的厮打表示震惊。败了，没什么，那股子精神，孩子们都看在眼里。

斑兽把大柳树大槐树大杨树逼到墙角，斑兽怒目而视，逼迫树木们投降，树木们你靠着我，我挽着你，谁也不肯屈膝低头，不肯举起服输的手，僵持许久，大杨树玩儿命的一声嘶吼，率领树木们向斑兽直冲过去，展开又一场惨烈的厮杀。

斑兽军团打顺手了，桀木神的士兵完全招架不住了，树干变成木材，树枝变成劈柴，树叶漂在污泥浊水上，整个北京城的街道变成木材加工厂和木材堆料场，桀木神的士兵们倒地而亡，横七竖八，惨不忍睹。

62

战役推进到地脉，桀木神的四阵四枝原本是用于抵抗地脉水脉的地境神洌水神的士兵；攻击敢于挑战他的翊卫们，完全没想到翊兽军团会冲进来。强悍的秋斑狼军团将桀木神苦心搭建的木制宫殿连廊地板悉数捣毁，破碎的木条木块儿木梁木檩发起顽强抵抗，雨点般向秋斑狼打来，五只秋斑狼组为一队形成上下左右互连的立面方阵，整体向前推进，如坦克车一般，将木质结构连同破碎的木条木块儿木梁木檩通通碾压成木屑。木质架构被冲击得七零八落，木块儿木条木梁木檩木柱，漫无目的、无方向、无力气地散落下来，乒乒乓乓的声响震得地脉和水脉中一片嘈杂，很多木块落入水脉被无情地冲走。洌水神渐渐恢复体力，北京水源开始通畅，清水开始流动。

大战正酣，有气无力的地境神苏醒过来，告诉郎本，指令凌青马上派人上钟楼，向水泱神和仗山神传送信息。

陆珂摸不着头脑，对着微信群发问："水泱神是谁？仗山神又是谁？"

英瑛在微信群里回答："水泱神不就是疯沙神的母亲吗？仗山神我也不认识。"

陆珂这才反应过来去年疯沙神把北京城掩埋三天三夜，不就是要找水泱神吗？

两人还在群里议论，郎本自己叨叨一句"我的亲娘二姨三舅母！"就已经冲了出去，不用凌青下命令，郎本就知道上钟楼敲钟的活是要他来干的，老馆长急着说他没有玉版，别硬闯，郎本头也不回地说："都什么时候了，还管那个。"人已经跑远了。

郎本孤身一人前往钟楼，宝钞胡同里比较狭窄，树木也不多，桀木神的士兵们在这个胡同里没怎么撒野，郎本戴着头盔，手上套着乌钢爪，低着头一路狂奔，也算比较顺当，到了宝钞胡同南口往西奔向钟楼，可就寸步难行了，木块横飞，乌藤乱舞，郎本顺着鼓楼东大街的街边墙根往前行进，猫着腰，护着头，别看他戴着头盔，大大小小的木块还是敲得他的头盔叮当乱响，震得他两眼发花，两脚时常如拌蒜一般，进退艰难，滋味着实不好受，郎本摔了好几个大马趴，摔倒了再爬起来，又摔倒又爬起来，大腿上磕碰得青一块紫一块的。木屑顺着风满大街飘舞，塞得他两个本来挺粗大、挺通畅的鼻孔都出不来气儿了，只能张着嘴大口喘气，那些肆意乱飞的木屑居然要飞进他嘴里，让他尝尝咸淡滋味。等他闯到钟楼脚下时，他头顶上那可怜的头盔被木块砸了好几个坑，胳膊上和腿上也被乌藤抽打出好几条血道子，疼得郎本龇牙咧嘴，也不敢喊疼，就是喊了，也没人听得见。

钟楼被桀木神的木块木球围得水泄不通，郎本一边命令身边的秋斑狼爬上钟楼，打开被封死的门洞，一边舍命顺着木块木球往上爬。

铜钟早已被乌藤死死缠住了，郎本顾不得许多，用乌钢爪把乌藤往下扯，扯得差不多，郎本就奋力撞击铜钟，把地境神、冽水神发出的信号传递给水泱神和仗山神，他也不知道水泱神和仗山神在哪里，能不能接到信号，他一连撞击三遍，还想持续撞击时，脚下的藤蔓居然张牙舞爪地将他团团围住，乌藤、疙瘩藤、刺藤、毒藤、白藤、紫藤一拥而上，把郎本吓出一身冷汗，勒得他面红耳赤，眼胀头昏，手脚乱挣，咧嘴哀鸣，扯着嗓子拼命地喊："凌青救我！英瑛来救我呀！"

铜钟低着头，俯着笨重的身躯，爱怜着这个执着的少年，应着郎本的撞击发出响当当的鸣声，这鸣声是要呼唤所有的神，告诉他们："北京有难。"

老馆长左转转右转转地不放心，她突然想起什么，抓住英瑛的胳膊问："郎本跑出去的时候带救命纤索没有？"

英瑛问："什么救命纤索，我们怎么没有？"

老馆长说："就是我给你们的手编丝绦。"

贺嘉说："郎本好像什么都没带就跑出去了。"

老馆长的脸登时煞白，她急切地说："郎本有危险。"

郎白一听老馆长这么说，哇的一声就哭起来。

英瑛腾地站起身，冲出钟楼中学直奔钟楼，贺嘉也要往出跑，被老馆长制止，她说："都冲出去危险更大，再说，万一还有什么任务就派不出人手了。”黎雪吓得够呛，郎白掏出手机给郎爸爸郎妈妈打电话，撕心裂肺地叫喊：“爸呀，妈呀，快来呀，郎本上了钟楼有危险了啊！”郎白在手机里呜呜地哭。贺嘉和黎雪稳过神来哄着郎白，让她安静下来。

在家的郎爸爸、郎妈妈急了，街坊邻居拦着说：“不能出门，不能出门。”

郎妈妈大叫：“你们闭嘴。”

郎妈妈送郎爸爸出门，郎妈妈也要一同去，郎爸爸不耐烦地嚷嚷：“你在家待着，我是顾儿子还是顾你？”郎妈妈冲着郎爸爸的背影大叫：“拜托啦，拜托啦。”郎爸爸双手挥舞着菜刀，抵挡着飞过来的树杈子、木棍子，冲向钟楼，去解救郎本。

英瑛一路飞奔，扭动的腰身散发着焦急，眉宇间凝聚着期盼，步履下敲动着烦躁，她不顾一切地，左奔右突，不管木球木块横飞乱射，也不顾乌藤绿蔓绊脚缠腿，发了疯似的向钟楼跑去。

郎本在钟楼上喊叫的声音越来越弱：“英瑛救我！凌青救我！”英瑛一边爬上钟楼一边高叫：“郎本！胖仔！”

郎本已经被乌藤勒得粗胳膊粗腿都动弹不得，脸憋得通红，手脚冰凉，快没气儿了。

英瑛手中紧握丝绦，四周的乌藤顿时没有了力气，郎本身上缠裹的乌藤也变得松松垮垮起来。

英瑛真的慌神了，看着郎本的惨样，她又是拍打郎本的胖脸，又是拽他那肉乎乎的大耳朵，嘴里一个劲儿地呼叫：“我的那个亲娘哪？我的那个二姨哪？我的那个三舅母哪？”她把胖胖的郎本费劲地抬到一匹秋斑狼的后背上，护送着他走下钟楼，一边走一边不停地拍打他，希望他有点儿反应。郎本还有气息，但就是不醒，像是睡着了。

英瑛哭个不停，她真的认为郎本要死，她像失去一个亲兄弟一样伤心难受，平时看着英瑛稳稳当当的，真遇见事也慌。她特别后悔没有把老馆长的话当回事，把救命纤索交给郎本，郎本万一有个三长两短，英瑛得后悔一辈子。

郎本没有死，他还有口气儿，平时他最不愿意同学们讥笑他胖，这回挣脱乌藤的死缠，完完全全得益于他胖，要不然，乌藤三下两下早就把他勒得没气儿了。郎爸爸不顾一切地赶到钟楼，和英瑛一起把郎本送往医院，郎本肩宽背厚，郎爸爸抱也不是背也不是，还是靠斑兽把他驮到医院。

大战处于僵持阶段，难分胜负，斑兽军团给了青木兵团致命打击，但是桀木神军团兵多将广，一拨倒下去，又一拨冲上来，斑兽军团疲于奔命，双方难分伯仲，老馆长向苏醒过来的地境神请示，地境神命令派人上鼓楼击鼓，鼓舞斑兽军团的士气。男孩子们均不能脱身，任务交给了贺嘉、黎雪和郎白三名女将。

老馆长差点要冲出来，被众人拦下，贺嘉握着老馆长的手说：“我去，您放心。”

这会儿黎雪不再哆嗦胆怯，一咬牙一跺脚，冲了出去，她受过多年的舞蹈训练，左躲右闪，奔跑自如。贺嘉不管那么许多，撒丫子狂奔。郎白显得很灵巧，黎雪怎么跑，郎白就跟她怎么跑，但是郎白个矮腿短，跑得慢，姐姐们不肯把她落在后面，跑一段就找个屋檐躲一躲等等她，郎白跑得上气不接下气，一步不肯歇。

三个女孩子冲上鼓楼。郎白力气弱，她打鼓谁也听不见，她就高举红灯，站在一旁给两位姐姐鼓劲儿加油，口中大声喊叫着鼓舞士气的节奏，贺嘉和黎雪轮番敲起鼓来，战鼓响起，威风凛凛，怒气腾腾，墨斑豹、枣斑羚、秋斑狼和瑞斑鹿听得鼓声，越战越勇，桀木神的手下木头木脑，谁也听不懂战鼓，被斑兽的气势震得一下子就招架不住了。

桀木神不得不发布命令，青木军团所有士兵停止进攻。郎爸爸、郎妈妈和英瑛、郎白在医院里照看郎本，其他人从各战区撤回到钟楼中学。陆珂问还有没有电了，一旁的同学说："还有，不多。"

陆珂豪迈地说："放音乐，庆贺胜利。"他的嗓子已经嘶哑了。

63

桀木神的嫡系部队木块木球木棍都撤出北京城，桀木神的杂牌军，那些被唤醒的大树们跟着桀木神狂欢了一场。这样的士兵怀着单纯稚拙的生命目标，就是要复活，就是要尝尝奔跑的滋味，尝尝自由的滋味，为此它们赴汤蹈火也在所不辞。现在它们战败了，但是它们一个个全没有战败俘虏那样垂头丧气、无精打采的神态，也没有战斗英雄视死如归、大义凛然的自豪，它们终究是木头，想得极简单，欢过了，闹过了，野过了，疯过了，知足。

黑猫难过地哭了，猫身子一抖一抖的抽搐着，眼泪洒了一地，它对树木不争荣誉地位、不要抚恤金的做法很不理解。它琢磨着树木们要召开一个战后总结追悼大会，会议的声势要大，内容要全，要声情并茂，要哭天抹泪，要铭记仇恨，要振臂高呼，要响彻云霄。可是树木们一个个不言不语，不争不抢，不怨不悔，也没有个出头主事的树站出来张罗。黑猫想不通，好几个夜晚睡不着，自己检讨自己，是不是确实境界不高，它几次用猫爪子抽自己大嘴巴。黑猫脑袋小，脑容量也不够，想很久也想不明白。

大家上街清扫战场，洌水神刚刚恢复体力，就在城里下了一场不大的春雨，她提醒黎雪转告凌青，务必注意防火，凌青让黎雪带领内街中学的学生四处张贴注意防火的提示语。

凌青两天两夜没合眼，现在也不敢松劲儿，他还有好多事情要做，让英瑛、郎白照顾郎本，让陆珂、贺嘉、黎雪上街慰问斑兽军团，他和鲍迪把几大战区巡视一遍，掌握一些现场的具体情况。

两人走在地安门北大街上，凌青抬头往南观看，心里咯噔一下。

他赶紧拉着鲍迪骑上身边的斑兽往南跑，鲍迪问："出什么事了？"

凌青一边跑一边对鲍迪说："我们去看看紫禁城怎么样了。"

鲍迪一下子明白了凌青的意思，桀木神是冲着朱棣皇帝来的，不知道紫禁城现在可否安好。

两人登上景山，向着紫禁城凝神瞭望。

紫禁城静悄悄的，安然无恙。

凌青心里纳闷，桀木神不是要报仇吗？为什么不对紫禁城下手？凌青看看鲍迪，鲍迪冲着凌青大叫："桀木神之役还没有结束。"两人慌了，跑回钟楼中学赶紧召集大家商议。

翊卫们都还沉浸在胜利的喜悦当中，会议的开头有些散漫松懈，凌青大着嗓门叫道：“桀木神之役还没有结束，各位要再度紧张起来。”大家伙都愣了，不知道凌青在说什么。

鲍迪大胆揣测：“桀木神对紫禁城没有下黑手，这其中必有缘故。”

陆珂大不以为然，他说：“桀木神还败得不够惨吗？让他再出手试试，我们接着收拾他。”他手在空中比画着，好像还在三里屯的高楼上摇摆着探照灯，他想着安排同学们去慰问斑兽军团，把桀木神撂一边不管了。

凌青也想不通：“有斑兽军团在，桀木神怎么能够摧毁紫禁城呢？”

贺嘉站起来说：“桀木神能够指挥北京城里的大树，能够调动木块、木桩、木条，兴许就能够调遣紫禁城大殿里的木柱、木梁、木檩。”

黎雪问：“调遣它们做什么？”

陂复老师听明白了：“桀木神就有可能指令紫禁城里的木料，摧毁紫禁城，紫禁城是全世界最大规模的木结构建筑，所有的木头听从桀木神指令，紫禁城就会瞬间坍塌。”

陆珂还是不明白：“桀木神不可能调遣紫禁城里的木柱、木梁、木檩啊。”

李老师眼泪都快流下来了，她带着哭腔说：“桀木神有自己的一套秘密的语言系统，叫作年轮密语。桀木神叫葛老师背诵年轮密语很长时间了，我估计桀木神的年轮密语就是干这个用的。”

凌青急了，立刻发动三所中学所有学生，寻找葛老师。他让老馆长留守钟楼中学，全体翊卫赶往内街中学，一是要弄清真相，二是要制止年轮密语的发布和传播，不管年轮密语是不是要摧毁紫禁城，不管葛老师知不知道年轮密语的罪恶目的，必须立刻制止。

大家伙奔到内街中学，黎雪让校广播室的大喇叭扯着嗓子喊："葛藟老师，葛藟老师。"大喇叭里高声骂葛藟老师是桀木神的帮凶，快快滚出来向北京市民道歉赔罪，骂葛藟老师阴狠毒辣，与桀木神一同施阴谋，行诡计，罪不可赦，骂葛藟老师是缩头乌龟，唤他赶快出来，全校一点儿动静也没有，葛藟老师就是不出来。

李老师对黎雪、贺嘉说："赶紧找人朗诵《诗经》，兴许能把葛老师逼出来。"孩子们都不知道葛老师和《诗经》有什么关系，李老师这么说，他们就照着做。

李老师想想又说："把北京交通台《蓝调北京》的主持人春晓找来，朗诵效果最好。"李老师知道，葛老师最喜欢收听春晓主持的《蓝调北京》，每天晚上开车必听，也许春晓磁性的声音能够让这个被桀木神迷住心窍的人回心转意，陂复老师说："我带陆珂去吧，你们这些半大孩子不一定能请得动人家。"贺嘉连连给陂复老师作揖，陂复老师拉上陆珂就奔北京人民广播电台而去，两人费了很多口舌，老半天才说明白，春晓爽快答应，跟着陂复老师和陆珂火速赶到内街中学。

"《诗经》从头念到尾吗？"黎雪一边给春晓老师倒

水，一边问李老师。

李老师急死了，说：“看来你们这些丫头谁都没读过《诗经》。”

贺嘉随口就搭一句：“没事读《诗经》干吗。”

“这不是就有事了嘛！”李老师没时间给她们上课，赶紧对春晓说：“春晓老师，麻烦您，就读《葛藟》。”说着她翻开《诗经》，找到《王风·葛藟》递给春晓，还叮嘱说，“读得越低沉越悲切，越好。”

春晓问：“读几遍？”

李老师说：“没数，直到把葛老师读得藏不住身，自己钻出来为止。”

贺嘉还忙中插嘴问：“这段《诗经》和葛老师有什么关系呀？”

李老师甩给她一句：“忙完了再给你们讲故事。”就引着春晓走进校广播室。

绵绵葛藟，在河之浒。
终远兄弟，谓他人父。
谓他人父，亦莫我顾。

绵绵葛藟，在河之涘。
终远兄弟，谓他人母。
谓他人母，亦莫我有。

绵绵葛藟，在河之漘。
终远兄弟，谓他人昆。
谓他人昆，亦莫我闻。

一共念了二十多遍，念得春晓老师嗓子眼儿冒烟，念得广播室大喇叭发烫，葛老师终于从舞蹈队的仓库里钻了出来。葛老师低着头，像被谁劈头盖脸痛打过一样，他走进广播室，向春晓老师鞠躬致歉，春晓老师也不认识葛老师，也不明白为什么非要读这首距今两千七百多年的诗歌，才能唤醒这个执迷不悟的人，葛老师说：“劳您大驾，实在对不起，实在对不起。”

大家顾不上招待春晓老师，也顾不上送送春晓老师，赶紧逼问葛老师到底在干什么。

葛老师一言不发。

64

李老师站起身，脸色极其难看，她郑重地问葛老师：“桀木神是不是指使你发布年轮密语？”

葛老师拒不回答。

凌青进一步逼问：“桀木神的年轮密语是不是要摧毁紫禁城。”

这下子葛老师不得不回答，他说：“我只知道发布年轮密语，我不管年轮密语是干什么用的。”

陂复老师拍着葛老师的肩膀说：“也许你不认为是，而桀木神的意图确实是。”

葛老师还在否认：“不可能，我不可能干那种伤天害理的事。”

鲍迪一直不说话，他在想一个问题，无法解释，他并没有对葛老师大喊大叫，而是用疑问的口吻缓缓地问：“为什么桀木神不自己亲自发布年轮密语，而要您去发布。”

这句话把在场所有的人都问住了，除了葛老师谁都没有办法解释，就是葛老师自己也是知其然不知其所以然。

好久，葛老师极不情愿地说出实情，他说：“桀木神叫我发布的年轮密语，不是普通的年轮密语，是加入了数学运算和公式的加强版年轮密语。”

搭建紫禁城的木料都有几百年的历史，经过特殊工艺处理，脱水烘干，防虫防腐，上油上漆，桀木神的年轮密语能够启动大街上的树木奔跑战斗，能够命令普通的木桌木椅复活发芽，要唤醒沉睡六百年的紫禁城楠木殿柱、松木房梁死而复生，几乎是不可能了，桀木神已经指挥不动紫禁城的老木头了。

紫禁城里的所有木料都有灵魂吗？凌青他们不知道，大楠他们也不敢确认，就连桀木神心里也是打鼓，不知道六百年过去，这些楠木松木柏木榆木紫檀木花梨木的灵魂是不是还有些许气息，是不是还有细微跳动，是不是还有点滴记忆。

桀木神必须编制特殊功能、特殊威力的年轮密语，才能将紫禁城的木料唤醒，桀木神把鼓楼东大街、三里屯商业区、团结湖四周的树木启动要用一分力量，把紫禁城六百年前的木料唤醒，就要在原有一分力量上增加六百倍。

那两天全北京城一片混乱，葛老师置身事外，他按照桀木神事先的周密安排，向那口枯井传送加强版年轮密语。唤醒紫禁城六百年的陈木老料。葛老师一边念诵年轮密语，一边用手指在桌子上画圆圈。圆圈越画越快，表示年轮由外围渐渐接近中心，年轮密语的节奏、顿挫、宽窄、疏密之间的区别极其细微，很难有人区分开来，葛老师算是能人当中的能人了，葛老师在每一段密语之中都加入数学运算和数学公式，加大密语的功力。葛老师天生就身怀异香，这本身就是一件木族和人族血脉相通的蹊跷事，现在葛老师又把人族的智慧，那些数学运算，加入到木族的语言系统，这事干得令桀木神心花怒放，可是人族保存了六百年的建筑瑰宝，就要毁于一旦。桀木神只会积累，不会运算，不会数学，桀木神叫葛老师加入数学运算，但是并没有告诉这个密语是用于摧毁紫禁城，他料想，葛老师知道这个目的，不会轻易出手顺顺当当完成任务。

葛老师在鲍迪和大家的分析揣测下豁然明晰了桀木神让他发布加强版年轮密语的目标，他彻底傻眼了。凌青还在确认："您发布了没有？年轮密语如何传播到紫禁城的？"大家必须想办法制止年轮密语的传播。

葛老师老老实实交代，这几天他一直在这里发布年轮密语，但是他也不知道年轮密语是怎么传播的。

李老师让葛老师带大家到发布现场，也就是葛老师这几天的秘密藏身之地去实地勘察。葛老师把大家带到医务室边上的舞蹈队服装仓库，这是一间普普通通的仓储间，拥挤地悬挂着码放着舞蹈队的服装道具，平时很少有人光顾，谁也不明白这里和紫禁城和桀木神有什么关联。

贺嘉嫌房间里空气不流通，就随手打开后窗，李老师往窗外一看，惊得啊了一声。

窗外是那口被填埋被遗忘的水井。李老师说："窗外这口井通地下水脉，很可能桀木神在地下设置了通往紫禁城筒子河的密道。"

年轮密语通过桀木神事先预留的密道，从水井进入，从紫禁城筒子河钻出来，咕嘟咕嘟冒泡，好像河水底下有一股一股的气流往上拱，时强时弱，时大时小，过一阵，又出现大小不等的漩涡，有的漩涡往左转，有的漩涡往右转，完全没有一定之规，又过一阵，河面上出现一排一排的水纹，有规律地振荡波动，偶尔还出现高高的水柱，筒子河被年轮密语搅得神魂颠倒，浑身乱颤，四面河水把紫禁城团团围住，阵阵年轮密语把紫禁城包围起来。

盈缶老师越看葛老师越生气，恨不得上去薅住葛老师的脖领子，来上一顿拳脚，她几次抬屁股起身，都被李老师摁下。

加强版的年轮密语已经由葛老师发布了两天两夜了，紫禁城危在旦夕，凌青组织大家赶赴紫禁城。

65

喜爱满大街闲逛的三槐慌慌张张往回跑，告诉大楠和其他孤孩儿，北京城打起来了，说是桀木神的青木兵团和斑兽军团双方开战，三槐把各个战区的战况绘声绘色地描述一遍，孤孩儿们全都兴奋起来。

离家出走六百年的六个孩子大叫着爸爸，推开门就往外冲，他们要去找爸爸。大楠拦住弟弟妹妹们，说紫禁城外正在打仗，要是走丢了，打伤了，就见不着爸爸了，大家还是冷静下来，收拾收拾，一起走出紫禁城，寻找爸爸，跟着爸爸回家。

几个孤孩儿有哭的，有笑的，有蹦高儿的，有大声叫的，大家四散开来，收拾东西。紫禁城外好像渐渐安静了下来，大楠有些慌，是不是大战结束了，父亲已经撤退了？北京城这么大，寻找父亲本来就不是一件容易的事，父亲要是走了，再去追，就更费事了。

大楠催促弟弟妹妹们赶紧集合，马上动身。

不知多少春秋 多少冬夏
孤孩儿问何处是老家
景山托不住家乡的那一抹晚霞
鸟巢也不似我家院子里的藤萝架
黑夜中回味着窄巷的苦茶
白日里梦想着古镇的蒹葭
谁是我们的阿爸
谁在说家乡的方言土话
谁在编织家乡的亚麻
谁在驱赶门前小溪里的鹅和鸭
偌大个都城
承不下
想家的泪花

二竹临要走，有一些舍不得紫禁城，他把心爱的快板用竹叶包好，防止一路上呱嗒呱嗒乱响，惹他想念北京。他想跟紫禁城道个别，大殿上的灰砖黄瓦，门外的汉白玉栏杆，台基下的大水缸，谁都默不作声，谁也不搭理他，他不知道这声道别，应该说给谁听。

四蔓在大庖井边梳头洗脸，涂脂抹粉，还偏要把头探进井口照镜子，差点掉到井里，幸亏弟弟拽住她的藤须。四蔓心里打着小算盘，她早就知道北京是大都市，是全中国最时尚最好玩最热闹的地方，回老家干什么去？她不愿意回去，顶多去四川玩耍几日，她就得想办法回北京，哪儿也不如北京好。

柳姑非要找牙膏牙刷，她要认认真真详详细细刷一回牙，尽可能彻底完全干净地清除口中的腥臊气味儿，她要体体面面干干净净地见爸爸，不能让亲爱的爸爸闻见臭味儿，四蔓怎么催促她，她就是不听，牙膏用了三遍，刷得她舌头都木了才停手，抹干净嘴边上的牙膏沫子，又要洗脸梳头，大楠都领着大家出门了，她不得不跟上，一边走还一边编辫子。

五杨不着急回家，想去上前线打仗，这么热闹喧嚣的场面怎么可以没有他，他要前去一展身手，别人都收拾东西准备回家，他四下去寻找可以操持的称手的武器，大门的顶门杠，墙角的灭火器，宫墙边上的宫灯都差点儿被他搬下来当作投掷的利器，终究觉得不顺手，只好作罢。

顺着红墙无头无绪地野跑
绕着大殿无着无落地玩闹
都不能说明我们过得很好
墙外时断时续的长号
河边时绿时枯的树梢
告诉我们已是六百年的流浪飘摇
错把异乡的廊道
当作故乡门前的石桥
误以为陌生人的嘲笑
是自家兄弟的喊叫

千好万好
那都是别人家的美好
尴尬苦笑
那都是自找的无聊
无知年少
不知道什么是故乡的牵绕
无知啊年少
找不着回家的青山土道

黑的长出绿点，死的发出嫩芽，不知是萌动之意还是复活之灵，两天两夜之间以密语约定的时辰为记号，紫禁城周边外围的全体木器灵动起来，百年以上的古旧家具全部复活，发芽长叶，甚至长出花骨朵。

桀木神太强大了，年轮密语太强大了，北京人不得不面对惨烈的现实，靠近紫禁城的家家户户的木桌木椅都开始响应年轮密语，发芽长杈，新近的木料反应快，长得也快，老木旧料反应迟钝，但也开始蠢蠢欲动，紫禁城内的木料全都跃跃欲试，但它们的反应就更缓慢一些。有的孩子家的桌子上的茶壶茶碗被新发芽的树枝顶得滴溜乱转，有的孩子家的衣柜里的衣服被新发芽的树枝捅了好几个大窟窿。孩子们和家长们大呼小叫，用刀砍，用铲子铲都无济于事，桌椅板凳们欢快兴奋地复活着，生长着，它们高兴得几乎要唱起歌来，死去几十年、上百年，突然又活过来了，谁不高兴啊！

紫禁城里没有游客，没有动静，出奇地安静，大楠他们都没有意识到异样。加强版年轮密语呈波纹状，由内街中学的服装道具仓库通过水脉向紫禁城传播，由远及近，由弱到强。紫禁城的木柱、木梁、木檩、木椽，还有木门、木窗、木廊、木桌、木椅全都接到年轮密语的第一波指令了，它们全都苏醒了。

第二波年轮密语来到，它们全都兴奋起来。

等到第三波、第四波年轮密语来到，它们就要复活了。

耳听得神的密语已经传达
一波又一波把死去的心反复击打
苏醒吧
再不必背负这沉重的高堂大厦
复活吧
让我们手挽手返回深山的老家
只要听到密语的最后一声嘀嗒
粗梁就重新长出枝丫
木门就绽放出鲜嫩的花

加强版的年轮密语在筒子河里传播、震荡，声波越飞越强，声振越飞越烈，声势越飞越高。筒子河边上围了好多人，探头撅臀张望，嘈杂议论，不知道河水里要冒出什么水鬼水怪，偏有人提出真知灼见，说这很可能是市政形象工程，滋水柱，放音乐，夜晚还能亮彩灯。

这六百倍的传导力驱使力确实强大，紫禁城里的建筑木质结构刚刚有些起死回生的意识，皇家御花园里的花草和树木已经受不了了，所有的花草全都枯黄而死，老树全都疯了，拼命地摇晃树枝树干，拼命地生长，无奈这些老树都有百年以上的树龄，元气不足，体力也不够了，经威力过分强大的年轮密语这样启动，它们体力严重透支，老树们上气不接下气，浑身发抖，用尽最后的几口气挣蹦，枝杈上的叶子全都掉光了，好几棵老树的树干都嘎嘎啦啦撕扯开又长又深的裂缝，松树柏树体内的油脂全都像冒汗一样流出体外，滴滴答答甚至呼啦呼啦地洒落在地上，再这样下去，所有老树就会体能耗尽而亡。

紫禁城上空大片大片的树叶漫天飞舞，它们飘啊、荡啊、舞啊、飞啊，等待着年轮密语的呼唤，读懂年轮密语，它们就复活；读不懂年轮密语，它们就无精打采地落在地下，化为泥土。风可怜它们，看着它们筋疲力尽地挣扎，有心要助一臂之力，就起劲儿地鼓吹着，掀扬着，盘旋着，愿它们等到年轮密语，愿它们复活，哪怕一时一会儿也是个滋味，也是番经历。如果死去，它们就不会等到下一次有翊卫发布年轮密语的机会了。

榆树叶、槐树叶张扬，梧桐树叶、杨树叶宽大，柳树叶细小柔弱，银杏树叶典雅。它们有的是死前的挣扎，有的是复生的渴望，有的是无知的欢愉，有的是最后的喘息。它们幼稚地以为只要它们飘在空中，只要它们不降落在地面，它们就有再生的希望。风啊，你使劲地吹啊，叶啊，咱努力地飘啊，大家互相拉一把，托一下，看谁飞得更高，看谁飞到最后，看谁能读到年轮密语，飞啊，飞啊。

木族是有灵魂的，只是未被唤醒。人族和兽族都不拿木族当一回事，木族永远处于被处置、被盘剥、被蹂躏的奴役地位。桀木神登高昂头振臂一呼，数以千万计的树木和被砍伐被切割被制作的木料皆群起响应，人族和兽族，包括神族都为之惊愕。人不能死而复生，动物也不能死而复生，但是植物能够死而复生，植物的复活本领是别的物质不具备的，植物只要在合适的条件下不腐不烂，它们可以以木质的形态存在千年，千年之中它们并未完全死去，木料的纹路依然伸展，油脂依然滋长，质地依然衍变，它们仍然活着，仍然是有呼吸的灵魂，只是木料的生命延续远不是人一生几十年，或者是几代人几百年那样可以衡量的。如果说人的灵魂的延续，依靠着诸如书本、知识、文化之类的载体，而植物的灵魂的传承，就依靠自身的顽强的几乎静止的存储和延续，这种延续几百年、上千年都在风平浪静中进行，与人族、兽族相安无事。

但是，桀木神在召唤它们，它们即将复活，风平浪静的局面即将因桀木神的一声号令而发生翻天覆地的变化。

紫禁城眼看着就要保不住了。

紫禁城大殿的立柱横梁纷纷发出吱吱呀呀的声响，它们全都睁眼睛醒了，全都开始兴奋起来，它们互相聊开了：

“老梁啊，醒了没有哇，听见神的呼唤了没有哇？”

老梁回答老柱说：“你以为我耳背吗？我们的神来了，他叫我们复活呢。”

木料上的年轮被桀木神的年轮密语激活，身上刻有年轮的木材恢复了生长意识，只要它们能够接收到桀木神传递的足够的能量，就会复活。紫禁城大殿中的一切木柱、木梁、木檩、木廊、木格、木门、木桌和木椅，齐声叫喊着：“复活！复活！复活！”震得古殿老屋上的尘土扑扑簌簌落下，后花园中树上的乌鸦吓得惊慌飞走，再不敢回来，从景山向紫禁城上空望去，一片尘烟弥漫，眼看着紫禁城的大殿微微摇晃，那是所有已经苏醒即将复活的木柱、木梁、木檩、木椽正在伸懒腰打哈欠，它们就要发芽，它们就要生长，它们就要站立起来，行走起来，跳跃起来，奔跑起来，紫禁城就要轰然倒塌。

66

六个孤孩儿也接收到了年轮密语，大楠、二竹、三槐、四蔓、五杨和柳姑都欢呼跳跃起来，父亲的密语他们都读得懂，听得真切，这里边还有乡音呢，还有亲情呢，孤孩儿们就要跟着爸爸回家了。

年轮密语在紫禁城上空一遍一遍地游荡，大楠和二竹仔细听，他们呆住了。

年轮密语指令紫禁城所有木料做好准备，按照指令复活。

复活？那紫禁城不就塌了吗！不就被摧毁了吗！六个孤孩儿全都停住脚步，激烈争吵起来，有的反对摧毁紫禁城，说在这里生活了六百年，干什么说拆就拆呢，有的说必须无条件执行父亲的指令，父亲叫干什么就干什么，否则父亲不带我们回家，有的说摧毁紫禁城以后，无颜面对凌青、鲍迪、贺嘉、郎本那些新近认识的朋友了。六个孤孩儿谁也不服谁，吵成一锅粥，大楠心如乱麻，他叫大家不要吵，有话一个一个地说，不要谁声音大，谁就耍威风。

大家安静下来，可还是没有统一的意见，二竹一低头，发现五杨一言不发，吧嗒吧嗒地掉眼泪，就觉得蹊跷，六个孤孩儿中最壮最凶的五杨很少掉眼泪的。二竹就跟大楠说，让所有孤孩儿都先闭嘴，让五杨把心里的话说出来，大楠转过身，用手轻轻抚摩着五杨的肩膀，说："你有什么话就说出来吧，有没有道理让大家听一听，不要闷在肚子里。"

五杨委屈地说："复活了木料，摧毁了紫禁城，我们就再也找不到花椒妞妞了。"

所有的男孩全傻了，所有的女孩全哭了。

大楠良久不说话，他最后决定说："我们要阻止父亲的年轮密语，不能摧毁紫禁城。这不仅仅是因为要寻找花椒妞妞，也因为紫禁城是木族和人族合力的杰作。"

孤孩儿们全都觉得大哥说得对，四蔓嘴快，催大楠哥赶紧布置，大楠说："咱们六个分别登上角楼和城楼，全力阻止最后一波年轮密语进入紫禁城。"

说干就干，大楠去神武门，二竹去东北角楼，三槐去西北角楼，四蔓去东华门，五杨去东南角楼，柳姑去西南角楼，人手不够，就不可能各个城门都站满了，六个孤孩儿，个儿大的在紫禁城的墙头上、房顶上狂奔，年岁小些的则顺着通道飞跑。

大楠跑得最快，他登上神武门，变幻出无数双手，顶住年轮密语，大楠一上手便立刻感觉不对，这不是一般的年轮密语，速度快，力道强，一道道声波打到手上脸上火辣辣的，大楠心里暗惊，不知道这是父亲的密语还是魔语。他心想，不管是密语还是魔语都要顶回去，父亲的密语一定是发错了，或者是被谁利用了，父亲不应该这样凶狠恶毒。他哪里知道父亲的心思。强力的密语把大楠推了好几个大跟头，大楠爬起来，龇牙咧嘴，继续抵抗年轮密语。

二竹登上东北角楼，他身材细高，一上来就被密语打得依浏歪斜，站不住脚跟，他的胳膊纤细，手掌修长，根本顶不住密语，密语从他身边嗖嗖掠过，他既形成不了屏障，也凝聚不成力量，二竹急了，就地翻滚，横扫一把，竖挥一片，把密语声波和气流全搅乱了，密语不得不停下来重新整理次序，再往前进，这样二竹就形成拖延密语前进的作用。

三槐心思缜密，他变幻出一个个槐树木桩，列成两排，站在西北角楼把角处，稳稳地抵住年轮密语，绝不后退半步。四蔓使用法力编织一张藤蔓大网罩在东华门上，阻止年轮密语进入紫禁城，五杨个儿高膀粗，站在东南角楼上调动三尺拦天臂，飞两丈旋风腿，嘴里还没轻没重地骂着吼着，就是不让年轮密语靠近半步。

谁要是没见过柳姑撒泼，谁就不是北京人，柳姑登上西南角楼，一会儿把柳条编成鞭子来回抽打，一会儿跳着脚乱蹦，一会儿干脆就地撒泼打滚。

加入数学运算和公式的年轮密语力道极大，对孤孩儿来说是前所未有的，他们从没遇见过这么猛烈的密语，似狂风骤雨，难以抵挡。可是桀木神的孩子一个比一个倔，一个比一个犟，越是狂风暴雨，他们越是死扛。

六个孤孩儿在各自的岗位上，拼命抵住年轮密语的最后一波指令进入紫禁城，他们一个个紧闭着眼睛，梗着脖子，噘着嘴，做出一副不服从父亲的死拧嘴脸。年轮密语一遍一遍地撞击着他们，但是孤孩儿是桀木神的子女，他们自有法力，年轮密语奈何不了他们，紫禁城重又安静了下来。

凌青等翊卫在景山顶上眼见着紫禁城的危情，束手无策，嘴上频频叫："悬啦，悬啦。"心中连连喊："危啦，危啦。"凌青捶胸，鲍迪跺脚，所有翊卫无计可施，眼巴巴等着紫禁城轰然倒塌。

他们隔老远看见神武门上大楠拼命倔强的姿态，提到嗓子眼儿的心，算是落了下来。

67

乌藤不是善主儿，没把郎本勒死，也把他勒得三天三夜昏睡不醒。

这三天，英瑛很难熬，这几日总在梦中影影绰绰梦见郎本，郎本呜里呜突地说话，说的是什么也听不清楚，郎本的笑容十分清晰，但是好像略瘦了些。郎本和英瑛两人在府学中学的音乐教室里只用节拍互相唱和，心领神会对方的语意，英瑛的弹奏让郎本心里很舒爽，手中的鼓槌不是在敲击，而是在随意玩耍，小鼓中的豪气、英气、志气、才气、骨气、心气、胆气、肾气，全都被郎本撞击出来了。郎本很得意，英瑛开始以为这个游戏很有趣，也有些童稚，但忽然一转身，郎本不在了，英瑛霍然发现这不是游戏，是极高级、极神奇的交流，没有人能与她有此等级别的交流。英瑛从睡梦中惊醒，眼角有泪水在默默地流淌，好长时间再难入眠。

几个孩子轮流在病房看护郎本，墨墨也来看望，可是郎本就是醒不过来，黎雪求盈缶老师出手相救，墨墨撇着厚嘴唇说：“大医院都看不好的病，一个区区校医能给治好？”

黎雪解释说盈缶老师是中医世家，得祖上真传，十分了得，墨墨不信。

黎雪烦死她了，说："你能信什么！"

墨墨看见漂亮女生，气就不打一处来，说："别以为你们有漂亮脸蛋就万事皆通。"她心想，你个黎雪居然跟我们班的凌青套近乎，得到我们班准许了吗你！

黎雪懒得搭理她。

黎雪请来盈缶老师，盈缶老师一进门，墨墨就偷偷地乐，她跟贺嘉嘀咕："这不是郎本的胖姐姐嘛。"

她的意思是说盈缶老师和郎本一样胖，一样圆乎，贺嘉也给逗乐了，她下意识收住脸上的笑意：这是大家真心实意请来的救命郎中，笑什么笑！郎妈妈一个劲地跟盈缶老师握手，求她救救昏睡不醒的郎本，郎爸爸持怀疑态度，但他也不敢阻止，有枣没枣打一竿子吧。黎雪又是让盈缶老师喝水，又是让她吃草莓。

盈缶老师一脸的严肃，也不和四旁的学生们打招呼，她径直走到郎本病床前，伸手给郎本号脉，全场的人屏住呼吸，眼巴巴地看着她。她叫郎妈妈把郎本上半身的被子撩开，把上半身的病号服解开，露出郎本白花花、肉嘟嘟的胸膛，几个女生在现场，也不敢笑，也不敢害羞，也不敢回避，她们等待着奇迹出现呢。

盈缶老师嘴里念念有词："中医是个宝，下药依《本草》，死的医不活，活的死不了。"她出人意料地用双手的食指和中指重重地点击郎本前胸的几个穴位，郎本抖了一下，咳了两声，睡醒了。

全场热烈地欢呼起来。

郎妈妈冲上来，抱着郎本的脸亲吻起来，郎本当着那么多男生女生的面，脸红起来，急急地喊：“别勒我脖子！”

“哎，哎。”郎妈妈赶紧松开抱得过紧的双手，她意识到郎本被乌藤勒怕了。

黎雪为本校有这么能耐的校医而得意，盈缶老师一边给郎本扣好上衣盖好被子，一边叫宋老师给郎本喝一些水。围在前面的鲍迪和贺嘉有意往后退退身，把英瑛让到郎本床跟前来，英瑛走上前来，眼里噙着泪，一句话也说不出来，她喃喃地对郎本说：“还好吧？”

郎本望着英瑛，说：“还好。”

盈缶老师给郎本做一些按摩，说：“幸亏这小子有肉，否则几乎要被桀木神索了命去。”

盈缶老师说话像京剧戏文，陆珂也学舌：“呜呼呀。”

英瑛埋怨陆珂说：“什么时候了你还开玩笑。”

陆珂说：“你心疼的胖小子大难不死，你应高兴才是呀。”众人都点头，英瑛哭起来了。

郎本见这么多人围着他，就问凌青：“你们是不是以为我死了？给我写悼词了没有？”

没等凌青说话，陆珂插言道：“伟大的东北大米品尝家，杰出的西北牛羊肉爱好者，卓越的川菜湘菜追求者……我们正起个头，你睁眼了。”英瑛给逗乐了。

郎本对陆珂说：“你把我写成吃货了。”

上钟楼前，郎本突然意识到给英瑛买的巧克力还没有送出去，他从书包里找张厚纸把巧克力细心包好放在贴身的衣兜里。三天过后郎本醒来，看见英瑛哭鼻子，记得临行前给英瑛买的巧克力仍然在衣兜里，没有来得及送给英瑛，他当着一屋子的老师同学又不好意思，就有些为难。凌青看出郎本有话要说，就低头问郎本："你有什么事要办？"

郎本叽叽歪歪地说："我，我兜里东西硌得慌。"

凌青就伸进手去，替他把那所谓的东西掏出来：一块被挤压得变形的巧克力糖，包装纸皱皱巴巴的，原本精致现在难看得拿不出手，郎本一看，连忙示意凌青收起来，别让同学们看见，凌青偏不，当着众人的面，替郎本把巧克力糖大大方方地双手送给英瑛，众人全看明白了，居然鼓起掌来，贺嘉、黎雪还起哄说："我也要吃，我也要吃。"黎雪眼望着凌青甜甜地笑，英瑛含着泪笑了。

郎爸爸拉郎妈妈走出病房，当爹当妈的知道，郎本马上就要嚷嚷着肚子饿了，赶紧回家，把整块的牛肉加作料加水开火炖上。

盈缶老师心里酸溜溜的，比平常加倍地用力给郎本按摩着肩膀，嘟囔着："惨成这样还不老实着。"郎本感觉到校医用力过猛，哎哟哎哟直叫，大家都笑，连一向不把郎本放在眼里的陆珂也呵呵哈哈地笑起来。

凌青、鲍迪、郎本、贺嘉、郎白与陆珂、英瑛和解，因为英瑛救了郎本一命。

68

桀木神的青木兵团与斑兽军团大战两天两夜，到底是多少回合谁也没细数，全城的孩子们两个白天没上学念书，两个夜晚没合眼睡觉。桀木神败了，木球木块木棍在桀木神的指令下列队收兵，大柳树大槐树大杨树一个个拍打着身上的泥土，捆扎好身上的伤口，收殓好同伴们的尸体，缓步走回自己的树坑，腿脚一用力，扑通一声扎下去，一屁股坐进坑里。孩子们和大人们觉得树木们虽是这次战役的敌人，但败下来的兵将不可杀，不可辱。他们提着水桶，端着水盆，扛着铁锨，给树木们浇浇水，培培土，让它们接着活下去。一棵棵大树也不摇，也不晃，也不说谢谢同学们，自己个儿还沉浸在前两日的大战之中。北京人这样善待树木们，也不知道它们有没有往心里去，大柳树好像领情，大杨树没心没肺，不想那么多，大槐树气性大，怨气还瘀在肚子里，脸色还是那么不好看。陆珂还说：“抓住桀木神怎么也得让他低头认罪，面壁思过，写检讨书，不能就这么完了。”

残枝败叶散落在大街小巷里，厚厚的一层，风吹，吹不动，雨刷，也刷不走，葛老师眼见得这惨败的景象放声大哭，李老师、盈缶老师越劝，他的哭声越高，盈缶老师烦了，大吼一声："哭什么哭！赶紧组织学生扫大街。"葛老师被盈缶老师喝住，自知理亏，不再多说什么，招呼凌青、英瑛、黎雪三队人马，发动全市的中学生上街扫地，为桀木神的死亡的士兵将领们送葬。

桀木神回到十三陵长陵的祾恩殿，总结失败的教训，桀木神懂得，要想以弱胜强，必须行动迅速，不可在对方未防备的情况下消耗时间，桀木神后悔自己筹备期太长，出手太慢，有些磨磨蹭蹭，殊不知他从二千三百公里外，到北京城长途跋涉，蓄积兵力，展开一场大规模战役，这本来就犯了兵家大忌。桀木神出手迟缓也是迫不得已，他进北京城的第一项任务就是掩人耳目，神不知鬼不觉地部署兵力，既要瞒过北京人，还要瞒过地境神洌水神，他能把这场战役打成这样，已经算是相当成功了。

万万没想到，这样一次惊天动地的战役，居然毁在一只不起眼的大白鹅手里。桀木神之役最大的弱点是名不正言不顺，出师无名，让诸神觉得桀木神之役站不住脚，所谓报仇朱棣这个名义并不理直气壮。其实桀木神的真实目的是霸占北方资源，而向朱棣皇帝报仇只是他的一块招牌，这块招牌警示了北京人，但是在诸神当中造成的影响有正面也有负面，正面影响是诸神知道了桀木神的战斗力和意志力，负面影响是诸神觉得桀木神格局不大，竟然为了一片楠木原始森林大动干戈，诸神不知道楠木对于桀木神的隐含的意义。

桀木神没想到在仗山神不在的情况下斑兽军团会如此大规模地开进北京城，这是桀木神布阵时的重大失误，也是葛老师的重大失职，贺嘉精细，防备葛老师，是这场战役胜利的重要一环，如果葛老师把郎白、凌青的动向提前告知桀木神，那斑兽军团将遇到不可想见的抵抗。

其实，桀木神还是败在地境神手里，到现在桀木神也没有想明白，他这次在北京城为非作歹，一半是出于他自己的大森林计划，另一半则是地境神故意纵容。

地境神不糊涂，也不软弱，他的所有行为，都是指向水泱神，地境神急于找到水泱神，某种意义上说他和疯沙神的目的是一致的，水泱神的神秘失踪，掩盖着一个惊天的秘密，这个秘密比桀木神的所谓大森林计划要更严重，更危险。 当然地境神也是没想到桀木神会出手这么狠，连北京城的市民，带死去快六百年的朱棣皇帝，还带上地境神冽水神，来了个一勺烩，通通打翻在地，这规模这气势这范围是地境神没有预料到的。

地境神使用的是一箭双雕的计策，暗示郎白这只有灵性的白鹅寻找并启动斑兽军团，既给予桀木神毁灭性抗击，保住北京城，又给斑兽军团的指挥者有力的一掌，促使仗山神尽快现身，促使水泱神的迷局尽快露出真相。

表面上看，这次桀木神之役，像是一只大白鹅救了北京城，不是吗？没有郎白，谁能找得到斑兽军团，谁能抵抗得了桀木神。但是这么说，陆珂不服，郎本也不服，他们这些半大小子不可能臣服于郎白，这个由一只大白鹅变成的小姑娘，郎白也不表白，也不辩解，她心里知道，她是受到了某些信息的启发，这些信息不是她发明的，也不是她臆想的，很可能是神传递给她的。

对于凌青他们来说，地境神洌水神的神秘性远远没有揭开面纱，谁都不知道还有多少事情，凌青他们还蒙在鼓里。

别的不说，盈缶老师这个疑似的翊卫身份，就让她心里不踏实。她回家翻箱倒柜，掘地三尺，也要把证据找出来，什么证据？那还用问，当然是她桀木神翊卫的证据。她家老爷子问她到底在找什么？她说她要找到家族担任桀木神翊卫的证据，老爷子问什么是神的翊卫，盈缶不耐烦了，她发火了，说就是你们这些不敬业的人把翊卫的使命给弄丢了。老爷子心说，她这又是和哪一任的男朋友闹别扭了？最近交往的那个不是挺老实的一个人吗？怎么又把她惹毛了？盈缶着急没有用，只能坐下来把来龙去脉给老爸仔仔细细讲一遍。盈缶的爸爸不能为盈缶提供任何帮助，他家桀木神翊卫的使命失传太久了。

桀木神离开北京城之际，留下无数的木珠，作为自己的眼泪洒落在北京，从这一年起很多北京人手中的楠木、紫檀的手串儿皆是桀木神的眼泪，北京人并不知情。

69

宝钞胡同很窄，钟楼中学的学生们放学回家或走路或骑车，他们议论得最多的肯定不是课程和功课，而是哪个女生的身条，哪个老师的口误，哪个男生的口才，哪个影片的热映，这些闲话日长月久喷到路边的墙上，变成斑驳的墙痕，雨水冲不走，大风也刮不走，时间长了就长在那里了。没有人在意这斑斑驳驳的墙上记写些什么，也没有人刻意来读来念来解析，桀木神的士兵们给墙上画了很多凌乱无序的道子，这些印痕，等到老房子一拆，就全都化为尘土。

宋老师被桀木神的木屑刺激，害了眼疾，眼珠刺痛，热泪常流，盈缶老师给她调制了药液，用纱布把她的双眼蒙上，让她静养，她执意要给学生上课，她说："不上课我也要坐到教室里。"

教务长说："完全不必。"

她也听不进去，每天按时按点让丈夫开车把她送到学校门口。

宋老师被墨墨搀扶着，走进教室，她没有意识到，全班同学每人也都戴了一个眼罩，听她讲课。这时候，他们就不觉得她的大嗓门刺耳了，不觉得宋老师说“我再重复一遍，我再重复一遍，我说的话你们听见没有”而感到啰里吧唆了。几天下来，瞎子宋老师给瞎子学生们讲的课程，比他们平日里睁着眼听的都更加易懂好记。同学们平日里见着宋老师就躲，听见宋老师就避，现在也知道心疼宋老师，上下楼梯，迈个门槛，同学们都主动上前搀扶一把，宋老师闭着眼问：“谢谢你啊，你是哪一个呀？”

那学生故意答：“就是您平日里最烦最讨厌的那一个。”宋老师有点儿不好意思了。

宋老师的眼睛好了，同学们也把眼罩摘了。这之前，好事的墨墨还提议大家戴着眼罩与宋老师拍了一张合影。

宋老师睁开眼睛看着这张照片，不知道说什么好。她回家跟丈夫说：“班上的三十名学生都是我的大小子、大闺女。”

丈夫说：“想得美！谁认你这个唠叨妈。”

全北京的孩子大人都拥上街头，观看高大威猛的斑兽军团，感谢它们解救了北京城。大人们提心吊胆，反复叮嘱孩子们要离斑兽远些，别招惹它们，它们终究是怪物，就是保卫了北京城，坚守了北京城，它们也还是怪物。孩子们不听大人的话，成群结伙追着斑兽奔跑，大人们气急败坏，用更狠更恶的话描述斑兽，无论如何不能让心爱的孩子们靠近斑兽。孩子们不管那一套，他们欢呼雀跃，有的上前小心试探，摸一摸，碰一碰，有的掏出书包里的饮料水果，有的俯下身子细心擦拭斑兽脚上腿上的尘土，有的爬到窗台上，站得高些，能看到斑兽高昂的头。越小的孩子越胆大，两三岁的娃娃趁大人不备，居然爬到墨斑豹秋斑狼的背上去，吓得大人浑身哆嗦，小娃娃和斑兽却亲昵亲热亲切得如一家人一样。

一心想修炼成斑兽的金毛和黑猫又是兴奋又是害羞，激动得浑身发抖，喵也喵不出声息，汪也汪不出响动。凌青有意让金毛离枣斑羚更近些，枣斑羚身上的铠甲反射的光芒照得金毛大狗熠熠生辉，黑猫一蹿一蹿地央求鲍迪把它抱起来，它一个箭步蹿到墨斑豹后背上，全身趴在墨斑豹身上，猫眼中溢出激动的泪水。

老房子老院子里边的老鼠、刺猬、黄鼠狼，都大大方方地走出它们的暗洞阴沟，出来拜见斑兽，顺便晒晒太阳，它们在北京城苟延残喘，都快绝迹绝种了，现在的水泥地基、沥青路面让这些世世代代生活在老北京城的小动物们没办法再活下去了，人们对它们也极不友好，它们再怎么努力也无法像黑猫和大狗它们那样晋升为人的宠物，有点儿脚力的早就逃出北京城另谋生路去了，留下的都是些对北京城极有感情、舍不得走的有情有义之物。盼星星盼月亮终于盼来了斑兽出阵，这些老鼠、刺猬、黄鼠狼只求见一眼斑兽，自当是三生有幸。

树上的喜鹊乌鸦麻雀也是叽叽喳喳叫个不停，它们以羽斑鹤为荣，在它们身旁来来回回地转悠，希望多沾一些仙气儿。

看热闹的孩子们见到老鼠、刺猬、黄鼠狼挺胸突肚大摇大摆地上了街，惊得说不出话来，它们这是要造反？它们不怕挨人追打，不怕遭车碾压吗？孩子们看到老鼠、刺猬、黄鼠狼虔诚地仰望着斑兽，看着小动物们眼中虔诚的目光，心也软了。好在老鼠、刺猬、黄鼠狼也知趣，并不在阳光下多待，它们只是看几眼斑兽，满足了心愿，转身便离去了。苦日子并不会因为见过斑兽就有转机，人也不会看在斑兽的面子上，从此与它们和平共处。

斑兽军团在深山驻地隐居千百年，被凌青等翊卫唤醒，痛快淋漓地与桀木神较量一番，并在令它们眼花缭乱的新北京地面上溜达几圈，再也不愿意返回到它们的死气沉沉的没有个动静的山中驻地里去了，斑兽们与少年翊卫们成了好朋友，它们不见外地向孩子们提出，要在北京城二环以里安营扎寨，安居乐业，郎本第一个站起来说："行，我让我妈给你们包饺子，炖红烧肉。"

斑兽们被郎本的率真打动，但它们还是忍不住张着石嘴，龇着石牙乐了起来，它们说："我们不吃人族的食物，也不喝人族的饮料。"

郎本自言自语道："又不吃又不喝，我们拿什么招待你们呢？"

斑兽听他这么说，就多说几句："我看北京人还是少吃点吧，照你们这么个吃法儿，迟早要把北京城吃成荒漠，要是我们斑兽再加入你们的吃喝大军，那能把荒漠部落的沙子都吞食干净。”

陆珂还得意扬扬地显摆说：“我们北京人带腿儿的不吃桌椅板凳，带翅膀的不吃飞机，其他都不在话下。”英瑛用手拽拽陆珂的衣袖制止他：“行啦行啦，斑兽没夸赞咱们北京人，那是骂咱们哪，听不出来呀？”陆珂和郎本冲着斑兽傻笑。

凌青心里犯嘀咕：“这些斑兽住在哪里呢？”

郎白意识到她可能闯祸了，她拉了拉贺嘉的衣角，小声对贺嘉说：“斑兽军团如果不愿意返回山中驻地，可就麻烦了。”

陆珂在一旁听见了，说道：“怎么啦？人家拼着性命解救北京城，刚打完仗，想在北京城住几天都不行呀。难道我们北京人用人就作揖，用完就翻脸吗！”话很难听，但义正词严，说得掷地有声。

英瑛意识到这件事不是陆珂这么个说法，就说：“这事没有那么简单，陆珂你不要拿狠话吓唬郎白。”

郎白心里慌慌的，用眼角余光瞟郎本，寻求着帮助。郎本大大咧咧，没有意识到郎白的委屈。

凌青和鲍迪的冷静让郎白心里稍稍好受些。鲍迪说：“如此庞大的斑兽军团，是无法在北京城久留的。”

凌青说：“斑兽军团是神族的军团，斑兽军团的行动要听从神灵的指令。”

黎雪歪着脑袋天真地说：“我们启动斑兽军团也没有遵从地境神和冽水神的指令呀，不是郎白带我们去的吗？”

斑兽军团的羚羊、豹子、狼、鹿和鹤鸟全都把目光转向郎白，豹子问凌青："你们是遵从谁的旨意启动斑兽军团的？"郎白吓得一个劲儿地往郎本身后躲，郎本这时才意识到郎白的慌张和胆怯，他立刻伸出手拉住郎白，英瑛和贺嘉也下意识地往郎白身边靠。

凌青意识到问题的严重性，他不假思索地对豹子等斑兽说："是我。"郎白知道凌青在替她扛事，心里感动极了，几个孩子都觉得凌青挺爷们儿的。

豹子不是那么好糊弄的，继续紧逼："你没有启动斑兽军团的权限。"

哪一个神都没有发出启动斑兽军团的命令，斑兽军团就这样在一只白鹅的情急妄为之下，成群结伙地开进北京城，并和桀木神展开了一场你死我活的厮杀。

这个娄子捅大了。

见是这么个情况，斑兽军团再也没有了在北京城安居乐业的雅兴，立刻集合队伍，以最快的速度返回山中驻地。几个孩子都依依不舍，唯有郎白吓坏了，巴不得斑兽军团快快回去。郎本还念叨着："也不吃也不喝地就这么走了，让我们心里不落忍哪。"

鲍迪拿话揶揄他："真不愧是厨子的后代。"想让他尽快解脱这种惆怅的心境。

郎本几乎和鲍迪吼起来，说："这是礼数。"

英瑛打圆场说："好好好，你是对的，但对于神族，把礼数放心里便是了。"

黎雪说：“送人吃饺子，接人吃面条，要不然咱们大家找个饭馆吃顿饺子吧。”

郎本仍然走不出心中的惆怅，说：“街上的饺子不好吃。”扭头就往家走，大家觉得没趣，也各自散了。

北京城的街道横平竖直，十分宽阔，据说是为了能够让头脑质朴简单的斑兽军团找准方向，斑兽的身躯过于庞大，如果道路不够宽阔，斑兽会把道路两旁的树木压折撞弯。美中不足的是，不知是哪个设计师犯迷糊打盹儿，忽略了神灵的暗示，给北京城设计了二环、三环、四环这样的圆圈快速路，斑兽十分恼火，他们只认横平竖直的路，一转圆圈就迷糊，这样的道路让它们头脑发蒙，不知道要转多少圈才能找到出口。凌青和鲍迪、郎本、陆珂等人费了很多心思在环路上为斑兽设置路标。

斑兽军团擅自开进北京城的严重事件，果然惊动了斑兽军团的总指挥官——仗山神。当时仗山神自己也不在他的大本营，要不然也不会发生这件事，等他知道了这件事，勃然大怒。

他要惩戒地境、神翊卫。

葛老师编写《桀木神辞典》没有完成，十分郁闷，不是贺嘉不帮忙，或者故意给桀木神捣乱，也不是葛老师忙于桀木神的大森林计划，而耽误了辞典的编辑周期，而是葛老师对桀木神的认识太肤浅了，他以为他是桀木神翊卫，就有资格做桀木神的发言人，满不是那么回事。明明是个凡人，偏要替神灵操心，这部辞典没办法继续编纂下去了。

葛老师在桀木神失败后声音变得嘶哑了，无法再从事教学，按说桀木神的年轮密语是一种无声的语言，完全用不到嗓子。葛老师的声音嘶哑不是发布年轮密语所致，全是因为他心火太盛。桀木神失败，葛老师蔫儿了，他再也不风流自赏了，再也不趾高气扬了，他整天戴个不伦不类的黑帽子，把长发完全盖住，绿围巾、绿衬衫和绿袜子全都不见了。

钟鼓楼依然屹立，钟楼中学的同学们在钟鼓楼管委会的指点帮助下，把铜钟小心翼翼、仔仔细细地擦拭了一遍，防止桀木神指令乌藤缠箍铜钟后，给其表面带来侵害，更防止桀木神把树种或草籽遗留在上面，谁知道哪天桀木神一声令下，乌藤的种子又发芽生长开来。

70

转眼就是夏天。北京的春天一向短得可怜，这一年的春天因为桀木神之役，大人孩子都没过好。也有人说：“桀木神一来，北京城绿得冒油，绿得可爱。”

旁边有人立刻堵他的嘴：“你还想让桀木神再二再三地来吗！”

那人忙提高嗓门伸着脖子说：“别价，别价。”

人们忙活了好一阵，才把街道打扫干净，把破损的房顶修补利落，三里屯地区的物业公司费老大的劲儿才把大玻璃安装完毕。北京城的大人孩子对所有的树木花草开始心生爱怜和敬畏，桀木神这么一闹腾，让大家伙拿树木当兄弟姐妹看待了。

大战结束了，桀木神和六个孤孩儿终于团聚，还差一个。

桀木神看不起人族，孤孩儿却认为人很可爱可亲，大楠说人讲究亲情，我们几个孩子就是学着北京人的样子互相照顾着，才活了下来。桀木神说人表达亲情和我们植物完全是两个体系，他们并不比植物高明多少。三槐说：“我们应该向人学习。”桀木神说：“学什么？他们还得向我们学习呢。”桀木神认为人族就是些小聪明、小把戏、小场面。而木族才是大智慧、长寿命、大群体。谁也不服谁，老的和小的说不到一块儿。

大楠二竹跟父亲夸赞紫禁城是个好地方，桀木神教训孩子们说：“紫禁城好个屁！人们建造紫禁城，地基横竖七层，一共夯十四层，根本不接地气，你看你们在紫禁城成长六百年，还都是一副孩子模样。”一席话让几个孤孩儿怔住了。

桀木神无所畏惧，唯一惧怕自己的儿子大楠，他隐隐约约地觉得楠木可能要绝种了。大楠自作主张，阻止桀木神年轮密语摧毁紫禁城，这么大的事情，桀木神也不敢对大楠发火。再说桀木神之役的失败也不能归罪于大楠和孤孩儿们。

地境神比桀木神看得开，在他临走时给桀木神讲道理，紫禁城从明代皇帝朱棣建造的那一天起，没有一个人一住就是将近六百年，只有你的孤孩儿们，在这座宽敞、气派、雄伟的大院子里生活了这么长时间，在这里玩耍，在这里奔跑，在这里遮风避雨，在这里排遣孤独。朱棣皇帝建这么个大院子，桀木神的孩子们在这免费居住了近六百年，也不用交房租，也不用交物业费，水费、供暖费、灯油钱全免，还供吃供喝，桀木神就冲这一条，也该消消气了，别再跟朱棣皇帝过不去了。

桀木神梗着脖子咽不下这口气，洌水神又加了一句：“败军之将，梗什么脖子。”桀木神终于垂下了头，不言声了。

桀木神对孤孩儿们说："这下我们可以回家了。" 没想到，有的要回，有的不想回，说北京好，北京舒服，桀木神劝不懂事的孩子们："金窝银窝，不如家里的老窝。"

三槐说："老窝好，您自个儿回吧。"

四蔓鸡贼，她也不想回，她找个冠冕堂皇的理由，说是要在北京寻找丢失的妹妹花椒妞妞。

桀木神从衣兜里掏出一个陶瓷坛子，对孩子们说："爸爸记得你们几个淘气鬼小时候最爱吃我腌制的甘草梅，自从你们离开老家，我每年都腌一坛子，给你们预备着，等你们回来吃，前前后后腌制了六百坛，老家的窗台都摆不下了。"说着桀木神打开坛子，一股奇异的香味儿让几个孩子全都陶醉了，他们每人尝了一枚甘草梅，谁都不说不回家的话了。

桀木神进入北京城后，为什么迟迟不去动身寻找大楠他们七个孤孩儿？ 桀木神掐指盘算，时间不够，他要寻找孤孩儿就会耽误布阵，要如期布阵实施大森林计划，就没有闲工夫寻找孤孩儿，再说，他在北京城的大街小巷转悠，东找找西看看，必定会引起地境神和洌水神的疑心。桀木神异常谨慎，还是老老实实在地脉中干他的装修工程吧，本来这个工程就是个骗人的谎言，桀木神不在现场时时刻刻日日夜夜地盯着，还满世界出去找孩子？绝对不行，他知道一心不能二用。

桀木神仇恨的不仅是朱棣砍伐楠木，还有疯沙神、仗山神对他的欺辱。桀木神多吃多占的习性是长期屈辱的生活磨炼出来的，他爱攒破烂，爱占便宜，暴饮暴食，顺手牵羊，这都是上不得台面的毛病。谁也不知道桀木神是怎么活过来的，自从人族使用铁器以来，木族就没好日子过了，桀木神告诉大楠，一定要掌握工具，使用工具，赤手空拳干不过人族。桀木神告诫四蔓万万不可像人族那样谈情说爱，那太耽误事了，四蔓听不进去，问：“耽误什么事？”桀木神说：“耽误繁殖后代，我们木族，只要一股春风，就把花粉传播出去，如果都像人族那样，还要唱歌，还要写诗，还要约会，约会时还要手持鲜花，还要见双方父母，还要大办婚宴，然后再操办生孩子的事，你说我们木族是不是早就灭绝了。”四蔓跟人混得太久了，爸爸的话听不进去了。

葛老师准备买火车票，送桀木神和五个孤孩儿回四川宜宾老家，按说桀木神想去哪里，不用坐火车，他年初来北京就不是坐火车来的，可是这往回走要带着五个孩子，他飞得贼快，五个孩子还没有这本事呢，桀木神只好带着孩子们坐火车，好在坐火车对孩子们来说也是一件新鲜事。桀木神买火车票有宜宾颁发的身份证，五个孩子六百年前出门时还没办身份证呢，只好由葛老师出面到内街中学附近的东城区朝阳门派出所，开一封证明信给西客站售票处。

派出所民警很和蔼，问和葛老师一同去的大楠：“国家刚刚放开二胎，你们家怎么这么多孩子，不计划生育吗？”

葛老师连忙打岔说：“他们家是稀有血型（差点儿说成稀有物种），国家重点保护呢，生得越多越好。”民警心说，我怎么没听说有这种事。

民警问：“孩子们哪一年出生的？”

大楠说：“一四二〇年。”

民警怀疑自己耳朵被柳絮堵了，歪着脑袋说：“开什么玩笑！”

葛老师忙说：“是二〇〇四年，这孩子背书背傻了，回去马上要考试了。”

大楠低声嘟囔说：“我不傻，你们才傻呢。”葛老师不让他出声。

证明信开好了，火车票买到了，桀木神领着五个孤孩儿坐火车回老家。

临走前陆珂、郎本非要请孤孩儿吃一顿宜宾菜，大楠说：“不用了，我们马上就回宜宾老家了。”

陆珂、郎本不干，说：“原先说好的，你们能够变身人形，就去吃一顿，我们不能食言。”

四蔓也跟着装可怜，说：“你们都回老家吃家乡菜去了，我吃不着，我亏得慌。”

凌青一帮，大楠一伙，成群结队先找西交民巷，再找北新华街，再找宜宾招待所，找得孩子们都没耐心了，七拐八拐，进去一看，还要排大队，孤孩儿们等了一个多小时，也吃不上，要黄喉没有了，要溏心松花蛋也卖光了。满屋子从宜宾漂到北京的姑娘小伙，从全北京各个角落聚到这个局促的小馆子里，大吃大嚼，眼睛里闪烁着想念老家的亮光。后厨的灶火不够多，上菜很慢，吃客们心甘情愿地等着，也不催促，也无怨气，闻着满屋子的麻味辣气，他们就知足，一桌桌自顾自说笑着，话也密，情也欢，服务员态度蛮好，就是哪里做得不周到，服务员还没说什么，吃客们倒一个劲儿地赔不是，他们把服务员都当成家乡的邻家二姐三妹了，让服务员这么前前后后地忙活，到时间还下不了班，心里不落忍。

几个孤孩儿吃不惯四川宜宾菜，说是不如北京菜顺口，辣得又流鼻涕又流泪，嗓子眼烧得慌，多少天嗓子眼里的辣味都下不去。二竹替大楠教育他们：“你们这是忘本了。”孩子们年纪小，六百年也没长大，不知道忘本是什么概念，二竹也是常听艺人说快板书，才学来这么个生硬的词，大楠也有同感，闭着嘴没说什么，他也觉得宜宾菜太辣。

桀木神一副垂头丧气的样子，孤孩儿们却个个仰头挺胸，大楠包里揣着盈缶老师送的iPad，二竹兜里支棱着竹板儿，还有贺爸爸送给他的一部华为手机，二竹跟贺爸爸告别时说，每天要跟贺爸爸聊天，把自己写的诗发给贺爸爸看。

一家人老的小的像一串糖葫芦向火车站走去，后边连跑带颠儿还有要掉队的。在紫禁城攒的玩意儿孤孩儿舍不得扔，全都大包小包提着背着抱着，桀木神看不顺眼，说宜宾大山里好玩的东西有的是，谁也不听。火车站上人们议论，这是谁家养活这么多孩子，辛苦啊，好心的人们都给桀木神和他的孤孩儿们让道，谁都认不出，这就是前儿日把北京城祸害得面目全非的那个家伙。

葛老师、李老师、盈缶老师给孩儿们准备了五个大水壶，装满紫禁城大庖井里的井水，让他们在火车上喝。

桀木神很沮丧，孩儿们对北京依依不舍，火车要开时李老师还拉着大楠、柳姑的手说：“要是想念北京，就再回来看看。”

四蔓躲在盈缶老师的背后，一副满不在乎的样子，火车一开动，葛老师仰着脑袋发呆，李老师、盈缶老师止不住地掉眼泪，四蔓也哭了。

载着桀木神的列车开走了，天空中落下无声的细雨。

全城的槐树、柳树、榆树、梧桐树、杨树，听说桀木神要走，都显得出奇的平静，就好像什么都没有发生过一样，该长叶子就长叶子，该开花就开花，想随风活动活动，就摇摆摇摆枝杈，哗啦哗啦唱几句有节奏无平仄、有韵律无词句的歌。咖啡屋里，葛老师对大树们的淡定十分不理解，和陂复老师发生激烈的争吵，陂复老师对葛老师说：“照你的意思，所有的大树都应该痛哭流涕呗，都应该跑到西客站挥手送别呗。”

陂复老师端着酒杯把原本送战友的歌词改为送神灵：“送神灵，踏归程，默默无语两眼泪，耳边响起密语声。”

葛老师不爱喝酒，自己沏杯茶，生闷气，连他这个刚上任不久的桀木神翊卫现在都觉得树木们过于无情，叹息道：“唉，木头终究是木头。”

陂复老师开导葛老师：“不要小看树木们，有神的日子要过，没有神的日子也要过，这是大智慧，大情操。”

葛老师一时转不过弯来，自语道：“是啊，树木能活几百年，甚至上千年，而你我最多能活一百年。”

十三陵坟墓里的朱棣皇帝欠起身子问身边的人："桀木神走了？"

身边的人回答说："走了。"

朱棣又问："桀木神没把紫禁城怎么样吧？"

身边的人回答说："没有。"

朱棣皇帝还是不放心："他们也没有动祾恩殿的楠木殿柱？"

身边的人不耐烦地回答说："没有。"

朱棣皇帝叹口阴气，睡几天安稳觉。

紫禁城又对外开放了，游人又乌泱乌泱往里挤，游人们伸着脖子踮着脚往大殿里看，外边太亮，里边太暗，强烈的反差，让大殿内更显得神秘诡异，想看也看不真著。

凌青总是有个疑问解不开，为什么地境神已经醒过来了，还要继续给传心殿的时钟上弦呢？难道说，这两座神秘的时钟，不仅和地境神、冽水神有关系，还和其他的神有关系吗？

神灵的秘密实在太多了，不能全都讲给翊卫们听，除非是这个秘密面临着不可预知的危险，不得不打开。

凌青现在除了按时给传心殿的时钟上弦，基本上没有什么要紧的事情可做，大家伙收收心，该做作业就做作业，该跟着曹老师研习数学，就研习数学，该跟着陂复老师画画，就按时去画画，该干什么干什么。

仗山神听到郎本敲击的钟声，风风火火地赶回北京，他不是来救北京城，是要拿凌青问罪。

图书在版编目 (CIP) 数据

少年翊卫．卷二．桀木神的造访 / 徐幼军著．— 北京：北京十月文艺出版社，2018.8
ISBN 978-7-5302-1802-0

Ⅰ．①少… Ⅱ．①徐… Ⅲ．①长篇小说—中国—当代
Ⅳ．①I247.5

中国版本图书馆 CIP 数据核字 (2018) 第 137285 号

少年翊卫　卷二　桀木神的造访
SHAONIAN YIWEI　JUANER　JIEMUSHEN DE ZAOFANG
徐幼军　著

出　　版　北京出版集团公司
　　　　　北京十月文艺出版社
地　　址　北京北三环中路 6 号
邮　　编　100120
网　　址　www.bph.com.cn
发　　行　新经典发行有限公司
　　　　　电话（010）68423599
经　　销　新华书店
印　　刷　北京盛通印刷股份有限公司
版　　次　2018 年 8 月第 1 版
　　　　　2018 年 8 月第 1 次印刷
开　　本　850 毫米 ×1168 毫米　1/32
印　　张　8.25
字　　数　164 千字
书　　号　ISBN 978-7-5302-1802-0
定　　价　144.00 元（全四册）
质量监督电话　010-58572393

少年巡卫

卷三

水泱神的困守

徐幼军 著

北京出版集团公司
北京十月文艺出版社

71

神灵的事不干则已，一干还没完没了了。

疯沙神之战过后，北京城空气干净清爽，因为疯沙神有洁癖的缘故，虽然这一战他既没有找到水泱神，也没有战胜冽水神，只是随心所欲地发泄了一通，不过倒是顺带手给北京人打扫了一次卫生，平时积攒不用又舍不得扔的杂物，全被疯沙神一股脑吹跑了。桀木神之役过后，残枝败叶在街道两旁和下水道里，被潮气一熏，污水一沤，散发出难闻的气味，久久也不能散去。街上的行人闻着怪味，话里话外埋怨桀木神，四蔓脸上挂不住，祈求多下些雨，赶紧把怪味冲一冲。

这一年的夏天，全中国的雨水大，北京也是从六月份开始，隔三岔五地下雨，这在北京城很少见。天蓝得晃眼睛，有人说雨水频繁，天被洗刷了一遍又一遍，有人说今年是厄尔尼诺现象，看似正常，实是反常，又有人说是疯沙神伤心而去，他思念母亲的泪水让北京的天瓦蓝瓦蓝的。

陆珂大巴掌一拍桌子，不耐烦地说：“别在这儿故作煽情了，稍微过两天安逸日子，你们就开始矫情。”

鲍迪说：“此言极是。”他能赞同陆珂真是少见。

黎雪又和陆珂怼着，问：“不抒情干什么？”她又把大长腿放窗台上压腿练功。

陆珂说：“把地脉中的斑兽都牵出来，淋些雨水，晒晒太阳。”

郎本拍着大腿，学着鲍迪刚才的话说：“此言极是，极是。”大家都认可陆珂的提议。

枣斑羚、墨斑豹、秋斑狼、羽斑鹤、瑞斑鹿在翊卫们的邀请下纷纷走出地脉，其实蓝天白云它们不是没见过，也不是它们最近疲惫繁忙，需要休整，它们才没有那么娇气，它们是不愿驳翊卫们的好意，与这些成长中的半大孩子建立起一种稳定默契的关系，是斑兽们迫切需要的，谁知道这种友谊能保持多久。

凌青他们把斑兽放出来，又不能陪着斑兽遛大街，斑兽走得快，翊卫们走得慢，他们就让斑兽自己逛逛，他们几个走进咖啡屋喝饮料做作业。

枣斑羚和墨斑豹闲逛鼓楼东大街，枣斑羚的大犄角太碍事，不是剐了街边的招牌，就是蹭了低垂的树杈子，它一边走，一边不停地低头躲着这个，让着那个，老远一看还以为它很绅士地点头行礼，墨斑豹不管那么多，径直往前走。

枣斑羚停下脚步对墨斑豹说：“我要坐一坐公交车。”

墨斑豹看着公交车说：“这笨家伙还没有我跑得快呢。”

枣斑羚心里痒痒，说："咱们上去体验一下。"

枣斑羚和墨斑豹随着人群要挤上公交车，墨斑豹上去了，枣斑羚的大犄角根本挤不上去，只好让墨斑豹替他体验一下，墨斑豹在公交车上被乘客挤得喘不过气来，低着脑袋很憋屈，它后悔上来体验这股子难受劲儿，枣斑羚在公交车前早就跑远了，公交车堵在那里老半天也不挪窝儿。

半眯半醒咖啡屋的露天座位都设在房顶上，能够居高临下地俯视街景，大槐树巨大的伞盖遮挡着刺眼的阳光，也为翊卫们送来阵阵微风。

郎本见英瑛穿着短裤，心里扑通扑通地跳，他又想多看两眼，又不敢多看，下意识地与英瑛走得近些，替英瑛遮挡着些，不让凌青、鲍迪、陆珂他们看。英瑛和其他人谁都没理会郎本的怪心思。

郎本不愿意坐沙发，陷得太深，显不出他说话的气势，他大半个上身压在沙发扶手上，往前探着、努着，别人写作业，他也不着急。鲍迪坐有坐相，不动不摇，静若处子，低头算他的黑钉布局。陆珂则是身子侧着，二郎腿跷着，肩膀子横着，大手巴掌不是在桌子上拍两下，就是攥着咖啡杯子来回晃，惊得英瑛贺嘉想做作业也安静不下来。郎白老老实实低头写作业，凌青表面上一副无所谓的样子，心里却在琢磨，不知道仗山神要如何处罚他。斑兽军团撤退时，要处罚凌青的风言风语到处传，最近却没什么动静。

贺嘉要点一杯柠檬水，郎本不屑地说："这玩意儿纯属蒙事，还不如吃饺子蘸醋呢，米醋和香醋还有个区别。"贺嘉不听他的歪理，自己要柠檬水喝。郎本要喝薏米水，陆珂看他一眼，心说你还挺讲究。黎雪理科成绩很一般，陆珂像是抓着什么把柄，一说到理科的事就挤对黎雪两句，让这个漂亮女生别那么得意，其实，何必呢，美貌就是美貌，你拿数理化压人家一头干什么。

老板娘偶尔也和凌青、鲍迪他们闲聊两句，她说："总听你们议论羚羊、豹子、狼，好像你们也没见过吧？"凌青他们都不知道怎么回答好，其实有一头秋斑狼就在咖啡屋的门外打盹晒太阳呢。

大家走出咖啡屋时，那头秋斑狼突然睁开睡眼，压低声音对凌青说："我们接到命令，要换防到郊外去，今天算是告别了。"秋斑狼仗义，它是特意等在这里和翊卫们告别的。

郎本凑近秋斑狼的头，问："为什么？"大家也都觉得很意外。

秋斑狼回答："接到仗山神的命令，城里的斑兽一律调遣到深山营地去，城里的值守任务会交派给新来的斑兽。"

凌青进一步问："枣斑羚、墨斑豹、秋斑狼、瑞斑鹿都要走吗？"

秋斑狼点着头说："当然。"

郎本用手抚摸着秋斑狼坚硬的脊背，依依不舍，陆珂提议几个翊卫专门送一送斑兽们。

秋斑狼眨了眨眼睛，说："不要这样做，仗山神之所以要把我们调离北京城，恐怕就是因为我们和你们太亲近了。”

凌青不理解秋斑狼的话，皱着眉头问：“我们的亲近，碍着仗山神什么事了！”

秋斑狼说：“你太年轻了，要长点儿心眼儿，仗山神的意图不是你一时半会儿能够理解的。”这只秋斑狼在北京城待时间长了，说起话来，连儿化韵都运用得像个地道的北京人，就是这份熟悉，这份亲情，让仗山神心生忌恨。凌青心里特别不舒服，他真不知道该怎么长心眼儿。

鲍迪拽拽凌青，眼睛里说着什么，凌青会意地点点头。

72

三所学校的同学们把桀木神与紫禁城的恩恩怨怨在网上一五一十传了个遍，引起热议，大家都觉得朱棣皇帝理亏，桀木神可怜，一位朱姓同学发起，替朱棣皇帝给桀木神道个歉，全北京姓朱的学生虽然跟朱棣都没有亲戚关系，八竿子也够不着，但都在网上点赞参与。

朱棣皇帝躺在长陵坟墓里脸上发烧，死白的面颊上竟泛起几分红晕，心里真的滋生出几丝愧意，都说当皇帝的心黑脸皮厚，现在朱棣这样子真是难得，也许是在坟墓里躺久了，学好了。在四川宜宾的桀木神，坐在青木垒里连着打喷嚏，他感觉到北京有人想他，提到他，是不是道歉，他分辨不清，毕竟路途有些远。

他得到仗山神通知，邀请他到北京郊区斑兽军团驻地，参加斑兽军团建军纪念日阅兵仪式，他还要去北京一趟。

大楠问父亲："您就这么空手去啊？"

桀木神面露不解，问："那还要怎样？"

大楠说："您被斑兽军团打败，这次去见斑兽军团总指挥，应该递交一份检讨书。”

桀木神不言语，心里说，你们在紫禁城住了六百年，还真学了些繁文缛节回来，不过他也觉得大楠说得有道理，就叫大楠安排。他自己不识字，更不会写检讨书。

大懒支使小懒，大楠又把活派给了二竹，二竹说：“行。”他正觉得近几日手生，快把从北京城学到的文字都忘了呢。开头先写“打竹板儿，您听我说”，二竹把检讨书写成快板书了，合辙押韵，朗朗上口。

二竹在向人族学习写快板书，写诗歌，他对汉语中合辙、押韵、平仄、对仗这些技巧十分着迷，但是他不知道人族写作诗歌的标准，什么是好什么是坏，怎么样是高级怎么样是低级。好在他周边的桀木神的儿女们，谁都不会，大家都宠着他，他的诗歌写成什么样子，大家都说好。二竹把自己的作品通过网络传递给贺爸爸看，贺爸爸觉得二竹的诗很幼稚，贺爸爸很有耐心，从来不说二竹写的诗歌不好，连夸带哄、连蒙带骗地帮助他修改，帮助他润色。二竹一受到鼓励就刹不住闸，整天见到什么都胡诌几句，见到什么还都掉几滴眼泪，桀木神训二竹说：“跟人族学点好，别这么多愁善感神经兮兮的。”坦率地讲，二竹的文字一点功底都没有，他就是一根地地道道的竹子。谁都不去戳破这层窗户纸，其实竹子的灵性是人所不具备的，谁知道哪一天，练着练着，二竹真的能够写出全中国的人都写不出来的诗歌呢。

听说父亲要去北京城，二竹、三槐、五杨、柳姑和大楠都要跟着桀木神去北京城耍，说是想念北京夏天的大西瓜和冰激凌。桀木神不高兴了，提高嗓门说：“一个也不许去，大楠你带着他们继续进行爱家乡爱故土教育，唱家乡歌曲，吃家乡辣菜，说家乡方言，尤其要学宜宾话的入声，别以为你们在紫禁城生活了六百年，就是北京人了。”把几个娃儿训得笔管条直，低眉顺眼。

柳姑不明白，问大楠哥哥：“我们都是桀木神的儿女，爸爸为什么让我们学宜宾话，吃辣菜？”

大楠言道：“爸爸说，我们在北京和北京人相处太久了，让我们把宜宾当作家乡，把宜宾人当作亲人，在宜宾寻找归属感。”

柳姑还是不明白：“为什么不在木族寻找归属感？”

大楠说：“木族没有归属感，天下木族是一家，只有人族才有家乡意识，据说中国人的家乡意识尤其凝重。我们身上既然沾染了人族的习气，就得按人族的办法找归属，认家乡。”柳姑大致懂了。

在京郊斑兽军团驻地，全体斑兽军团包括从城里换防归来的斑兽集合队伍，举行斑兽军团建军纪念日阅兵活动。仗山神主持阅兵，邀请地境神、冽水神、疯沙神和桀木神参加，地境神说是身体不舒服，请假不来，疯沙神对父亲仗山神说：“地境神也是斑兽军团缔造者之一，今天不来不合适。”

仗山神鼻子里哼了一声，说：“他算老几？”

阅兵式上，桀木神恭恭敬敬地向仗山神递交了一份写在木板上的检讨书，承认被斑兽军团打败，一百年内不得与斑兽军团再次交手，贡献优质木料七百万方，用于斑兽军团基地建设。

阅兵式场面宏大，各路斑兽士气高昂，它们刚刚在北京城施展过一番拳脚，大战桀木神，现在浑身的肌肉、关节、穴道、脏器还都兴奋着呢，血管里的血还突突地奔流着呢。

仗山神是个铁面神，一脸的严肃，差不多有上千年很少咧嘴乐了，腮帮子全都长成坚固死硬的岩石，万一有什么开心事要乐一乐，腮帮子就要裂开好几道大口子，估计也不怎么疼，就是费事。仗山神不像地境神没事就来回来去瞎溜达，他轻易不活动，要么稳稳当当地坐着，要么高高大大地站着，他一活动，全身上下总是发出吱吱嘎嘎的尖厉的怪响，一般人听了瘆得慌，浑身起鸡皮疙瘩。

仗山神下令，向北京城内地脉中派去新的斑兽，执行抓捕凌青的任务。

凌青还没放学，斑兽就把钟楼中学和凌青家包围了。

73

秋斑狼一说要换防，郎白就觉出异样，叫鲍迪、郎本、陆珂几个男孩子保护凌青，陆珂不以为然，说凌青又不是大总统，还要贴身护卫。郎白最烦陆珂这种大大咧咧的样子，恨不得抬脚踹他两下子。陆珂还沉浸在桀木神之役的胜利喜悦中，连续好几日，招呼府学中学的有功之臣大吃大喝，不把郎白的话当回事。凌青鲍迪倒是提防着小心着，可藏着也不是，躲着也不行，不知道怎么防备仗山神。

斑兽包围了凌青的家。邻居们感觉凌青要出事，纷纷关院门设屏障，保护凌爸爸，这哪里挡得住斑兽。斑兽冲进院子，冲进屋子，凌爸爸没见过这阵势，吓得够呛。正要给凌青打电话，一只斑兽把凌爸爸的手机没收了，连电脑也搬走了。斑兽在里屋外屋寻找凌青，连凌爸爸的陶艺工作间也翻了个遍，凌爸爸趁乱给凌青写了个报信儿的纸条，叫瑟瑟发抖的金毛设法交给鸽子。金毛颤颤巍巍钻桌子躲沙发，出门靠近鸽子笼，趁斑兽不备，抬起狗爪子打开鸽子笼，将带有纸条的鸽子哨递给鸽子，放鸽子飞出院子。

仗山神没有派出羽斑鹤控制空中飞行区域，他自以为凌青没办法插上翅膀，逃避斑兽的追捕，他也就没想到防备鸽子。鸽子在空中飞翔，平日里邻居们听见鸽子哨都觉得悦耳，今天，他们心里打战，不知道这哨声能不能给凌青带去些安慰。

鸽子把纸条从教室窗子传递给凌青的同时，整个宝钞胡同已经被斑兽堵死。

凌青跟鲍迪、郎本简单交代几句说："仗山神派斑兽来抓我，咱们三人分散逃避。"

凌青不怕事，骑车顺着一条小胡同狂奔，斑兽在后面紧追，凌青到一堵墙前突然停下，健步一跃，飞身上墙，翻过墙，迅即低头解锁，抄起墙根的另外一辆车，继续奔驰。斑兽跑到墙根，蒙了，凌青找不着了。凌青灵活得像只猴子，屁股几乎不沾车座子，弓着腰，撅着臀，两条矫健的腿紧蹬紧捯，还不时回头瞄一眼斑兽是不是追上来了。遇见胡同里的自行车、大花盆、小铺的菜摊、老奶奶的助力车，他还得左闪右躲，别给人家磕了碰了。

郎本胆小，神叫他干活，他能往前冲，神要降罪惩罚，他能躲就躲。斑兽到钟楼中学抓捕凌青，郎本且奔且号，正撞见陆珂和英瑛骑车来钟楼中学找凌青等人说事，郎本顾不得脸面，噌地蹿到陆珂自行车的后轱辘上，踩着后轴的凸头，双手扒着陆珂的肩膀，没站稳就叫陆珂快蹬快逃，陆珂没明白怎么回事，照着郎本的意思骑出老远，累得呼呼大喘气，毕竟郎本是太沉了。英瑛在后面没头没脑地追着，大声问：“跑什么跑啊？”

郎本老半天不敢回头，甚至于把英瑛落在后面，他也不顾，好久才回过头来，见斑兽并没有追上来，才叫陆珂歇歇脚，等等英瑛。英瑛追上来，问怎么回事，郎本比陆珂喘得还厉害，说：“斑兽来抓捕我们。”

陆珂、英瑛都紧张起来，三人往后看，斑兽的影子都没有，英瑛忽然意识到什么，说：“仗山神是派斑兽来惩罚凌青的，不是来抓我们的。”

陆珂急着说：“那我们应该去替凌青解围，跑什么跑。”

郎本脸红通通的，不知道是被斑兽吓的，还是被陆珂的话臊的。

陆珂和英瑛来不及批判郎本，赶紧联系鲍迪、贺嘉他们，鲍迪在手机里让他们速速到钟鼓楼附近会合，替凌青解围。英瑛拿眼看郎本，故作关心实则轻蔑地问：“你去不去啊？”

郎本知道自己错了，赶紧点头说：“去，去，我去。”从路边随手抄起一根木棒，好像他能打得过斑兽似的，又要蹿上陆珂的自行车。陆珂说：“你自己租个摩拜单车得了，我驮着你也跑不快。”

郎本不得已，说：“行，行。”他是肩膀缩着，大头藏着，眼眯着，耳朵耷拉着，顾得了前，管不了后，守得住头，照顾不到屁股，生怕被斑兽抓到，他一听仗山神三个字，就觉得他这个肉头撞不过巨岩，赶紧跑，快快逃。不过刚才把英瑛丢在一边，实在是丢人，他心里懊悔不已，不知道买多少巧克力，英瑛才能不小看他。

凌青、鲍迪、郎本、陆珂，还有贺嘉、英瑛、郎白在胡同里骑车四散奔逃，斑兽穷追不舍，按说枣斑羚、墨斑豹、秋斑狼、瑞斑鹿都应该比自行车跑得快，再怎么说它们也是斑兽，可惜它们初来乍到，对七扭八拐的小胡同不熟。显然，凌青哥儿几个穿行的线路是经过事先设计的，他们故意选择拐弯儿多、狭窄错落凌乱的胡同，一通乱钻，斑兽个头高大，虽然速度快，但不熟悉地形线路，又怕把两旁的院墙树木和行人物品撞烂喽，速度明显不如凌青他们屁股底下的自行车。

不过凌青他们想怎么甩，都甩不掉斑兽。

几个中学的同学们刚刚跟着凌青他们赶走桀木神，现在都还不知道仗山神的厉害，帮着凌青躲避斑兽。斑兽不会出手伤害学生们，它们没有接到伤害学生们的命令，只是把胡同里撞得狼藉一片，凡是跑得慢的学生，被斑兽从自行车上拽下来，就地摁倒，斑兽对自行车却不客气，三下两下就把自行车拧成一团，或是把两个轱辘生生给分开，一个扔东边，一个撇西边，防止学生们再骑车奔跑。

凌青有鲍迪等人配合，把斑兽支开，他又冲入一家四合院的前门，绕过花坛，越过穿堂门，钻过游廊，从后门蹿了出去，院儿里不管是不是钟楼中学、府学中学、内街中学的同学，都为凌青开道，掩护凌青逃脱。斑兽陷入人民战争的汪洋大海了，疲于奔命，又不得要领。

凌青一会儿出现在钟鼓楼附近，一会儿出现在什刹海周边，北京城的胡同是翊卫们的天下，他们一会儿左转，一会儿右拐，把后面的追兵要得晕头转向，它们不熟悉地形，也辨不清哪里是门洞，哪里是胡同拐弯儿，哪里是死胡同，哪里是高台阶。枣斑羚、瑞斑鹿的犄角把胡同里的院墙剐出一条一条的大道子，发出吱吱啦啦的怪响，墨斑豹、秋斑狼一路狂奔，沿途的同学助阵，见凌青、鲍迪、郎本、陆珂他们刚骑过去，就给后面的斑兽下绊子，水桶、菜篮子、自行车、三轮车，横七竖八，让斑兽没处落蹄子，好生狼狈。翊卫们越跑越快，越跑越欢，斑兽越追越累，最后还是让凌青逃脱了。

和斑兽周旋了一阵子，凌青看到斑兽把胡同口的院墙都撞塌了，他开始冷静下来，心里想着这样不是长久之计，虽然翊卫们骑着车跑得飞快，斑兽疲于奔命，看着挺好玩，但要是斑兽急眼了，集合起来一使蛮力，把所有四合院全都推倒，夷为平地，翊卫们跑得再快又有什么用呢？他和鲍迪、郎本、陆珂集合在一处，赶紧商量办法。郎本急着出主意说：“咱们出城，把斑兽引到郊区去。”

凌青否定：“不成，城外道路宽阔，我们跑不过斑兽，斑兽即刻就会逮住我们。”

鲍迪说：“可不可以进入地脉？”

凌青也觉得不妥：“地脉中的地形街道，我们不熟悉，我们跑不过斑兽。”

凌青自言自语道：“要想阻止斑兽的追击，只有让神来帮助我们才成。”

陆珂忧心忡忡地说：“哪个神肯违背仗山神的旨意帮助我们？”

郎本想到一个神，但他不敢轻易说出来，欲言又止，陆珂看出来，催他快说：“都这时候了，有什么主意说出来，不管行不行，大家先商量。”

74

郎本说：“我们能不能去求四蔓？”

凌青对这个主意感到很意外：“四蔓仅仅是个桀木神的孩子，她能阻止斑兽吗？”

郎本说：“四蔓有法力，比我们这样满大街乱跑强。”

鲍迪怀疑地问：“四蔓为什么要帮助我们，你给我个理由。”

凌青反应过来，接过话茬儿说：“桀木神的孤孩儿在紫禁城无依无靠时，我们帮助过他们，我们现在有难，求四蔓帮忙，四蔓应该不会拒绝。”

几个女生奔过来，郎白不时回头四下张望，生怕斑兽突然包围上来，英瑛问郎本：“桀木神的部下抵抗不过斑兽军团，桀木神的女儿就能抵抗住斑兽吗？”

郎白替哥哥回答说：“斑兽军团兵多将广，桀木神的士兵自然不是对手，可是那些普普通通的木头只有蛮力，没有法力，四蔓应该与众不同。”

凌青让英瑛、贺嘉赶紧去找四蔓，郎白跑得慢，就不要去了，郎白明白凌青哥哥是有意照顾她，心里还有些不服。

两个女生跑去内街中学，先去找黎雪，再去找四蔓，黎雪一听凌青有难，脸吓得煞白，三人求四蔓搭救凌青，四蔓很爽快地答应了。

贺嘉还是对四蔓的本领将信将疑，她担心他们全体跟从四蔓，几路斑兽集中到一起，把他们几个一个不剩地统统抓走。四蔓拿眼瞪着贺嘉，说："你敢小瞧我。"

英瑛忙打圆场，她担心四蔓还没出手抵抗斑兽，先把贺嘉收拾一顿。

四蔓挑着眉毛，耸着肩，拿脚尖欢快地敲打着地板，说："叫你们见识见识桀木神四姑娘的本事。"

黎雪一心惦记着凌青，拉着四蔓骑车飞奔，哪有闲工夫说这些个废话，贺嘉、英瑛赶紧跟上。

四蔓来到现场，说："赶紧随我上钟楼。"凌青几个也不多问，跟着四蔓跑上钟楼，斑兽把钟楼团团围住，叫凌青几个下钟楼受降，四蔓冷笑道："哪有那么便宜的事。"

她叫凌青安排大家静心躲避，自己转身冲出门洞，斑兽往钟楼门洞里冲，四蔓发力，编织藤蔓罗网，完完全全挡住门洞的通道，斑兽进不去，就往钟楼上攀爬，四蔓急了，使出浑身的力气，瞬间给钟楼编织了一个巨型网罩，密密麻麻的，将钟楼死死罩住，枣斑羚、墨斑豹、秋斑狼、瑞斑鹿用嘴啃，用爪子挠，要把大网扯开撕碎。斑兽越撕咬，大网越生长，斑兽越使劲，大网越结实，把斑兽累个半死，就是进不去钟楼。硕大的网罩藤条粗壮，牢牢地攀附在钟楼的砖瓦之上，密密麻麻地不留缝隙，藤条上面布满尖锐的利刺，大蒲扇般的叶子像患上多动症一般来回摇曳，哪个斑兽往上爬，就毫不留情地扇大嘴巴，打屁股，不知死活的斑兽被利刺刺得四肢淌血，脸上、腰上、后屁股上被大叶子扇出一片片绿印子，疼得斑兽叽里哇啦嚎叫，不得不放弃攀爬。

钟楼下聚集起里一层外一层，左一群右一片的学生们，仰着脑袋眼巴巴地看着四蔓编织钟楼网罩，全都惊呆了。四蔓这在钟楼的四壁上下攀爬，左右奔跑，她的手上脚上吐出又长又粗又壮的藤蔓，老远一看，就像是给钟楼编织了一件绿毛衣。钟楼下的男孩女孩模仿着四蔓攀登编织的动作，在广场上比比画画，手舞足蹈。

十几只枣斑羚、墨斑豹、秋斑狼和瑞斑鹿，围着钟楼干瞪眼，使多大劲儿都进不去。

仗山神一边阅兵，一边听取斑兽关于城里抓捕凌青的情况汇报，斑兽说："派去的斑兽把钟楼中学和凌青的家包围了，抓捕行动还算顺利。"仗山神听出话音儿不对，追问："什么叫还算？"

斑兽如实汇报："新派去的斑兽不熟悉地形，不过已经将凌青等人围困在钟楼之上。"

仗山神又问："地境神有什么动静吗？"仗山神防备心很重。

斑兽回答："没有。"

仗山神继续阅兵。

过一会儿，斑兽又来了，仗山神眼睛盯着阅兵方阵，头也不回地问："抓到了？"

斑兽神色不太妙，回答说："抓捕受到桀木神女儿的干扰，斑兽无法登上钟楼。"仗山神扭头看着桀木神，不说话，桀木神不知道发生了什么事情，也不知道该说什么，听了斑兽的情况介绍，连忙解释，说："我闺女四蔓是留在北京城寻找丢失的妹妹，绝没有包庇地境神翊卫的企图。"

仗山神面无表情地说："她要是碍事，连她一起抓起来。"

桀木神连忙向仗山神赔不是，说自己管教子女无方，耽误了仗山神的部署安排。

他在北京城连一个地境神的翊卫都抓不住，仗山神真动肝火了，他由岩脉冲入地脉，仗山神一到，黄地宫上下震动，黄尘飘荡，地境神立刻起身迎接，仗山神对着地境神拍桌子瞪眼，要动一动青将军解决问题，地境神这下子慌了，说："万万不可动用青将军，还是我来办吧。"

地境神出手，制止了四蔓的法力，把凌青等躲避在钟楼上的翊卫全部捉拿到黄地宫，由仗山神亲自审讯。

为了救凌青，四蔓法力消耗极大，浑身没劲儿，四肢绵软，脸色墨绿，后脊梁骨像要折了似的酸痛，内街中学的男生看见四蔓被累成这个样子，都心生怜悯，钟楼中学的男生没见过这么漂亮的女生，说上几句议论的闲话，两个学校的男生差点打起来。几个心急的女生骂内街中学的男生："瞧你们那点儿出息，赶紧搭把手好不好。"内街中学的学生们隆重而热烈地把四蔓送回盈缶老师家歇着去了。

四蔓在盈缶老师家里休养了好几天，浑身没劲儿，盈缶老师想要给她吃乌鸡白凤丸，还给她开出了阿胶、当归、人参、黄芪、山药、大枣、桂圆等中药，叫她好好地补一补气血，四蔓有气无力地说：“您省省吧，我们木族不是这么样的补法。”

盈缶老师问：“你们木族有什么高招？”

四蔓说：“喝水，晒太阳，睡觉，接着喝水，晒太阳，睡觉。”

盈缶老师瞪着圆眼睛感叹：“就这，就这呀！”

仗山神手下将凌青一班人就近抓入黄地宫，也不捆也不束，一个个摁进土坑里，郎本体胖，摁得浅些，郎白个矮，摁得深些。郎白赶紧抻脖子，防备黄土糊住鼻子眼。翊卫们头一次见到仗山神，听着巨大的岩石嘎吱嘎吱的摩擦声，眼前一片漆黑，手脚冰凉。凌青梗着头，鲍迪扭着头，贺嘉歪着头，郎本藏着头，谁都不敢看仗山神的黑脸，心里边又都不服，郎白有意缩着头缩着腿，显得矮些，再矮些。英瑛陆珂仗着自己是疯沙神翊卫，偷眼瞄仗山神，又不敢正眼看。他们是疯沙神翊卫，疯沙神的父亲应该对他们慈爱些，但他们心里清楚，这很可能是一厢情愿，疯沙神疯癫成那个样子，他爸爸也友善不到哪里去。仗山神板着铁青的脸，一动不动地立在几个翊卫面前，厉声喝道：“谁私自启动斑兽军团，我杀了他。”

鲍迪、贺嘉、郎本、郎白知道凌青得罪了仗山神，仗山神惩罚凌青，他们几个就是陪绑的。黎雪是真替凌青揪心，她喜欢凌青，又觉得凌青总惹事，总是不太平，她想着找机会劝凌青退出这个危险的圈子。凌青不知道仗山神会如何惩罚他，他心想，我保护北京城有功，您仗山神总不能视而不见，再说就是事到临头，地境神也不会不救我。他抬头看看地境神，地境神脸上竟然一点表示都没有，对着仗山神一副毕恭毕敬的样子，凌青心里没底了。

仗山神就近一把薅起郎本的脖领子，提得郎本两脚离地，问："是不是你这个胖小子的主意？"

郎本吓破了胆，哆哆嗦嗦地说："不是不是，别杀我，我还没活够呢。"都这时候了，低头求饶也不算丢人现眼。

郎白的心扑通扑通地跳，仗山神的吼叫让她魂惊胆战，她不敢站出来承认，她希望哥哥姐姐们能保护她，可是贺嘉躲到了鲍迪身后，鲍迪的腿在扑簌簌发抖，陆珂平日里摆谱逞能，现在见这阵势，也蔫了，倒是英瑛还知道扶一扶快要倒在地上的郎本。

凌青不敢看仗山神的脸，硬着头皮顶上去，颤颤巍巍地对仗山神说："是我出的主意。"

仗山神一把抓住凌青："谁教给你的？是地境神还是洌水神？"

凌青脸都憋紫了，他实话实说："不是地境神，也不是洌水神。"

仗山神没有把凌青掐死，反倒把他放了下来，继续追问："到底是不是地境神指使你干的？"仗山神的注意力显然不在这些毛孩子身上，他要搞清楚是不是地境神或者冽水神擅自调动斑兽军团。

凌青稍稍镇静了下来，他再次老老实实地告诉仗山神，不是地境神，也不是冽水神。他掩护了可怜的郎白，他不能说出是郎白干的，要是那样，北京城男孩子的脸还往哪儿搁。

郎白对郎本哥哥很失望，看来块儿大的男孩子不见得胆儿也大。鲍迪、郎本、贺嘉、陆珂、英瑛和黎雪彻底佩服凌青了，关键时刻真能顶得住。

地境神冽水神不得不出面说情，保下凌青等翊卫，说是以后要对翊卫严加管束。

仗山神知道了不是地境神、冽水神要夺取斑兽军团指挥权，就答应放了凌青他们。一个威风凛凛的山神不至于拿孩子置气。不过这事没完，以后仗山神还得找机会给凌青颜色看。

凌青要给仗山神解释启动斑兽军团也是被逼无奈，给仗山神讲保护北京城的大道理，仗山神才不听这些个。

冽水神看不下去仗山神训斥凌青他们，要张嘴保护凌青他们，被地境神暗自拦下，冽水神不明白地境神的意思：你自己的翊卫，在你和我被桀木神困住的时候，出手解救北京城，你还让他们受委屈，你这个地境神什么心肠？

地境神不言语，就是不让冽水神出手。

地境神在静观其变，一来他想让凌青他们锻炼锻炼，见见世面，二来他很清楚仗山神不是在防着凌青，而是在防着他地境神，如果此时他或者冽水神出面保护凌青，仗山神的疑心就坐实了，他会百分百觉得是地境神指使凌青启动了斑兽军团，那不仅凌青小命儿危险，仗山神和地境神的脆弱联盟就面临破裂。

郎本让四蔓使出法力保护凌青他们，在一定程度上弱化了仗山神对地境神的怀疑。地境神洌水神出面阻止斑兽，也是轻而易举一句话的事，但是仗山神对地境神的怀疑就确凿无疑了。

这里的混乱全都是因为桀木神的复仇行动，现在桀木神早就找地方躲起来了，好在四蔓保护了凌青，谁都不再去说桀木神的不是。

凌青问地境神："疯沙神是敌人，桀木神也是敌人，那仗山神是敌人还是朋友？"

地境神看着这个被斑兽追得筋疲力尽，被仗山神训得失魂落魄的少年，说："仗山神是朋友，但朋友有可能置你于死地，疯沙神是敌人，但敌人有一天可能会救你。"凌青被绕得有点晕了。

翊卫们并不知道仗山神的真实意图，他们以为仗山神是因凌青私自启动斑兽军团而恼怒，而仗山神在意的是，会不会有哪一个神，利用凌青这些孩子，趁他不在大本营之际，阴谋窃取斑兽军团指挥权。如果仅仅是几个毛孩子把斑兽军团引进北京城，仗山神倒是不太追究。

仗山神是地境神、洌水神、水泱神、疯沙神和桀木神的联盟的盟主，他们这些神要共同对付另外一个更火暴的神。仗山神拥有对地境神、水泱神、洌水神、疯沙神、桀木神的领导权，说一不二，同时拥有斑兽军团绝对指挥权。仗山神绝不允许地境神过分关心他的老婆水泱神，也绝不允许地境神撼动他的领导地位。地境神昏睡六百年，仗山神心里踏实，地境神醒了，仗山神就对地境神的一切行为加以防范。

这些神和人族犯一个毛病，对外还没打起来呢，对内先乱套了。

地境神对仗山神谦卑地说："诸神对您皆有仰仗之意，只有您才能带领我们抗拒火炼神。"仗山神听后不语，他知道地境神的奉承背后另有含义。

忙活完了，仗山神静坐片刻，觉得北京城有哪里不对劲，隐隐约约感觉有一股潜在的力量在振动，他不说，担心地境神冽水神笑话他神经过敏。

最近的地脉和水脉都特别闹腾，几个神各有各的想法，各有各的运作，城外的仗山神时不常进城开会，疯沙神、桀木神也时不常往北京跑，地脉里的斑兽来来往往忙得不行，地脉水脉里的气息搅动翻滚。地面上的北京人也思绪错乱，有的人怀旧，唱老歌，穿布鞋，穿亚麻的带盘扣的中式上衣，回忆老邻居，看望老房子，吃老汤酱肘子，给老树挂标识牌，念旧家书，背唐诗宋词，干什么的都有。有的人追新潮，网络约车，网络写作，网络游戏，线上点餐，什么都不算新鲜，什么都不算稀奇。

75

四蔓缓过劲来，去内街中学上学。四蔓一来，整个学校都不一样了。

每周一的早晨全校集合，校长训话，四蔓迟到，从边上一扭一扭地走过来，全校男生都被四蔓的美丽惊呆了，每个男生的脑袋如向日葵一般随着四蔓转动，谁也听不进校长在说什么。校长知道四蔓是盈缶老师带来的新学生，也见过面，他没想到四蔓在学生中有这么大影响力，心想，这下麻烦了。嘴里的训词虽然提高了嗓门，也还是有些语无伦次，只好尽快收场。

校长找盈缶老师谈话，想让四蔓转学，四蔓一来，学生就炸窝，这以后就不会有消停日子过了。盈缶告诉校长："四蔓是桀木神的女儿。"

校长还是不干："谁的女儿也不行啊。"

盈缶对校长不够尊重，她对长幼尊卑这些微妙的关系总是大大咧咧，虽然她出身中医世家，温良恭俭让之类应该融化在血液中，落实在行动上，无奈父母从小管教不严，她就比较随性。盈缶又对校长说："那您把她支到哪个中学去呢？她长得漂亮又不是罪过。依我看，您要是能把神的女儿调教成知书达理好学上进的好学生，您在北京教育界也属翘楚了。"一个校医居然教育起校长来了。

校长说："你别给我戴高帽子，反正我丑话说前头，你要是桀木神翊卫，四蔓你得看住喽。"

盈缶老师一口答应，管个丫头片子有什么难。

四蔓每天上学放学都美滋滋的，她觉得做人真是有意思。自从四蔓来到内街中学，内街中学的所有男生都不专心念书了，四蔓上学，一帮男生等着，四蔓下学，一帮男生跟着，校长有意把四蔓是桀木神的女儿告诉大家，跟着的男生吓退一半，可还是有人执着，说白娘子还是大蟒蛇变的呢，那都是瞎编的故事。盈缶老师只好让四蔓跟着自己上下班，看哪个男生还围着她，小心盈缶老师的拳脚，男生这才渐渐散了。所有的女生也开始青春萌动起来。所有的学生屁股上都像扎了绣花针，在椅子上左扭右晃坐不踏实，所有的孩子都脚底板上安了弹簧，走起路来一蹿一蹦的，唱着歌儿跳着舞，春心荡漾，学校楼道里、教室里、操场上弥漫着一股昂扬蓬勃的青春气息。学校门口书店的货架上《少年维特之烦恼》一次又一次地脱销，《海涅诗选》《歌德诗选》也是卖得飞快，数学题册、物理化学辅导手册，一本也卖不出去了。操场上男生打篮球，女生围一大堆叫好助威，蹦高起哄，女生舞蹈队练习舞蹈，门口和楼道里挤着一大帮男生，等着给送饮料和巧克力。

四蔓可喜欢上学了，男生不招她，她还得招他们呢，哪能闲着。四蔓的手没轻没重，总喜欢和同学们勾肩搭背，抓这个的胳膊，搂那个的脖子，对方都会嗷嗷叫，叫她轻些，人的胳膊是肉的，禁不住四蔓死命的缠绕。四蔓这才意识到藤蔓和人的区别。四蔓见到女生要搂脖子，见到男生也要搂脖子，郎白就烦她与郎本又是熊抱，又是搭肩，郎白坚决制止，见一次管一次，管得郎本都不好意思了。盈缶和黎雪屡次说，对男生不能又搂又抱，四蔓屡次不改，还问黎雪："为什么？"

这下把黎雪难住了，本来人看着极简单普通一件事，跟四蔓得费好多口舌，说得黎雪自己都迷糊起来。黎雪烦了躁了，说："这是盈缶老师的专业，你问她好了。"四蔓更来劲了，这么个简单动作还涉及到专业知识，人族的文化真是高深哪。

四蔓也不打扮，也不矫揉造作，可是她身上那股女孩子的柔美劲儿，轻轻地淡淡地在内街中学飘散开来，挡都挡不住。盈缶以一个监管人的姿态板着脸教育她："你给我好好念书。"

四蔓不以为然地说："我好好念书了呀，老师教的我都会呀。"

盈缶又说她："别老给男生帅哥儿抛媚眼儿。"

四蔓不爱听，她心说，我们藤蔓天生就这样，全是自然流露，什么叫抛媚眼，不用费那个劲儿。

四蔓学数学掌握起来飞快，这令黎雪大为不解，都是木族，为什么大楠学数学六百年进展缓慢？四蔓得意地对黎雪说："我们家大楠哥脑袋瓜子死硬，学什么知识轻易进不去，一旦进去了，出来也难。我的脑袋瓜子柔软，开窍快，学得快。"

黎雪逗她："是不是忘得也快。"

四蔓忙说："肯定不会。"

四蔓过敏，对化学实验室里那些瓶瓶罐罐无限恐惧，所以免修了化学课。她还免修了生物课，她的生物学知识比老师多一万倍。

四蔓最大的问题是她自己整天活蹦乱跳，没愁没恼，可是她严重地影响了周围的同学，不管是男生还是女生，就像一株藤蔓很容易就把周围植物的水分氧气和阳光吸光了。校长对同学们说："四蔓是神派来考验你们的，你们的青春期将因为有了四蔓而充满更丰富更剧烈更神奇的诱惑，在神的女儿的陪伴下你们能踏踏实实地念书，能考上大学，那你们就是人中豪杰。"

四蔓问李老师，校长这话什么意思。李老师对四蔓淡淡地笑笑，说："校长没有恶意，就是说你与众不同。"四蔓不放心，又去问盈缶老师，盈缶老师云淡风轻地说："他是校长，就得上纲上线，你该吃就吃，该喝就喝。"四蔓回头看看一旁的黎雪，黎雪按自己的理解告诉四蔓："校长就是让你别老跟男生勾肩搭背的。"盈缶老师乐了。

四蔓在学校引起全校男生的热捧，女生们就不干了，想着法儿让四蔓露怯难堪出丑，盈缶、黎雪总是替四蔓解围，四蔓对女生的忌妒毫不在意，除了化学，所有课程四蔓一学就会，女生在体育课、音乐课、绘画课、手工课、语文课、英文课上都给四蔓出难题，可是四蔓都能轻松过关，盈缶老师只好教育四蔓做人要低调些。四蔓歪着脑袋问：“为什么？”盈缶老师没有耐心跟她解释。

盈缶本不是个俗人，但是面对四蔓这样的灵物，也不得不使用俗法子，她让四蔓的语文课、数学课、外语课老师给四蔓增加作业量，让她收收心，多写多记多背多念，可是这一点都难不倒四蔓，盈缶老师没辙，甚至让体育课老师给四蔓加码，结果四蔓体育课上跳得比谁都高，跑得比谁都快，体操单杠双杠样样高超，看得男生们眼珠子都快努出来了，一个劲儿鼓掌，气得女生们直跺脚，体育老师说：“四蔓，以后体育课你不用上了，有你在，我这个老师都成了摆设了。”四蔓连连向老师道歉，说她确实不是显摆。

四蔓和盈缶老师同在一个屋檐下，盈缶管教四蔓的方式比较简单，她自己就是个大孩子，她管四蔓，四蔓自然不服。盈缶还老要炫耀她的中医药知识，四蔓更是瞧不起，四蔓是桀木神的女儿，哪些中药有哪些疗效，那都是四蔓的看家本领，还用你盈缶老师说，这不是班门弄斧嘛。

四蔓喜欢站立，不喜欢坐着，绝不能躺着，晚上睡觉她也不在床上躺着，而是靠着衣柜立着，她喜欢攀登爬高，黎雪说用四肢爬很丑，四蔓尽量不在人前攀爬。四蔓站在什么地方总爱靠墙，靠树，靠门框，腰总是软塌塌的，让男生看上去以为是风情万种，要是让陆奶奶、郎妈妈看见，这就是没正形，英瑛、黎雪、贺嘉不知道说她多少次，才把她扳过来，唉，让一棵藤蔓学着做人，真是不易。

四蔓爱吃糖，说多少回她也不听，盈缶自己也爱吃糖，她连自己都管不住，不过四蔓怎么贪吃都不长胖，还是那么苗条顺溜，盈缶跟四蔓没法比。

盈缶渐渐管不住四蔓，一到管不住的时候，急脾气的盈缶就对四蔓说："叫你留在北京，不是让你玩耍的，是叫你找妹妹的。"一提这事，四蔓立马就蔫儿了。

桀木神之役后，葛老师见到老师同学都抬不起头，他戴一个不伦不类的大黑帽子，把一头潇洒的秀发遮住，连大半个脸都看不清了，一副浑身无力的样子，他跟校长申请把课停掉，校长认为他年轻，将来的路还长，就多说了他几句，劝导他要反思在桀木神之役中的过激行为，但是葛老师垂头丧气，也听不进去校长说什么，校长自己说着说着也不往下说了，校长的话一停，葛老师觉得不对劲儿，反倒抬起头看着校长，希望他继续说下去，校长说："我不想再说下去了，我又不是神灵的翊卫，说也说不到点子上。"

葛老师说："您说的话都在理，我就是心里乱糟糟的，我怕现在上课走神，耽误了学生们。"校长也担心他站在讲台上讲课，同学们会拍桌子造反。校长让他到图书馆整理教案，闭门思过。

四蔓知道葛老师是桀木神翊卫，就跟葛老师走得很近，但是葛老师心里很矛盾，他从内心没有放弃桀木神翊卫的身份，理应和四蔓多说话多交流，可是桀木神之役让他背个大黑锅，他怕他与四蔓走得近了，老师同学们又说他不思悔改。四蔓不能理解葛老师这种表面冷淡内心狂热的姿态。

四蔓每天上学放学背一个硕大的布袋，一路走，一路寻找花椒妞妞，一路捡拾花籽。布袋很特殊，是四蔓用植物纤维编织而成，像是中药铺的药柜，有无数的小兜兜，粗看是个布袋，细看是个藤筐。内街中学的女生一个个艺术细胞发达，喜好标新立异，谁背个与众不同的包也很常见，见怪不怪，何况四蔓是内街中学的头号美女，四蔓的举手投足就是经典，四蔓的穿着打扮就是时尚，男生女生们争相效仿，都怕落在后边，谁还敢挑剔。

沿街一些小店的生意人看着眼热，想仿照着四蔓的布袋制作些时尚的包，可是四蔓的手艺一般人轻易学不来。四蔓每天捡花籽，内街中学的同学也学着四蔓的样子，每天上学放学低着头猫着腰撅着屁股捡花籽，很多学生原来骑车上学，现在都改为步行了，骑车太快，什么也捡不着。四蔓随手一撒，手中的种子撒落在地下，瞬间长出嫩芽。

内街中学男生女生的举动，惊动了全北京的小偷，他们一致认定，内街中学乃至东四一带的大街上，一定有人丢了金子银子，内街中学的学生掌握情况，正在寻找。小偷大盗行业协会迅即发出通知，调动上百名业务精湛、心细还不怕弯腰的小偷，把内务部街周边大街小巷的地面仔细搜查，第一天没捡到金子，第二天也没捡到银子，协会会长不死心，说干脆拿扫帚把所有街巷扫一遍。

小偷们很齐心，很听领导的话，真把内务部街周边所有的大街小巷扫了一遍。

什么也没有找到。

小偷们琢磨不透，内街中学的学生们到底在找什么，小偷们向同学们打听，同学们还脸红红的不好意思说。他们模仿大美女，怎么好对陌生的路人说？小偷们更纳闷儿了。邻居们议论说，一定是有外国贵宾要来参观内街中学，不然不会没完没了地来扫街。

内街中学操场边上的大杨树光长个儿不长脑子，几天不见就蹿得又高又壮，杨树每天在操场边上看学生们打篮球，手也痒痒，夜里趁着学生老师都不在，就从体育教研室没有关好的窗户往里伸杨树杈子，够出五六个篮球，把好几片杨树叶子留在了体育老师的桌子上，三五棵大杨树每棵伸出七八根树杈子，噼里啪啦地打篮球，跑得也快，打得也欢，把篮球拍得生疼，使劲儿嚷嚷，说："大杨树你们慢些拍，守规矩些，篮球不是你们这样的打法。"大杨树不管什么规矩规则，只图高兴，就是命中率不高，大杨树也没耐心，老投不进去就心烦，拍着球满场跑。风一刮，体育教研室的窗户被关上打不开了，大杨树打完篮球，发现篮球从窗户进不去了，篮球喘着气恨恨地说："这下闯祸了吧，看体育老师怎么样罚你们。"大杨树手举着五六个篮球没地方搁，只好一直乖乖地举着。

第二天早晨，体育老师惊奇地发现五六个篮球都挂在高高的杨树杈子上，体育老师找梯子都够不着，差点把消防队的云梯叫来帮忙，幸亏四蔓有两下子，三下两下爬上去，把篮球取下来。四蔓上去的时候问大杨树："搞什么鬼你们？"大杨树不好意思地呵呵笑，杨树叶子哗啦啦响。树底下男生围拢了里三层外三层，仰脖子看美女四蔓爬树，有羡慕的有欣赏的有担心的。

大杨树对四蔓又热情又诚恳又恭敬，让她向桀木神转达敬意，四蔓很高傲，爱搭不理。大杨树也不挑她什么，人家四蔓一个女儿家，从南方远道而来，大杨树得让着她。

四蔓喜欢跟黎雪一起学习舞蹈，她跳得有模有样，但是舞蹈的忧郁气质她学不来，她知道舞蹈队的舞蹈是因为思念冽水神、惦念水泱神而郁郁寡欢，但是她表现不出来，她缺少对冽水神、水泱神发自内心的情感，她对她学不会的课程心存敬意，对李老师、黎雪也觉着亲。

黎雪也喜欢四蔓，一开始黎雪还担心四蔓亲近凌青，怕凌青抵挡不住，后来黎雪发现四蔓见着凌青总是很尊重，拿凌青当大哥哥，黎雪也就不防备了，四蔓心里是有规矩的，别忘了，凌青是把他们孤孩儿从紫禁城解救出来的人，不过四蔓会不会去亲近郎本呀，陆珂呀，呵呵，这可不好说。

盈缶老师私下里还问过李老师："四蔓不会把黎雪带坏了吧？"

李老师淡淡地笑着说："你多想了，四蔓确实活泼调皮，可也不是坏孩子，她跟着黎雪兴许能学点好。"

盈缶真是佩服李老师发自内心的这份淡然。

76

凌青、贺嘉、鲍迪、陆珂、英瑛、黎雪都喜欢到郎本家吃饭，但是又都不好意思，家长给定的规矩是不让到别人家大吃大喝的，可是大家凑在一起吃饭就是香，也不知道是饭菜香还是这个氛围香，反正就是香。郎本家厨房里，锅碗瓢勺，以及蒜辫子、辣椒串、油瓶子、醋罐子、腌菜坛子，各就其位，如武器库般森严，凌青他们只要把郎本家这厨房的架势、阵势、气势看上一眼，不管饿与不饿，都胃口大开。

几次郎妈妈要说什么，都让郎爸爸给拦下了，你可要知道，得罪了这些个兄弟姐妹，郎本的脸色有多么难看。郎妈妈咬着后槽牙小声对郎爸爸说："半大小子吃死老子，这一屋子半大小子，你们单位给涨工资啊。"

郎爸爸找个借口安慰郎妈妈说："只当是我们为地境神做贡献了。"

郎妈妈说："那行，你记账上，就当是给地境神上供。"

其实也不吃亏，每次贺嘉、鲍迪都给郎妈妈带来福建腊肉、鱼干、笋干和美国成包的巧克力，陆珂、英瑛给郎妈妈带来枸杞、葡萄干和西北的上等牛肉，凌青给郎妈妈带来成套的凌爸爸自己烧制的大海碗，郎本家每次吃面都派上用场，黎雪不知道带什么好，她的老家没有人给她带来好吃的，但是她每次来倒也都不空手。

郎爸爸做个屁颠屁颠的小职员，坐得尾巴骨疼，想争个一官半职，却不得志。郎爸爸翻炒白菜萝卜，它们能溢出芳香，郎爸爸伺候领导，他们不能溢出芳香，还瞪眼甩脸子。以前郎爸爸从不进厨房，这是西北男人的派头，最近单位的事情窝火，郎爸爸越来越爱进厨房做饭，其实郎爸爸是有家传厨艺的，但基本上不展示，郎妈妈一面坚决制止郎爸爸辞退公职干大厨的大胆臆想，一面把厨房让给郎爸爸，让他在里面要把式撒欢儿尥蹶子。她和郎爸爸费尽千辛万苦从西北农村考上大学，挤进北京城，就是要让下一代变成端端正正堂堂亮亮的城里人、北京人，不是进城做大厨的，绝对不行。

郎本家境并不差，可是郎妈妈省吃俭用惯了，总是抠门儿，郎本每次跟妈妈要钱花，不得不打出富余，用五十元，要八十元，用八十，要一百。后来有了郎白，郎白要五十，妈妈只给四十，郎白要一百，妈妈只给八十，每次都要求郎白省着花，每次郎白都诚诚恳恳地点点头。

郎妈妈年轻时性子火暴，她自己要嫁给郎爸爸，娘家死活不同意，嫌郎爸爸家里贫穷，郎妈妈就认准了郎爸爸，一门心思要跟着郎爸爸过日子，郎妈妈的爹妈就是不干，当爹的把上门拜访的郎爸爸连推带搡地打出家门，从屋门口一直轰到院门口，当娘的又哭又号，骂郎爸爸打他们家女儿的鬼主意。就这都挡不住郎妈妈执意要嫁给郎爸爸，出嫁的那一天，娘家爹指着郎妈妈的鼻子说："你跟着他走，就别再进这个家门，从此一刀两断！"娘家妈含着泪，死拽着郎妈妈又黑又粗的大辫子，不让出家门，郎妈妈一狠心，抄起桌子上的剪子，咔嚓咔嚓就把自己的大辫子剪断了，摔门而出。郎妈妈不以贫富定终身，自己追求有为青年的壮举被录入当年《县精神文明建设年鉴》，任何一个住在郎妈妈娘家那座县城的老街坊，没有一个不知道这家的壮怀激烈的婚事的。

郎妈妈嫁给郎爸爸后，七八年都不回娘家，直到郎本上小学了，郎妈妈的父母主动上门探望，哭着喊着要见郎本这个胖外孙子，郎妈妈和娘家才又重新走动起来。

郎本上初中就想留分头，不想要原来的寸头，他头发硬，总是不能归置出漂亮帅气的发型来，每天早晨起来头发在枕头上压得这里奓着那里瘪着，郎本烦极了，怎么都梳理不出个模样来，郎妈妈只知训斥："臭美什么呀！"不知给孩子用电吹风吹一吹。

学校里其他同学的时髦话题、时髦游戏，郎本总是跟不上步伐，他又总是在意这些，不愿意落在后面，被别人笑话。郎本对新事物反应总是慢半拍，他一张嘴问，别的男生就笑话他，凌青和鲍迪护着他，给他台阶，避免他太尴尬，他觉得凌青、鲍迪挺仗义。

自从探究地境神密码有所收获后，他再也不在乎别人怎么说他了，因为全北京城的学生们只有他一个人掌握地境神密码，他很得意，别人都得敬他三分。

他又回归到大大咧咧无所谓的姿态上去了，郎妈妈给他买洗发水，问他要什么牌子的，给他买毛巾，问他要选什么颜色，他都会回答：“随便。”那股追时髦的劲儿又没有了。郎妈妈说：“这小子，真难伺候。”

郎妈妈学着城里人的模样买素净色儿的被罩，但看见大花儿的被面儿还是喜欢，总觉得现代人的床上没有个欢快乐呵的气氛，没人味儿，睡着不香，不甜。最大的难题不是这些，这些都是鸡毛蒜皮，最大的难题是郎本知道英瑛是部落首领的公主后，不知道怎么办好了。

郎本一开始当然不知道英瑛是部落首领的公主，英瑛脑门子上又没有刻着标签，得知英瑛身份后，郎本一直顾虑重重，郎白看在眼里，知道郎本添了心病了。郎本不知道是对英瑛疏远好，还是亲近好，而郎白发现了英瑛的特殊身份后，强烈要求郎本远离英瑛，她挑明了说，郎本和英瑛二人不会有好结果，郎本听不进去郎白的话，他说：“你一个大白鹅出身的少年，怎么这么世俗？”说得郎白答不上话来，她对二人的判断，凭的是直觉，而不是什么妇人之见。

郎白冷静地说：“英瑛接受部落首领的地位，就意味着承担部落首领的责任，要带领部落奋斗，要奋斗就会有牺牲，你听明白了没有？”

郎本听明白了，但他这样小小年纪怎么会屈从命运的安排？他嘴上也不会服气郎白，说：“你个小丫头，哪里学得这么一套一套的。”

陆珂到郎本家吃香的喝辣的，嘴还堵不住，故意在众人面前讽刺郎本：“嘿，我看你是人越大胆子越小哇。”

贺嘉没听明白，让陆珂解释。陆珂说：“你看看你们这位地境神翊卫，抗击疯沙神，他敢敲钟三天三夜，抗击桀木神，他敢往钟楼上冲，现在仗山神来了，他吓得屁滚尿流的。”

郎本被说得脸通红，连郎白都没法替他解围。郎本嘟嘟囔囔地实话实说：“让我往前冲，我不怕，让我去死，我，我不干。”谁都没法笑话郎本，叫谁去死，谁都不会轻易答应。

大家伙在客厅里打游戏，郎爸爸、郎妈妈在厨房做饭，孩子们憋着要品尝郎本家祖传的皇家御膳的手艺，据郎本说，他们家炒白菜、烧茄子、炒土豆丝都能够变幻出山珍海味般的味道来。懂事的英瑛、黎雪要进厨房打下手，剥剥蒜，洗洗菜，郎妈妈倒是想让英瑛干点活，想着跟英瑛多聊聊，郎爸爸没明白郎妈妈的心思，说：“不用，不用，你们等吃吧。”把英瑛、黎雪都轰出去了。

凌青等人在客厅吵吵着，嚷嚷着，玩着乐着，忽然，郎本放下手中的电子游戏手柄，竖起耳朵，仔细倾听厨房里爸爸叮当乱响的剁菜声和口中念叨的谁也听不明白的闲言碎语，凌青和陆珂在一旁不耐烦地催促郎本：“你还玩不玩啦？别这么三心二意的行不行？”

郎本索性丢下电子游戏的手柄，站起身向厨房走去。

郎本听出来了，爸爸不是在切菜，他是在案板上敲击地境神的节奏密码，他口中念叨的不是一般的闲言碎语，而是与密码相匹配的密码语汇。郎本吃惊地瞪大了眼睛，他望着爸爸自娱自乐的背影，问了一句让全屋子的人目瞪口呆的问题："您在敲击地境神密码吗？"

郎爸爸回头说："什么地境神密码，你是不是饿糊涂了？"当郎本告诉凌青他们，郎爸爸确确实实是在敲击地境神节奏密码时，几个孩子惊讶得说不出话来，他们谁也不在乎屏幕上张牙舞爪的妖怪了，拥在厨房门口，直勾勾地看着郎爸爸，好像看一个妖怪似的。

郎爸爸一头雾水，并不知道他所敲击的是地境神密码，他告诉几个孩子，在他们的老家，他们郎家一到过年过节就用这种敲击的方法做饭，口中还念念有词，所有的郎家人，无论是大人、小孩儿、男人、女人，都熟练掌握这种敲击的方法，但是全家人谁都不知道敲击的是什么，也不知道嘴里念叨的是什么。

凌青说："你们家是用这种看似普通、实则秘密的方法，把地境神的密码记载传承了下来。"

贺嘉还是不能理解："他们为什么偏偏要用这种敲击案板的办法？"

鲍迪的回答很简单："因为他们家是大厨世家啊。"

郎本又问爸爸："为什么我从没有见过您这样敲击？"

郎爸爸说："你妈嫌烦，嫌闹得慌。"郎妈妈不爱听了，当着一屋子翊卫，她不好发作，一个劲地拿胳膊肘拱郎爸爸的后腰眼，郎爸爸知道又把领导得罪了。

郎本从爸爸那里意外地得到地境神密码的一段相当完整的记录，这对于他进一步破解地境神密码帮助太大了。这顿饭大家吃得又香又爽，贺嘉提出一个直白的问题：“你为什么不直接找地境神学习密码？”她问苦苦解析密码的郎本。

鲍迪这样回答贺嘉：“你叫郎本直接变成神灵岂不是更省事了。”天底下哪有省事的事情，做梦哪！

陆珂一边吃一边问郎本：“我说胖仔，你家的厨房里还藏着什么秘密呀？”郎本一听就乐了，回答说：“兴许吧。”

正吃着，贺嘉手机响了，贺爸爸在手机里慌慌张张地对贺嘉说：“斑兽到咱们家抄家来啦。”

77

贺嘉拉起鲍迪就要往家赶，凌青、郎本和陆珂几个男生也要去，鲍迪回头劝阻凌青说：“你先别露面，万一斑兽还对你有什么动作，就有危险。”

凌青哪里肯听，执意要去现场看看，黎雪让凌青听鲍迪的，凌青说：“你别管。”

几个男生跟着贺嘉走了，几个女生也吃不下去了，帮着郎妈妈收拾，黎雪心里又替凌青担心，又很委屈。

两只墨斑豹突然闯进贺嘉家里，把客厅书房仔仔细细搜查了一遍，把贺爸爸、贺妈妈的书翻腾得乱七八糟。贺妈妈急了，大声质问：“你们这是要抄家吗？”斑兽沉着脸，不答言。

找了半天，好像没有什么收获，墨斑豹什么也不说就撤走了。贺嘉等人赶回来，郎本、陆珂要帮助贺爸爸、贺妈妈收拾收拾，鲍迪说：“先别动。”

大家愣住了，鲍迪说：“我们先要搞明白斑兽为何而来。”

郎本问："斑兽在找什么？"

贺嘉摇摇头，说："不知道。"

陆珂说："你家必是有金银财宝，被斑兽惦记上了。"

贺嘉说："我们家还没你们家有钱呢。"她看着家里被破坏成这个样子，心烦。

鲍迪、凌青仔细看现场，凌青问："斑兽只到书房来了吗？"

贺爸爸说："不是，斑兽把所有的房间都搜遍了。"

可是凌青觉得书房最乱，这是为什么？他又到贺嘉的房间看，发现贺嘉的画作基本上完好地放在原处。几个孩子像是现场破案，郎本东转转西看看，什么也看不出来，要是有声音线索，兴许郎本能派上用场，现在他一没耐心，二没眼力，又不敢乱发表意见，怕哥儿几个笑话。但别人说什么他还是要发表意见，不能闲着。

凌青跟鲍迪几个分析说："斑兽好像是冲着书来的。"

贺嘉不爱听，说："我们家没有稀罕书，凭什么来我们家捣乱，不去你们家。"

鲍迪问："找什么书？斑兽应该不识字呀。"

郎本插一句："它们拿鼻子闻。"

郎本这句不着边际的话，提醒了凌青，他回忆起一股子潮湿发霉的气味儿。凌青对大家说："斑兽在寻找秘志。"

所有人都惊呆了，凌青回忆起来，当初爷爷告诉过他，叫他不要把秘志放在家里，他还以为是爷爷和爸爸之间的恩怨，现在看来，是神对秘志产生了疑虑，是仗山神在搜索秘志。冽水神当年给朱棣皇帝交代任务时，没说禁止留下文字记录的话，凌青的祖先自作主张做了笔记，按照中国人记录家谱的格式，记录了从一四二一年到一九六六年的几名翊卫的行动。现在看来是这本秘志把仗山神惹怒了。

鲍迪问贺爸爸："秘志放在古籍图书馆，会不会也有危险？"

贺爸爸皱着眉头说："我现在不担心秘志，大不了我们把秘志制作成电子文本保存起来，斑兽就是搜走秘志也无大碍，关键是仗山神要秘志干什么，秘志里到底是哪一条哪一款，让仗山神如此大动干戈？"

贺妈妈也说："人族和斑兽从来互不干扰，互不侵犯，现在斑兽闹得比红卫兵还凶，居然入室抄家，看来仗山神是要有什么大动作。"

郎本说："赶紧问问地境神。"

凌青说："仗山神的动作可能就是针对地境神的，我感觉地境神和仗山神矛盾很深。"

贺嘉发牢骚说："神和神打架，老百姓跟着遭殃，我最烦这个。"

鲍迪安慰贺嘉说："因为你不是普普通通的老百姓，你是翊卫。"

"唉。"贺嘉叹气一声，没辙。

贺嘉命令爸爸赶紧把秘志扫描，制作电子文本保存。贺爸爸像贺嘉的小喽啰，答应照办。凌青背着贺妈妈贺爸爸悄声说贺嘉："别对你爸这样，他是你长辈。"

贺嘉不在乎，说：“我们家就这样。”

因为爸爸不是北京人，是外来户，在贺妈妈家算是个上门女婿，在家里贺妈妈地位高，贺爸爸地位低，所以贺嘉从小也不拿爸爸当回事，贺嘉欺负爸爸，挑爸爸毛病，学爸爸说话，还学爸爸走路的样子，就是个没大没小，爸爸也不气，也不恼，他总觉得闺女还小，这是撒娇。妈妈意识到这样不行：“我们俩知识分子，怎么也得培养个淑女吧。”贺嘉歪着脑袋问：“做梦呢吧？”妈妈爸爸唉声叹气，估计是无望了。

仗山神派斑兽来贺嘉家，确实是来寻找秘志的。

秘志是北京城所有翊卫执行使命的文字记录，仗山神不容许任何人知道、记录、传播神的使命，他与地境神的做法格格不入，地境神、冽水神包括疯沙神在北京都有翊卫，仗山神却把自己的翊卫通通赶出北京城。秘志是背着地境神冽水神记录下来的文字，冽水神当年给朱棣皇帝交代任务，看护昏睡的地境神，并没有交代这项任务不容许有文字记录，中国人一向的传统就是凡事都要记录在册，留档保存，这秘志传到凌爷爷手里都平安无事，但是凌爷爷知道，传心殿时钟上弦的事和上弦规则都是秘密，因此凌爷爷推想，这秘志也是不能轻易外传的，凌爷爷有心传给凌爸爸，没想到凌爸爸“文革”期间造反，把秘志损毁了一半，凌爷爷把秘志保存到颐和园地宫，直到传递使命给凌青时，才把秘志传给凌青。

仗山神本不知道秘志的事，不知道北京城里居然有人把神的翊卫的使命一笔一笔地记下来，可是他一回到北京就听到风声，决定收回秘志。仗山神心里清楚，只要人知道的事情就没有秘密可保，人族现在是所谓的互联网时代，屁大点儿事都巴不得让全世界的人知道，仗山神挡不住这股子势头，但是有些秘密是绝对不能外泄外传的，绝对不能。

凌青和鲍迪郎本陆珂商议，仗山神动这么大阵仗搜索秘志，是要告知我们不得传播秘志上的记录，我们不要再次惹怒仗山神，不如设法跟仗山神沟通，把秘志交给仗山神保管，鲍迪说："行，但我们要保存一份电子文档。"几个翊卫商量好，不要得罪仗山神，过几天赶紧办这件事。

凌青还是要感谢他细心的祖先，谁能料到这使命如此绵绵长长延续六百年，谁能预想这使命要数代人历经改朝换代，历经风霜雪雨，历经列强侵华、抗日战争、"文革"，如果没有个文字记录，谁能保证这使命能传承下来？

贺爸爸对凌青他们掏心窝子地说："你们知道，中国人为什么数千年经历千辛万苦，能够把自家的文化保存下来，能够维持这么大领土面积的国家统一？"

贺嘉说："这问题太大了吧？您又要上课。"

鲍迪挥手打断贺嘉说："您说您说，我要听。"

郎本以为鲍迪这是拍贺爸爸马屁，他们平时最不爱听这些个大道理。不过他看鲍迪特别认真的样子，不像是故作姿态。

贺爸爸看看大家，一字一顿地说："汉字，是最大的功臣。”

贺嘉又打岔：“您快得了吧，汉字又难认，又难写，又难记，又难看，是全世界极糟糕的文字好不好，很多学习汉语的外国留学生，都被汉字之难学难记吓得屁滚尿流。”

郎本又逮着教育贺嘉的机会了，对贺嘉说：“什么屁呀尿呀的，淑女些。”说着还把双腿特意并一并。

贺爸爸现在不跟贺嘉说怎么做淑女，现在说也来不及了，他对几个男孩子说：“只要汉字在，丢失的文化，还能追寻回来。”

从郊外营地新派来的斑兽初次进城，看什么都新鲜。它们最喜欢CBD街区，觉得那些高楼和营地附近的大山很像，都是高得望不见顶，都是光秃秃的不长树，都是风一吹就呜呜地呜响，唯一的不同是高楼里是挖空的，密密麻麻住很多人，而大山是实的，即使有山洞也不是这么个居住法。后来斑兽才渐渐明白，北京人最大的习性就是凑热闹，怕落单。

斑兽对街道上的铁栅栏很反感，宽阔的马路放一道一道的铁栅栏，多么碍事，斑兽自作主张，好几个晚上把世贸天街、国贸周边的铁栅栏通通放倒，害得交管部门第二天还得费劲巴拉地给扶起来。

斑兽看见汽车，就以为是一种动物新种，研究半天。这个说：“这家伙太丑个子太矮，没有腿，四个脚丫子长得像大面饼。”

那个发现说：“是一种独眼兽，眼睛倒是足够大，把额头都挤占了，有那个必要吗？”

这个探究说：“它们把人揣在肚子里奔跑，停下来时还把人吐出来，人居然还活着。”

那个发牢骚说：“那家伙放屁极臭，熏得我头晕。”

这个奇怪地问：“怎么没见它们吃东西，好像也没有嘴巴。”

那个解释说：“我看见，它们饿了就在屁股蛋子上用大粗管子打针，像是在嘬一种饮料。”

斑兽几次试图和汽车这种怪兽聊聊天，交个朋友，汽车很冷淡，一声不吭。斑兽这才发现汽车除了痛苦时会发出刺耳的鸣叫，它们没有语言，是个痴呆傻瓜，遂不再搭理汽车了。

几只斑兽在傍晚时分路过大北窑，被立交桥下的混乱场面惊得龇牙咧嘴，毛都竖起来了。大公共的司机坐在大玻璃后边，稳当，大气，两只大胳膊大手把着方向盘，像是乐队指挥般镇定自若，临阵不慌、不乱、不惧、不惊，可是谁都知道乐队指挥脚底下潇洒轻快，而司机脚底下却是脚踩着冲锋枪和地雷，稍一恍惚，公交车呼地一下就要冲过来。两旁的骑电动车的小哥和大姐满不在乎，他们不看司机的眉眼，也不看公交车有多宽有多高，略略一摆头，左边右边目测一下空当是否足够，心中大致翻阅一下既往的闯荡经验，手把上一紧电开关，兔子一样蹿出去，带着机敏，带着洒脱，不管生死。

斑兽们替公交车司机揪心，这哪里是人能胜任的活计，简直是玩命。斑兽们实在是担心人族的司机因为天热，太阳毒，一个迷糊不小心，把两旁的电动车、自行车撞个人仰车翻，它们趁着公交车等红灯，纷纷强拉开车门，把司机挤到一边，自己驾驶起公交车来，斑兽反应快，耳朵眼睛都比人灵敏，墨斑豹、秋斑狼兴趣盎然，它俩劝枣斑羚别上手，它太心善，没办法应对那些个不管不顾左突右奔的电动车、自行车，它俩也看不上瑞斑鹿，嫌它太自信，万一撞着，就捅娄子。瑞斑鹿冷笑道："哼哼，别高兴得太早。"果不其然，没出两天，墨斑豹、秋斑狼就歇手不干了，枣斑羚爪子搭着秋斑狼的肩膀，问："怎么才两天，就自动退出了？"墨斑豹用爪子捂着胸口说："心跳过速。"秋斑狼用爪子捂着脑门子说："血压突突往上蹿。"

78

陆珂回家跟英瑛聊起今天贺嘉家的事，英瑛跟陆珂说：“我们好几次要和凌青说事，斑兽抓凌青，没说成，郎本发现密码，又没说成，现在赶紧说吧。”

一下子提醒了陆珂，老馆长交代的事还没跟凌青说呢。

老馆长要看秘志，想找人。趁着秘志还没有交给仗山神，先满足老馆长的心愿。

一阵雨后，并不觉得凉爽，槐花纷纷落下，树上也还有一簇一簇的槐花，却越来越稀，马路上一片一片乳白色的花瓣，却越来越稠，原本在树上的时候，路人都不曾留意，等落到地下，才感悟到如此繁茂的充满生命欲望的花朵在伴随着我们，可是感悟到的时候，花朵已然成群成片地落地而亡了，香气已散，花形尚存，按说，炎炎夏日，人们是没有心境为落花而忧的，可是这遍地落花也真是不能让人视而不见。

英瑛和陆珂只要一有空闲就来府学中学图书馆读经文，读不懂就傻呆呆地看着。图书馆的座位上摆满了英瑛要查阅的图书，老馆长不厌其烦地为他们提供各种资料。英瑛特别喜欢墙角放着的卡片柜，她觉得卡片柜的抽屉里放着的都是秘密，每张卡片上都记载着年代久远的历史痕迹，那是用钢笔一笔一画写就的卡片，仿佛能看到当年那些老师们的样子，戴着老花镜，套着套袖，坐着硬板凳，手里拿着钢笔一笔一画地写。英瑛喜欢这些散发着陈年气味的物件。

老馆长春秋天儿最喜欢围在肩头的羊绒围巾，就随手搭在木椅的靠背上，她十分喜欢喝茶，并且喜欢在茶中加一点冰糖。老馆长的眼力已经不是很好，但她的耳朵很灵，能够清晰地听到图书馆宽大的房间中每一个角落里发出的轻微声响。老馆长的记忆力非常惊人，她可以不假思索地准确说出每一本书放在书架的哪一个位置。

桀木神之役，英瑛舍身搭救郎本，凌青和陆珂两个总闹矛盾的团队终于和解，老馆长提出要看地境神秘志，让英瑛、陆珂转告凌青，凌青叫贺嘉安排，请老馆长到古籍图书馆阅读秘志，到这情分上，贺嘉再拦着阻着，就不合适了。

英瑛、贺嘉陪同老馆长来到古籍图书馆，本来贺爸爸要开车送老馆长过去，老馆长固执地要自己骑车去，古籍图书馆的馆领导大大小小二十多位，挑来选去，找出一位懂古籍的出来迎接，馆领导对这位北京市重点中学的图书馆老馆长自然十分敬重，一看是位七十多岁的老太太，还骑着自行车来，就更是佩服，又是搀扶，又是引路，又是沏茶倒水。老馆长不让别人搀扶她，她一个人生活惯了，不愿意生人碰她。

吮吸秘本发霉的气息
辨别秘本枯黄的字句
生怕这秘本中的谜语散落一地
再也不曾拾起
生怕这秘本中的暗语随风而去
从此杳无踪迹

老馆长也不多寒暄，直奔主题，她站在桌前，俯下身子，摘下眼镜，凑近秘志仔细阅读，当她在秘志中看到一个既陌生又熟悉，既遥远又亲切的名字时，微微有些站立不稳，英瑛眼尖，赶紧让老馆长就近找椅子坐下。

老馆长缓缓神，说谢谢大家，站起身就要回去，馆领导让老馆长多坐一会儿，老馆长说："不啦，太给你们添麻烦啦。"

贺嘉和英瑛感到奇怪，老馆长屡次三番要看秘志，看了这么一眨眼的工夫，就不看了，还起身就要走，这不像平日里老馆长温雅持重的风格。

贺嘉、英瑛把老馆长送回家，老馆长破例叫贺嘉和英瑛进门，二人拘谨着，老馆长不说坐就站着，老馆长不给水喝就渴着，老馆长心里有事，也没心招待她们。她对两个翊卫说："我在秘志上找到他了。"

"谁？"英瑛和贺嘉同时问。

老馆长一字一顿地说："我那失踪六十年的未婚夫。"

老馆长情绪很激动，脸色通红，用手摁着桌角，呼呼地喘气。英瑛、贺嘉哪里还敢再傻傻地站着，赶紧搀扶老馆长坐下。

老馆长也不顾两个学生在面前站着，像个委屈的孩子，呜呜地哭起来。

英瑛、贺嘉有些慌乱，她们不知道如何安慰眼前这位比自己年长两辈的老人。老馆长的家，她们都是头一次进来，不知道毛巾到哪里去拿，也不知道开水到哪里去倒。贺嘉慌着就要给凌青、鲍迪打电话，让他们都过来，老馆长抬手制止她，让两个受到惊吓的孩子坐下来，安静下来。

差不多半个东城区的中学老师、学生家长和上些年岁的中学毕业生，都知道府学中学有一位美女教师，她就是图书馆老馆长，她不仅年轻的时候漂亮，上了年岁以后风韵依然，所有知道她漂亮的人，都知道她一生未曾婚配，所有知道她一生未曾婚配的人，都不知道原因。老馆长岁数大了，大家都很敬重她，谁也不便去问。

六十年前。老馆长十五岁的时候，爱上了和自己同住一条胡同的一个男青年，两个人一个住胡同的这一头，一个住胡同的那一头，他英俊儒雅，长着一双大大的圆眼，像一头梅花鹿，骨头架子很大，人很魁梧，当年他曾经向老馆长透露过他是仗山神的翊卫，老馆长也曾经向男青年透露过她是疯沙神的翊卫。两个人都到了谈婚论嫁的程度，在一次完成仗山神交给的任务之后，男青年神秘地不辞而别了，青年的家人闭口不谈他去了哪里，他也再没有和老馆长联系过。

从此，老馆长孤孤单单地生活了一辈子，她隐隐约约地觉得，男青年不会是死了，也不会是变心了，他的失踪很可能与神的使命有关，他一定会回来的。从那一年到现在已经整整过去了六十个年头了，老馆长背不驼，腰不塌，依然神采焕发，依然气质高雅，仿佛神的翊卫永远都不会衰老，不会败落，不会沉沦。

老馆长在秘志中看到仗山神不允许他的翊卫在城里久留，也不允许他的翊卫与其他神的翊卫有任何瓜葛，他将城里所有仗山神翊卫调离，这其中就有她未婚夫的名字，他被调往西郊灵山寺院。

英瑛、贺嘉从老馆长家出来，谁也不愿意多说话，心里挺不是滋味，两个十五岁的女生还不知道什么是真正的爱情，老馆长的爱情经历让两个人吃惊不小。一连几天，英瑛不爱搭理郎本，贺嘉对鲍迪话也很少。

灵山是北京水脉的西端，是北京水神与山神的连接点。山上有一座偏僻的古寺，这里是仗山神大本营灰岩镇的入口，寺院里的老僧人已经八十多岁了，这位老僧人在出家前，是府学中学图书馆老馆长的发小儿，也是老馆长的未婚夫。

老馆长向陆珂和英瑛提出一定要与老僧人相见，叫英瑛、陆珂择日先去灵山寺院探望一下。

英瑛觉得事情蹊跷，老馆长是疯沙神的翊卫，老僧人是仗山神翊卫，仗山神是疯沙神的父亲，英瑛对老馆长说：“按说仗山神和疯沙神是最亲近的神，仗山神的翊卫和疯沙神的翊卫也是亲上加亲，为什么要分开呢？”

老馆长说：“这件事我琢磨了六十年，也想不通。”

陆珂插嘴：“仗山神肯定有不能公开的秘密，连亲儿子也不让知道。”

老馆长说：“就是啊，亲娘去哪里了，疯沙神都蒙在鼓里，把他折磨得疯疯癫癫的。”

英瑛对老馆长猜测说：“您与老僧人相见，是不是违背了仗山神的意志？如果仗山神怪罪下来怎么办？”

老馆长固执起来，几乎要对英瑛、陆珂发火，她说：“我不管，我已经这把年岁了，我的时间不多了。”

英瑛伤感地对老馆长说：“您别这么说。”

陆珂说：“我就佩服老馆长，敢作敢当。”不知深浅的陆珂不管那么多，急着要奔西郊灵山。

临行前，英瑛、陆珂将这件事告诉凌青他们，大家坐下来商议商议。

凌青说：“今天的局势与六十年前大不相同，有些秘密已经不是故意地隔离可以掩盖的了。”

凌青跟大家说，事不宜迟，赶紧安排去灵山，鲍迪对凌青说了一句：“仗山神刚刚放过你，你现在又急着去找仗山神翊卫，仗山神会不会又生气了。”

黎雪劝凌青不要去，凌青皱着眉头，不爱听，但他心里也真是不想跟仗山神硬怼。英瑛说：“凌青，你们可以不出面，我和陆珂代表老馆长先去联系一下，也是顺理成章，估计仗山神不会跟他亲儿子疯沙神的翊卫过不去，有什么情况，我们回来汇总，你看好不好？”

凌青还没表态呢，黎雪就抢着说：“这样行，这样比较稳妥。”

黎雪是真心疼凌青，怕他有什么闪失，她有点失态。贺嘉、鲍迪心里有些烦黎雪：你护着凌青也别这样好不好？

凌青说了一句：“行，听鲍迪的。”他伸手拍拍黎雪的手，叫她安稳些，黎雪达到目的了也就知趣。

79

英瑛、陆珂二人奔赴西郊灵山，推开灵山寺院的石门，打破了这里原本的宁静。

大徒弟和小徒弟把两人挡在僧房门外，问他们找谁，陆珂恭恭敬敬向大徒弟施礼，说他们要拜见一位老僧人。大徒弟问有何事项，陆珂说，他的家里人要见他。

家里人这个说法是英瑛、陆珂琢磨了一路的，说老馆长是老僧人的恋人，这太唐突，在寺院里提爱情恋人这样的字眼，是不是有些冒犯。再说陆珂、凌青他们与老馆长、老僧人差着两辈，出口谈论长辈的感情经历，是不是不太礼貌。向老僧人提老馆长是他发小儿，是当年一条胡同里长大的，也是不妥，老僧人是出家人，谁知道他心里还有没有世俗的亲情，发小儿这种事，一位年过八旬的老人还认吗？还记得起来吗？至于仗山神翊卫和疯沙神翊卫这件事，也不知道能不能提，万一仗山神有什么特殊指令，不准许他的翊卫与其他神的翊卫有任何接触，那他们不就无法见到老僧人了吗？想来想去，英瑛说："就说老馆长是老僧人的家人。"两人都认可这个说法。

听说是家人，大徒弟不敢怠慢，进去禀告老僧人。小徒弟是个哑巴，站在台阶上，用怪异的眼神打量着陆珂和英瑛，英瑛跟他笑笑，他不理，陆珂开口招呼他，他也不答言。

老僧人素发童颜，神光爽迈，听说有家人来找，很是诧异，就请两人进来，英瑛、陆珂轻手轻脚走进老僧人的僧房，老僧人拄一条乌瘿杖，穿一领粗布袍，雪鬓霜髭，仙风道骨，案上粗墨瓦砚，满堂藏书，英瑛心里一动，看着满屋子的书架和满满当当的书籍，心想，老馆长和老僧人真是天生的一对儿，他们都是终生以书为伴，就连对四周环境很迟钝的陆珂都有一种走进府学中学图书馆的感觉。

大徒弟端给陆珂、英瑛每人一杯淡茶，就退了出去。

找人，以陆珂为主；谈事，以英瑛为主，这俩人还有分工。

英瑛、陆珂头一次和德高望重的僧人谈话，有些拘谨，不知该作揖还是念阿弥陀佛。英瑛开口，把他们学校老馆长要见老僧人的想法直截了当地提了出来。

老僧人很认真地听，但一动不动，一言不发。

陆珂说老馆长岁数大了，要见老僧人的想法十分恳切，老僧人还是不言语。

英瑛对这种僵局没有预料，她静了静心，对老僧人说：“我们不是老馆长的普通学生，我们是瑞斑鹿，是疯沙神翊卫。”

老僧人两只大眼睛闪动着灵异的光，全身的血渐渐热起来，他灵敏地站起身，向神的两个翊卫深深施礼，说：“欢迎两位翊卫光临寒舍。”

英瑛、陆珂连忙站起身还礼，这么大岁数的老人对他们施以大礼，他们被惊着了。

英瑛进一步说：“我们知道您是仗山神翊卫，这些在地境神秘志上有明确的记载，我们此次来不是询问仗山神的事，我们猜测仗山神翊卫和疯沙神翊卫的隔离，可能是出于仗山神的秘密决定，但是现在在北京城里，因为疯沙神之战和桀木神之役，地境神、冽水神、疯沙神、桀木神翊卫的身份都已经公开，没有秘密可言，所以老馆长认为，隔离她与您的决定应该失去了效力，她希望见您一面，她说，留给她和您的时间，不多了。”最后这句，英瑛说得很慢。

老僧人沉思良久，回答说：“事情远没有你们老馆长说得那么简单，但是我愿意见她。”过了一秒，他又低声补充一句：“我，十分，想念这位家人。”

英瑛、陆珂都激动起来，他们也不久留，赶回去向老馆长汇报，让老馆长尽快来见老僧人。

灵山寺院几乎是一座石头的建筑群，建筑格局不是方方正正的四合院，一部分依靠着山崖，一部分临近溪水。寺院院门很是奇异，一般的院门都是木制的，而这里的院门是一整块巨石，看上去很厚重，而一般人用单手即可将其推开，只要是里面没有用门杠顶着。这座寺院住着仗山神的翊卫，大门自然要用山上的巨石做成。

寺院里面有无数座门，有实门、虚门、生门、死门、暗门、侧门、黑门、白门，房间依山修建，屋内的石阶能够攀登上楼，门外的回廊也可以上下左右通达，内外四圈，上下四层，通向山顶，明廊相接，暗道连通，纵横交错，结构复杂，外面看封闭严谨，内部看却灵活宽敞。寺院中平时谁也见不到僧人，想要见时叫一声，僧人就会在一个意想不到的地方走出来，神秘莫测。

寺院依山而建，从大殿可以进入山岩内的一些大大小小、相互连通的石洞、石窍。平时黑咕隆咚的，很少有人进去。

寺院十分清净，偶尔有僧人行走，踏在石阶上也不会发出声响，只有小哑巴会听到别人不易察觉的响动。寺院外边郁郁葱葱生长着很多古树，可是寺院里边，一棵树也没有，连一棵草都不长，寺内除了生火做饭，其余时间一律不许动用火种，仗山神不允许在自己的领地里看见与火炼神有关的火种，连树木都禁止，这个寺院基本上没有外来的香客拜佛烧香，僧人吟诵的经文外人也不感兴趣。

老僧人对日常生活极为挑剔，对方位极其敏感，床铺的朝向、床头与床脚的方位、书桌与朝南的窗户的对应，都有规有矩，确切地说，他的书桌上、书架上的书，从来都是头朝东脚朝西的，他认为只有这样，书中的语言才能顺畅地流淌，书中的思想才能有序地运转，他说混乱的思想和芜杂干涩的语言都是因为书籍的方位错乱所致，等到了晚年，他甚至连吃饭喝水都要讲究朝南朝东坐着，绝不坐在朝西朝北的座位上。

不知道北京人的方位感是不是与地下黑钉布局有关。绝大多数人都认为北京人的方位感缘于北方人对阳光的渴望，坐北朝南又暖和又明亮。绝大多数人都这么认为，是因为他们对方位并不特别敏感，全城的街道、建筑物都方方正正，所以人们在这样的环境中自然被调教得方方正正起来。而极少数人，甚至只有几个人感觉到，方位感很可能与黑钉有关，他们在或偏或歪的方位上待时间长了，就感觉头痛眩晕。老僧人就是其中一个。

老僧人将前后左右分得一清二楚。他将方位与高低贵贱甚至吉凶紧密地联系在一起，别人看上去这是迷信，而他固执地将这些当作自己生活中不可动摇的行为准则，当作自己生命中不可分割的一部分。他的头晕目眩、胃口不佳、出虚汗、手脚发凉发麻等身体不适，都与方位的混淆错乱有关。他的敏感不是煞有介事，不是自作多情，而是源自他对仗山神、地境神和冽水神的亲密接触和心灵感应。

寺院里老老少少的僧人十几个，只有老僧人是仗山神翊卫，其他僧人都不是，老僧人把仗山神翊卫传给小哑巴，他的悟性够，保密性也好，就是年纪尚小，有时贪玩，大徒弟聪明伶俐，对师弟也非常照顾，不让寺院里别的僧人欺负他，或是找他麻烦。大徒弟对老僧人百依百顺，跑前颠后的，老僧人生气起急时他比师父火气还大，老僧人发愁他就六神不定、烦躁不安。而小徒弟一副自娱自乐、吊儿郎当的样子，因为是个哑巴，大家都让着他，但是老僧人打心里喜欢小徒弟，别看他不会说话，但他的悟性不同一般人。老僧人岁数很大了，他既没有子女，也没有学生，多少年来，仗山神没有发布指令，仗山神翊卫的使命也没有迫切地提到议事日程上来。但是这一年的情况发生了出人意料的变化，老僧人必须有所作为，再也不能终日稳稳当当地撞钟念经了。

老僧人抽空就带着徒弟在附近山上转悠，在灵山、香山、九龙山、妙峰山捡拾动物遗骨，这些死去的动物有些是自然死亡的，也有些是非自然死亡的，这两种死法，仔细的僧人能够分辨出来，自然死亡的动物在临死前都会为自己挑选一个挡风、背阴、隐蔽的安息之地，它们死前有预感，不会随随便便溜达到哪里，就地一躺就断气儿了。见到这样的动物遗骨，老僧人和小僧人都不会去触碰打扰它们。非自然死亡的动物有被疯沙神吹死埋死的，有被仗山神砸死压死的，它们的死相就很突然，很痛苦。

小哑巴能够和这些遗骨对话聊天，问这些遗骨好多问题，老僧人有意识让小哑巴和这些遗骨多聊一聊，还原当年几场惨烈的战斗，追寻仗山神、疯沙神那些从不告诉人族的隐蔽的意图。老僧人没有和动物遗骨对话的本领，只有小僧人有，小僧人把他和动物遗骨聊天的内容转述给老僧人，别人听不到。

小哑巴手里握着动物的遗骨，嘴里哇呀哇呀地发出些奇奇怪怪的音节，和遗骨聊天："还疼吗？"

遗骨说："早就不疼了，就是夜里冷。"

"忍忍吧，没人为你们生炭火。"小哑巴心生同情，又无可奈何。

“呃。”遗骨只能忍着。

老僧人看着地上遗骨旁边的石头殷红殷红的，就随手捡些枯枝败叶盖一盖。

小徒弟和遗骨聊天，大徒弟总是躲得远远的，听也不敢听，看也不忍看。

山林里落叶厚厚的，师徒三人走来走去哗啦哗啦响，小哑巴有时能听到动物遗骨在吭哧吭哧地哭，声音也不大，时有时无，时断时续，有时能听到动物遗骨在嘎吱嘎吱地挣蹦，好像是要翻翻身，挪挪窝。小哑巴对这些声响已经很习惯，甚至于觉得没有这些吱吱呀呀的声响陪伴着，这寂静的山林里就过于沉闷了。

大徒弟觉得小徒弟神神道道、疯疯癫癫的，这几日，大徒弟看见小哑巴居然把一根动物遗骨藏在僧舍里，一会儿放在案头明面上，一会儿放在床头枕头边上，而且好长时间握着，攥着，那根遗骨都摩挲出了凄惨的亮光。大徒弟不得不管管小徒弟，对他说：“这东西脏，有很多细菌，把它扔出去！”

小哑巴不高兴，他一只手攥着遗骨不放，另一只手打着哑语对师哥说：“这根骨头讲的故事长，还没讲完呢。”

师哥出一身冷汗，扭头走开。

一连几日，大徒弟都不愿意和小徒弟坐在一起吃饭，他恍惚觉得小徒弟的手指头流淌出一串串黑乎乎冷冰冰的句子，飘摇不定的、忽东忽西的句子。

小哑巴手中是一根雪斑马的遗骨。多少年前（小哑巴分辨不清动物遗骨讲的是哪一年），仗山神和疯沙神联手惩治雪斑马。老僧人出家整整六十年，从第一年就想要搞明白仗山神的终极使命到底是什么，他不能不明不白地远离家人，背离恋人，在这个荒山古寺中守着一个不知缘由的秘密。这个秘密就要揭开了，只要小哑巴手中这根马骨把年代久远的故事回忆起来，讲述出来，老僧人就能够搞清楚真相，他静静地等待着结果。

但愿老馆长的到来，不要干扰老僧人的既定方案。

见老僧人之前，老馆长在镜前化妆，眼泪流下来，又重新化妆。老馆长怎么都止不住泪水，又怕让老僧人看出来她曾为他哭过。说句实在话，老馆长害怕再次见到老僧人，老僧人也害怕再次见到老馆长，老馆长与老僧人两人相隔了六十年，相隔了那么多的思念，那么多的怨艾，那么多的猜测，她要面对的原本是一位二十多岁，个子高挑，腮边的胡须刮得很干净，脸上没有一丝褶皱的青年，现在这位八十岁的老人个子还高吗？脸上已经褶皱成什么样子？胡子是不是都白了？甚至已经很稀疏了？

老僧人的回忆冗长而哀伤，就像他身上青灰色的僧袍一样。即便是几十年不食人间烟火，即便是有着凡人不具备的定力，即便是早已把儿女情长抛却脑后，老僧人也绝不会忘记老馆长那双明晃晃水灵灵的眼睛，绝不会忘记老馆长那轻盈律动的步态。

岁月把一首优美的长诗翻动得太快，只给了两人一个优美的开头和一个短暂简练的结尾。

英瑛、陆珂陪着老馆长去灵山与老僧人相见。

老馆长走上前去相问：“你是鲁固城吗？”

“我是。”老僧人回答。

“你是鲁固城吗？”老馆长又问。

“我是。”老僧人又答。

“你真的是鲁固城吗？”老馆长还是要问。

“我真的是鲁固城。”老僧人再次肯定，他还呼唤出老馆长的乳名：“你是妮妮。”

老馆长热泪又流了出来：“是呀，鲁哥哥，我是妮妮呀。”

老僧人请老馆长落座，老僧人身边的小僧人送上一盅淡茶。

老僧人冰冷的脸上一点动情的成分都没有，冷得像块石头，哪怕是块木头也还有花纹有光泽，绝不会这么冷冰冰死沉沉的。

英瑛、陆珂都站在寺院的院子里，不去进屋打扰两位老人的对话。

自从与老僧人相见后，老馆长添了心事，好像一下子苍老了许多，陆珂看不出来，英瑛有感觉。

陆奶奶从陆珂嘴里得知老馆长时隔六十年重新找到了初恋的恋人，就动了菩萨心肠，再也静不下心来，极力撮合老馆长与老僧人重修旧好。陆奶奶才不管仗山神疯沙神那一套，跟陆珂叨叨好几天，说你看，府学中学和灵山就在一个城市里，两个人居然一辈子不相见，不寻找，说有文化的人办事就是兜圈子，就是较劲，就是故弄玄虚，说现在两个人也都七老八十了，黄土都快埋到肩膀头子了，还能有几天好日子过，说你们小孩子不懂得大人的心酸，我这个老太太得去劝劝老馆长。

陆珂拼命拽着奶奶的后腰不让她去见老馆长，说："老馆长要是知道我和英瑛两个半大孩子背后传闲话，会把我们当作俗人。"

陆奶奶回过脑袋问陆珂："她是仙人哪？她不食人间烟火啊？"陆珂死活不让奶奶去，觉得奶奶给他丢人，奶奶说："我又不是给你说合亲事，你干吗这么扭扭捏捏的？"

陆珂急了："我明天就给您生个重孙子回来。"。

奶奶乐了，不屑地说道："看把你能的，你以为母鸡下蛋哪，说生就生。"

陆珂不让奶奶去见老馆长，奶奶就去找英瑛妈妈，这事她一定得管。奶奶前头甩着膀子紧走，陆珂后头撩着长腿急追，三下两下超过奶奶，奶奶说："你慢点走，扶我一把。"陆珂回头看奶奶走得挺稳当，就不管不顾径直往前走，奶奶在后边骂："兔崽子。"

陆奶奶一边走一边问街边的菜贩，萝卜多少钱，土豆多少钱，陆珂憋一肚子气，给奶奶捣乱，对菜贩喊："别卖给她萝卜，我奶奶吃完萝卜咕嘟嘟咕嘟嘟放屁。"

菜贩咧嘴笑："这孩子！"

陆奶奶对人家说："你看看，这就是亲孙子。"

英瑛嘴严，没跟妈妈说起过老馆长的家事，英妈妈一听陆奶奶这么一说，也坐不住了，起身就要出门。英妈妈和陆奶奶平日里还谁都看不起谁，互相挑对方的不是，现在两人团结得像姐妹一样，这么说辈分有些乱，但只有这么说才贴切。她们手拉着手就要出门去府学中学，给老馆长说道说道，开导开导，劝慰劝慰，她们要给迷路的人点亮一盏导航的明灯，她们要给苦闷的人熬制一剂开窍的良药。

陆珂和英瑛堵住门，绝不容许她们冒冒失失地去找老馆长。

陆奶奶和英妈妈把英瑛和陆珂一顿数落，说你们是小孩子不懂，说你们不要阻止我们当好人，做善事。

陆珂说：“你们这是闲得没事干，搬弄别人家的是非。”陆珂的话，陆奶奶和英妈妈根本不屑于听到耳朵里边去。

英瑛冷静地说：“你们以为老馆长和老僧人是小孩子过家家，拌嘴使性子闹别扭哪？老馆长和老僧人的恋情，关系到疯沙神和仗山神之间一个不能说出口的秘密，你们说合老馆长和老僧人，得到疯沙神的同意了吗？仗山神怪罪下来怎么办？”

陆奶奶拿英瑛当领导，一听事情这么严重，立刻打了退堂鼓，在她老人家心中神的公事比人的私事要重要得多，不能冒冒失失地支招插嘴出主意。英妈妈还没轻没重，不顾深浅，不依不饶，说：“疯沙神也不能不通人性。”陆奶奶赶紧用手捂英妈妈的嘴，不让她说疯沙神的坏话，英妈妈躲着陆奶奶的手，转而埋怨起陆奶奶来，说：“刚才您还跃跃欲试的，这么快就打蔫了，真没劲。”陆奶奶又不甘心，又使不上劲，耷拉着脑袋甩着膀子回家了。

80

记忆已经枯黄
追思已经悲凉
印痕已经冻僵
声音已经渺茫

这一日天气晴朗，灵山寺院里，老僧人带着两个徒弟在后院的空场上打拳，这套招式只有师徒三个人会，其中的含义连老僧人和小哑巴也不明白。

晨练后，简单吃些早点，老僧人叫两个徒弟进城一趟。

大徒弟拉着小徒弟，进城到府学中学，拜访老馆长，跟老馆长说，老僧人想极小范围地找几个翊卫谈一谈，老馆长找来英瑛，叫她找上凌青，两个人去灵山一趟。英瑛问老馆长："什么叫极小范围？"老馆长悄声对英瑛说："仗山神办事一向神秘，这是仗山神的一贯风格。"英瑛又问："不告诉陆珂吗？"老馆长点点头，她又解释说，让凌青去是因为凌青对诸神的情况了解更多些，英瑛明白了。

大徒弟和小徒弟临走时，老馆长拿出一包上好的花茶，托他们回去带给老僧人，还在胡同口水果店买了新上市的大桃，叫他们尝尝鲜，两个年轻的僧人作揖感谢。

凌青和英瑛没有告知其他伙伴，周末前往灵山。

老僧人把大徒弟小徒弟支开，带着凌青和英瑛在山路上散步，一边转悠，一边谈话。老僧人开宗明义地说："今天的谈话不是仗山神交给我的任务，是我本人想找你们谈谈。"他接着说："我和老馆长的岁数都大了，我的接班人又是个哑巴，我想把我知道或者猜测的一些情况告诉你俩，我预感神的安排会给人族带来无法预料的灾难，我们既是神的翊卫，关键时刻又必须保护人族。"

老僧人让凌青把他掌握的事情的来龙去脉大概说一遍，凌青有条不紊地述说，中间英瑛不时插话补充。老僧人不动声色地听着，也不说什么。

凌青留了个心眼，他没有说去传心殿给时钟上弦的事——爷爷下过死命令，对谁都不能说。

凌青说完了，和英瑛静静地等老僧人说，老僧人一开口，凌青和英瑛就全听傻了，和他们掌握的情况出入很大，凌青听着听着开始抓耳挠腮，心如乱麻，英瑛也发蒙了。

老僧人怀疑地境神从来不曾昏睡过，那是他的计谋，他说："所有的神都觉得地境神老实厚道，反应慢，脑筋不好使，所有的翊卫都以为地境神被紫禁城三大殿的大火熏得昏睡六百年不醒。地境神和疯沙神的目的是一样的，都是要找到失踪的水泱神。”老僧人进一步解释说，地境神、洌水神、疯沙神、仗山神的一切举动都是围绕一件事，就是水泱神的失踪，这是一件扑朔迷离的事。大家都在寻找水泱神，疯沙神寻找水泱神是出于母子情深，他怀疑地境神洌水神在这件事情上有什么秘密瞒着他，六百年来他三番五次进攻北京城，要向地境神和洌水神问个明白。地境神和洌水神真的不知道水泱神去了哪里，他们也在寻找。

老僧人十分沉稳地问凌青：“前年，疯沙神大举进攻北京城，全北京的人都到哪里去了？”

凌青回答：“全都听从地境神的安排，进入地脉躲避。”

英瑛插嘴说：“地境神是个仁慈的神。”

老僧人说：“事情没有那么简单。神的一切举动都有神的目的，不会是为人族服务的。”

英瑛插话说：“疯沙神指示我和陆珂寻找水泱神铜像，与地境神有关吗？”

老僧人说：“疯沙神借报恩寺铜像发泄情绪，是要为进攻北京提出一个理由，这并不是这一系列事件的主干。”

老僧人接着说，“地境神的昏睡和洌水神的远赴南疆，可能确有其事，但极有可能是两位神灵在迷惑疯沙神，躲避疯沙神，或者是躲避别的什么神，去年疯沙神的举动很有可能是被激怒了。”

凌青一下子沉不住气了，他直白地问老僧人：“地境神为什么要这样做？”

老僧人说："地境神打开所有设在昆明湖、什刹海、玉渊潭、团结湖、积水潭的地脉入口，原本是要把疯沙神的巨量白沙通通吸入地脉，让疯沙神暴露出他在阿拉善大本营覆盖的大片区域。地境神和冽水神怀疑水泱神不是从北京城的地面上消失的，而是在疯沙神大本营附近。"

英瑛问老僧人："去年，地境神不是让北京人进入地脉避难了吗？"

老僧人说："地境神一觉醒来，没想到北京城居然有将近三千万人，他不得不先考虑让人族进入地脉避难，结果让白沙把北京城掩埋了三天三夜，疯沙神大本营的区域也没有完全暴露出来。表面上看疯沙神被击退了，但是地境神和冽水神的战略意图并没有完全实现。"

英瑛这时问："疯沙神大本营的区域好像和荒漠部落的聚集地是一个地方，地境神要找的秘密和荒漠部落有关联吗？"

老僧人用冷静的目光看着英瑛，说："这需要荒漠部落的人们去认真探究了。"英瑛点点头，她心里琢磨，雪斑马向那个区域进发，秋斑狼小分队追踪到那个区域，疯沙神也驻扎在那个区域，看起来这不是偶然的。

凌青老半天不言语，脑子里很乱，需要梳理梳理，他又冒出个问题，说："看来桀木神和这件事好像没有什么关系。"

老僧人点点头，说："桀木神是来搅局的，不过地境神利用桀木神的进攻，做了一件事。"

凌青和英瑛都兴致勃勃要听，老僧人说："地境神让你们这些翊卫无意中启动了斑兽军团，惊动并惹恼了仗山神。

我怀疑地境神的所作所为都具有迷惑性，远不是表面呈现的那样。”

英瑛连珠炮似的问：“桀木神在北京城为非作歹，地境神不抵抗是装的吗？地境神是没病装病吗？斑兽军团进北京是地境神安排的吗？地境神是冒险牺牲北京人族的安危，引诱仗山神吗？”

老僧人面露一丝笑意，他缓缓地说：“我没这么去说，你可以这么去想。”

凌青惊呼：“启动斑兽军团是地境神的旨意？”

老僧人说：“这是我的猜测，不过八九不离十。”

凌青也指出：“到目前为止，仗山神仍然把调动斑兽军团进京的罪责怪在我们头上，而地境神在有意回避仗山神的锋芒。”老僧人点点头。

老僧人接着说仗山神，仗山神直接参与了水泱神失踪，这件事，他向地境神洌水神严守秘密，连自己的亲儿子疯沙神也不透露一点风声，仗山神甚至于不允许他的翊卫和其他神的翊卫有任何瓜葛，这就是老僧人和老馆长年轻的时候被生生隔开的原因。

凌青问：“这个秘密到底是什么，您能不能告诉我们？”

老僧人摇摇头说：“不是我不告诉你们，我也不知道这个秘密，这一辈子我一直试图解开这个秘密，但是还没有结果。”他缓口气，低声说：“这个秘密好像和黑钉有关。”

听到这里，凌青提出一个问题：“您今天把这么多话告诉我们，并且同意和老馆长见面，是不是意味着这个秘密就要公开了？”

老僧人被凌青问住了，老半天不说话，山路上一片寂静，凌青和英瑛都不知道老僧人会如何回答。

老僧人缓缓地说：“现今这样的社会，没有秘密可言，神可以互相保守秘密，而人之间保守秘密已经没有意义，我们所有的翊卫必须团结起来，要么我们共同继续保守这个秘密，要么我们尽快解开这个秘密，防止有些不可预料的灾难危及人族。”

这个话题太沉重了。老僧人又补充说道：“我和老馆长都是七八十岁的老人了，我们的时间不富余，你们要尽快担当起重任，不要以为这是个充满好奇的游戏。我的年岁越大越觉得我们作为翊卫，既要执行神灵的指令，又不能简简单单地围着神灵的指挥棒转，这很矛盾。”凌青两眼发亮，心里紧张，他觉得水越来越深，他的脑海里又想起爷爷说的那句话：“等明白了，就都来不及了。”英瑛把腰板挺了挺，她首先考虑的是荒漠部落的事情既然有了眉目，必须加紧办。

凌青和英瑛到目前为止对仗山神还很陌生，英瑛问：“仗山神在北京城只有您一个翊卫吗？”

老僧人说：“应该不止我一个，但是仗山神把所有翊卫都隐藏起来了，即使有，我也不知道。”

很显然，仗山神这是要堵死一切信息传播通道，把秘密隐藏得更深。

老僧人却向两个学生提出一个问题：“下一步你们准备

做什么？”

两个人都没想到老僧人会发问，凌青答不出，他想说准备接受仗山神的进一步处罚，又觉得这不是个好的方案，应该继续研究黑钉布局，可是一来地境神明令禁止，他不好公开抗拒，二来黑钉布局的线索有限，有什么新的进展也难。倒是英瑛心里有数，她说：“我和陆珂要接着研读经文。”

老僧人不经意地说了一句：“疯沙神翊卫的使命很可能不在北京城。”英瑛没听明白。

老僧人对凌青的沉默似乎有所预料，也没有责怪他的意思，他说出自己的方案：“从疯沙神和桀木神两次战役的事态来看，所有的神都已经启动，所有的布局都已经展开，我们这些翊卫跟在神的背后亦步亦趋，十分被动，我们有能力有忠心完成神的翊卫使命，但我们很可能无法保护人族的安危，我想，你们应该主动出击。”

凌青、英瑛眼巴巴地看着老僧人，听他说下去。

老僧人给凌青出主意：“既然地境神能够刺激仗山神暴露出来，你就学着地境神的办法，刺激地境神，让地境神仗山神把所有的秘密大白于天下，我们人族掌握了诸神的真相，就会变得主动起来。”

为什么要这样做，老僧人说了一句会让凌青记一辈子的话：“你不仅要执行地境神翊卫的使命，最根本的是要保护人族自身。”

凌青虚心地求教于老僧人：“我应该怎么做？”

老僧人咬着牙说：“既然地境神不让你过问黑钉，你就偏要把黑钉的事搞明白。”

凌青重重地点点头，老僧人特意叮嘱，这些想法极具冒险性和不确定性，要保守秘密，不要四处张扬，让诸神受惊。凌青和英瑛郑重地答应了。

凌青突然想起一件事，他问老僧人：“您知道谁会锻造黑钉吗？”

老僧人的回答很奇怪：“锻造黑钉的工匠都被仗山神赶出北京城了。”

“为什么？”英瑛觉得这里面可能有故事。

老僧人说：“仗山神为了保守黑钉的秘密。”

凌青和英瑛很茫然，出了北京，全中国这么大地界，到哪里去找？

英瑛轻声问老僧人：“出北京总要有条路可走，有个地方可去呀。”

老僧人摇摇头，不置可否，他略有所思地说：“我只知道南京钟山、陕西秦岭、湖南梅山也有仗山神的兄弟，仗山神有一个兄弟联盟。”

最后老僧人对凌青和英瑛说：“今天我们三人沟通的情况，只是针对我们将来遇见事情做出预判，而不是我们要惊扰神灵，我们今天所说的一切，可能是事实，也可能是揣测，不管是真是假，不要告诉其他人，万万不可传到仗山神的耳朵里，仗山神保守数百年的秘密，我们轻易不要去触碰，那会十分危险。”凌青和英瑛都点点头。

凌青和英瑛告辞老僧人，离开寺院，下山的路上居然还碰见了个熟人，英瑛兴奋地大声地上去打招呼："这不是左次老师吗，您怎么到灵山寺院来了？"

左次老师抱着儿子，旁边跟着妻子，忽地看见英瑛和凌青，很是惊讶尴尬，他缓缓神，应答着英瑛的招呼，说："我们是来寺院找老僧人给儿子看病的，你们怎么来了？"英瑛、凌青不便和左次老师说老馆长、老僧人的事，又找不出别的什么说辞，就应付着说些小孩子看病的话。

回来以后，凌青和英瑛又找地方嘀嘀咕咕议论老半天，看有什么细枝末节的地方被忽略了。

局面的复杂超出凌青的想象，更何况，老僧人所讲述的还只是他的一家之言，并没有展现各个神灵的全部想法和举动，有些猜测也不一定准确。英瑛对凌青说："既然老僧人的很多分析也是个人揣测，我们为什么不去黄地宫直接问地境神？"凌青坚决地摇头，说："这样做，等于是把老馆长和老僧人出卖了。"英瑛想想，也觉得有道理。

凌青说："我们现在面临两个难题，第一，神灵不肯轻易告诉我们这些翊卫秘密，除非是让我们执行任务。"

"为什么？地境神不信任我们吗？"英瑛急着问。

凌青解释说："这不是信任不信任的事，整个事件从头至尾有可能是异常庞大复杂，在没有走进尾声之前，任何一个神都不会把事件的全过程告诉我们。"

英瑛又问凌青："第二个难题是什么？"

凌青说："神的使命和人族的安危是两码事，当人族的安危受到威胁时，我们这些神的翊卫将面临抉择。实际上在疯沙神之战中，你和陆珂就遇到过这个问题，在桀木神之役中，葛老师也遇到过这个问题。我们即使向地境神问明白了事件的来龙去脉，也未必就能够心安理得地按部就班地执行神交付的任务。”英瑛对凌青的话心服口服。

地境神惊动仗山神的方式很奇怪，他为什么自己不去请仗山神出面赶走桀木神，就像前年堂堂正正地请冽水神回来赶走疯沙神，为什么要让翊卫出面，还是让年纪最小的郎白出面，前去启动斑兽军团，再让斑兽军团的举动惊扰仗山神？即便地境神和仗山神是情敌，为办一件事也不至于绕这么大弯子呀。英瑛不理解，说给凌青听。

凌青皱着眉头说：“我猜想，仗山神与水泱神的失踪有某种联系，而地境神又不知道仗山神到底充当了一个什么样的角色，所以用一种曲折隐蔽的方法去刺激他，让他有所反应，从中判断水泱神的去向。”

英瑛认为凌青说得有道理，说：“神灵的事比我们预想的要纷乱得多。”

英瑛又问：“下一步怎么办？”

凌青说：“我们分头行动，我和鲍迪他们出北京寻找黑钉的锻造办法，你和陆珂准备准备，去荒漠部落探探虚实。”

英瑛说：“行。”

81

回到城里，英瑛把在灵山遇见左次老师的事告诉老馆长和陆珂、郎本。老馆长觉得蹊跷，她觉得左次老师去灵山没有他说的那么简单，她怀疑左次老师是仗山神翊卫，陆珂说：“不可能，不是所有的仗山神翊卫都被仗山神秘密地支出北京城了吗，再说我看左次老师也不像。”

英瑛顶陆珂一句：“你觉得你像疯沙神翊卫吗？”

陆珂不爱听，说：“你这不是找碴儿吗？”

郎本同意陆珂的话，他说：“左次老师是好人，不可能是仗山神翊卫。”

老馆长不爱听了，反问郎本：“老僧人也是仗山神翊卫，你看他像不像坏人？”

郎本赶紧给老馆长赔不是，他是觉得仗山神对他们这些翊卫出手太狠了。

陆珂说：“与其这样猜来猜去的，还不如当面向左次老师问清楚。”

老馆长说：“先不要问，必要时他会告诉我们的。他现在不说，说明仗山神还是有秘密。”

府学中学的左次老师有双迷人的眼，气质温文儒雅，他的手指白皙修长，好像天生是为弹奏钢琴而长成。钢琴在他那娴熟的双手操控下发出跳动的音符，如同被他训练得服服帖帖的小精灵。他的嗓音与他的长相反差很大，他长得像一位温柔的姑娘，嗓音却浑厚得如铜质的号角。

他从来不向郎本过问地境神翊卫的事，对陆珂、英瑛的疯沙神翊卫使命似乎也不感兴趣，他只是管管音乐课的那些事，时间一长，郎本对左次老师越来越亲，英瑛对他却有几分猜测。英瑛几次发现，她和郎本在音乐教室里练琴时，左次老师都默默地站在窗外听，他为什么不进来？他仅仅是听英瑛的旋律吗？英瑛有几次把旋律弹错了，左次老师也没有出来指正。他是来听郎本的鼓点节奏吗？郎本与英瑛的小鼓与钢琴的配合完全是随性而为，左次老师按说就根本看不上眼。左次老师在听什么呢？英瑛又想，自己是不是想多了，或许左次老师就是一个普普通通的音乐教师。

音乐本是人族在掌握语言之前就习得的唯一一种与神灵交流的表达方式，但是人自从创建了自己的语言后，只热衷于人与人的交流，就把与神灵的交流渐渐遗忘了，神灵用音乐说什么，人族听不懂了，人族用语言说什么，神灵也不耐烦听了。一个北京城钟楼中学的胖小子郎本由着自己的兴趣，开始渐渐拾回神灵的音乐，这是一件划时代的大事，只可惜，除了左次老师默默地守候着这个尚未完全开窍的男孩，其他人都茫然不知。

郎本凭直觉，总觉得凌青爷爷交代的进入颐和园秘宫的节奏密码、钟楼上的钟声，这些音节里面都有机关。但是他怎么都不能自己独立地琢磨出其中的断句方法和词汇组合。两次上钟楼敲击大钟传递密码，但词汇量有限，并不能形成一个完整的体系。在府学中学的音乐教室里，英瑛随手弹奏的钢琴乐曲给他非常大的启发，但是英瑛不是地境神翊卫，她也许能够理解荒漠的风声，荒漠沙子的摩擦声，但是她不能够深入理解地境神密码。雪斑马在钟楼中学操场上用马蹄敲击了老长老长一段，但郎本只能听懂一半，有很多词汇他听不懂。

郎本东拼西凑，左思右想，也没有一个最终的完美答案，还好，凌爸爸的菜刀声传给郎本一大串词汇，让郎本距离全面掌握密码越来越近了。

左次的儿子叫左右右，学说话很晚，左次老师和夫人一直带孩子四处求医，孩子现在终于开口说话了，这简直是府学中学惊天动地的一件大事，老师们相互见面，头一件事就是要告诉对方："你知道吗？左次老师的儿子会说话了。"左次老师上音乐课，学生们什么都不说，先给左次老师鼓掌，左次老师连忙向同学们鞠躬表示感谢。老馆长拉着左次老师的手亲切地说："天气热，要给孩子多喝一些梨水。"老馆长特意去书店，买了很多很好看的绘本，送给左次老师的儿子，左次老师连连感谢。

一连几天，左次老师和夫人一下班就围着孩子说个没完，他们觉得宝贝儿子的发音简直是天籁之声。

但是，没过多久，左次老师和夫人就发现了异样的事情，这个孩子说话，说的都是成年人的官话套话和新闻社论式的夸夸其谈，这可是把左老师和夫人吓坏了。他们心想，我们从来没有教过这孩子说话，更是从来没有教过孩子这样说话，怎么他一张嘴说话，都是一套一套的呢？夫妻二人试图纠正孩子的这种说话方式，但是孩子不管不顾，依然照着自己的方式说话。

孩子妈妈跟他说："乖乖，我们要吃饭饭了，我们要喝粥粥了。"

孩子忽闪忽闪着大眼睛跟妈妈说："是的，我要在爸爸妈妈的正确领导下，坚决彻底，无条件地完成吃饭这样一个光荣的任务。"

从幼儿园出来，妈妈问左右右："今天幼儿园好玩儿不好玩儿？"

左右右欢蹦乱跳地说："我讲三点体会，第一点，慈祥的老师像阳光雨露，哺育我们成长，在我们幼小的心灵深处埋下爱的种子，第二点……"

左右右讲得像报纸社论一般，左次老师心里不是滋味，他想着怎么才能教孩子说口语，说"人话"，一时无从下手。孩子妈妈已经习以为常，不当回事了。左次老师怀疑这孩子是不是吃错药了，他带着孩子去看心理医生，看协和医院神经科，医生说从没有见过这样的病例，不知道怎么治。找教育专家，专家说这不过就是发育超常，不算是病，兴许还是好事，其他家的孩子想这么能说会道的，还得上补习班练好几年呢。去北京大学中文系语言学专业请教过资深教授，谁也搞不明白，说这不是语言问题，是思想意识问题。左次花了好多冤枉钱，费时费力也没有得出个他满意的结论，更没有人能给左右右开个药方，治一治。

这孩子不说话，是左次老师两口子的心病，开口说话，还是心病。现在左次老师回家都怕和儿子说话，孩子那样一套一套地说话，左次老师面对的哪里是欢蹦乱跳的娃娃，简直就是八股先生。

左次老师心生恐慌。

葛老师、陂复老师都劝左次老师不要太揪心，养个孩子不容易，左次表面上客气地点点头，心里不爱听，心说，你们又没养过孩子，你们怎么知道容易不容易。

葛老师建议左次抱着孩子找内街中学的盈缶老师给看看，左次老师怀疑地说："她太年轻了吧？"

葛老师说："她不仅是中医世家子弟，还是神的翊卫，也许离神近的人看病会有效一些。"

左次觉得此话有道理，就要抱着孩子去找盈缶老师，不过他不认识她，就求老馆长，老馆长跟英瑛说，让她找黎雪，黎雪再跟盈缶老师说，盈缶老师很热心肠，说："来吧，来吧，我可喜欢小孩儿了。"

左次抱着孩子，旁边跟着孩子他妈，来找盈缶老师，李老师也站在一旁表示关心，盈缶看这孩子活蹦乱跳的，不像有什么毛病，但周身却有一股官气，不知是怎么传染上的，就逗他说话，左次老师和夫人也让孩子多说话，给盈缶老师听听。孩子一说就没完，全是长篇，盈缶忍不住呵呵乐出声来。左次夫人噘着嘴有点不高兴了，心里埋怨左次，找的这是哪门子大夫？也不号脉，也不问诊，嘻嘻哈哈地讥笑我们儿子。

盈缶这种大大咧咧的做派不知道得罪过多少人，左次脸上也快挂不住了，不过他还是忍了一忍。盈缶收住笑，和左次分析孩子的病情，左次经盈缶这么一笑，开始不相信盈缶的医术了，他问盈缶："神灵能不能看好孩子这种怪病啊？"

盈缶又不分轻重地甩出一句："神可治不了人的臭毛病。"把左次和孩子妈妈噎个半死。

盈缶也自知话说重了，就把声音压低些，显得严肃些，继续说道："这孩子是中毒了。"

左次和夫人大惊，一是惊异孩子得了重病，二是惊异刚才盈缶还嘻嘻哈哈的，没想到她却说出了心理医生、教育专家、语言学家都没说过的诊断意见。

左次夫人忙问："怎么办？有什么治疗的办法？"

盈缶老师说："我给他开三服药，第一服让孩子到乡下去，多接触底层劳作的农民，多听听苦声痛声悲声怨声，多接触牛羊鸡鸭，听听牛哞哞羊咩咩鸡喔喔鸟啾啾，多听听风声雨声；第二服是排毒，多跑多玩多出汗；第三服是远离成人的官话套话和新八股，远离虚假声、甜蜜声和油腻之声，离得越远越好。"

左次连连点头，挺佩服盈缶老师的医术，左次夫人赶紧找纸找笔，把药方子记录下来。

盈缶老师凑近左右右，下意识地闻了闻，趁左次老师和孩子他妈不注意，低声对身边的李老师说：“这孩子没人味儿。”

李老师瞪了她一眼，人家小孩子才三岁，你怎么可以这么说！

盈缶不把李老师的态度当回事，她转头对左次说：“给你开个方子。”左次洗耳恭听，盈缶说：“你得给孩子改个名字，不要叫左右的右，改叫保佑的佑。”李老师插言：“就是加上单人旁。”左右右忽闪着大眼睛问盈缶：“请问胖姨，什么是单人旁？”在场的大人都乐出声来，盈缶用肉手胡噜着孩子的后脑勺说：“他居然给我起外号，我看这孩子有救。”

从此，左右右改名为左佑佑。

回家的路上，左次和夫人商量，把孩子送乡下姥姥家生活两个月，等回来也许病就好了。

郎本心里想着提防左次老师，但是脸上嘴上做不到，他心善，总觉得左次老师对他好，他不应该把左次老师当坏人，他几次见到左次老师，脸色都很别扭，私下里跟凌青等人说，凌青劝他沉住气，静观其变，郎本为难地说：“我静不下来呀我。”

82

郎本有郎本的心事，郎白有郎白的心事。

郎白提心吊胆，怕仗山神惩罚她。好在有凌青护着她，这一难关总算过去。可是家里也不让她舒心，郎白在郎本家，开始还好，郎爸爸拿她当亲闺女，郎妈妈干脆拿她当作第二个郎本。日子一长，郎白渐渐有些别扭和不适，她发现郎妈妈对她渐渐冷淡，渐渐不友好，最后她感觉郎妈妈并不喜爱她。是啊，郎妈妈喜爱男孩，郎白在她身边生活，她一开始觉得郎白是郎本的心爱的伙伴，但长时间在一个屋檐下生活，难免生出些嫌隙，她既不是郎本，也不是郎本的妹妹，更不是郎妈妈的亲生儿女，郎妈妈如此对待她，好像也并不是意外，原来郎白幼稚地以为郎妈妈对郎本好，就一定会对她好，郎白发觉不是那么回事，率直泼辣的郎妈妈话里话外开始给郎白颜色看，敏感的郎白觉得委屈。

郎爸爸在一旁有心护着郎白，又不便插嘴，郎妈妈管教孩子，这本也没什么不对，但郎白不是郎本，不能那么直白，那么没轻没重，他不好说郎妈妈，一来他对郎妈妈的所作所为都极为容忍，二来郎妈妈拿郎白当作郎本，这只是个人喜好，又不是大原则问题。

没有亲娘亲爹的郎白好可怜，别以为她是一只鹅就不懂这些。

郎爸爸每天下班进门先洗澡，老觉得身上有股单位的腐气，郎本也爱洗澡，是隐隐约约有人说他身上有大厨气，郎白也爱洗澡，她是喜水的大白鹅。郎妈妈一到月底就叨叨家里的水费太贵了，说："你们三个能不能少洗几回澡。"

郎爸爸和郎本异口同声地说："不行。"

郎白也是这意思，但是她不能说出口。

郎爸爸每天吃晚饭时，瞪着电视不眨眼，手边放着手机，随手把《新闻联播》里边的新词新语记下来，第二天及时贴切地转移到单位领导的讲话稿里。郎本想把这些用到写作文里去，爸爸忙说："千万别，千万别。"

郎妈妈埋怨爸爸："你教孩子写写作文，怎么啦？"

郎爸爸回答说："两码事，不是一个套路。"

郎妈妈跟郎本、郎白说："跟你爸学着点，要知道用功。"

郎爸爸没好气儿地说："别跟我学这些。"

郎本扒拉着米饭不耐烦："到底是让学还是不让学呀？"郎爸爸、郎妈妈又都不言语。

郎爸爸在单位自然就沾染上爱说瞎话的毛病，被郎白察觉，郎爸爸面有愧色，悄悄对郎白说："这在单位是迫不得已，没想到把这个臭毛病带到家里来了，你一定要监督我，我在家，面对亲人，绝不能说谎话。”郎白善意地望着郎爸爸，点点头。

郎本跟妈说要吃鱼，说吃鱼聪明，还举鲍迪做例子，郎妈妈说：“贺嘉也吃鱼，我怎么没看出她有多聪明。”

郎本说：“她都快成人精了，还不聪明啊。”

郎妈妈说：“还是吃牛肉给力，我刚看的电视，梅兰芳大师的后人上台唱戏前，必须吃牛肉才有底气。”

郎本说：“牛肉不可少，鱼肉不可缺。”

郎妈妈乐了，答应给儿子买鱼吃。

每次吃饭，郎本的碗都比郎白的碗大一号，郎本不当回事，郎白也不说什么。所有的肉菜都离郎本最近，所有的素菜都放郎白这边。就是郎爸爸随意摆放，郎妈妈也要调换过来。郎爸爸心里别扭：何必这样？就是郎白不吃肉，你也不能这样做。

白鹅出身的少女原本对胖些瘦些这个话题颇不在意。可是周围的女孩都那么在意，那么斤斤计较，郎白也就不能不当回事，时间一长她也确实与周围的同学们达成了共识，确实认为苗条的身材比较好看些，她开始控制饮食，控制体重，保持身型。

郎妈妈看郎本狼吞虎咽看惯了，现在看郎白为了控制体重不好好吃饭极为反感，她说：“我们家养了只小白猫。”郎白不搭言，偷着乐，心说，我是大白鹅，不是小白猫。郎妈妈周末高高兴兴做了一大桌子菜，西北人做菜都是浓味重油，郎妈妈和郎爸爸、郎本吃得兴高采烈，眉飞色舞，而郎白只是夹几筷子就不吃了，郎妈妈心里甚是不快。

郎妈妈愿意看着郎本吃肉，把肉菜全都放在郎本身边，可是郎白不吃肉，一筷子都不动，郎妈妈又不高兴，这可真是难为郎白了，她试着吃些肉，甚至吃些肥肉，取悦郎妈妈，可是她真的觉得胃里不适，感到恶心。

郎爸爸在一旁打圆场说："孩子不爱吃就别强求了。"

郎妈妈随口就甩出一句："娇里娇气的。"

郎白忙说："我可以试试。"

郎妈妈还嫌郎白吃米饭吃太多，一开始郎本还帮腔，让郎白减减肥，少吃些，郎白翻白眼儿，心说，你自己怎么不减？

郎妈妈居然不知道郎白应该穿多大号的鞋，买小了，郎白不穿，郎妈妈就不高兴。郎白极爱干净，郎妈妈嫌她事儿多，过于讲究，西北人哪里有那么多臭毛病。其实郎白没什么新衣服，每天也就是干干净净，体体面面，比起贺嘉、英瑛样式少多了，恨不得连爹娘不在身边的黎雪都不如。郎白倒是不计较，对这些都不往心里去，贺嘉实在看不下去，就埋怨郎妈妈不给郎白买新衣裳，鲍迪不让她说，意思是你说郎本的不是，可以；你说郎妈妈的不是，就不妥了。贺嘉说："我今儿不说，明儿不说，我不能总是不说，人家郎白也是漂漂亮亮的大姑娘。"

鲍迪就是不让贺嘉说，凌青也不让说，贺嘉憋得脸通红，去跟英瑛、黎雪说，骂郎妈妈抠门儿。

郎白板着脸说："不许说我妈妈坏话。"

贺嘉傻眼了，只好闭嘴。英瑛拍着郎白的肩膀，劝解说：“贺嘉是拿你当亲妹妹，就是嘴狠了些。”这话与其说是说给郎白的，不如说是说给贺嘉的，贺嘉里外不是人，心里很别扭。

贺嘉口无遮拦，乱发感叹：“寄人篱下的日子真不是滋味。”鲍迪赶紧伸手捂贺嘉的薄嘴。

刚入夏，郎白咳嗽，贺嘉叫她多喝枇杷水，郎妈妈嫌贵，说多喝白开水照样去火止咳，郎白默默地听着，点点头。郎白耐寒怕热，一到夏天就躲树荫，贺嘉老给郎白买冰激凌吃，就是不给郎本买，郎白每次拿着冰激凌都让郎本哥哥先吃一大口，贺嘉骂郎本没羞没臊，郎本笑一笑，也不往心里去。

郎妈妈管教郎白时，郎白多少次拿眼看郎本，她希望郎本哥哥能站出来替她说几句话，可是郎本自己玩耍着手中的木槌，根本不理解郎白的心思，他一个人独惯了，很少考虑到身边女孩的感受，他还觉得郎妈妈的话很有道理呢，郎白就应该多喝水，就应该多吃肉，这不是当长辈的对你好嘛。再说，郎本心里装着英瑛呢，他一个半大小子怎么会理解郎白，怎么会让着哄着郎白？

渐渐地，郎白开始向贺嘉和黎雪吐露心声，郎白有话不跟英瑛说，她跟英瑛生分。一开始贺嘉、黎雪都没有往心里去，她们都以为郎妈妈对郎白一定比亲闺女还亲，她们怎么也想不到郎白在郎家真的开始受欺负了。

贺嘉听着郎白的话，爽快地说：“郎白你搬我们家来住吧，我们是最亲的姐妹。”

郎白听贺嘉这么说，心里暖暖的，但她依然皱着眉头。

郎白觉得做人难，做人没意思，就萌生了去野鸭湖变回大白鹅的念头。她早晨起来看看柜子里的衣服，心说，当大白鹅就用不着这些漂亮衣服了，看看鞋子，也没有什么用场了，大白鹅在水里自由自在地游荡，穿鞋干什么。她低头看看那些桌子上的书本，觉得这些个倒是蛮有意思，可是这些书本到了野鸭湖不就全都烂掉了吗，我一只大白鹅给其他的大白鹅和鸭子叽里呱啦地讲人族写在书本上的事情，他们哪里有耐心听呢？既然做人没有意思，还留恋这些七七八八的干什么？郎白把桌上的书本一本一本码放整齐，梳洗干净准备出门，临行前，她叫郎本哥哥快起床，上学要迟到了，郎本嘴里嘟囔着：“再躺五分钟，再躺五分钟。”赖着不起。郎白多看了郎本两眼，走出家门。

去野鸭湖的路上，郎白给贺嘉发了个短信，她说她想变回大白鹅，不想再做人了。

贺嘉一看郎白的短信，感到事态严重，立刻跳起来出门去追，走着走着她又放慢了脚步，她害怕去野鸭湖，那个地方给她留下了巨大的心理阴影，她犹豫起来，她有心叫上鲍迪和凌青，又怕惊着郎白，她要叫上英瑛，英瑛和郎本那么近乎，这事不能让郎本知道，那个大嘴哪天高兴不高兴就说出去，会让郎白很难堪，她想来想去，打电话叫上黎雪，两人一同去野鸭湖，把郎白追回来。

两个姐妹顾不上上学了，直奔野鸭湖，一路上着急赶路，黎雪唉声叹气："做人是不如做大白鹅单纯哪。"

贺嘉五次三番给郎白发短信，让郎白无论如何等她们一等，黎雪替贺嘉编词儿："哪怕真是要走，也要让姐妹们送一送。"

贺嘉说："这话说得好，先稳住郎白。"

黎雪多愁善感地望着车窗外，也不知看些什么，也不知想些什么。

郎白呆呆地坐在野鸭湖畔的石头上，等着贺嘉她们来，和她们告别一声。有几只大白鹅凑过来看郎白，还嘎嘎地同她聊天，大白鹅大概是觉得新鲜，怎么好端端一只大白鹅长得一副人模样，鹅们还问郎白："是不是被人欺负了，需不需要我们鹅群来帮忙？"

郎白感谢大白鹅们的善意，跟它们说："我很好。"郎白摩挲着大白鹅的羽毛，觉得很亲切。

郎白心里这个纠结啊，也不知到底是做人好，还是做鹅好，贺嘉和黎雪连呼哧带喘地飞跑过来，拽着郎白的胳膊不撒手，死拉活拽地要郎白跟她们回去，贺嘉说着说着眼泪在眼圈里打转，黎雪说得比较入情入理，好说歹说一定要打消郎白的消极念头。

四周的大白鹅们个个两眼冒火，以为贺嘉她们真的动手欺负郎白，水里的、岸上的大白鹅都往这边跑，鹅叫声把整个野鸭湖搅得水波荡漾。白鹅越聚越多，它们连咬带拽、连推带拱，连扇带打，要把"欺负"郎白的贺嘉、黎雪扔到野鸭湖里去，公鹅冲锋，母鹅助阵，小鹅被强大的阵势挤得前仰后合，贺嘉、黎雪两人奋力反抗，绝不离开郎白半步，白鹅的叫声一声比一声高，一声比一声急，几个急性子的照着贺嘉、黎雪的大腿就咬，疼得她们尖声惊叫，贺嘉、黎雪一只手抓住郎白死死不放，另一只手腾出来与公鹅母鹅搏斗，看得郎白心里难受，她跳起身，发狠地鸣叫三声，喝退大白鹅的围攻。

郎白心里苦。因为私自启动斑兽军团，得罪了仗山神，心里压力很大；好心相劝郎本不要跟英瑛套近乎，郎本就是听不进去，郎白不是忌妒，也不是拆台，她是真心诚意替她的胖哥哥着想，还遭郎本误解，英瑛怎么看，她还不知道呢；郎妈妈还在家里给郎白脸色看，这让单纯幼稚的郎白实在受不了了。要不是舍不得、放不下贺嘉这么个共患难的朋友，郎白早就重新捧起野鸭湖的水大口喝起来了。

郎白听贺嘉、黎雪的苦苦相劝，打消了要变回大白鹅的念头，低着头，垂着肩，跟着她们回城，大白鹅们在后边排着队送出老远，公鹅拍打着雪白的翅膀，算是挥一挥手，母鹅嘴里絮叨个没完。

回到家，贺嘉和黎雪把郎白送到院门口，三个女孩约定，今天的事情不对其他人说。

折腾一天，郎白饿了，她没有胃口吃那些郎本平日爱吃的大鱼大肉，只想简简单单吃碗面条，屋里的郎本也嚷嚷着想吃，郎白站在厨房门口，看着郎妈妈在厨房里忙活，也插不上手，就有一句没一句地跟郎妈妈闲聊天儿，郎妈妈不爱搭理郎白，话也不投机，郎白要帮着郎妈妈剥蒜剥葱，郎妈妈说不用，她说帮着洗两根黄瓜，郎妈妈也说不用。郎白觉得无趣，她看着郎妈妈手中的擀面杖，又没话找话说："咱们家为什么爱用这根擀面杖？我觉得有股麻酥酥的味道。"

郎妈妈头也不回地说："这是郎家祖上传下来的。"一边说一边排山倒海似的擀面条。

83

凌青、鲍迪决定按照老僧人说的路子往前走走试试，鲍迪回到家就研究中国地图，他惊讶地发现，老僧人所说的南京钟山、湖南梅山、陕西秦岭，连上北京，居然形成一个四角方阵。鲍迪建议凌青，把这几个地方逐次探寻一遭。凌青说：“行。”

凌青叫英瑛不要声张，让她和陆珂继续读经文，并且在北京观察诸神的动静，他和鲍迪、郎本去一趟南京。

去南京之前，到了给传心殿时钟上弦的日子，凌青得先把这件事办妥。

听说要去南京，郎白非要跟着，说南京她没去过，想去看看逛逛，小尾巴似的甩都甩不掉，郎本说什么也不带她。

郎本以为英瑛不知道，就特地去府学中学告诉英瑛一声，英瑛装不知道，还假装问，去南京去干什么，正说着，左次老师走进来，有一搭无一搭地跟郎本和英瑛聊天，没说两句话，郎本就把要去南京的事告诉了左次老师。

左次老师对郎本说：“你们去南京可以住在都督中学，

他们是府学中学的音乐课程交流学校，我可以跟他们打招呼。”

郎本一听有地方住宿，就爽快地说：“行啊。”英瑛有点不高兴，她觉得凌青交代过，郎本不应该说这么多，但是当着左次老师的面，英瑛又不好制止。郎本还说，要找一找锻造黑钉的铁匠，左次老师含含糊糊地说，他听说钟山脚下有个地名叫铁匠营。英瑛心里起急，埋怨郎本不应该跟左次老师说太多，但她又犹豫，该不该制止郎本？老僧人与她和凌青约定的就是要刺激地境神仗山神，她把郎本的嘴捂上，那还怎么刺激神灵呢？

凌青、鲍迪、郎本乘坐的火车还没到南京，仗山神的兄弟钟山神就接到消息了。

一座北京城，一座南京城，这是两座有着千丝万缕的历史联系和相袭相承文化脉络的大城市。一座在中国的北方，另一座在中国的南方，一座背靠巍巍燕山，另一座面临滔滔长江。全中国只有这么两座以京城的概念命名的大城市。北京人初到南京，那种熟悉的感觉是到别的地方寻找不到的。

一路上鲍迪始终把着他的iPad计算黑钉布局，郎本在网上查南京哪儿好玩，什么好吃，跟凌青讨论，他俩谁都没把南京之行太当回事，毕竟寻找锻造黑钉的办法也是有枣没枣打三竿子的玄事，不怎么靠谱，只有凌青心里知道此行有些顶撞地境神仗山神的冒险性质，但是他现在又不能跟那哥俩明说。

凌青、鲍迪和郎本落脚在南京市都督中学，郎本对南京咸水鸭津津乐道，鲍迪觉得口味略有些咸，凌青以为南方人吃包子都像杭州小笼包那般小巧，没想到南京包子硕大无比，尤其适合郎本的风格和胃口，三人自是乐得接受，只是觉得肉馅中糖放得比北京的多些。他们三人很快和爽快热情的南京学生玩到了一起。

一到都督中学，郎本就被颇为壮观的校乐队吸引住了，都督中学的乐队建制规整，队伍庞大，音乐老师派头十足，乐队在专门的排练厅排练，看得郎本心痒痒，手里的木槌咚咚咚咚敲打个不停。听着听着，郎本愣住了，他觉得乐队的演奏有些怪异，其中夹杂着他似曾相识的鼓点声，那是类似于进入北京颐和园秘宫时在清华轩的深井入口处敲击的密码，那是类似于北京钟楼上救命的钟声，那是类似于数百匹雪斑马用马蹄击打地面的节奏声。

这是南京钟山神的密码。

郎本心中咯噔一下，他回头四望，没有见到熟悉的身影或有特定含义的眼神。

三人利用课余时间前往钟山寻找黑钉锻造人家，除了老僧人说过南京钟山有仗山神的兄弟，谁也没有提起过南京和北京的瓜葛，不过凌爸爸与凌青聊闲天，倒是说过紫禁城的木匠、石匠、铁匠和陶艺师傅当年都是从南京城迁徙过来的。

到了南京又不知邮编地址，又不知门牌号码，如何找到锻造黑钉的人，总不能去南京电视台播送寻人启事吧。但是事情就是那么蹊跷，凌青、鲍迪和郎本在南京钟山脚下异常顺利地找到了铁匠营，找到了一个叫作黑钉的铁匠铺子。任何一件事情过分地顺当，就要小心了，但是鲍迪和郎本都没有在意，凌青也大意了。

凌青、鲍迪和郎本与都督中学的几个伙伴一同游览钟山，凌青他们说要寻找铁匠营的铁匠铺里的铁匠，都督中学的学生十分纳闷，游览钟山怎么还要寻找铁匠？凌青他们不便多说，怕是南京的学生笑话北京的学生神神道道，不着四六。钟山脚下铁匠营距离都督中学很近，也很容易找到。但是怎样找到的那家挂有黑钉铁匠铺招牌的店铺，凌青他们事后怎么想都想不起来了。

店铺中端坐着一位头戴鸭舌帽的老师傅，就像是早已知道凌青、鲍迪和郎本要来一样，老师傅热情地接待了他们，鲍迪、郎本和凌青谁都没有起疑心，他们真把自己当作来南京观赏风景的游客了。老师傅跟他们聊铁匠工艺，聊黑钉锻造，聊南京的历史。老师傅讲的故事，凌青、鲍迪和郎本心领神会，在仔细认真地听，生怕漏掉一些细节，而几个南京的学生听得丈二和尚摸不着头脑，他们对这些前不着村、后不着店的故事一点也不感兴趣，他们催促着三人尽快上钟山游览。但是凌青他们并不着急，他们想要在老师傅的描述中捕捉更多的信息。老师傅说："锻造黑钉的手艺是世世代代相传的，明王朝在南京建立都城的时候，南京城铁匠营这个地方就设有专人为皇家锻造黑钉，都城被朱棣皇帝北迁到北京以后，锻造黑钉的任务仍然由南京铁匠营的工匠来完成。"

鲍迪听着不对劲，就问老师傅："黑钉是诸神埋设的，跟皇城应该没有关系。"

老师傅笑着对鲍迪说："小伙子，你就是较真，哪个神的活计不是人干的，神怎么会干这些又脏又累的体力活？"

郎本插话问老师傅："听说后来锻造黑钉的铁匠都被宫廷派出的卫兵赶尽杀绝了？"

老师傅回答说："是的。黑钉的功用是个绝顶的机密，锻造黑钉的铁匠一开始谁都不知道这些黑钉到底是干什么用的，锻造的数量无人知晓，锻造出来后运到哪里去，干什么用，也无人知晓。后来有人在锻造黑钉的铁匠中传，说是黑钉是南京城和北京城的地神用来镇守土地的法器，这下子泄露了天机，宫廷派人把知道这个秘密的铁匠全杀光了，只有极个别人逃了出去，远走他乡避难。"

凌青听着这个故事，隐隐约约觉得有什么地方说不通。他还没有插话细问，鲍迪提前问道："您现在还能锻造出黑钉吗？"

老师傅说："说起来锻造黑钉的工艺并不复杂，但是，需要到钟山上去寻找一种特殊的石料。工匠们在开采石料的时候，需要口念一道特殊的咒语，否则，这种石料是无法从山体上开采下来的。"

郎本急切地问："现在还能到钟山上寻找到这些石料吗？"

老师傅默默地点了点头。

鲍迪又问，"现在还有谁会口念这一道特殊的咒语吗？"

老师傅又默默地点了点头。

凌青、鲍迪和郎本几乎同时问：“那您能不能教给我们口念这一道特殊的咒语，让我们去山上开采石料呢？”

老师傅仍然是默默地点了点头。

老师傅站起身，先请南京都督中学的几个同学到屋外去等一等，然后转回身询问凌青、鲍迪和郎本三人：“你们是什么人？为什么要锻造黑钉呢？”

这一下，把三人问住了，凌青、鲍迪和郎本不知道能不能把自己的身份告诉这位陌生的老师傅。还是凌青胆大，他想既然老师傅知道黑钉，就应该不是外人，他开口向老师傅说道：“我们三人是北京地境神的翊卫。”

凌青也知道，如果不这样说，老师傅不会告诉他们锻造黑钉的办法。

老师傅神秘地点点头，他告诉三人，他是南京钟山神翊卫，并郑重其事地向三人传授了那一道特殊的咒语，给他们指明了上钟山寻找石料的路线。三人不敢久留，深鞠大躬告别了黑钉铁匠铺的老师傅，和门外几个南京都督中学的学生一起，向北穿过沪宁连接线，直奔钟山寻找石料。

凌青一兴奋就把老僧人的叮嘱忘到脑后去了，急着要上钟山，鲍迪一路上问这问那，凌青说：“别那么多顾虑，先试试再说。”鲍迪不再言语，郎本耍着手中的木槌，一路走一路看风景，还夸南京女孩水灵。

一路上，南京都督中学的学生，还不明就里地叨叨，去钟山玩儿，有旅游图也有导游也有各种资料，何必去问一个铁匠铺的老师傅呢？凌青、鲍迪和郎本顾左右而言他。

锻造黑钉的石料，隐藏在钟山一个比较幽暗的地方，并不难找，但是一般的人并不会注意这样一个地方。

三人站在石料前上下端详，石料看上去确实怪异，周边山石是青灰色的，而这些石料是乌黑色的，上上下下寸草不生，石料占地面积不大，只是脚下一平方米多一点的地方和眼前的一面石崖。细心的凌青让都督中学的几个学生退后些，他自己定了定神，开口念出神秘的咒语。咒语要连续念七遍，凌青口念咒语时振振有词，旁边南京都督中学的学生听着，觉得很好笑，鲍迪和郎本站在凌青身后，表情庄重。

凌青念着念着感觉不妙，觉得双手和双脚渐渐发凉，一股寒流自下由上飞蹿而来，浑身像是被寒冰冻住了一般。

他预感大事不好，可能是有什么险情要发生，他立刻回头，叫鲍迪、郎本带上南京都督中学的学生赶紧离开，他心想石崖是不是要崩塌下来，可是他的双腿已经失去知觉了，他拼尽最后的气力叫道："快，快离开。"鲍迪和郎本不知道要发生什么事，赶紧带着几个同学往后退。

退出几米开外以后，鲍迪和郎本突然意识到情形不对，他们发现凌青遇到危险，又奋不顾身地反身冲了上来，但是，就这么眨眼的工夫，险情发生了。

凌青被咒语死死地钉在地上，双脚和双腿一动也不能动，咒语的毒性沿着脚下乌黑石料一点一点由下往上迅速发作，鲍迪和郎本起初不以为然，当发觉凌青的身体从脚往头开始石化，变成石头，他们惊呆了。凌青感觉到四肢麻木，渐硬渐冷，他艰难地向鲍迪和郎本哀求道："救我，救我。”

鲍迪和郎本看见这种场面，吓得心怦怦跳，牙咯咯响，三魂荡荡，七魄悠悠。先是不相信自己的眼睛，后是惊愕，再是慌张，再后来就是慌乱无措。他们双臂拥抱着凌青，双手抚摩着凌青的面颊，双眼一眨不眨地盯着凌青的双眼，郎本号啕大哭，语无伦次地喊叫着：“你怎么变成石头了？你怎么变成石头了？”他的悲痛震得周边的灌木和花草都瑟瑟发抖。

鲍迪颤抖着身子大叫：“他受到仗山神的惩罚了。”

凌青身上的衣服还保留着他的体温，渐渐的连衣服也变成了石头。

南京都督中学的学生被眼前的景象吓得一句话也说不出来。

空气像是凝固了一般，谁也没有办法，甚至于谁都没有去想办法，几个人的脑子都停止了转动，只听见郎本还在不停地抽泣，鲍迪也吓得不知所措。

天上下起了小雨。

鲍迪和郎本紧紧地抱着凌青的石身，守护着这尊刚刚还有说有笑、活蹦乱跳的石头，生怕他淋雨，生怕他着凉，生怕他受委屈。

过了好一阵，鲍迪缓过神来，用嘶哑的嗓子向郎本说：“快下山去那个黑钉铁匠铺，快去找那位戴鸭舌帽的老师傅，快让他来救凌青！”

都督中学学生对鲍迪说：“你跟我们一同下山吧！”鲍迪带着哭腔喊道：“我不能离开凌青，郎本你跟他们快去，快去找人来救凌青。”

郎本和几个学生丢了魂似的向山下奔去，鲍迪孤零零地抱着这块石头，一动也不敢动。鲍迪心里乱极了，他怕凌青孤独寒冷，可是石人凌青感受得到吗？鲍迪拿不出个办法来解救凌青，如果说能够用提高温度的办法来软化凌青那坚硬的躯壳，鲍迪会毫不犹豫地解开上衣用自己的胸膛去温暖凌青，如果能用火焰融化凌青，鲍迪也会立刻捡拾山上所有的树杈，给凌青点火加温。可是不行，一切都似乎无济于事。

鲍迪几乎绝望了，这种局面对于一个十五六岁的少年来说，太突然太无助了。鲍迪的眼中一滴眼泪都没有，周围也没有人看他流泪，听他哭诉，冷冷冰冰的凌青也听不到他的话语。变成石头，凌青的心还在跳吗？还可以思考吗？还能破解黑钉的谜题吗？下雨了，凌青会感到冷吗？天黑了，凌青会困倦吗？这么久了，凌青会饿吗？会吗？这一切还会发生吗？

鲍迪想问，可是这些问题应该去问谁呢？

郎本和都督中学的学生不顾一切地向山下跑去，雨水打湿了他们的衣衫，脸上流淌着的不知是雨水，是疲惫的汗水，还是惊恐的泪水。他们上气不接下气地推开黑钉铁匠铺的门，但是他们怎么也找不到那位戴鸭舌帽的老师傅。

店里的师傅对几个学生说：“南京城里怎么会有铁匠铺，我们的店说是叫铁匠铺，其实就是个铁艺用品店，这个店里根本就没有什么戴鸭舌帽的人。”

郎本傻了，难道他们是被骗了？

84

郎本和都督中学的学生奔回都督中学，冲进校乐队排练厅，郎本大叫：“谁是钟山神翊卫？快去救救凌青。”

那几个都督中学的学生也大喊大叫，一百多人的乐队没有一个人回答，大家你看看我，我看看你，不知道谁是钟山神翊卫。郎本急得没办法，拿出木槌，在椅背上反复敲击地境神密码：请求救助，请求救助……一百多学生看着郎本着急，满脸通红，青筋暴跳，听几个跑下山的都督中学学生说山上出现了险情，二话不说，跟着郎本，用手中的乐器敲击弹奏起来：请求救助，请求救助……

南京都督中学的几个学生非常感谢凌青在关键的时候救了他们，如果不是凌青在千钧一发之际让他们和鲍迪、郎本迅速离开，那很可能他们这几个学生通通都会变成石头。如果他们通通变成了石头，就没有人来念正确的咒语，再把他们变回来，他们就有可能永远地在钟山上做石头，直到仗山神怒气消了，解除咒语。

过了好一会儿，音乐老师终于站出来，把手搭在郎本的肩膀上，说：“我是钟山神翊卫，我来帮助你。”郎本起身含着泪，扑通给音乐老师跪下了，音乐老师赶紧把郎本扶起来，全场的学生站起身欢呼不止。

郎本问音乐老师：“您这样做是不是违背了钟山神的旨意？”

音乐老师说：“救人要紧。”音乐老师开车与郎本直奔钟山。

一路上，雨越下越大。音乐老师专心开车，郎本也不便开口多说，快到出事地点，雨小些了，音乐老师才询问了郎本一些情况。

音乐老师奔到现场，他听了郎本前言不搭后语的叙述后，斩钉截铁地说：“你们把咒语念反了。”

郎本连哭带喊地说：“不可能，我们不可能把咒语记反了！”

音乐老师说：“那就是刚才那个戴鸭舌帽的人有意欺骗了你们。”

郎本说：“为什么？他为什么要欺骗我们？我们做错了什么？那个戴鸭舌帽的老师傅到底是谁？”

音乐老师凭感觉，认定那人是南京的钟山神，他说：“先别纠缠这些，救人要紧。”

郎本带着音乐老师来到石料跟前，见鲍迪依然紧紧地抱着石头凌青，音乐老师叫鲍迪松开双臂，叫鲍迪和郎本退后散开，他面对着石头凌青，又把咒语正确地念了七遍，可怜的凌青，这才渐渐地恢复了人的模样。鲍迪和郎本冲上去又一次抱住凌青，这一回，凌青是温暖的了，是柔软的了，是活生生的了。鲍迪和郎本凝望着这位起死回生的好兄弟，眼泪扑簌簌地流了下来，凌青表情还有些僵硬，但他的眼睛也湿润了。

小雨不知不觉地停了，天色完全地黑了下来，凌青三人在音乐老师的带领下离开钟山。

一路上，郎本和凌青的手始终拉着，鲍迪和凌青始终挎着臂膀，三人一刻也没有松开，生怕再被分开似的。

鲍迪小声地问凌青："你感觉疼吗？"凌青摇摇头。

郎本又问："你饿不饿？"凌青点点头。

鲍迪一直在观察凌青的神态和姿势，好像没有发现什么异样。他是担心万一凌青变成瘸子，万一凌青的大脑受到伤害，他们回京怎么向凌青的爸爸说呢？怎么去面对贺嘉、黎雪她们？

凌青不言不语，但他传递给鲍迪和郎本的信息是：不必惊慌，幸无大碍。

三人一路向音乐老师打听鸭舌帽老师傅的事情。音乐老师一句话就把他们说蒙了："我们南京的铁匠是给钟山的钟山神锻造黑钉的，不是给北京的地境神锻造黑钉的。"

音乐老师说，他本人才是真真正正的钟山神翊卫，他们世世代代为钟山神锻造黑钉，他们上钟山开采石料的咒语从来都是秘不示人的，他们也从来没有使用过反念咒语的方法。今天凌青反念咒语被钟山神化为石人，这种事情他也从没有见过，连听都没有听说过。

郎本问："这么说，南京的黑钉和北京的黑钉没有任何关系喽？"

音乐老师说："应该是没有关系，据老辈人说，北京的黑钉不是由铁锻造的。"

鲍迪急切地问："那是由什么材料锻造的？"

音乐老师说："听说是天上落下来的陨石。"

凌青像是自言自语，又像是问鲍迪："那我们来南京干什么？"

音乐老师也纳闷："我也不明白你们为什么要来南京，是谁指路叫你们来南京的？"

凌青一边思索一边判断说："我们是根据北京仗山神的线索来到南京，寻找锻造黑钉的人家，今天白天在黑钉铁匠铺遇到的那位戴鸭舌帽的老师傅也指导我们上钟山取石料，虽然远隔千里，讲的故事却完全一致。难道说这两个人是合起伙来要把我们变成石头吗？"

鲍迪肯定地说："今天的事绝非偶然，也不是我们念错了咒语，必是有神要惩罚我们。"

音乐老师说："我判断是你们在北京做的什么事情惹恼了北京仗山神，他不便在北京惩罚你们，就让南京钟山神出手。"

凌青明白了："是我们未经许可，擅自启动了斑兽军团进入北京城，仗山神要惩罚我们。"郎本加了一句："仗山神把我们三人变成石头，是不是要把我们滞留在南京？"

凌青和鲍迪都觉得有这种可能性。凌青到此时，把老僧人要他和英瑛主动出手刺激地境神和仗山神的预谋告诉鲍迪和郎本，并对他们说："看来，我们确实刺激到仗山神了。"

鲍迪有些后怕地说："这也太危险了。"郎本也是心里犯怵，他还补充说："看来左次老师确实是仗山神翊卫。"他又把出门前跟左次老师的对话重复一遍，断定必是左次老师向仗山神报的信儿，回到北京要找左次老师说道说道。

三个学生一边破解心中的种种谜团，一边原路返回都督中学，音乐老师一直把他们送到都督中学的校园门口。临别时，凌青、鲍迪和郎本拉着音乐老师的手一遍一遍地道谢，音乐老师说："不用谢，你们是北京地境神的翊卫，我是南京钟山神的翊卫，需要帮忙时尽管说话，不必客气，也许哪一天我们还要合作呢。"

回到校园宿舍区，郎本不想那么多，赶紧在宿舍里搜罗可吃的食物给凌青填肚子，他和鲍迪也饿了，鲍迪一口都不吃，把他那一份全给了凌青。凌青浑身没劲儿，脑子里也一团乱麻，就想躺床上歇着，鲍迪出主意说："你最好做做拉伸，活动活动血脉，别让什么地方堵住喽。"凌青一听，赶紧从床上爬起来，又是弯腰又是踢腿，其实鲍迪也是瞎说，没有什么医学根据。

凌青变成石人的事在都督中学传开了，学生们都来看望凌青三人，感谢凌青在危难时刻救了都督中学的学生们，围着他们问北京地境神洌水神和疯沙神的事，凌青不好意思多说，一个劲儿地表示谦虚，鲍迪话又少，添枝加叶讲故事的任务自然落在郎本身上，不过郎本被钟山上的一幕吓得够呛，给都督中学同学们讲的故事也缺料少味，不够精彩。凌青、鲍迪和郎本就要返回北京，三人原本打算给家人和贺嘉、英瑛、黎雪她们买些北京没有的吃食和玩意儿，钟山上这么一折腾，也全都忘到脑后边去了。

从南京回到北京，正是傍晚，户户啤酒炸酱面，家家烙饼酱牛肉，凌青闻到饭菜香味，心里一酸，想着在南京被咒成石人，就吃啥也不香了。郎本从旁议论："这是谁家手艺？宽油干酱，葱姜作料也给得足。"

鲍迪说："就你狼鼻子灵。"

郎本一进门，郎妈妈就发现儿子整整瘦了一圈，疑惑地看着他，问他："怎么瘦了？"

他说："没事，累了。"也没跟老爸老妈多说。

郎妈妈心里想，南京也是繁华的大城市，不至于让郎本饿着啊，她问郎本："想不想吃肉？想不想补一补？想不想解馋？"

郎本也不像往常那样兴奋地张牙舞爪，只是嘴里哼了哼说："嗯，嗯。"

郎爸爸、郎妈妈以为他真的累了，也不便多说什么。郎本回到自己的屋里，躺在床上捂着被子想大哭一场，又怕哭出来让家人觉得他胆小怕事。

从南京回来，郎本像变了一个人似的，话也少了，人也不是那么兴高采烈、眉飞色舞的样子了。其实郎本基本上属于没心没肺那种，老师家长批评得轻了重了都无所谓，他都扛得住，他那胖脸最多阴沉一会儿就没事了，转过来照样吃照样喝，照样乐呵呵地和别人打招呼。但是南京这趟回来他是真让神给镇住了，脸沉了好几天转不过神来。

郎白发现胖哥哥这次远行归来，好像被雷击霜打一般，无精打采，郎白围着郎本前后转悠，郎本也懒得搭理她。

不知道为什么，从南京回来凌青倒是变化不大。按理说这么剧烈的事故，应该对他在形象上、气质上、话语方式上都有所刺激，但是他没有什么变化，或者是说他的变化让人们察觉不出来。神并不是要在肉体上置他于死地，而是从心灵上把他从内到外洗涤了一遍。

凌青、鲍迪和郎本见到贺嘉、郎白、陆珂、英瑛和黎雪，大家七嘴八舌地询问他们在南京前前后后的情况，陆珂还埋怨郎本，也没有带一只南京咸水鸭回来尝尝。南京的情况凌青说不全，因为中间有一段他变成了石头，大家嫌鲍迪话少，就让郎本说，郎本低着个脑袋，半天不言语，没说两句就哇的一声哭了起来。

在场的伙伴们都被这么大的一场事故给吓坏了，看来仗山神要惩罚他们，这不是说着玩的。黎雪不顾众人在场，蹿到凌青身旁，含着泪拽着凌青的肩膀问他："难受不难受？"眼泪在眯眯眼里打转转，凌青本来挺坚强，被黎雪这么一问，心软起来，他一边拉着黎雪颤巍巍的手，一边接着郎本的话头往下说。郎本已经说不下去了，英瑛一个劲儿地安慰郎本，说："你镇静些，凌青都还没哭出来呢。"陆珂这回不笑话郎本了，他用手拍打着郎本的后背，问他都督中学鼓乐队的事，他想把郎本的注意力岔开，郎本会尽快镇定下来。

郎本一想起鼓乐队的事，果然不哭了，他把两条腿搬到椅子上，对大家宣布他的惊人发现，他说南京钟山神的密语和北京地境神的密语是可以交流沟通的。

贺嘉发现久久不讲话的郎白哭得很伤心，大家都没注意，贺嘉安慰她，大家也安慰她，觉得她是被吓着了。郎白一边抹眼泪一边说：“凌青哥哥这次是替我接受仗山神的惩罚，原本仗山神是应该惩罚我的。”

大家听了都觉得是这么个道理，一边夸赞凌青仗义，一边安慰郎白不要太难过。

南京之行把黎雪吓坏了，她蒙着被子哭了一晚上，李老师怎么劝都不行，黎雪要劝凌青退出地境神翊卫，这个使命太危险了，就是凌青爷爷活着，也不会允许孙子冒生命危险去执行使命，但是凌青不听劝。

凌青怎么可能听黎雪的?

黎雪当然觉得委屈，她一边哭一边跟李老师叨叨，说凌青不管不顾，说地境神使命深不可测，我们这些孩子根本就不应该参与，说凌青不能理解她的苦心。李老师深一句浅一句地劝黎雪别哭，她一会儿说长时间伤心会伤及身体，一会儿说哭时间长了，眼睛就会肿起来，很难看，她不顺着黎雪的话茬儿说凌青的不是，李老师觉得凌青、鲍迪和郎本他们没有错，大小伙子遇到什么事就解决什么事，不能见着危难就退缩，但是现在黎雪感情很冲动，李老师也不便跟她掰扯，说轻喽不管用，说重喽黎雪接受不了，李老师说是老师，其实就是个大姐姐，她和黎雪此时此刻也就说说话儿、做做伴儿而已。

黎雪问李老师："这要是换您，您会拱着凌青往上冲吗？"

李老师回答："我不会拖他后腿，我会助他一臂之力。"黎雪不言语了。

凌青从南京回来，只是跟凌爸爸轻描淡写地说了说，说是受到仗山神的处罚，仗山神怎么处罚的，凌青也没说，凌爸爸也没往心里去，只是说仗山神这一关，怎么都得过，谁让你们得罪了仗山神。可是黎雪嘴碎，非要把凌青在钟山被仗山神变为石人的经历告诉凌爸爸，哭天抹泪地说凌青受了多么大多么大的委屈，她替凌青怎么怎么难过，凌爸爸喜欢这个平日里笑眯眯的女孩，感觉到她对凌青的亲近，跟黎雪问了很多细节，黎雪特别认真地说："应该让凌青去医院拍个片子，做个全面体检，看看凌青的身体是否受到什么损伤。应该给凌青买只老母鸡炖汤补一补。"黎雪嘚啵嘚啵说个没完，说得凌爸爸心里难受。

临走，黎雪还叮嘱凌爸爸一句："凌青回来您别跟他说是我说的，凌青要强呢。"凌爸爸觉得黎雪想得挺周全。

凌青回来晚，回来就想上床躺着，凌爸爸进到他的屋，一句钟山神的话都没提，坐在床边和凌青聊了很多话，不时用手抚摩凌青的臂膀。

凌爸爸心里知道，地境神翊卫的使命是躲不过去的，什么照片子，做体检都无济于事，儿子在爸爸的心里分量足够重，让他免于苦难却又不可能。凌爸爸只能忍住，一句拖后腿的话都不说，凌爷爷为使命耗尽终生心血，凌爸爸为使命背负那么大的愧疚，现在凌爸爸看着凌青，还能说什么呀。

凌青也没察觉出爸爸与平日有什么不同。

凌爸爸还说："黎雪这孩子挺讨人喜欢。"

凌青说："嗯，还行。"

凌爸爸又说："对女同学要客气些，不要总是大声吼叫。"

凌青乐了："您什么时候看见我对黎雪大声吼叫啦？"

凌爸爸说："你们这么大的男孩子就是不耐烦。"

凌青说："那是你们那代人的事了吧？"

父子俩说着聊着，好像没有钟山神这回事一样。大狗往凌青身上蹿，跟凌青套近乎。

85

回到北京，凌青等人上灵山跟老僧人汇报南京之行遇到的险况，说着说着后脊梁还发麻，老僧人听完，不仅不同情凌青他们，反倒把凌青批评一通，按照老僧人的看法，这次南京之行就是冒险，就是蹚雷，鲍迪郎本两人不知内情，而凌青缺乏足够的心理准备，仓促莽撞上阵险些闯下大祸。老僧人黑着脸问凌青：“你多大了？”

凌青不知道老僧人为什么问这个，随口答：“快十六了。”

老僧人说：“你们的南京之行不像是十五六岁的学生所为。”

凌青有些不服气，明明是仗山神、钟山神合着伙地欺负人，怎么还埋怨我们的不是？

老僧人说：“别人我不说，我只说你凌青，明明知道是冒犯仗山神，为什么不加以防范？遭遇恶人为什么事先没有预案？遇到危险为什么不能有效迅速地逃脱？现在形势很微妙，我们要刺激诸神有所作为，但是万万不可以自己的身体为代价，万一你们三人都留在钟山做石头，谁来保护北京城？”老僧人的话入情入理，凌青不得不承认自己鲁莽。

凌青、鲍迪认定左次老师是仗山神翊卫，郎本认定是左次老师为仗山神通风报信，起了很坏的作用，他的内心始终转不过弯来：“一个好人，怎么能够这样？”

老僧人不动声色，他平静地问凌青三人：“你们去南京是不是我们自己决定的，为什么埋怨左次？我们要刺激地境神仗山神，左次通知仗山神，不是帮助了我们吗？”

凌青不纠缠左次老师的身份，问老僧人下一步怎么办，老僧人反过来问凌青：“你说呢？”

鲍迪、郎本都看着凌青，凌青说：“不能就此罢手，接着刺激仗山神和地境神。”

老僧人脸上露出不易察觉的微笑，他觉得仗山神两次出手都没有吓倒凌青，看来凌青轻易不会低头，老僧人喜欢凌青身上这股劲儿。老少几人商议，由凌青带队再去一趟湖南梅山，会会仗山神的另一个兄弟。

从灵山下来，郎本拉上英瑛、陆珂就去找左次老师，当面问问他。出乎意料，左次老师也不躲也不闪，爽快地承认自己是仗山神翊卫。他说仗山神打算把凌青三人留在南京，没想到仗山神会把他们变成石头，左次老师说：“我没有害人之心，自从疯沙神之战我就三番五次要帮助你们，你们拿我当外人。”郎本他们这才想起来，疯沙神之战和桀木神之役当中，左次老师都要求参与。

左次老师平静地说：“仗山神不是恶神，不过是性情刚毅，做事固执。我们各路翊卫应该团结，这一点，老僧人是对的，你们应该听进去他的话。”

陆珂插嘴说：“您是仗山神翊卫，我和英瑛是疯沙神翊卫，郎本是地境神翊卫，这不是很团结？”

英瑛说了一句：“看似很团结，其实很纠结。”

郎本对左次老师说：“看在我做您音乐徒弟的分儿上，以后仗山神要下狠手，您务必事先跟我招呼一声。”

陆珂又来揶揄郎本说：“一副怕死鬼嘴脸。”

鲍迪在南京受到惊吓，回家不敢跟姨妈多说，怕姨妈担惊受怕，就忍不住跟贺嘉多聊，往贺嘉家多跑，鲍迪和贺嘉越走越近，两人也不藏着掖着，贺爸爸贺妈妈不可能看不见，听不着，他们再开明也不可能说“这事行，我们认可”。天底下哪有这样大大咧咧的父母，贺爸爸不可能对贺嘉不加管束，贺妈妈不可能听之任之。疯沙神之战前贺嘉变鹤鸟飞走，当爹当妈的觉得女儿受了委屈，让着她些，那也不能由着她为所欲为，他们就是真心喜欢鲍迪，也不可能直白地表现出来。凌青、郎本、鲍迪都来贺嘉家串门时，贺妈妈、贺爸爸对凌青、郎本大大方方，话也多，脸上也总笑呵呵的，对鲍迪就很拘谨，本来鲍迪话就不多，贺妈妈、贺爸爸不主动说些什么，场面就很冷淡。

贺爸爸还给鲍迪颜色看，在智力上考他，拿自己肚子里的学问逼迫鲍迪低头，鲍迪答不上来他就在言语上贬损鲍迪。可是贺爸爸出手几次，发现鲍迪确实是个爱看书的聪明孩子，反而不忍心再欺负鲍迪。

好几次鲍迪单独来找贺嘉，贺爸爸偏要缠着鲍迪下围棋；鲍迪和贺嘉在屋里做作业，贺爸爸一会儿进来一趟，一会儿进来一趟，再过一会儿干脆一屁股坐下不走了。鲍迪不做贼心不虚，贺嘉实在脸上挂不住了，鲍迪前脚出门，贺嘉转过头就问爸爸："您这是干什么，防贼吗？"贺爸爸没防备，反倒被贺嘉问蒙了，一副自己理亏的样子，慌忙掩饰。

本来像贺妈妈、贺爸爸这样的高级知识分子，应该把孩子管教得温文尔雅，端庄大方，可贺嘉叛逆精神极强，很像她在福建老家死去的爷爷和小叔，脾气执拗，个性坚韧，遇事不低头，她奶奶的忍让吃苦，全让她爸爸继承了，在她身上一分一毫也看不出，起码是现阶段看不出。当贺爸爸渐渐发现贺嘉身上展露的贺爷爷身上的诸多优点时，心中暗暗叫好。其实贺爸爸和贺爷爷在一起生活的时间少之又少，他怎么可能看出贺嘉与贺爷爷之间的相似之处？这是闭着眼悟出来的，不用睁眼看。

在此要注明一下，贺爸爸、贺爷爷、贺小叔都不姓贺，他们姓林，在福建，铺天盖地的好多人都姓林，之所以叫贺爸爸，这是随着贺嘉叫。贺嘉本来应该跟爸爸姓，叫林嘉，现在跟妈妈姓，爸爸始终不高兴，因为爸爸全家没有后人了，这事谁都不能提，是贺爸爸的心病。

贺爸爸、贺妈妈对鲍迪的态度，鲍迪十分敏感，他脸皮薄，原本想在贺嘉家得到些慰藉，反而遭到冷落，心里很苦，好在有贺嘉多方开解，贺嘉说："你我有什么错误吗？他们凭什么这样对你，没做亏心事，你怕谁？再说他们这样不尊重地境神翊卫是不对的。”贺嘉拿地境神说事儿，把鲍迪说乐了，鲍迪知道贺嘉比他心宽。

贺爸爸真的没法管贺嘉和鲍迪的事，他不得要领，其实贺嘉、鲍迪二人自身也不见得事事都悟透了，青春就是一股子冲动，一腔子性情，谁用理智用算计度过青春？鲍迪心里有苦，贺嘉来哄，贺嘉使性子，鲍迪来哄，但鲍迪并不擅长哄人这一套，贺嘉就算不知足，也只能忍着，要是凌青、郎本站出来哄她，她还不买账。贺嘉的四周永远是一片凌乱，鲍迪这样的一丝不苟的男生，看着这幅凌乱图景，不仅不恼，反而觉得兴奋。时间长了鲍迪怎么想？天知道。

去湖南，凌青、鲍迪和郎本几人说走就走，走之前凌青他们和英瑛二人加上郎白、黎雪在半眯半醒咖啡屋聚了一次，黎雪把四蔓也带来了，四蔓飘然而至，陆珂也不看英瑛了，也不理贺嘉、黎雪了，忙不迭站起身迎接四蔓，问四蔓渴不渴，他去给买五大连池矿泉水，四蔓头一次听说，自然不拒绝。陆珂扒拉开郎本和贺嘉，噌地一步飞出去，一边掏钱一边跟老板娘压低声音说：“一瓶五大连池矿泉水。”

贺嘉一听，也要一瓶儿，嘴里挤出一连串拉长声儿的感叹词：“哎——哟——喂——”

陆珂明白贺嘉的不满，也意识到自己欠周全，忙改口嚷嚷：“十瓶，十瓶。”每人一瓶，还给四蔓多要一瓶。四蔓有意和陆珂聊得火热，陆珂故意一会儿高声大嗓儿，一会儿神秘兮兮，贺嘉指着陆珂悄悄对黎雪说：“这就是个花心大萝卜。”黎雪偷着乐。神灵翊卫这些事原本沉重，可翊卫们毕竟都是孩子，想着法子寻开心，也是正常。

下午的咖啡屋客人不多，老板娘由着这几个孩子闹腾，省得她干坐着想儿子。四蔓回头跟贺嘉闲聊画画的事，贺嘉自以为是半个艺术家，跟四蔓显摆色彩、构图之类的，没想到四蔓颇不以为然，嫌人族对色彩的区分太粗糙，说我们木族对色彩的划分相当细腻，你们人族凡胎肉眼对色彩太不敏感，四蔓嘲笑贺嘉的画作，说是用色粗糙，贺嘉不爱听，说：“我是陂复老师这几年的徒弟中颜色感觉最好的学生，你还看不上？”

四蔓说：“让我们木族一看，差远了。”四蔓给贺嘉讲木族的颜色词多达上万种，贺嘉听得差点背过气去，她拉住四蔓的胳膊，赶紧给四蔓掏巧克力，泡乌龙茶，央求四蔓把木族的颜色系统传授给她。四蔓爱吃巧克力，但不爱喝乌龙茶，不过她喜欢贺嘉这个爽快的姑娘。两人成了好朋友。

凌青说去湖南，英瑛、陆珂依然盯着疯沙神的事，黎雪和郎白原地待命。贺嘉在一旁插嘴道：“去湖南梅山，我要亲临现场，你们这些男生就是粗心。”郎白也嘟囔着要去，她说她比一般人敏感，关键时刻不能出手拼杀，但是能预警，这次郎本不拦着了。但是湖南罴村那个地方很荒凉偏僻，郎本嫌郎白累赘，郎白赌气说：“你不带上我，你出门就得挨揍。”郎白的话把大家都逗乐了。

郎本不拿郎白当回事，说：“你又不是我的保镖。”

临走，四蔓问老板娘：“五大连池矿泉水是不是常有？”

老板娘说："你常来，就常有。"

四蔓说："我想回老家时给哥哥弟弟妹妹们带些，这山泉水应该和我们老家的雨水不是一个味儿。"

老板娘说："你要多少我给你预备多少。"

四蔓说："我什么时候走还不一定，得要一千瓶。"

老板娘乐坏了，说："你怎么会有一千个兄弟姐妹？开玩笑吧？"

四蔓也乐了，她说："我们是个大家族。"

陆珂要多嘴说出四蔓的身份，被四蔓制止。

老板娘说："常来啊，我给你办卡打折啊。"四蔓哎哎地答应着。

郎白满心欢喜地回家跟郎爸爸、郎妈妈说，要跟着郎本去湖南农村，郎妈妈板着脸不同意，说是要花好多钱，农村也不适合女孩子闲逛，郎白低着头不说什么，就没去成。

86

凌青、鲍迪、贺嘉、郎本四人奔到湖南，寻找那个在地图上几乎找不着的罴村。当地人把罴字念作xū，不念作pí，害得几个人找不着这个村。湖南的大山里，蓝天上的白云像是被有意粘贴上去的，路边的向日葵可以当作进村的路标，长途汽车司机看见了向日葵，就知道该减速进站了，村前的古树比北京的古松树古柏树秀美得多，天上盘桓着凌青他们从来没有见过的白鹭。

罴村的村口，风景也美，空气也好，天朗气清，郎本早把郎白的话忘到脑后，大摇大摆走在溪边的山路上，前面有几个牧童放牛，郎本有些累，就不管不顾地坐在路边的一块石头上，也不看看石头上还放着牧童的帽子，郎本的大胖屁股正正当当、不偏不倚地把帽子压扁。牧童隔着老远，见有陌生人拿他的帽子当作屁垫子，满脸不高兴，一个劲儿地嚷嚷，郎本几人也听不懂他们嚷什么，孩子们说的湘语方言郎本他们根本听不懂。待牧童飞跑上前对着郎本大喊大叫时，郎本才发现做错了什么，起身一看是个破帽子，颇不以为然。牧童不依不饶，要郎本道歉，在牧童看来，这么个大屁股坐在自己的帽子上，是个莫大的羞辱。郎本认为这牧童是小题大做，转身就要离开，牧童上前阻挡，郎本推搡，他也没把个乡村的放牛娃当回事，一心要着急赶路，哪承想牧童一个狠劲儿把个大肉胖子的郎本摔出好几米远，郎本动气，两人厮打起来。郎本和人打架还是有些经验的，但是和罴村里的孩子动手打架，他是头一回，他个子高，体积大，力量也足够，按说占据相当的优势。但是，山坡上坑坑洼洼，他不熟悉，那娃儿速度极快，变化多端，像个斗架的公鸡，一蹿一跳，郎本根本反应不过来，尤其是那娃儿又瘦又矮，专打郎本的屁股和大腿，郎本出手打他，还得猫腰，优势成了劣势，没出几个回合，郎本就开始喘气，脑门子冒汗。可那娃儿越战越勇，郎本却完全没有招架之功，他本以为有能力、有勇气、有技巧对付如此一个单薄、瘦弱、黑黑的小个子。万万没有想到这个小个子出手迅速，反应机敏，拳头像个铁榔头，很有冲击力，双腿一蹦，弹跳得老高，别看脚上只是一双草鞋，但鞋底上绑着的那块胶皮踹到郎本的肉屁股上，生疼生疼的。

郎本自以为是秋斑狼，没想到让个山间的野兔子捶打了一顿。

此时牧童的小伙伴回村报告说，本村的娃儿被一个陌生的胖小子欺负，全村没有外出打工的青壮劳力和中年妇女都拿着锹、铲、木棍、竹竿，一大片跑出村向郎本他们奔来，就连村口大树下晒太阳的老头老太太都跑起来飞快，一个老头，人还没跑过来，手中的拐杖已经嗖的一声飞了过来。

郎本和凌青、鲍迪大惊失色，郎本再也不敢动手还击，生生被牧童仗着人多势众狠捶了好几下子。凌青、鲍迪一边用身子护着郎本，一边高声劝架，没想到那几个娃儿见本村人多势众占上风，也上前借机踹凌青和鲍迪好几脚，贺嘉看局面太混乱，也不敢靠前，只是叽里呱啦乱叫，也没人听她的。

凌青几人谁也听不清楚村里人的方言土语，村里人也不愿意听凌青他们说什么。眼见着郎本大有被乱棍打烂之势，凌青忽然发现为首的像个村主任的人物腰间别着一块玉版。凌青也不说了，也不劝了，急忙解下自己身上的那块玉版亮给那人看，那人一看，立刻大手一挥，大喊："住手。"全场立刻安静下来。

那人问："你们是什么人，从哪里来？"

凌青一边大喘气一边回答："北京，鼓楼底下。"

村里人一听几个孩子是从北京远道而来，都改说起普通话来。

郎本蜷坐在地上用手护着胖脑袋，还不明白发生了什么事情。

那人听罢凌青的回答，劈头盖脸把牧童训斥了一顿，训的是什么，凌青他们也听不大明白，大概意思不是让牧童讲文明懂礼貌那么简单，那人急令牧童将郎本搀扶起来，请他们四人进村，那牧童不情愿，搀了几把也搀不动，郎本自己爬起来，一身的泥土。

在场的村民窃窃私语，不知道这四人是何方神圣，郎本说什么也不肯进村，生怕再挨打，凌青对他说："他们就是我们要找的人。"郎本这才不情愿地迈动步子。

大家前呼后拥进村叙话，山村霎时犬吠鸡鸣，树上的鸟、溪里的鱼都惊着了。村里人细细打量凌青等人，都夸北京的少年像电视上走下来的一般，面容英俊典雅，言语斯文周正，牧童撇着嘴不以为然。

多少年来，从没有北京人来到过这个远离都市的罴村，甚至连湖南当地人，也很少来。村子太偏僻，但凡来个外人，村里人都觉得是来欺负他们的，是来骗他们的土地，骗他们山上的树木的，防范心很重。村主任一看凌青、鲍迪、贺嘉都持有和自己一样的玉版，态度大变，那个牧童撇撇嘴，心说，来四个人，单单那个胖子没有玉版，打他一顿是对的，郎本心说，看来玉版能救我的小命。村长对村民们说："他们这四位少年是从首都北京来的，来我们这里寻找传说中的陨石石料。"

全村的人都来到村委会，男人在屋里找凳子坐下，女人在门外挤着，孩子们扒着窗户的倚着门框的，不敢进屋。村民们议论纷纷，说传说仅仅是传说，谁也没有见过陨石石料。那个把郎本乱捶一顿的牧童插嘴说："如果仅仅是个不着调的传说，那他们带着和村主任一模一样的玉版，这咋个解释？"

村主任说："滚一边去，大人说话娃儿别插嘴。"村里人老规矩多，村主任叫几个妇女赶紧打水让凌青他们洗洗脸，还让人找来些饮料给他们解渴，郎本渴得要命，鲍迪示意他只喝罐装的可口可乐，杂牌子的饮料不要碰。

这牧童和郎本不打不成交，牧童的妈妈一定要拉郎本去她家吃饭，郎本推脱说先谈完正事再说，村主任一瞪眼，说："第一顿饭先在我家吃。"埋怨妇道人家在远道的客人面前也这么没规矩。牧童的妈妈说："要得，要得。"身子往后退退。郎本执意要把自己的帽子送给牧童，牧童不要，说："你的脑壳太大，你的帽子我戴不来。"鲍迪伸手把自己的帽子摘下来送给牧童，牧童很喜欢，鲍迪和郎本看着牧童嘿嘿地乐。

凌青他们先跟村主任谈，说要找陨石石料和锻造黑钉的铁匠，村主任说陨石石料听说过，找铁匠也没有问题，这个村的所有人家都是铁匠的后代，村主任还说原本这个村有一块石碑，记载着关于陨石石料、锻造黑钉古法的各项事宜，但是这块石碑不知道在何时何地消失了。凌青说，北京的仗山神翊卫说，凡是仗山神做事都有记事碑，如果村里保存有石料，就应该有石碑。但仗山神做事隐秘，绝不可能把石碑摆在明面处。凌青和村主任说起黑钉，村主任皱起眉头，问："为什么叫黑钉？"

一下子把凌青问住了，凌青从背包里拿出黑钉给村主任看，说："这难道不是黑钉吗？"

村主任说："我们的传说中没有黑钉这个说法。"

鲍迪也插话说："我记得地境神也不认可黑钉这个说法，还嫌这个名字难听。"那这玩意儿到底叫什么？凌青几个人全回答不上来，他们觉得黑钉叫顺嘴了，就还这么叫着。

村主任把凌青四人安排在村里小学校住下，召集村中各家配合凌青四人寻找石碑和陨石石料。

一连几天毫无所获，既没有找到石碑，又没有找到陨石石料。

这个村有个传说，在很久远的某一年，他们的祖上远道来到这么个周围没有人烟的深山里落脚，就是为了执行一道密令，保存一批重要的陨石石料，并保存锻造黑钉的古法。全村人对外守口如瓶，秘而不宣。村民们祖祖辈辈都不下山，无论是山洪、干旱还是虫灾、火灾，他们都顽强地抵抗着。村民坚守着祖辈的秘密切不要以为他们有多么高的觉悟，是他们胆小，谁也不敢违反祖上留下的话，一来担心祖上不饶恕他们，二来同村的人也不会容忍这种行为。但是后来不知道怎么回事，石料的存放地点找不着了，锻造黑钉的古法也失传了，久而久之，村里人就把这回事当成传说了。

现在年轻人都进城做工了，还有人发了财，如果说石料要守，古法要守，那这样一个传说也要守吗？起码到目前为止，村民们还在守，他们每年选出几家人留守，不许外出打工经商，不许离开村子，其他几家要为他们这几家人交纳底金，并确保他们的孩子进学校念书。现在村中留守的人，除了村主任，好多人都记不起来保护石料的古老传说了，只是逢年过节，老年人吃酒时，才会对村里的孩子提及这个近乎神话的故事。

凌青四人走访了村中年岁最大的长者，老人们依稀记得村中曾经有一块石碑，但是没有人能够清晰地记得这块石碑现在在哪里，老人们明确地说，这块石碑应该还在村里，没有人能够移动那块碑，也没有人打那块碑的什么主意，它好像没有什么可用之处。

有什么办法才能找到这块不会说话不会走动的石碑呢？石碑无味，不能牵着大狗去嗅，石碑不是金属，也不能使用探测仪，再说这么个偏远的山村，也没有地方去租借到探测仪。

凌青四人只能把寻找石碑的事情暂且放一放，几个人在小学校帮着乡村教师给娃儿们补习功课。凌青补习语文，鲍迪补习数学，贺嘉补习绘画和音乐，郎本不想补习功课，就在食堂帮着做饭。这个偏僻的山村每周只通一次公共汽车，他们没有办法马上离开这个小村庄。

郎本为罴村的小学生们做饭，开饭时总是为自己西北汉子的高大神武而自豪，在小学生面前高声聊天，说起北京城眉飞色舞，唾沫星子四溅，一个劲儿地显摆，罴村的小同学们一开始痴痴地听着，他们没有走出过湖南，他们没去过北京，最后大家看着郎本吹牛的样子，哈哈大笑起来。鲍迪对郎本提醒道：“你知道你吹牛这么长时间，少吃了多少米饭吗？”郎本意识到自己嘴亏了，连忙收住话题，一看，饭锅里的米饭所剩无几。贺嘉一边拿眼睛瞪郎本，示意他话多，一边把自己的米饭分给郎本吃，凌青也把碗中的菜分给郎本一半。郎本嘴里一个劲儿地领情道谢：“够哥们儿，够哥们儿。”

凌青四人几乎打算放弃寻找，他们在湖南停留的时间是有限的，他们想都没有想过小学校的娃儿会有石碑和石料的线索，按常理说老年人说不清楚的事情，小娃娃就更说不清楚了。

凌青几人和村里的娃儿们走到村前溪水边，凌青三人要下水游泳，贺嘉迟迟不动，鲍迪、凌青、郎本邀贺嘉下水，贺嘉死活不肯，一朝被蛇咬十年怕井绳，凌青、郎本都劝贺嘉放下包袱，这里不是野鸭湖，也没有疯沙神咒语，鲍迪也让贺嘉坦然些，他自己率先往河里走，不管深浅就往河里迈脚，结果，连磕带绊，站立不稳，郎本胆小，走在鲍迪后面，反而稳当，见鲍迪摔倒，不去扶，反而笑，没一会儿，他也倒在河水里，凌青就机警些，下河先猫腰。三个人说说笑笑和村里的娃儿们玩在一起，还成心往岸上的贺嘉身上撩水，贺嘉拿起三人的衣裤就要往河里丢，三人连连告饶。

玩够了水，坐在河岸上，娃儿们好奇地问他们，北京城又大又美又安逸，来到这罴村就是为了一个传说吗？村里的孩子们觉得城里人不愁吃不愁穿的日子，看来也不好打发。

凌青几人给孩子们讲地境神、仗山神，讲黑钉布局，讲陨石石料，讲记录这件事情的石碑找不着了，几个人面对娃儿们很为难，讲少喽怕他们听不懂，讲多喽又怕他们年纪小，越听越模糊。突然，躲在角落里的一个瘦娃儿独自笑起来，孩子们都不搭理他，鲍迪眼尖，把他拉到近前，细心地问：“你是不是有话要说？”

他说：“我爸爸的小名就叫石碑。”

“这有什么好笑的呢？”

“小娃儿当然不能直接称呼大人的小名呀，只有我娘有急事时才用石碑这个小名叫我爹呢。”

“为什么村里的老人没有人提及这件事？”

“那得去问我娘。”

凌青四人觉得这是个线索，当天放学就随着这个瘦瘦的娃儿到他家中拜访。

这家人虽说属于这个村，但居住地却离村中心（也就是村委会和村小学的位置）很远，几乎要翻过半个山梁。怪不得凌青他们没有打听到石碑的消息，如果石碑在他家附近，那村中的老人也不一定记得清晰。

这不是一块记载家族历史的石碑，也不是一块记载丰功伟绩的石碑，它当初就没有立在村子的正当中或者其他显眼的地方。

山路上，郎本自以为胆大，偏要走在前头，遇见岔路又不得不回头探问瘦娃儿，凌青、鲍迪较稳当些，跟在瘦娃儿后边，鲍迪还得照顾着贺嘉，其实贺嘉东张西望摇头晃脑走得挺欢，不用他照顾。天渐渐黑下来，前面郎本的脚步就越走越慢了。一路上谁都没有注意，瘦娃儿手里拿着一根顺手的木棍儿，走到家门口，贺嘉才看着蹊跷，开玩笑说：“你看你小小年纪，拿个拐棍做什么？”

瘦娃儿轻描淡写地回答：“草丛里有蛇。”一句话吓得四个城里孩子浑身冒冷汗，郎本吓得脖颈子都僵直了，刚才他欢蹦乱跳地走在前面，难道是给大家蹚道吗？郎本埋怨瘦娃儿："走这一路你为什么不早说？"

瘦娃儿的解释很奇特："今天人多，蛇自然就怕了。"一边说还一边笑。

贺嘉也沉不住气了，说："它怕我们，我们也怕它呀。"

凌青提醒郎本说："你不用怕，但凡是个动物都要惧你三分。"

瘦娃儿的妈妈见到孩子把北京的客人请到家来，十分的高兴，一定要杀一只鸡，给凌青他们做一顿丰盛的晚餐。凌青、鲍迪、贺嘉和郎本见这家人家境窘迫，主人却要杀鸡款待他们，十分过意不去，一再推辞，鲍迪甚至拿出衣袋里的钱要交给女主人，女主人怎么都不肯收。凌青他们推辞不过，就答应留下来吃晚饭。贺嘉拉着女主人的手解释说："我们就是您家娃儿的好朋友，您千万不要客气。"

郎本在一旁也笑呵呵地说："我就帮着学校做了几顿饭，什么课也没有教过。"

女主人回头对郎本说："听说你进村时被娃儿们打了一顿，山里的娃儿真是不懂事。"

郎本挥挥手，尴尬地说："此事不提，此事不提。"

大家都笑了，贺嘉主动向女主人请求："那我帮您做饭吧。"郎本也举着胖胳膊说他会做饭。

女主人说："不用，不用，怎么能让客人动手呢？"并特意问贺嘉四人是不是吃不得辣椒？四人笑着点点头。

吃饭间，大家聊起石碑，孩子的妈妈给凌青他们的答复也并不确定。贺嘉说："我们来到村里两三天了，村主任跟各家都打了招呼。"

那个瘦小的娃儿插嘴说："村主任没有跟我家说。"

"为什么不跟你们家说？"郎本不解，凌青、鲍迪、贺嘉也不明白。

瘦娃儿噘着嘴说："村里人欺负我们家。"娃儿的妈妈不让娃儿乱讲话。

她说孩子爸爸的小名是叫石碑，但她没有见过什么石碑，也没有听孩子的爸爸说起过石碑的事。她嫁进这家，就从没有听谁说过石碑的事情，孩子的妈妈平静的外表下掩饰着不可言说的隐痛，这让凌青他们察觉出些许痕迹，好像女主人不太愿意多说。凌青他们东扯一句，西扯一句，谁也不敢深问，怕问不出石碑的下落，倒把村里的是是非非牵扯出来，他们作为远道而来鲁莽造访的客人，不能轻易打探主人家的隐私，尤其是家中男主人不在，只有瘦弱的妇人和未成年的孩子。凌青心里很急，明明能够确认锻造黑钉的陨石石料就在这个村里，可就是没有头绪，他还得提防着，不要再冒冒失失地遇上仗山神的暗箭。

凌青四人很失望，觉得没有什么收获，还白白吃人家一只鸡，天黑路暗，当晚四人就在这家颇显贫寒的农舍住了一宿。贺嘉和女主人住一起，凌青三人和小孩子在一张大床上挤了一宿，几人都是和衣而眠，他们既没带睡衣睡裤，也没带洗漱用品和毛巾，四人在农舍将就一夜。本来像鲍迪、贺嘉这样的孩子，生活习惯都很讲究，平日不洗不漱是绝不肯上床的，今晚条件太有限了，环境又生疏，只能用热水烫烫脚了事。

凌青每天睡觉都要抱着他的绒毛熊猫，去南京带着，来湖南也带着。不带着，就睡不踏实。鲍迪看到，什么都不说，贺嘉笑话凌青，被鲍迪瞪眼阻止。贺嘉悄声说：“都多大了他呀？”

鲍迪悄声说：“凌青从小母亲不在身边，你不知道呀？”

贺嘉吐吐舌头。

贺嘉一夜没有睡踏实，她是换了地方很难入眠的那种敏感孩子。凌青和鲍迪也没睡踏实，小娃儿总是做梦说梦话，断断续续地叫爸爸。鲍迪闭着眼睡不着，凌青说：“心里没事就会睡着了。”

鲍迪冒出一句：“我在想，地境神假装昏睡六百年，也要一番定力。”凌青不言语，开始微微打呼。

郎本倒是睡得挺香、挺沉。

后山的蚊子欣欣相告，说是来了新鲜伙食，又鲜又嫩，肥瘦适中，味道甘美，蚊子们拉帮奔袭而来，结伙破窗而入，嗡嗡叫着：“哪儿呢？哪儿呢？”径自照着凌青、鲍迪、贺嘉的胳膊、大腿一刺刺扎下来。可是一屋的蚊子眼看着那个最白嫩光鲜的一坨肉，流着哈喇子就是不敢下嘴。早晨起来一看，三人被蚊子叮得惨不忍睹，郎本身上一个包也没有，贺嘉还要奇怪，鲍迪说：“我们家黑猫，凌青家大狗，见着郎本都躲，现在看来连蚊子都怕他。”郎本揉着睡眼嘿嘿乐，好像自己占了便宜。

87

瘦娃儿着急上学，急急火火地出门赶路，凌青他们也赶紧爬起来跟随孩子一起到学校去。郎本想反正这么早到学校也没有什么急事要做，就想睡会儿懒觉，但他又必须跟着瘦娃儿一起走，否则单独一人往学校走，路不熟悉，在山里走迷糊了可就危险了，毕竟这里是一个陌生的山村。

娃儿一路上走得很快很急，他是一个内向腼腆的男孩，生怕迟到受到老师批评。在半道上路过他家的水田时，他索性带着凌青他们偏离山路，从田中的土埂上穿过去，为的是节省时间。

突然，细心的鲍迪发现水田中有些异样，隐隐约约有一块很规整的长方块的水田不长庄稼。

“这是为什么？”鲍迪很好奇。

“我也不知道，这块地很奇怪，从来不长庄稼。”瘦娃儿实话实说。

“是不是地下埋着石碑？”凌青突然有了灵感。

四个人你看看我，我看看你，一起点头表示赞同。那个娃儿像是没有听明白，茫然地望着四个哥哥姐姐。

四人让瘦娃儿继续赶路上学，他们返回去找孩子妈妈，征得她同意后把石碑挖出水面。

村里人有的来帮忙，有的来看热闹，大家兴奋地议论着，这一发现可以说是罴村的头条新闻，众人挖的挖，抬的抬，这块石碑终于浮出水面。瘦娃儿的妈担心众人把地里的庄稼踩坏喽，她躲躲闪闪地又不敢大声说，村主任粗声大气地对她说："莫小气，踩坏的庄稼村里赔偿给你。"瘦娃儿的妈不敢言语了，心里还是嘀咕。

孩子的妈妈没想到远道而来的小客人无意中发现了石碑。这是她男人家几代人苦苦寻找而未能找到的物件，这块石碑有一个久远的故事，这块石碑让她婆家几代人都抬不起头来，因为年代久远，也就没有人再去寻找。

石碑上记载，很多年以前，京城战乱，仗山神指派水泱神的翊卫锦斑鲤，安排一小队人由北京远赴湖南罴村躲藏，秘密保管陨石石料，他们这村人就这样繁衍生息下来，这小队人出北京时锦斑鲤把手中的玉版交与他们，作为日后联系的物证，原来锦斑鲤设想少则几个月，多则半年，他们就会返回京城，没想到这一去就是数百年，日久天长，再也没有能够把陨石石料运回北京。

最近百年再没有人想起陨石石料的事情了。凌青对村主任说："我们在北京从来没有听说过锦斑鲤派出小分队的事。我们四人是枣斑羚、墨斑豹、秋斑狼、羽斑鹤。"村主任听后很是伤感。

凌青在找到石碑后兴奋过头，并没有细心读石碑上的文字，也许是因为石碑上的文字并不难懂，字面基本意思与凌青心里所想大致吻合，凌青也就不去深究，着急要去找黑钉原料。鲍迪说：“再仔细看看。”

凌青说：“不用，这些字的意思你还看不明白吗？”

鲍迪听了凌青的。临起身，鲍迪把石碑的字用手机拍照下来，保存在手机里。

众人在石碑上看到境钉、洌钉、沙钉、仗钉、泱钉、桀钉、炼钉、青钉、赤钉九种称谓，凌青他们能够把前六种和地境神、洌水神、疯沙神、仗山神、水泱神、桀木神一一对应起来，后三个暂时对应不上。凌青、鲍迪他们确实仔仔细细查看过手中的黑钉，样式纹路没有差别，但是他们谁也没有看出黑钉在颜色上是有差异的，石碑上说神钉九彩炫光，被凌青他们当作形容词了，就连贺嘉此时也没有用心分辨色彩上的差异，说白喽，她就是用心也看不出来，因为这种细微的色彩差别只有四蔓能够分辨得出来，此时此刻贺嘉绘画的眼力和手艺也没有派上用场。

贺嘉问村主任：“你们村里的人为什么欺负瘦娃儿一家人？”她问得很直白，这就是贺嘉的性格。

村主任坦率地解释瘦娃儿一家人在村中的境遇，最早瘦娃儿一家在村里是个家境富裕的大户人家，村里的陨石石料的保存据说与他们家有直接的关系，可是时间一久，谁也说不清楚陨石石料的存放地点，也再没有人见过石碑，于是就有人说是这家人监守自盗，把陨石石料盗卖了，或是不负责任地把陨石石料丢失了。从此以后村里人听信流言蜚语，中伤这家人，欺负这家人，排挤这家人，几代几世只允许他们家种薄田，住在远离村庄的山脚下，不许他们参与村内公共事务，一家人现在在村里像个受气包，忍气吞声，不言不语，默默忍受。

一个瘦弱的内向的受人欺负的娃儿，他的父亲的一个不为外人熟悉的乳名揭开了一个惊动神灵的秘密。凌青四人的到来，让这家人重见天日。

瘦娃儿的爹特意从打工的大城市赶回罴村，用当地最高的礼仪款待凌青四人，全村的人都翻过山梁来到瘦娃儿家探望，几百年来，这个贫穷破败的农家第一次这样热闹。第二天一大早，瘦娃儿的爹领着瘦娃儿上山祭祖，瘦娃儿的爹在祖坟前说了好多话，向埋在地下的先人汇报石碑找到了，保存的陨石石料就要找到了，好像地下的先人能够听见似的。

凌青和瘦娃儿的爹谈了很久，凌青想知道更多的情况，想知道为什么要把陨石石料从北京运到这个又遥远又偏僻的罴村，为什么全村的人要把石料当作秘密保护起来，是什么原因把石碑埋藏在水田里。

瘦娃儿的爹也说不出个所以然。

凌青四人在村长和瘦娃儿他爹的带领下，按照石碑上的记载，小心翼翼地进入梅山的山洞，寻找陨石石料。

凌青几人一而再再而三刺激仗山神，丝毫没有退缩之意，仗山神见此情状，改变主意，让梅山神静观其变，看凌青他们到底要干什么。梅山神问仗山神要不要等凌青等人进入梅山岩洞时关上洞门，把地境神翊卫全都关在里边，仗山神皱着眉头说：“不要这样做，我们所有的神谁都不能单方面触碰神钉布局，人族修补恢复神钉布局对诸神来说是一件好事。我们不要再阻止他们。”梅山神又问：“要为他们提供些什么帮助吗？”仗山神说：“不，让他们自己来。”一向冷峻无情的仗山神也渐渐开始接纳这些半大孩子了。

梅山之行贺嘉处处小心，凌青也左顾右盼心神不宁，可是并没有发生危险情况。

山间的攀爬，凌青、鲍迪、贺嘉都是身轻如燕，郎本却是连呼哧带喘，上气不接下气，没几步路就疲惫不堪。但他总是嘴上不服软，大话说一筐。最后还是靠着凌青、鲍迪帮他拿这个背那个的，又拉又扶，就差替他抬腿迈步了。贺嘉心情大好，这几天也不挤对郎本了，走在山路上还有心帮助郎本，郎本还不愿意，贺嘉伸出手拉郎本，郎本并不出手，贺嘉讽刺说：“你的肉手也金贵呀？”

郎本还真腼腆起来：“我不是不领情，实在是我怕把您这娇贵小姐拽到山沟里去。”鲍迪和凌青都笑了。

在山洞中行走，鲍迪问凌青：“你说，北京有地境神，有洌水神，那梅山的山神住在什么地方？”

郎本先插一嘴：“这么荒凉偏僻的地方怎么会有神灵？”

贺嘉不同意郎本的话，驳斥他：“那荒漠之中怎么会有疯沙神呢，你以为神灵都像你一样喜欢大城市？”

凌青语气肯定地说：“我想梅山的山神的大本营也许就

在附近，北京仗山神选择陨石石料的保存地点应该是和梅山的山神商量过的。”鲍迪、郎本、贺嘉三人都被凌青的话吸引了，山洞里发出嗡嗡的回响，也不知是几个孩子说话的回音，还是山神的应答。

在梅山的山洞里，分别放置着九个石箱，每个石箱中保存着每一种黑钉的锻造原料，罴村的村民们保存了黑钉的原料和黑钉的锻造古法，却把九种黑钉的分辨方法丢失了。黑暗中，凌青他们谁都没有在意，到底凌青手中拿的是桀钉还是境钉，而他们从山洞里带回的，却是锻造炼钉的原料。

村民们寻找磨盘，将陨石敲击成碎块儿磨成细粉，加以锻造，村长召集外出打工经商的青壮年全部返回罴村，大家日夜轮班推动磨盘，全村的妇女为青壮年洗衣做饭，老人和儿童为在磨盘旁劳作的人们唱起了风趣活泼的花鼓戏《磨豆腐》，全村的人抓紧时间按照古法锻造黑钉。

嘿呀嘿乐嘿
推豆腐，磨豆浆
黄豆子，粒粒光
黑豆子压破一层皮出白浆
臭豆干上一层灰灰霜
嘿呀嘿乐嘿
绿豆用来灌清凉
红豆送给丈母娘
水豆腐，嫩泱泱

煎豆腐，两面光
干子豆腐，放呀放五香
嘿呀嘿乐嘿
赤橙青蓝紫绿黄
九彩的豆腐莫呀莫放在一个大屉箱

花鼓戏唱得贺嘉走道不稳，几乎要扭起秧歌来。四个孩子完全融入了这个因为锻造黑钉而变得热闹起来、快乐起来的罴村。凌青四人当然也要加入其中，被村主任制止，村主任说锻造古法只能村里人知道，不能外传，村主任提醒凌青四人，他们不是锦斑鲤，不能参与锻造黑钉的劳动，也不能观看，凌青四人说："行啊，造出黑钉就行。"四人在外围干些杂活。

夜晚，昔日伸手不见五指的罴村变得灯火通明，劳动的间隙，凌青四人或站或坐在小学校前的山坡上，一轮明月升上天空，贺嘉轻轻地哼唱起："月亮出来亮汪汪，亮汪汪。"站在身边的鲍迪突然发力，用最高最亮的男高音和了一句："月亮出来亮汪汪，亮汪汪。"后边又自编自创了一句："想起我的那个神灵，在京城。"没想到鲍迪的嗓音如此高扬，情绪如此具有爆发力，字正腔圆，神定气足，全然一副意大利男高音的风范，把凌青、郎本都震到了，贺嘉也是对他刮目相看，三个人高兴地鼓起掌来。鲍迪兴奋地想，补齐了黑钉，黑钉布局的运算就要出结果了。

凌青发微信和黎雪聊天，告诉她罴村的故事与锦斑鲤有关，黎雪很兴奋，后悔没有来罴村一趟。黎雪跟李老师说起此事，李老师说：“我们两位锦斑鲤对这件事一无所知，看来要么是年代久远失传了，要么可能是仗山神有意切断了线索。”黎雪问：“凌青他们这次湖南之行是不是又让仗山神不高兴了？”

李老师说：“我们无论干什么，仗山神都不高兴，他脸上从来就没有过笑模样。”

黎雪脸色不好看，李老师劝黎雪说：“你胆子太小，遇事不能慌。”

黎雪说：“好吧，我试试吧。”

四个人在村里待了一周，把村主任家的腊肉吃了一多半，外加上半袋子笋干。临走的时候村主任非要给凌青带一袋子湖南茶叶，让他带给凌爸爸喝，村主任说凌爸爸肯定是老翊卫，凌青一句两句也解释不清，就收下了。凌青四人拜托村主任锻造黑钉，村主任说，等黑钉锻造完成后，会派专人送往北京，凌青四人要离开罴村回到北京，因为暑假马上就要结束了，全村人出动，送四人离开罴村。

马上就要告别罴村，郎本说什么也要给村小学的孩子们做一顿好吃的，他想去一趟集镇买鸡买肉，可是平日里没有车，他要拿村里的鸡鸭开刀，又怕村里人不愿意，孩子们说，我们这里只有过年过节才有肉吃，最后，瘦娃儿的爹一高兴，让孩子他妈把家里的五六只鸡全杀了，孩子妈心疼得直掉眼泪，把杀好的鸡拿给郎本要手艺，鲍迪看在眼里，把他和贺嘉兜里所有的钱都悄悄塞在瘦娃儿的枕头底下，贺嘉问鲍迪："要不要跟凌青说？"鲍迪摇摇头，悄声说："凌青家也不宽裕。"

郎本号称要让山里的娃儿们尝尝北京皇城大厨的手艺，凌青劝他别吹得太过头，郎本哪里肯听，其实山里人家的大柴锅他根本使不惯，火大火小没法掌握，刀铲锅勺使着也不顺手，酱油和糖都掌握不好分寸。熟倒是熟了，全村的娃儿们连肉带汤全都扫荡干净，可是都不开口夸奖郎本的手艺，郎本看看这个瞅瞅那个，等不来一句夸赞的话，一脸的委屈，他特意盛一碗，问瘦娃儿的娘，瘦娃儿的娘把碗里的肉全夹给瘦娃儿，自己喝了两口汤，笑着告诉郎本，他没有放辣椒和花椒。

临走，凌青、鲍迪和郎本望着孩子们眼巴巴地看着他们手里的iPad，一狠心把三部iPad送给了孩子们。孩子们觉得这里的游戏比郎本做的鸡还解馋过瘾。

凌青四人雄赳赳走出深山，气昂昂奔向大路，郎本全没了进村时的狼狈样，牧童和瘦娃儿活蹦乱跳地送出很远。这次湖南之行充满欢乐和喜悦，会不会乐极生悲，谁也没有预感。

88

郎本回家一进院，还没进门就喊：“妈啊，娘哎，炖肉了没有哇？”

郎妈妈在厨房赶紧应着：“炖啦，炖啦。”

郎白心里说：“哼，肉比娘亲。”

从黑村回来，郎本高高兴兴，给英瑛、郎白都买了礼物，没给陆珂买，他知道他就是买了陆珂也瞧不上眼，不过，给英瑛的礼物要郑重些刻意些，给郎白的礼物就随意些便宜些，郎白笑得特别灿烂地接受胖哥哥的礼物，不挑贵贱，很是珍惜。

鲍迪将湖南之行遇到的事讲给姨妈听，并写电子邮件告诉远在美国的爸爸妈妈。远在美国的鲍爸爸，答应拨专款资助那个黑村的小学校翻建校舍，购买教学用的电脑、投影仪和书籍，并特意强调负责那个父亲叫石碑的瘦娃儿从小学到大学的全部学费。鲍迪和凌青把这个好消息打电话告诉瘦娃儿一家，瘦娃儿的妈妈一个劲地叨叨：“就请四个孩子吃几只鸡，就受人家这么大的回报，这怎么行？”全村的人都觉得这是善有善报。

小小的罴村并没有因重新找到陨石石料并造出黑钉而发财，而得意，而发狂，他们依然像祖辈一样，默默地守护着陨石石料，这些陨石石料还有用处。

郎本问凌青："要不要将陨石石料运回北京妥善保管？"

凌青想了想，严肃地回答："仗山神没这么说。"

去南京钟山，去湖南罴村，既没有征得地境神同意，也没有得到仗山神准许，几个学生就凭老僧人的一个主意，冒冒失失地去了。凌青进入黄地宫，把南京之行、湖南之行汇报给地境神，地境神不得不召见凌青，与他严肃地谈一次。

地境神问凌青："我不允许你们过问神钉的事，你们为什么置若罔闻？谁叫你们去寻找神钉原料，寻找神钉的锻造古法？"地境神特意告诉凌青，以后不许再说黑钉，这个词不吉利，很难听，凌青问："那叫什么？"地境神说："叫神钉。"

凌青按照事先与老僧人商定的口吻回答地境神："我们人族破坏了神钉布局，我们就有责任修补恢复。这是我们分内的事。"他差点又把神钉说成黑钉了。

地境神对凌青开始起疑心，觉得凌青有鬼心眼，凌青很坦荡，觉得自己不得不为人族考虑，既然人族把黑钉布局破坏了，就该设法补救，人族不能亏欠神族。

地境神又问："这件事仗山神有什么反应？"

凌青说："仗山神在钟山出手，企图把我们几个翊卫变成石人。”

地境神自言自语道：“看来仗山神还是对我不放心。”凌青也明白，仗山神现在跟他凌青过不去实际上是和地境神过不去。

几个中学生居然自己开始拿主意了，地境神也不知道凌青这样做是对是错，神钉布局不是一个神的布局，地境神不能左右，他顺着凌青的思路想，觉得凌青他们的作为未尝不是一件好事。但他还是劝凌青小心谨慎。说实话，连他地境神都不敢轻易触碰神钉布局。地境神说：“你们人族胆子也太大了，不要老惦记着人定胜天，搞不好是要吃亏摔跟头的。”

这一年的夏天，北京城的绿色比往年都浓，都重，桀木神虽然败阵而退，可是所有的树木花草因为年轮密语的传播而意气风发，街边的杨树槐树柳树的树叶都比往年大出一圈，油绿油绿的像春天的新叶，树干上滴答滴答地流淌着黏稠的树脂，水泥地面上凡是有泥土的缝隙都无一例外地滋长出绿草，背阴的墙面上冒出一层毛茸茸的青苔，牡丹花芍药花长长久久地开着不肯败去，玉兰花牵牛花败落了就择机再开放一次。成群的麻雀、喜鹊、乌鸦唱着蹦着撒欢儿，它们乐疯了，由衷地感谢这从天而降的突如其来的幸福生活。

早市卖豆汁儿，大大的一袋才一元五角，廉价得几乎像是白给，购买的人居然排起队来了，说是夏天正好解暑败火。陆珂心想让疯沙神每日喝些，不知能否灭其内火。他不由得一声叹息，疯沙神没这份口福呵。

全城的人上火，脾气急，嘴上起燎泡，手心和脚心老是出汗，老馆长给出解释：“水泱神常年不归，北京人火大。”

没过几日，湖南罴村的村长、瘦娃儿的爹就背着锻造好的新神钉坐火车来到北京，凌青、鲍迪、郎本高高兴兴去火车站接远道而来的客人，大家按照老僧人的提议，让凌青把从建筑工地收回的神钉和湖南带来的新神钉，一并放入灵山寺院妥善保存。几个人一进地铁口就被安检拦下了，工作人员说神钉是凶器，凌青他们怎么也解释不清楚，鲍迪跟凌青说：“还是打车走吧，一会儿再把警察招来，说不定神钉就被没收了。”凌青郎本听着有道理，几个人拿起行李打出租车直奔灵山寺院，多花了好多车钱。

村长和瘦娃儿的爹到北京，自然要在凌青家摆上一桌，吃上一顿，凌爸爸和郎爸爸做东，凌青等人加上李老师和黎雪参加，李老师和黎雪一进门，凌青就郑重其事地向罴村的客人介绍说：“这位是李老师，这位是黎雪，她们是锦斑鲤。”

村长和瘦娃儿的爹闻听此言立刻严肃起来，不知道说什么好，握手也不是，鞠躬也不是，村长想起什么，忙郑重地取下腰间的玉版，双手交给李老师，说：“按照我们罴村的传说，这枚玉版是当年锦斑鲤派我们的祖辈逃往罴村保存陨石石料的见证，今天我们回到北京，见到锦斑鲤，要把玉版交还给锦斑鲤。”李老师很激动，不知道说什么好。等大家都落座，李老师问村长关于锦斑鲤的往事，村长也说不出个所以然，黎雪后悔地对凌青说："你们地境神翊卫有秘志，来龙去脉能说清楚。我们锦斑鲤没有秘志，历史上的事看来是失传了。"凌青点点头，对黎雪说："罴村的石碑是梅山的山神刻制的，只记录了陨石石料和锻造古法，没有提及锦斑鲤。"

凌爸爸张罗着大家喝酒吃饭，村长见到凌爸爸显得自来熟，总是拿他当作地境神翊卫，聊着聊着就把凌爸爸说得非常尴尬，他越说他没当过翊卫，村长越是不信，说："我们村里人没文化，可是眼睛毒，我一看就知道你是一个有担当有作为的翊卫。"和凌爸爸酒杯撞得叮当响，凌爸爸借着酒劲儿一个劲儿地灌村长喝酒。村长和瘦娃儿的爸爸，两个人都喝不过凌爸爸一个人。郎爸爸一看这桌上没有处以上领导，就要心眼儿不好好喝，没喝一杯就说要给大家做菜，从酒桌上溜走了，郎本忙提醒爸爸务必要多放辣椒花椒和葱姜，还是凌爸爸实在，自己就喝了整整一瓶白酒，最后喝得东倒西歪被凌青扶着倒在床上，还不忘记叮嘱凌青送客人，嘴里不住地说："送送，送送。"

村长和瘦娃儿的爹都是第一次来北京，凌青他们义不容辞地要带他们逛逛紫禁城、奥运村什么的，还请他们吃烤鸭和炸酱面，没过两天，村长就问凌青，在哪里可以找到湖南辣椒酱，他们两天不吃辣椒浑身无力，打不起精神，凌青一个劲地胡噜脑袋，说："怎么把这茬儿给忘了。"

这个夏天就是马不停蹄地奔走，凌青他们去了南京，去了湖南，英瑛、陆珂又要去内蒙古阿拉善。三个地点，有两个是由老僧人的意愿设定的，源于老僧人和凌青、英瑛的一次谈话，有一个地点是老馆长和陆奶奶设定的。老僧人、老馆长和陆奶奶都不是能够决定整个事件走向的人物，可恰恰是他们给凌青等翊卫指了出路，这些出路还都不在北京，等于是给凌青他们开辟了更加广阔的空间。

去阿拉善是陆奶奶提出来的，陆奶奶一到夏天就念叨还是荒漠部落凉快，这北京城热得老太太喘不过气来，上街溜达怕热，不溜达浑身骨头疼。

陆奶奶说什么也要回到荒漠部落去，她去市场买菜，遇见英妈妈，就撺掇英妈妈带上英瑛与她和陆珂一同回荒漠部落，英妈妈一听就撇嘴，说："我才不去那个鬼地方。"陆奶奶不爱听她说老家的坏话，心说，亏得你还是荒漠部落的儿媳妇，哼。两人谈不拢。

陆奶奶看到市场上有卖蚕屎，这在北京很是稀罕，就买下，费老大劲提回家，给陆珂做枕头。陆珂跟奶奶争论好半天，嫌这东西恶心，说："这都什么年代了，您怎么还让我枕着虫子屎屁屁睡觉？将来我脑子里的唐诗宋词英文数学物理化学全都是一股子青屎味道。"

陆奶奶说："你狗屁不懂！"

陆珂平日光着脚丫子在屋里走来走去惯了，陆奶奶怎么说他怎么不听，陆奶奶说地上寒气重，陆珂说："我就是贪凉。"陆奶奶没辙，只好在地上铺毯子。

把明朝的遐想拼凑成诗行
脚下是古经文的暗示流淌
心中是不知深浅的慌张
瑞斑鹿的流浪
疯沙神的迷茫
荒原深处的灯光
尚未把谜底照亮

英瑛听妈妈说陆奶奶要回荒漠部落，二话不说，就要跟着去一趟，她在荒漠部落没有亲戚，但是按照陆奶奶的说法，一个部落首领的唯一继承人，从没有踏上过荒漠部落一步，是不应该的。英瑛理着男孩子式的短发，眉宇间增添几分英姿飒爽，英妈妈说："这哪里像个公主。"

英瑛说："我才不愿意做公主呢。"

英妈妈说："你不做公主，回荒漠部落干什么，你不做公主，我就做不成公主的妈妈了。"

英瑛说："这个公主干脆让给你做好了。"

英妈妈说："胡来，世袭传承哪里有反着来的。"英瑛偷着乐。

陆奶奶几次把英瑛当作公主伺候着，英瑛都很别扭。陆珂不明白英瑛为什么对公主身份这么反感，英瑛没好气地说："我不像你那么爱显摆，我要的是一份自由自在。"

89

荒漠部落不是蒙古族部落，是汉族的一个村落。

英瑛要回荒漠部落，英妈妈一听就撇嘴哭起来，她觉着很委屈，好像英瑛欺负了她，好像是英瑛不拿她当一回事。她一边哭一边用眼睛观察英瑛，英瑛注意她时，她抽泣的声音就大一些，英瑛不注意她时，她抽泣的声音就小一些。她一会儿说英瑛一个人出门她不放心，一会儿说她要跟英瑛一起去，可马上又反悔说："这不是让我去遭罪嘛。"

她希望英瑛哄一哄她，但是她觉得英瑛没把这件事情看得很重。她心里的确很委屈，这么大的事情，英瑛不该跨过她擅自做主。

陆珂去英瑛家做客，和英妈妈阿姨长阿姨短地聊得火热，英妈妈拉着陆珂的手两眼上上下下地盯着陆珂，让英瑛觉得特别腻歪，当着陆珂的面又不好说妈妈的不是。英妈妈说陆珂疯沙神的翊卫任务完成得很出色，还保护英瑛，理当嘉奖，陆珂故作谦虚说："这是我们陆家几辈子的职责。"

英妈妈说："别提那些陈芝麻烂谷子，你和英瑛是同窗好友。”

陆珂说：“我奶奶说荒漠部落没剩几家人了，我们要维护英瑛大公主。”也不知道这是真心话还是学的陆奶奶的话。英瑛不言语，心里说，少来这一套。

英妈妈不爱听，就说：“你奶奶要回老家，就让英瑛和她回去，你和我咱们留在北京不走。”

陆珂一听就乐了，叉着长腿，偷着拿眼看英瑛，英瑛对妈妈半埋怨半玩笑地说：“行啊，把我的户口改到陆奶奶家，把陆珂的户口改到您这里来。”

英妈妈一听就不干了，松开陆珂的手，望着英瑛说：“那可不行，英瑛是我的心头肉。”

英瑛回她一句：“哎哟喂，我还以为陆珂是您的心头肉呢。”

回到家，陆珂给远在欧洲经商的爸爸妈妈打电话，爸爸不同意奶奶回到荒漠部落去：北京城住得好好的，干什么非要回去？陆珂跟爸爸说，奶奶想家想得不行，再说，主要是英瑛和陆珂要回荒漠部落寻找解读经文的办法。陆珂爸爸在电话另一头唉声叹气，爸爸叮嘱陆珂一定要照顾好奶奶，奶奶岁数大了，经不起折腾。

临行前老馆长特意来陆珂家，给陆奶奶、陆珂和英瑛、英妈妈送行。她特意叮咛陆珂要好好保护英瑛，陆珂虽然点头答应着，心说，光天化日的，陆奶奶和老馆长为什么都不厌其烦地让我保护英瑛，至于的嘛。

见老馆长来了，陆奶奶这下可逮着说话的机会，她不顾陆珂和英瑛怎么挤眉弄眼地暗示，拉衣裳拽袖子地劝阻，抓着老馆长的手说个没完，一定要让老馆长和老僧人复合，陆奶奶动之以情晓之以理地说："您和我都是上了岁数的人，我也不知道咱们俩谁大谁小，我看着您年轻，就叫您一声老妹妹。"

说得老馆长心里暖乎乎的，连英妈妈听得都感动得要掉眼泪，三个妇人一个丈夫死去十多年，一个与丈夫离婚多年，一个一辈子和心爱的人从来没有结过婚，英瑛看着这场面，心里也难受，她拉了拉陆珂，说是叫她们敞开儿聊，咱们别搅和了，粗心的陆珂还要阻止陆奶奶，嫌她碎嘴唠叨，英瑛把陆珂拉开了。

陆奶奶接着说："人这一辈子能遇上几个相亲相爱的人哪，咱们看着太阳从东边出来，从西边落下去，还能有几天哪，你把学校的事情放一放，去灵山和老僧人多说说话，谁生下来就愿意守着寺院做僧人，他心里头也孤苦啊。"陆奶奶想到哪里说哪里，前一句后一句也不挨着，仿佛她今天再不说就永远没机会说了。

老馆长一开始客客气气地听陆奶奶唠叨，越听越亲近，越听越心酸，她这个岁数的知识分子，孤单单一人平日里也没有人和她聊天说话，就是聊天说话，也拘于情面，不说这些家长里短，今天不知是不是因为大家都是疯沙神的翊卫和亲属，越聊越近，还是因为陆奶奶一家和英瑛一家要出远门，有些话再不说，指不定要等到猴年马月去了，她们越说话越多，老馆长多少年月没有聊得这么合心了。

陆奶奶说到老僧人也孤苦，老馆长一下子忍不住了，流起眼泪来，英妈妈慌乱起来，人家老馆长登门家访，我们把人家惹哭了，这怎么能行，她不知是端水好还是递纸巾好，脸上表情极其尴尬，刚才那股子与人为师的劲头早就跑没影儿了，陆奶奶倒是极其镇定，她用手摩挲着老馆长的手背，嘴里劝慰着："哭出来就好了，哭出来心里就畅快了。"这一边三位老人演出一幕又凄苦又温暖的悲剧，那一边，英瑛和陆珂躲在里屋，一声不敢吭。

倔强的陆奶奶终于如愿，返回荒漠部落，陆珂从出门到抵达，一路上伺候着奶奶，听奶奶不厌其烦地叨叨，奶奶的话越来越多，越来越乱，几乎没有了条理。陆珂只顾玩自己手里的iPad，奶奶的话一句也没有听进去，就觉得奶奶的话像一阵荒漠中的风，呼呼地刮过去，又呼呼地刮回来。奶奶讲着讲着就用手拽拽陆珂的胳膊，问："我说的话你听进去没有？"

陆珂眼睛盯着iPad，头也不抬地回答奶奶："听进去啦，听进去啦。"心里不耐烦。

英妈妈哭归哭，闹归闹，还是要跟着英瑛一起去，英瑛英姿飒爽地走在前面，后面尾随着手持大箱小包的英妈妈。英妈妈一路走，一路使唤英瑛和陆珂轮流拿着这些大大小小的箱子和旅行包。

英瑛特意穿了一身淡绿色的冲锋衣，她知道荒漠部落渴望绿色，她想为部落的荒凉和孤寂带去些生机，哪怕是一点点也成。陆珂喜欢白色夹克，也喜欢白裤子，是不是要跟疯沙神保持一致，还是心有灵犀，都不好说。

整个村落无精打采，绝大多数的房屋已经没有居民，门窗破旧，满院子连杂草都是枯黄的破败的，牛和羊走几步歇几步，也没有吃也没有喝，蔫头耷脑混日子，鸡和狗除了靠墙根打盹，就是趴窝里发呆。老头背也驼了，老妈妈皮也糙了，姑娘小伙进城的进城，上学的上学，谁也不愿意在部落里守着。放眼一望，就天空正中的日头永远是凶巴巴毒辣辣地晒着，精神头挺足，陆奶奶一行人的到来，给荒漠部落算是带来些生机。

陆奶奶一回到荒漠部落，一踏上故乡的土地，立刻就撒开了欢儿，高兴得像个顽皮的孩子，这么个高龄的老太太忙前忙后的，嘴里居然哼起了小曲儿，一闻到故乡白沙和枯草的气息，陆奶奶原来的厉害劲儿全没有了，陆珂一下子觉得奶奶可爱了许多。陆奶奶挨家挨户地串门，带着英瑛和陆珂认识这是黄驼爷爷，那是沙狐奶奶，这是琴弦嫂子，那是铜马鞍大叔。沙狐奶奶见到英瑛的眉眼极像是当年老首领，眼泪止不住地流淌，这位风烛残年的老太太拄着拐杖，依着门框，求英瑛以后要常回来看看，英瑛拉着老太太的手不住地点头，嘴里“嗯、嗯”地答应着，全村的大人小孩，包括牛羊和狗都围拢过来，看望英瑛，人也呼，牛也叫，让英瑛心里热乎乎的。大家欢迎英瑛公主回到故土，英瑛心里一下子还很难适应，她在北京特别不愿意别人说她是公主，说白了是她不愿意担这份责任，可是到了荒漠部落，所有的乡亲，所有的牛羊，所有的胡杨树都眼巴巴地看着她，她还能说什么呢。

到荒漠部落，英瑛对一切都感到很陌生，又都感到很亲切，她几乎要掉下眼泪来，可是又没人招她又没人惹她，哭什么呢。陆珂颇不以为然，心说我在电子游戏里见得多了，不就是大沙漠嘛，有什么呀，看把英瑛感动得神经兮兮的，皱着眉拉着脸，至于的嘛。

陆珂漂亮的打扮在荒漠部落非常显眼，乡亲们在陆奶奶面前一而再再而三地夸陆珂长得帅，像当年的陆爷爷，陆奶奶说：“差远啦。”没过半天，陆珂的白衣服白裤子就看不出原本的鲜亮了。陆珂大包小包背来好多北京的点心和真空包装的食品，他和英瑛到各家拜访，把稻香村的点心，五芳斋的酱肉，还有很多巧克力和糖果送给各家的孩子们，特意叮嘱，点心让上了年岁的爷爷奶奶先吃，爷爷奶奶只是意思意思咬一小口，连连地夸赞北京的点心软乎，就都留给娃儿们，老年人拉着陆奶奶的手嘘寒问暖，夸她在北京城里跟着大孙子享清福，陆奶奶把嘴撇得老高，说是北京城不如荒漠部落里舒坦，这话谁信呢。全部落的孩子大大小小全跟着陆珂打电子游戏去了，把个本不宽敞的土房子挤得满满当当的。

英瑛得抽身帮着妈妈收拾屋子，英妈妈初来乍到，嫌这儿脏，嫌那儿乱，把个英瑛支使得团团转。部落里几个大嫂哪里敢让英瑛公主干那么多活，都抢着帮助英瑛，劝英瑛多歇歇，英妈妈还挑剔，别人打扫卫生她还不放心，不满意，偏要英瑛亲自干才成，英瑛示意妈妈，在乡亲们面前不能这样指手画脚吆五喝六的，英妈妈这才收敛些。

老乡们一夸陆珂高大英俊，陆奶奶就乐得合不上嘴，陆珂耐心地配合着乡亲们的寒暄，屋里屋外地走动，脑袋几次磕在门框上，他笑着埋怨奶奶："你们为什么不把门框修高些，出来进去的总磕我脑门子。"

陆奶奶说："修那么高的门框让西北风全灌进来了，这门又不是走骆驼用的。"

英瑛乐了，对陆珂说："你今后别叫陆珂，就叫磕骆驼。"

陆珂忍着脑门子的疼，笑着还嘴："我是瑞斑鹿，不是骆驼。"

陆奶奶的身体时好时坏，不知道是受了风寒，还是心里燥热。英妈妈大呼小叫，让陆奶奶赶紧看病。平常在北京，但凡谁有个头痛脑热，腰酸腿疼，英妈妈就神经过敏，预测一个哭天抢地无法挽回的悲惨结局，叫人家赶紧去医院，不是门诊是急诊，不是问诊是住院。谁要是有个说不出病因的症状，英妈妈就更来劲了，危言耸听，煞有介事，无中生有，凭空捏造，还表现出一副大慈大悲的姿态。这一套在陆奶奶面前全然吃不开，陆奶奶挤对她："你家祖上是开寿衣铺子的吧，嗯，一定是。"

英妈妈一脸问号听不明白。

陆奶奶说："没有谁像你这样，看人家一有小病小灾的就劝人家办理后事。"

陆珂忍不住乐，连英瑛也给说乐了，懂事的英瑛这时候还得站出来给妈妈找理由打圆场，说她妈妈也是出于一片好心。

英妈妈对陆奶奶这上岁数的老人无法还嘴，她心里却一直嘀咕着：“哼，别怪我没说。”

无所事事的英妈妈要全副武装起来才能出门，抹防晒霜，戴大墨镜，裹大围巾，四肢捂得严严实实，袜子是长筒的，鞋子是高帮的，她不愿意在大太阳底下暴晒，在屋里她又待不住，一有机会就四处游荡，养羊她不会，她偏要给小羊羔梳小辫，给小羊羔喂草料，见到小羊羔她就追，烦得小羊羔见她就躲，母羊想抬蹄子踢她，公羊差点拿犄角把她的上衣撩一个大口子，陆奶奶在后边拍着巴掌乐。

她要骑马骑骆驼，又怕马和骆驼拿蹄子踹她，又嫌马和骆驼脏，每次都要陆珂给她护卫着，又搀胳膊又抱腿，费老半天劲儿才把她安置在马背上，陆珂刚要转身走开，她就尖叫，央求陆珂千万别离开，千万别松开手中的缰绳。后来陆珂实在没有耐心伺候她，就找来部落中的少年帮助英妈妈，英妈妈居然还以部落首领的母亲自居，对人家使起性子来了。部落少年憨厚老实，英妈妈怎么说，他就怎么做。

没几天，陆珂就成了全部落所有孩子的大哥，不是他多么有号召力，是他手里的iPad吸引了荒漠里所有孩子的目光，那里边有很多荒漠里的孩子们没见过、没玩过的游戏。

90

英瑛自幼身上表现出的高贵气质，不是一帮十几岁的毛孩子能够慧眼识得的。同学们从着装、谈吐和功课上分辨不出公主和平民有什么区别，只有老馆长一眼就能从一千多名学生中分辨出谁是公主，她的神韵还是与众不同。当然，这个学校，这个社会，没有高低贵贱的差异和等级，但说是这么说，人和人还是有不同，哪怕是细微之处的不同。

英瑛很少提及自己的爸爸，英妈妈高兴的时候也不提，不高兴的时候就拿英瑛的爸爸说事儿，其实英瑛的爸爸年轻时十分英俊，把英妈妈迷得神魂颠倒，英爸爸遭遇挫折后，英妈妈整天碎嘴唠叨，吵得两人没法过日子，最后英爸爸远走高飞，英妈妈哭天抹泪儿也无济于事。英瑛小时候常常因为没有父亲受同学欺负，她是越欺负越坚强。现在大了，尤其是知道自己肩负着荒漠部落首领的重任，她开始想念爸爸，也不知道他跑到什么地方去了。

英瑛的身体里流淌着荒漠部落王族的血，既是高贵的身份，也是沉重的责任，荒漠部落的后裔们对英瑛充满敬意，她的祖先是部落首领，她这一支是整个部落在最后一役的惨烈突围中拼死保存下来的血脉。那一役打得很惨，荒漠部落为了返回聚居地，与阻击他们前进和追赶他们的两部敌军厮杀，最后全部落被杀得仅剩下几十个人，从岔路逃向荒漠深处。陆珂的祖先是首领身边忠诚勇猛的右将军，为了保护英瑛的祖先，舍身护主，被敌军砍杀得遍体鳞伤，混乱中跌落马下，被乱军活活砍死，马踏成泥。事后悄悄返回战场掩埋部落战死者尸体的人，找不到右将军的尸骨，只找到右将军被砍成碎片的衣袍和沾满血水的皮靴，掩埋尸体的人把皮靴权且当作右将军掩埋在白沙之下，将衣袍上两枚染着最后一滴鲜血的铜扣子收藏起来，带给右将军的家人。

是右将军的家人护送首领夫人逃出，保住了首领的血脉。

部落仅存的十几个男女老幼逃入荒漠深处，还是疯沙神心生怜悯，将他们保护了下来，疯沙神的大本营和荒漠部落的聚居地靠得很近，疯沙神在这里困守几百年，他知道此地虽然荒沙遍野，但与母亲的失踪有关，他当年紧赶慢赶追着母亲水泱神的水印从北京城一路飞奔过来，来到这附近母亲的踪影就怎么也找不到了。后来疯沙神看到荒漠部落的人几世几代也不肯离开这片区域，得知荒漠部落也是莫名其妙地苦守着什么，可怎么打听，谁也说不清先人的真实意图。这个没落的部落和这位孤独的神灵，也算是老邻居，年头一长，互生好感。

荒漠部落越是弱小落寞，越是被其他部落欺负，总有不怀好意的强盗听说他们按照先人的旨意守在这里，就天真地以为这里是风水宝地，仗着人多势壮，就把荒漠部落的人从这片聚居地强行赶走，可是强盗部落在这片聚居地什么也找不到，也几乎无法在此地繁衍生息，强盗部落不得不迁徙到有牧草有水源的地方去，荒漠部落和强盗部落、野蛮部落开战多次，只要强盗部落一走，荒漠部落还会返回到这片寸草不生的聚居地来，如此反反复复，荒漠部落的人就是不肯离开这片地方。

最后一役，可怜的荒漠部落被打得只剩下十几个人了，疯沙神急了，这要是把荒漠部落的人通通杀光了，以后谁还能够和我在荒漠中做伴呢，疯沙神在荒漠中开出一条小路，让荒漠部落的最后十几个人得以逃生，这其中就包括陆珂爷爷奶奶的先人和英瑛的老祖。

荒漠部落的经卷在那次奔逃时从颠簸的马车上滚落下来，落入路边的野草窠子里，不知道过了多少年，一位英国探险家骑着骆驼路过这里，他本来要在此处歇脚过夜，没想到屁股底下的石头硌得他生疼，他拿起来随手要扔得远远的，发现手感怪异，借着幽暗的月光仔细一看，才知道手里攥的不是石头，是一卷经文，英国探险家惊得再也睡不着了，盼着天亮，把周围翻了个底儿朝天，一共找到三卷经文，他把经文带回英国，保存在一家不为人知的私人博物馆。

荒漠部落的经卷去年在伦敦大不列颠图书馆展出，惊动了荒漠部落的后生们，他们马上派人赶赴英国，将经文一笔一画地誊抄一遍，疯沙神也千里迢迢地追赶过去，急切地想要知道经文里是不是说到母亲水泱神的秘密，可惜一无所获。谁也读不懂经文。

现在英瑛利用暑假时间，随陆奶奶和陆珂返回荒漠部落，看看在荒漠部落的聚居地能不能找到读懂经文的办法。

我行走在陌生的沙丘之上
心中畅想着昔日的辉煌
可是眼前真的只有一片又一片的荒凉
不知是部落迷失了方向
还是已经靠近死亡
瑞斑鹿饥肠骨碌碌地响
找不到泉水也找不到干粮
祖上啊祖上
请赐予我清醒过来的陈酿

别看英瑛那么能干，其实荒漠部落公主的责任她想躲避，在北京，陆奶奶拿她当公主伺候着，她心里不接受，但也不好当着老太太的面说什么推辞的话，英妈妈和陆珂一提公主俩字，她就烦，到了荒漠部落才开始拿公主身份当回事，这不仅仅是一种身份，也是一种责任，她对眼前部落的衰败凋零不可能视而不见，她对部落的困境和村民们的挣扎不可能麻木不仁，这时候英瑛才算是完完全全地听明白陆奶奶的话了。英瑛短发，长裤，厚靴，过腕长袖套头衫，浑身的男孩子英武之气越来越浓。英瑛越英武，郎本越喜欢，而陆珂越烦躁，英瑛这种柔中带刚，让郎本觉得兴奋，觉得与众不同，觉得有风姿有霸气，有石磬铜钟之声，有金戈铁马之韵。而英瑛这股子气势陆珂压不住，他就烦，照他的臭脾气，怎么可能让一个女孩子盖过自己？不过，这几天陆珂在荒漠部落对英瑛柔和多了，陆珂的变化英瑛没有太在意，她以为是陆珂在荒漠部落被太阳晒蔫了。

一踏上荒漠部落的土地，陆珂对自己的异样也没感觉，可是陆奶奶一到这片土地，就再也不冲他嚷嚷，他一下子觉得奶奶老了许多，心里不是滋味。他开始变得话少了，变得爱干活了，不在英瑛面前摆出一副大男子的样子了。陆珂来荒漠部落头几天，睡在奶奶家大土炕上，总是做梦，梦见奶奶，梦见爷爷，他从没有见过爷爷，他认定梦中那个魁梧高大的老人就是爷爷。他梦见爷爷拉着他的手，爷爷的手全是粗粗拉拉的毛刺，像火炭一样滚烫滚烫的，半夜梦醒过来，觉得自己的手还是滚烫的，他真真切切地听到，大土炕的那一头，奶奶在睡梦中高一声低一声地正和爷爷聊得火热。

陆珂和英瑛在荒漠枯燥乏味的沉闷的日子中学习各种技能，体会其中的乐趣。当地村民放羊，盖房子，收割牧草，陆珂都跟着干，脸晒得黝黑黝黑的，肩膀子上的腱子肉闪着青春的光芒，越来越像个男子汉，走道虎虎带风。英瑛对发电、制酱、种葡萄、孵小鸡、驱赶老鼠也是样样都学。金钱、超市、碳酸饮料都显得不重要了，各种劳动技能让两个北京学生着迷。只要有什么活，陆珂就蛮有担当地说：“我来。”凡事不怕学，只要肯干，陆珂还是干得有模有样的。陆奶奶也不夸，倒是英妈妈左一句右一句地夸赞个没完，说：“我家要是有个男孩该多好。”陆奶奶时刻不忘英瑛的特殊身份，极力阻止陆珂靠近英瑛，每当英妈妈夸赞陆珂，陆奶奶都会想方设法地把话岔开，她担心陆珂没轻没重的，对英瑛有什么非分之想，那可是对不起部落首领的大罪过，而英妈妈总是这样没遮没拦地说个没完，陆奶奶真是心烦。

英瑛、陆珂隐约觉得这个地方怪怪的，自己的祖先为什么在这么一片没有水源没有草木的地方安营扎寨？其实四周并不遥远的地方就有湖泊，就有草场，为什么祖先偏偏死守着这片荒漠。英瑛和陆珂渐渐地发现，干活不怕，没肉吃也不怕，最怕的是寂寞，不可或缺的是音乐，没有音乐，他们简直闷死了，英瑛和陆珂手机里、iPad里的音乐，来来回回反反复复都让他们听烂了，他们还想听，荒漠里太寂静了。

胡杨托起弯刀般的月亮
又轻又重
胡杨自以为得意
却拦挡不住月亮继续西行

英妈妈扭着腰，颠着手，一边走，一边吩咐周围的人，要吃烤面包，要吃培根，要喝咖啡，把部落里的人支使得乱转，大家看英瑛的面子尽量满足她，告诉她有馍馍，没有面包；有疙瘩菜，没有培根；有砖茶，没有咖啡。英瑛劝妈妈别挑，有什么吃什么，英妈妈老大不情愿的，从包里掏出从日本买回来的冲泡咖啡包，教给人家如何把咖啡包架在杯子上，当然事先她得告诉人家，用她自己的杯子，怎么冲，怎么泡，细细说一遍，连显摆带交代，部落大嫂看着新鲜，不敢下手，一杯咖啡费了半天劲，桌子上的馍馍全凉凉了。

英妈妈争着要做疯沙神翊卫，不做翊卫，也要为疯沙神做事情，英瑛他们这些个半大孩子冲锋陷阵，当妈妈的袖手旁观，那不成，英妈妈要上场，要亮相，要耍起来。英瑛和陆珂劝英妈妈不要过分天真，翊卫的事情是有规矩的，不是由着自己的性子来的，英妈妈哪里听得进去。

这天出门，英妈妈心里想着怎么样跟疯沙神谈谈，没想到疯沙神真的来了。疯沙神也不和英妈妈谈什么，一个旋风就把英妈妈吹到天上去了，墨镜、大围巾全被刮得不知去向，英妈妈哭喊着："放我下来，放我下来。"

地面上的羊群被疯沙神吹得几乎睁不开羊眼，小羊羔睁开眼抬头一看，惊讶得咩咩叫起来："那个烦人的阿姨上天啦，那个烦人的阿姨上天啦。"

牧羊犬看见英妈妈有难，撒腿就追，白沙绊住狗腿，沙坑几乎要把牧羊犬深陷进去，牧羊犬依然顽强地追赶。飞到半空，英妈妈觉得上不着天下不着地，飘荡了很久，平日保养得很滋润的脸被吹得如同素面无花亚麻布，头发一缕一缕地乱若晚秋的蓬蒿，衣服下摆和裤腿被风吹得裂出好些奔放张狂的大口子，英妈妈一个劲儿地回头，想辨别方向，想记住聚居地的位置，防备一会儿落下来找不着回家的路。

一阵狂风过后，英妈妈终于落了下来，屁股被摔得生疼，狼狈极了，她顾不得原地喘息，转身就往回爬，好一会儿，她远远看见牧羊犬向她奔来，心中一块石头才落了地。

从此以后，英妈妈再也不嚷嚷着要当疯沙神翊卫了，再也不提疯沙神的事了。

陆珂从来不正正经经戴帽子，帽檐不是朝右就是朝后，直至最后所有人看他正经戴帽子都觉得他傻。在荒漠部落，陆珂每天走十万步，他发微信嘲笑城里的郎本和鲍迪以徒步一万步为荣，他每天在微信圈里把荒漠里的场景发给北京的同学们，英妈妈在天上飞的照片在群里引来一片狂赞，气得英瑛跟他吼："赶紧删掉图片，那是我妈呀。"

荒漠部落的一切都被白沙遮盖住了，荒漠部落的一切生机被白沙埋没得太久太久了。问题的关键不在疯沙神这里，读懂经文才是关键。荒漠部落的后生们要找到祖先暗示给他们需要寻找的东西，这东西是什么？它在哪里？如何能够找到它？他们绞尽脑汁也一无所获。

陆珂和英瑛的使命，当然是要在荒漠部落即将走向尽头的时刻，出手挽救部落走出绝境，但是他们从一出生就与部落失去了紧密的联系，陆珂对部落的印象完完全全是陆奶奶大着嗓门跟他唠叨的，而英瑛对部落的印象仅仅来自于她那个三年两载见不上几面的父亲，他们二人如何担当拯救濒危部落的重任呢？

91

疯沙神邀英瑛陆珂访问白沙堡，本来英瑛和陆珂可以骑瑞斑鹿前往，可是，两个人心血来潮，非要骑骆驼，部落里的两个后生就牵出骆驼，给他俩做向导。沙漠中的日光格外明亮刺眼，天空显得更高更远，英瑛忍受不了炎热的气浪，随手抄起骆驼背上一块宽大的粗布围巾，把自己从头到腿包裹起来，粗布围巾上有一股浓浓的骆驼、牛羊和干草混合的味道，按说城里的女孩是格外敏感挑剔的，但英瑛与一般的娇小姐不同，她能够尽快地适应陌生的环境，接受陌生的物件，甚至于对从未见过的动物、植物以及生人，表现出异乎寻常的兴趣和兴奋。再说，这里原本就是英瑛的老家，是英瑛的根，她不应该感到陌生。陆珂看着包裹着粗布围巾的英瑛，悠然地骑坐在骆驼背上，像一位沙漠里的美丽公主，陆珂也想找一块粗布围巾围上，扮成沙漠王子或沙漠武士的模样，可是他很失望，没有找到。

英瑛边走边琢磨这高大无比的骆驼。骆驼行走自如，十分平稳，像是饱读诗书的绅士，不紧不慢、不急不躁，它们一个个努着圆圆的大眼睛，好像有一肚子的智慧和故事要诉说给你，但它们又默默无语，一言不发。除了忍耐就是忍耐，很少看到它们发脾气、使性子，像个性格温顺的高个子邻家大叔，英瑛也从内心里觉得它们很是可怜，一个个忍饥耐渴地在沙漠中漫长而孤独地行走，没有朋友、没有家园，也没有欢乐。

英瑛能够在几乎没有绿色、没有生机的沙漠中偶尔发现沙狐、沙鼠和沙鸡，她一开始总是兴高采烈地把新发现告诉陆珂，并不厌其烦地向当地的后生问这问那。可是时间不长，英瑛就发现在炎热似火、干燥难耐的沙漠中，多说话是件十分奢侈的事情，她根本没有富裕的唾液支撑着她的舌头不停地转动，她甚至觉得只要一张嘴，高温干燥的空气就会把她的口腔、舌头乃至咽喉里里外外地烘干一遍，她被迫不情愿地安静了下来。

走到白沙堡，两个后生和骆驼原地休息，英瑛和陆珂进入白沙堡拜见疯沙神。白沙堡由连成一线的五处峡谷组成，分别叫作花豹峡谷、龙脊峡谷、牡丹峡谷、一线天峡谷和桦树峡谷。疯沙神的大本营里静悄悄的，比地境神的黄地宫、洌水神的蓝水轩和桀木神的青木垒安静多了，疯沙神是个孤僻的神，平时喜静不喜动，手下的白沙士兵也都少言寡语，轻易不去打扰他的宁静。大本营里处处悬挂着白色的帷幔，每个房间既没有围墙也没有门窗，完全由帷幔分隔。到了规定的时间，由指定的疯沙神部下解开扎紧风袋口的绳索，让烈风把白沙堡里的白沙从上到下从里到外翻腾一遍，然后又重新扎紧绳索，恢复平静。

疯沙神用砂杯砂壶请英瑛和陆珂喝沙棘汁和枸杞汁，询问英瑛和陆珂，经文读得怎么样了，来到荒漠部落有没有什么新的进展。英瑛说阅读经文仍无进展，疯沙神很失望。

疯沙神周身的白色是盐分在阳光下的熠熠闪光，他心中的苦涩也是因为荒漠中水太少，温度太高，环境中的盐分渐渐聚集、浓度过高使得疯沙神的心又苦又涩。

疯沙神不会写诗也不会唱歌，但他喜欢倾听像流水一般悠扬的歌唱和像泉水一般叮咚作响的诗句，他在府学中学选择的两位学生陆珂和英瑛，恰恰是全校最爱唱歌最爱弹琴的学生，虽然这两项技能对于以高考为第一要义的府学中学来说都无法端上台面，但是疯沙神喜欢，他真的很喜欢。

陆珂正在长身体，食欲很旺，这一点疯沙神有些看不上，他喜欢陆珂那一双宁静的、像鹿眼一般单纯的明眸。疯沙神与陆珂相处时也不说这些，他不擅长与身边的人交流，除非万不得已，他几乎是一声不吭。

疯沙神和英瑛陆珂的谈话很无趣，说着说着就说不下去了，双方都很尴尬，疯沙神不会没话找话地聊天，英瑛、陆珂知道和疯沙神聊经文之外的日常话题，疯沙神也没有兴趣，只好找个说辞，起身告辞了。疯沙神站起身，点点头，一句送行的话也没说。

两个人情绪低落地走出白沙堡，两个部落后生见英瑛和陆珂苦着脸，想必是和疯沙神谈得不甚愉快，就不说什么，四个人骑上骆驼，原路返回。

走着走着，骆驼忽然停住了优哉游哉的脚步，耳朵直竖，连脖子上的鬃毛也直竖了起来，眼睛里发出无助的目光。稍大些的一位部落后生立刻从骆驼背上翻身跃下，双眼瞭望着远方的天空，耳朵搜寻着空气中异样的响动。

他大喊一声：“沙尘暴要来了。”另外一个部落后生立刻翻身从骆驼上跃下，陆珂也连滚带出溜地从骆驼背上下来，又伸出援手帮英瑛从高高的骆驼背上下来。

部落后生果断地指挥大家把驼队牵到一处较为平缓的沙坡，让骆驼一头挨着一头形成一堵半圆形的围墙，静静地卧在沙坡上，两个部落后生拥着英瑛和陆珂躲避在高大骆驼拥成的围墙里面，他们用长长的腰带把英瑛他们和自己连接在一起，双手紧紧地拽住骆驼身上的鞍绳不放。

等待着，静静地等待着。

起先隆隆的像打雷又像敲鼓的声响贴着地面滚滚而来，敲打着地面把人们震击得如同热锅上的豆子，弹跳得让人心慌意躁；随之而来的沙尘把白天搅得暗无天日，狂风怒吼，飞沙走石，白沙吞噬了大漠中的一切。

英瑛的头抵着陆珂的屁股，陆珂的腿踹着另一个部落后生的后腰，英瑛和陆珂的手死死拽着骆驼的尾巴，他们的外围是忠诚厚道的部落后生，部落后生的背后是顽强忍耐的骆驼。

沙尘暴从来临到消退，英瑛都紧闭着双眼，不敢睁开，恐怖的场景她一眼也没看到。沙尘暴过后，听从部落后生的命令，英瑛和陆珂缓缓地抬起头，抖落下头上、肩上厚厚的一层沙子，你看看我，我看看你，两人像是刚从泥土里扒拉出来的兵马俑。因为受惊吓，高度紧张，英瑛感到双肩酸痛，手指缝里夹着好几根骆驼的棕黄色尾巴毛，陆珂的双腿也麻木得不听使唤，后腰疼了好一会儿缓不过来，英瑛双眼中浸出的泪水和眼睛四周的沙尘糊成了泥，黑黑的两个圈圈，和大熊猫有几分相似。

他们从沙堆里站起身，费力地拔出脚。回头一看，几峰骆驼半个身子埋在沙子里，站不起来。

陆珂望着骆驼，心生感激之情，他要用双手把骆驼从沙堆里刨出来，英瑛心想，这得干到什么时辰才能把几峰大骆驼刨出来呢？但她也下手刨起来，不能眼见着可怜的骆驼深陷沙中，不管不顾。

这时，一位部落后生来到一头大骆驼面前，一手有节奏地牵动缰绳，一手抚摩着骆驼的额头，口中唱起一首悠扬的歌谣，歌谣开头舒缓低沉，继而明亮高亢，英瑛听得入了迷，陆珂觉得对着大骆驼唱歌，这多少有些荒唐，大骆驼则心领神会，它眨动着明亮的双眼，低头躬身，启用全身的力气，从沙堆里挣脱出来。

英瑛和陆珂看呆了：部落后生居然会唱大骆驼能听懂的歌谣。

部落后生依次用同样的手势，同样的歌谣，唤醒其他几峰骆驼的精神，让它们自己从沙堆中拔身而起。

英瑛让部落后生教会她吟唱那首神奇的歌谣，部落后生唱了两遍，英瑛仗着自己的练习钢琴的底子，能记住旋律，但是记不住歌词。她脑海里猛地闪现出郎本说的一句话：“经文念不懂就背，背不懂就唱。”

英瑛仿佛明白了什么，催促大家立刻返回部落，陆珂没弄明白，以为是刚才的沙尘暴把英瑛吓迷糊了。

回到部落已是傍晚时分，英瑛也不回家，拉着陆珂去找部落里的年长者请教，能不能用吟唱或二弦琴演奏的方法解读经文，长辈们又点头又摇头，英瑛和陆珂被这场景搞蒙了，黄驼爷爷颤颤巍巍地对英瑛说：“我们点头，是说经文从来都是吟唱的；我们摇头，是说即使吟唱，我们这辈人也不明白经文到底说些什么。”黄驼爷爷都犯难，英瑛和陆珂就更没辙了。经文上到底说的是什么，是劝人向善，是养牛养马的秘籍，还是逃难路线图？可能都不是。英瑛猜想，一个即将灭亡的部落，一个即将消失的文明，不是靠善良和仁慈能够死而复生的，世间的事情没有那么简单，尤其是事关生死存亡的大事。

陆珂到英瑛家找英妈妈要吃的，英妈妈这里有从北京带来的零食。英妈妈这几天在荒漠部落，闷得慌就偷偷吃零食打发时间，她舍不得给荒漠部落的孩子们吃，刚刚来时，给大家送些见面礼，意思意思就得了，自己私存很多零食，一是为了解馋，二是为了消磨时光。她知道英瑛不吃零食，但她往嘴里塞零食时，还是避着英瑛，她怕英瑛数落她，也怕英瑛把她的零食大大方方地送给部落里的孩子们。有几次陆珂来找英瑛，英妈妈有心拿出些零食招待招待陆珂，无奈她的零食都是些果冻啊、干果啊、话梅啊、杏脯啊之类，陆珂根本看不上，陆珂吃花生米恨不得都是拿起口袋来哗啦哗啦往嘴里倒，一个半个的话梅、杏脯，如何能够说得上“招待”。现在陆珂从大沙漠里回来，嘴里没味，有什么他就要吃什么，英妈妈一边给陆珂掏零食，一边给陆珂泡咖啡，英瑛忙着洗脸梳头，想着心事，也不和英妈妈多说话。

陆珂到荒漠部落，嘴不那么刻薄了，也会说客气话儿了，夸英妈妈的咖啡好喝，英妈妈心里美滋滋的，同时也是酸溜溜的，她跟陆珂说：“陆珂啊，阿姨我看来得择日回京了。”

陆珂知道英妈妈要说什么，连忙不动声色地安慰说：“不急，不急。”

英妈妈说：“唉，阿姨的咖啡存货不多了。”

英瑛对陆珂说：“陆珂你下次再来我家，别老跟我妈讨要咖啡喝，喝半碗白开水就得了。”

陆珂刚要辩解说我没讨要咖啡喝呀，看英瑛的表情，听出英瑛这是说给英妈妈听的，就忙改口说：“明白，明白，我连白开水都不喝，我就干着，渴着，忍着，耐着。”

英妈妈忙跟两个孩子解释：“我不是那意思，陆珂来，想吃什么吃什么，想喝什么喝什么。”英瑛装着一脸的严肃，陆珂强忍着不笑出来。

英妈妈吵吵着要回北京，说是这里气候干燥，大太阳把她的细皮嫩肉晒秃噜皮了，说是这里没有大米、没有新鲜绿叶菜、没有足够的水果，说是这里的水硬她喝不习惯，说是这里整天刮大风似鬼哭狼嚎一般，她夜晚吓得睡不着觉，说是这里没音乐、没有北京广播电台的聊天节目，说是这里没有大街闹市可逛。

英瑛听她说一千道一万，只回答她一句：“我的使命还没有完成，要不您一人先回去。”英妈妈哭天抹泪地舍不得把英瑛一个人留在荒漠里，她强忍着陪伴着英瑛。不过，她也不是无条件的，她跟英瑛说，晚饭她想吃葱花摊鸡蛋。英瑛说：“行，您把陆奶奶和陆珂都叫上，咱们晚上聚聚吧。”英妈妈来劲头了。

陆珂回家一进门，拿起门后一桶水就要浇头，陆奶奶赶紧拦着，说那是咱们家和英瑛家一天的饮用水，洗了你小子的头，就没法做饭了，陆珂赶紧收手，他知道沙漠里水金贵，能省就省。陆珂跟奶奶说：“咱不用做晚饭了，英瑛说上她家聚餐。”陆奶奶一到英瑛家还是不闲着，立刻下厨做饭，英妈妈不好意思袖手不管，这要是英瑛做饭，英妈妈真就能坐在椅子上唱曲儿，现在她怎么也得帮着择择菜。英妈妈和陆奶奶聊闲天，夸英瑛会过日子，没想到陆奶奶不爱听，对着英妈妈嚷嚷：“一个部落公主，沦落到与小贩讨价还价，接受人家三根香菜两头蒜的破落地步，你还好意思说。”英妈妈不服：“一个姑娘家，还能怎样。”陆奶奶不客气地说：“荒漠部落就毁在你们这帮败家娘儿们手上。”英妈妈还指望着吃上陆奶奶做的晚饭，也就不跟陆奶奶翻脸。

英瑛在大屋和陆珂聊天，你往东我往西，两人也聊不到一块儿。说着说着，英瑛提出让陆珂回北京一趟，把郎本请来，陆珂心里不耐烦了：怎么又提那个胖仔？

陆珂说："我不去。"

英瑛说："关键时刻还是要郎本出手。"

陆珂不耐烦地说："哼！郎本出手？就他那肉手？"

英瑛知道陆珂不喜欢郎本，她对陆珂说："你别不服。"

陆珂说："我就是不服，他不是荒漠部落的人，他连经文的文字都看不明白。"陆珂心里有些吃醋，他容不得英瑛说起郎本时那副知音难觅的兴奋样子。

陆珂不耐烦地对英瑛说："什么请不请的，打手机把那胖仔叫来就行了。"

陆奶奶人老，耳朵不背，她提着菜刀从厨房大踏步走出来，对陆珂大声说："什么不去，英瑛叫你干什么你就干什么。"

当着英瑛、英妈妈的面，陆珂觉得很没面子。他跟陆奶奶说："您也没听前言后语，瞎掺乎什么！"

陆奶奶一使狠，英瑛反倒觉得让陆珂受委屈，赶紧打圆场，英妈妈在厨房偷着乐，她突然想起她要吃葱花摊鸡蛋，英瑛还没有落实，大勺掌控在陆奶奶手中，她又不好开口跟陆奶奶要吃要喝的，就悄悄跟陆奶奶说："英瑛今晚想吃葱花摊鸡蛋。"

陆奶奶一听英瑛点菜，立刻不和陆珂吵了，郑重其事地回答英妈妈："我马上给她做。"

英瑛看妈妈打着她的旗号解馋，当着陆珂和陆奶奶又不好戳破，就盯着妈妈调皮地笑，英妈妈低着头装出一副认真干活的样子。

陆奶奶做了一大盘子葱花摊鸡蛋，三个人吃得都很香，陆奶奶舍不得下筷子，英瑛夹给陆奶奶一块，陆奶奶一个劲儿地躲，让英瑛多吃。陆奶奶还叨叨陆珂，让他听从英瑛指挥，陆珂嚼着满嘴的摊鸡蛋说：“我知道。”

陆奶奶是英瑛的坚定支持者，她绝不容许陆珂对英瑛说半个不字。陆珂心里不舒服，心说，至于的嘛。陆珂不知道饱经沧桑的陆奶奶对部落首领的态度，和他这个涉世未深的少年对部落首领的态度到底差别在哪里。这种差别在于陆奶奶对荒漠部落生死存亡的担忧，甚至是刻骨铭心的恐惧。

92

吃完摊鸡蛋陆珂给郎本打电话，他放下手机回头对英瑛说，郎本不来。

英瑛不高兴了，质问陆珂："是不是你没有诚意？"

"不是不是，是郎本说他恐怕难以担此重任。"陆珂真诚地解释，他不愿意英瑛误会他。

英瑛亲自给郎本打电话。

郎本一听见英瑛熟悉的话音，二话不说就答应尽快前往荒漠部落。

陆珂抢过英瑛手里的手机，对郎本嚷嚷："你这个死胖子，我使唤不动你，英瑛没说两句，你就屁颠儿屁颠儿地答应了，这不是让英瑛骂我办事无能吗？"

郎本也不解释，一个劲儿嘿嘿地笑，他不是不想去荒漠部落，而是爷爷这几天要来北京，说好要把玉版传给他，郎本心里惦记玉版半年多了。

郎本去荒漠前，不忘在背包里揣上足够的一长条一长条的牛肉干儿。

郎白也缠着郎本要一起去，郎本对妈妈说："前几日湖南之行，郎白说不让她去，我就会被揍一顿，您猜怎么着，我在罴村真的被放牛娃打了一顿。"郎妈妈听傻了，还有这事？郎妈妈不敢再拦着郎白了，两人一同前往。

英瑛的感觉是对的，她不愧是首领传承人，看人挺准。

郎本来到荒漠部落，不拿自己当外人，跟陆奶奶也不客气，张嘴就要肉吃，陆珂在一旁不好意思地说："不是我奶奶不给你肉吃，我这个亲孙子都三四天没见着荤腥了。"英瑛也笑着劝郎本忍忍，按说郎本也是荒漠部落的稀客，可是英瑛和陆珂作为小主人，实在拿不出肉来款待他。郎本肚子里咕噜咕噜地叫，有一种老天似乎可能就要降大任的感觉。在沙漠中暴晒，郎本身上的能量消耗得很快，他长这么大从没有这么饿过，但是他不能像在家一样狼吞虎咽，像吃老娘做的臊子面一样张牙舞爪，他心里想着荒漠部落的人们日子过得不宽裕，想着陆珂、英瑛的亲戚朋友们头一次见他这个北京来的又白又胖的学生，他突然矜持起来，生怕给首都人民丢脸，让人家说北京来的学生娃这么没礼数。吃他也不敢多吃，喝他也不敢多喝，大气不敢出，连屁也不敢大声放。英瑛看郎本怪怪的，问他，他也不解释。

英妈妈对郎本和郎白爱搭不理，英妈妈问郎本："你们来干什么？"

郎本脸皮厚，知道英妈妈不喜欢他，也无所谓，他虚情假意地糊弄英妈妈："我们是来看看您哪。"

英妈妈一听就知道郎本说的不是实话，但这话很受用，英妈妈又不好回绝，郎本凑近英妈妈，要和她一起给小羊编小辫儿，羊群一闻见郎本的气息，呼啦一下子全都散开了，郎本自讨没趣，倒是郎白走上前去，胡噜胡噜小羊的脑袋，小羊很温驯，任由着郎白给编小辫儿，英妈妈一看，很有趣，就撇开郎本，和郎白一起逗着小羊解闷。郎本给人办事一点不客气，通常狮子大开口，跟陆珂说今天要吃这个，明天要吃那个，让陆珂拿他当作贵客，可是他没想到，他的要求陆珂也不拒绝，却全转嫁到到陆奶奶手上，郎本哪能让陆奶奶伺候他，心中不落忍，还埋怨陆珂，赶紧下手帮陆奶奶干活，陆珂甩着手，出门干活去了。

郎本问英瑛：“你让我来，不是来逛风景的吧。”

英瑛对郎本说出心里的想法，她受到部落后生给大骆驼唱歌谣的启发，觉得经文的解读与当地的歌谣可能有关，英瑛对郎本说：“我记得你说过，部落经文念不懂就背，背不懂就唱。”

郎白在一旁插嘴说：“那是他随口说的，你也当真哪。”郎白对郎本解难题的智商表示怀疑。宋老师老是数落郎本笨，郎白也受宋老师影响了。

英瑛不这么看，她说：“有时候直觉也管用。”

郎本挺挺胸脯说：“我试试。”他不禁夸，尤其是英瑛夸他，他心头像涂了一层蜂蜜似的。

郎本和郎白头一次来到大沙漠，对什么都感兴趣，这里逛逛，那里看看，没到第二天，白胖子就烧烤成黑胖子了。喜水的郎白到了荒漠滋味真是难受，口干舌燥，心神不宁，浑身的皮肤被烈日晒得通红，不得不换上长袖衣裤，到晚上还略微有些发烧，郎本不当回事，也不懂得如何照顾妹妹，英瑛看出郎白不适应荒漠生活，每天给郎白存些水，郎白不愿意郎本哥哥喜欢的英瑛照顾她，可是现在也没辙，到了荒漠部落，就得听从荒漠部落人的话，英瑛把郎本连带陆珂训斥了一顿，说他们两人不知道照顾郎白，郎本、陆珂这才发现郎白红扑扑的脸蛋不是喜兴，而是难受。郎本叫郎白在屋里待着，不必跟着他到处乱跑，郎白还不愿意，说："我没那么娇气。"

郎本听见部落里的老人拉二弦琴，不知为什么一听见那悠扬的旋律，郎本就走不动道，就想哭，郎本迷上了这旋律，站在人家院子里一听就是一个晚上，嘴里鼻子里还嗯嗯啊啊地哼唱着。

郎本突然想起第二天就是英瑛的生日了。自从郎本喜欢上英瑛后，他从没有给英瑛买过生日蛋糕，他心里有数，他还没有给英瑛买生日蛋糕的资格，而在荒漠部落，郎本想，在这样一个食品匮乏的地方，在这样一个没有蛋糕可买的小村庄，我应该给英瑛动手做一个生日蛋糕。

一大早，郎本又是找白糖，又是找葡萄干和红枣，又是和面，他用陆奶奶的大柴锅，给英瑛蒸了一个白面花边平顶大馒头，样子像个大蛋糕，周边用长条面编了一圈好看的花辫，上边撒下葡萄干和红枣，至于说写几个字，他实在想不出好办法来。

陆奶奶见郎本在厨房忙活，并不知道郎本的美意，郎本也不给陆奶奶透露，陆奶奶见郎本的大白馍又大又厚，拿起筷子就往大白馍上戳了几个洞洞，郎本不解其意，跟陆奶奶起急，说："陆奶奶您这是干吗呀，人家这是一片心意呢。"

陆奶奶实话实说："傻孩子，我是怕你的大白馍蒸不熟。"

郎本只好眼睁睁地看着心爱的杰作上被捅了几个窟窿，不过也没办法，万一蒸不熟，岂不是更难堪。

中午吃饭的时候，郎本出其不意地把他蒸的大白馍端出来，英妈妈、陆珂、郎白、陆奶奶都鼓起掌来，陆奶奶看了好一会儿，才知道郎本忙活大半天，做的是个生日蛋糕，英瑛激动得说不出话来。

郎本什么数字都记不住，却把英瑛的生日记得清清楚楚。郎白心里说："这家伙，我的生日他从来记不住。"可是郎白的生日贺嘉和鲍迪记得清清楚楚，就是在野鸭湖，贺嘉变成羽斑鹤、大白鹅变成郎白的那一天。

生日蛋糕英瑛很喜欢，她分了大白馍，先给陆奶奶，再给妈妈，再给郎白，最后给陆珂、郎本，还把自己那一块上面的葡萄干和大枣都抠出来给郎白，郎白说："不用不用。"英瑛说："到我们这里来，委屈你了。"大家伙吃得很香，其实绝大部分进了郎本和陆珂的肚子。

英妈妈也喜欢郎本懂得心疼人的这份憨厚，嘴上也夸，但心里还是更喜欢陆珂。

郎本在荒漠待上不几日，竟瘦了些，被英瑛看出来，英瑛随口说："你好像瘦了。"

郎本顺杆爬："还是英瑛心疼我。"

英瑛回嘴道："得了吧。"

郎本钻研了几天，提出一个破解经文本意的方法。

英瑛赶紧招呼大家开会，听郎本具体说说，她和陆珂、郎本、郎白，还有好几个荒漠部落的后生，在家里展开热烈的讨论，英妈妈不爱听这些半大孩子闲扯，自己回屋歇着去了。

郎本和郎白今天走进这屋子，不约而同都有些不自在，郎本隐隐约约觉得有一股异样的气息在身边，他仔仔细细打量这个普普通通的土屋，没有发现什么异样，但就是觉得别扭。郎白一进屋就浑身起鸡皮疙瘩，她紧紧靠着郎本，不知道是自己又发烧还是别的什么原因，英瑛见郎本郎白表情很紧张，以为是郎本对自己的钻研成果心里没底，不敢说给大家听，就说些闲话让他们放松，说错了也没有人怪罪他们，陆珂心里说，大老远把你们兄妹俩请来，看看你郎本能说出个什么来。

郎本没有十足的把握，吞吞吐吐地说出自己的想法，他说，经文光从文字上读不通，要用二弦琴的古曲来解读。经文的词句前言不搭后语，每一个词的字面意思我们都懂，但是连贯上下文以后又都读不通，显得逻辑、方位和行为次序十分混乱，这说明祖先把词语的排序有意识地打乱了。用什么办法给这些词语重新排序呢？用二弦琴古曲，古曲的旋律有主旋和副歌，用主旋来唱经文依然读不通，而我们在演唱副歌的时候常常使用很多语气词呼儿嗨哟，大家以为这些语气词没有实际意义，但是很可能副歌的旋律是解读经文的办法。

陆珂被绕糊涂了，当即断定郎本是胡扯，英瑛用手制止陆珂，让郎本继续说下去，郎白觉得郎本说得有戏，她让郎本举例子说明。

郎本继续说，当东方这个方位词出现在主旋时，即是指正东方，在副歌中出现东方，如果副歌中的音比主旋的音高，即指这个方位不再是正东方，而是东方偏南（顺时针类推），如果副歌中的音比主旋的音低，即指这个方位是东方偏北（逆时针类推），同理，经文中所指的石头的数量和颜色，太阳照射石头的方位都要用这个方法重新推算一遍。

英瑛找来纸和笔，把郎本说的主旋副歌之类的画了一个表：

主旋	副歌高	副歌低	
东	正东偏南	正东偏北	
五个	六个或七个	四个或三个	
奔走	奔跑	后退	
水流	火焰	树木	这可能是根据五行的次序
地面	天空	地下	

经文在指示一个地点，一个神秘的地点。经文不是用字面意思指示的，而是用古曲演奏的办法把经文表面文字的意思重新表述了一遍，也就是说，经文本意被刻意掩盖了。

几个年轻后裔和英瑛、陆珂、郎白对郎本的推演将信将疑，不过，包括陆珂在内，谁都不敢轻易推翻郎本的推演，一是大家觉得这个推演太奇特了，从来没有听说过，二是大家觉得这个推演仿佛离经文的本意很近很近。

大家围坐在一起，兴趣越来越大，夜已经很深了，他们一点困意都没有，英妈妈几次催大家散会回家睡觉，谁都不动窝。

经文三轴
古曲不过七十首
诉说从头
荒沙依旧胡杨依旧
独不见你要找的缘由
多少年风霜雨雪过后
你依然牵着我的手
我依然跟着你走

有的人问，古曲有将近七十多首，到底是哪一首？看名称能够确认是哪一首吗？那也太直白了，既然经文的本意被刻意掩盖，那古曲就绝不会通过曲名就能指认，也许是名称中最没有关联性的那一首。有的说，那就把每一首都推演一遍，总会筛选出一个结果。

陆珂性急，他说：“七十多首古曲的推演我们可以明天分工进行，也可以发动部落里所有的人参与演奏，我们先来讨论下一个问题。”几个男孩子都同意陆珂快马加鞭的办法，急着讨论下一个问题：这个地点指什么？为什么荒漠部落要记住这个地点。

这个地点与生死存亡有关，这不是很明确的吗？

这个地点是不是藏有宝藏？

宝藏救不了我们。

是不是饲养牛羊的方法？

也不是主要的。

让我们记住当年的仇人？

记住仇人并不能挽救部落。

郎本不便多插嘴，他不是荒漠部落后裔，说深了说浅了都不合适，他见一只蚊子围着英瑛嗡嗡地叫，轻轻提臀躬身，手持木槌儿迅即一击，将蚊子毙命，在座的几个后生看呆了：这胖小子手法真准。郎本转过头对陆珂说："我渴了。"

陆珂随手递给他一碗奶茶，心里嫌他还挺难伺候，唠叨一句："你这只吃不够喝不够的大尾巴狼。"郎本也不示弱："呸，你这只喜欢穿花衣裳的大角鹿。"两人听着对方赐予的外号都觉得好笑，又气愤得不行。

英瑛看着郎本大口喝奶茶，心里一顿。她问："荒漠部落最缺什么？"

郎本深有体会地喷出一句："缺水。"

英瑛兴奋地大叫起来："那个地点是泉眼。"

所有的人先是一愣，后是如梦方醒，拍大腿的，跳起来的，吼的叫的，还有人在毯子上打滚儿。英瑛居然在郎本的胖腮帮子上亲了一口，陆珂也抱着郎本宽厚的肩膀摇晃起来，把小半碗没喝完的奶茶全洒郎本裤裆上了，郎白像敲鼓一样拍打着郎本的后背，兴奋地嗷嗷叫，郎本也呵呵呵地乐起来。

疯沙神突然现形，他自始至终默默地在屋里听着呢。

屋内除了郎本和郎白，大家都认识疯沙神，也不惊讶，大家兴奋着欢叫着，同时又恭敬地起身向疯沙神行礼让座，郎本没见过疯沙神，英瑛给他介绍："这位是尊敬的疯沙神。"

郎本刚才还琢磨着怎么把湿裤裆弄干，一听疯沙神三个字，毛发乍立，噌的一声跳起身来连连后退，郎白也惊得蹦起来躲到郎本哥哥身后，郎本一手攥着木槌，一手拉着郎白，靠在墙角不敢动，疯沙神是北京城的敌人，居然坐到他地境神翊卫的身边来了，郎本和郎白大为吃惊。郎本的祖上野沙人对疯沙神的追踪持续了好几代人，郎本对于疯沙神的气息多多少少有些敏感，从一进门，郎本和郎白就浑身不自在，敢情是疯沙神在身边隐身坐着呢。

英瑛和陆珂给郎本、郎白解释老半天，郎本和郎白看看疯沙神，又看看英瑛和陆珂，确认疯沙神没有敌意，才又颤颤巍巍地重新盘腿坐下，郎本小心地与疯沙神保持一定距离，他担心疯沙神施一个手段把他变成秋斑狼，就像把贺嘉变成羽斑鹤一样，他做秋斑狼在荒漠上溜达溜达，倒也别是一番人生滋味，可妈妈爸爸，特别是爷爷还等他回家哪。

疯沙神也要寻找泉眼，他要找的不是与荒漠部落生死攸关的泉眼，而是母亲当年神秘消失的门，疯沙神明确了，这两个地点是同一个地点。此地方圆几十里平展展一片，荒漠部落几代人在这里死守一处泉眼，六百年前水泱神在附近失踪，时间仓促也没留下丝毫大动土木的痕迹，水泱神不可能临时在地上钻个眼跑没影了，她肯定是钻入了这处泉眼。

一个来自北京城的地境神翊卫推导出了这个掩盖了数百年的秘密，当然，到今晚为止大家还没有找到准确的地点，但得出答案的方法已经有了。

疯沙神看着郎本，说了一声："谢谢你，胖仔。"郎本一股热血涌上心头，浑身发热满脸放光，嘴里磕巴着说："应，应该的，应该的。"

东方即将发亮了，今夜已逝，明朝即来。

93

几个孩子在天快亮的时候，实在熬不住，就趴在羊毛毡子上睡着了。疯沙神瞪着眼睛睡不着，他一个人孤零零地背靠着柱子一直到天大亮。疯沙神催促英瑛、陆珂、郎本、郎白和部落里的后生们赶紧起来，召集全部落所有会拉二弦琴的人全都集中到陆奶奶家的大院子里。陆奶奶让几个孩子把所有板凳搬到院子里，英妈妈特意给疯沙神要坐的主座位铺上一块羊毛毡。

全部落的人都来了，英瑛给大家庄重地介绍疯沙神，大家给疯沙神鞠躬行礼，疯沙神情绪激动，眼泪不住地流，泪水顺着他的身体流到地下，从院墙的墙洞流出墙外，聚集成一片不大的水潭，附近的羊、牛和狗赶紧过来饮水，只是觉得略略有些苦涩。

疯沙神对大家说："我和荒漠部落是几百年的邻居，荒漠部落要读懂经文寻找泉眼，我是要寻找母亲水泱神神秘消失的地门入口，昨晚地境神翊卫郎本为我们提供了一个找到那个神秘地点的办法，我们现在就按照他说的办法开始寻找。”全村的人都把目光投向郎本，郎本连忙起身向大家鞠躬致意，紧张得手脚不知道往哪里放了。

英瑛和陆珂安排大家把古曲逐个演奏一遍，陆奶奶忙活着给大家烧水沏茶，英妈妈什么也不会干，这里瞧瞧，那里看看，时不常拿起手机给大家伙拍照，郎本和英瑛、陆珂、郎白仔细倾听每一首曲子，对照经文的句子，逐句分析，疯沙神坐在羊毛毡上一动不动，等待着结果。

孩子们找到大致的地点，要到实地进行确认，疯沙神召集瑞斑鹿带领四个孩子向神秘地点奔去。

经过古曲演奏的经文，将英瑛、陆珂、郎本、郎白和疯沙神带到一片怪石林立的山凹里，山凹的底部早已被白沙覆盖，四个孩子既没有见到泉水，也没有见到山洞，经文上所说的“泉眼”好像并不存在。

疯沙神用手一指山凹的底部，掀起一股旋风，将底部的白沙搬到山凹之外，一个巨大幽深的山洞显露出来，疯沙神一阵狂喜，对孩子们说：“我找到母亲消失的洞口了。”他顾不得和孩子们多说什么，进入山洞追寻已经失踪六百年的母亲水泱神。

山洞中一股清泉在静静地流淌，水很深，但水势平缓。

英瑛带领陆珂、郎本和郎白向荒漠部落报告找到经文所说的秘密，孩子们胯下的瑞斑鹿仿佛也能受到这个惊人消息的鼓舞，一路飞奔。

四个孩子赶回部落，全部落的男女老幼聚集在村口迎接他们，临近傍晚，大家在广场空地上点起篝火，所有的男人额头上扎一根红丝带向村口的胡杨老树叩首，向祖宗先人报告他们历尽千辛万苦，终于找到泉眼，并发誓世世代代守在泉眼边上不离不弃。

仗山神为了隐避水泱神进入地下的入口，刻意驱赶附近的居民。本来泉眼周边生活着牧羊养马的人，都被仗山神赶走驱散了，唯独荒漠部落这么个小村庄的人家热爱泉眼，眷恋泉眼，几次被驱赶，又几次返回来，他们担心忘记泉眼的具体位置，就将泉眼的位置用别人看不懂的方式写入经文。

二弦琴又悠扬地演奏起来，陆奶奶和着古曲跳起部落最原始的舞蹈，黄驼爷爷、沙狐奶奶等老人全都喝得酩酊大醉，英瑛、陆珂、郎本、郎白和部落里的伙伴们又唱又跳，英妈妈也多喝了好几杯，晕晕糊糊地扭动着舞步。

郎本跳累了就坐在沙子地上，把鞋子往旁边一甩，给爸爸、妈妈打电话，给凌青打电话，报告秋斑狼在沙漠上立了大功，不仅找到了荒漠部落泉眼，而且找到了水泱神失踪的山洞口。

郎本内火旺，脚热，不爱穿袜子，他喜欢把脚无拘无束地放进鞋里，一旦有机会就把鞋脱了，赤脚而行，英瑛总讥笑他是赤脚大仙。现在，鞋窠里灌了很多沙子，让光脚穿鞋的郎本很是别扭难受。郎本躺在沙子地上喘口气，把手机放在一边。

手机闪着光急切地响起来，郎本也没有注意，这样一个欢天喜地的夜晚，能有什么要紧的急事。

手机响个没完，郎本就是看不见。

郎白走过来，拿起郎本身边的手机问："有电话你怎么不接？"

郎本说："我没看见呀，放暑假能有什么急事？"

郎白一看是郎爸爸打来的，已经连续打来三四个了，郎白就替郎本接通电话，问郎爸爸有什么事。电话里郎爸爸让郎本马上接电话。

郎爸爸在电话里告诉郎本，郎爷爷得知荒漠部落的事情后，命令郎本立刻跟踪疯沙神，寻找水泱神的下落，郎本忙问："我爷爷到北京了？"

郎爸爸在电话里说："已经到了好几天了，天天念叨你。"

郎本又问："玉版哪，玉版带来了没有？"心急的郎本也不问问爷爷安好。

郎爸爸说："爷爷说了，等你回来就把玉版传给你。"

郎爷爷作为秋斑狼，几辈人追踪疯沙神，并不是简简单单地跟踪疯沙神，而是要顺着疯沙神的足迹寻找到水泱神，现在，疯沙神已经钻进神秘的山洞寻找水泱神，秋斑狼的孙子郎本怎么可以躺在篝火边的沙子地上，享受欢庆的歌舞而不为所动呢？

郎本腾地一下从地上站起来，抓着手机问爸爸："什么时候出发？"

手机的另一端传来郎爷爷的声音，他要求郎本连夜出发，一刻也不要耽搁，并说，等他完成任务回北京，就把玉版传给他。郎本在手机里对爷爷说：“没问题，您老人家炖一锅羊肉等着我回来吃。”

爷爷满口答应，电话里的声音一点都不像接近百岁的老人，底气壮着咧。

郎本在电话里对郎爷爷说不急不急，私下对郎白议论说：“爷爷也真是的，迟早要把玉版传给我，早给我早踏实，让我这么着急上火地难受。”

郎白劝他：“回到北京，见到爷爷就拿到玉版啦。”

北京城里，没有一个地境神翊卫在，也没有人将疯沙神找到水泱神地门入口的事告知地境神，就是告知地境神，地境神也不可能告诉仗山神，在这个惊天的秘密揭开之际他不会给仗山神再次掩盖秘密的机会。

郎本拉着郎白，向英瑛和陆珂告辞，准备骑上瑞斑鹿赶往神秘山凹，追赶疯沙神，陆奶奶不放心，让英瑛和陆珂与郎本二人一起去，人多互相有个照应，并且英瑛和陆珂是疯沙神翊卫，发生什么情况，总比地境神翊卫多一分人情在。英瑛和陆珂拔腿就要走，英妈妈听明白后，一屁股坐在地上哭起来，英瑛把照顾妈妈的事拜托给陆奶奶和部落里的婶子嫂子们，陆奶奶对英瑛说：“放心去吧，我顿顿给你妈做葱花炒鸡蛋。”英妈妈这才从地上爬起来，送英瑛四人上路，她心里想着，你们都走，我就回北京去，何必在这里吃什么葱花炒鸡蛋。

广场上的篝火渐渐灭了，郎本、英瑛、陆珂、郎白消失在远方的夜幕之中。

风的哭
沙的号
弥漫在一声不吭的古道
时光的笔
岁月的刀
刻画着一篇迷乱的狂草

英瑛、陆珂、郎本、郎白都去执行任务，英妈妈也不愿意在荒漠部落久留，辞别陆奶奶要回北京，陆奶奶说：“回吧，回吧，你在我们这地方也是受罪。”陆奶奶非要手把手教给英妈妈做葱花炒鸡蛋，英妈妈说：“我就是学会了，做出来也不好吃。”陆奶奶不言语，心里说，懒婆娘嘴里还一大堆说辞，她包了一包大枣，让英妈妈带上，英妈妈想要推辞，又怕陆奶奶数落她，就收下大枣，坐火车赶回北京。

懒人有懒福，英妈妈一回到北京就赶上几家翊卫的家长在凌爸爸的提议下要去郎本家拜会郎爷爷，由凌爸爸领队，鲍迪的姨妈，贺嘉的爸爸妈妈，都要去。郎爸爸一听，赶紧操办，无论如何要请大家吃饭。郎妈妈一边操持，一边叨叨：“在家吃费事，还不如下馆子。”

郎爷爷郑重地说：“下馆子太破费，就在家吃。”

郎妈妈好心开导老人：“现在都时兴下馆子聚餐。”

郎爷爷听不进去：“那些个大厨的手艺比不上我们郎家的手艺。”

郎爸爸也说：“就是。”

凌爸爸一群人进屋，郎爷爷要起身迎接，凌爸爸连忙上前扶住郎爷爷，不叫他站起来。凌爸爸给郎爷爷带来了好酒，要陪老爷子喝两盅，听老爷子讲讲秋斑狼的往事。贺妈妈一进屋，看见风烛残年满脸皱纹的郎爷爷，没说两句话，眼泪就下来了，深深地给郎爷爷作了个揖，含着颤音儿说：“您老辛苦了。”

郎爷爷慈祥地笑答：“好着咧，好着咧。”贺爸爸知道贺妈妈眼窝浅，别人没怎么着呢，她先掉眼泪，就赶紧说些寒暄的话把贺妈妈岔开。

鲍迪的姨妈话少，她给郎爷爷送上一块从英国爱丁堡带回来的加厚羊绒围巾，怕郎爷爷耳背听不清楚，就特意大声对郎爷爷说：“您老收着，天冷了用得着。”

郎爷爷说：“怎么好让您破费。”郎爸爸、郎妈妈连声说谢谢。

英妈妈走上前来特意学着西北方音向郎爷爷问好，毕竟她也曾经是西北人家的儿媳妇呢，郎爷爷感到很亲近，郎妈妈特意给郎爷爷介绍，这是英瑛的母亲，英妈妈立刻把脸上的笑容收了收，肩膀端了端，郎爷爷也听不出这份特殊的含义，郎爸爸赶紧安排大家落座。

郎爸爸的厨艺受到大家的一致夸奖，英妈妈尤其兴奋，饭量比平时大好多。凌爸爸不知道英妈妈与郎妈妈的尴尬，还觉得英妈妈一个人落单，就有意跟英妈妈多说话，照顾着英妈妈，英妈妈心生好感，觉得这个男人挺会体贴人。郎妈妈就没怎么坐着，忙前忙后地张罗，郎爷爷嘴上不说，心里觉得郎爸爸的厨艺还是差点火候。

贺妈妈吃着聊着又忧愁起来，她对凌爸爸、郎爸爸说：“孩子们在为神灵奔波卖命，我们在这儿吃香的喝辣的，这合适吗这？”一下子说得大家都放下了筷子，郎妈妈知道贺妈妈说得对，但心里也不高兴，埋怨大知识分子说话不挑时候，就是扫兴。

郎爷爷举起酒杯，对大家说：“我说咧，娃们比我们干得好哇，我们要高看他们一眼咧，他们离神近。”

凌爸爸、贺爸爸连连点头，凌爸爸连说：“惭愧啊，惭愧啊。”自己灌自己满满一杯，贺爸爸嘴里蹦出一句大家似乎耳熟的话：“世界是他们的，也是我们的，归根结底是属于他们的。”英妈妈低头夹菜，抬头羞答答地劝凌爸爸慢些喝。

凌爸爸、鲍迪姨妈、贺妈妈都夸郎本人实在厚道，贺爸爸说郎本掌握神灵密语，是这个团队中不可或缺的人物，英妈妈笑笑，表示同意，就是不多说什么，郎爷爷听大家都夸孙子，笑得合不拢嘴，一再说：“拜托你们大家要多帮助他。”

客人们走了，郎爷爷虽然喝了些白酒，但一夜没睡踏实，好几次叫郎本的名字，看来是高兴过头了。

94

闲得无聊的人们过了一个西方人的情人节，还嫌不过瘾，非要说农历七夕是中国情人节，其实牛郎和织女人家是夫妻两口子，一双儿女都下地撒欢儿乱跑了，根本不是情人，全是那些卖玫瑰花的、开饭馆的、开咖啡馆的为了鼓动消费，聚集人气，起哄架秧子。这周六满大街都是青年人，下周四就是立秋，还得贴秋膘买酱肘子吃呢，稻香村、天福号的店铺里又得聚集一堆一堆的中老年人。

不管是老的少的，大家都把神灵忘到脑袋后头去了。

郎爷爷来到北京，满心期盼着见到胖孙子郎本，老人虽然岁数大了，耳朵却特别灵敏，估计郎本对节奏密码异常敏感也是得了爷爷的真传，爷爷的耳朵能判断出风声沙声的不同含义，疯沙神快步行军，疯沙神就地打转，疯沙神仰天长啸，疯沙神呜呜哭泣，郎爷爷都能辨析。就差疯沙神半夜三更酣睡打呼噜的声响，均匀而沉稳，郎本爷爷听不出来：他自己夜里也打呼噜去了。

郎爷爷一到北京就闹肚子，老人家几代人在荒漠中追踪疯沙神，皮肤像老树皮，头发像老麻绳，身子骨像老胡杨，他们原本在北京城是皇家大厨，不愁吃不愁喝，什么山珍海味都见识过，可在茫茫荒漠中他们过的是连乞丐都不如的苦日子，几代人从来没有喝过清澈甘醇的水，长年累月与少得可怜的雨水和脏水、污水为伴，时间一久，他们的肠胃适应了那个恶劣环境下的恶劣水质，对清水白水反倒不适应。现在让爷爷喝北京的干净水，爷爷的肠胃受不了，又吐又泻，还发高烧。郎爸爸和郎妈妈赶紧把爷爷送到医院，大夫莫名其妙，从没见过这样的怪病，不知道是给老爷子开些消炎药，还是去院子里抓把脏土给老爷子灌下去，郎爸爸给大夫和护士讲野沙人在荒漠中如何跟踪疯沙神，如何吃苦受罪，别看现在老人像是沙子里刨出来的土坷垃，又粗糙又衰老，很脏很难看，他却是保卫北京城的功臣。

大夫和护士听不明白郎爸爸讲的是什么，心里嘀咕哪有自己说自己是功臣的，大夫低声跟护士说："你叫这位家属到神经科挂个号。"

郎爸爸提高嗓门说："我的神经没毛病，你们不记得去年把北京城掩埋了三天三夜的疯沙神啦？"

大夫不耐烦地说："哎呀呀，过去就过去了，谁还老记得！"

郎爸爸委屈地说："你们对神灵没有敬意，没有诚心！"

小护士替大夫打圆场："您看，我们一天忙到晚，像是上了弦的陀螺，您看，人的事都忙得脑门子着地后脚跟朝天，哪有空闲照顾神灵啊，是吧？赶紧给老爷子输液，增加营养，您赶紧去交钱拿药，好吧？”

郎爸爸说：“你说得也对。”他叫郎妈妈陪着爷爷，自己楼上楼下跑好几趟，才把事办妥。

爷爷躺在病床上叮嘱郎妈妈，一定要把羊腿上最好吃的肉给郎本留着，郎妈妈连连点头，说：“您放心吧，羊肉给郎本吃，羊骨头给郎本炖汤喝，多放葱和姜。”爷爷抿着嘴乐了。

郎爷爷住两天医院，就似乎好了，嘴里念叨着：“郎本怎么还不回来呢？”

郎爷爷跟郎爸爸念叨，看能不能通过马校长的引荐，去地宫拜见地境神，郎爷爷都快一百岁了，为地境神干了一辈子翊卫，还没见过地境神呢，一个是因为地境神老也睡不醒，另一个是因为郎爷爷长年累月不在北京。郎爸爸去钟楼中学找马校长，半道里杀出个宋老师，宋老师拉着郎爸爸一个劲儿地唠叨郎本的学习，郎本的功课，宋老师还说同学们发现郎本隔三岔五地往府学中学跑，有人说是学习音乐，有人说是去追一个漂亮女生。宋老师语重心长地对郎爸爸说：“这个岁数的孩子最不好管教了，你们做家长的要上心哪，不能因为郎本是地境神翊卫就放任自流，是不是？地境神也不能保送郎本上北京大学，是不是？”

郎爸爸一个劲儿地点头，答应回去对郎本要严加管教，宋老师这么插一杠子，搞得郎爸爸不敢把来学校找马校长的事告诉宋老师，他等宋老师走远了才去找马校长，学校里的老师说，马校长去大西北寻找雪斑马还没有回来。

郎爷爷不爱在家闲着，跟着郎爸爸满大街转悠，特别喜欢逛超市，总是要给郎本买吃的。郎爸爸、郎妈妈要上班，郎爷爷一人在家闷得慌，就一个人出去逛，郎爷爷又走进超市，他觉得郎本一定爱吃罐装的凤尾鱼，就自言自语道："凤尾鱼你没吃过，我买给你尝尝。"售货员看郎爷爷颤颤巍巍的，就帮他拿，问他要多少，他抬头看看货架上的三盒凤尾鱼，歪着头向售货员伸出三个指头，意思是说这三盒我要全部买下，售货员说："您老人家每次来，见什么都是包圆儿。"郎爷爷抿着没有几颗牙的嘴乐。回到家，郎爷爷把三盒凤尾鱼放进冰箱，打开冰箱门，看到里面还有三盒凤尾鱼。

郎爷爷下午又出去一趟，花两块钱买馒头，给售货员五十元，人家找回四十八元，他放进兜里，拿起馒头，跟售货员说："你还没找钱呢。"

售货员说："找给您啦。"

郎爷爷坚称没有，售货员十分委屈，郎爷爷把馒头一甩说："我不要了。"

售货员叫来保安，说这位老人无理取闹。保安将郎爷爷连拉带扯送到派出所，派出所民警从他的口袋里找出家庭地址电话，让家属来接人。

郎爸爸接到电话就跟领导请假，他不敢说是老爷子被派出所抓起来了，那不是被单位的人笑话嘛。他紧赶慢赶来到派出所，看见郎爷爷正坐在派出所的长凳上发呆呢，郎爸爸忙把五十元钱交给商场的保安，人家不要，还把大白馒头递给郎爸爸，郎爷爷冲着郎爸爸吼：“不许要他们的馍。”

郎爸爸一个劲儿地劝慰郎爷爷，还跟派出所解释，老人已经九十七岁高龄，头脑一阵明白一阵糊涂，给大家添麻烦了。

郎妈妈和郎爸爸说：“赶紧让郎本或者郎白回来，老爷子身边必须有个人照顾他。”可是郎本和郎白都回不来。

凌青、鲍迪、贺嘉拿到罴村村长和瘦娃儿的爹送来的神钉，心里踏实多了，他们想，我们北京人愧对神灵，把神灵的神钉布局破坏得残缺不全，既然犯了错误，咱们就改，哪颗神钉丢失了，我们就把哪颗神钉补上。三个人高高兴兴去找地境神洌水神，要求进入水脉修补神钉。

地境神洌水神也不拒绝，地境神对凌青说：“我们任何一个单独的神都不可以触动神钉布局，只有所有的神全部到位才能共同启动神钉，你们人族既然打算修补神钉，我不便阻拦，但是有什么无法预料的后果，你们要负责任。”凌青被暂时的顺利冲昏了头脑，信心满满地答应地境神，鲍迪也是急于验证他的运算结果，支持凌青尽快行动。洌水神问凌青：“你们谁进入过水脉，水脉的情况你们谁了解？”凌青回答不上来，他说：“水脉和地脉不是一样的吗？”洌水神摇摇头，对凌青说：“进入水脉的行动由锦斑鲤带队，让李老师带领你们，不要擅自行动。”地境神把修补神钉的两项步骤一一告诉凌青和鲍迪，一是准确定位，这项任务具体交给鲍迪；二是深入神钉穴位安装就位，这项任务恐怕只有锦斑鲤才能执行。凌青问：“为什么？”

地境神说：“我不多说，让锦斑鲤给你们解释。”

地境神打量着凌青几个人，忽然问：“你们那个胖仔怎么没来见我？”

凌青这才想起一件大事还没给地境神汇报呢，他仰头对地境神说：“郎本和疯沙神翊卫在阿拉善发现了水泱神失踪的地门，几个翊卫追着疯沙神下到地门里去了。”

地境神、冽水神同时站起来，大叫：“是吗？”他们叫凌青马上说出详请，凌青把他知道的情况一一汇报，地境神埋怨凌青这么大的事情为什么不及时汇报，凌青说：“平日里我们都是向马校长直接汇报，轻易不敢冒冒失失打搅您。”

地境神说：“马校长不在北京，所有事项你凌青直接向我汇报，不得耽搁。”

凌青说：“我明白。”

三人转身要走，地境神又把他们叫住，说：“疯沙神和郎本、英瑛等人的行动万万不可告诉仗山神及其翊卫，我们要等待事态的进一步发展，明白吗？”

三人郑重地点点头。

三人要立刻去找锦斑鲤李老师和黎雪，筹划进入水脉修补神钉。凌青特意跑一趟郎本家，告诉郎爷爷、郎爸爸、郎妈妈，务必封锁郎本的消息，不要告诉任何老师同学街坊邻居，特别是不要跟府学中学左次老师说半个字，郎爷爷拉着凌青的手，问凌青：“地境神是亲口这么说的？”

凌青说："是的。"

郎爸爸、郎妈妈也围着凌青，探着头躬着身问："地境神表扬我们郎本啦？"

凌青不敢说地境神没有表扬郎本，他说："地境神夸赞郎本能干，脑袋瓜好使，还夸了郎白呢。"

郎爷爷、郎爸爸、郎妈妈脸上洋溢着幸福的光芒。

95

李老师、凌青、鲍迪、贺嘉、黎雪组成一个团队，用一天时间筹备，进入水脉，临走前，贺嘉提出，陂复老师也是洌水神翊卫，是不是也让他一起去，李老师点头同意。

李老师在为进入水脉做准备，她这几天特意将头发盘得高些，人显得更加干练，好像是进入水脉要大干一番重体力活。李老师对凌青说：“下到水脉是有危险的。”

几个翊卫一愣，问李老师有什么危险。李老师说，水脉中有一股强大的水流，按照不同的时间和不同的方位往复流动，翊卫要想在水脉中安全地行走，必须躲过强大水流的冲击，如果躲不过就会被强大的水流冲走，水脉中水流没来时安静极了，水流过来时则是惊涛骇浪，没有任何人能来得及躲避，再说水脉中也无处可躲。

鲍迪问：“为什么水流要往复流动？”

李老师说：“水流折返看起来有悖常理，但洌水神自有她的道理，在地面上千万条河流归大海，海水蒸发又从天上返回陆地，但是水脉中的水无法从天上折返回来，只能由洌水神自己发力令水流折返。冽水神的水流在地脉中由西北向东南流动，十分和缓，当水流从东南向西北折返回来时就来势汹汹，水大流急，十分危险。”

“冽水神翊卫也有危险吗？”黎雪小声地问。

“是的，没有例外。一定要牢记水流的走向和周期。”李老师肯定地回答。

贺嘉急切地问：“那如何才能躲过强大的水流呢？”

李老师说：“要牢记水流时间和方向的口诀，认真计算，不可大意。”

贺嘉说：“这没问题，我们的鲍迪同学是这方面的专家。”

李老师把水流的口诀告诉他们，并且千叮咛万嘱咐，让他们一定要小心谨慎。

李老师叫凌青他们去舞蹈队的仓库领取必要的装备。

1. 带有滚轮的木鞋，水脉很长很长，没有人能够一口气走到远端，穿上滚轮木鞋可以行走如飞。

2. 可以漂浮的缆绳。

3. 水下电筒。

4. 防水计时器，仓库里没有。

5. 要带一种有普洱茶味道的黑糖丸，样子像中药丸子，口感软糯，可长时间提神醒脑和保存体力。这些黑糖丸本来由盈缶老师制作，可是时间来不及，只好放弃。

李老师问凌青和鲍迪：“你们二人有没有性能优异的防水手表。”凌青回头看看鲍迪，鲍迪看着李老师，肯定地点点头，说："我爸爸给我买的手表是相当高级的。"他伸出手臂给李老师看。

李老师问："防水没问题？"

鲍迪说："没问题。"

黎雪又胆小，又好热闹，本来她不想去，但是凌青去，她就想跟随左右，她不愿意凌青说她胆小。黎雪一直细心听李老师讲这个讲那个，李老师看出黎雪的胆怯，当着众人对黎雪说："这次任务你必须参加，只有你我是锦斑鲤。"黎雪拽着凌青的胳膊故作镇定地点点头。

李老师特意叮问凌青："你能确认新的神钉和原来的神钉完全一致吗？"

凌青不明白李老师为什么有这样的怀疑，他说："应该没问题，石碑上交代得清清楚楚，罴村不会新刻一块石碑欺骗我们。"李老师点点头。

李老师向校长提出把那个通往水脉的井口恢复原状，这让校长有些为难，校长其实和神灵一点关系都没有，他说："学校是教书育人的场所，你们几个老师担任神灵的翊卫我就网开一面了，居然还要打开冽水神的井口，我们这里可不是神学院哪。"李老师苦口婆心跟校长说了老半天，她说打开冽水神井口，既不是要让内街中学的师生们对冽水神磕头作揖，也不是要干扰影响正常的教学，她说内街中学是百年老校，校园里存有历史遗迹是理所当然的，跟校长争辩了很长时间，校长才同意把老井挖开，为了保留景观还打算修个仿古的井亭。

李老师对盈缶老师说，她要带领凌青他们去水脉修复神钉。

盈缶老师一听，心头一紧："会不会有危险？"

"应该不会。"李老师轻轻地说。

黎雪也去告知拳脚师傅盈缶老师，盈缶老师叮嘱说："在神的地界，遇到什么意外情况，拳脚只能防身，千万不要拿出去显摆。"

黎雪不解，问为什么。盈缶老师拍着黎雪的肩膀说："在神灵面前，你这两下子根本不够用。"黎雪吐吐舌头，记下了师傅的话。

凌青接到郎本从荒漠部落打来的电话，郎本讲述他在荒漠部落进展很顺利，问凌青是不是有什么新任务，凌青告诉郎本，他们要在李老师和陂复老师带领下，进入水脉修复神钉，郎本说："我也要去，你们等等我。"

凌青说："来不及了，你安心做好手头的事情。"

郎本说："那好吧，不过，你们一定要带上老馆长编织的救命纤索啊。"

凌青说："我们带着设备间里预备的漂浮缆绳就行啦。"

郎本说："你听我的，带上救命纤索。"

凌青支使贺嘉、黎雪找老馆长讨要救命纤索。一进府学中学校门两人就遇见左次老师，左次老师问："最近怎么没见着郎本？"

贺嘉回答说："郎本回老家了，我们也怪想念他，没他不热闹。”左次老师将信将疑。

府学中学图书馆的百叶窗总是关着，挡住直射的阳光，室内显得比较暗。老馆长一有空就编织丝绦。老馆长的办公室里有一副奇特的木架，乌黑油亮，上面的黄铜挂钩装饰着奇异的纹饰，老馆长将几根丝线悬挂在木架的挂钩上，手持一把木梭，一边编织，嘴里一边振振有词地念叨着。谁也不学这套编织方法，自然也就没有人在意老馆长嘴里念叨什么。她几次在学校中召集手巧的女教师和女学生，和她一起编织丝绦，可是大家都没有这耐心，顶多看看热闹，夸赞几句，就走了，谁也不肯在这个细心活上耗费时间，老馆长只好自己一个人坚持着，她的岁数大了，眼神儿不好，编织起丝绦来不可能很快，尽管她每天坚持，但是，丝绦的长度仍然不够长。

贺嘉、黎雪找到老馆长，老馆长知道了她们的来意后，十分着急，她说：“长度不够怎么办呢？”

贺嘉说：“任务很紧，也只能先这样了。”

黎雪说：“几根丝绦接在一起长度就够了呢。”

老馆长面带愁容地说：“你们坐下，我交给你们给丝绦结扣的方法。”

贺嘉和黎雪心里长草，没有耐心，老馆长教得很仔细，两个女生学得很不耐烦。

老馆长问英瑛、陆珂回荒漠部落怎么样了，贺嘉心不在焉地说：“我也不清楚，他俩有什么进展应该跟您说呀。”

老馆长自言自语道：“你们这么大的孩子都应该出去

走走。”

黎雪觉得老馆长的气色不太好，问她是不是身体不舒服，老馆长说：“我的身体很好，你们不要为我担心。”

贺嘉问黎雪：“你怎么看出老馆长气色不好？我怎么没看出来。”

黎雪当着老馆长的面没说什么，出了门，她跟贺嘉悄声说：“我跟着校医学习拳脚，大概也学了些中医。”

凌青和鲍迪商量，把普通缆绳和老馆长的救命纤索连在一起。这样就临时解决了长度的问题，鲍迪怀疑地说：“这恐怕糊弄事儿吧？”

凌青说：“总比没有强。”

李老师教凌青他们每个人打绑腿，黎雪嫌麻烦，觉得没必要，李老师说打上绑腿，奔跑起来十分麻利，黎雪、贺嘉不拿打绑腿当回事，说把小腿上的肌肉捆得硬邦邦的，有损女孩形象。黎雪自己觉得有舞蹈功底，行走应该不成问题，她学着李老师的样子打绑腿，前几绕还像模像样，后几绕就松松垮垮，她觉得绑太紧，勒得慌，不舒服。贺嘉是小艺术家，更是要标新立异，左边编个花儿，右边打个结，李老师劝贺嘉别胡来，贺嘉歪着脑袋，对自己的独创还挺得意。

桀木神之役后，李老师和葛老师互相都很冷淡，两人分手了，谁见着谁也不说话。要下水脉之前，李老师见葛藟老师也打打招呼，说一两句话，葛藟老师心里很不是滋味，对李老师依然十分冷淡，盈缶老师看在眼里，心里骂葛藟老师，你还是个男人哪。

李老师拉上盈缶老师，跟葛藟老师提议出去喝杯咖啡，葛藟老师懒得动身。盈缶老师指着葛藟老师的鼻子说：“大美女还请不动你啦？有朝一日你别后悔。”

葛藟老师说：“你们俩去吧，我不愿意逛大街，让街上的人指指点点地责怪我。”

李老师也不强求，拉着盈缶老师走远了。

贺嘉几次三番去陂复老师画室，跟他说要带的装备，跟他说进入水脉的注意事项和修补神钉的流程，陂复老师正专心自己的画作，就跟贺嘉说：“你别啰唆了，我保证完成任务就是了。”贺嘉对自己这位师傅进入水脉的表现充满期待，希望她的老师能像其他老师一样有所作为。她见陂复老师实在是太专心，就悄没声儿地帮着陂复老师准备该准备的一切。

陂复老师这两天为进入水脉执行任务，要用足够的时间先把自己的画作画完，他担心万一进入水脉执行任务花费时间很长，他的画作就会被耽搁了。第二天早晨要早早出发，头天晚上三更半夜陂复老师才把画作画完。陂复老师很兴奋，一高兴，睡觉前喝了半瓶二锅头。

96

第二天早晨，凌青和鲍迪去陂复老师的宿舍敲门，左敲也不开，右敲也不开。陂复老师喝醉了，呼呼大睡，呼噜声像打雷一样响，就是不醒。李老师打电话来催促凌青和鲍迪马上出发，凌青说：“陂复老师怎么叫都叫不醒，怎么办？”

李老师说：“不要等他了，我们马上出发。”

陂复老师喝酒误事，这已经是第二次了。

李老师只好一个人带着同学们去完成任务，她还一个劲儿地跟同学们说：“不必担心，我们一定会完成任务的。”

什刹海湖心岛，一个孤独的小岛，岛上除了几棵树，一无所有。

李老师带领凌青等人从什刹海湖心岛进入水脉，原本紫禁城传心殿的大庖井、内街中学的水井和灵山寺院的泉眼都是水脉入口，可是进入大庖井需要高级权限，李老师拿不到，内街中学的水井已经被人为破坏，灵山的泉眼由仗山神翊卫把守，从那里进入水脉必须有仗山神点头，要费很多口舌，因此李老师选择什刹海湖心岛这个入口进入水脉。之所以选择一大早，是不想惊动爱看热闹的市民。

李老师进入水脉时使用了洌水神密语，谁都没想到，洌水神密语是一段优美的舞蹈，有轻有重时缓时急的舞步敲击着湖心岛的地面，水脉的门神秘地开启，几只锦斑鲤在门内的水面上等候着，李老师带领大家骑着锦斑鲤进入水脉。

水声激荡
心声悠扬
不知是梦幻的行腔
还是离别时的惆怅
路比诗长
世上的蹊跷来不及细想
心中的纠结等不得思量
路的尽头别是一番模样
诗的句号后面还有华章

凌青进入水脉时只觉一股寒意袭来，他周身发冷，几滴尿液不自觉地尿在内裤上，怎么也憋不住，过一会儿，这股劲儿就过去了。水脉中时常传出叮咚的水滴声，听不到哗哗啦啦的蹚水声，洌水神像珍惜自己的血液一样珍惜每一滴水。北京城的水脉不是下水道、排水沟，北京城的水脉是一个灵异的世界，充满光明，充满色彩，充满活力，充满创意。水脉有洌水神行走的水道，有水流蹦蹦跳跳的天桥，有传输给养、信息和灵感的管道，还有专门给北京城改善水质改善饮水口感的通渠。水脉中游动着无数条闪闪发光的锦斑鲤，几个翊卫谁也没有见过通体发着银色的光芒的鲤鱼，鲤鱼身上的鱼鳞大片覆盖着小片，大片的鱼鳞上还有细细的花纹，大的鳞片和小的鳞片之间的排列组合非常奇异，是人间任何一个有才的画家都无法描绘出来的图案。几个翊卫只能默默地把这些优美的鱼鳞图案记在脑子里，他们清楚在人间是不会见到这样优美的图案的。贺嘉天真地猜想着，这些鲤鱼和李老师说不定就是好姐妹呢。

李老师和凌青他们没有多余的时间欣赏这些锦斑鲤，要抓紧时间找到神钉布阵地点把神钉补齐。奇怪的是冥冥之中这些鲤鱼好像在跟随着他们一起向前行进，或者还有给他们指引方向的意思。但是大家和鲤鱼无法交流，他们不知道鲤鱼的真正意图是什么。

地脉中有人，有斑兽，多多少少显得有些热闹，水脉就冷冷清清，既没有一个人，也没有枣斑羚、墨斑豹、秋斑狼、羽斑鹤等斑兽，只有锦斑鲤。水脉中的温度也比地脉低，湿度也大，显得阴冷阴冷的，让几个学生感到周身发紧。李老师带领大家徒步进入，黎雪一下到水脉就有些后悔，她拉着凌青的手，不敢撒开，把兜里的糖果拿出来含上一块，也没让自己暖和起来。凌青跟在李老师身后，有些顾不上黎雪，就让贺嘉多照顾她。走着走着，黎雪的绑腿就开始往下秃噜，松松垮垮，绊脚走不快，鲍迪挺烦，贺嘉摆摆手提醒他，特殊时刻，别计较这些琐事。

贺嘉的绑腿绑得太紧，越走越紧，沾了水脉中的水，她系的死扣怎么都打不开了。

按照鲍迪的运算结果，大家找到神钉的修补地点，李老师在地面上总是一副温文尔雅、不紧不慢的姿态，而到了水脉之中她的行走速度极快，凌青、鲍迪的中长跑速度在钟楼中学也是名列前茅的了，但是他们两人在水脉中跟在李老师的身后行走，明显感到有些吃力，到最后他俩几乎是小跑了起来，口中轻轻地喘起来了，而李老师依然呼吸均匀，快步如飞。大家用缆绳和救命纤索把李老师下放到黑黢黢的深洞里，由李老师将罴村新锻造的神钉在黑洞中安装就位，谁也不知道李老师在黑洞中是如何操作的，李老师说下面异常危险，水脉深处只有锦斑鲤可以下去，枣斑羚、墨斑豹、羽斑鹤是下不去的，黎雪壮着胆子向李老师提出："要不然我帮帮您吧。"她要和李老师一起下去，李老师坚决不同意。李老师停下脚步，把脖子上的玉坠摘下来交给黎雪保管，凌青问李老师："有什么问题吗？"

李老师小声说："我有点心慌，一会就过去了。"凌青就没再细想。

李老师对黎雪说："玉坠由你仔细保管，我回来再还给我。"黎雪接过玉坠，点点头。

放绳索的事交给凌青，鲍迪和黎雪辅助，计时的事交给鲍迪，贺嘉辅助，李老师反复叮嘱鲍迪，计算水流的折返时间千万不可有差错。

两大危险必须同时避免，一个是黑洞深处的不可捉摸，另一个是水脉中的强大水流冲击。第一颗钉的安装运算精准，操作也顺利，越到后面越难，李老师在黑洞中操作时间越来越没准，水流的到来好像也越来越快，越来越急，最后几颗神钉安装时，李老师告诫凌青，务必在水流到来之前带领鲍迪、贺嘉、黎雪离开水脉上到地脉。凌青颤抖着声音说：“您是说有危险是吗？”李老师用手握了握凌青的手，什么话也没有说，凌青感觉到老师的手冰凉。

最后一颗神钉安装之前，李老师像前几次一样，问鲍迪：“水流会在多长时间后到来？”

鲍迪回答：“半小时。”

李老师一反常态地问一句：“确定吗？”

鲍迪毫不迟疑地回答：“确定。”

半小时即将过去，水流的轰隆声由远及近。可是李老师迟迟没有动静，凌青用手拽连接李老师的绳索，拽不动。又过了两分钟，又拽，很轻松地拽动了。几个人拼命往上拽。凌青、鲍迪预感事态不妙，让贺嘉带着黎雪先行向着水脉出口飞跑，他俩继续拽绳索。绳子拽上来了，李老师并没有上来，绳头被李老师用刀子割断了。

凌青、鲍迪不能多想，撒腿向水脉出口飞奔，强大的水流追着他们的后背滚滚而来。两人拼尽全力在水流淹没他们之前爬上出口，与贺嘉、黎雪汇合。

贺嘉见只是凌青、鲍迪两人，不解地问：“李老师呢？”

凌青和鲍迪低沉着头，无法回答。黎雪急疯了，挥起手臂照着凌青劈头盖脸打下来，嘴中嘶喊着：“李老师呢？李老师呢？”

凌青低着头任她捶打，一声不哼，眼中的泪水哗啦啦流出来，贺嘉玩命向水脉出口奔去，要下去寻找李老师，被鲍迪死死抱住。四个孩子哭成一团儿。

强大的水流退去，凌青二话不说带头往水脉里冲，要寻找李老师，黎雪拼死拽住凌青不让他下去，她绝对不会允许凌青再去冒险。凌青拉着黎雪颤颤巍巍的手，问：“如果我们现在不去，李老师不就白白死去了。”黎雪拼命摇头，说不出话来，她既不愿意李老师白白死去，也不愿意凌青他们再去送死。几个人举手表决，到底去还是不去，贺嘉最先举起手来支持凌青，鲍迪有些犹豫，看贺嘉举手，他也举起手，凌青看着黎雪，也不为难她，黎雪还在犹豫，贺嘉大声说：“你现在是唯一的锦斑鲤，在水脉中锦斑鲤的作用不可或缺。”黎雪听了贺嘉的话，也举起了手。

四个翊卫不管不顾地冲了进去。贺嘉、黎雪扯着嗓子叫：“李老师，李老师。”没有人回答。最后一颗神钉是由湖南罴村新锻造的，不知是哪不合适，从而耽误了李老师的逃命时间，李老师为了能让凌青、鲍迪、贺嘉、黎雪安全脱身，舍命割断了绳索。黎雪浑身冰凉，她像被冰水从头到脚浇灌一遍，双手双臂，紧紧地抱着自己，还是觉得冷。凌青安慰她，温暖她，她一点都没反应。

你是一只精灵的锦斑鲤
消失在逆向而上的激流里

所有的孩子都无法接受
这瞬间发生的别离
嘴角的微笑展露着善良的爱意
耳边的鬓发撩动着纯洁的水滴
你在做出献身的决定之际
没有犹豫
你在奔腾呼啸的水脉里
化作一条透明的鱼
所有的呼唤
你都不再言语
所有的追寻
都找不到你的踪迹
逆流吞噬了你优美的身躯
可是你的灵魂还挽着翊卫们的手臂

地面上三所中学乱作一团，李老师带着凌青等人迟迟不归，老馆长、左次老师、陂复老师、葛老师、盈缶老师全部深入地脉恳请地境神派员寻找李老师和凌青等人，冽水神也十分着急，地境神却让大家去求仗山神，他觉得仗山神的秘密再也保不住了，他要静观翊卫们如何将仗山神的盖子掀开，把仗山神捂得严严实实的密谋大白于天下。

大家又派左次老师、陂复老师和葛藟老师跑到灵山求仗山神，仗山神迟迟不肯派员寻找凌青他们，他说："教育学生本是校长老师的职责，怎么推诿到我这里来了。"他没好脸色地让老僧人将他们一帮人通通赶出寺院。

倒是老僧人沉得住气，让大家回去：凌青他们不应该有什么大危险。谁都不放心，可谁都拿不出解决的好办法。

97

疯沙神虽然在郎本之前钻入泉眼，但他没走多远就进不去了，他遇到了坚不可破的石门，他手中不掌握密码，石门怎么都推不开。疯沙神硬推，推不动，硬撞，撞不开，看着门有缝，疯沙神拿手硬抠，也抠不开，疯沙神只好死心了，他明白，这石门不是一般地被门闩关闭，被顶门杠顶死，而是被神灵的密码锁死了，没有密码，谁也别想打开石门。疯沙神没招儿了，没想到找到入口还是进不去。

疯沙神越是想念母亲，越是心慌意乱，眼看着找到路径了，却被石门挡住去路。

是我思念着你
是我寻找着你
可是我找不到你
我也不知道你在哪里
哪怕与你相近一寸一厘
我也愿意

哪怕与你不期而遇
我也一定惊喜
天上没有一丝雨
洗去我心头的委屈
地上没有一棵树
拴住我心中的抽泣
我嘶喊
有谁理
我飞奔
有谁追觅
我的水泱神
你在哪里

郎本、英瑛、陆珂和郎白气喘吁吁地追上来，发现疯沙神正对着石门拳打脚踢，石门纹丝不动。陆珂和英瑛向疯沙神举荐郎本，说他是神灵密语的小专家，郎本在疯沙神面前有些犹豫，英瑛说："疯沙神的忙你得帮，我们现在是一家人。"说得郎本心里软乎乎的。

疯沙神拍拍郎本的肩膀，表示信任，郎本面对石门，把颐和园秘宫密码、钟楼中学地宫入口密码、雪斑马的马蹄声密码、郎爸爸的菜刀密码和荒漠部落的经文演奏密码通通验证一遍，全都不管用。

山洞里阴凉阴凉的，郎本还是急出汗来，一向以密码专家自居的他居然在石门面前玩不转了。

英瑛和陆珂一筹莫展，也不敢催，陆珂此时一句贬损郎本的话都不敢说，他恨不得给郎本打下手伺候他都成，郎白也是帮不上哥哥的忙，疯沙神一言不发，他很恼火，但是他不敢发作，他现在最大的心愿就是找到母亲，他不敢轻举妄动，他不知道石门背后是什么场景，担心万一有个鲁莽的举动，会给母亲带来危险。

好在英瑛还算冷静，她耐心启发郎本："设想一下，这道石门是谁设置的？"

郎本看着这道石门眼熟，虽然地面上他从没有见过这么巨大的石门，但是石门的规制，他好像在哪里见过，他刚才被疯沙神催促得火急火燎，也没有闲心仔细打量石门的样子。

郎白眨着眼睛说："这座石门很像灵山寺院的石门。"郎本和英瑛、陆珂都觉得郎白说得对。

疯沙神赶紧问："灵山寺院的石门有密码吗？"

郎本说："没有哇，那座石门一推就很容易开启。"

陆珂说："这座石门是仗山神设置的，赶紧找仗山神密码。"

英瑛歪着脑袋问疯沙神："仗山神是你父亲，你应该知道仗山神密码呀。"

疯沙神急了，大叫："仗山神设置这座石门将我堵在外边，我不知道仗山神密码。"

陆珂心里说，仗山神怎么连亲生儿子都保密。

郎本突然向大家摆摆手，说："我知道南京钟山神密码，我试试。”

现场的人和神都安静了下来，疯沙神将双手交叉在胸前，祈求郎本这一回能行。

郎本用木槌在石门上敲击南京都督中学的鼓点节奏，咚嚓嚓咚咚嚓嚓，咚嚓咚嚓咚咚嚓嚓。

石门开了。

疯沙神不管不顾地奔进去，郎本拉着郎白，陆珂拉着英瑛，一同进入幽深大通道寻找水泱神。

打开石门，英瑛和陆珂对郎本大加赞赏，英瑛几乎要拉着郎本的手，郎白心里酸一阵涩一阵的，疯沙神从这时起对郎本又多了一份尊重。

陆珂心里不服气，郎本其貌不扬，却常常完成别人不能完成的任务，他费老大的劲，却没有干成什么，怪了。

陆珂问疯沙神：“北京仗山神和南京钟山神是一家子吗？”

疯沙神没好气儿地说：“他们俩是兄弟，钟山神是我二叔。”

英瑛说了一句不该说的话：“你好像对你的父辈不够尊重。”

疯沙神闭着嘴，不愿和翊卫们多说，仗山神和水泱神的秘密始终瞒着疯沙神和地境神冽水神，疯沙神心里憋着一股子怨气。

为什么疯沙神如此念念不忘水泱神，并不仅仅是因为疯沙神恋母，疯沙神也不是小孩子了，是水泱神肩负的使命让疯沙神放心不下。疯沙神知道水泱神绝不是因为情感、因为琐事不辞而别，水泱神一定是遇到惊天动地的大事才急匆匆离开的。疯沙神担心的是这个。

英瑛和陆珂骑着瑞斑鹿，郎本和郎白骑着秋斑狼，一路追随疯沙神，他们和疯沙神聊了许多，英瑛总算把这几年北京城发生的事情大致梳理了一遍。

为什么疯沙神六百年找不到自己的母亲，而选择在去年攻击北京？整个事件的展开是一个巨大的危险，而这个危险是在所有的人和神都不知道原因的背景下悄悄展开的。最早启动这个事件的不是凌青和爷爷给时钟上弦，而是老馆长手中的两颗铜珠。给传心殿时钟上弦，这原本是一个按部就班的任务，并没有什么危险可言。而老馆长手中的两颗铜珠却是捅了大娄子，扩建府学中学图书馆的挖土机，一铲子挖下去，把历史的谜团砸了个粉碎，惊动了疯沙神，原本疯沙神只是心事重重，到那时变得怒火中烧了。疯沙神因为水泱神铜像大发雷霆，不是向人族示威，而是有话要和地境神洌水神当面理论，他看到地境神迟迟不肯有所动作，昏昏大睡，觉得这事十分蹊跷，当然他如此大动干戈也是对人族的无知与狂妄十分反感。随着一个个危险事件的发生，迷局不但没有顺利解开，反而增加了新的麻烦，谁也不知道最后的结局是什么，一步一步往前走，越走越黑，越走越迷惑，越走越不知道终点。好在令人欣慰的是疯沙神最后终于知道了自己母亲的去向。

98

凌青叫鲍迪务必计算出逆流时间，四个人不可再次冒险。他们飞跑到出事地点，扒着黑黢黢的洞穴往下看，不敢下去。忽然，谁都没有防备，从洞口向上升腾起一股热浪，孩子们没反应过来，热浪又迅速退去，将凌青、鲍迪、贺嘉、黎雪全都吸入洞穴之中。

四个翊卫被一股热浪由水脉带入更深一层的地下空间，扑通扑通地掉进一个巨大的水潭，幸亏黎雪有些舞蹈功底，手脚比较灵活，贺嘉也有两个大男孩护着，四个翊卫都没有磕着碰着，就是受到了很大的惊吓。他们从水潭里爬出来，浑身透湿，凌青紧紧抓住黎雪，黎雪再也不敢撒手。

细心的黎雪在水潭的边缘发现了那颗神钉，凌青和鲍迪分析说，很可能这颗新锻造的神钉不合规制，从水脉的神钉既定穴位安装时，脱扣掉到更深一层的岩脉中来了。

贺嘉问：“我们这是到了哪里？”

凌青说：“地脉下面是水脉，水脉下面应该是岩脉，这里可能是仗山神的地盘。”

贺嘉问：“我们应该怎么办？这里原路好像返不回去了。”

凌青镇定一下情绪说：“大家不要慌，地脉水脉岩脉是互相联通的，我们应该能找到返回水脉的路径。”

黎雪怯生生地问：“我们应该往哪里走？”

凌青没想好，黎雪说：“你们听，前方好像有水声。”

鲍迪说：“我们去找找看，有水声的地方好像应该是与水脉连接的地方。”

凌青觉得有道理，凌青打头，鲍迪断后，四个翊卫向前试探着走去。凌青心里慌乱，但是强装镇定，硬着头皮死撑着，不敢在鲍迪、贺嘉、黎雪面前表现出来。前面刚刚死去了李老师，现在他们四人又坠入深渊，眼前的景象书本上没写过，电脑上电影里没见过，连地境神都没提起过。去紫禁城地道有爷爷领路，去颐和园秘宫那时无知无畏不知深浅，现在经历了那么多事，凌青担心他们这回很可能出不去了。凌青不敢停脚，那是等死，不能回头，回头无路可走，不能表现出丝毫的畏惧，他要是手抖了腿颤了，嘴唇哆嗦了，那死死拉着他的黎雪就得吓晕过去了。

不知道走了多久，前面越来越亮，水声越来越大。

凌青手拉着黎雪，贺嘉手拉着鲍迪，四个翊卫战战兢兢往前走，前面像是个火山口，炽热的火焰肆意沸腾，又像是一片荒蛮的火海，鲍迪见着火就心惊胆战，他一再地告诫自己要克服对火焰的恐惧，可是心里还是一个劲儿地颤抖。

凌青他们看见前方有一位神灵，原本可能是浑身鲜紫色，因为长年累月被烈火灼烤，已经变成陈旧的灰黑色，神灵一会儿赤着脚蹬踏着巨型石头水车，一会儿弓着腰双手提着硕大的石桶，拼尽全身的力气往火焰上浇水，破旧的水车发出吱吱嘎嘎的刺耳的摩擦声，无数的石桶东倒西歪散落在各处。神灵的水浇下去，火海顿时冒起冲腾的白雾，烈焰就会下降一些，沉稳一些，过一会，烈焰又活跃起来，神灵又要浇水，如此反复不止，把神灵累得精疲力竭。

凌青继续往前迈步，黎雪拽住他不让，鲍迪也跟凌青说："危险。"

凌青说："我想问问神灵这里是什么位置，我们如何才能走出去。"

凌青叫鲍迪带着贺嘉、黎雪略靠后几步，他试探着迈着碎步向前移动，站在一个比较凸起的位置上，凌青下意识地用手拽拽自己的左耳朵，提提神儿，高声向那位神灵喊话："请问，您是哪位神灵？您能为我们指指路吗？"

神灵回过头问："你是谁？"

凌青兴奋起来，神灵能听懂他的话，这就好办，他马上回答："我是凌青。"

他又觉得神灵肯定不认识什么凌青，就再张口喊："我是枣斑羚。"

神灵并没有停下劳作，她好像看不清凌青他们，她转过脸问："好像还有谁？"翊卫们惊讶地看到，神灵两只大眼睛被烈火灼烤成了两个深深的黑洞，让人不忍直视，双手也被烧烤得黢黑黢黑的，原本的一头秀发早被烈焰烤得卷卷曲曲，乱成一团。

鲍迪、贺嘉和黎雪几人依次自我介绍，他们是墨斑豹、羽斑鹤、锦斑鲤。

凌青壮着胆子问：“劳您驾，请问，您是谁？”

神灵一边干活，一边上气不接下气地回答：“我是，水泱神。”

凌青、鲍迪还没反应过来，贺嘉浑身颤抖地大叫：“她是疯沙神的母亲。”

水泱神听见了，问：“谁在叫我儿子，他来了吗？”

凌青也控制不住情绪，喊着：“他没有来，他找您六百年了呀。”

水泱神长长地叹息一声：“都六百年了啊。”身边的火焰渐渐地平稳下来，水泱神提着手中的石桶，呆呆地立在那里。

鲍迪上前问水泱神：“地境神在找您，冽水神在找您，疯沙神在找您，全北京城都在找您，您怎么在这里呀？”

水泱神缓过神来又开始劳作，有气无力地回答翊卫们：“我，六百年，一直，在给火炼神，降温。”

翊卫们惊呆了。

黎雪看着水泱神不停地干活，心中难受，就喊：“我们能不能替您干活，您歇息一会儿。”其实翊卫们已然看清了这神族的局面，人太渺小了，太无能为力了，他们帮不上水泱神的忙。

水泱神回答：“谢谢你们这些懂事的孩子，这些活儿你们干不了。”

贺嘉说：“我们要不要把疯沙神找来，和您见面。”

水泱神高兴起来，说：“好哇，好。”她浇下去的水开始变换着不同的颜色，幽幽的蓝、灿灿的黄、淡淡的绿。贺嘉问鲍迪：“我怎么看不明白，水泱神手中的水是从哪里来的呢？”

鲍迪苦涩地说：“那是水泱神自己的身体和心血。”

孩子们心头一阵发紧，眼睁睁看着水泱神一次次地牺牲自己的身躯，眼睁睁看着地火一次次地升腾。六百年，水泱神孤身一人抵抗火炼神，用自己的身躯覆盖火炼神的烈焰。

两眼盲
两鬓沉霜
六百年舍命抵抗
征战火场
天地无常
日月无光
挥手起汪洋
水蓝火黄
火起水长
任你张狂
我独自一人抵挡

凌青问水泱神，这里是不是岩脉，也就是仗山神的地盘，水泱神一边劳作，一边告诉孩子们，这里既不是岩脉也不是火脉，这里是幽深大通道。

什么叫幽深大通道？翊卫们头一次听说。

水泱神解释说，全中国大致好像一个巨大的手掌，地下深处有几条纵横交错的幽深大通道，脉络走向就像是手掌上的掌纹，青藏高原的边缘就像是手掌上的生命线，黄河的地下有一条大通道，就像是掌纹上的感情线，长江的地下有一条大通道，就像是掌纹上的智慧线。

贺嘉来了精神，张开手掌指认哪条是生命线，哪条是感情线、智慧线，她分辨不清，别说她，连凌青、鲍迪也模棱两可，黎雪记得盈缶老师给她看过掌纹，自然要给大家指点一番，不能看右手，要看左手，大家借着烈焰的光芒一看，手掌上的三条掌纹都很清晰，而且与中国地图上的青藏高原、长江、黄河极其相似，这太神奇了。

贺嘉仰着头问水泱神："我们现在在哪一条通道上？"

水泱神回答说："我们现在所在的这条幽深大通道，相当于掌纹上的命运线，西南起点是青藏高原上的纳木错湖，东北终点是东北长白山天池。"

黎雪在手掌上找不到这条线的准确痕迹，鲍迪从背包里拿出防水包取出iPad，根本没有信号，他从内存里找出自己存档的资料，打开中国地图，用电子笔在屏幕上将东北的长白山和西南的纳木错湖串联起来，一条斜线清晰地显现出来。

凌青惊讶地说："这条线经过北京城。"

四个翊卫异口同声地感叹起来。

鲍迪想起，网络上说过，有一位水利地质科学家，常年跟踪分析青藏高原河流和湖泊的水文资料，经过研究分析，发现青藏高原的河流与湖泊存在着严重的渗漏，纳木错湖每年的渗漏量达到六十亿立方，同时，东北长白山天池水中有百分之六十五来自于地下水补给，水泱神所说的幽深大通道，是不是就把纳木错湖的湖水源源不断地输送到长白山天池去了？

水泱神六百年来孤身一人，形单影只，现在在幽深大通道遇见北京城的四个翊卫，异常激动，凌青他们向水泱神请求返回水脉的路径，水泱神很爽快地答应了，并告诉他们在幽深大通道中行走、辨认方向和穿越交叉口的方法。水泱神还呼唤来斑兽，供凌青他们骑乘。

水泱神向翊卫们提出，能不能帮她一个忙，执行一个任务。

凌青他们很爽快地答应了，可是等水泱神把任务说出口，鲍迪犹豫了，黎雪也退缩，刚才那股子兴奋劲儿也过去了。水泱神请凌青他们奔赴纳木错湖和长白山天池把湖神和池神请到北京开会，商议抵抗火炼神的事宜。

凌青他们和水泱神告别，水泱神放下手中的劳作，伸出手对凌青说："我眼睛看不见了，让我摸摸你吧。"凌青走上前，把脸凑近水泱神，水泱神的双手颤颤巍巍的，冰冰凉凉的，凌青的心里很不是滋味，他还把鲍迪、贺嘉、黎雪也叫近前来，让水泱神摸一摸，贺嘉和黎雪含着泪，劝水泱神注意身体，不要太劳累，水泱神喘着气说：“咳，六百年了，已经累习惯了。”水泱神喘的气是鲜紫的颜色。

贺嘉还说：“我们一定叫疯沙神尽快来看您。”水泱神愉快地答应着。

水泱神叮嘱凌青，前方各条道路交叉的地方，会有闸口，行进艰难，要倍加小心，凌青点点头。鲍迪心里打鼓，要是烈焰闸口我可过不去，黎雪想着怎么和凌青张嘴说，想要退回去。

凌青问水泱神：“从这里到青藏高原纳木错湖，路途遥远，道也生疏，我们会不会迷路。”在这个团队中他是老大，什么事都得操心，万一走到头不是纳木错湖怎么办。

水泱神说：“不必担心，斑兽认识路。”凌青这才放了心。

大家翻身骑上斑兽，和水泱神依依惜别。

幽深大通道有的地方是深不见底的沟壑，有的地方是宽阔的洞穴，走一段路就会遇到火炼神的出口，出口处附近总是热闹非凡，水神在驱赶着水流源源不断地奔向火炼神的出口，覆盖即将喷发的火焰，山神的手下不停地搬运石料在出口处的四周垒墙筑堤，可是石料禁不住烈焰的灼烤，石墙石堤要么轰然倒塌，要么四分五裂，山神的手下也不气馁，也不抱怨，继续不停地搬运石料，继续不停地垒墙筑堤，凌青他们有任务在身，不敢在这样壮观的场面前驻步久留，他们还要往前赶路呢。

凌青他们加快步伐，斑兽飞奔起来，一路上，他们看见水泱神安排的石水车和石桶在轮番不停地劳作着。

再往前走，鲍迪听到有声音，凌青说：“不可能，别自己吓唬自己。”等他们四人都听见响动后，都吓坏了：幽深大通道中会不会有野兽，会不会有妖怪？

前边有活动的人影，贺嘉眼尖，大声叫道：“那个胖子是郎本。”

对面那个胖子吓得从秋斑狼背上跌落下来，一屁股坐在地上：“我的亲娘二姨三舅母，谁在叫我的名字？”

贺嘉大声喊：“是我，我是贺嘉。”座下的羽斑鹤展翅飞了过去。

对方几个人和疯沙神狂奔过来，英瑛给凌青他们介绍疯沙神，鲍迪、贺嘉和黎雪初次见到疯沙神，不敢说话，也不敢靠他太近，凌青一步跨上前，顾不上第一次见到疯沙神的惊讶，兴冲冲地对疯沙神说：“我们碰见你的母亲水泱神了。”

“在哪里，在哪里？”疯沙神拽住凌青的胳膊大喊大叫，凌青的胳膊被疯沙神掐出一道道紫印子，黎雪仗着自己练过拳脚，上前把疯沙神的手扒开。疯沙神知道用力过猛，连忙道歉。凌青向疯沙神指明水泱神所在方位和前行路径，告诉疯沙神，他要带领大家前往纳木错和天池，向湖神池神传达水泱神的指示，让疯沙神自己去见水泱神。

疯沙神抱拳谢过凌青等人，急急慌慌向水泱神的方向飞奔而去。贺嘉、黎雪把他们这一队的情况告知郎本、英瑛那一队，郎本、英瑛把他们的情况告诉凌青鲍迪他们，凌青说：“我们一边走一边说吧。”孩子们没看见疯沙神是如何和水泱神团聚的，没看见疯沙神如何抱着双目失明的水泱神痛哭，没看见疯沙神如何不顾一切地把水泱神背回北京。

英瑛、郎本、陆珂和郎白对水泱神的任务不甚了解，他们只知道疯沙神的母亲有困难，他们义不容辞要出手帮忙，走着走着，几个人才从凌青、鲍迪、贺嘉等人的口中得知新任务的详细情况。

六百年前，仗山神和水泱神发现了火炼神的异动，他们来不及和地境神洌水神商量，也背着疯沙神，前往幽深大通道，水泱神以自己的全部身心化作滔滔大水覆盖火炼神，给地火降温，仗山神从旁协助，六百年过去了，水泱神无时无刻不在坚守岗位，现在她发现自己身心疲惫，实在坚持不下去了，她希望凌青等翊卫前往青藏高原和东北长白山，请求纳木错湖湖神和天池池神来北京和洌水神共同商议，能不能接替水泱神，继续覆盖火炼神。

凌青觉得，水泱神为北京人，为全中国的人，以及所有动物和植物坚守幽深大通道六百年，用自己的身体覆盖火炼神，这太悲壮感人了，他二话不说就答应了水泱神。

陆珂一听就急了：“我说，你们钟楼中学的学生们，你们的地理知识不至于这么差劲吧？从北京到青藏高原的纳木错湖，距离起码三千五百多公里，就是坐火车到拉萨也得走四十多个小时，我们这么走着，猴年马月能走到呀？这相当于斜穿整个中国哪，兴许到达那一天，地面上都二〇二一年了。”

贺嘉说他：“别在这儿咋咋呼呼的，水泱神说了，幽深大通道是神脉，有一半天就走到了。”

郎本也心存疑虑，他问凌青：“为什么不从地面上行走寻找纳木错湖神和天池池神？”凌青说：“我猜是因为她们都深居地下，只能在幽深大通道中才能找到她们，她们要是居住在地面上，早就被人族消耗殆尽了。”

郎本提出疑问说：“不吃不喝，我也受不了呀。”

陆珂像是有了支持者，对贺嘉说：“你看，不合情理吧还是？”

鲍迪替贺嘉帮腔：“有什么不合情理？郎本你进入地脉水脉时，不是从来都不吃不喝吗？”

郎本这下想起来，进入神脉的翊卫是不用操心吃喝拉撒睡这些事情的。

郎白老半天没说话，她是有些不适应幽深大通道的环境，这会儿她缓过来一些了，对凌青建议说：“去纳木错湖和长白山天池，我们应该兵分两路。”

大家一下子被郎白点醒，英瑛和陆珂决定自成一路奔赴长白山天池，其余人由凌青带队奔赴纳木错湖。

一说要分头行动，郎本就下意识地要跟着英瑛走，郎白问郎本哥哥：“你这是要往哪里走哇？”

郎本装傻，说：“我去天池找池神啊。”他觉得跟着英瑛干活有意思，还有成就感。

明明说好的，英瑛带队去天池，凌青带队去纳木错，谁说让郎本跟着英瑛走了？贺嘉眯着眼睛歪着脑袋叉着腰，从牙缝里挤出一句：“你这是让大家伙看看什么叫重色轻友哇。”说得郎本胖脸通红。

郎本辩解说：“陆珂他们那一队人数太少了，我去增援。”

英瑛赶紧说：“不用不用。”

陆珂也对郎本说：“你别给我们添乱了。”说得郎本脸臊得慌，他不得不回到凌青队伍中来，心里说凭什么凌青、黎雪在一起，鲍迪、贺嘉在一起，偏偏把我和英瑛分开，可这话他又没法张嘴说出来。

99

要想让郎爷爷坐在家里安安静静地等郎本回来，那是不可能的，这天一大早，郎爷爷非要买一桶油，提着回家。走进胡同，路过的邻居忙接过来，帮他提着送回家去，他还执意不肯麻烦人家，刚走到小花园，送报纸的邮递员来了，邻居对郎爷爷说："您就在这儿等着，我去把报纸接下来，回头就来送您。"

郎爷爷耳背，也不知道听清楚没有，人家前脚走，他老人家后脚提起油桶就走，没走几步一个趔趄摔倒在地上，把骨盆摔骨折了。

一场小雨滴滴答答地下
打湿了北京徒有其表的繁华
雨后的天本该是难得一见的早霞
却变成一行不该乱讲话的乌鸦
百岁的爷爷一个趔趄倒在屋檐下
惦记着那锅喷香的羊肉该多放些葱花

手握着乳白的玉版憋一肚子热乎乎的话
巴望着我的胖孙儿你早早回家

骨折只能静养，老人不愿意，医生说打钢钉也许还能站起来，全家都吓坏了，谁敢拿主意给九十七岁的老人打钢钉？但是让他在床上躺着，照老人这般的脾气，比打钢钉还难受，郎爸爸和郎妈妈心里发颤，决定试试看。

郎爷爷没有能够熬过这一关。

郎爷爷病危，医院看到各项指标都十分危险，叫家属赶紧办出院手续，派急救车把郎爷爷往家里拉，如果死在医院，医院的年度考核指标（死亡率、治愈率之类）就不太好看，郎爸爸和郎妈妈觉得不合理，医院大夫委屈地说，他们也有难处。

郎妈妈不依不饶，说一位地境神的翊卫，为跟踪疯沙神，在大西北吃苦受罪一辈子，九十七岁高龄回到北京，没享几天福，却死得这么没有尊严。她让郎爸爸去和医院评理，郎爸爸低声地说："算了吧，当初也是我们同意打钢钉的，医院也有他们的难处。"

郎妈妈一手叉着腰，一手指着郎爸爸低垂的脑门子大骂："你就是一个窝囊废。"

郎爸爸和郎妈妈叫郎本和郎白赶紧回京，送送爷爷，可是郎本和郎白已经追随疯沙神进入地下多时了。

郎爷爷舍不得把玉版传给郎本，郎本一直懂事地对爷爷说："您身子骨这么硬朗，还能够为地境神干许多事呢，跑腿的活我替您干就是了，您不必着急忙慌地把玉版给我。”

郎本虽然对这枚玉版爱不释手，虽然十分羡慕凌青、鲍迪、贺嘉都有玉版，但是他不能催促爷爷。爷爷曾经说：“我只要活一天，就要佩戴玉版一天，哪一天我撒手而去，就把玉版传递给你。”

郎本曾经答应说：“哎。”

郎爷爷要回西北老家，不能死在北京，要埋在祖坟里，不能脱离了野沙人。

郎爸爸问大夫：“能不能坚持到西北老家。”

大夫说：“看情况很难。”

郎爸爸再次问：“能不能想办法试试？”

大夫说：“我们可以给老爷子打营养针，要看老爷子能不能坚持了。”

郎爷爷艰难地示意郎爸爸，从他衣服兜里取出一个细心折叠的纸包，打开里外两层，里边是一小撮老家的黄土，郎爷爷瞪着眼张开嘴，郎爸爸郎妈妈不知道爷爷这是啥意思，愣在那里，不知道干什么好，爷爷艰难地动动嘴唇，等着，郎爸爸这才明白爷爷是要把这些黄土吃下去，以表示必须葬于故土的决心，郎爸爸不敢违背父命，哆哆嗦嗦用手指捏些黄土喂进爷爷嘴里，郎妈妈在一旁使劲劝：“这样不行，你别胡来。”

郎爸爸就说了一个字：“水。”郎妈妈也不劝了，赶紧喂爷爷些温开水，爷爷咕咚一声把黄土咽进肚里。

郎妈妈赶紧去联系救护车，花多少钱也要把郎爷爷送回西北老家去。救护车运营部门的人没等郎妈妈把话说完就摇头说：“这事很难办，几乎是没法办，救护车出北京需要走手续申请，等待审批。”

郎爸爸急了，决定开自家车回西北老家。郎爸爸郎妈妈把奄奄一息的郎爷爷抱上车，郎爸爸大声在郎爷爷耳边说：“我们送您回老家去呃。”

郎爷爷眼角流出几颗黄土颜色的老泪，嘴里用极弱的声音说：“回哪。”

郎爸爸给汽车加满油，一路狂奔，郎妈妈坐在车里，两人一路上一句话也不说，郎妈妈也不问郎爸爸要不要停一停，歇一歇，她知道这些都是废话。

郎爸爸十个小时没吃东西没合眼，一路从北京过河北、山西，到内蒙古。

郎爷爷一路上也不吭声也不动窝，也不知是已经死了，还是活着，郎妈妈不敢言语，用眼看看郎爸爸，郎爸爸隔一段路就叫一声：“大呀，大呀。”

郎爷爷在河北境内还答着：“莫唤。”到了内蒙古境内，再叫，就只听见哼的声音了。

郎爷爷一路上都不睁眼，到了村口，不知道是闻着老家泥土的气息，还是感到老家的风硬，吹着舒坦，郎爷爷把眼睁开了。

进了村，也没喘口气，郎爸爸慌慌忙忙跟乡亲借了把铁锹，又开车直奔村后郎家的祖坟。

郎爸爸顾不了许多，下车就拿铁锹挖坑，郎妈妈大为不解，挖土坑干什么，她也不敢张嘴问，在一旁伺候着郎爷爷。郎爸爸挖了个两米长，一米宽，大约一米多深的长方坑，看着有模有样了，就把铁锨抛上去，自己规规矩矩躺倒在土坑里，头摆正，腿伸直，屁股左右蹭蹭，两只手臂顺顺当当放好，觉着还算合适安逸，还算平整宽绰，就不耽搁，挺身爬出来，来不及掸身上的土，三步并作两步靠近车里的爷爷，毕恭毕敬地在爷爷耳边说："挺舒服的。"

爷爷满意地笑笑，咽气了。

这么前前后后一忙活，郎爷爷要传给郎本的那枚玉版，丢了。

疯沙神背着瞎眼的水泱神回到北京，全城整整下了一天的大暴雨。水泱神在疯沙神的背上，叫："沙儿，你还好吧。"

疯沙神答："还好，娘啊，您老苦啊。"

水泱神答："我不苦，想儿子，心里苦。"

疯沙神哭了。

儿看娘
两只眼泪流千行
娘看儿
两只眼空空荡荡
当年娘背着儿
那时欢声笑语甜似蜜糖
如今儿背着娘

雨水是圣洁的紫色，像是葡萄酒一般，还散发着清香的气息，地面积水瞬间达到半米多深，街边的大树花草都像喝醉了一样，哗啦哗啦说着醉言醉语，聊个没完，被雨水浇灌的花朵艳得让行人睁不开眼，香得让人接二连三地打喷嚏，猫狗都冲进雨水里打滚嬉戏，大狗汪汪的叫声夹带着华丽的转音。蜻蜓知了青蛙喜鹊乌鸦全都乐疯了，摇摆着，跳跃着，安静不下来。

大雨过后，槐树底下长出好多蘑菇，长得像伞，一副要替谁遮风挡雨的架势。

火炼神深居地下，忽然觉得不对劲，有手下来报，水泱神撤退了。火炼神大为不解，六百年水泱神不依不饶地在幽深大通道坚守，覆盖火炼神，怎么突然撤退了，这不像是一个神的作为。火炼神知道水泱神越来越体力不支，精气神不济，但绝不会说走就走。火炼神问手下：“谁来接替水泱神？”

手下说：“没有，所有水泱神的岗位上都是空的。”

幽深大通道中温度在迅速上升，火炼神的烈焰兵团在肆意翻腾。火炼神立刻做出部署，迅速占据水泱神所有岗位。一条条火蛇飞蹿狂奔，一处处火眼浓烟滚滚。

六百年水泱神所付出的一切即将前功尽弃。

100

大地上有许多皱褶和纹路是地神和水神、山神、火神留下的，可是人族的劳作把这些涂抹得面目全非，再完美的航空飞行也无法追踪这些痕迹，再敏锐的艺术家也无法复原这些暗含着密码的曲线，好在深埋在地下的通道还没有被发现、被触及、被破坏，幽深大通道就是深埋于地下的神脉。从纳木错湖到长白山天池，一条暗藏的水脉和火脉的联合通道曲曲弯弯地由西南向东北纵贯中国。这条深藏地下的奇异景观到目前为止并不被人族所认知，坦率地讲，人族最好不要去打扰火炼神和各地水神。

就全国布局来说，各路水神与地下火神的较量远没有凌青想得那么简单。湖南长沙地区地震发生次数极少，这里是火炼神的死穴，长江黄河是地面水系，水神经营的是地下水脉，幽深大通道也不是鲍迪在iPad上勾画的那样，是一条笔直的直线。水神的最终任务是将火炼神压制在地下，不让他轻易由火山口爆发出来，仗山神是水泱神的坚强后盾。别看仗山神比谁都凶，把疯沙神桀木神管得跟孙子似的，连地境神也让他三分，但是他关键时刻还是要听水泱神的话。可惜的是，水泱神在北京没有翊卫，连洌水神的两个翊卫之一的李老师也死了，只剩下黎雪一人，总是嘤嘤哭泣的黎雪能不能担当重任，谁也不好说，水神与人族的联系太单薄脆弱了。

一个全新的世界展现在凌青面前，他很兴奋，找到水泱神让他很有成就感，疯沙神、地境神和洌水神花了六百年又是撒泼发疯，又是昏睡，又是出动雪斑马和秋斑狼，都找不到水泱神，让他凌青找到了，这真是立了大功。可是幽深大通道宽大高深，神秘诡异，从没有人来过，凌青感到自己非常渺小无助，心里没底，他被一个全新的异样的世界包围，满脑子都是水泱神和火炼神，都是幽深大通道中水与火的争斗，什么冷暖、安危，他全都想不起来了。

幽深大通道有的地方是火脉区，裸露的火脉似金黄色的长龙，烈焰升腾，各地水神在悬壁上修筑水渠，不时有瀑布流下，为火脉降温。斑兽只能驮着凌青等人在水渠边缘奔走，斑兽的身体摇晃得很厉害，孩子们抓住斑兽的鬃毛和铠甲，闭着眼不敢往边缘下的火脉里看。有的地方是火口区，火脉被各地山神覆盖，火龙暗流，仅在几个火口有规律地喷发。水神在火口四周设置水池，安排水车，昼夜不停地向火口灌水。凌青他们骑着斑兽飞快地奔跑，绕过火口。有的地方是水神区，火脉埋藏较深，水神择机选择洼地形成地下湖泊，湖底可以看到成群的锦斑鲤在游荡，斑兽在此就要泅渡过去，郎白在这个区域显得很兴奋，贺嘉提醒她，别顾着贪玩，忘了这里是几千米的地底下，郎白吐吐舌头。有的地方是浓雾区，烈火与大水相互交汇，形成浓浓的水汽在大通道的某些转弯处和死角地带终年散布，在浓雾中，凌青他们控制着斑兽不要奔跑太快，凌青在前，郎本断后，凌青用玉版，郎本用木槌敲击坐骑的铜鞍，彼此用熟悉的声响呼应着，避免走散，其实这只是一种心理安慰，斑兽是不会迷路的。

幽深大通道中太安静了，凌青郎本郎白必须不停地说话唱歌。郎白的歌声让黎雪略微安静了些，她跟郎白说："你的女低音相当难得，应该找个专业老师给你辅导辅导。"郎本在一旁插嘴说："你还是让她少唱两句，别再把大通道里的什么妖魔鬼怪召唤出来。"几个翊卫轻易不敢大声喧哗，大通道内回声很大，有些恐怖。

贺嘉拽着郎白的手不撒开，生怕郎白走丢了，贺嘉叮嘱郎本："你用点儿心照顾郎白，有点当哥哥的样儿。"郎本不当回事。

贺嘉厉声说："我说话，你听见了没有。"郎本老老实实地点点头。

凌青让黎雪把碍事的绑腿解下来，黎雪不干，说这是李老师让她绑的，她一说起李老师就掉眼泪，凌青只好停下，把黎雪腿上的绑腿重新绑好。贺嘉没耐心，要把绑腿上的死疙瘩剪断，鲍迪手巧，让贺嘉老实站着，他把那些个死扣一一解开，把绑腿绳规规整整绕成一个球塞进书包里。郎本郎白听说李老师牺牲了，吓得浑身哆嗦，也不敢多问，怕惹得黎雪没完没了地哭。郎本本来要跟凌青他们显摆显摆他在荒漠部落如何破解经文，如何获得疯沙神夸奖，如何被部落的人们奉为功臣，现在因为李老师的不幸，他也不敢多说了。凌青也没有劝慰黎雪的好办法，只好暂时不提此事，先忙别的。

李老师就这么死了，黎雪想起来就哭，这个坎怎么都过不去。黎雪在北京没有亲戚，老家的亲戚拿她当仇人，她寄宿在李老师家里，李老师就像她的亲姐姐一样，可以依靠，可以信赖，可以撒娇，现在李老师说没就没了，黎雪怎么受得了，她长这么大，第一次知道失去亲人是个什么滋味。凌青不敢招惹黎雪，顺着也不是，逆着也不行，不知道哪句话说到黎雪的痛处，她又会暗暗落泪。

黎雪一边骑着锦斑鲤追随着凌青的枣斑羚，一边念叨："李含章老师活着的时候教我们跳西藏舞蹈，她说纳木错湖是特别圣洁的地方。"

凌青跟黎雪聊天宽慰她："刚才水泱神说了，纳木错湖神是个非常高雅圣洁的水神，一般人很难请得动她，现在水泱神精疲力竭，冽水神单枪匹马恐怕难以接替水泱神，所以要我们远道去请纳木错湖神。"凌青一边说一边拿眼光抚慰黎雪，可是黎雪回避着凌青的目光。

贺嘉发现鲍迪情绪不高，她知道平日里鲍迪话就少，但接受水泱神的使命后，鲍迪好像更加心事重重。

贺嘉躲着众人，悄悄问鲍迪："你怎么了？哪儿不舒服？"

鲍迪简单地回答她："没怎么。"

"你好像有心事。"鲍迪的心思逃不过贺嘉的眼睛。

鲍迪实话实说："我担心前面有些坎儿我过不去。"

贺嘉没当回事，说："不可能，你还能退回去不成！"

鲍迪皱着眉头，胡乱撩了撩前额的头发，不说话。

他们继续往前走，贺嘉以为鲍迪的情绪过一会儿便会慢慢调整过来，就跟郎白叽叽喳喳聊天去了。

没想到过了好长时间，她再看鲍迪，鲍迪还是皱着眉头，愁眉苦脸，贺嘉感到不对头，就上前去找走在前头的凌青，她绕开黎雪，扒拉扒拉凌青的胳膊，凌青回头问："怎么了？"

贺嘉小声说："去管管你那哥们儿，他有点不对头。"

凌青一头雾水，像地境神一样反应迟钝，问："谁呀？"

贺嘉撇着嘴："还能有谁，鲍迪呗。"她心里说郎本的事有郎白管着咧，用我操心呀。

凌青走在队伍的前头，他没法退到队伍中间去，他让贺嘉把鲍迪叫到前头来。

凌青问鲍迪怎么了，鲍迪吞吞吐吐不肯说，实在躲不过，就跟凌青说："前方交叉口是不是要通过烈焰闸口？"

凌青说："有可能，也可能是激流闸口。"

鲍迪说："如果，如果是烈焰闸口，我可能，可能过不去。"

凌青不解地问："为什么？"

鲍迪不肯说。

凌青说："这事关重大，你万一过不去，我们这一队人马就要分成两队，你就要原路退回去。"

鲍迪低着头，说："有可能。"

凌青实在被鲍迪弄烦了。他们二人脾气秉性不一样，平日里也难免有磕磕碰碰，但两人互相倚仗，互相帮助，凌青需要鲍迪的智慧，鲍迪需要凌青的勇敢，谁也离不开谁，尤其是疯沙神之战和桀木神之役两次战斗，鲍迪从来没有拖过后腿，这次鲍迪为什么临阵退却了呢？如果鲍迪选择退却，翊卫的队伍就面临分裂，水泱神交派的任务完不成怎么办？

凌青不能就让鲍迪这么闷着，他一定要问出个究竟，好鼓励鲍迪与他们一同前行。

凌青再次耐心地问鲍迪："到底是为什么，你告诉我，我不告诉其他人。"

鲍迪抬起头，望着凌青炽热的目光，说："我怕火。"

凌青不以为然："火有什么可怕的，我们是骑着斑兽跨越过去，又不是让你从烈焰中钻过去。"

鲍迪终于说："我姨妈的儿子当年就是被大火烧死的，我那年三岁，亲眼所见。"

凌青不说话了，原来鲍迪的退缩是源自心理障碍。凌青想了想说："这样吧，我们走到跟前再看情况，能过去你就跟我们一起走，实在不行，你就原路返回去。"

鲍迪点点头。

一行人来到烈焰闸口，闸口处烈焰翻腾，凌青叫大家把背包扎紧，绑腿重新整理过，准备飞越烈焰闸口，凌青看看鲍迪，鲍迪冲凌青摇摇头。

伙伴们一而再再而三地问："我们跨越过去，是不是就再也回不来了？"

凌青无法回答这个问题，他心里也没底，能不能冒这个险，他心里也没数。一种惶惶不安的气氛围绕着他们。

还是黎雪打破了沉默，实在过不去就退回去，凌青对黎雪说："你们都能退，我不能。"

"为什么？你也可以退的。"黎雪说。

凌青说："我总觉得背后有水泱神的黑洞洞的眼眶在看着我。"

"不，我不能退。"凌青像是回答大家，又像是自言自语。

郎本和郎白说："我们陪着你。"

鲍迪没出声，黎雪也不言语。

凌青叫大家静一静，他说："我们现在分成两队，我带领大家飞越过去，鲍迪原路返回。"

所有的人都愣住了，有人问这问那，说是不是水泱神还有其他任务，有人看鲍迪脸色苍白，问鲍迪是不是病了，郎本跨前一步，大声说："你是逃兵，你临阵脱逃。"

贺嘉要替鲍迪辩解，但她说不出个充分的理由来，她内心也觉得鲍迪这回是被烈焰吓破了胆，她有心指着鲍迪的鼻子发泄一通，但她说不出口，她也是粗心，看不出鲍迪心中的难处，再说鲍迪把他的心理障碍告诉了凌青，并没有告诉她。

除了凌青心里明白，大家都觉得鲍迪不该在此时此刻与大家分手，除非水泱神另有安排。可是走了这么久，谁也没说水泱神还有别的任务啊？

郎本心说，看你平时心高气傲，不把别人放眼里，哼，你也有拉不开栓、掉链子的时候啊。不过，郎本厚道，说一句就闭嘴，不再多说第二句。

老半天不言语的黎雪突然说话了，她说她也要跟着鲍迪从原路退回去。

贺嘉一下子愣住了，问黎雪：“你出什么幺蛾子，为什么要退回去？”

黎雪带着哭腔实话实说：“我害怕。”

贺嘉和郎本几乎同时说：“有凌青在你怕什么？”

黎雪说了一句狠话：“我宁可不要凌青，也要退回去。”

全场的人都听傻了，所有的人都把目光投向凌青，包括鲍迪也是出乎意料，没想到黎雪节外生枝，还有这么一出儿。黎雪不看着凌青，扭着头看别处。

凌青也没想到黎雪说话这么绝，不过既然黎雪这么说了，凌青也只能照办，他说：“那好吧，黎雪跟着鲍迪一起返回去。”凌青又追加了一句，“不过你们二人返回去的想法是截然不同的。”

凌青不能把鲍迪的事公布于众，他必须体谅好友的难处。

凌青和鲍迪拥抱在一起，互相说着多多保重的话，凌青带领大家翻身骑上斑兽，准备出发。鲍迪和贺嘉拥抱在一起，算是告别，贺嘉心里七上八下，不知道怎么办好：就这样与鲍迪告别吗？

黎雪一个人暗暗落泪，她想跟凌青说几句什么，可是在说出了那么绝情的话之后，她现在还有什么脸面再走上前去和凌青说什么呢？

凌青早就看出黎雪要打退堂鼓，但他知道，幽深大通道中，黎雪孤单一人不可能撒手而退，没想到鲍迪一退，给黎雪提供了一个机会，凌青实在不好再挽留黎雪，但黎雪说的狠话，在他心上狠狠扎了一刀。凌青又翻身从斑兽上下来，走近黎雪，蹲下身，帮她把绑腿紧一紧，起身和黎雪亲了一亲面颊，一言未发，转身离去，翻身骑上枣斑羚，带着队伍向烈焰闸口走去，黎雪跪在地上，失声痛哭。

鲍迪眼看着凌青骑着枣斑羚飞越过去，看着贺嘉回头望了望他，骑着羽斑鹤飞越过去，看着郎本带着郎白骑着秋斑狼飞越过去。鲍迪的双腿瑟瑟发抖，黎雪坐在地上，哭天抹泪儿，连看都不敢看，鲍迪低头不大情愿地拉起黎雪，准备往回返。

忽然，他觉得背后有一股风，抬头一看，贺嘉骑着羽斑鹤又飞了回来，鲍迪大惊。

贺嘉平稳地落地，走到鲍迪面前，说：“我要陪伴你，我不能离开你。”

鲍迪感动得紧紧把贺嘉搂在怀里。

黎雪羞愧极了，低着头，试图把脸上的泪水抹净。

往回返的路上，贺嘉一定要问清楚，鲍迪到底为什么在烈焰闸口前选择退缩，鲍迪不愿意在女孩子面前谈及心酸的往事，可是他对贺嘉又不能不说，他便背着黎雪，告诉了贺嘉他选择退缩的原因。

贺嘉说："有什么话就跟大家说，干吗藏着掖着，让大家误会你。"

鲍迪闭着嘴，不言语。

三个人在墨斑豹、羽斑鹤和锦斑鲤的导引下，原路返回北京。

101

在烈焰闸口贺嘉舍不得鲍迪，跟凌青匆匆告别一声，就反身又跨过烈焰闸口，离别时贺嘉把绑腿解下来交给郎白，说："前面路还长，这个也许用得着。"

郎本在一旁不以为然，心里说，你的裹腿带着体味儿，也好意思给我们，嘴上不敢说，说了贺嘉就会骂他。

凌青一行人越过烈焰闸口，继续加快速度向纳木错湖方向飞奔，枣斑羚、秋斑狼越跑越快，越跑越急。凌青这时才明白，斑兽身上的斑点，是被火炼神灼伤的，不是普普通通的装饰。

进入青藏高原的幽深大通道，气温降低，水流的表面是一层厚厚的冰层，冰层下的水流涌动，忽隐忽现的的烈焰，乌黑的岩壁，在幽深大通道构成一幅绚丽的画面。

枣斑羚对高原地形十分适应，而北方成长的秋斑狼在冰面上不是打滑就是摔跟头，把郎本郎白搞得狼狈不堪。凌青停下来，叫郎白把贺嘉留下的绑腿拿出来，郎本问："给秋斑狼打绑腿吗？"

凌青不言语，教郎白、郎本给秋斑狼的蹄子捆上防滑结，郎本一边给秋斑狼捆扎防滑结，一边嘴里念叨：“贺嘉啊，你真是救灾救难的菩萨啊。”

凌青一边干活一边对郎本说：“当面夸多好啊，你这会儿夸她，她也听不见。”郎本嘿嘿乐。

跑累了，大家就放慢速度，休息休息，郎白不放心贺嘉，就问郎本：“也不知道鲍迪、贺嘉和黎雪他们走到哪里了。”

郎本玩耍着手中的木槌，没好气地说：“我怎么知道？”

凌青说：“有鲍迪在，尽可放心，他们会平安返回北京的。”

大家都不说话。

大家接着往前走，郎白估摸着应该快到了，郎本说：“哪有那么快！”

说着说着，前方地势逐渐升高，脚下的冰层愈加斑斓多彩，枣斑羚和秋斑狼开始兴奋起来，明显地加快了速度，郎本兴奋地对凌青说：“你看这地势，我们是不是快要到达地面了？”

郎白说：“我听见青藏高原的歌声了。”

凌青乐了：“你可真是说风就是雨。”

郎白一说，郎本也听到了：“是有歌声，是有歌声。”

凌青也听到了：“藏语的，是用藏语唱的。”三人全都兴奋起来，加快步伐。地势越来越高，越来越平坦，前面显露天光，幽深大通道出口终于到了，纳木错湖终于到了。

郎本见到野牦牛、藏野驴、藏原羚，和凌青指指点点，拿iPad拍照个没完，郎白对天空中飞翔的棕头鸥、斑头雁和黑颈鹤觉得特别亲近。不远处山脚下有一群羚羊，凌青座下的枣斑羚下意识地向羚羊群走去，大家也都相跟着向羚羊群走来。

枣斑羚把凌青带到一只年迈的老羚羊身边停下来，老羚羊用双眼慈祥地看着凌青，两行浊泪滴滴答答流下来。凌青呆住了，他隐约觉得老羚羊就是他爷爷，他上前抱住老羚羊的脖子激动地说：“是爷爷吗？是爷爷吗？”老羚羊用头抚摩着凌青，也不承认，也不否认。

这太神奇了，凌青的爷爷居然变成了枣斑羚生活在纳木错湖畔，这是不是幻觉？郎本郎白都走上前来，亲切地和老羚羊打招呼，郎本还问老羚羊：“凌爷爷，您还认得我吧，我是胖仔呀。”

老羚羊亲昵地把头在郎本的胖肩膀上蹭蹭，郎白拉着郎本的手欢呼起来：“凌爷爷还记得你哪。”

郎本得意地说：“那是，我常去普度寺听凌爷爷讲故事呢。”

凌青赶紧拿出手机给老羚羊拍几张照片，发给北京的爸爸，他跳着脚蹦着高，在电话里哭着跟爸爸说：“爸呀，爹呀，我们到达纳木错湖啦，我在湖畔看到爷爷了。”

凌爸爸怎么可能相信凌青的话，以为他是高原反应，头昏说胡话，又嘱咐他一定要注意安全。凌青也不辩解，他一兴奋还真有些头晕，郎白在一旁劝他：“你爸爸没有到过纳木错湖，不可能相信你的话。”

郎本一见老羚羊，立刻想起自己的爷爷还在北京等他呢，还要亲手把玉版交给他呢，就赶紧给北京家里打电话。是郎爸爸接的电话，电话里支支吾吾，郎本以为是手机信号不好，也没往心里去。

到达纳木错湖，凌青和郎本没什么不适，郎白高原反应很厉害，头像要炸开一样，头痛头晕走路无力，凌青、郎本手头也没有什么特效的药，郎白只能干忍着，凌青忙活手头的事，让郎本多照顾妹妹，郎本也不知道高原反应到底是怎么个难受的滋味，不过他现在多少有点哥哥样，人总是要长大的，不能总是只顾自己不顾别人。郎本叫郎白静坐静卧，不要频繁剧烈活动，他还不时地逗妹妹开心，郎白说：“你放心吧，我死不了。”

郎本说：“我的好妹妹，你可别说这种不吉利的话。”

凌青的爷爷，一只年迈的老羚羊，给凌青他们引路，去见纳木错湖神。

圣洁的湖神见到远道而来的小客人，很是兴奋，亲手制作了酥油茶款待他们。凌青把他们一行人的来意说给湖神听，请求她去一趟北京，湖神表情凝重地答复凌青，她不能轻易离开纳木错湖。凌青左说右说，说水泱神费尽千辛万苦，一个神支撑困局六百年，现在不到万不得已，不会请湖神出面帮忙，说他们几个人小小年纪，一路从幽深大通道走过来，对湖神充满敬意，也充满期待，恳请湖神务必动身，去一趟北京，与水泱神、冽水神和天池池神共商大计。

湖神沉思不语。

凌青他们暂时退出来等待结果。

等了整整两天，纳木错湖神终于答应赶赴北京，和水泱神冽水神共商大计。

凌青临走专门去和老羚羊告别，他突然发现，所有的羚羊都是爷爷那样熟悉的目光，那样慈祥的神态，他有些恍惚了，不知道哪个是自己的亲爷爷，还是所有的老羚羊都是自己的爷爷。不管怎样，他内心认定了老羚羊就是亲爷爷。凌青抱着老羚羊的脖子说：“一有机会，我就来纳木错看望您。”老羚羊流着泪点点头，凌青让坐骑枣斑羚、秋斑狼返回幽深大通道，他和郎本、郎白从拉萨坐飞机返回北京。

102

马校长风尘仆仆地从大西北回来了，胡子拉碴，头发也是好几个月没理，脸晒得倍儿黑，衣裳也是好长时间没有换洗了，他先回钟楼中学找地境神汇报。迎头碰上陂复老师，把陂复老师吓一跳，以为是来了一个要饭的，认清是马校长后，忙劝马校长梳洗梳洗再去见地境神，这样蓬头垢面地去见神灵，好像很没有礼貌，马校长大手一挥说："顾不了那么许多了，我去办公室擦把脸就行，必须赶紧拜见地境神。"

马校长让陂复老师拿手机通知凌青、鲍迪他们，赶紧来学校商量事情，陂复老师说："凌青他们由李老师带队，进入水脉执行任务已经好几天了。"

马校长一惊："好几天了？为什么不回来？不会有什么危险吧？"

陂复老师吞吞吐吐地说："应该不会，可是，疯沙神带回消息说，李老师被水脉中的逆流冲走了。"

马校长脸色立刻变了，他顾不上和陂复老师多说什么，揪着心朝办公室大步走去。陂复老师这几天一滴酒都不敢沾，天天吃住在自己的画室，哆哆嗦嗦地等待着凌青他们的消息，等着贺嘉回来，他要向贺嘉深刻检讨。

马校长的心全乱了，他后悔让凌青担任地境神的翊卫，原本凌爷爷在感觉自己即将走向生命尽头之时，不愿意把地境神的使命传给凌爸爸，他不信任凌爸爸，想把使命传给马校长，马校长有能力有阅历有体魄，是凌爷爷能指望得上的唯一的地境神翊卫。当时，马校长身为雪斑马，觉得雪斑马是地境神的罪臣，前惧后怕，左躲右闪，不敢出面接受凌爷爷的重托，找各种借口推辞，凌爷爷万般无奈，只好把使命仓促地传递给自己未成年的孙子凌青。现在马校长眼看着凌青带着一帮十五六岁的孩子左突右奔，盲打误撞，心里真想抽自己几个大嘴巴子，你还是个校长吗！你还是个男人吗！于公于私，你都不称职，凌青他们万一有个三长两短，有什么办法向那么多学生家长交代，有什么办法向地境神交代。

马校长进入地宫，向地境神汇报找到雪斑马的马群，请地境神出面让仗山神尽快给雪斑马安排营地，雪斑马不能再流浪了，他也对凌青等翊卫的安危担忧。

地境神让马校长放宽心，翊卫们不仅找到了锻造神钉的陨石原料和锻造古法，还找到了疯沙神的母亲水泱神，现在他们正在执行水泱神的任务，不几日就回来了。地境神让马校长去灵山寺院找仗山神翊卫老僧人，向仗山神提出申请给雪斑马安排营地。马校长心里一块石头暂时算落了地，他连夜开车去灵山，找老僧人。

老僧人对雪斑马的遭遇特别同情，小哑巴也是哇啦哇啦地跟老僧人打哑语，说要见见雪斑马马群，老僧人答应速办此事，让马校长返回城里等待。

可是老僧人把马校长的请求汇报给仗山神后，迟迟得不到答复，老僧人明显感觉到仗山神在故意拖延给雪斑马安排营地，但他不好对马校长明说，怕马校长接受不了，雪斑马在大西北的沙漠中流浪数百年，现在好不容易消停下来，本可以安营扎寨，休养一段时间，也在斑兽军团中恢复建制，恢复名誉，等于是光荣归队，这事仗山神凭什么拖着不办呢？

对于马校长三番五次的催促，老僧人只好说：“再等等，再等等。”没法说别的。

先期回到北京的鲍迪、贺嘉和黎雪跟随马校长进入黄地宫，向地境神详细汇报一路上的情况，其实地境神已经知道疯沙神背水泱神回京，这几天就等着看仗山神如何动作了，不过他对幽深大通道的情况还是十分感兴趣，他从来没有进入过幽深大通道，连仗山神进入幽深大通道，都要和火炼神好言好语地商量，凌青几个人跌落进去完全是人族“胡作非为”。

洌水神问地境神：“水泱神与火炼神博弈你不知道吗？”

地境神说：“这我当然知道，但是时间地点等具体安排我不知道，那一定是仗山神瞒着我们安排的。”

现在怎么办？以凌青为首让几个翊卫把仗山神的秘密揭

穿了。地境神哼了一声说："看仗山神怎么办吧。"

地境神嘴上不说，心里还真是佩服凌青这帮半大孩子敢作敢为。地境神问鲍迪为什么没有和凌青他们一起回京，鲍迪的脸一下子红了，贺嘉在一旁用手轻轻拍拍鲍迪的后背，暗示他不必隐瞒实情，鲍迪不好意思地告诉地境神和水泱神，他小时候遇到过火灾，留下怕火的阴影。洌水神对鲍迪说："谁都可能有短板，这没有什么可羞愧的，你能在幽深大通道里把贺嘉、黎雪带回来，这比一般人胆量大多了。"鲍迪心里安静了下来，黎雪站在一旁不说话，洌水神劝鲍迪的话对她来说也是个宽慰，黎雪抬着头，怯生生地对洌水神说："我能不能求您一件事。"

洌水神低头望着这个美丽的锦斑鲤，黎雪说："您，您能不能把李含章老师还给我们。"

一句话，说得贺嘉、鲍迪，连带黎雪自己的眼眶都湿了，洌水神拉着黎雪的手轻声而又坚定地说："从今往后，你要接替李含章老师完成锦斑鲤的使命，行吗？"

黎雪流着眼泪狠命地点点头，说："我试试，我试试吧。"

葛藟老师得知李老师牺牲的消息，好几天吃不下喝不下，他虽然和李老师已经分手，但还是内心有愧，怀念之情堵着心口窝喘不过气来，他写了一首诗，不敢给黎雪看，怕黎雪哭个没完，也不敢给盈缶看，盈缶看了就得拿他撒气。

北京的早晨

为你留一缕相思相恋的清风
北京的雨后
为你留一道连贯生死的彩虹
北京的槐花
为你留一袭翩翩起舞的身影
北京的朋友
为你留一份难割难舍的心疼
北京的街头
为你留一盏等待回家的路灯
北京的钟声
为你留一句低沉舒缓的叮咛
北京的胡同
为你留一款远离喧嚣的宁静
北京的稻香村
为你留一盒团圆的月饼
北京的内街中学
为你留一口与神对话的水井
北京的中学生
为你留一场相聚相逢的别梦

鲍迪、贺嘉、黎雪把凌青、英瑛各一干人马要返回北京和纳木错湖神、天池池神要来京的消息在三所中学传播开来。

首都国际机场航站楼今天特别热闹，凌青、郎本和郎白一队，英瑛、陆珂一队，纳木错湖神和藏族翊卫，长白山天池池神和朝鲜族翊卫，这四队人马同一天先后到达北京，马校长、陂复老师、盈缶老师、葛藟老师，带着鲍迪、贺嘉和黎雪，还有四蔓，洌水神带着内街中学舞蹈队以一个十分隆重热烈的形式欢迎远道而来的水神。

就是不铺红地毯，也得献鲜花，举欢迎牌，欢迎牌上直白地写着：欢迎纳木错湖神，欢迎天池池神。机场接机的人都轰动了，举手机的，占据好位置的，七嘴八舌的，秩序很乱，大家都要一睹湖神池神的风采。在场的北京中学生都知道水神的到来非同小可，自动维持秩序，劝在场的大人不要只图热闹，让远道而来的湖神池神笑话北京人鸡飞狗跳的样子。接机口当然也包括外地人，只是神分不清谁是本地的，谁是外来的。

凌青和鲍迪紧紧地拥抱在一起，郎白和贺嘉你拍我一下我打你一下，闹得挺欢，英瑛和陆珂下飞机也不歇着，赶紧安排迎接藏族翊卫和朝鲜族翊卫的事情，帮着拿行李，嘘寒问暖，英瑛不忘记叫郎本、郎白搭把手，四五个藏族大辫子姑娘盛装陪同纳木错湖神走出接机口，一股沁人心肺的清新空气扑面而来，在场所有的人都觉得从鼻腔到肺管立刻通畅，说话嗓音都豁亮许多，差不多同时，几位朝鲜族姑娘陪伴着天池池神也款款走来，她们鲜艳的朝鲜族服装晃得大家睁不开眼，贺嘉看看藏族姑娘，再看看朝鲜族姑娘，跳着脚乐出声来，她看到自己和英瑛这半年忙这忙那，头发长长的，都像黎雪一样梳起大辫子，藏族姑娘也梳大辫子，朝鲜族姑娘也梳大辫子，就连四蔓都是大辫子，只有郎白还梳个娃娃头，她招呼大辫子的姐妹们聚在一起照张合影，郎白立刻就噘嘴了。

郎本替自己的妹妹鸣不平：“凭什么把我们郎白排除在外！”

姐妹们哈哈哈地笑着，把郎白揽进怀抱里。鲍迪嘀嗒嘀嗒地按动着手机。

凌青在机场见到黎雪，黎雪的眼神躲躲闪闪，不知道如何面对凌青。凌青却大大方方，当是什么都没有发生过，什么都没有说过，和黎雪说说笑笑。黎雪不知道凌青心里怎么想的，是真的没心没肺，还是故意在众人面前遮掩。

黎雪、四蔓和舞蹈队员在冽水神带领下跳起冽水神之舞，欢迎纳木错湖神和天池池神，纳木错湖神带领藏族姑娘跳起纳木错湖神之舞，天池池神带领朝鲜族姑娘跳起天池池神之舞。现场的不管会不会跳舞的中学生，以及所有的大人孩子，还有负责安检的保安、拿着扫把的保洁阿姨、提着警棍的警察、星巴克咖啡店的服务员，全都跟着节拍舞动手臂，扭动腰肢，跳动双脚，如醉如痴地跳起舞来，四蔓对人族这样的热闹场面十分享受。

纳木错湖神带来一大束格桑花，天池池神带来一大束金达莱花，她们异口同声地说这是专门献给水泱神的。冽水神请湖神池神进城到蓝水关歇息，湖神和池神都提出要去探望水泱神，冽水神说：“好吧。”拜见水泱神的过程不允许翊卫进入，盈缶老师、黎雪和舞蹈队员们带着藏族姑娘、朝鲜族姑娘在内街中学附近住下。北京城几处水面清澈见底，周边树也茂盛，花也鲜艳，如若钟楼鼓楼是个活物，都会扑哧笑出声来。

郎本回到北京，连蹦带跳，急着回家。凌青、鲍迪还有几件事要和他交代，他说："不急，不急，先回家。"催着郎白往家走。

郎白说："你急的哪门子呢？"

郎本说："爷爷在家等着咱们呢。"郎白偷着笑他：又不是小孩子了，见个爷爷还兴奋成这样。

还没进门郎本就高声大叫："爷爷啊，我回来啦。"

一进家门郎本就问爸爸妈妈："我爷爷呢？我的玉版呢？"

爸爸妈妈苦着脸告诉他，爷爷死了，玉版丢了。

郎本呆愣在那里，久久说不出一句话来，郎白眼圈发红。郎妈妈叫郎本换换衣服，洗洗澡，郎本坐在椅子上，耷拉着脑袋，一动不动。郎爸爸拽拽郎妈妈，叫她别打扰儿子。郎白放轻脚步跟着郎妈妈走进里屋，帮着收拾。

玉版丢了，郎本嚷嚷着："我说什么来着！我说什么来着！"

郎爸爸对郎本说："你不能怨爷爷。"

郎本梗着脖子冲着天说："我怨谁？我能怨谁！"

郎爸爸说："爷爷委屈了一辈子，临了知道你完成了地境神的任务，还解开了疯沙神的谜团，别提多高兴了，唯一遗憾的就是，就是没能见上你一面。"

郎本不言语了，一腔怒愤无奈怎么都发泄不出来，他捶胸顿足，拍桌摔凳子，就是哭不出一滴泪来，郎白躲他远远的，不敢惹他。

郎爸爸郎妈妈让郎本给爷爷的遗像磕个头，郎本望着爷爷的遗像，也不哭也不闹，规规矩矩磕了三个头，郎白跟在哥哥的后面，也要下跪磕头，郎爸爸和郎妈妈慌忙拦住了郎白，郎白看着爸爸妈妈不明白，郎本也很吃惊。郎爸爸郎妈妈不得不对郎白说：“你是外姓人。”

郎白惊呆了，郎爸爸不得不耐心跟郎白解释：“这是祖上百年千年传下来的规矩，我们不敢破。我们一直把你当作亲闺女，但是祖宗的章法我们不敢动。”

郎妈妈此时也很同情郎白：“你看你从来没有见过爷爷，爷爷也从来没有见过你，你给爷爷行礼，爷爷问你是谁呀，我们还得解释老半天。”

晚上，郎妈妈做了一锅羊肉，跟郎本轻轻说：“这是爷爷特意从老家给你背来的羊肉，吃一点吧。”郎本痴呆呆地坐着，说了不哭，想好了不哭，忍着不哭，可是，热腾腾的羊肉端上来，肉气一熏，郎本再也忍不住了，望着冒着热气的羊肉，大颗大颗的眼泪掉下来，他说：“我吃，我吃。”只有哭出来，才能吃下去，一边吃，一边哭，一边不住声地叫：“爷啊，爷啊。”哭得院子里的葡萄架和向日葵都跟着哆嗦。

谁都找不到那枚玉版了，郎本埋怨郎妈妈，郎妈妈埋怨爸爸，爸爸埋怨医院，毫无结果，郎本越是要得到这枚玉版，就越是得不到，急死人了。

郎白跟郎爸爸说：“哥哥特别看重那枚玉版，他为地境神洌水神疯沙神做了很多事，没有这枚玉版，他总觉得自己是个没身份的外人。”

郎爸爸也是唉声叹气，说：“找到这枚玉版很难，除非是神出手帮忙。”

郎白心说，郎本哪有那么大面子？

晚上睡觉，郎白做了一个梦，梦见郎本的爷爷很和蔼地看着她，谢谢她，说她是郎本的守护者。郎白惊醒了，用被子捂着头哭了半宿。

103

凌青跟爸爸说起在纳木错湖畔见到老羚羊，好像是爷爷，爸爸表面上点头，实际上不相信，凌青拿出手机的照片给他看，他还是将信将疑，凌青把照片放大挂在客厅里，老羚羊的眼睛慈祥地看着凌青，看着凌爸爸。凌爸爸还是不信。

一切的一切都要往后放一放，水神联席大会召开在即，仗山神在开会之前就急慌慌赶赴幽深大通道，代替水泱神先用岩石填埋的方法暂时压制火炼神升温，但这不是长久之计，对付火神，还是要水神出面，仗山神临走时催促水泱神赶紧拿出办法。

水泱神没有别的办法，只能让洌水神代替自己，继续覆盖火炼神，但是她担心洌水神是个生手，能量也不足，必须劝纳木错湖神和长白山天池池神合力帮助洌水神。湖神和池神问洌水神需要多少帮助，洌水神也答不上来，会议居然僵在那里开不下去了，洌水神着急，怨自己还没上阵就手忙脚乱，没有章法，地境神没有仗山神那样的算计，他估摸，洌水神显然无法独自抗衡火炼神，洌水神是水泱神的妹妹，从能量、能力和性格历练诸多方面，洌水神都不及水泱神，水泱神都败下阵来，无法抗衡火炼神，洌水神又怎么能够完成这个重任呢？

洌水神要求黎雪和陂复老师两个翊卫，赶紧计算湖神和池神到底在未来百年能提供多少能量的帮助，黎雪傻眼了，说："我们舞蹈队的女孩什么都好，就是数学很一般。"

陂复老师说："叫我给纳木错湖和天池画画，我保证能行，叫我计算，我数学很差啊。"他摊着两只大手，一副为难的样子。

贺嘉本来回来好几天都不爱搭理陂复老师，她有几分看不起陂复老师，觉得好端端的一个艺术家，还是不能摆脱名利地位的诱惑。陂复老师向贺嘉辩白："你年纪小啊，你怎么着都行啊，我不行啊。"

贺嘉说："在神面前你们都露馅了。"

说归说，终究是师生一场，陂复老师完成洌水神的任务有难度，贺嘉能帮忙还是要帮，她替自己师傅出主意："找鲍迪和曹老师就是了，这有何难？"

黎雪立刻抱着贺嘉的肩膀摇晃，说："这话你去说最合适不过了。"

一大帮人聚集在半眯半醒咖啡屋，几乎有些坐不下了，鲍迪和曹老师当然很愿意帮陂复老师和黎雪的忙，郎本从旁瞎出主意，他张口说："为什么只邀请纳木错湖神和长白山天池池神？不邀请黄河河神，长江江神，她们的力量不是更加强大吗？”

英瑛一个箭步蹿过去，用手捂住郎本的嘴，睁大眼睛对郎本说：“你疯啦，你算老几，敢替水神拿主意做主！”

郎本傻呵呵地看着英瑛，他想，有这么严重吗，英瑛反应过度了吧。

曹老师耐心教育郎本，调动长江黄河的巨额水流进入幽深大通道，将会造成地面的水流大面积缺失，将会对人族的农业工业甚至人的饮水造成不可估量的影响，而如果将火炼神的温度一下子降得过低，后果也是不堪设想的。

不出一个晚上，曹老师和鲍迪就得出了计算结果，由陂复老师和黎雪上交洌水神，洌水神赶紧召集各位水神继续开会，一个新方案迅速出台。洌水神不敢耽搁，马上赶赴幽深大通道执行覆盖火炼神的使命。

从幽深大通道回来后，几个翊卫个个头发乌黑亮丽，皮肤顺滑，所有脉络畅通无阻，视力明显提高，浑身轻松有力。凌青又高又壮，鲍迪不纠结不郁闷，郎本不困不乏，黎雪的柔韧度提高了好几倍，几个翊卫方向感明显提高，数学运算能力大有长进，只不过外语水平未见提升，贺嘉现在一听四蔓再显摆所谓的桀木神颜色细分体系，接受起来也毫无障碍，四蔓抱着贺嘉的脖子亲上好几口，觉着找到了知音，从此拿贺嘉当亲姐妹。陆珂从水脉出来越来越帅，越来越喜欢打扮自己，郎本没觉出来，英瑛却有所察觉，不过英瑛也不多说什么，由着陆珂在女生面前伸脖子耸肩膀，帅又不能算缺点，颜值高这是荒漠部落给予陆珂的难得优势。陆奶奶没有回北京，陆珂时不时地给远在荒漠部落的奶奶打电话，跟奶奶聊天儿，逗奶奶骂他小兔崽子，他隔三岔五就到英瑛家蹭饭吃，郎本看不下去，有意想把陆珂拉到自己家里，不愿意看陆珂老往英瑛家跑，可陆珂不来。

钟楼中学、府学中学、内街中学的学生们从翊卫的口中全都听说了水泱神的悲壮故事，全都要求见一见水泱神。

水泱神身体恢复得好些了，答应和同学老师们见见面。

为欢迎付出无数心血的英雄女神，大家在地安门外大街举行一个隆重的仪式，所有疯沙神、地境神和洌水神翊卫组织本校的学生，把地安门外大街彻彻底底打扫了一遍，怕有什么小石子、小木块硌着水泱神的脚，水泱神双目失明，走路看不见道。

三所学校和其他小学中学的师生们列队站在马路两旁，众多的枣斑羚、墨斑豹、秋斑狼、羽斑鹤、瑞斑鹿、雪斑马都静静地站立在学生们的身后，每只斑兽都竖立起各自军团的军旗，雪斑马的奔马图案辫穗白色碎尾旗已经焕然一新。

水泱神在疯沙神的搀扶下缓缓走来，和学生老师们见面。

内街中学的舞蹈队跳起李含章老师生前教给她们的水之舞，钟楼中学和府学中学的乐手们奏起时而悲壮、时而激扬的乐曲，舞蹈者和奏乐者，各顾各的，也没有个统一的指挥和编排，好在场地开阔，互相的干扰也不是很大。

舞蹈队的队员们一个个展示出最优美的舞姿，脸上绽放出喜悦的笑容。

可是水泱神看不见，她双眼蒙着一块洁白的丝巾，微微仰着下颚，她看不见舞蹈队队员们的笑容，只能用耳朵倾听队员们舞步的踢踏声，用心去感受队员们的喜悦。看到水泱神凝神倾听，一双盲眼仰望着天空，耳朵尽力靠向舞者，女孩们都哭了，有几个女孩舞步都乱了。

马校长惦记着他的雪斑马，见着疯沙神就借机向疯沙神求情，他对疯沙神说："我们钟楼中学对您也算是有功劳，郎本帮您找到水泱神进入幽深大通道的泉眼，凌青帮您找到水泱神，看在钟楼中学学生的分上，现在您也该饶恕雪斑马了吧。"水泱神也在一旁替马校长说情，对疯沙神说："你对待雪斑马下手太重，难道现在还要不依不饶吗？"疯沙神听母亲说到这分上，答应在仗山神回来后，马上安排雪斑马的营地，马校长算是了却了一桩心事。

英瑛向左次老师借来钢琴和架子鼓摆在马路上，左次老师站在一旁不说话，他对水泱神的归来喜忧参半：仗山神回来指不定怎么处置这件事情呢。英瑛将自己即兴创作的乐曲弹奏给水泱神听，郎本坐在架子鼓旁，把他掌握的地境神密码、冽水神密码、疯沙神密码和钟山神密码一股脑地敲奏了一遍，水泱神很感兴趣，她能听懂郎本的敲奏，高兴地拍着手和郎本应和起来，郎本十分兴奋，差点把府学中学的架子鼓敲破喽。

老馆长和同学们站在一起，她见到水泱神归来十分激动，知道水泱神历尽辛苦，又十分伤感，她静静地站着，没有刻意上前与水泱神打招呼。

全场安静下来，大家请水泱神说几句话。

水泱神说：“谢谢你们，谢谢你们守住北京。”在场的人都流下热泪，他们向水泱神躬身致敬。

水泱神出人意外地垂下头，单膝跪地，全场的人都惊慌失措，目瞪口呆，疯沙神见此景吓得连连后退，水泱神一把将疯沙神抓过来，向在场的人说：“我不在家期间，疯沙神肆虐京城，这是我教子无方，我给大家赔不是了。”

在场的学生和老师都惊呆了，疯沙神跪下身子，低头给大家赔礼道歉，英瑛看陆珂还愣愣地傻站着，扽扽他的衣襟，两个孩子也作为疯沙神翊卫，双双跪下。水泱神和疯沙神站起身，英瑛和陆珂也站立起来，现场的人都不知道说什么好。

英瑛拉上贺嘉和黎雪、郎白，跟水泱神说：“我们四个女生不论现在是谁的翊卫，我们都愿意帮助您。”

水泱神问：“是不是可怜我呀，看我病病恹恹的，眼睛也瞎，你们心里不落忍。”

贺嘉血往上涌，急得不知怎么解释好，黎雪也反应不过来，英瑛代表她们三人说：“我们都喜欢水。”水泱神点点头，好像接受了这个说法。

大家簇拥着水泱神，久久不肯散去。

104

最近这段时间凌青是太闹腾了，先是去南京，后是去湖南，最后是去幽深大通道，现在凌青如释重负，觉得这一切看似毫无联系，实际上都有意义，没有南京之行，疯沙神和郎本就无法用钟山神密码打开阿拉善泉眼，没有湖南之行，就锻造不出新的神钉，没有阿拉善之行，就找不到泉眼，没有跌入幽深大通道，就找不到水泱神。他感觉任务恐怕要告一段落了，该回学校好好念书了。

事情远没有那么简单，仗山神急急忙忙从幽深大通道赶回北京。地境神一听说仗山神要回来，跟洌水神说："要打起来了，你那个不着调的外甥这回是把他老爹惹翻了。"

洌水神说："我始终不明白仗山神为什么要瞒着所有的神，水泱神就是去抗击火炼神，这有什么可藏着掖着的呢？"

地境神说："事情没有那么简单，水泱神六百年前走时跟谁都不打招呼，这么多年仗山神一直守口如瓶，这里面好像有什么秘密。"

洌水神问："能有什么秘密？我去问问我姐姐水泱神。"

地境神说："你不要轻易触碰这个秘密，我们不能低估仗山神。"

洌水神借着探望的名义，试探着问水泱神，是不是有什么事情隐瞒着大家，不然为什么孤零零一个人在幽深大通道受这么大的罪，吃这么大的苦。

水泱神躺在床上，拉着洌水神的手，淡淡一笑，说："有什么苦不苦的。"洌水神看出来，她什么都不肯说。

连亲姐妹都不肯说，洌水神和地境神感到事态严重。

仗山神发出通知，召集地境神、水泱神、桀木神、疯沙神开会，在京所有翊卫全都来列席。因水泱神行动不便，会议就在水泱神的大本营紫水台召开，水泱神眼睛上蒙了一条白丝巾，坐在床上，她看不见大家，但和大家聊聊，她也觉得热闹，毕竟六百年在幽深大通道里太寂寞了。

水泱神一回到北京就感觉异样，有一股陌生的奇怪的力量在暗暗涌动，她私下里问地境神，地境神说："我也有同感，不知道是火炼神还是仗山神在捣什么鬼。"

水泱神说："我看不像他二位所为，你要不要去和仗山神沟通一下？"

地境神回答："我说话仗山神从来都听不进去，你也许是身心疲惫，多休息。"水泱神不再说什么。

忽然间地动山摇，四周的岩壁嘎嘎喇喇爆响，整个紫水台都晃动起来，仗山神冲了进来。一向沉默寡言的仗山神终于爆发，他指出，疯沙神把水泱神从幽深大通道背出来是一件极其恶劣的事件，这关系到在座的六个神与火炼神长达六百年的对峙即将功亏一篑，幽深大通道内我方实力空虚，火炼神已经把水泱神的所有岗位全部霸占，冽水神能否抵抗火炼神完全是个未知数，全北京必须迅速动员起来，做最坏打算，与火炼神决一死战。

桀木神对仗山神说："败了也就败了，低头认输就是了，也不寒碜。"仗山神挥手把桀木神推了个四脚朝天，低着嗓门说："你什么时候见过我仗山神低头。"桀木神吓得浑身往外冒树木油脂，仗山神则越说越有气，他当着所有神灵和翊卫的面，将疯沙神抓过来一通暴打，疯沙神也不反抗，闷着头忍受，他心里说，我把母亲找回来了，挨多少打我也能忍。实在忍不住了，他就在紫水台的大厅里转圈地跑。这下，紫水台可惨了，凡是疯沙神跑过的地方，都被仗山神的巨岩捶打个稀巴烂，不仅桌椅板凳碎为齑粉，连支撑大厅穹顶的柱子都被撞折了好几根。

诸神混战起来，凌青赶紧想办法护着几个翊卫连连后退找旮旯躲起来，他想都没想就去拉起黎雪的手，把黎雪挡在身后，黎雪默默地接受着，双手发抖，脸上发热。黎雪觉得，贺嘉在看她，鲍迪在看她，郎白在看她，她很不自在，有心把自己的手从凌青那火辣辣的大手中褪出来，又怕凌青误会。

几个翊卫从没见过诸神打架，这阵势把他们吓得够呛，他们知道仗山神地境神疯沙神冽水神不是冲着他们发火，但是诸神动起手来不管不顾，他们身上这点筋骨和血肉可经受不住。再说石块飞舞，黄土飞扬，水浪飞腾，他们个个被折腾得浑身上下水唧唧，满头满脸土蓬蓬。郎白吓得呃呃地发出鹅叫的声音，把人话都吓得无影无踪了。

仗山神暴打疯沙神，老馆长看不下去，要去劝架，老僧人知道仗山神的厉害，哪能让老馆长如此冲动，忙用手护住老馆长，老馆长扒拉开老僧人的手不管不顾地迈步上前，伸手护着疯沙神，仗山神一把把老馆长剐倒在地，可怜的老馆长当时就吐出一口血来，这要是一掌打到老馆长身上，就把老馆长击成碎末了。老僧人大呼："妮妮。"扑上去抓住老馆长往后拖，凌青、陆珂也趴在地上帮助老僧人，英瑛想要参与，被陆珂一脚踹后边去了，郎本也拉着英瑛不让她上前。

老僧人抱住老馆长，老馆长躺在老僧人怀里，说了句："你们这位仗山神性子太暴躁了。"胸口疼痛，昏了过去。所有的翊卫都躲在水泱神身后不敢出声，小哑巴看见诸神混战，兴奋得不行，在角落里手之舞之，足之蹈之，跃跃欲试，要上去比画两下，被马校长拼死拽住，已经打伤一个了，你还嫌不够热闹啊！

自己的外甥被他老爹打成这样，冽水神实在看不下去，上去就和仗山神干起来，仗山神连疯沙神带冽水神一起打，地境神看不过去，上来劝阻，仗山神哪里听得进去，心说我就是要让你们看看不听我话的下场，越发地凶狠起来，疯沙神被他打得满脸流血，现场的好多神的手下也都被仗山神打得四脚朝天。地境神急了，大叫："要打上你们灰岩镇打去，别在水泱神的病床前耍威风。”仗山神本来对地境神过分关心水泱神就心怀醋意，一听这话，连地境神一起收拾，地境神当着众神和翊卫的面不能就这么挨打，也便和仗山神厮打起来，仗山神的巨石把地境神的黄尘打得四溅翻扬，地境神的爆发力把仗山神推搡得东摇西晃，好几次仗山神大石头脑袋撞到墙上，也是刺啦啦地疼。水泱神卧在床上，也没有办法阻止仗山神，也没有办法护着疯沙神，干着急，她瞎着眼不知身边的翊卫是谁，握着黎雪的手说：“我们家就是前脚有灾后脚有难，不知道哪年哪月才能消停下来。”黎雪握着水泱神的手呜呜地哭，不知道说什么好。

地境神与仗山神打作一团，冽水神见势连忙上手帮助地境神，冽水神往仗山神的石孔石窍中灌水，仗山神的气力一下子泄了大半，仗山神回手攻击冽水神，冽水神躲闪不及，被打得水花飞舞浪翻波涌。冽水神凝聚起来，继续向仗山神冲击。

最后疯沙神终于忍不住仗山神的殴打，嗷嗷号叫起来，躺在床上的水泱神听见疯沙神号叫，母子连心，疼得不行。

老僧人让左次老师和葛藟老师、陂复老师几个青壮年赶紧把老馆长背到地面上，叫救护车，送医院急救。一路上又是雨，又是风，仗山神冲着疯沙神发火，搅得地面上也不消停。

仗山神心里一股子怒火，怨恨疯沙神不管不顾，破坏了他六百年的千秋大计，以至于水泱神忘我的牺牲很可能得不到应有的回报。冽水神埋怨仗山神，你出的什么破烂计谋，隐瞒了我们六百年不说，还把我姐姐水泱神害得双目失明，身心疲惫。地境神一方面帮助洌水神，一方面不满仗山神蛮横无理，发疯撒野。疯沙神更是委屈，我搭救母亲逃出险境，父亲不但不表扬我，反倒当着上上下下这么多神灵和翊卫的面，把我暴打一顿，凭什么呀！

水泱神实在忍不住了，颤颤巍巍地站起身，大吼一声："全给我住手，你们有力量有本事，就去抗击火炼神。"

所有的神全都停下了混战。

仗山神余怒未消，施法将疯沙神逐出神族。

疯沙神回不了白沙堡大本营，无处可去，无事可做，无家可归。英瑛、陆珂眼看着老馆长在医院中未脱险境，没人可商量，只好求校长收留疯沙神，顶替老馆长做图书馆馆员，校长不同意，嘴上说出一大堆理由，说疯沙神没有硕士学位，没有专业背景，如果是北京人他没有户口，如果不是北京人他没有居住证。英瑛实话实说，说这个白衣白裤的英俊青年是疯沙神，在神族犯了大错被贬为庶人，校长翻着白眼说："犯错误啦，那使用起来更要慎重，我们这里是北京市重点中学，怎么能随便用一个有污点的人。"校长内心的真实想法是，想进府学中学谋个职位的人，排队也有五六个人，哪能随随便便让两个学生塞进个不认识的人来。英瑛急了，对校长说："您不给安排，我和陆珂就退学，跟着疯沙神在北京大街上流浪要饭。"

陆珂没反应过来，跟着英瑛说："对。"等他说完了，才意识到英瑛说法的荒唐。

校长没想到英瑛说狠话，他是顾及脸面的人，怎么能让自己的高才生上街流浪要饭，他不得不给疯沙神安排。

地境神命令地脉水脉所有下属部队立刻进入一级战备状态，土箱水包全部出库，所有士兵进入阵地，二十四小时值班，命令郎本再次奔上钟楼传递一级警报。郎本从床上爬起来，叫上凌青、鲍迪和陆珂跑上钟楼，他们发现钟楼青光闪闪，鼓楼红光烁烁。凌青对郎本说："看来要打大仗了。"

洌水神不敢耽搁，和纳木错湖神、天池池神一道，马上赶赴幽深大通道执行覆盖火炼神的使命，湖神翊卫和池神翊卫在北京也不能久留，返回各自岗位。

洌水神离开北京前，和北京人告别，特意下了一场大雨，人们都从教室里、家里、办公室里走出来，站在操场上、街道上、办公楼的天台上，闭着眼，任由着雨水噼噼啪啪地拍打，家家户户晾在绳子上的衣服被褥也不去摘下来，任由着雨水浇淋，路边的自行车也没人推进屋里，或是用雨布遮盖上，任由着雨水洗刷，路上的行人也不躲不避，不穿雨衣，也不撑伞，任由着雨水数落和抹洒，人们连动手擦一擦脸上的雨水这样简单的动作都不去做，甚至行进着的车辆也不开启车窗雨刷器，司机看不清楚前方的路况，就干脆踩一脚刹车，停在那里，任由着雨水哗啦哗啦地顺着车顶往下流。

洌水神怎么浇灌北京人都行，北京人心里默默地祈祷洌水神，多多保重。

火炼神在地下早就闹翻天了。

图书在版编目(CIP)数据

少年翊卫．卷三．水泱神的困守 / 徐幼军著．— 北京：北京十月文艺出版社，2018.8
ISBN 978-7-5302-1802-0

Ⅰ．①少… Ⅱ．①徐… Ⅲ．①长篇小说—中国—当代 Ⅳ．①I247.5

中国版本图书馆CIP数据核字(2018)第137283号

少年翊卫　卷三　水泱神的困守
SHAONIAN YIWEI　JUANSAN　SHUIYANGSHEN DE KUNSHOU
徐幼军　著

出　　版　北京出版集团公司
　　　　　北京十月文艺出版社
地　　址　北京北三环中路6号
邮　　编　100120
网　　址　www.bph.com.cn
发　　行　新经典发行有限公司
　　　　　电话（010）68423599
经　　销　新华书店
印　　刷　北京盛通印刷股份有限公司
版　　次　2018年8月第1版
　　　　　2018年8月第1次印刷
开　　本　850毫米×1168毫米　1/32
印　　张　8.75
字　　数　174千字
书　　号　ISBN 978-7-5302-1802-0
定　　价　144.00元（全四册）
质量监督电话　010-58572393

少年翊卫

卷四

火炼神的欢腾

徐幼军　著

北京出版集团公司
北京十月文艺出版社

105

这一年的秋天，北京特别热，树上的蝉歇斯底里地喧叫不止。

天热不是因为太阳毒，北京人早已经没有了抬头看太阳的习惯，想要知道时间，看看手机就行，想要知道是不是迟到，看看宋老师的脸色即可，谁还费劲抬头扬脖眯起眼睛看太阳。太阳对北京人也不甚友好，嫌北京人不抬头看它。这北京人也没个礼数，这太阳也没个风度，互相挑理，谁也不肯爱惜对方，就这么较劲。

天热全是因为火炼神，他失去了水泱神的覆盖，越发欢腾起来。

火炼神以一个胜利者的姿态从幽深大通道进入北京城地脉，会见仗山神和地境神，他对两位神灵说："不管是不是六百年一局，我都要到地面上溜达溜达，我困居地下太久了。"

仗山神心中不服火炼神，寡言冷脸，他说："这一局胜负未定，你不能太为所欲为。"

火炼神不把仗山神放眼里，说：“你这么说，我会让你输得更惨。”

地境神连忙从中调停说软话，火炼神不买账，仗山神也瞧不起，地境神里外不是人，但是地境神还是放低身段，想方设法让火炼神别发火，他心里清楚，把火炼神惹急了，北京城就保不住了。

地境神尽地主之谊，请火炼神到黄地宫歇息，上街逛逛的事即使勉为其难，他也设法安排，火炼神立刻把仗山神晾在一边，仗山神气得脑门子上的岩石嘎吱吱裂大口子。

火炼神身披红甲，赤发红颜，通体光芒万丈，来到黄地宫，整个地宫明亮如昼，气温陡然升高，大厅穹顶和厅柱上的墙皮被烤得哧哧裂大缝子，稀里哗啦往下掉，地境神很尴尬，不好埋怨火炼神说来就来，也不好埋怨手下维修不善，赶紧让手下临时支架子，拉绳索，搭建帆棚，一通忙乱，倒显得地境神很是热情。

火炼神来到众神面前，霸气十足，仗山神的青面被照得焕发金属光芒，锃亮锃亮的，身上的金属矿脉被火炼神灼烤得来回窜动。水泱神紫水汪汪，虽然精气神儿不足，还是瞎着眼挥着手招呼火炼神，说：“我们是老相识啊。”火炼神敷衍说：“您辛苦。”他不屑于与手下败将多说什么，也不忍心看遍体鳞伤的水泱神。桀木神的身体被照得更加乌黑，面皮发皱，嗞嗞冒油，一副油汤四溢流、汁水滴答淌的狼狈样子，像个出苦力的长工，他又想和火炼神凑近乎拉关系，又怕凑太近被火炼神烤着了冒烟。疯沙神没在现场，他要是见了火炼神，恨不得把他的两个眼珠子也挖出来。

火炼神对诸神说："你们都在地面上，把我一个火炼神孤零零地安排在地下，我憋得慌，闷得慌，我也要上来透透气，见见青天白日头。"

仗山神压低声音说："各守其位，各司其职。"

火炼神不抬眼瞧他，也不瞧任何一位神，冲着大厅的空气说："我是胜利者，我不受任何约束。"

谁都不说话了。

地境神在众神面前显得底气足些，他毕恭毕敬地劝火炼神说："我们这些神除了疯沙神撒野，桀木神复仇，谁都没有逛过北京城，人和神是两个不同的世界，你最好不要上街闲逛。"

火炼神以一副不怒自威的口吻说："我不是来和你们商量的，我说怎么办你们就怎么办。"

仗山神不服，低声和火炼神顶嘴："凭什么？"

火炼神也不发火，依然平静地说："水泱神撤退啦，我赢啦。"

谁都不承认火炼神的胜利，但是谁都不敢张嘴说，所有的神都怕火炼神，连一贯强硬的仗山神也不敢顶撞火炼神，只能冷嘲热讽地对火炼神说："您这么大牌的神灵，也不知道矜持些，像个败家娘们儿，喜欢逛大街，真是给神灵丢脸。"他越说声越小，最后一句几乎没让火炼神听到。火炼神主意已定，才不听他叨叨。

火炼神暂住在地境神的黄地宫里，全北京城地面立刻变得滚烫滚烫的，北京人都像是坐在了烙饼的热饼铛上，又像是卧在农村老乡家的热火炕上，连蒸带烤，滋味难挨，什刹海、玉渊潭、团结湖、昆明湖里的水都被蒸干了。

地境神转手把陪火炼神逛大街的差事交给少年翊卫凌青，他不敢过于亲近火炼神，再说，作为一个失败者，陪着一个狂妄的胜利者在自己的城池里闲逛，这也太丢人了。

凌青赶往黄地宫接受任务，他心里扑通扑通打鼓，一开口就问地境神："你们所有的神灵和斑兽都惧怕火炼神，我陪着他逛街，还不给烤成黑炭了吗？"

地境神刻意安慰凌青："你放心，火炼神说要逛街，就不是来放火烧城的。"

凌青心都提到嗓子眼儿了，在地境神的引领下拜见火炼神，前一阵被仗山神教训，凌青吃了不少苦头，受了不少惊吓，现在要见一位连诸神都惧怕七八分的火炼神，凌青无法想象火炼神凶狠到什么地步。

好在火炼神对凌青既不凶狠也不粗暴，火炼神与人族无冤无仇，犯不着跟人族的孩子耍威风，凌青心里略略踏实些。火炼神为了走上地面，特意要捯饬捯饬，他梳理了一下像火苗子一样的头发，问凌青："你给我说说：地面上流行什么发型？"

凌青此时不怯场了，张嘴就说："板寸。"他也不管火炼神听得懂听不懂这些北京词汇。

火炼神说："那就入乡随俗吧，你给我也整一个。"奇怪，火炼神说话怎么还带东北味儿，估计是海拉尔那边火山口众多，火炼神听过当地方言。

凌青为难，说："我不会理发，我们钟楼中学教务长倒是天天早晨拿学生的脑袋练手艺呢。"

火炼神说："把他叫来。"

教务长听说要给火炼神理发，吓得自己的头发先支棱起来了，像朵盛开的菜花，他不敢不去，一手提着簸箕，一手拿着剪刀，见着火炼神就周身发抖，火炼神叫他理发，他推托不会，火炼神不听他解释，就给他两个字："快着。"

他不敢再推辞，哆哆嗦嗦给火炼神剪头发，火炼神闭着眼睛躲着头发楂子，问教务长："你是不是想当校长啊？"教务长内心最旮旯的心事被火炼神看穿了，连忙否认，手里的剪刀抖得更厉害了，结果把火炼神的头发理得七高八低，凹凸不平，凌青站在一旁想笑，又不便因这些琐事惹怒火炼神，也无心招惹教务长，就装看不见。

火炼神睁眼照镜子，问："这是最新流行的发型吗？"吓得教务长不敢说不是，又不敢说是。

凌青还没事找事地多了句嘴，建议火炼神把红头发染成黑色，火炼神不干，说："黑色对于火炼神来说是死亡的颜色，我不喜欢，你干脆去发动北京城的孩子全把头发染成我这样的火红色，不就行了？"

教务长嘴皮子发紧，说："这，这，恐怕有难度。"火炼神也不争，就算了。

凌青心里纳闷：北京城里的事情火炼神为什么了如指掌，难道火炼神在北京城有自己的翊卫？

凌青给火炼神准备一套服装，有背心，有衬衫，有领带，有内裤，有长裤，有皮带，还有皮鞋和纯棉袜，火炼神穿上没一会儿就受不了这拘束，又嘁里咔嚓全都脱去，随手从旁取件宽宽大大的袍子套在身上，大步走出已经被烤得滚烫的铁门。

火炼神把鼓楼东大街和南锣鼓巷照得通红通红的，像旭日东升，像霞光万丈，像年青人热恋，像老酒鬼多喝了半瓶，像红烧肉，像红番茄。

凌青低估了陪着火炼神逛街的难度。火炼神把自己打扮成一副人模人样，尽管他自觉地降低温度，身后还是热气蒸腾，火焰色的袍子虽然耀眼，在北京街头也不算过于另类，但是火炼神不按照人的走法走路，一阵往前，一阵往后，忽一会儿左，忽一会儿右，上蹿下跳，飘忽不定，全凭风向和自己的乐趣。凌青缩手缩脚地说："我不是给您提意见，真应该让我们体育老师给您先上上体育课，这要是按照宋老师的说法就是，站没个站相，坐没个坐相，走没个走相。"

火炼神说："看来，现上轿现扎耳朵眼儿已经来不及了。"凌青不明白火炼神跟谁学的满嘴北京话，暗暗吃惊。

凌青见这阵势一个人真是招架不住，不得不在微信群里招呼伙伴们赶快来帮忙，大家都怕火炼神，不知道怎么帮忙才好。

郎本问："火炼神是不是要把我们全都变成北京烤鸭？"他的遐想超不出美食范畴。

陆珂问："是不是需要调用消防车？"

凌青没工夫解释这些，急着说：“赶紧来，每人提一个水桶，不定时地给火炼神泼水降温，防止火炼神靠行人或车辆太近，把人家无缘无故地点着喽。”

鲍迪一听见火炼神三个字，就手脚冰凉，脸色煞白，在手机里支支吾吾，不想来，姨妈在一旁劝他：“人这一辈子难得有机会见到火炼神。”鲍迪最后还是咬着牙来了，有些个坎，练一练兴许能迈过去。

四蔓听黎雪说要陪着火炼神逛大街，觉得有趣，非要跟着黎雪一起来，被盈缶老师锁在家里不让出门，盈缶老师对四蔓吼道：“你不要命啦。”

几个翊卫立刻到位，个个长衣长裤，脑袋也小心包裹着，女生特意把脸上脖子上手上涂上厚厚一层防晒霜，鲍迪顶着美国西部牛仔的宽檐高顶帽，贺嘉围着头巾像是福建惠安渔民，黎雪把舞蹈队的长绸缠绕在头上，她见凌青光着脑壳，就索性把长绸一扯两截儿，分一半给凌青，凌青还要问，这好端端的长绸子怎么能随便撕扯，黎雪堵他的嘴说：“用完缝起来就是了。”英瑛头包得像是沙漠公主，郎本包个羊肚手巾，像个西北农民，陆珂最怪异，偏要包个英妈妈的花巾，郎白把抵抗桀木神时的头盔又扣在了头上。

他们也不敢靠火炼神太近，都躲在火炼神身后老远的地方，力气小的提一个水桶，陆珂力气大就提两个水桶，郎本不知道从哪里找个扁担，担两桶水，这一行人颇为壮观，凌青打头开路，火炼神居中，后边跟着七个翊卫一长溜，鲍迪不敢跟太紧，但也不肯落下，贺嘉一兴奋，也顾不上他。

凌青一行人前后看护着，留神着，防备着，凌青一边走一边跟火炼神念叨："您降降温，您降降温。"火炼神逛了几条街，马路牙子上还是有好几棵槐树被火炼神烤煳了，商店的好几块大玻璃被火炼神烤化了，好端端一笸箩又白又胖的大馒头，被火炼神靠近看一眼，全成了黑炭。火炼神对谁感兴趣，好奇地贴得近些，谁就要倒霉，不是眉毛头发燎焦了，就是衣服上被烧出几个大窟窿。

106

火炼神逛鼓楼东大街，逛南锣鼓巷，街上的人愚眉肉眼，浑然不知火炼神就在近旁，只是觉得干热干热的，喘不过气来，大家对凌青、鲍迪一队人怪异的装扮、怪异的神情和怪异的泼水动作也不吃惊，北京人心大肚宽，什么都看得惯，人人手持一把扇子，蒲扇、纸扇、羽毛扇、团扇、折扇，五花八门，拼命地扇，还是热。所有的室内空调都将温度调到最低，将风力调到最大，房檐下的电表转得飞快，好几根电线承受不住超负荷的运行，都开始嗞嗞啦啦蹦火星子了。

火炼神看见冰激凌花花绿绿的，想尝尝滋味儿，叫凌青掏钱给他买，凌青说您降降温才能尝到冰激凌的味道，火炼神嘴馋，也就听话照办，凌青掏出手机打开支付宝付钱，给火炼神买了各种颜色各种口味儿的冰激凌，还没递到火炼神手里，已然全化成了水，火炼神连喝带舔，吃相有些狼狈，还把火红的袍子沾上些黄的蓝的紫的绿的汤儿，卖冰激凌的小姑娘刚从外地进北京没一年，就看不起火炼神的吃相，拿他当乡下人，刚要抬头讥讽火炼神几句，火炼神一开口，一股带着冰激凌味儿的热气，就把小姑娘的眉毛燎没了，一旁的小哥看着小姑娘的模样，笑了，说：“咦，怎么转眼之间变得像蒙娜丽莎了。”

入秋的槐树寻不到雨水的滋养
午后的白云拽不住西风的丝缰
电车的大辫子拖带着直流的电光
司机师傅不时端起凉凉的大茶缸
恨不得给磨磨蹭蹭的旅途安上翅膀
可拥堵是对耐心最好的考量
鼓楼东大街的林荫道上
拥挤着游人的迷茫和火炼神的骄狂
马路边下棋的老张盘算着桌上的战场
树荫下打牌的老王计算着对方的阵仗
小院的大娘不放弃对人民币的奢望
不幻想发横财只求一时的滋味酣畅
老大不小的大姑娘手举着花哨的棉花糖
还在追忆早已过去的豆蔻容妆
咖啡馆里的留声机播放着嘻哈的急板慌腔
骑着自行车的老外左也突右也拐东摇还西晃
钟楼上的铜钟依然是闷声不响
鼓楼的红墙依旧大义凛然的威武模样
南锣鼓巷里仿佛一声铜锣锵锵

让你猜猜看火炼神是赤红还是橙黄

火炼神是神，也抵挡不住世俗北京的安逸和欢愉，他在南锣鼓巷看着如此喧哗闹腾，如此比肩接踵，如此人欢狗吠，如此吃喝耍笑，他喜欢上北京城了。

火炼神在北京逛街，所有斑兽都躲得远远的，怕被火炼神烤熟喽，烤化喽，可是因为仗山神有令，枣斑羚、墨斑豹、秋斑狼和瑞斑鹿、雪斑马不得不在左近守候着。虽则没有人敢对火炼神构成安全威胁，那也得要个阵势，要个气派，要个威仪。斑兽们汗流浃背，硬着头皮在四周守着，身上的斑被火炼神映得忽明忽暗，闪烁着红光。

火炼神烤得地面发烫，沥青路面软塌塌的，公共汽车像是行走在火炭上的杂耍演员，胶皮轮子生怕路面滚烫，一蹦一蹦的不敢着地，车厢左蹦右跳，颠得乘客前仰后合。

凌青央求火炼神见好就收吧，再逛，鼓楼东大街非着起火来，火炼神依然兴趣不减，鲍迪、郎本、贺嘉、英瑛、陆珂、黎雪和郎白，早就累得呼哧带喘了。

火炼神在鼓楼东大街闲逛，正逛得起劲，突然凌青接到一份快递，上面写着转给火炼神亲启，凌青蹊跷：北京城里谁会给火炼神发快递，是不是火炼神翊卫？他不敢耽搁，立刻递给火炼神，鲍迪眼尖，觉得快递上的字迹略微有些眼熟。

火炼神打开一看生气了，一攥拳头，把快递烧成灰，与几个翊卫连声告别也不说，转身向火神庙飞速跑去，钻入地下。大家问凌青怎么回事，凌青皱着眉头，说不清，他悄悄跟鲍迪交换意见，要加紧寻找火炼神翊卫。

鲍迪往家走，老远就看见姨妈在院里特意等他，有点不好意思，姨妈也不多说什么，看着鲍迪的步态和神色，揣摩着鲍迪是魂飞魄散，还是风平浪静，鲍迪看着姨妈，笑了，对姨妈说："还行，还行。"姨妈也就不多问，毕竟心理恐惧不是一次两次能够过得去的。

郎本和郎白回到家，郎本累得多吃了好几碗饭，郎白咕嘟咕嘟喝了好几大杯凉白开，郎本一边吃，一边大吐苦水，说这一下午伺候火炼神怎么怎么辛苦，把凌青怎么护卫，郎本他们一队人马怎么提水担水，怎么往火炼神身上泼，绘声绘色地描述了一遍，临了，郎本对郎爸爸说："我说老爸，我们是不是很辛苦呀。"

郎爸爸一脸不屑地对郎本说："傻小子，我伺候我们单位领导，比你们伺候神辛苦得多啦。"

郎本和郎白都睁大眼睛，问郎爸爸："真的吗？"

郎本跟郎妈妈说："我爸吹牛。"

郎妈妈苦笑着说："长大了你们就领教了。"

两个孩子也不怎么往心里去，赶紧吃完晚饭，写作业去了。

凌青的脸被火炼神烤成红棕色，像是刚从海南晒日光浴回来，一进门就让凌爸爸赶紧煮甘蔗荸荠水，凌爸爸又是削甘蔗又是剥荸荠，一通忙乎。

107

已经入秋多日，还是一点凉风也没有，年轻的冒汗，年长的流油，女老师不得不打破规定，涂抹香水，男老师不在乎，就由着身上的汗味随着粉笔末子纵横翻飞。不几天，每个人的特色便彰显出来，葛老师是楠木味儿的，颇为难得，其他老师什么味儿，暂且不提吧。年幼的学生们也出汗，人年轻单纯，身上的气味也单纯些，没有年长者那股子浓烈呛鼻子的油腻味道，郎本等男生的脚臭，那只能怨鞋子捂脚，不过郎本的情况还真是特殊，他身上特殊的气味也是异常浓烈，人鼻子闻不到，身边的动物越来越反感了。

大街小巷所有的商店都在一进门明显位置售卖饮料，大人孩子拼命喝水，不论喝多少水，还是口干舌燥，很多人出门随手提着水壶，挎着水杯，各种口味各种品牌的饮料花样翻新，全球的蔬菜水果只要稍微有滋有味的，差不多都被充当饮料原浆，连生姜都上阵了，只留下大葱大蒜花椒大料，实在太有个性，不能做饮料饮用，躲在旮旯郁郁寡欢。近几日商家为吸引眼球，还给愣头愣脑的椰子壳安上一个易拉罐的拉环，满大街的孩子举着硕大的椰子，看着一副没事找事的臭讲究样子。

老老少少男男女女都脸泛红光，嗞嗞冒油，血管里的血流速度加快了，觉得浑身有劲儿，夏日的慵懒和倦怠一扫而光，人们坐在公共汽车上一边颠荡晃悠，一边高唱爱情歌曲，还有人在马路上一边走路一边抻着脖子朗诵莎士比亚、普希金、歌德、席慕容，人们不把心里的虚火从嘴上喷发出来，就得坐下病，不是脖子上起大包，就是鼻子底下嘴唇上冒大泡，好些人手心也烫，脚心也发烧，都秋天了，还光着脚丫子不愿意穿袜子，不愿意穿皮鞋，有人居然堂而皇之穿着拖鞋上下班，就是穿皮鞋布鞋，也把脚后跟露着趿拉着，个别人干脆手上提溜着鞋，光着脚走路，贪图地面上不可多得的凉意，走到单位，见到领导之前再把鞋穿上。

这一年的秋天，北京城最前卫的流行是穿草鞋，CBD的行人个个从上身看，西装笔挺，正经是都市白领，从下身看，足蹬草鞋，像是南方山里的农民，据说这种时尚的主旨是且耕且读，潮流是亦中亦西，风格是土洋混搭，标签是小资老农。街边推着车卖袜子的小贩，全都失业了，改行的改行，回家种菜的种菜，袜子卖不动了。北京城里的胖子明显瘦了，干燥的气候让蔬菜水果的糖分加大，西瓜又沙又甜，西红柿、黄瓜、茄子的糖分都比往年高，可是人们却偏爱酸苹果酸梨酸枣酸葡萄。中药店里的知柏地黄丸，牛黄清心丸，甚至夏日避暑用的藿香正气丸都卖得很快。连养老院床上躺了好几年捯气儿等死的老头老太太，都扶着床帮子坐起来了，跟疏于探望懒得陪伴的儿子闺女打电话说：“快，快给我送些个烤鸭、烧鸡或者红烧牛肉、酱肘子。”养老院里的营养液稀汤寡水儿的，太清淡了，火炼神一来，阳气大旺，老人们胃口开了，想起了久别不见的美味。

这一年的秋天，女孩的裙子短裤越来越短，男人在办公场所和商业场所都忍不住要脱去长裤，改穿短裤，单位精神文明委员会往年是绝不准许男员工穿大裤衩上班的，是绝不允许女性的裙子短过膝盖接近后臀的，今年夏天都不行，到了秋天却是睁一只眼闭一只眼，不好多说什么，只要你的腿长得不是太难看，露着就露着。

宋老师、曹老师算是仁义，这么大热的天给学生们少留些作业，让凌青、鲍迪、郎本、贺嘉他们别一头扎在书桌旁挥汗如雨。

簋街全都吃疯了，越热越吃，北京本地啤酒脱销，紧急调运青岛啤酒，连德国啤酒都隔三岔五地脱销断档，京津冀大片地区的吃食全都供给簋街，北京郊区大兴的西瓜吃光了，接着吃宁夏西瓜，宁夏西瓜吃没了，再吃东北西瓜。往年酷热，大家都是没有胃口，今年大家就像饿鬼翻身，见什么吃什么，北京电视台养生节目连篇累牍地苦口婆心地劝市民们注意保养脾胃，不要暴饮暴食，不要见着海鲜没够，不要一百串一百串地吃羊肉串喝啤酒，不要一大盆一大盆地吃小龙虾，谁听呢？

养生节目主持人悦悦在节目里亲和温润，和颜悦色，还时不常插科逗笑，劝北京人少吃油腻，劝北京人少喝酒别抽烟，劝北京人多运动多锻炼，碎嘴唠叨，不厌其烦，两片嘴唇都磨薄了。她路过簋街一看这肆无忌惮的疯癫场面，难过得吧嗒吧嗒掉眼泪，说：“你们怎么都不听我好言相劝呢？”

吃客们甩开腮帮子狼吞虎咽，还有人豪爽地邀她入席，加入这惊天动地的欢宴，悦悦念叨着“哎，我真是白费口舌”，悻悻而走。

悦悦看明白一个道理，对北京人来说，虽然他们此时今日已经看见神了，拿神当回事了，可是他们骨子里还是觉得吃比什么都重要。

火炼神的威力大家算是领教了，空调开到头也不起多大作用，学校的老师同学都不得不把外衣外裤脱了，身着背心短裤上课，男生由郎本带头脱鞋脱袜，臭气充溢四周，全班哗然，赶紧捂鼻闭眼。同学们一边上课一边擦汗，用课本当扇子呼啦呼啦地扇，可扇出的风也不凉快。宋老师也不嚷嚷了，她也热得够呛，时不常也得用教案扇呼几下。有几位同学的花裤头大裤衩分外抢眼，墨墨死活不肯短衣短裤，说：“白胳膊长腿的怎么能够整天露着?我妈妈我姥姥千叮咛万嘱咐，结婚之前秘不示人。”

男生讥笑她：“是怕大家看见长得难看吧。”

墨墨急了，追着男生拿书本劈头盖脸地打。

好多男生带着大水杯，一边上课一边咕噜咕噜地往嘴里灌，老师也不制止，贺嘉还特意给曹老师和陂复老师带来爸爸的乌龙茶，这些茶是从福建老家特意订购的，给宋老师，宋老师一个劲摇头，说是喝不惯。

体育课全停了，凌青等几个男生几天不打篮球憋得慌，就光着膀子打上一场。

满大街从早九点到下午六点空无一人，六点以后大家也得戴着各种各样的草帽、遮阳帽，打着各种各样的旱伞，才敢出门，骑自行车的都在车把上支两根杆儿，上面遮盖一面像旗、像棚，又像帆的遮阳布，花里胡哨迎风招展，还有人写上大字：

火炼神算你狠。

火炼神您意思意思得啦。

火炼神你青春期呀？

马路上一点风都没有，只有把自行车蹬起来，遮阳布才会无精打采地飘起来。

北京人肝火越来越旺，精神头儿越来越大，睡觉越来越少，喝茶越来越多，撒尿越来越频，脾气越来越暴，双脚出汗越来越臭，嗓门越来越高，以前地铁里维持秩序的志愿者，全都手持一个电动小喇叭，叽叽喳喳地叫唤，规劝乘客排队候车，站在黄色安全线以内，躲避车门，先下后上，扶老携幼，现在他们都不用小喇叭了，抻着脖子喊，像陕北信天游，站在这一站喊，顺着铁轨下一站都能听见。

最难受的是四蔓，她热得脸上失去光泽，皮肤干巴巴的，口也干舌也燥。四蔓老实许多，不敢再撒欢儿，她一出门就被热得蔫头耷脑，有气无力，盈缶大大咧咧地对她关心也不够，只是叫她多喝水，她说：“喝水不管用啊。”

黎雪看着四蔓可怜，就跟几个翊卫叨叨，陆珂怜香惜玉，掏钱买了四五台加湿器，让郎本搭把手帮着搬到盈缶老师家，给四蔓用上，郎本暗自说：“这得废多少电哪？”

四蔓连连说：“还是陆珂知道心疼人。”

郎本敲边鼓说：“换个男生他就不这样。”一旁帮忙的英瑛和黎雪就乐。陆珂就这脾气秉性，也不辩解。

108

水泱神的归来，让北京人长长地舒了一口气，疯沙神不会再对北京城抽风撒野使性子，桀木神也乖乖地回到宜宾大本营，绝大多数北京人觉得不会再打起来了，可是火炼神失去制衡，所有人又都紧张了起来。

地境神招待火炼神逛大街，仗山神很生气，他只会跟火炼神硬顶，不能体谅地境神的苦衷，还嫌地境神自己做主。仗山神看到北京人把水泱神奉为神母，借势在诸神当中强化水泱神的地位，大打悲情牌，让地境神冽水神桀木神疯沙神一见到水泱神就肃然起敬，一想起水泱神就要掉眼泪，不管大事小情，只要仗山神一说这是水泱神的主意，其他几个神都不便再说什么。

但是收效甚微，不是这步棋走得不好，不妙，而是仗山神自身没有拿出足以统领全局的大政方针，也没有拿出好办法将众神归于自己的指挥棒下。地境神早就知道仗山神与水泱神合伙排挤他，因此他早有戒心，仗山神说什么，他表面上不反抗，内心里却有着自己的既定打算。

仗山神绝不轻易服输，地境神也觉得这一局输得窝囊，疯沙神太不懂事了。不过地境神也埋怨仗山神，不该什么事都瞒着大家，既定的战略部署应该公之于众，要是疯沙神知道水泱神的任务如此重大，如此艰巨，也不会感情用事，把水泱神背回来，再说水泱神也实在是顶不住了。

仗山神沉默不语，事情远没有那么简单，他还有什么没被发现的没说出来的部署，地境神还不知道呢。

仗山神打算起用青将军和赤将军，神钉布局一共七十二颗钉，每一个神把控十颗，七个神共七十颗，还有两颗由青将军和赤将军把控。地境神极力劝阻仗山神，不到万不得已，不可起用青将军和赤将军，这事关北京城安危，绝不可冒险。

仗山神反问地境神："火炼神翻到地面上来，北京城就不危险吗？"

地境神说："我们已经调集洌水神、纳木错湖神、天池池神接替水泱神，继续覆盖火炼神，应该能够稳定事态，再说，火炼神不是地面神，他翻上来，也不得长久。"

仗山神说："关键是不能让他翻上来。"

可是，火炼神已经来了。

火炼神已经明显感觉到，仗山神和水泱神的对抗格局暴露出难以弥补的缺陷，仗山神、水泱神、地境神、洌水神、疯沙神、桀木神的诸神联盟，看似固若金汤，没想到出现这样的混乱和仓促局面，表面上看是水泱神精疲力竭，不能继续执行幽深大通道的对抗任务，实际上还表现出仗山神整体团队的不协调，如果连一个继任的人选都选不出来，还要几个水神仓促商议，那后续的难题就更多了。

地境神请求与仗山神合力抗击火炼神，地境神的黄土兵团能够助仗山神的岩石兵团一臂之力，仗山神说："事态没有到失控的地步，你不必出马。"地境神跟仗山神解释说，他是拥护仗山神的领导地位的，仗山神在部署战役时不必纠结私情，地境神所说的私情，就是地境神当年暗恋仗山神的夫人水泱神，仗山神至今还耿耿于怀，大敌当前，地境神是要跟仗山神精诚合作的，他怕仗山神有什么顾虑，影响战局。

仗山神面无表情地告诉地境神："我心里有数。"其实，让地境神说对了，仗山神还真是不愿意地境神在战役中得到什么表现机会，他能压就压制地境神一下，地境神只好忍着，他知道仗山神性格执拗，独往独来，不肯与其他神合作，他担心仗山神要坏事。

仗山神和水泱神抗击火炼神的行动计划隐瞒了大约六百年，地境神、冽水神、疯沙神、桀木神到现在也没有搞明白这个行动计划的全貌，也不知道仗山神和水泱神为什么要秘而不宣。地境神想了多种答案，都不是仗山神的本意，地境神想，仗山神是最坚毅最顽强的山神，他不会因为地境神、水泱神、仗山神三者之间的私情纠葛，而把抗击火炼神的行动故意隐瞒起来，这里肯定还有别的原因。仗山神连自己的儿子和自己的翊卫都瞒着，这很可能是一件惊天动地的事，越是不说，越是掩着，就越是有危险。地境神始终放心不下，但又无从下手了解真相。

仗山神心里很清楚，他们六个神联合在一起也不是火炼神的对手，充其量只能打个平手，如果火炼神有一次强烈的爆发，那他们六神必败无疑，仗山神和水泱神暗自设计了一个秘不外传的方案，要彻底战胜火炼神一次，争取双方博弈的主动权，让火炼神有所收敛。但是这个方案极其危险，一旦被火炼神识破必将遭到火炼神加倍的反扑，仗山神也知道，这么重大的事情让地境神、冽水神、疯沙神知道，他们一定会千方百计阻止水泱神，或者是全都要去，一拥而上，乱成一团。

现在凌青这些孩子们冒冒失失地进入幽深大通道，与辛苦劳作六百年的水泱神撞个正着，他们也是好心，搭救水泱神离开幽深大通道，可是他们不知道，这下，真的是格局大乱了，不仅战胜火炼神没有希望，很可能比原先败得更惨，更悲，更无奈。

你们可知道火炼神的厉害吗？你们知道在幽深大通道中失去水泱神的抗衡，火炼神就有可能肆意升腾，冲出地面，人族、兽族和木族全要被烧成焦炭，到那时，地境神、水泱神、冽水神、仗山神、疯沙神、桀木神就全无能为力了。

在幽深大通道，冽水神、仗山神与火炼神继续发生着冲突，冽水神、仗山神指责火炼神趁人不备，私自越位，应该立刻退回原位，火炼神也有他的道理，他说：“你们作为对抗的一方，连个招呼都不打，说走就走，太不尊重我火炼神了。”双方互不买账，仗山神和冽水神干脆动手，仗山神指挥岩石兵团的铁铜锌铬钨金等各种矿石，冽水神联合纳木错湖神和长白山天池池神共三路水军，动用坚冰、白雪等各种形态的水力，铺天盖地向火炼神的烈焰兵团实施强力覆盖，火炼神将火焰和热力上升到相当高的级别，三方混战成一团，矿石堵住火炼神的烈焰，坚冰封死火炼神的出口，使得火炼神的温度不能迅速升高，烈焰兵团将岩石兵团焚烧成岩浆，岩浆把各路水军瞬间灼烤成团团雾气，再也使不上力量，天池池神的水军从背后覆盖火炼神，极大地削弱了火炼神的狂暴气势。三方力量争斗不断，谁也不服谁。

还好，仗山神、冽水神、火炼神的战役规模不大，没有蔓延到地面上来，对人族、兽族、木族的日常生活没有什么影响。

冽水神在幽深大通道中覆盖火炼神，干得很吃力。一是她初来乍练，没有经验，虽然水泱神在水神中德高望重，各路水神都钦佩她，敬重她，但是大家未必就因此服从冽水神，冽水神调动纳木错湖神和天池池神也不顺手，湖神池神嫌冽水神年轻，说话没轻没重。二是她怀有身孕，即将为地境神产下婴孩。这几日她腹中阵痛难忍，浑身的蓝色越来越浓郁，水波随着子宫的收缩发出阵阵颤抖，不得不卧床休息，派手下安排前线覆盖火炼神的劳作。

火炼神异常敏感，现在是双方交战状态，冽水神的一举一动都逃不过火炼神的眼睛，冽水神刚歇两天，火炼神就感觉出异样，他认为冽水神初来乍到，正干得起劲儿，没有特殊原因不应该歇息，他防备冽水神背后的地境神出什么花招，万万没有想到是冽水神临产要生孩子，火炼神暗中避开冽水神手下的视线，感觉到周边水流水质水色的美妙变化，悄悄靠近冽水神营地观察动静。

一声响亮的带着奇妙旋律的婴儿啼哭传出洌水神营帐，洌水神产下一名男婴，火炼神一惊，四肢不自觉地升温，把洌水神营帐的边角燎着了，火炼神意识到自己唐突，连踩带捂，赶紧灭火，一个堂堂正正的大老爷们儿偷偷摸摸躲在女神的营帐外看女神生孩子，这太不礼貌了，火炼神趁没人察觉，扭头撤身，拔腿就跑。

没跑几步，他心中酝酿出一个主意。

火炼神派兵丁通告洌水神，他要去拜访，洌水神刚刚生完孩子，疲倦不堪，本想找借口婉拒，但是她既是一位刚刚生完孩子的母亲，还是幽深大通道前线指挥官，她不能拒绝火炼神到访，只好缓缓起身迎接。

火炼神进入洌水神的营帐，不谈战事，抱拳施大礼，祝贺洌水神生下一名圣婴，并让手下送上许多礼物，火鼎、火炬、火灯、火罐、火床（一种由耐火材料制成的高级火炕），洌水神不知道火炼神是真心来贺，还是另有计谋，就先把礼物收下，请火炼神坐下叙话。洌水神身体虚，不便和火炼神长时间聊天，火炼神还一个劲儿地夸圣婴长得帅，眉宇间朴实厚道像地境神，眼睛水灵灵的像洌水神，火炼神伸手从床上把孩子抱过来夸个没完，洌水神强打精神应付着，心里说你赶紧走，我好睡个安稳觉休息休息。

说着说着，火炼神突然面带笑容向洌水神提出，要收这个男婴做义子，洌水神一个激灵警醒过来，忙欠起身说：“不可，不可，孩子尚小，离不开我，也受不了赤火郡的高温干燥环境。”

火炼神抱着男婴不撒手，说：“我既然是孩子的义父，就绝不会让他受半点儿委屈。”

冽水神哪里肯依从火炼神，变了声地对火炼神说：“孩子刚刚落地没一个时辰，哪有被你抱走的道理。”

火炼神的脸色已经变得不好看了，他说：“我与地境神早有约定。”说罢，不容冽水神再说什么，转身飞出帐外，直奔赤火郡而去。

冽水神大哭，刚刚生下男婴，男婴刚刚吃了一回奶，就被火炼神抱走了，冽水神坐在帐中不敢追，怕火炼神出狠手伤到孩子，营帐内外的手下一个个由蓝色吓成惨白色，凝固在原地不敢动弹，整个幽深大通道的覆盖工程陷入一片混乱。

冽水神手下聚作一股激流，返回黄地宫，急慌慌将这一突发事态禀报地境神。

地境神不知道冽水神要生孩子，冽水神逞强，瞒着地境神又要覆盖火炼神，又要生孩子。地境神有些慌张，起身要去幽深大通道看望冽水神，他急切地询问冽水神的手下，冽水神身体有无伤害，手下哆哆嗦嗦地回答说：“身体无大碍，就是她一直在伤心地哭，没完没了地哭。”

地境神走出半截路又停住脚步，身边的部下不知道他在磨蹭什么，他在揣摩火炼神的意图，如果此时地境神冽水神联手攻击火炼神，那这个孩子必死无疑，冽水神也会损伤大半，火炼神得不到任何好处，火炼神收地境神的儿子做义子，不是要战，好像是要和，他并不是要加害这个孩子，也不是要故意刺激地境神和洌水神，而是要联合地境神洌水神结为盟友，共同对付仗山神水泱神疯沙神桀木神。

可是如果答应火炼神，那七神势必彻底分裂，永远角斗不止。

现在去幽深大通道安慰洌水神，让仗山神知道火炼神出此损招，仗山神必定会进一步误会地境神，本来脆弱的仗山神与地境神之间的联盟局面就毁于一旦。

地境神让洌水神手下先返回去，给洌水神带话，让洌水神先答应火炼神收婴孩为义子的要求，并且让洌水神以大局为重，既要稳定局面，又要保重身体，地境神现在不能动身与洌水神会面，他必须先稳住仗山神。

洌水神的手下不住地点头，含着泪与地境神告辞，地境神送出老远，不住地问婴孩结实不结实，皮肤相貌长得像谁。那手下心里说，孩子他娘都还双手没抱热乎呢，就被火炼神抢跑了，我哪有机会看仔细看端详。她又怕这话说出口让地境神伤心，地境神也算是老来得子，这孩子就是他的心尖宝贝，怎么好让他伤心，她支支吾吾一会儿说婴孩像爹，一会儿说婴孩像妈，赶紧返回去见洌水神。

地境神心里一团乱麻，坐卧不安，他命令手下封锁消息，不得让仗山神方面得知地境神婴孩被火炼神收为义子。

109

老馆长在病床上躺得久了，学校的老师同学就不来看望了，各自忙活各自的事，谁还老陪着个要死的人，就剩个英瑛还守着，陆珂也三心二意的，一会儿想着打篮球，一会儿想着会会哥们儿。英瑛骂："有闲工夫交结那些狐群狗党，不去医院看看老馆长。"陆珂缩着脖子赶紧骑车奔协和医院去了。

老馆长拉着英瑛的手，拉着陆珂的手，说："你们长大成人，一定要结婚。"

陆珂搭茬儿说："英瑛是大公主，看不上我啊。"

老馆长没力气，还是笑了，说："我不是说你俩要结婚。"

英瑛嫌陆珂说话不挑地方，跟老馆长乱插嘴，没轻没重的，老馆长接着说："一定要生孩子，既要生男孩，也要生女孩。"

陆珂不明白老馆长为什么说这个，又要插嘴，英瑛听明白了，顺从地点点头，老馆长补充一句："别像我似的，一辈子孤孤单单的。”陆珂这下子听明白了，赶紧重重地点头。

水泱神从疯沙神的口中得知，老馆长是她当年僮仆的后人，就拖着病病恹恹的身子要站起来，去见见老馆长。英瑛告诉老馆长，水泱神要来看她，老馆长眼里闪烁出幸福的光芒，她弱弱地对英瑛说：“使不得，使不得。”情绪波动很大，医生和护士一再地劝老馆长要稳定情绪，老馆长自己跟自己叨叨着，一个快要死的人了，稳也稳不了几天几时了。

老馆长要郑重其事地拜见水泱神，她让英瑛把她的枕头垫高一些，给她梳一梳头，化一化淡妆，病号服外边最好套一件外套，英瑛一一照做，还脸上带着笑意夸老馆长好看，老馆长也配合着笑笑。

水泱神在黎雪和陂复老师的引导下来到协和医院。水泱神的到来，让协和医院院子里的树和花草的叶子上浮现出一层晶莹的水珠，每一层楼过道里病房里诊室里都湿漉漉的，所有的病人、大夫和护士，都必须扶着墙小心翼翼走路，不然的话，就有可能因地面上的潮气滑倒，大玻璃窗上里里外外都在滴滴答答地淌水，楼道里的座椅上都是水汽，病人和家属坐下去再站起来都像是尿了裤子。

年轻的女护士们悄声细语地你传我，我传你，互相告知：“水泱神来了，水泱神来了。”

她们对外地的和本地的不熟悉水泱神的病人说：“大家不要惊慌，水泱神的到来对你们所有人的病情都是有好处的，水泱神会无声无息地帮助你们，恢复体力，抗击病魔。”

全医院的病人渐渐地安静下来，脸色都平静了些，步子都镇定了些，好像死神都因为水泱神的出现不敢向他们下手了，但是大家谁也看不到水泱神，谁也不知道水泱神要到哪里去，为了避免不必要的拥挤和混乱，院方没有透露老馆长住在哪一个病房里。

水泱神摸摸索索地走进病房，坐到老馆长的病床前，她拉起老馆长冰凉冰凉的颤颤巍巍的手，既不嘘寒也不问暖，一开口就吟诵起唐朝诗人王维的《宿郑州》的诗句：“他乡绝俦侣，孤客亲僮仆。”

老馆长不等水泱神念完，赶紧努着大声儿接下去答道：“宛洛望不见，秋霖晦平陆。”

老馆长看到水泱神被烧瞎的双眼流出泪来，就像个小孩子一样地呜呜哭起来，水泱神听见哭声，轻声劝慰。水泱神算是老馆长孤独一生中唯一的家人。

千百年前，水泱神离开家乡，嫁到北京，跟随夫君仗山神，匆忙之中只随身带了一名僮仆，就是老馆长的先人。水泱神失踪后，老馆长的先人祖祖辈辈守候着府学中学原址上的报恩寺，等待水泱神的归来。

英瑛、黎雪求水泱神救救老馆长，老馆长心里有数，水泱神救不了她。

英瑛心底里佩服老馆长，疯沙神受辱时，面对仗山神的威武，一个风烛残年的老太太能挺身而出，这不是他们这帮年轻力壮的人能比的。

老馆长看着英瑛说："我像你这么大，就开始守护报恩寺遗址，到了我的晚年，终于找到两颗铜珠，找到水泱神的下落，谢谢你们这些勇敢的孩子们。"

英瑛掏出手机，想跟老馆长照一张合影，老馆长艰难地摇头拒绝，她弱弱地说："不要记录我衰老的丑样子。"英瑛只好收起手机。

老馆长快不行了，医院发出病危通知书，通知家属早做准备，老馆长既没有子女，也没有亲属，老馆长对校长说："我不给学校添麻烦，有英瑛和陆珂在我身边就行了。"说得校长直流眼泪，校长叮嘱英瑛和陆珂："老馆长这是拿你俩当作亲人了，你们这两天多陪陪老馆长，有什么紧急情况第一时间通知我。"英瑛镇定地点点头，陆珂也故作镇静地点点头。陆珂虽说人高马大的，但头一回遇见这阵势，不知道该干什么，不该干什么。

老馆长叮嘱陆珂，一定要用生命保护英瑛，陆珂握着老馆长的枯手，点头应允，可是他心里说，哪有那么严重。老馆长看陆珂半认真半应付的表情，放心不下，可是她连摇头叹气的气力都不足了。

老馆长对英瑛提出一个请求，她说："英瑛，你摸摸我吧。"英瑛用双手抚摩老馆长的脸，抚摸老馆长的双手，抚摩老馆长的双脚，老馆长一脸很享受的样子，英瑛的心里在流泪。

英妈妈这两天一下班就来照料老馆长，左次老师来了，钟楼中学的凌青、鲍迪、郎本、贺嘉和郎白来了，马校长和陂复老师来了，内街中学的盈缶老师、葛老师和黎雪也来了。葛老师把自己养的一盆兰花送到老馆长的病床前，老馆长非常喜欢，脸上笑笑，算是谢谢葛老师。

孩子们知道老馆长没有几天了，当着老馆长的面也不敢哭出来，黎雪还没进病房，眼圈就红了，她往贺嘉身后躲，贺嘉故作镇定说：“不许哭，不要哭。”郎白也是颤颤巍巍，女孩子见老馆长可怜兮兮的病样子，特别是躺在病床上瘦成一把干瘪的老骨头，都伤心地落泪，一句整话都说不出来。老馆长看着几个花朵一样鲜灵的女孩，心里也苦也涩，她脸上强忍着。

英瑛在一旁张罗着安慰着，脸上一滴泪都没有，很镇定，像个见过经过这种场面的大人。她拉着黎雪的手，拍着贺嘉的肩，让她们平静下来，毕竟老馆长病得很重，不能让老馆长太过激动。

郎本还问老馆长：“您想吃点儿什么，我让我爸给您做。”

老馆长淡淡地笑笑，声音低低缓缓地说：“谢谢你惦记着，我什么也吃不下了。”

陆珂小声嘟囔郎本：“就知道吃。”

英瑛拿眼睛瞪陆珂，低声说：“郎本比你懂事。”陆珂歪着脑袋看着窗外，不言语了。

郎白走到床前，轻声对老馆长说：“馆长奶奶，我们几个女生给您唱支歌吧。”

老馆长笑着点点头。

英瑛、贺嘉、郎白、黎雪四个女生半蹲半跪在老馆长床前，轻轻地唱起歌来：

请为我唱一首出塞曲
用那遗忘了的古老言语
请用美丽的颤音轻轻呼唤
我心中的大好河山
那只有长城外才有的清香
谁说出塞歌的调子太悲凉

老馆长听着听着，带着不舍的微笑，睡着了。

几个月前老馆长就问疯沙神，要不要把密语传给英瑛和陆珂，疯沙神当时固执地拒绝，现在疯沙神被贬为庶人，他本人极有可能把疯沙神密语渐渐忘却，老馆长已经把编织救命纤索的本领传授给英瑛和陆珂，可一旦没有人掌握疯沙神密语，救命纤索就没有了救命的功能，疯沙神这才肯把密语教授给英瑛陆珂，英瑛、陆珂必须抓紧在疯沙神记忆消失之前，学会疯沙神密语。郎本建议，把地境神密语编进救命纤索，英瑛说不行，地境神密码是声波码，丝绦承载不了，疯沙神密语是气息码，丝绦可以将气息凝聚其中，并释放出来。

老馆长知道自己时日无多，托付英瑛、陆珂一件事，陆珂问老馆长："需要什么陪伴您，是书？还是什么？"

老馆长都摇头，说："什么也不要，既然要去另一个世界，就去逛逛新的风景。”英瑛佩服老馆长的豁达。

老馆长拉着英瑛的手说：“把我的骨灰埋在校园里，我听着孩子们的读书声，会睡得香甜些。”英瑛一边点头算是答应老馆长，一边抬头看看陆珂，心说这可能有难度吧，陆珂明白英瑛的眼神，他拉着老馆长的手，点头说：“我们按您的意思办。”老馆长嘴角露出欣慰的笑意，她想抬手摸摸陆珂的脸，已经没有抬起手来的力气，陆珂凑得更近些，把老馆长的手贴在自己的脸上，老馆长低声对陆珂说：“谢谢你。”

老馆长要把自己的骨灰埋在府学中学大柳树下，陆珂说：“图书馆扩建时，伤了大柳树的根，大柳树就死了，那树根怪碍事的。”

老馆长喃喃地说：“我喜欢柳树。春秋时，晋献公的儿子重耳落难，贤臣介子推把自己臀部的肉，割下来，给重耳吃，忠心耿耿跟随重耳，一十九年。”

陆珂不耐烦地插嘴：“这故事太老套了。”英瑛也劝老馆长别说那么多话，伤神，没想到老馆长执意要讲下去：“重耳当上晋文公，却把介子推冷落一边，介子推并没有埋怨晋文公，背起老娘，隐居绵山。”老馆长讲得很吃力，前言接不上后语，可还是捯着气坚持要讲。

陆珂嫌介子推痴愚，英英又埋怨陆珂，说：“哪有你这样陪伴病人的？”

陆珂回嘴说：“像你这样愁眉苦脸的，老馆长不是也得苦闷？像我这样欢蹦乱跳的，老馆长就会开心些。”

英瑛觉得陆珂胡搅蛮缠，陆珂觉着自己有自己的道理。老馆长似睡非睡，闭眼听两个孩子轻声地斗嘴，这辈子她一个人孤单惯了，孩子们吵吵闹闹的会嫌烦，可是一辈子在学校里守着孩子们，不听他们吵闹她又嫌冷清。

英瑛看老馆长精神好说话多，怕她累着，就说："我来接着讲，事后晋文公想起介子推，心里觉着有愧，就派人进山寻找，怎么都找不着，不知道谁出个馊主意，要放火烧山，把介子推逼出来，大火烧了三天三夜，可怜的介子推母子俩抱着一棵枯柳树，被活活烧死。"

老馆长添一句："命足够悲苦，才能被中国人记住几千年。"

陆珂悄声插一句评语："傻瓜。"

英瑛拿眼瞪他，接着跟老馆长讲："为了纪念介子推，晋文公规定每年烧山这一天禁忌烟火，只吃寒食，这就是流传至今的寒食节。第二年，晋文公领着群臣，登山祭奠介子推，看见坟墓旁的那棵被烧焦的枯柳树，死而复活了。"

老馆长说了一句："枯柳树又活了。"就昏昏睡去。

陆珂又要评说："怎么可能？"见老馆长侧身蜷曲，面色惆怅，没说出口。

疯沙神每天都来看望老馆长，他不懂得什么叫作死亡，话也少，见老馆长醒着，他就静静地坐着，见老馆长昏睡，他就默默地站着。

老僧人在两个徒弟的搀扶下，大老远地赶来，看望老馆长，就算是最后的告别了，老馆长很动情，拉着老僧人的手流眼泪，一句话也说不出，大家劝老僧人大老远的不要来来回回地跑，老馆长也承受不起。老僧人回去在寺院的僧房里日日夜夜为老馆长诵经祈祷。

老馆长弥留之际，极度虚弱，英瑛问她想不想喝水，她连摇头的气力都没有，轻声问："下雨了？"

陆珂看着外边火辣辣的太阳，说："没有。"

她说："（我听见）沙沙声。"

又问："刮风了？"

英瑛看着外边一动不动的树枝，说："没有。"

她说："（我听见）沙沙声。"

英瑛和陆珂互相看看，以为是老馆长产生错觉，转眼工夫，窗外真的变了天，风声雨声沙沙地拍打着玻璃窗，老馆长微微露出笑意，水泱神派来的几位侍女飘然而入，她们示意英瑛和陆珂离开，她们是来为老馆长送行的。侍女手捧水泱神特意准备的圣洁的清水，为老馆长通身擦拭一遍，并换上白衣白裤，白裙白袜，穿上崭新的羊羔皮软靴。

侍女轻轻地给老馆长剪指甲，涂淡淡的指甲油，将她老人家灰白的发辫拆开来，配上兰花的花瓣，重新仔仔细细编好，老馆长的脸上洋溢着少女般的红润的光泽，这可能是老人们常说的回光返照吧。

英瑛和陆珂在病房外默默地等待着，疯沙神此时来到病房外，没有惊动老馆长，只是深深地给她鞠了一躬。

老馆长去世了，一个美丽的生命就这样耗尽了气力，挨到了尽头。

差不多是同时，灵山寺院的僧房里，诵经祈祷的老僧人冥冥之中感觉到什么，猛地睁开异常明亮的眼睛，绝望地望着府学中学的方向，右手一抬，身子要使劲儿站起来，小哑巴跪着爬了两步，上前扶住师父的腰，老僧人出人意外地叫一声："你等我。"扑通一声歪倒在小哑巴怀里，把小哑巴撞得一歪，差点倒在地上。

这么多天，英瑛从不掉泪，黎雪、郎白她们哭，英瑛都是轻轻地劝。老馆长咽气了，大夫给老馆长盖上了白单子，英瑛没有哭，默默地收拾老馆长的遗物。老馆长被从病房里推出来，英瑛没有哭，她跟着老师们一起去殡仪馆。路上她还给灵山寺院打电话，要跟老僧人告知一声，可是电话怎么也没有人接。到了殡仪馆，也没有人献花圈，也没有人写挽联，也没有人奏哀乐，虽然老馆长生前叮嘱不要安排这些，可是老馆长一个人孤零零地走，英瑛心里还是难受，她仍然忍着。一直送到火化炉旁，英瑛再也忍不住了，扑上去抱住老馆长的尸体不撒手，号啕大哭，这哭声如同一股热浪喷到老馆长身上，只可惜老馆长已经感觉不到了。疯沙神、左次老师、马校长、盈缶老师全都哭了，盈缶老师拍着英瑛的后背劝她，英瑛死活不愿意松开。

老馆长去世了，同学们很伤心，陂复老师安慰同学说："别伤心，莫流泪，老馆长这是一种解脱罢了。"

英瑛和陆珂觉得陂复老师近乎疯癫，贺嘉拽拽陂复老师的衣角，含着泪叫他少说两句。陆珂背地里骂："他们钟楼中学总出幺蛾子，陂复老师就这副德行，老房子倒了他哭，人死了他不哭，真是怪物。”

贺嘉替陂复老师解释：“他是艺术家。”

陆珂回答一个字：“呸。”

岁月如风
要看风能不能把心吹醒
岁月如歌
不知与你的韵律是否契合
岁月如刀
在你的脑海里浅刻深雕
岁月如烟
可惜你无法翩跹起舞
岁月如水
滴水穿石不弃不悔
岁月如画
挥毫落笔成秋冬春夏

英瑛和陆珂按照老馆长的意思，想把骨灰埋在府学中学图书馆门前的枯柳树根下，凌青等人议论纷纷，在手机上讨论，有人说学校里不宜埋葬骨灰吧，有人说老馆长不是挺豁达吗，为什么还要留在学校里，有人说怕是老馆长孤孤零零没有地方去吧，有人说老馆长不是留恋府学中学，而是留恋府学中学的前身报恩寺。越说陆珂越心烦，把手机扔一边，他和英瑛暗暗地留在校园里直到三更半夜，也不照亮儿，也不出声儿，在图书馆门前的柳树根下，一个拿着短把儿铁锨挖了个深坑，一个抱着盛有老馆长骨灰的白布包裹的骨灰盒，两个人半屈半跪，把老馆长的骨灰捧入土坑，就埋了。

后半夜，下了一场不多见的秋雨，第二天上学，同学和老师们看到在图书馆门前的枯柳树根下，盛开了一片兰花，不是一簇，是一片。

英瑛和陆珂心里想，来年春天，枯柳树根也许真的会发芽吧。

郎本有好几日不敢去府学中学找英瑛，凌青问郎本："最近怎么这样乖，不去府学中学找英瑛了？"

郎本说："我路过枯柳树，总是心慌，想给老馆长供些吃食，又怕老太太嘴刁，不合口味。"

凌青安慰郎本说："你心重了。"郎本叹一声，不说什么。

老馆长去世后，英瑛得了一场大病，高烧不退，英妈妈急得团团转，郎本和陆珂都来看望，但男孩子也管不好什么料理看护方面的事情，盈缶给开了几服中药，也不管用。

110

老馆长死了，疯沙神被贬为庶人，英瑛不得不挑起大梁，但她还是十分依赖疯沙神，没想到神的事疯沙神真的一点也使不上劲了。

一开始只有翊卫们知道图书馆的新馆员是疯沙神，谁也不张扬，大家觉得疯沙神心里郁闷，由神变人，再怎么说这也是降级处分，很不光彩，像闲话说的做人比做神幸福，这都是闲扯，不足为信，一听这就是没做过神的俗人们的主观臆想。其实疯沙神自己意志很坚定，做人对他来说不是什么羞辱，也不是什么处分，而让他心里难受的是，他不能再直接参与仗山神水泱神的大业。他也在检讨自己，过于沉迷母子感情，破坏了父亲与火炼神的战斗格局，这是他自己不能原谅自己的失误。而仗山神与地境神冽水神的不团结不合作，他一时还想不通。至于说地境神是不是有意利用水泱神的回归，打乱仗山神的既定部署，他就更没有深想了。

疯沙神被贬为庶人后浑身不舒服，原来变个英俊青年的人形，那只是徒有其表，现在里里外外做个真人，心肝脾胃肾全都不适应，不是疼就是酸，要么就是胀，细心的英瑛看他难受的样子，问他是心里不舒坦还是身体不舒服，是水喝不惯还是饭食不对胃口，疯沙神摇头不语。英瑛以为疯沙神嫌她年纪小，不跟她说真心话，就去内街中学请盈缶老师给疯沙神号号脉，调养调养。

盈缶高抬着腿扭着腰，来到府学中学图书馆，能给疯沙神看病她心里傲得很，对周边的人爱搭不理，一见疯沙神这气质、这光晕、这身形、这眉眼、这郁郁寡欢的样子，盈缶张着厚嘴唇合不上了，一双扑棱棱的大眼睛一眨也不眨，激动得心潮荡漾，浑身哆嗦，她怕初次见面就让疯沙神看透她的心思，迟迟不肯靠近疯沙神落座，久久不敢开口问询疯沙神的病情，想腼腆她又不会，想率直她又怕唐突，想淑女些她还真不知道分寸，想热情些她又担心疯沙神泼冷水。

疯沙神听英瑛说盈缶是内街中学的校医，就十分客气，英瑛怕疯沙神当着她的面还是不肯说自己有病，就借故退了出去，让疯沙神和盈缶老师单聊。

盈缶先稳稳神再定定气，和疯沙神开始聊，聊别的盈缶得动动心思，聊看病，盈缶自信得很，她三下两下就把疯沙神的心肝脾胃看个透，疯沙神还真服气，毕竟盈缶老师是得了中医的真传，保不齐还怀揣些桀木神的药学秘笈。疯沙神久居荒漠，对医术一窍不通，平时一有头疼脑热的，最实用的办法就是两个字“忍着”。盈缶老师要给疯沙神扎针做艾灸拔罐子熬中药苦汤，疯沙神笑着说：“不急，不急。”疯沙神笑得很迷人，笑得盈缶手都软了，心都化了。

疯沙神除了盈缶，对谁都不说自己的病症。盈缶是中医能给他治，他说给别人听没有用，还显得他娇气。盈缶脑筋不够用，琢磨不明白，这些复杂的症状为什么郎白由大白鹅变人时没有出现过，四蔓这些日子做人也没有出现过，疯沙神心平气和地对盈缶说："这很容易解释，郎白和四蔓年纪小，离人族亲近，变换起来既顺畅又麻利，也就容易适应，我一个正经八百的神，离人族疏阔遥远，变换起来大费周折。"盈缶听着心疼起来。

盈缶老师隔三岔五就来府学中学给疯沙神调养，后来就天天来，英瑛拦着盈缶老师，盈缶不高兴，说："赶紧让我进去，别拦着阻着。"

英瑛不放心地问："疯沙神病得很厉害吗？要不要送医院？"

盈缶不跟英瑛纠缠，没头没脑地说："他病去也，我病来矣。"

英瑛好几天想不明白，等想明白了，就禁不住乐出声来，郎本、陆珂问英瑛乐什么，英瑛只管乐，闭口不说。

盈缶跟疯沙神瞎聊天，说："其实我们人族老早就知道你是水泱神和仗山神的儿子。"

疯沙神不以为然，说："别瞎编，我就不信你们什么都懂。"

盈缶在桌子上摊开笔墨纸砚，给疯沙神显摆她的心得体会，她随手写下两个字：沙、砂。

她对疯沙神说："你看，我们老祖宗造字时就知道你既是水之少年，又是石之少年。我们老祖宗造一个三点水旁的沙字，又造一个石字旁的砂字，看来真是厚爱你。”

疯沙神一看，还真的没话说，他捧着盈缶的脸说：“人族派你来和我相识相知，才是厚爱我。”说得盈缶心都醉了。

盈缶自己夸自己：“我会医四肢八脉，我会医五劳七伤，我会医双臂无力，我会医两腿酸麻，我会医口苦舌涩，我会医眼干鼻酸，我会医发寒发热，我会医犯傻打蔫。”

疯沙神被盈缶老师这元杂剧式的说辞逗笑了，学着编两句应道：“你还会医神懵懂做人，你还会医人无廉耻装神。”

盈缶老师乐了，说：“这可是您过奖了。”

疯沙神即使被贬为庶人，也不是个一般人，他身上有许多与众人不同之处，脑子里有许多常人不曾有的想法。他对气味很敏感，他还吸味儿，他走进餐馆，饭桌上的鸡鸭鱼肉葱姜花椒八角全都没味儿了，连米饭馒头嚼着都不香了，醋也不酸了，盐也不咸了，吃客们纷纷拍桌子摔碗，等疯沙神走出餐馆老半天，食物依然没有味道。

盈缶老师再请疯沙神下馆子，疯沙神说什么也不去了，让那么多人扫兴，他不落忍。疯沙神还心疼盈缶，说：“你跟我在一起吃饭，总是味如嚼蜡，这怎么行。”

盈缶老师说：“我看着你就吃着香，看不见你就吃着不香。”

一开始盈缶去见疯沙神还特意喷些进口香水，当然化妆是更必要的，学校规定教师在校不可化妆，但没规定教师外出恋爱约会也不得化妆，一见疯沙神的面，盈缶身上香水味儿全都让疯沙神吸没了，后来俩人熟了，盈缶还怪罪疯沙神："早知道你有这嗜好，我就不抹香水了，害得我浪费银子。"疯沙神微微地笑，不言语。

疯沙神一来府学中学，新装修的教室图书室里的甲醛味道全部消失了，陆珂兴奋地搓着手，觉得疯沙神就是不一般，他问疯沙神："去年您把北京城埋三天三夜，也没见您把北京城的室内室外的异味儿吸干净啊。"

疯沙神见身边没有女生也就不刻意注意措辞，说："谁拉的屎，谁负责擦屁股，神不是人的保姆老妈子。"说得陆珂想乐，可是面皮发紧，乐不出来。

疯沙神在北京撒野，而北京城毫发未伤，建筑、人、树木都还原封不动地保留了下来，疯沙神问盈缶："我野吗？我疯吗？"

盈缶说："算你有情有义。"

疯沙神说要不要把疯字去掉，盈缶立刻说："不行，没这个字就不帅了。"

疯沙神敏感，不敢看电视，电视上演古装戏，盈缶老师看得津津有味，又是哭又是笑，疯沙神看着荧屏里走动的人物都是死去几百年上千年的骷髅，散发着尸体的腐臭，为了登台给现代人看，又涂抹厚厚的脂粉油彩，这种香与臭，腐朽与鲜活杂糅在一起的味道让疯沙神每每呕吐不止，盈缶老师和他逗闷子："你是不是怀孕了，有妊娠反应。"疯沙神忍着难受劲儿，乐出声来，不说什么，他知道他说出来，盈缶也不能完全理解，还得埋怨他是人生不适综合征，反正盈缶老师认为他的感受都是人族的正常反应，疯沙神初来乍到，看什么都奇怪，想什么都想不明白，这不用吃药，也不用打针，时间一长自然就适应了。

疯沙神在府学中学图书馆做图书管理员，他不喜欢拉着百叶窗的暗淡环境，把百叶窗都拆掉了。一有空英瑛、陆珂就往图书馆跑，陆珂拿疯沙神不当外人，甚至于拿疯沙神当哥们儿。肚子饿了，他问疯沙神："您饿不饿，咱们买点吃的。"

英瑛想挤对陆珂两句，吃得多还饿得快，见他知道照顾疯沙神，也就闭嘴了。疯沙神说："不是学校不让快递送餐的小哥进校园吗？"

陆珂说："我们有秘密通道。"

英瑛笑了，这个秘密她们女生也知道，陆珂也不多解释，跑到校门口隔着铁栅栏门往外喊："阿姨啊，手抓饼哎，三张啊，加鸡蛋、培根、芝士片啊。"

校东侧的复印店店门冲着狭窄的夹道，后墙上冲着校园内开着个小窗户，方便同学们不出校门就可以复印卷子。没过五分钟，校门口外快餐店的阿姨把三张手抓饼放进三个纸口袋，顺着夹道送到复印店，陆珂来到小窗口，他是老主顾了，都不用向复印店的老板娘报上姓名，只需递上钱，老板娘就把香喷喷热腾腾的手抓饼再包严实些，递到陆珂手里，还问："今天是三份啊？"

陆珂打哈哈说："啊，今天饿得厉害。"

陆珂快步回到图书馆，三人不能破坏老馆长给图书馆定的不能吃东西的规矩，到馆外的一个自习室吃起手抓饼，疯沙神吃一整张，英瑛不饿，撕半张就够了，陆珂得吃一张半。疯沙神觉得挺香，一边吃，一边心里打鼓，问英瑛："我作为老师，是不是不应该跟你们一起偷吃零食？"

英瑛还没想好怎么回答，陆珂抢着说："您是神，不必拘泥，饿了就吃，困了就睡。"英瑛觉得陆珂说得爽快，跟着点点头。

疯沙神一边吃一边说："我现在不是神了。"英瑛安慰疯沙神说："在我俩心目中您永远是神。"

陆珂一边嚼一边说："就是。"疯沙神苦涩地笑笑。

盈缶老师喜欢疯沙神，自然就喜欢陆珂和英瑛，盈缶对陆珂和英瑛说："中国古人说鹿，食则相呼，行则相旅。陆珂真是得了瑞斑鹿的真传哪。"

英瑛说："盈缶老师您快别夸他了，他的鹿尾巴都翘到天上去了。"

陆珂得意起来，冲着英瑛故意说："你什么时候见我后臀尖上长尾巴啦？"

英瑛骂他："讨厌！"

盈缶老师飞起一脚踢在陆珂后尾巴骨上，陆珂故意嗷嗷地叫。

疯沙神不喜水，多少天多少夜不喝一杯水，盈缶老师给他沏茶他也不喝，给他买矿泉水，他也不喝，越是干燥，他越觉得爽快，他的卧室里空调机的除湿功能整天整天地开着，一到下雨天，他就浑身不自在，觉得心里堵得慌。

盈缶老师爱上了疯沙神，令所有人大吃一惊，宋老师绝对不能接受盈缶老师这样的荒唐行为，她强拉着凌青、鲍迪、贺嘉、郎本和郎白，兴师动众地跑到内街中学管闲事，一路上，几个翊卫都觉得盈缶老师与疯沙神谈恋爱，这没有什么错，宋老师在大街上就嚷嚷起来："人和神怎么能相亲相爱，这不是乱了套吗？"

宋老师一见到盈缶老师，就极其严肃地说："你这个为人师表的人，怎么给学生们做表率？"

盈缶老师不买账，说："我爱的是人，不是妖怪。"

宋老师决绝地说："所有北京人都不能原谅疯沙神，他把北京城掩埋了三天三夜。"

谁也没想到，贺嘉出乎意料地站出来维护疯沙神，她对宋老师说："疯沙神掩埋北京，事出有因，事后也给北京人道过歉，疯沙神现在是庶人，凭什么不能和盈缶老师在一起？"宋老师骂贺嘉不懂事。

盈缶把贺嘉的话转述给疯沙神，疯沙神竖起大拇指对盈缶老师说："北京孩子脾气爽快。"盈缶老师认可疯沙神的话，还补了一句："北京孩子不欺负落难之人。"

陆奶奶听陆珂说盈缶老师爱上疯沙神，并不反对，她不从盈缶老师的角度考虑问题，而是站在疯沙神的立场上，她说："只要疯沙神愿意，怎么着都成。"

左次老师在府学中学校园里屡次见着盈缶老师，知道盈缶老师走火入魔了，就好心劝盈缶老师说：“你可千万要小心，他是神，他不是一个普通的人。”

盈缶老师对左次老师说：“他已经变成庶人了，我爱一个庶人有什么不可以的呢？”

左次老师左劝不行，右劝也不行，盈缶老师还急眼了，说：“我给你儿子治过病，我现在自由恋爱，你别拦着我。”

左次老师还不收住，接着说：“听人劝，吃饱饭。”

盈缶头也不回往前走，回左次老师一句：“我够胖了，不想吃饱。”

葛老师一再劝盈缶老师慎重，毕竟要组建家庭，毕竟要养儿育女，不是小孩子过家家，葛老师说：“别人怎么劝你是别人的事，你我都是桀木神翊卫，我的话你要三思啊。”葛老师蛮有自信地认为他的话盈缶不能不当回事。

没想到盈缶突然甩出一句：“你别说我，说不定你就是人族和木族的后代。”

葛老师一听就气疯了，大叫：“不可能。”

盈缶还不管不顾地发问：“那你身上的楠木异香从何而来？”

葛老师说：“那，那，桀木神为什么不认我？”葛老师脑子乱了，一贯侃侃而谈的他，嘴都不听使唤了。

其实盈缶也是瞎猜，但葛老师越是起急，她越是不依不饶，她说：“谁知道隔了几辈几代了。”

葛老师添了心病，一定要找机会回老家寻根溯源。

盈缶老师今天来找疯沙神去三里屯酒吧喝酒，明天约疯沙神去SKP购物中心闲逛，后天去郊区挖草药，疯沙神也是自个儿寂寞难耐，刚刚作为一个普普通通的人，也不知道吃什么好，喝什么好，也不知道早上该起晚上该睡，有盈缶老师跟他说说话聊聊天，他也觉得心里头踏实。

左次老师发动郎本、英瑛、陆珂、四蔓、黎雪规劝盈缶老师，几个少年翊卫和四蔓都觉得盈缶老师没有做错什么，左次老师让陂复老师劝劝盈缶，陂复老师却对盈缶老师的壮举高度赞赏，还说让盈缶多听听《白蛇传》。

啊……啊……
啊……啊……
西湖美景三月天哎
春雨如酒柳如烟哎
有缘千里来相会
无缘对面手难牵
十年修得同船渡
百年修得共枕眠
若是千呀年呀有造化
白首同心在眼前

左次老师给盈缶老师看《聊斋志异》，说神和人不能相亲相爱。盈缶老师说："我就不信那个邪，我就不是一个普普通通的人，疯沙神现在也不是一个龇牙咧嘴的神，我们就是要相爱，凭什么不可以？”

盈缶老师和疯沙神走在大街上，她主动地挽着疯沙神的胳膊，引得满大街的人都回头看，疯沙神长得实在是太帅太酷了，比所有的男明星都好看，盈缶老师心里可得意了，晚上睡觉自个儿都能乐醒喽。

老馆长去世后，只有疯沙神会把疯沙神密语编入丝绦，他叫来英瑛、贺嘉、黎雪和郎白，十分严肃地说：“老馆长去世了，丝绦的编织方法只有我一个人会了，你们再不学，将来再想用救命纤索，可别怪这门手艺已经失传了。”几个女孩知道疯沙神这不是在吓唬她们，她们耐下性子跟着疯沙神学习。

111

老僧人死前把玉版交给小哑巴，小哑巴一想念老僧人，就走到桌前默默地写字。

大师哥为照顾小哑巴，给他安排个轻省的活，去厨房烧火做饭，有的僧人私下议论说，老僧人刚刚去世，大师哥就挤对小哑巴，这也太过分了，也有人替大师哥说话，说这是大师哥心疼小哑巴，这些话小哑巴都不在意，他也没法张嘴议论什么。

小哑巴一个人闷得慌，大家都忙活儿手头的事，没人和他玩耍，老僧人在世时，有什么事都带着他，现在老僧人不在了，大家有什么事也不跟他说，也不带他去，嫌他累赘，小哑巴不会说话，只能和同样不会张嘴出声的野草、山花和树木交谈，和石头交谈，和山上散落的动物遗骨交谈，花草和石头也不会吱声，最多是花草树木摇晃摇晃脑袋或身子，算是听懂了小哑巴的无声的话，最多是石头上的苔痕雨渍胡乱地写上几笔几画，算是对答小哑巴的无声的话，动物的遗骨也是不说话的，可是十年百年地不言不语也憋得难受，再加上遇见小哑巴这么一个难得的知音，就嘎吱嘎吱把心里话说出来了。

晚上，小哑巴做梦，梦见自己会说话，会说仗山神的语言，梦见仗山神只有见到他才开口说话，见到凌青他们他从来都是一言不发。小哑巴对此很得意，他年纪小，他还不能完全明白轻重祸福。梦里老僧人也在，老僧人和小哑巴打手势说哑语，小哑巴大着嗓门和老僧人说正常的有声的话，仗山神和小哑巴说有声的话，小哑巴也和仗山神说有声的话，仗山神和老僧人之间一会儿说哑语，一会儿说有声的话。三方的交流方式各不相同，这个梦挺乱，但小哑巴做这样的梦很舒服自在，在梦里他能见到死去的师傅，能见到仗山神，还能张嘴说话。

老僧人生前一再叮嘱小哑巴，不要放弃练功，小哑巴每天早早起床，一个人在寺院后的山坡上练功。

小哑巴病了，自己进城找左次老师，两个仗山神翊卫谁跟谁都不亲，跟仗山神一个路数全都冷冰冰的，干巴巴的，左次老师想把小哑巴留在自己家里养病，左次夫人不干，说儿子说话的毛病刚刚治好，家里来个哑巴，怕儿子又染上什么新的说话的毛病，左次老师不爱听，心里说一个不会说话的哑巴还会有什么说话的毛病吗，真是强词夺理，但他也心疼儿子，不敢冒险。正犯难，恰巧在校园里看见盈缶来找疯沙神甜蜜地腻歪，这不是有病碰上郎中了？左次笑盈盈地把小哑巴托付给盈缶，说小哑巴是有福之人，盈缶拍着小哑巴的肩膀说：“你就在我家住两天，我给你调养调养。”小哑巴使劲躲盈缶老师的手。左次出校门又给小哑巴买好些吃的喝的，盈缶笑着说："左次老师您不用担心，小哑巴在我家只会长胖喽，不会饿瘦喽。"

盈缶把小哑巴领回家，黎雪很惊讶，师傅怎么把个小和尚领家里来了，四蔓也觉得小和尚是个不苟言笑的小大人，她叽里呱啦说好多话，小哑巴一句也没回答，小哑巴与四蔓合不来，嫌她话多闹腾，与黎雪亲近些，黎雪的眼神里充满对弱小者的怜悯与同情，小哑巴和黎雪都不用出声，彼此就能沟通。四蔓一看小哑巴厚此薄彼，还这么不遮不掩地表现出来，就生气了，不爱搭理小哑巴。

天一微微亮小哑巴就爬起来练功，有病也坚持，黎雪四蔓都被吵醒了，黎雪很惊讶，这孩子年纪不大居然如此勤恳，如此自律，必定不是一般角色，黎雪愈加喜欢小哑巴，自己也爬起来练习拳脚。四蔓也不搭理两人，换个姿势接着睡。

一连几天，黎雪早早起来陪着小哑巴练功，她觉得小哑巴练功的姿势动作怪怪的。黎雪没跟几个翊卫商量，要给小哑巴买双鞋，买些衣服，小哑巴坚决不要，他比画说自己是出家人，一切以勤俭为本，黎雪心里很不是滋味。小哑巴病好了，就自己回到灵山寺院，黎雪比比画画地送出去老远，叮嘱他还是要接着吃药，平时要多喝水。

火炼神派出烈焰兵团对仗山神大本营发动攻势，烈焰兵团从火脉向地面钻孔打洞，冲出地面对仗山神大本营形成包围，仗山神的岩石兵团在灵山一带修筑一系列城堡，对烈焰兵团的出口严防死守，烈焰兵团射出一连串火球，把灵山寺院和左近的山林烧为灰烬，火球落地发出剧烈的炸响，震得地动山摇，一束束火星冲天而起，落在石壁上，四散开花。

火炼神的火球在空中飞舞，在地上翻滚，山岩被烧成赤壁，树木被烧成焦炭，动物四下逃窜，逃不脱的就葬身火海，仗山神在灵山的阵地上修筑无数的石堡，调集枣斑羚军团、墨斑豹军团、秋斑狼军团和瑞斑鹿军团与烈焰兵团展开厮杀，所有斑兽要么从石堡中冲出来灭火，要么躲在石堡中驻守，斑兽军团根本不是烈焰军团的对手，它们都惧怕烈焰兵团，所有的阵法所有的布局全部失灵，所有的勇敢所有的顽强全都一钱不值，烈焰军团的攻势太强了，温度太高了。仗山神的命令就有一个，尽快堵死烈焰军团的出口，斑兽不敢单个壮胆往前冲，几百只斑兽组成一个方阵，你抵着我，我依着你往前行进，烈焰军团的猛烈火焰喷射过来，斑兽被烈焰击中，枣斑羚的犄角燃烧起来，墨斑豹的后背燃烧起来，秋斑狼的后屁股腾出黑烟，瑞斑鹿的四肢烧得噼啪作响。斑兽发出撕心裂肺的惨叫。伤员遍体鳞伤，不得不就地停止进攻，许多斑兽伤势严重，被火炼神烧成一摊铁流铜水，倒地而亡。烈焰的威力极为可怕，瞬间掀翻半个山头，将准备投入战斗的墨斑豹和秋斑狼列队直接活埋。各军团的战旗被烈焰烧得只剩秃秃的旗杆，后续的斑兽重新举起新的战旗，继续往前行进，它们的任务就是要把火炼神的火焰出口堵死，减轻火炼神进攻的势头。

岩石形态的斑兽抗燃烧能力要比金属形态的斑兽强些，

但是它们行动迟缓，在它们到来之前，金属斑兽先往上冲。岩石的斑兽身子重，力量强，它们能把烈焰军团暂时打压下去。

刚刚在营地集训不久的雪斑马军团申请上前线，仗山神不同意，它们受训时间太短，去与火炼神搏斗等于是去送死。

灵山寺院被烧成一片废墟，大师兄领着众僧人早早躲避起来，战役过后，小哑巴要回寺院看看，大家都说，寺院烧没了，看多少眼也不顶事，大师兄跟小哑巴比画说：“你别瞎跑，师傅生前叮嘱的物品，包括秘志我都保存好了。”

小哑巴非要去，谁都拦不住。小哑巴心里惦记着，逃跑时慌慌乱乱的，没有把那根雪斑马遗骨带出来，他返回废墟，顾不得身上衣裤被蹭得乌七八糟，脚上的鞋子被余火烧了好几个破洞，直至找到那根遗骨才心安，他一手握着雪斑马遗骨，一手提个灶房喝水的粗碗，胡噜胡噜秃脑袋，抬腿就往北京城走，要去投奔黎雪，怨就怨那日落苍山，苦就苦在天色渐晚，小哑巴没走多远就迷路了。

一连走了两天两夜，也没走进北京城。小哑巴从小生活在寺院里，对外面的社会知之甚少，以为遍地都是好人，走一路，遇见小偷偷他钱包，遇见骗子欺负他、耍笑他，明明是往东走进北京，偏偏给他往西指路，等他走远，还背地里呵呵地笑。他向路边小店的大嫂要水喝，大嫂因为生意不好做，心烦，挥手把他打发走，一口水都不给。

天全黑了，他越走越迷糊，越走越饿，进了一个小村，实在走不动，倒在路边，村里的老奶奶不知道是跳广场舞刚完了，还是打麻将收兵了，黑漆漆中往家走，遇见小哑巴这个饿鬼，吓了一跳，看他不会说话，拉他进屋，给他煮了一碗清汤面条，临出锅时发了善心，给卧了一个小鸡蛋，小哑巴连连作揖，呼噜呼噜吃下去。

小哑巴怕人家嫌他脏，在人家木凳子上躺了一宿。第二天小哑巴找来纸和笔和老奶奶交流，才搞明白走反了，老奶奶见小哑巴毛笔字俊朗，就请小哑巴给出门打工的家人写一封信，小哑巴的信写得如同一幅书法艺术品，老奶奶反复看，舍不得寄出去。

灵山打得热火朝天，周边的百姓就跟什么都没有发生过一样，一来神灵打架他们帮不上忙，二来就是把北京人都打散了，吓没影了，赶跑了，他们也不难受心酸，收拾行李搬进北京城来，占个学区房，或者铺面房，也是个活法。

黎雪知道灵山打得异常惨烈，就拉上凌青、郎本去找左次老师，说什么要把小哑巴救回来，左次安慰黎雪说："战前仗山神早就把寺院的僧人都疏散了，他们不会有危险。"

黎雪听不进去，她心慌得厉害，就觉得小哑巴不安全，凌青一个劲儿地劝黎雪不要神经过敏，寺院里一大帮僧人呢，谁都得照顾帮助小哑巴呀，劝黎雪不要遇事总往坏处想，黎雪朝凌青发脾气起急噘嘴瞪眼睛：苦命人就是和苦命人心连着心，你们这些傻小子懂个什么。郎本赶紧埋怨凌青不会哄人，让黎雪消消气。英瑛、陆珂也走过来替黎雪说话，凌青总觉得不会有事，嫌黎雪杞人忧天，当然他嘴上不说，可是脸上已经摆出一副厌烦样。

黎雪求左次老师跟寺院大师哥联系一下，确认小哑巴安然无恙她才放心。左次老师给大师哥打手机，左打不通，右打也不通。黎雪拽着英瑛的胳膊要哭。英瑛安慰她，让她再耐心等等。手机终于打通了，大师哥传来坏消息，小哑巴找不着了。

一听是这消息，黎雪反倒不哭了，她稳住神，跟凌青、郎本、英瑛、陆珂说："我回盈缶老师家收拾一下，去灵山找小哑巴。"凌青一愣，此时的黎雪如此勇敢，如此坚定，让凌青刮目相看，他对黎雪说："我们各自准备一下，我再跟鲍迪贺嘉说一声，大家一起去。"黎雪点点头抽身就要走，凌青赶紧看看表，跟黎雪约好一小时之后大家在地铁口会合。

左次老师也不跟夫人打招呼，跟着几个翊卫一起奔向西郊灵山。

路上，左次老师从大师哥那里了解到，灵山上火炼神的进攻已经告一段落，灵山寺院被烧成一片废墟，小哑巴明明是逃出来了，非要返回去寻找老僧人和他收藏的雪斑马遗骨，现在从废墟现场看，找不到小哑巴遇难的痕迹，不知道这个仗山神翊卫跑到哪里去了。陆珂和郎本骂骂咧咧，埋怨一个寺院几十号人连一个半大孩子都照顾不好，就顾着自己逃命，陆珂还跟凌青议论："这仗山神脾气比谁都暴躁，他的翊卫老僧人、左次老师和小哑巴偏偏都这么窝囊。"两人说完赶紧偷看左次老师，左次老师好像没听见。

黎雪一言不发，不知道心里想什么，凌青想安慰她几句又觉得自己絮叨，英瑛和贺嘉唉声叹气，说小哑巴不会说话，遇见这么大个场面孤孤零零地可怜，饿了渴了兜里也没有什么钱，他能到哪里去呢。仗山神就知道自己坚守秘密，自己的翊卫连话都说不出，左次老师在一旁听着，脸红一阵白一阵地变个不停。

大家分成几组在寺院周边寻找小哑巴，黎雪和凌青一组，黎雪快步走在前头，凌青反而在后面跟着。走出老远，黎雪和凌青见一个浑身脏兮兮蓬头垢面的乞丐跟他们打招呼，以为是跟他们要钱要饭，他们没有认出是谁，掏出些零钱打发了事，那乞丐模样的孩子见黎雪、凌青没认出自己，急得要说又说不出声，就比画起拳脚来。黎雪、凌青继续往前走，黎雪心里咯噔一下，回头看那小乞丐的拳脚，她认出小哑巴，不顾一切地冲回去，搂住小哑巴紧紧不放，小哑巴跟黎雪姐姐比画说：“我还以为你们不要我了。”

黎雪拼命摇头，凌青黎雪比画着问小哑巴：“你怎么不去北京城找我们呢？”

小哑巴憨憨地笑着比画说：“迷路了啊。”

凌青黎雪赶紧找出租车，拉上小哑巴回北京，凌青赶紧通知各路翊卫返回北京，告诉他们小哑巴找到了。一连拦下好几辆出租车，司机们一看小哑巴脏兮兮的如同乞丐，都一踩油门躲开了，给多少钱也不愿意接这个活，黎雪急了，叫鲍迪、陆珂出大价钱从婚庆公司租一辆全北京最宽绰最豪华最干净的轿车来。

一辆豪华劳斯莱斯轿车开来了，黎雪、凌青拉着小哑巴坐进轿车，返回北京，小哑巴倚着黎雪姐姐的胳膊睡着了。

112

全城弥漫一股恐怖气氛，所有的神都惧怕火炼神，所有的斑兽也惧怕火炼神，所有的孩子更惧怕火炼神，疯沙神把北京掩埋三天三夜，北京人毕竟有处躲有处藏，桀木神在北京横冲直撞，可是紫禁城还是保住了，火炼神来北京撒野，北京城岂不要变为一片焦土吗?

这一日，马校长收到一封火炼神的信函，赶紧惊慌失措地报告地境神，连马校长都慌神了，可见事态严重。

仗山神、地境神、水泱神赶紧开会，他们都说，坏了，火炼神派人下战书来了。

火炼神的信函中直截了当地宣布，在仗山神、地境神、水泱神、冽水神、桀木神、疯沙神六神对抗火炼神的争斗中，仗山神一方宣告失败，火炼神一方宣告胜利。仗山神不服，暴跳起来，怒吼道："六百年一个局，现在仅仅是接近尾声，还不是宣布大结局的时候。"

地境神拼命说好话劝仗山神不要发怒，先把火炼神的信函看完。

仗山神说："我不看，你念。"

地境神把信函后半部分的话说给在座的神听，火炼神要求失败的一方派一名翊卫赴赤火郡为火炼神服劳役，以示对仗山神的羞辱。

仗山神大骂："不去，坚决不去，誓死不做火炼神的奴隶。"

三个神谁都不知道怎么办才好，神也有遇到难题找不着解题思路的时候，地境神只好打圆场，说："要不然，先照火炼神的意思办吧。"地境神想着自己的儿子还扣押在火炼神手里呢，我还不是忍着吗。

仗山神骂地境神："你就知道抹稀泥。"

地境神也急了，反驳仗山神道："你是要由着火炼神把北京城烧成焦炭吗？"

仗山神不言语了。

火炼神提出派翊卫赴赤火郡服劳役三个月，要在仗山神、地境神、桀木神、疯沙神、冽水神的翊卫中挑选，所有的翊卫被召集到钟楼中学地下地境神的黄地宫里。

地境神的翊卫：马校长、凌青、鲍迪、贺嘉、郎本、郎白。

疯沙神的翊卫：英瑛、陆珂。

仗山神的翊卫：左次、小哑巴。

桀木神的翊卫：葛蕌、盈缶。

冽水神的翊卫：陂复、黎雪。

这当中郎白并不是严格意义上的翊卫，她既没有斑兽称号，也没有玉版，但她忠心耿耿地陪伴在郎本身边，把自己当成一名翊卫，郎本也是稀里糊涂，真把郎白当翊卫了。盈缶到现在也无法找到自己是一名翊卫的真凭实据，但是她有感觉，并且认定这感觉是真实的，再说，她现在是疯沙神的恋人，谁说她不是翊卫她跟谁急。

鲍迪心里纳闷：火炼神的战书为什么送到钟楼中学来，是因为地境神在钟楼中学地底下，还是火炼神的秘密翊卫在钟楼中学？他来不及细想就被仗山神打断了。

仗山神歇斯底里地大喊大叫，绝不容许向火炼神派翊卫服劳役，说这等于是认可火炼神的胜利，仗山神的失败，这等于是向火炼神屈膝投降，谁去谁就是叛徒。大家既惧怕火炼神，又对赤火郡一无所知，谁都不想去，马校长站出来，对地境神说："谁都别去，他们都年轻，还是我去吧。"

地境神说："不行，必须按照神钉算法推举出一个人，不能随随便便指派一个人。"

黎雪突然大声插嘴说："不能让小哑巴去，他是残障人。"

黎雪护着小哑巴，但是地境神拒绝了黎雪的请求，说："在神面前所有人都是平等的。"左次心里惭愧，觉得自己和小哑巴都是仗山神翊卫，理应他站出来护着小哑巴才是，他左次还不如一个女孩子。

马校长在自己的位置上设置一个标记代表自己，然后让人蒙上眼睛，以表示对每一个候选翊卫不偏不倚，他站在中心，其他翊卫围成一个圆圈，马校长按照神钉布局的算法，转着圈地数数，周围很昏暗，谁也看不清楚谁，好多孩子，包括盈缶这个像孩子的大人，都闭上眼睛，不愿意看到厄运降到自己头上。

贺嘉拉着鲍迪的手，对鲍迪说：“是死是活咱俩一块儿去。”

鲍迪死攥着贺嘉的手说：“你不能去。”

郎白拽着身旁郎本的手不敢撒开，郎本还偷着斜眼看看英瑛，他见英瑛表情还算镇定，心里才踏实些。

凌青心里盘算着，不能让这些伙伴去赤火郡服劳役，要去就他自己去，自从凌爷爷把翊卫使命传给他，他就有意无意地把鲍迪他们带了进来，一天的福没享受，净跟着受苦，他有责任保护他们。

谁都不知道厄运将会落在哪个人头上，但是鲍迪有一丝不祥的预感，他已经把神钉布局的算法演算了大半年了，马校长的嘴里念叨的记数法则他是熟悉的，他脑子里飞快地计算着最后的结果，当他意识到马校长最后点的人就是他时，心里恐惧极了。鲍迪怕火，让鲍迪进入赤火郡服劳役，就等于是置他于死地。但是此时的鲍迪无论如何不能退缩，他上次在幽深大通道的烈焰闸口已经退缩一次了，又丢人现眼，又自责惭愧，他这次不能再退缩，他的两腿开始发抖，但是胸膛依然直愣愣地硬挺着。

站在鲍迪身旁的凌青睁着眼观察现场的每一个细节，他斜眼看到了鲍迪的腿在抖，他知道鲍迪怕火，他想着，万一选中鲍迪，他应该帮兄弟一把。

果然，马校长最后一个数，落在鲍迪身上，孩子们没有睁开眼，马校长也没有摘掉蒙在眼睛上的布条，凌青手疾眼快，趁人不备，一把拽过鲍迪，和鲍迪对调了一个位置，鲍迪和贺嘉同时一个趔趄侧向一旁，等贺嘉明白过来凌青的举动，大厅里的光线突然明亮起来，所有的人和神，都看到马校长的手指指着凌青。贺嘉惊讶凌青和鲍迪为什么换了位置，鲍迪张嘴要解释什么，凌青用倔强的目光制止了他。

地境神把这一幕清清楚楚地看在眼里，他一声不吭。

仗山神依然坚持着："凌青你不能去，你去你就是北京城的叛徒。"

凌青说："您说什么都行，我是去替北京城受难。"

第二天，全城的中学和小学都传遍了，说凌青叛变地境神，投靠火炼神了。

没有人在乎
也没有人羡慕
凌青的痛苦
甚至有人嘲弄
凌青的无助
神灵自然不会前来安抚
凌青此时才明白担当是为何物
能忍当忍
忍不住
也不许哭

太想看清楚
反而眼前一片模糊
无数个假如
全都是迷雾
无数条岔路
全不是归途

马校长极力阻止凌青进入赤火郡，凌青梗着脖子问马校长：“我不去谁去？”

马校长答不上来，索性说：“谁也不要去。”这话等于废话，出出气可以，什么问题也解决不了。

马校长恨不得自己替凌青，可是凌青是按照规则选出来的，马校长替代不了。这时候，马校长对凌青说了实话。去年的冬天，凌青的爷爷找到马校长，说自己年纪大了，恐怕不能再继续完成给传心殿时钟上弦的秘密使命，打算把这个任务传给马校长，当时马校长极力推辞，马校长说：“雪斑马是地境神的罪臣，不能接受这样一个秘密的使命。”凌爷爷眼巴巴看了马校长好久，不得已把使命传给未成年的孙子凌青。现在神的使命越来越重，遇到的情况越来越不可知，马校长不愿意再看到凌青去冒更大的风险。

凌青低着头，听着马校长的话，不答话，也没什么表情，好一阵，他才慢慢抬起头，对马校长说：“开弓没有回头箭，我一开始是不能反悔已经答应爷爷的诺言，后来是不能眼看着鲍迪、贺嘉、郎本这些哥们儿受难而撒手不管，现在全北京就要面临火炼神的攻击，我只能一条道走下去。”

马校长还要说些什么，凌青站起身，轻轻地说了句：“就这么着吧，不再改主意了。”

凌青要去赤火郡，凌爸爸一下子瘫坐在椅子上，半天起不来，呆呆木木地发愣，说：“那是赤火郡，不是黄地宫。”凌青也劝慰爸爸，可是说什么爸爸都不言不语，一个人坐在那里发呆。一连几天，凌爸爸总是不停地干活，不停地擦桌子，擦拭杯子和餐具，把锅擦得一尘不染。他不怎么跟凌青说话，看着凌青的身影，心里像砌了一堵高墙，堵得慌。

凌爸爸给凌青削杧果，做凌青爱喝的酸奶果捞，心不在焉，把手指头削破了，自己默默地找片创可贴裹上，不愿意让凌青管，凌爸爸是个手巧的人，用刀用剪子从没划破过哪里，这次是真慌神了。

凌爸爸心里时常自责，他不该在那个动乱的年代把秘志撕得粉碎投入火炉，他不该割断与地境神的联系，他要是能够担任地境神翊卫，就不会看着儿子这样四处乱撞胡闯。但凌爸爸又不是那种遇事就承认错误，就原地倒退的性格，要是那样，他怎么会养出来个凌青这样一条道走到黑的儿子，要不是父子俩脾气耿直，地境神这些事他们早就撒手不管了。

凌青要走整整三个月，临走时他想把给时钟上弦的任务郑重其事地委托给爸爸，但是他清清楚楚地记得爷爷特意叮嘱过这个任务和相关规则不能告诉任何人，临到嘴边的话凌青又咽了回去，他特意跟地境神告知一声，说：“该我做的事还是等我回来做。”

地境神说：“好。”

凌爸爸凭着自己的想象，觉得赤火郡里温度高，怕凌青手脚露着会烧伤烫伤。他几晚上没睡觉，一双巧手，给凌青缝制了一双厚厚的牛皮手套，把三双袜子套在一起改装缝制成一双厚线袜。这样的厚线袜凌爸爸做了好几双。凌青临出门的时候，凌爸爸给他包了一顿三鲜馅的饺子，凌爸爸心不在焉，和馅的时候，手头没准儿，盐放多了，煮的时候，掌握不好时间，把好几个饺子都煮烂了，平时吃饺子也就简单蘸点醋蒜汁，今天凌爸爸做完醋蒜汁，觉得不够味，又往蘸料碗里加糖加青椒碎末加香油，凌青不挑什么，连着馅儿带着皮儿往嘴里送，凌爸爸说：“你慢点儿呀，谁催你啦？”

凌爸爸一个饺子也吃不下，叮嘱凌青遇事要冷静，不要冲动，最后说得凌青都有些不耐烦，觉得今天爸爸特别絮叨。

113

马校长向地境神汇报，说是全北京城的中小学生，矛头直指凌青，骂凌青是可耻的叛徒，他要站出来向学生们解释清楚，凌青这是去替北京受难，大家应该尊重他，不该骂他。

地境神摆摆手制止马校长，他皱着眉头说：“这个局面是仗山神有意安排的，他的意图是要继续煽动北京人对火炼神的仇恨，强化对火炼神的恐惧，以便于他做下一步部署，捅破这层窗户纸，恐怕仗山神会使出更狠毒的招数来。”

马校长不甘心，说：“那就让凌青承受这么巨大的压力吗？他还是个孩子。”

地境神也是不开心，只是安慰马校长：“北京城的希望在孩子们身上，大人恐怕是指望不上的。”马校长脸上一阵青一阵红的，心里有愧。

地境神跟马校长交个实底，现在北京城的危险来自两端，一个是火炼神，一个是仗山神，这比疯沙神和桀木神进攻北京城时的局面要复杂得多。马校长能理解火炼神对北京城的危险，不能理解仗山神为什么会对北京城构成危险。

地境神冷笑了一声，对马校长说："仗山神是冲着我来的，他的风格就是独断专横，不愿与其他神合作，特别是防备着我，他办事出手太重，用力太猛，人族和木族、兽族都受不了。"

马校长半懂不懂，他初步的理解好像是，仗山神在对抗火炼神的同时，要压制地境神的势力和能量。

凌青刚刚骑车进学校，就被一大帮男生围住，他们都是凌青的哥们儿、玩伴、同学，平日里羡慕凌青是地境神翊卫，做了很多大事，今天他们态度一百八十度大转弯，将凌青视为敌人，他们将凌青的自行车反反复复举起来摔在地上，用脚踩，用石头砸，没过一会儿，凌青的自行车就被毁得七零八落，轱辘卷了，大梁也折了。他们将凌青的书包里的书本、计算器、答题卷子、文具盒翻腾出来，还有凌爸爸熬几个晚上一针一线给凌青缝的牛皮手套和厚袜子，全都撒落一地，不知是谁掏出一个打火机，把凌青的书本点燃了，牛皮手套和厚袜子也着起火来，凌青弯腰要去灭火，要去把爸爸给他的手套袜子捡出来，被周围的同学刻意拦着，手套和袜子都被烧成了灰。

凌青力图反抗、争辩，但是一大帮人对他一个人，他根本反抗不过，也没有人听他争辩。人越聚越多，全校的男生女生都围过来，声讨、羞辱凌青这个叛徒，好多老师在一旁看着，也不管，马校长困在校长室里，几次想要推门出去，制止学生们围攻凌青，又几次退回屋里，想喝口水，手发抖，水几乎喝不到嘴里，想坐着，刚坐下又想站起来，他的眼圈红了。

鲍迪、郎本、贺嘉和郎白起初不知道操场上围一堆人在干什么，听别人说是在声讨凌青，就不顾一切地往人群里冲，劝阻大家不要羞辱凌青，被众人挡在圈外，好多人还勒令鲍迪他们要和凌青划清界限。鲍迪心里针扎一样地疼，他没想到凌青替他去赤火郡服劳役，还遭这么大的罪。郎本挥着拳头拿着木槌和周围的人厮打，可是他也寡不敌众。贺嘉发动本班的同学出手解救凌青，同学们都站在原地不动窝儿，没有人出手解救凌青，他们也都认定凌青是叛徒，不参与羞辱凌青就算给凌青面子了，郎白哇啦哇啦地叫唤，急得一会儿说人话一会儿说鹅语，谁也不听她的。

宋老师来了，曹老师来了，曹老师一瘸一拐地挤不进去，就去解救鲍迪，鲍迪看见曹老师，一下子控制不住自己，号啕大哭，贺嘉见了，也伤心得落泪。宋老师不顾一切地挤进人群，用自己的身体护着凌青，头发挤乱了，嗓子都喊哑了，她反反复复地劝同学们不要动手，说："凌青即便是坏孩子，你们也不能打他。"她的话，失控的学生们根本听不进去，有几个个子高大的女生，把宋老师两个胳膊往起一架，就把宋老师架一边去了，宋老师双脚离地，后屁股后腰还在不停地挣巴。又冲上来几个高高大大的男生，用一根粗绳子把凌青五花大绑地绑了起来，左一缠右一绕上一拴下一捆，胸前挂个大牌子，上写三个大字："大叛徒"，众人推推搡搡地把凌青押出校门，顺着宝钞胡同往鼓楼东大街、地安门外大街走，就像押送一个罪大恶极的囚犯，一直押到后门桥的火神庙，将凌青推入赤火郡。

一传十，十传百，成百上千的中学生、小学生涌上街头声讨无耻的叛徒凌青。愤怒的人们把对火炼神的恐惧和仇恨发泄到凌青身上，向他身上投掷垃圾，用脏话谩骂他。这个年仅十五六岁的学生，一开始被这个阵势吓蒙了，他闭着眼睛，不敢看，不敢听，后来干脆睁开眼睛，咬着牙，忍着。黎雪和英瑛、陆珂赶过来，和鲍迪、贺嘉、郎本、郎白一起护在凌青的周围，让他少受些拳打脚踢和推推搡搡。左近的几只斑兽也不顾仗山神的训斥，跑出来为凌青送行，枣斑羚和秋斑狼蹲在宝钞胡同南口呜呜地哭出声来，觉得凌青委屈。

几个平日里和凌青很熟的男生，越发放肆，他们刻意挑选还未由青转熟的西红柿，擦亮眼睛，跳着脚、抡圆了臂膀往凌青脑门子上投掷，他们听见硬邦邦的西红柿打在凌青脑门子上发出砰砰的闷响，还爽快地发出哈哈的笑声。有的女生专门挑选鲜红的熟透的西红柿往凌青胸前扔，她们看见鲜艳的西红柿打在凌青的白衬衫上，一片一片地像鲜血直流，对自己的战绩十分得意。凌青被西红柿的汁水溅得不得不闭上眼睛。几个摁不住火的女生抱着几棵大白菜，有分工有合作，有人负责剥白菜帮子，有人负责投掷，白菜帮子投得准的就打在凌青身上，投不准的就打在鲍迪郎本贺嘉黎雪英瑛陆珂郎白几人身上，几个孩子护着凌青，硬生生地忍着。

凌青的两只鞋被踩掉了，黎雪几次猫腰捡鞋，想给凌青重新穿上，都被众人推推搡搡，凌青脚上的袜子被磨得没有了袜底儿，他赤着脚被人群拥着往前走。

黎雪打心底里佩服凌青是条真汉子，她反反复复望着凌青，凌青也不看黎雪，他这时候没闲心和黎雪交流，但他能感觉到黎雪怜爱的目光。黎雪与凌青越走越紧，越走越近，凌青有意识地躲避着黎雪，他不愿意在这么混乱的局面中牵连黎雪，黎雪心里在落泪，但是倔强的她决不让旁人看到她在哭。黎雪几次要出手对左右那些龇牙咧嘴的学生施以拳脚，几次凌青都瞪眼制止，这么个敏感时候，万万不能自己的人打成一团。

凌青没有料想到宝钞胡同里、鼓楼大街上的北京市民，平日里和颜悦色，谦恭有礼，今日却是群情激愤，他们不是来起哄架秧子的，不是来看热闹的，他们确实是在发泄仇恨，这种群体的愤怒和群体的混乱，谁也控制不住。凌青心里不觉得委屈，这是他自愿的选择，凌青也不认为自己是地境神的叛徒，他觉得迟早会真相大白，大家会对他刮目相看，他也知道没有生命危险，烂西红柿、烂白菜叶子打不死人。但是这种侮辱他受不了，特别是让他的老师和同学一起陪着他遭受侮辱，他受不了。凌青被拥挤的人群挤得一步三晃，他尽力保持镇定，昂着头，看着天，不看周围的人，脸上一副爱谁谁的表情。

鲍迪跟在凌青身边，和黎雪一起不时搀扶凌青一把，怕凌青摔着闪着，鲍迪脸皮儿薄，平日里见着老师同学都不主动打招呼，如果有什么热闹事，他都能躲就躲，今天他能躲吗？他能够袖手旁观吗？凌青是替他受难，替他挨骂挨打，每一句都骂在他鲍迪心上，每一个西红柿、白菜帮都如同打在他脸上，他再也顾不得梳理自己的头发，再也不回避周围羞辱的目光，坚定地和凌青走在一起。

陆珂、郎本在前面开道，用力推搡围堵的人群，郎本的校服被人撕破了，肩膀上划了好几道大口子，他手里挥舞着木槌，奋力推搡着前面水泄不通的人群，给凌青开出一条道来，他的嗓子已经喊哑了，两眼通红，很多学生看见他这架势，不得不向后退几步。郎本一边往前冲一边自说自话地大哭："老凌啊，我没本事啊，我无能啊，我救不了你啊。"

陆珂个子高，一会儿用双手尽量护着凌青，让他少挨些打，一会儿拼了命地在前面冲开撞开推开拥堵的人群。钟楼中学的几个学生骂他："滚开，别来这里管闲事。"陆珂就当没听见，嘴里大吼着："让开！让开！"嗓子都喊哑了。

贺嘉郎白跟在凌青身后，贺嘉气得不知道骂谁好："这到底是为什么？这到底是为了什么！"英瑛左突右奔，推这个，搡那个，胳膊上划出好几处血道子，不让那些过激的学生靠近凌青身边，她由衷地佩服凌青，她又一次领教了什么叫作牺牲。

114

仗山神悄悄地站在鼓楼的高处，冷眼观瞧。他这样做，就是准备发动对火炼神更猛烈的抵抗，无论是神灵，是斑兽，还是人族，绝对不许向火炼神退让半步。他做梦也没有想到，凌青进入赤火郡，将给他这位不管不顾的仗山神带来意想不到的后果。

凌青被众人推推搡搡走到火神庙。位于鼓楼南面后门桥西侧的火神庙，据说始建于唐朝，大概是公元六百三十二年，至今已有一千三百多年，比疯沙神建造的报恩寺的年代长了一倍多。在庙门前，所有的吵闹都安静了下来，所有的愤怒都凝固了，所有的张牙舞爪都停止了，闹事的学生们不敢再凑近凌青跟前，前头的往后退，后头的也不敢再往前凑，乌合之众给凌青让出一块空地，像是一方献身的祭坛，只有几个翊卫和宋老师围在凌青跟前。

凌青被撕扯开的上衣裸露出的胸膛渐渐地平复下来，两只手掌握成拳头，地面上干热干热的，几乎要烫得冒烟，凌青赤脚站在地上一动不动，五个脚趾紧紧地抓着地面。黎雪给凌青递上一瓶矿泉水，声音发颤地说：“我要跟你一起去。”凌青接过矿泉水，重重地握了握黎雪滚烫的手，说：“你等我回来。”端起水瓶一饮而尽。

火神庙的庙门开了，黎雪说：“等等。”她蹲下身，让鲍迪把脚上的鞋脱下来，用手擦擦鞋面，给凌青穿在脚上，并仔仔细细地给凌青系好鞋带，黎雪不敢看凌青被打得稀里哗啦的脸，她盯着凌青的脚，突然猛地一起身，一抬头，将两只辫子甩到脑后，用双手轻轻抹去凌青脸上的西红柿汤和左一道右一道的污渍，一双泪眼看着凌青，凌青下意识地用手拽拽自己的左耳朵，提提神，转身走进庙门。

宝钞胡同回荡着疯狂的咒骂
众人给你戴上叛徒的镑枷
流言蜚语随风哗啦啦地刮
昨日同窗今日里拳脚相加
五花大绑动用长绳粗麻
口号连天瞪着眼咬着牙
火神庙前几句叮咛我难表达
心绪似低头无语的白菊花
我劝你莫怨世人皆是昏鸦
你看我眼泪本也不该抛洒
临行没能送你半盏壮行的酒
也没有斟上一杯压惊的苦茶
树上的麻雀叽叽喳喳

催促你奔赴火神的家
可谁都没说出一句挽留的话
唯独我低声问
何日归来啊
回到这无情的钟鼓楼下

郎本、鲍迪、贺嘉把凌青被送入赤火郡的场面轻描淡写地讲给凌爸爸听，其实不用遮着掩着，没有不透风的墙，是个什么情况，凌爸爸早就听说了，他不能坐着，坐在椅子上身体就抖，他在屋子里来回来去转悠，说给孩子们拿些饮料喝，可是冰箱里空空如也，说给孩子们找点儿水果，盘子也是空的。几个孩子见怎么劝凌爸爸都不行，只好礼貌地起身告辞，金毛大狗默默走到凌爸爸身边蹲下来，把头靠在凌爸爸的膝盖上，睁着大大的狗眼看着凌爸爸。凌爸爸用手摸着金毛的头，眼泪扑簌簌地流下来。

胡同里、院子里的街坊邻居也把凌青从原来捧到天上，到现在摔在地下，凌爸爸出来进去，哪里受得了街坊邻居的闲话和白眼儿，凌爸爸一连好几天不愿意出门，不愿意见熟人，不愿意说话，一向热情豪爽的凌爸爸蔫了。

火炼神并不可怕，他的样子不见得比仗山神更凶，但是他的力量无比强大，千百年来，诸神无数次与火炼神较量都是以失败而告终，仗山神为首的诸神联盟把各种各样的办法都想遍了，用尽了，也没有战胜过火炼神，中国的版图上西南边从青藏高原纳木错湖到东北边长白山天池，一条长长的幽深大通道就是诸神与火炼神长年累月殊死较量的大裂痕，好在凌青去过幽深大通道，对地下的情形多多少少有些了解，否则让他孤身一人进入赤火郡，他是万万没有这份胆量的。

初进赤火郡，凌青高度紧张，地面上所有对火炼神的恐惧都集中在他的脑海里，他表面镇定，咬定牙关，随时准备接受最坏的结果。赤火郡里异常明亮，晃得凌青睁不开眼，温度明显比北京城高出许多，凌青不停地喝水，但是他小便次数明显减少，身上也不出汗，不知道水分都蒸发到哪里去了。

火炼神的眼睛是红色的，但他并不是无法靠近无法沟通交流的大火球，谁把他惹急了，他异常凶狠火爆，但平时他也就是个由红黄蓝三色组成的色彩绚丽的汉子。火炼神的语言不是流线型，是金星四溅状的，满嘴都是绚丽的形容词，人和动物根本听不懂，要想听就必须冒着耳道被灼烧成黑洞的危险，就是水泱神、洌水神、桀木神听火炼神说话都十分危险，仗山神、地境神和疯沙神的忍耐力略微强些。火炼神语言中很多形容词都是单向性的，没有逆向系统，比如只有明亮，没有黑暗，只有灿烂，没有萧瑟。在火炼神心目中没有固定不变的名词，所有的名词都要转换成跳跃的闪烁的五光十色的形容词，火炼神语言的动词系统也过于简单，动作冲动而强烈。

凌青和火炼神的对话没什么危险，火炼神不会让他请来的人难堪，或者对他造成什么损伤。

火炼神沉浸在胜利的喜悦当中，叫仗山神联盟派一个翊卫来服劳役没有别的意思，就是要羞辱死不低头的仗山神，而且有了地境神的圣婴做义子，又有翊卫服劳役，火炼神要变本加厉地向世人宣示自己的胜局。可是他没有想到从地面上下来的不是滥竽充数的糟老头子，不是舍身赴死的莽汉，居然是一位帅气的英俊少年，火炼神见凌青站有站相，坐有坐相，也不低头畏惧，也不抖腿心慌，一下子就对凌青心生好感，与凌青有问有答地聊起天儿来，他问："你对我火炼神了解多少？"

凌青不知道说什么好，就随口应付说："地理课上老师只讲了地心是一个大火球，没讲有个火炼神。"

火炼神说："你这次回去，可以给大家讲一讲火炼神。"

凌青心里别扭着，没好气地问："我这次还回得去？"

火炼神对这个率真的孩子说："我是叫你来服役，不是叫你来送死，年纪轻轻路还长呢。"

凌青心里说："谁让你们这些神这么闹腾。"嘴上没说出来。

凌青问火炼神："请问，有什么活儿需要我来做？"

火炼神只顾着和凌青聊天，把服劳役的事给忘记了，他对凌青说："不要以为赤火郡里的活儿就是抡起大铁锨铲煤，或者是抡着大斧子砍柴。赤火郡里的火焰是永远不会熄灭的，只要定期查看温度和气压的仪表就可以了。"

凌青心说，这活儿太容易了，我定期摸着黑儿给紫禁城传心殿的时钟上弦，从没有一次误事。

赤火郡里的墙壁上挂着各种形状的仪表，随时记录着火炼神的各个领地的火焰的温度和压力，凌青看着眼花缭乱，一时半会儿搞不清各自的奥秘，只是看着各式各样的仪表很热闹。火炼神必须把观察仪表的方法告诉他，火炼神说：“我们赤火郡里观察仪表不是看数字，数字是人族发明的琐碎之法，我们没有那份耐心，我们是看颜色，青色表示温度过低，红色表示正常，黄色表示温度过高了。”

凌青说：“就这么简单吗？”

火炼神乐了：“神灵的事比人族的事简单多了，人都是鸡贼，越搞越复杂。”

凌青听火炼神说出鸡贼这个词，很奇怪，问火炼神：“北京土话您也会说？”

火炼神说：“北京大大小小的事，差不多我都知道。”

凌青一下子想起来，地境神说过，火炼神在北京派有翊卫，这个人是谁到现在也没有查出来，凌青这会儿也不敢冒冒失失地问。

一连十多天，凌青在赤火郡里踏踏实实地观察仪表，平安无事。

115

凌青被送走后，仗山神和水泱神、地境神闷坐无语，不知道下一步火炼神如何出手，也没想好自己该怎么办，地境神自言自语：“凌青是个有担当的孩子，临走还惦记着给传心殿时钟上弦的任务。”

仗山神一听，脑袋上的巨岩立刻裂出好几道大缝子，他问地境神：“谁是给传心殿时钟上弦的人？我不在北京期间你到底把这个任务交给了谁？”

地境神不知道仗山神为什么问这个，满不在乎地回答：“凌青啊。”

仗山神急赤白脸地发火：“为什么把他派到赤火郡里去！”

地境神还是不明白：“派谁去不是都一样吗？”

仗山神噌地一下跳起来老高，他拽着地境神的脖领子就要打，嘴里发出异常罕见的哀号声，这刺耳的声音地境神从来没有听到过，惊得顾不上抵抗仗山神的拳脚，先用双手捂自己的耳朵，他怕自己的耳膜被仗山神惨烈的叫声刺穿了，地境神所有手下全都被仗山神的哀号声震得全身瘫软，躺在地上想爬都爬不起来，仗山神、水泱神的手下也都呆呆愣愣地不敢动。

水泱神再也卧不踏实了，大叫：“别再争了，赶紧集合所有斑兽，准备迎接火炼神最疯狂的进攻。”

仗山神大叫：“斑兽军团在灵山战役中损失惨重。”

水泱神出人意料地嘶吼起来：“赶紧启动青将军和赤将军，把所有的力量全部动员起来。”

仗山神和水泱神如临大敌，地境神蒙了，不知道一个小小的中学生凌青为什么会闹出这么大动静。火炼神选中凌青时，双目失明的水泱神和自以为战无不胜的仗山神都没有意识到，被五花大绑送到赤火郡给火炼神服苦役去的凌青，居然是一手掌控他们苦心经营的那个惊天密谋的人，这对水泱神和仗山神可真是天大的惩罚。水泱神瞎着眼望着天花板，喃喃自语：“天意啊。”

地境神预感到隐瞒了六百年的隐情即将水落石出，他一再问水泱神：凌青为什么不能去？水泱神后悔得流出两行浊泪，嘶吼道：“谁都能去，就是他不能去。”

最早给时钟上弦的任务是众神安排的，规则大家都明了，后来仗山神用数百年的时间刻意减少执行任务的翊卫人数，刻意驱赶知晓任务的人，他还利用翊卫迁徙和死亡等变故更换任务执行人，换来换去，所有的神和所有的翊卫都把现在的任务规则当作原本的规则，他给这个任务做了哪些手脚，无人知晓，谁也没有意识到规则有什么变化，最近一百多年仗山神不在北京，执行任务的翊卫换成了谁，连仗山神自己都不在意了。

当地境神了解了仗山神和水泱神设计的密局后，他也觉得凌青不该去，但是一切都晚了，凌青已经赴赤火郡多日了。

仗山神、水泱神、地境神，加上接到了秘密通知的洌水神和桀木神，立刻进行全体动员，一级戒备，北京城开始没完没了地下雨，地面上积水乌泱乌泱地流不出去，所有的河水、湖水、雨水都满缸满罐地储备好，水脉中的水也都快从传心殿大庖井中冒出来了，什刹海、玉渊潭、昆明湖的水都快漫过边沿。这么多的水不知道能不能作为防御措施，抵御火炼神的火攻，熄灭火炼神的嚣张气焰。

钟楼下驻扎的青将军，鼓楼下驻扎的赤将军，接到命令，整装待发，随时准备从钟鼓楼下挺身而出，开赴前线，与火炼神决一死战。

赤火郡里，凌青被火炼神的神火灼烤得身体迅速长高，面庞通红，越发结实健壮，火炼神开诚布公地和凌青聊天，什么都不藏着掖着。

凌青问火炼神什么是黑钉布局，这个问题地境神始终秘而不宣，地境神越是不说，凌青越是想弄明白。

火炼神没听懂："什么是黑钉？"

凌青把黑钉仔仔细细描述一遍，火炼神笑笑说："你说的是神钉，不叫黑钉，不许你们给神钉起外号。"

凌青摊开手解释说："我们见到的神钉确实是黑黢黢的。"

火炼神说："那是你们人族污染地下土质水质而造成的恶果。"

火炼神把七神之争和神钉布局原原本本地给凌青讲了一遍。凌青想不明白的还可以提问，火炼神一一解答。远在六亿年前，北京城这片地域是一片大海，也是山脉、海水与地火的交汇之枢纽，渤海神、火炼神和仗山神、地境神在此争斗不休，经过漫长岁月的厮杀，火炼神最终得胜，赶走渤海神，在仗山神的配合下，火炼神在地下深处修筑了一条海道，在北京这个地方修筑多处海眼，把海水统统挤压回到渤海，地境神就此搬运泥土，繁衍生息，把这一大片海域变成陆地。当年的工程确实有所疏漏，海水挤压走以后，火炼神、仗山神只顾得庆功，忘记了把海道海眼填实堵死，导致海水时不时倒流泛滥，仗山神提议，把地境神填埋好的陆地重新挖开，堵死海道海眼，地境神不干，说辛辛苦苦建设的家园，完全没有必要捣毁重来，火炼神当时也大大咧咧地说："渤海神不会再来了，我们是一胜百胜，一了百了。"仗山神不放心，担心早晚有一天，渤海神会顺着海道从海眼翻上来，地境神对仗山神说："你就是个死心眼。"仗山神说："如果现在不打牢基础，防范风险，迟早有一天你会哭天抹泪。"仗山神铸造了七十二颗神钉，将几处海眼罩住箍死锁紧，并派神族的青将军和赤将军在钟楼鼓楼的位置常年把守。

六亿年过去了，渤海神再也没有从海道海眼回到地面上来过，七十二颗神钉和青将军赤将军忠于职守，既是恪守神族的使命，也是保北京人族木族兽族的平安。

没有了海神之患，火炼神浑身燥热，总想翻到地面上凉快凉快，沿内蒙古阿拉善、山西大同、河北张北、北京平谷白羊山，再到内蒙古阿尔山，火山爆发时有发生，仗山神苦不堪言，联合地境神，水泱神，冽水神，疯沙神，桀木神，组成诸神联盟，轮番压制火炼神，先是派一两个神，压不住，后来派三四个神，也压不住，仗山神每六百年更换一种博弈战法，与火炼神角力。最近的六百年，也就是一四二一年至二〇二一年，火炼神越来越压不住，仗山神让自己的夫人亲临前线，派她到幽深大通道，以六对一的力量压制火炼神，就是仗山神、地境神、水泱神、冽水神、疯沙神、桀木神六个神，合力博弈火炼神一个神。如果此役成功，则仗山神与火炼神之间就能达到一个相对长久的平衡，仗山神就算赢一回，火炼神也遵守双方约定，按六对一的规则跟仗山神过招，他说："我也不能恃强凌弱。"

火炼神并不正面凝视凌青，但又好像是有意地问凌青："仗山神和地境神是不是派一个翊卫定期给传心殿上弦？那就是我们七神之争的战法规则，七个神共同遵守。"

凌青见火炼神说得这么清清楚楚明明白白，就挺挺胸脯，如实向火炼神表明，他就是那个给传心殿时钟上弦的翊卫。他说："北京城的翊卫都说，传心殿的时钟是给地境神昏睡做伴用的。"

火炼神乐了，说："你们北京人族真会编故事，地境神从来就没有踏踏实实睡过觉，他始终在密切关注着七神之争的进展，因为仗山神对他有戒心，他就故意示弱，对仗山神谎说自己头晕睡觉。”

凌青接着问火炼神：“为什么要给时钟上弦？”

火炼神说：“七神之间做个约定，选择神灵以外的翊卫操作，以示公平。”

凌青还有地方不明白：“时钟为什么要放在紫禁城传心殿？”

火炼神挺有耐心，细致地给凌青这个少年解释：“传心殿距离大庖井一步之遥，大庖井是水脉的出口，这样便于水泱神定时派手下查看时钟的运转。”

凌青问：“您不上去查看吗？”

火炼神不在乎地说：“我是胜利一方，六对一的战法规则我从来不用看，我稳操胜券。”

凌青脱口而出：“规则是七对一。”在赤火郡里头脑发热，凌青忘记了爷爷的叮嘱，不能将规则告诉任何人。

火炼神问：“是六还是七？”

凌青没在意，说：“是七。”

火炼神又问：“确实是七？”

凌青烦了，说：“我们钟楼中学数学课水平再差再次，还是能分清楚六和七的。”

火炼神莫名其妙地哼了一声，四周的火焰瞬间闹腾起来，凌青以为火炼神对钟楼中学的数学教学不满意，心说，您也管得太宽了。火炼神怎么想的，凌青哪里猜得到。

火炼神在北京地面秘密派驻翊卫，地面上的大事小事他都知道，唯独不知道七神之争的战法规则被仗山神篡改了，他没想到仗山神会做手脚。

仗山神求胜心切，与水泱神合谋，设置一个密局，私自将六对一的规则改为七对一，欺骗火炼神，增加了水泱神付出的强度，延长了自己一方的周期，企图把火炼神尽快打压下去。短期看有可能对火炼神构成压制，但从长远看，水泱神将更快地消耗体力和能源，火炼神的能量在对抗之中确实消耗得很厉害，而仗山神派出去的水泱神却也筋疲力尽，如果不能在短期内获胜，水泱神不仅是在神钉布局中失败，还会消耗性命，水泱神在幽深大通道中双目失明就是一个不好的征兆。仗山神因为擅自修改规则，必须严格保密，地境神洌水神不知道，连亲儿子疯沙神也不告诉。

千不该万不该，仗山神没把凌青他们这些半大孩子放在眼里，认为他们干不成大事。千不该万不该，仗山神保守秘密连自己人也蒙在鼓里，他规定全北京只能有一个人执行给传心殿时钟上弦的任务，可是阴差阳错，诸神居然把这个唯一知道上弦规则的凌青，派到赤火郡给火炼神服劳役。这下子彻底惹恼了火炼神，这下子仗山神彻底失败了，不仅失败，脸上还很寒碜。

真相大白，凌青听得目瞪口呆。

凌青慌神了，他颤颤巍巍问火炼神："我是不是不该说真话？"

火炼神瞪着火眼金睛质问凌青："你们人族是不是全都爱说谎话！"

凌青知道应该说真话，但是因为说真话惹出天大的麻烦，七个神因为他的真话大打出手，掀起一场混战，他可承担不起这份责任。

火炼神虎着脸说："真相就是真相。"

凌青又问："我们人族是不是不应该触动神钉？"

火炼神说："这倒是真的，谁都不应该轻易改动神灵的布局。"

凌青没心思干活儿了，脑子嗡嗡地响，全乱套了。

凌青想，一定是自己嘴上没有把门儿的，捅了大娄子，火炼神如果因为仗山神设置骗局，实施报复，在北京城挑起战火，那北京城可就要遭殃了。他是不是应该想办法通知地境神、仗山神他们，做好防御准备？可是他根本无法和北京取得联系，他身上除了那枚玉版，什么都没有，玉版可以敲击密码，让北京的鲍迪、贺嘉、郎本他们接收到信息，可是密码的敲击和辨认方法只有郎本一人掌握，凌青他一窍不通，凌青试着用玉版随便地敲击几下，北京城的钟楼上的铜钟真的可以发出相应的共振，可是谁都没有守着铜钟，谁也没有感受到这来自远方的孤鸣。凌青又想，他是不是应该阻止火炼神对北京城发动进攻，哪怕是祈求火炼神都可以，可是火炼神凭什么就能听进去他凌青的劝阻呢？他作为失败方给胜利方服劳役的一个熊孩子，他算老几呀！还有一个问题，凌青想不明白：火炼神特意在北京城秘密安排了翊卫，仗山神这个惊天的骗局，那个翊卫就一点儿都没有探听到风声吗？

凌青左思右想，拿不出一个好办法。

116

凌青一走，翊卫们全乱套了，钟楼中学出了叛徒，府学中学和内街中学，还有周边几个学校的学生就开始攻击钟楼中学的学生，宝钞胡同、交道口、东四的大街上经常看到男生打群架，书包横飞，自行车乱撞，抢手机，索要钱财，扎自行车轮胎，欺负女生。钟楼中学的男生不敢去别的学校打篮球，踢足球，最后钟楼中学的男生都不敢穿校服了，钟楼中学的男生急了，每次走在大街上都五人以上，防备府学中学和内街中学等学校的男生，这才把对方的气焰压下去。

钟楼中学咽不下这口气，开始反攻，打不过人家男生，就打女生，这下子可太过分了，英瑛上阵护着本校的女生，后边还跟着陆珂这个人高马大的护卫，黎雪护着本校的女生，连自学的拳脚都用上了。也不知道是青春期内火旺，还是仗山神在暗地鼓动着孩子们的戾气，一时间乌烟瘴气，隔三岔五总要找人干一仗，扇几个嘴巴子，踹上几脚，才算舒服。

陆珂率领一群疯沙神的崇拜者打群架，满街骑车疯跑，这些孩子一个个戴着白手套，白头盔，围着白围巾，脚蹬白靴，无一不显示着嚣张与狂妄。老馆长不在世了，陆奶奶也不在身边，没有人能对陆珂瞪眼呵斥了，英妈妈上前说他几句，他跟英妈妈犯浑耍横。

鲍迪始终沉默寡言，只有贺嘉这么个聊得来的朋友，只有曹老师这么个知音老师，他不像郎本跟谁都能说能聊，他也不像陆珂有着荒漠部落后裔特有的豪爽，他基本上不参与这样的武斗，每天早出晚归，不招惹别人。郎本不行，没有他不掺和的场面，英瑛几次劝他，他都不听，每天上学，书包里都揣着木槌，他霍地想起左次老师说过，不能用这个木槌打人，他也担心木槌打折了，就没有顺手的家伙敲击密码了，于是在家里来回来去地踅摸，他左看看右看看，也没有找到可心的兵器，进厨房看见案板上的擀面杖，长短合适，粗细顺手，就把擀面杖揣进书包里。郎白劝也劝不住，给黎雪发短信，说郎本又要出去惹事，黎雪叫郎白盯住了他，必要时黎雪前去解救。郎白不敢跟贺嘉、鲍迪说，说了也不管用，这二位要是去了，只能挨打，郎白也不敢跟英瑛、陆珂说，怕郎本哥哥的面子没处搁。

这天的场面极其混乱，钟楼中学的学生，包括郎本，去细管胡同堵截府学中学的学生，郎本正要往前冲，看见英瑛和陆珂也在府学中学的人群中，这下没法出手了，郎本反身要保护英瑛，结果府学中学的学生和钟楼中学的学生都对郎本不依不饶，郎本在英瑛面前怎肯示弱，从书包里抽出擀面杖胡乱挥舞，谁都不敢近前，陆珂忍不住哈哈乐了起来，讥讽郎本："不愧是大厨子的后裔。"混乱中郎本也不和陆珂计较。

细管胡同的邻居都看不下去了，洗衣店老板伸出钩挂衣服的长杆，横扫郎本的粗腿，冷饮店的老板娘抄起屁股底下的小板凳当作盾牌抵挡郎本，让郎本的擀面杖失去冲击力。

钟楼中学学生逞能，不知深浅地上府学中学家门口叫阵，显然是犯了兵家大忌，府学中学里一拨一拨地拥出援兵，钟楼中学的学生寡不敌众，仅靠郎本的擀面杖根本抵挡不住。危急时刻黎雪从背后冲出来，一通拳脚，亮出真本事，才把府学中学的阵势压住。

陆珂、郎本和各自的队伍渐渐散去，两人特别佩服黎雪的果敢和英勇，也觉得自己脸上臊得慌，打来打去居然让一个女生给露了脸。郎本还抻着脖子找英瑛，英瑛懒得搭理这么个莽汉，郎本甩着胳膊就要往家走，被黎雪厉声叫住，黎雪说："你就这么晃荡着回家啦？"

郎本胡乱擦几把脸上和脖子上的汗，说："咱们这么熟，我就不请你吃饭了。"

"谁稀罕你的饭，就知道吃，"黎雪瞪眼说，"呸，你把你们家擀面杖扔在街上不要啦？"

大大咧咧的郎本这才发现两手空空，擀面杖被打飞了，丁零当啷骨碌到马路对面的角落里，要不是黎雪心细，想着打扫战场，郎本回家以后再想吃炸酱面、打卤面、臊子面、过水面，就找不着擀面杖了。

郎本衣服也扯了，牙也被打出血来了，回到家也不避着爸爸妈妈，把爸爸妈妈吓一跳。郎本也不喊疼，妈问，不答，爸问，也不理。自己随便洗洗，就稀里呼噜吃了好大一碗面。郎爸爸要说郎本几句，郎本根本不听，连郎妈妈都不爱听，打架怎么啦，一个男孩子连个架都不会打，有什么出息。

学校老师操碎了心，也管不过来，再说又没有打得头破血流，稀里哗啦，也没法报警。

陆珂趁着陆奶奶不在北京，找个收废品的把陆奶奶积攒的陈芝麻烂谷子全都拉走，收废品的还要称称分量，算算价钱，陆珂说："不用，不用，你把这些都拉走就行，我一分钱都不要。"收废品的觉着捡了个大便宜，一连三天在陆珂家门口转悠，见着陆珂就问："还有没有？还有没有？"直到把陆珂问烦了为止。陆珂这帮孩子根本不知道，就是他们这些出手大方的、不在意小钱的人，把全北京城收废品的养得个个盆满钵满，照陆奶奶的想法，偌大个北京如此浪费，如此奢侈，早晚有一天遭神报应，陆珂不这么想。

郎本整天打游戏，英瑛劝他他也不听，他说凌青生死不明，他心里难受，英瑛说："难受，打游戏就好受了吗？"

郎本不说什么，把门一关说："拜托，别烦我。"英瑛转身走了，好几天都不再理会郎本。郎白管不了郎本，郎本就会跟她大吼大叫的，她觉得郎本吼起来的样子真的像一只狼，很吓人。

皇宫围在正中间
昨日的皇帝依然不肯长眠闭眼
紫檀的宝座还端坐在太和宝殿
我家住在鼓楼后边
忧郁的钟声总也听不见
试图推门走进消失的四合院
桌上摆的是前朝故人的炸酱面
什刹海的湖水一向浮浅
再大的西北风也吹不起波澜
秋日的菊花绽放着琐碎的笑脸
回头瞭望是鬼都犯愁的香山
我不馋我不懒
我不是混蛋
其实是我的心太苦涩太辛酸
前方的路太长太险太遥远
而我的步子太慢太缓太凌乱

孩子们的心里烦极了，糟透了。

鲍迪贺嘉也不是省油的灯，鲍迪痴迷神钉布局计算，严重偏科，语文、历史、地理等课程的成绩一落千丈。

“听说你最近语文、历史课成绩下滑得很厉害？”曹老师不便说重话，算是提醒他。

鲍迪点点头，心里说哪有时间管这些。

贺嘉居然偷偷喝妈妈的葡萄酒，一开始是一口半口，后来渐渐的半瓶就下去了，她怕被妈妈发现，就花钱买一瓶葡萄酒往妈妈的那一瓶里兑，买的葡萄酒和妈妈从国外带回来的葡萄酒不是一个牌子，妈妈肯定还是会尝出来的，但妈妈好长时间不动葡萄酒瓶子了，贺嘉想葡萄酒放时间长了味道就会起变化了，她把自己买的葡萄酒还剩的半瓶塞进自己的书柜里。

贺嘉喝酒还是被爸爸发现了，爸爸问："你身上怎么有酒味？"

贺嘉否认："没有。"

爸爸说："你张嘴。"贺嘉拿眼睛瞪着爸爸，双唇紧闭，等于是向爸爸承认了。她认为爸爸不能拿她怎么着，爸爸还真没拿她怎么着，只是口头劝阻她不要喝酒，喝酒对大脑发育不好，喝酒影响学习成绩，喝酒有损女孩子形象等等，说了许多。

贺嘉不耐烦地说："我知道了。"这些道理谁不懂，可她不拿爸爸的话当回事儿，她心里苦闷、烦躁、无聊，整天精力过剩，又不知道干什么好，读书很烦，连画画都觉得没意思。

贺爸爸好几天睡不着觉，贺嘉喝酒是他万万没有想到的，他不敢跟贺妈妈说，他怕贺妈妈的抑郁症更加重了，他自己也不知道如何处理，他知道光说贺嘉没有用，除了说，他又拿不出其他的办法。

鲍迪也发现贺嘉喝酒，他吃了一惊。鲍迪不能打贺嘉，也不能骂贺嘉，他有点儿蒙，不知道怎么办好，他是个闷葫芦，遇事又不愿意和别人商量，他不会把贺嘉喝酒的事告诉贺嘉父母，也不会告诉自己的姨妈，他知道劝贺嘉一句半句的不起作用，他知道贺嘉心里不痛快。

有一天贺嘉和鲍迪单独在贺嘉家里，鲍迪对贺嘉说：“你不要再动酒瓶子。”

贺嘉歪着脑袋看着鲍迪：“我喝酒，你是不是就看不起我了？”

鲍迪不看贺嘉，看着窗外，说：“你喝我也喝。”鲍迪这是气话，鲍迪的自制力极强，他一辈子都不会动酒瓶子的。

贺嘉拽着鲍迪的胳膊说：“你不能喝酒，喝酒以后大脑混沌，神钉布局就计算不出来了。”

鲍迪说：“你心里明镜似的，什么都明白。”

贺嘉说：“我明白。”鲍迪用手重重地在贺嘉背上拍了拍，两人换话题说别的。

可是这酒也不是说戒就戒的，这心中的烦闷也不是说解就解的。

有一天在陂复老师的画室，贺嘉画出来的画全无章法，色彩很荒诞，线条不伦不类，她的双手似乎在颤抖，陂复老师问：“你这是干什么？”

贺嘉说：“我乐意。”

陂复老师随手拿起贺嘉的零食就塞进嘴里，贺嘉随手抄起陂复老师的酒壶喝了一口，这是白酒，度数很高，陂复老师一把夺过来，大骂贺嘉没有规矩，陂复老师说：“这绝对不可以，我的学生不能是个酒鬼，这是我做老师的耻辱。”说着，发疯似的把贺嘉的画板踢翻了，把自己辛辛苦苦画了半个多月的老房子老树全给撕扯了，陂复老师说：“你给我滚出去，以后不要来了。”

贺嘉抬脚就走，出门还把画架子撞得东倒西歪的。

陂复老师大叫：“你回来。”贺嘉扬长而去。

从此，贺嘉再也不提起画笔。

鲍迪家的黑猫说什么也不在家宅着了，它说：“我要做斑兽，在家宅着我难受。”

姨妈摸着猫脑袋，安慰它要淡定。鲍迪跟姨妈说：“这黑猫看来是要疯。”

黑猫当真要去斑兽军团大本营接受培训，姨妈淡定不了了，流着眼泪挽留，说：“那里没有猫粮啊。”黑猫不回头。

姨妈又说：“那里荒郊野外的，连个窝儿都没有啊。”黑猫还是不回头，昂首阔步义无反顾地走了。

团结湖地区的猫猫狗狗都出来送行，公猫高呼口号，母猫哭成一片，好几只漂亮母猫哭得瘫在地上，动不了窝了，连老鼠都从洞里爬出来，伸出鼠爪子，夸黑猫是条好汉。成群的猫猫狗狗尾随着黑猫，一路地追，一路地送，从团结湖一直送到东三环长虹桥，大街上的公交车私家车，还有电动车自行车，不得不停下来，给这群表情悲壮步履凝重，个个翘着尾巴昂着头的猫猫狗狗们让路。

凌青家的金毛大狗最近学会了念经，经文是一些简单易懂的成语：韬光养晦，脚踏实地，戒骄戒躁，忍辱负重，趋利避害，避实就虚，识时务者为俊杰，等等。最后一个词，字太多，金毛念起来有些绕嘴。黑猫一走，金毛心里空落落的。

鲍迪憋得难受，就把贺嘉喝酒的事告诉了曹老师，请曹老师帮他想想办法，他请求曹老师千万不要对别人说，也别当着贺嘉的面说她，贺嘉脸皮儿薄，肯定受不了。曹老师拿笔敲着桌子说："小小年纪绝对不能喝酒，这样下去，她的绘画天赋就毁了，高考能不能过关都成问题了。"鲍迪和贺嘉倒是没觉得高考是不可逾越的难关，但喝酒形成习惯是绝对不可以的。曹老师放下手中的计算，拍着大奔儿头，把鲍迪与贺嘉的对话前前后后问了一遍。

想了许久，曹老师对鲍迪说："我们把神钉布局的计算停下来。"

鲍迪不解："为什么？"

曹老师说："贺嘉最担心的是你算不出神钉布局，如果你因为她喝酒而耽误了神钉布局的计算，贺嘉就有可能把酒戒掉。"

鲍迪两眼放光，夸赞这是个好办法。但他又担心真的耽误了神钉布局的计算怎么办。

曹老师眯着眼睛说："那我们就来个明修栈道，暗度陈仓。"

鲍迪觉得可以试一试，他开心地乐了。

曹老师点拨他："你不能乐，要显出忧郁，要装得愁眉苦脸，从现在开始我们两人要表现出一副计算不出难题来的痛苦状。”

“行。”鲍迪觉得曹老师真是可爱。

两人收拾东西回家，装作痛苦得连话都懒得说，出门的时候曹老师还故意把大奔儿头咣当一声撞在门框上，两人谁都不笑。

贺嘉得知鲍迪进展缓慢，甚至停顿下来了，心里很难受，她觉得自己严重干扰了鲍迪，这让她十分自责，她下决心再也不喝一滴酒了。

陆珂胡闹，居然忘记了那一片兰花，陆珂的小兄弟们打闹之中把图书馆枯柳树下那一大片兰花全给摆弄死了，还哈哈大笑，陆珂不在场，英瑛闻讯与他们动手打起来。她打不过那些男生，那些小兄弟说：“不就是一片兰花吗！”

英瑛跺着脚大叫：“不是！不是！”

陆珂奔来，看见那一片兰花东倒西歪，花也低头了，叶子也躺下了，高高大大的陆珂两腿一软，扑通就跪下了，全场的小兄弟都傻了，再也不敢聚众胡闹了。陆珂向英瑛赔礼道歉，给英瑛包扎伤口，送英瑛回家，英瑛心里委屈，又没法向陆珂发泄，今天的事也不是陆珂引起的，英瑛哭也哭不出，说也说不明，她就觉得好像老馆长被人欺负了。一进家门，英妈妈见状，不管三七二十一就把陆珂打了一顿，她没有多少力气，巴掌落在陆珂的肩膀上、胳膊上、后背上，陆珂也不辩解，英瑛也不劝阻，陆珂还嫌英妈妈打得不狠，干脆自己打自己，替英妈妈和英瑛解恨，英妈妈又心疼，连忙劝陆珂，说："你别在这儿撒气发火。"

英瑛和陆珂特意请葛藟老师帮忙，艰难地把兰花恢复原状。

117

凌青不在，翊卫们群龙无首，想为神干点儿什么，不知道干什么好，一个个半疯半癫的踏实不下心来。

听说父亲桀木神来京参加诸神会议，四蔓就去探望，桀木神一看四蔓被北京城干燥酷热的秋燥折磨得皮肤干裂，面皮暗淡，就着急上火，他埋怨四蔓：“跟你说老家好你就是不听，非觉得北京好，看把你折腾成什么鬼样子！”他让四蔓回宜宾老家休养，北京城太不适宜四蔓成长了，四蔓听不进去，她说：“我还没有找到花椒妹妹，我不能离开北京。”

桀木神说：“我再生出一百个花椒妹妹都不难，你不要跟着人族找死。”

桀木神拉着四蔓的手，悄悄告诉她，北京城要彻底毁了，不是毁在火炼神手里，就是毁在神钉布局上，让四蔓赶紧回老家。四蔓松开爸爸的手，拧着脖子说：“您别吓唬我，我喜欢北京城。”桀木神恨不得要抽四蔓两个嘴巴子，这孩子跟人族学得有了爱恨，有了情感，这不是学坏了吗？诸神急着开会，桀木神没闲工夫照顾四蔓，只好暂且由着她。

四蔓迅速憔悴的面容和皱皱巴巴的皮肤吓得那些平日里围着她团团转的男生再也不敢靠近，四蔓心里骂这些个男生只是爱惜她美丽的皮囊，没有一个真心实意的朋友，心里越苦，容颜就衰老得越快，盈缶顾着疯沙神，黎雪顾着小哑巴，对四蔓就有些照顾不周，倒是小哑巴慈悲，每日早早起来督促四蔓多喝水。

四蔓脸色越来越憔悴，可把黎雪吓坏了，英瑛、陆珂都以为四蔓活不长了，四蔓说：“我不是人，我是植物，我没有你们那么娇气，只要温度湿度适宜，我就能缓过来。”她精神萎靡，浑身没力气，一会儿靠在陆珂肩上，一会儿倚在郎本身边，陆珂怜香惜玉，郎本本性厚道，都愿意帮助四蔓，四蔓想吃什么就给她买，四蔓想去哪里，腿脚没有劲儿，陆珂和郎本就骑车带着她去。

但是时间一长，郎白心里就犯别扭，她觉得四蔓看男生的眼神太妩媚，太柔情了，跟男生太亲密，太不分轻重了，她不管别人，但是她得管郎本哥哥。

秋色渐深，火炼神带来的燥热渐渐降温，一股莫名其妙的潮湿气由下往上滋润着北京城，冽水神水泱神为防备火炼神，给北京城四处八方积存了大量的水，四蔓的身体渐渐康复，面色也越来越好看了。郎白就越发地不愿意郎本接近四蔓。贺嘉看出端倪，就拿郎白开玩笑，说郎白太小气了，郎白实话实说，说四蔓是妖，诱惑陆珂和郎本，陆珂顶得住顶不住她不管，郎本她必须保护起来，在场的人被郎白说得哄堂大笑，郎本笑得又要脱鞋，又要拍巴掌。

贺嘉盯着鲍迪看，问他是不是感受到了四蔓的诱惑，鲍迪说：“四蔓是神，确实与众不同。”

贺嘉不饶他，说：“你这是夸赞四蔓吗？”

鲍迪赶紧哄贺嘉说：“四蔓没你有灵气。”贺嘉这才放过鲍迪。

郎本把郎白妹妹的话当作玩笑，也不解释也不辩白，他假装漫不经心地看英瑛，英瑛很爽快地乐着，好像这件事与她无关。

其实大白鹅出身的郎白感觉很准，郎本解释不解释都是白搭。四蔓按照木族的方法交朋友，没有人族那么多清规戒律，郎白越挡，四蔓越来劲。

现在去哪里干什么，大家都要带上四蔓，郎白就想方设法阻挡，而她的本意一旦被说破，大家都当作玩笑，她再挡就挡不住了，郎白生闷气，一个人独自发狠练习唱歌，心里埋怨大家伙不理解她。

每次去凌青家或鲍迪家，郎本总感觉金毛大狗和黑猫都极力回避他，他说：“我没招它们呀，我没惹它们呀，它们干什么躲着我？”

四蔓说：“这事儿你得问我。”她展开双臂不管不顾地搂着郎本又亲又闻，郎白看不惯，使劲扒拉四蔓，叫她不要这样，四蔓也不在意郎白，对郎本说：“你身上有血腥味儿。”

郎本跳起来，对四蔓说：“胡说，我天天洗澡。”

大家伙都愣住了，四蔓肯定地说：“你们家祖上一定是屠夫或者大厨，宰杀动物的数量太多了，你身上的血腥味儿是由祖上遗传下来的，动物们鼻子灵敏，它们也记仇，闻着你身上的血腥味儿肯定躲你远远的。”

郎本甩着手扭着脑袋大叫：“我冤枉啊，祖上的血腥债凭什么背负在我身上啊，我偿还不起啊。”

鲍迪和贺嘉发愣，都觉得四蔓说得稀奇古怪，英瑛和陆珂点头，都认为四蔓说得在理，郎白不管对与不对，站起来护着郎本哥哥，她指着四蔓的鼻子，对四蔓说：“你胡扯，我就是动物出身，我从来不躲着郎本哥哥。”

四蔓不紧不慢回了一句：“那是因为你年幼无知。”这下，郎白和四蔓结了死疙瘩。

郎白绝不许郎本再靠近四蔓半步，郎本也看出来，郎白是真急了，也就躲四蔓远些，他也觉得四蔓说他身上有血腥味儿，很伤他自尊心。

四蔓是自然派的精灵，活力朝气无人能敌，肤色发质无人能比，她每天编的辫子女生们连见都没有见过，她的嗓音模仿自深山的泉水，让人听了就陶醉忘我，她的词汇系统是无数的花草用绚丽的色彩、芬芳的气息和甜蜜的花粉经过无数年的酝酿，帮她积攒整理的，她的步态轻似微风，她的神态柔似春雨。她在人间闯荡六百年，对人的情感体会很深，她本身是植物，她用沉浸、吸吮，沁润的法子吸收人间情感，不是靠思索分析动脑子，因此她表现出的人间情感与人族不同，不同之处在于她是纯感性，但又不是放肆，不是极端，不是任性。植物比人寿命长，经历的事儿比人多，感情只会是更丰富，再加上她是神的孩儿，就更不得了了。

你惊艳的容颜在校园中灿烂
你轻曼的舞姿在教室中盘桓
你的花篮里装满天真烂漫
你的身影下全是淡淡的甜
你的欢颜隐藏着温婉
越发好看
你的转身残留着眷恋
越发可怜
美丽不应该是悲歌的慢板与和弦
娇柔不应该是成长路途上的关坎
四蔓啊四蔓
你站在每一个男生对面
是一个纯净圣洁的谎言

四蔓寻找花椒妞妞，一点儿线索也没有，谁也不知道花椒妞妞长什么样，藏在哪里，谁也帮不上忙，四蔓也羞于开口跟鲍迪贺嘉他们如实说，她当年怎么贪玩，怎么把亲妹妹给卖了，她只好自己这里转转，那里看看，还时常到鲍迪、贺嘉、英瑛、陆珂家串门，说是找妹妹，实际上就是上小伙伴家里聊天玩耍打游戏，她几次提出要去郎本家，郎本也邀请四蔓来家里做客，郎本说：“来啊，欢迎你来，我爸会做好吃的。”郎白死把着，就是不让四蔓到家里来，郎白说：“你不是嫌我们郎本哥哥有味儿吗，你别来我们家。”

郎本觉得妹妹太没礼貌了，不顾郎白百般劝阻，领四蔓来家里做客，再怎么说，四蔓救过凌青和大家伙儿的命，郎白不言语了。

郎白躲进自己的房间不见四蔓。

四蔓坐在沙发上，跟郎妈妈郎爸爸热聊，郎妈妈和这个话多懂事热情的女孩很是投缘，两人没说几句就聊得很熟络，郎爸爸觉得四蔓纯真直白，也愿意和四蔓多说几句。

四蔓和郎妈妈越聊话越多，两人一开始客客气气的，后来身贴身坐到一起，再后来就手拉着手聊，郎本都插不上嘴。

郎白在自己屋里做作业，故意弄出些响动，提醒四蔓：你的屁股真够沉的，聊两句得了，还不快走？

时间过得很快，四蔓语多话密，聊得肚子咕咕叫，她也不好意思跟郎本开口要吃的。郎本看出些端倪，问四蔓：“你是不是饿了？”

四蔓不好直说，就反问郎本：“你怎么知道我饿？”

郎本开玩笑说：“胖人对饿了渴了都比较敏感。”

郎白在自己屋里没闲着，尖着耳朵听外边动静，这时她听到两人的对话，就大声在屋里唱歌。

四蔓不把郎白放在眼里，饿了就吃，渴了就喝。

郎本大度地说：“你别理她，你想吃什么，我让我妈给你做。”

听郎本这么说，四蔓反倒推辞起来，起身告辞，她原来挑剔郎本有血腥味儿，现在又留在人家里吃晚饭，她有点儿不好意思。

郎爸爸对四蔓说：“让阿姨给你做碗面吃吧？”郎妈妈用双手压在四蔓肩上，叫她踏踏实实坐着，今天晚上不吃上阿姨亲手做的臊子面，不能走。说着，郎妈妈站起身，撸胳膊挽袖子，快步向厨房走去。四蔓欠着屁股说：“做臊子面很麻烦的啊，阿姨咱们熬点儿米粥，吃点儿简单的吧。”

郎白还在屋里隔着门嚷嚷：“不给她做面吃！”

郎本跟四蔓解释，他家每天晚上吃面条，必须是妈妈亲手做的手擀面。

面做好了，郎本去厨房端着大海碗走出来，四蔓看见这么大的大海碗，吃惊不小，忙走上前几步接过碗，连连感谢，一再说：“我吃不了这么多，我没有这么大的肚子。”

郎爸爸和郎本纷纷说西北人吃面都是这么大的碗，郎妈妈提着擀面杖跟在郎本身后，四蔓面还没吃到嘴里就问她合不合口味，四蔓几秒钟前还看着大海碗笑，郎妈妈一张口，四蔓一抬头，看见郎妈妈手里的擀面杖，大惊失色，哇呀大叫一声，手中的大海碗哐当一声掉在地上。

郎本、郎妈妈和郎爸爸都惊呆了：这孩子怎么饿成这样，连个碗都端不住？

郎白听见动静不对，从屋里冲出来，她以为四蔓和郎本打起来了，冲上来就保护郎本，要对四蔓拳脚相加。

四蔓带着哭腔哆哆嗦嗦地指着擀面杖说：“这是我妹

妹，这是我的花椒妞妞。”继而号啕大哭。

郎本从妈妈手中拿过擀面杖仔细观瞧，上面刻着一行小字：“花椒妞妞盖花被，有吃有喝不受罪。”

郎本哆哆嗦嗦地双手托着擀面杖交给四蔓，郎妈妈、郎爸爸一脸狐疑，四蔓流着泪把擀面杖上的一行小字抹去，解开封印，从擀面杖中把寄存了六百年的花椒妞妞唤醒，花椒妞妞从擀面杖中钻出来，舒展身形，怯生生地望着姐姐四蔓，不知道周围的其他人是谁。

四蔓拉着花椒妞妞的手对她说：“这是郎爸爸，这是郎妈妈，这是郎本哥哥，这是郎白姐姐。郎家是养活你六百年的恩人。”花椒妞妞郑重地给郎家四人跪下，施叩头大礼，感谢大恩。郎妈妈这才意识到碎碗和面条撒落一地，赶紧收拾。

郎白流下热泪，郎本愣愣地看着这个突如其来的场面，不知所措，嘴里低声感叹着：“我的亲娘二姨三舅母啊。”

与姐姐失散六百年终于团聚，花椒妞妞不管不顾地痛哭起来，四蔓抱着花椒妞妞的脸又拥抱又亲吻，花椒妞妞的泪水一股浓浓的花椒味，又麻又呛，刺激得四蔓笑着流眼泪，不停地打喷嚏流鼻涕。

这一晚上就没法再消停了，鲍迪、贺嘉、英瑛、陆珂、黎雪和小哑巴，互相在手机上聊个不停，要不是天黑了，大家都要来郎本家看看花椒妞妞长什么模样，大家都为四蔓找到妹妹而高兴得睡不着觉。

118

郎白有些难为情，她差点儿阻止了四蔓找到失散六百年的妹妹，这可是老大的罪过，要是郎白不阻拦，四蔓兴许会早几天找到妹妹，不过郎白自己也给自己找台阶下：谁知道四蔓这个捣蛋鬼会把妹妹藏在擀面杖里？谁能预料这根花椒木擀面杖就攥在郎妈妈的手中？

四蔓拉着花椒妞妞三天两头往郎本家跑，她喜欢郎本家的热闹，在盈缶老师家，一家子中医大夫规矩多，不让大声说笑，不让撒欢儿，郎白再不好难为四蔓，可她还是想给四蔓出难题，四蔓极爽快，说："为了报答郎家对花椒妞妞的六百年养育之恩，为了我能够找到失散六百年的亲妹妹，郎白你说吧，什么难题我都能解，什么忙我都能帮。"

郎本忙出手拦着郎白，说郎白不厚道，我们郎家对花椒妞妞也没做什么，怎么能让四蔓帮我们干这个干那个。

郎白心里已经有了主意，她正正身子，端端肩，认真地说："我要是说出来，你们双方都得听我的。"

郎本嘴上不说，心里不以为然，四蔓催郎白快说。

郎白一字一顿地请求四蔓帮助郎本找到郎爷爷丢失的玉版，郎本听罢一惊，想都不想就指着郎白的鼻子大声说：“到哪里去找？你可真说得出口。”

郎白直愣愣地看着郎本哥哥，平心静气地回答道：“你不想找到玉版吗，四蔓和花椒妞妞是神的儿女，她俩不比我们这些普通人有本事？”

说得郎本哑口无言，又心里难受。四蔓对郎本和郎白说：“你俩别拌嘴，这事包在我和妹妹身上。”郎本不落忍，但他又渴望找到玉版，花椒妞妞坐在郎本身边，闻着他身上的气味皱眉头。

四蔓让郎本把鲍迪、贺嘉叫来，看看他们佩戴的玉版是什么样子，鲍迪、贺嘉来后，都有些埋怨郎白，不该为难四蔓，郎白闭着嘴不言语。

为报答郎本一家六百年的恩情，四蔓和花椒妞妞每天夜里变幻成无数个藤蔓大扫把，把全北京所有的街道都扫了一遍，把所有的下水道都淘了一遍，这两个漂漂亮亮的神的女孩，身上脸上脏兮兮，腰累得酸痛，腿脚都挪不动步子了，还坚持在大街上扫着，淘着。郎本每夜睡得香甜，不知道四蔓和花椒妞妞整宿整宿地干体力活儿，等他知道四蔓和花椒妞妞是这么个寻找法，说什么也不忍心，连郎白自己都过意不去了，郎本和郎白反复劝四蔓和花椒妞妞别干了，四蔓说：“我们是神的女儿，干活儿不累。”

花椒妞妞也噘着小嘴学着姐姐的样子说：“不累，不累。”

郎本心里不是滋味儿，一边敲自己的大腿，一边对郎白感慨道："哎，没想到留一根擀面杖，积了这么大一个德，行了这么大一个善。"

郎白对哥哥说："行啦，别感慨啦，请四蔓和花椒妞妞来咱们家吃一顿吧。"

这话提醒了郎本，他飞奔出去，要把四蔓和花椒妞妞请家来吃一顿，临跨出门，背对着郎白嚷嚷："赶紧让老爸做一桌好吃的，赶紧的啊。"郎白乐着答应。

四蔓和花椒妞妞把北京城每条街道清扫了一遍。北京人都觉得这个秋天的夜晚，秋风与往年不同，刮得很仔细，很认真，贴着地皮儿把犄角旮旯都刮到了，留下藤蔓的清馨和花椒的芳香。

下雨了，玉版从地沟里冒了出来，被花椒妞妞找到，她拾起来仔细观瞧，说："就是这个。"

四蔓和花椒妞妞郑重其事地把玉版交给郎本，郎本给四蔓和花椒妞妞鞠大躬作大揖，郎白在一旁心里也高兴，不过她也在想，郎本哥哥是不是也应该谢谢我呢。

郎本终于可以和凌青、鲍迪、贺嘉一样，佩戴玉版了，他格外珍惜。

四蔓问花椒妞妞："你这两天接触郎本，是不是觉得他身上有血腥味儿？"花椒妞妞点点头。

四蔓又问："我们能不能想想办法帮郎本除去那种气味？"

花椒妞妞说："让郎本哥哥每天晚上用花椒水泡澡。"

郎本一听就乐了："这不是清炖牛腩的法子吗，要放花椒，要不要放八角，要不要加葱姜蒜，要不要加料酒？"

郎白瞪着眼睛问花椒妞妞："这主意是不是四蔓出的？"

花椒妞妞很委屈，要哭，她说这全是为了郎本好，没有恶意。

郎本和郎白看着花椒妞妞一脸天真的样子，不像是恶搞，就答应花椒妞妞用她的法子试试。

桀木神得知四蔓找到花椒妞妞，非常高兴，通知她们速速离开北京城，花椒妞妞和四蔓求桀木神从四川宜宾运两麻袋花椒来，郎本一听说就摇脑袋，问："去血腥味儿还非得是宜宾的花椒吗？北京还买不着花椒吗？"

四蔓对郎本说："北京花椒什么味儿？宜宾花椒什么味儿？亏你还是大厨的后代。"

郎白越来越独立，有自己的爱好，自己的想法，不愿意做郎本的跟屁虫，她现在最烦的就是郎本拿她当小屁孩儿。可是郎本就是办事莽撞，直来直去，郎白还是要帮助他，郎妈妈对郎白总是一阵儿生，一阵儿熟的，她也不是不喜欢郎白，但终究觉得郎白不是亲生的，在对待郎白、郎本二人时，常常让郎白觉得委屈，郎白渐渐长大，就不太在意这些事了。

可能是受到火炼神高温的滋扰，郎白最近特别爱唱歌，每天早晨一睁眼就开始唱，郎本嫌她吵得慌，郎妈妈也一再说："让你哥哥再多睡一会儿。"郎白就小声唱，兴趣依然不减。

在学校，郎白一唱歌，贺嘉就做鬼脸，嫌难听，说郎白是吃水草长大的，嗓子太粗，喉咙太糙，吐字太硬，曲调太直，贺嘉如同亲姐妹，说话虽不好听，郎白也不在意。

可她当着黎雪的面基本上不唱歌，怕黎雪笑话她。与郎白的想法正相反，黎雪非但不笑话她，反而给她极大的鼓励，说她嗓音独特，是不可多得的女低音。郎白受宠若惊，不敢相信，她几次向贺嘉和英瑛确认，看黎雪说的是客气话呢，还是她郎白确实不同凡响。贺嘉不当回事儿，随口说："黎雪哄着你玩儿呢，别当真。"

英瑛倒是认真起来，她说："黎雪不是随随便便说的，她的艺术眼光很高，轻易不张嘴表扬别人。"英瑛说得郎白心里兴奋起来，自己给自己频频点头。

英瑛提议让郎白找左次老师听一听，让他给把把脉。贺嘉一听就不高兴了，拦着郎白说："不去，我们不去求那个仗山神翊卫。"

英瑛平心静气地说："左次老师是仗山神翊卫，他执行仗山神命令确实可气可恶，但他作为音乐老师，我觉得他不会伤害我们。"

贺嘉问："你怎么知道？"

英瑛说："你看葛老师作为桀木神翊卫，干了很多坏事，但他从不伤害学生啊。"

贺嘉听不进去，说："哼，防人之心不可无。"郎白特别想见见左次老师，就打断贺嘉说：“我们明天就去见左次老师。”

贺嘉见郎白性急成这样，也就不拦着，不过她要跟着去，保护郎白。

果然像英瑛预料的那样，左次老师对郎白特别好，爱才之心溢于言表，把郎白夸得脸都红了。左次老师说：“我现在就给我学声乐的同学打电话，请她给郎白上专业辅导课。”电话另一头，声乐老师听左次老师说发现一个难得的女低音，年龄还不大，很有培养前途，就连连说：“你赶紧把她带到我这里来。”黎雪乐得就地打转儿，贺嘉抱着郎白的头就亲，英瑛连连感谢左次老师，郎白自己呢，一脸的茫然，这份幸福来得太突然了。

几个女孩回来的路上一路走一路蹦，郎白把因为郎本而对英瑛持有的戒心全抛到九霄云外去了，贺嘉也跟着高兴，不过她也纳闷，她跟英瑛和郎白说：“我怎么就听不出这大白鹅的嗓音有什么好？”

英瑛正在兴头上，对贺嘉说道：“老天爷让你会画画，要是再让你会音乐，那你这只羽斑鹤就飞得更高，更找不着北啦。”放在平时，贺嘉听这话肯定就不高兴了，今天贺嘉心情好，不计较。

郎白拉着贺嘉的手说：“等我练成专业水平，天天给你唱啊。”

郎白回家就兴奋地对郎爸爸、郎妈妈和郎本说，郎爸爸和郎本非常支持，郎本把嗓子压得低低的粗粗的，模仿着女低音的声音说："下面请听郎白为大家演唱《吐鲁番的葡萄熟了》。"

郎爸爸刚要鼓掌，郎妈妈却一盆冷水当头浇下来，对郎白说："没钱，辅导班的课我们去不成。"郎白哇的一声大哭起来，郎爸爸和郎本都觉得郎妈妈特别扫兴。

晚上睡觉前洗澡，郎白在卫生间一边洗澡一边唱歌，郎本第一次觉得郎白妹妹可怜，妈妈也太过分了。郎白心里难受，委屈，她不能违背妈妈的意愿，但她绝不甘心，这可怎么办呢？郎白不敢跟贺嘉说，怕贺嘉指着郎本的鼻子说郎妈妈抠门儿。她也不便跟英瑛和黎雪说，怕人家以为她要借钱去上辅导班，郎白一连几天噘着嘴愁眉苦脸。

郎本问郎白："噘嘴啦？生气啦？"

郎白说："别烦我。"

郎本又问："要不要我帮你呀？"

郎白没兴趣，说："你能帮上什么忙！"

郎本撸胳膊挽袖子，说："你看我给你露一手。"

郎白嘁了一声，表示不以为然。

晚上吃完饭，郎本找到机会与郎妈妈单谈，他跟郎妈妈说："您不能简单粗暴地拒绝郎白，万一郎白确实有天分，将来有可能成为优秀的女低音歌唱家，那可是要给您挣来大把大把的钞票啊。"

郎妈妈半信半疑，犹豫不决。

郎本进一步说："您拿不定主意，没关系，您要亲自去辅导班一趟，看看老师究竟怎么说。”

郎妈妈觉得亲儿子的话有道理，就说：“好吧。”

郎本高兴地在妈妈脸上亲一口，出去找郎白表功去了。

郎妈妈跟郎爸爸说到这件事，郎爸爸说郎妈妈：“天上掉馅饼你都吃不到嘴里头。”

郎妈妈回敬说：“你们大厨世家的人就知道吃。”

周末贺嘉把郎白叫到自己家，打开衣柜，让郎白随便选，随便挑，找一件自己最喜欢的衣裙穿上，郎白不好意思，连连推辞，说穿好穿歹一个样，贺嘉很大方地说：“你千万别客气，给老师的第一印象是非常重要的。”

郎白平日里还真没有几样好衣服，郎妈妈本就是个粗线条的人，总不在意郎白的穿着打扮。郎白说：“贺嘉姐姐你真仗义。”

贺嘉回答：“没得说。”

左次老师带着郎白、郎本、郎妈妈，还有英瑛、贺嘉、黎雪，乌泱乌泱一大帮人去拜见左次老师在中央音乐学院的同学，一位教声乐的漂亮女老师。左次老师问英瑛：“干吗去这么多人？这会给郎白很大压力。”

英瑛说：“我们大家都喜欢郎白，今天她一定表现出色。”

左次老师带郎白走进教室，大家伙都在门外等着。

郎白抻着脖子昂着头，呃呃啊啊地把一首歌唱下来，居然把声乐老师给唱哭了。偌大个中国，女低音太稀有了，郎白的音色自然醇厚，确实独树一帜，老师说郎白的歌声像平静宽阔的湖水，表面上波澜不惊，却越听越深，越听越厚，就是需要严格的专业训练。声乐老师把郎白奉为珍宝，拉着郎白的手舍不得撒开，好像生怕郎白离她而去似的，屋外的一群人拥进屋里，向郎白表示祝贺。

声乐老师建议郎白住到她家里去，她想全天候全身心地教郎白唱歌，郎白羞怯地摇摇头，对声乐老师说：“我舍不得郎妈妈。”说得郎妈妈心里暖暖的，终于同意让郎白学习声乐，郎白拉着妈妈的手说：“谢谢您。”

郎本摇头晃脑地说：“要谢也得先谢我呀。”

英瑛揶揄郎本说：“哼，格局不大。”

郎白对郎本笑着说：“咱们兄妹俩，谁跟谁呀。”

119

虽然水泱神为诸神做出巨大的牺牲，为北京城累得双目失明，躺在床上，好几百年恢复不了元气，北京人也曾感动得鼻涕眼泪哗啦哗啦地流，可是没过几日，人们该吃的吃，该喝的喝，仗山神一举双臂，冲天一呼，大家伙跟着仗山神撒欢儿地跑，就把水泱神忘在脑后了。只有孩子们的心纯洁，还惦记着水泱神，英瑛对贺嘉、黎雪和郎白说：“咱们抽空去看看水泱神吧。”贺妈妈听女儿说要去看望水泱神，就说：“给水泱神带几瓶葡萄酒去，舒筋活血的。”贺嘉觉得这主意不错，可是水泱神是水神哪，几瓶葡萄酒怎么拿得出手？还不够水泱神漱口的。贺嘉就说：“别拿了，多少瓶也不够水泱神喝的，我最不会请客送礼这一套了。”

贺妈妈说：“空手去看水泱神，让老人家觉得咱北京人没有规矩。”黎雪说：“这么着吧，昨天我老家来亲戚，带来整坛的绍兴黄酒，我们每人抱一坛去，怎么样？”

贺嘉问黎雪：“你前一段不是不愿意跟老家的人来往吗？”

黎雪对老家的那股劲儿还是过不去，但对外人她总是说：“老家的人其实挺好的。”贺爸爸乐了：“坛子很沉，抱不动的。”他设想着，那么大的酒坛子提着也不是，背着也不是，只能抱着，几个温柔文弱的女孩子挺胸凸肚地抱着个大酒坛子，很是滑稽。英瑛说：“请斑兽帮忙。”

这主意不错，大家都同意，几个女孩带着黄酒，去看望水泱神。水泱神喝着黄酒，赞不绝口。水泱神问贺嘉：“你现在不偷喝你妈妈的葡萄酒了吧？”贺嘉脸红了，说：“怎么连您都知道了？”水泱神说：“你们不是总说人在干，神在看吗？”黎雪替贺嘉解释：“为了鲍迪，贺嘉再也不喝酒啦。”贺嘉忙遮掩着说：“说点儿别的，说点儿别的。”大家嘻嘻哈哈地乐了。

水泱神安坐在椅子上和孩子们聊天，她拉着贺嘉的手问：“你是大眼睛啊，还是细眼睛啊？”贺嘉马上回答：“当然是大眼睛。”

水泱神一听就乐了，她对贺嘉说：“一听你这口气，就知道是大眼睛好看哪。”

爽快的贺嘉对水泱神说：“我还不算最好看的，她最好看。”说着就把黎雪拉过来，把黎雪的手递到水泱神的手中，说得黎雪都不好意思了。

黎雪的手一递入水泱神的手，水泱神就对黎雪说：“你不仅好看，还会拳脚，看来是文武双全哪。”几个女孩子都惊异水泱神如此敏锐。

黎雪忙说：“我还差得远，还要多练习。”

英瑛拉起郎白的手，送到水泱神手中，郎白腼腆，不知道对水泱神说什么好，只是“您好您好”地问候，水泱神握着郎白的手久久不肯松开，她对郎白说：“你的声音与众不同啊。”

贺嘉忙抢着说：“她唱歌好听。”

水泱神说：“孩子，你的歌声会被人记一辈子的。”听见神这样夸她，郎白激动得心咚咚乱跳，大家都为郎白高兴。

黎雪最近心里挂念着凌青，手头还得照顾着小哑巴。小哑巴的拳脚，双手双臂的动作可以说是花里胡哨，毫无章法，旁观者根本不知道他在比画什么，不像是打击对方，因为他不攥拳，不劈掌；是不是锻炼手掌血脉和穴位呢，看看也不像。再说练家子看的是全身的运势，谁去在意手掌上的细微动作。看双臂的动作左臂忙乎左边的，右臂忙乎右边的，单看都很潇洒顺畅，彼此却并不协调。头部和颈部跟随着上臂的运动左右上下晃动，忽而凝神向左，忽而回头向右，忽而点头首肯，忽而怅然若失。腰以下则是十分稳当，虽然也有大幅度的移动，但是步伐十分坚定，不飘不浮，而且全身始终面向前方，几乎不转身，不回头。这肯定不是武功，谁也没见过这种顾前不顾后、顾头不顾腚的拳脚功夫。有时黎雪和盈缶还议论几句，盈缶自以为懂行地说：“老僧人教小哑巴这样的拳脚，定是自娱自乐，自编自演，荒郊野寺里耍耍，也不怕行内人笑话。”黎雪也觉得怪怪的，但是她的拳脚是初学乍练，不敢多言语说别人，只是陪着盈缶师傅笑笑，算是认同。

黎雪总觉得小哑巴的晨练形体怪异，动作玄幻，好像要记录或传递什么信息，但是左看右看看不明白，她把小哑巴的晨练用手机完整地记录下来，拿给郎本看，郎本不解黎雪为什么偏偏给他看，黎雪说："你不是密码大师吗。"

郎本装作有学问的样子认真看了两遍，一无所获。鲍迪建议让葛老师看看，黎雪问："为什么要让葛老师看？"

鲍迪说："葛老师掌握年轮密语。"

贺嘉说："万一葛老师把看到的内容泄露出去怎么办？"

鲍迪劝贺嘉："不要是个人就当作敌人。"

郎本点头："是这意思。"

贺嘉嘟囔："就你俩大度。"

只可惜，葛老师也没看出个所以然来，不过他倒是提醒黎雪他们，他说："我看这不像是武术功夫，很可能是别的什么。"

黎雪问："小哑巴每天早晨认认真真练习三遍，这不是武术功夫还能是什么？"

鲍迪受到葛老师的点拨，再仔细看了一遍，他对大家说："你们仔细看，小哑巴的拳脚几乎都是朝着一个方向，很少有转身，而且动作几乎都是集中在双臂和头部，甚至于五个手指还有细微的姿势变化，可是下肢除了有条不紊的移动，好像缺乏闪转腾挪的力量动作。"

黎雪夸鲍迪心细眼贼，贺嘉乐了，说：“眼贼是夸人的词吗？”

黎雪笑着说：“盈缶老师教我拳脚时就这么夸过我。”

鲍迪想了半天，出个主意，说：“应该有这样的软件，将肢体动作记录下来转换成可追踪可描述的线条，看看这些动作到底想说些什么。”

郎本说：“鲍迪你赶紧找曹老师想办法。”

鲍迪赶紧给曹老师打手机，曹老师完全认可鲍迪的想法，叫他们到钟楼中学数学教研室，把小哑巴的拳脚录像输入电脑。

在数学教研室，鲍迪他们几个人把曹老师围在中间，曹老师热得直出汗，说：“你们散开些，我都冒汗了，着急吃不了热豆腐。”大家纷纷找椅子坐下，电脑屏幕上一显示计算结果，又呼啦围上来了。

电脑捕捉小哑巴的双手和头部的动作轨迹，画出一条条优美的曲线。

“汉字。”鲍迪第一个认出线条轨迹的结果。

“是篆书。”贺嘉的绘画本领也派上了用场。

大家都夸鲍迪聪明，鲍迪说：“这功劳应该归功于黎雪，如果不是黎雪有舞蹈和拳脚的功底，谁也不会发现小哑巴的晨练说的是什么。”大家都给黎雪竖大拇指。

小哑巴的拳脚揭示出神钉的全部锻造方法，和湖南罴村石碑上的记录完全吻合，表明仗山神当年锻造七十二颗神钉时将锻造秘籍用武术拳脚的方法秘密记录下来，并把它转移到湖南罴村，用一块石碑保管记录了下来。小哑巴的拳脚再次告诉鲍迪，黑钉不是黑的，他和凌青、郎本、贺嘉在罴村完全忽略了这一点。

贺嘉提醒鲍迪："我们让罴村锻造的神钉很可能是错的。"

郎本没明白："为什么？错在哪里？"

贺嘉说："这份拳脚文字上记载，神钉是九色的，每种颜色对应一位神灵和青将军赤将军，我们都当成黑色，很可能就张冠李戴了。"

黎雪浑身哆嗦起来，她猜测说："是不是因为神钉修复有误，导致李老师牺牲了？"

所有的翊卫都不言语了，他们想起李老师心里就难受。

鲍迪对大家说："我们几个翊卫，再加上英瑛和陆珂，谁也不许再瞎闹了，要在凌青回来之前，赶快锻造出正确的神钉。"

鲍迪加紧计算神钉的位置，通知湖南罴村锻造出正确的神钉，加紧送到北京来。

120

凌青走后，黎雪和鲍迪、贺嘉、郎本、英瑛、陆珂、郎白隔三岔五去凌青家看望凌爸爸，帮他干些家务活儿，郎本做饭好吃，就给凌爸爸炒几个菜尝尝，鲍迪不会干活儿，就陪凌爸爸下棋，黎雪、英瑛、贺嘉、郎白也就是耍耍嘴，要干什么，凌爸爸也不让她们上手，凌爸爸整天整夜呆坐着，不知道干什么好，吃也没有胃口，喝也没有滋味，他把客厅的电视机打开，来回来去地调换频道，不管是好节目还是差节目，看两眼就烦了。

他把他自己卧室的音响打开，播放林志炫翻唱的《烟花易冷》，林志炫越唱，他心越哆嗦，可是他还是要反反复复地听林志炫唱：

雨纷纷
旧故里草木深
我听闻
你始终一个人

斑驳的城门
盘踞着老树根
石板上回荡的是
再等

凌爸爸还把凌青卧室的电脑打开，播放华晨宇的歌：

月光下我看到自己的身影
有时很远有时很近
感到一种力量驱使我的脚步
有了滑板鞋天黑都不怕
这是我生命中美好的时刻
我要完成我最喜欢的舞蹈
在这美丽的月光下
在这美丽的街道上
我告诉自己这是真的这不是梦

凌爸爸故意把音量放得很大，让林志炫和华晨宇面对面、嘴对嘴地歌唱，像是平日里他跟凌青面对面地掰扯，嘴对嘴地戗戗。他站在电脑屏幕前痴痴地看着华晨宇，上衣的连帽遮着大半个脸，一手握着话筒，一手比比画画，凌爸爸指着屏幕对花花说："跟我说话别这么指指点点的。"屏幕里的花花才不搭理他，自己唱得起劲儿。

鲍迪、贺嘉、郎本、黎雪、英瑛、陆珂和郎白最近一段日子揪着心，他们盘算着凌青不会很快返回来，他们又担心，万一凌青回不来怎么办，郎本偷偷问郎白："你说凌青会不会在赤火郡里被烧烤得像个黑脸李逵。"

郎白不知道说什么好，她觉得凌青哥哥被烧成那样太可怜了，就说："哪怕烧成个红脸关公，都还好接受。"兄妹俩心里很不是滋味。

凌爸爸几乎天天傍晚坐在火神庙对面的酒铺里喝酒，望着马路对面火神庙的山门发呆，来来往往的车辆行人挡住了他的视线，他还要左摇摇头右晃晃肩，躲开车辆行人的遮挡，有几次靠窗的座位被别人占了，他就站着等，直到人家离开座位，他再坐下来，打酒来喝。

有几次他看见黎雪在火神庙山门前转悠，他站起身来，又坐下，他想着叫黎雪进来聊聊，又觉得端着酒杯和闺女聊天不合适。等他把杯中酒喝净，走出酒铺过马路要去招呼黎雪，才发现黎雪已经离开了。

黎雪每天没事就去火神庙门口溜达一圈，她觉得指不定哪一天，凌青就会一个翻身蹿上来。

自从凌青被抓走以后，疯沙神就紧急召集三个学校的同学合力编织一根像拔河绳一般粗的救命纤索，先由三个学校分头编一根，再把三根编在一起，盈缶老师问："干什么用？"

疯沙神说："有一天凌青回来，只有这根救命纤索能把他拽上来。"

"为什么？"盈缶老师继续问。

疯沙神说："这根救命纤索含有我的密语，不怕火，不怕水。凌青进入赤火郡千辛万苦，他回来时也许会遭到火焰、水流、冰雪的追赶，也许他会迷失回家的出口，这根救命纤索，在关键时刻会救他一命。"

盈缶老师提醒疯沙神："现在全城的孩子们都把凌青当作叛徒，有谁肯出力为凌青编织救命纤索？"

疯沙神说："凌青是不是叛徒，所有的翊卫心里一清二楚，这不过是我父亲仗山神的把戏，我们要出手搭救凌青，不能让这个孩子不明不白地受苦。"

可是说归说，三所学校的学生，除了几个翊卫，谁都不愿意编织救命纤索，有的说要背单词、写作业；有的说要踢足球、打篮球，谁都静不下心来，编一根不知道干什么用的粗绳子。

英瑛问："要编多长？"

疯沙神说："越长越好，最短也得从宝钞胡同北口到宝钞胡同南口。"

黎雪火了，说："现在谁都不愿意干活儿，等凌青回来那一天，救命纤索根本编不成。"

最后陆珂急了，说："我们干脆把凌青进入赤火郡的真相告诉大家，大家一定会出手搭救凌青的。"

郎本问："仗山神怪罪下来怎么办？"

黎雪把大辫子一甩，倔强地说："我不怕，我要救凌青。"

盈缶老师就喜欢黎雪这样敢爱敢恨的爽快劲头，她跳起来，拍着黎雪的肩膀说："师傅我坚决支持你。"黎雪感动得不行不行的。

还是鲍迪精细，他对黎雪说："这样吧，我们在网上发帖子，把凌青到底为什么去赤火郡的真相，讲给大家听，发动大家来编织救命纤索。"

贺嘉不明白："直截了当说不痛快吗，干吗非要网上发帖子？"

鲍迪说："我们在网上匿名发帖子，仗山神没有网络知识，查不出是谁干的，这样就保护了黎雪。"

黎雪说："帖子我来写。"

鲍迪说："我来帮你发出去。"

几个人四散回家了。

黎雪一宿没睡觉，把凌青挺身而出，替北京人受难，奔赴赤火郡服劳役的事原原本本地写了出来，她一边写一边心里难受，又是替凌青委屈，又是牵挂凌青，结尾处她急切地发动大家赶紧参加编织救命纤索的劳动：没有救命纤索，凌青就可能找不到回家的出口，我们的凌青就可能再也回不来了。写到这里，黎雪再也控制不住自己，呜呜地哭起来。

天都快亮了，黎雪也不管鲍迪睡没睡，醒没醒，直接打电话告诉他，帖子写好了，叫鲍迪赶紧发出去。

帖子发出去了，没有动静，黎雪一整天像热锅上的蚂蚁，一会儿问鲍迪为什么没效果，一会儿问疯沙神为什么没有人来编织救命纤索，鲍迪说："大早晨起来发帖子，谁会来看呢？别着急，再等等。"

黎雪说：“不能等，一分钟都不能等。”

黎雪发动大家最广泛地传播帖子，发动更多的人赶紧编织救命纤索，鲍迪说：“我们大家要感谢黎雪，是她想办法搭救凌青，前一阵我们大家胡闹犯浑，几乎把凌青忘在脑后去了。”说得郎本、陆珂脸上红一阵白一阵的，贺嘉都羞得低下头，鲍迪接着说：“我们赶紧行动起来，照着黎雪说的做。”

英瑛找补一句：“大家要注意保密，防备仗山神。”大家都点点头。

第二天、第三天，越来越多的学生参加到编织救命纤索的行列当中，后来几天差不多所有的学生都来参加，有的递送原料，有的清理场地，有的编织，上不了手的宁可站在旁边看着，也不肯离开。好几个那天欺辱凌青的学生都想多干些活儿，弥补那一日的鲁莽与无礼。

钟楼中学的学生十分后悔把凌青五花大绑送进赤火郡，但当时受了仗山神的蛊惑，谁都蒙在鼓里。救命纤索用了很短的时间编好了，府学中学和内街中学的学生嘿哟嘿哟地扛着救命纤索送到钟楼中学，在钟楼中学的操场上再把三股救命纤索编为一股，上千名中学生肩扛着长长的救命纤索缓步走过宝钞胡同，走过鼓楼东大街，走过鼓楼南面，将救命纤索送入火神庙。街上的人们纷纷让路，汽车都停了下来，给行进的队伍让道，行进的队伍哼唱着不知是谁创作的歌曲。

嘿哟——嘿哟——

火炼神的煎熬

仗山神的镣铐

哎哟——哎哟——

一根粗粗的丝绦

一声轻轻的祈祷

哎咳哟——哎咳哟——

我们误会了你的真

我们错怪了你的好

嘿哟——嘿哟——

北京的少年牙关紧咬

决不跪地求饶

哎嗨哟——哎嗨哟——

学生们步履缓慢，头埋得低低的，他们愧对凌青，生怕凌青从火神庙的深井里探出头来看他们，他们没脸面对凌青。路上的行人谁也不知道这帮学生的心情，他们觉得这根绳子没有多重，为什么这些学生都这么低头缩肩的，臊眉耷眼的。他们就是问，学生们也不好意思说。大家将长长的一根救命纤索从火神庙入口缓缓放下去，鲍迪、贺嘉、郎本、郎白、英瑛、陆珂苦苦等待凌青的归来，黎雪尤其心焦。

四蔓和花椒妞妞特意从半眯半醒咖啡屋买了一千瓶五大连池矿泉水，背着回到四川宜宾，孤孩儿们都哭着喊着迎接，五杨一看见花椒妞妞，就要扬手惩罚四蔓，说：“你把亲妹妹丢弃六百年，你不配做大姐。”

四蔓一边躲着五杨的拳脚一边辩解："我已经把花椒妹妹找回来了，你不能不依不饶。"她把矿泉水送给兄弟姐妹们，算是见面礼，水对于木族来说是最贵重的礼物了。

四蔓回到桀木神大本营也是觉得新鲜，这里转转那里看看，她看见一排一排的泡菜坛子，坛口的大腕扣不住坛子里的气，碗边上咕噜咕噜冒泡，四蔓一闻到泡菜的味道，魂儿都软了。

四蔓问二竹哥哥整天干什么，二竹说他在写诗做文章，四蔓觉得没意思。四蔓问二竹："为什么我看着大楠哥哥整天闷闷不乐？"二竹抖搂着满头的秀发说："我带你去深山里走走，你就知道为什么了。"

四蔓拉着花椒妞妞，跟随二竹、三槐、五杨和柳姑走进深山，看见漫山遍野的老树根，七倒八歪地卧在那里，树根处刀痕斧迹历历在目，树根上布满青苔，也掩盖不住老树根死前的悲惨面容。大楠自从回到青木垒，就每天进入深山，望着楠木树根发呆发愣，大楠想要用年轮密语唤醒六百年前的老树根，漫山的老树根低着头，闭着眼，不言不语，埋怨大楠六百年不着家，就知道贪玩。

大楠又是下跪又是作揖，又是默念年轮密语，一个个老树根一点儿反应都没有。

二竹说，曾经有一次大楠在深山里枯坐了七天七夜，连番不断地默念年轮密语，他要陪伴老树根看一看云散日出，听一听鸟鸣兽语，淋一淋午后小雨，承一承寒夜甘露。二竹叫他回去吃饭，他不回去，柳姑叫他回去休息，他也不回去。二竹对四蔓说："这几日大楠哥的气色还稍微好看了些呢，你回来了，一定要劝劝大楠哥。"四蔓心里也不好受，从北京回到青木垒的兴奋劲儿一下子没了，无声地点点头。

四蔓拉着大楠哥的手，不敢给他提北京城，怕大楠看着这些老树根，心生新的怨恨，大楠反倒主动问起四蔓北京城的新鲜事儿，四蔓就跟大楠说起内街中学的学生生活，说起葛老师、盈缶老师，大楠问四蔓："葛老师在年轮密语中加入数学公式和数学运算的方法，你会不会？"

四蔓摇摇头，对大楠哥说："你干吗问这个？这算是高科技了。"

大楠是个很有责任心的精灵，他绝不肯眼见着成片成片的森林被伐被毁，撒手不管。他对几个弟弟妹妹们郑重地说："我想替父亲恢复大森林，我们要好好研究研究，如何用加入人族智慧的年轮密语加速树木的生长。"

三槐连连摇头认为不可能，五杨说数学太难了，只有人族能掌握数学，木族几乎不可能掌握，二竹疯狂地表示赞同，四蔓听得入神，觉得大楠哥的想法好是好，但好像有什么地方不合情理，她刚刚回到青木垒大本营，打算多听听多看看，先不跟大楠哥较劲。大楠打定主意要干的事，谁也别想拦着。

121

贺嘉好长时间不去陂复老师的画室画画了，陂复老师就是在校园里见着贺嘉，也装作不认识，抬着头不搭理贺嘉，贺嘉就是戒了酒，跟陂复老师这股别扭劲儿还是转不过来。陂复老师觉得贺嘉这孩子心气高，才华也非同一般，就是没受过什么挫折，凌青一走，她居然跟我这个师傅都没大没小，真是欠教育。

陂复老师找黎雪商量洌水神的翊卫任务，李老师死了后，洌水神的翊卫任务只有黎雪和陂复老师两个人了，洌水神现在深入幽深大通道代替水泱神，陂复老师和黎雪重又感觉孤孤单单的，陂复老师问黎雪："李老师生前有没有传授过洌水神的密码？"

黎雪摇摇头，说："从来没有听说过洌水神有密码，李老师只是教我们跳舞。"

陂复老师琢磨："会不会舞蹈语汇就是洌水神密码？"

黎雪说："这只能是猜测，关键时刻不知能不能派上用场。"

葛老师从校园里走过，情绪不高，和黎雪、陂复老师点点头，算是打了招呼。陂复老师平时很少来内街中学，算是稀客，葛老师也没有什么热乎劲儿。陂复老师这么大的艺术家，葛老师礼数到不到的，他也不计较，他也是觉得葛老师像个落水狗，有些可怜。

但是陂复老师忽然想起什么，紧赶几步追上葛老师，问葛老师最近是不是还在背诵桀木神的年轮密语。葛老师不爱和旁人再提起桀木神翊卫的事情，他对陂复老师的发问不予回答，装作没听见。陂复还是要问。葛老师被他问烦了，就回答他：“桀木神的年轮密语我早就忘记了。”葛老师跟陂复老师说话时，眼神回避着陂复老师，斜看着远处的天，说话的声儿不大，语气却很坚决。陂复老师不再追问下去，葛老师低着头溜边儿继续往前走 。黎雪跟在两个老师后面，看他们不像是吵架拌嘴，又明显地很不愉快，不知道陂复老师怎么招惹葛老师了。她问陂复老师，陂复老师对黎雪说：“咳，也没什么，我画画遇到难题，画胡同里的老树总是没有神韵，我忽然想起葛老师会年轮密语，我就想：我要是能够掌握木族的语言，画老树会不会就有神有韵了呢？”

黎雪被陂复老师的想法打动了，她说：“对呀，很有这种可能性呀。”

陂复老师失望地说：“但是葛老师说年轮密语他早就忘记了。”

黎雪若有所思地说：“葛老师记住的密语绝对不会忘记的，只不过他绝对不肯轻易把桀木神的密语告诉你。”

陂复老师说："那倒也是。"

陂复老师闷闷不乐地离开了，黎雪不死心，想帮助葛老师解开心中的疙瘩，就追到办公室找葛老师，葛老师在屋里还戴着黑帽子。她对葛老师说："您是全北京唯一掌握年轮密语的人，您是稀缺资源。"葛老师听着黎雪的话，把那个不伦不类的黑帽子摘下来拿在手里。黎雪又说："植物没有错，树木也没有错，您何必背个沉重的大包袱。"

葛老师缓缓地抬起头。"也许年轮密语能够为人族所用，这只有您一个人可以做。"黎雪继续说。

葛老师沉默了好久，动情地对黎雪说："你是李含章的好学生。"他随手一使劲儿，手中的黑帽子像个飞碟飞到书架上，挂在那里不下来了。他跟黎雪说："我觉得李含章老师没有死，她变成了一只美丽的锦斑鲤。"黎雪望着葛老师，连连点头，她信，哪怕这不是事实。

葛老师和黎雪相约着，去陂复老师的画室看看陂复老师的画作，年轮密语到底能不能给陂复老师创作上带来启发，葛老师心里没底。

黎雪和葛老师钻进宝钞胡同，来到钟楼中学，在一个不起眼的角落里找到陂复老师的画室，黎雪自言自语地叨叨："画室为什么放在犄角旮旯儿里？"

葛老师说："你以为画画能当饭吃啊？副科老师有间独立的办公室就算不错了。"

陂复老师一见葛老师和黎雪专程来观看他画的老树，兴奋得不行，赶紧叫贺嘉，把零食掏出来给大家吃，喊完贺嘉的名字才意识到贺嘉好多天不来了，就冲着葛老师和黎雪嘿嘿笑笑，画室里坐也没地方坐，站也没地方站，一不留神就会蹭到油彩。

陂复老师的画作确实不同凡响，看得黎雪和葛老师发呆，黎雪央求葛老师，确确实实应该帮助陂复老师，如果陂复老师能够掌握年轮密语的精华，那陂复老师的画作肯定大放异彩，葛老师不多说话，心里答应试试看。

陂复老师向桀木神汇报这件事，桀木神老半天不说话，他眨眨眼，反问葛老师："这件事你怎么看？"

葛老师爽快地回答："陂复老师的画作确实艺术水平相当高，他笔下的树木几乎是有灵性的，如果让他琢磨琢磨年轮密语，兴许会画出天才之作来，这对木族是一个极大的宣传机会。"

桀木神点点头说："那就照你的意思办吧。"

桀木神心里另有打算，他要利用这件事加害冽水神翊卫，削弱其他神灵的翊卫队伍，葛老师蒙在鼓里，被当作枪使唤了。

葛老师兴奋地跑到陂复老师家，告诉他伟大的桀木神答应葛老师的请求，让陂复老师也掌握一些简要的年轮密语，陂复老师兴奋得嗷嗷叫唤，又是找酒又是找杯子，要跟葛老师喝两杯。

新的画作画成了，陂复老师自己相当满意，他兴致勃勃地要拿这幅运用理解了年轮密语后的画作参加在上海举办的全国画展，黎雪和葛老师叫上鲍迪、郎本、郎白都来给陂复老师壮行，大家叫贺嘉也去，贺嘉低着头拒绝。她好长时间没有画画了，没有作品，怎么有脸去见师傅？

陂复老师和画作还没有到达上海，葛老师的宣传已经在网上广为传播，说是北京一个名不见经传的普通中学的绘画老师，得到神的真传，画出来的老树被视为从未见到过的杰作，整个上海画界全都惊动了，都眼巴巴地盼望着亲眼看到陂复老师的大作。

没想到打开包装一看，陂复老师傻眼了，全场的人都愣住了，一张硕大的画布上空空荡荡，什么都没有。全场的画家、官员和工作人员都认为陂复太不像话了，太不拿全国画展当回事儿了，大家伙你一言我一语，问陂复老师求教的这是哪家的神灵，运用的这是什么画法，陂复老师给大家解释谁是桀木神，什么是年轮密语，在场的人半懂半不懂，陂复老师还拿桀木神之役做例子，大家还是说："桀木神之役我们都知道，可是你还是不能拿一块白布来充当杰作，你以为我们都是白痴？"

陂复最后有口难辩，他心里明白这恐怕是桀木神在出手害他。

桀木神暗中做手脚，让洌水神翊卫陂复老师当众出丑，逼迫他没有心气儿再担当洌水神翊卫。油画界拿这事当个大笑话，陂复没法再画画了，回到北京，陂复老师不见葛老师也不见黎雪，灰头土脸地从钟楼中学离开，学生们不知道艺术界的事，以为陂复老师另谋高就了，连贺嘉都不知道陂复老师为什么离开，陂复老师也没脸跟贺嘉明说，就跟宋老师说他要休长假。

贺嘉真的以为陂复老师休长假了，就没往心里去。陂复老师为了生计，三天两头去南锣鼓巷给游人画素描画，挣些打酒的零花钱，他找个墙角台阶，把自己画过的人像依次摆开，招揽路过的人，美国总统特朗普卷着头发斜着眼藐视万物，英国导演诺兰发出让谁都猜不透的坏笑，陂复老师不改一贯做派，把画笔、夹子、画纸扔得东一个西一个，把街头当作他的邋遢画室了，那只酒壶放在他随手够着的地方。

这日，贺嘉无意间从南锣鼓巷路过，见一群人围着个画家画画，她也看不清楚画家是谁，也无心看那些被行人遮遮挡挡的画作水平高不高，她急着赶路，街头卖艺的画家她肯定没有太多兴趣。

走过去许久，她又退了回来，顺着围着的人群的腿脚往里看，她看见了那只酒壶，心里凉了半截：师傅的酒壶怎么会在这里?

挤进人群细看，师傅正给游人画素描呢，贺嘉眼泪就下来了。她不敢开口叫陂复老师，她怕师傅脸上挂不住，就默默地坐在街边，等游人散去，她掏出手机联系鲍迪、郎本和郎白，不明白陂复老师怎么会沦落到这个地步。

郎本、郎白一听就要赶过来，劝陂复老师回学校教书，鲍迪劝住他们说："事情没那么简单，我们成群结伙去南锣鼓巷，陂复老师肯定跟我们急眼。"

鲍迪劝贺嘉先回来，了解了来龙去脉再商量怎么劝陂复老师，贺嘉觉得鲍迪的话在理，但是她既然见到陂复老师流落街头，就不可能抬腿走开。

贺嘉悄悄坐在陂复老师身后，不开口惊动他，只是把书包里的零食一个一个掏出来，静静地放在陂复老师手够得着的地方，陂复老师专心画画，不时回手拿起酒壶嘬一口，再从台阶上取些花生米，花生米中多了巧克力、坚果、白薯干、大红枣夹核桃仁、果丹皮，陂复老师也不回头，拿起来就往嘴里送。

游人渐渐散了，陂复老师的买卖也做得差不多了，他直起腰，松动松动筋骨，不回头，淡淡地说了一声："你来啦？"

贺嘉走近师傅，说："是我。"

陂复老师缓缓回过头，望着贺嘉说："你走吧，我不能再教你画画了。"

贺嘉心里难受，又不知道该怎么劝慰师傅，帮助师傅，她要是说几句暖人的话，陂复老师的倔劲上来，肯定把她驳回去，她要是给师傅钱，陂复老师肯定觉得这是寒碜他。贺嘉一时不知道干什么好，只好先起身告辞，她对陂复老师说："您保重身体，少喝些酒。"

陂复老师低身收拾地上撒落的画笔，挥挥手算是跟贺嘉告别。

122

在赤火郡里，凌青很勤快，他见到地境神的圣婴也去看望，对冽水神的覆盖工程也不多嘴，火炼神对凌青说："你既然来到赤火郡，我就不拿你当外人，我要教给你一些道理，你听得进去吗？"

凌青说："您说说看。"

火炼神说："仗山神犯了兵家大忌。"凌青眼睛一亮，很想听听火炼神有何高论。

火炼神也不拿糖，接着说："仗山神的六百年计谋，可谓是布局缜密，他对地境神冽水神封锁消息，对自己儿子也密不透风，将所有翊卫撤出北京城，无奈被你们这些人族娃娃搅局，将水泱神撤出前线，仗山神功亏一篑。仗山神自尊心太强，太想得到胜利了，用力过猛，这是他的第一个错误。"

凌青心里暗暗吃惊，火炼神虽然没有到过地面，却对地面上的事了如指掌，他接着听下去。

火炼神接着说："面对战局，应当进退有据，聚散有法，不能乱了阵脚，在水泱神退出前线之时，仗山神把亲儿子疯沙神贬为庶人，这不像个懂得战法战略的一方统帅，他这是自毁左膀右臂，他被败局吓昏了头。”

凌青完完全全表示认可，他佩服火炼神的智慧，看来火炼神不是个兴冲冲火爆爆的鲁莽之神。凌青问火炼神：“您把这些透彻的分析告诉我，就不怕我回去告诉仗山神地境神吗？”

火炼神说：“我就喜欢你的直率，有什么话不藏着掖着。现在大局已定，你告诉仗山神地境神也不能扭转战局了，再说，人族从来无法左右神族。”

火炼神又说：“我倒是劝你不要告诉仗山神，仗山神的心胸，容不得一个人族的娃娃给他指出什么缺点错误。”

凌青看着火炼神说：“这倒是。”还是火炼神考虑周全。

火炼神做出一个决定，让凌青不要再服什么劳役了，即刻返回北京城，他要对仗山神发动全面进攻，让仗山神永世不得翻身。火炼神要求凌青不仅要做地境神翊卫，也要为火炼神仗山神和其他各位神灵担当应有的责任，凌青说：“我可没有那么大本事。”

火炼神说：“你不用推辞，你在疯沙神之战、桀木神之役上的表现我十分清楚，你在幽深大通道中搭救水泱神也是十分仁义，你把仗山神六百年的骗局原原本本地告诉我，说明你的心胸十分坦荡。你还年少，你是棵好苗子。”

凌青听火炼神这样夸赞自己，心里也是一阵阵的小得意，他问火炼神："我是地境神翊卫，我听从您的话，地境神会不会不高兴了？"

火炼神说："不会，地境神的胸怀比仗山神宽阔得多，倒是仗山神很可能把你当作敌人。"

凌青一听还是有些怕，仗山神出手很重的，老馆长就死在他手里。火炼神说："你不要怕，你是我信任的人，仗山神理亏，他毕竟要让我几分。"凌青心里还是打鼓。

凌青对火炼神说："我感觉地境神和仗山神有很深的恩怨，我做地境神翊卫，仗山神时时刻刻与我过不去。"

火炼神说："这里面有故事，你别掺和，留个心眼就是了。仗山神与水泱神本是一对般配夫妻，一个是高山，一个是流水，可是他们生下的小神孩子既不是高山，也不是流水，而是沙子，还性格叛逆，仗山神很恼火，责怪自己的孩子长得不像自己，对水泱神的感情就渐渐淡了。地境神本来就把水泱神视为亲人，见仗山神对水泱神情淡意寡，就同情水泱神，接近水泱神，关心水泱神，仗山神对地境神心生怨恨，再加上仗山神死把着对诸神联盟领导者的权力，时时刻刻提防地境神篡夺他的领导权，所以地境神和仗山神很难拧成一股绳。"

凌青原本以为神都是坦坦荡荡的，没想到也有纠结，也有恩怨，就嘟囔了一句："神和人是一个毛病。"

凌青没想到他返回地面的时间大大提前了，他毕恭毕敬地向火炼神告别，撒腿飞奔，原路返回北京城。

仗山神自设骗局诸神难解其意
水泱神为京城实施这妙算神机
万不该凌青胸无城府走漏消息
火炼神斥骂仗山神耍弄鬼把戏

这天傍晚，瓢泼大雨，黎雪在舞蹈教室练完舞蹈，天已经完全黑透了，她骑车走出校门，犹豫了一下，不知是往东回家，还是往西先去火神庙门口看一眼，看着哗哗啦啦的大雨，看着街上的行人稀少，黎雪心里琢磨，凌青就是回来也不会非赶巧要在这么个雨天吧，就往东直接回家了。

没骑出多远，嘎啦一声炸雷响，黎雪浑身打个激灵，一把刹住车，她转过车头，还是要去火神庙门口。

离火神庙还有半站距离，黎雪一抬头，见火神庙里红光四射，黎雪大呼："他回来啦。"拼命往火神庙骑。

凌青眉如漆刷，眼似墨染，声若钟磬，面比红铜，在火神庙的入口攀着救命纤索钻身出来，花岗岩石板被凌青宽大壮实的肩膀撑得裂开一道道石缝，凌青站在院子里，身高两米开外，相当于比姚明还高，裤子撕成一道一道的大口子，五个大脚指头露在耐克鞋的外面，只好用鞋带在鞋面三绕两绕捆着，裤腰带的最后一个扣眼都远远超过了，凌青只好截一节救命纤索当作裤腰带，原本宽宽大大的罩衫，现在成了紧紧巴巴的紧身背心了，袖子早就被凌青扯下来，粗大的胳膊伸不进袖管里去了。黎雪将自行车随手一扔，飞身跨门槛登台阶直奔凌青，眼见凌青像个巨人，黎雪又惊又喜又慌又怕，凌青见到黎雪嘿嘿地乐，黎雪见到凌青呜呜地哭，凌青费劲儿蹲下身紧紧地拥抱黎雪。

黎雪颤颤巍巍地说：“真的是你，你可回来了。”

凌青大喘气，回答说：“是我是我，还好还好。”

黎雪掏出手机避着雨群发消息：“凌青归来，在火神庙。”

黎雪看着凌青衣不遮体的样子十分心疼，她不知道上哪里找合适的衣裤给凌青罩上，哗啦啦的雨水淋在凌青身上呼呼冒热气，泛起一团白雾，黎雪把雨衣裹在凌青身上，凌青身量大，雨衣裹也裹不住，黎雪自己浑身也湿透了，凌青大踏步往家走，黎雪推着车在后边小跑着追。

鲍迪、贺嘉、郎本、郎白、英瑛、陆珂接到微信，不顾大风大雨，全向火神庙奔来，出租车、公交车互相拥堵，孩子们指望不上，就拼命往火神庙跑。鲍迪心里七上八下的，也不知道凌青是不是还是原样如初，他一边跑一边擦脸上的雨水，贺嘉、英瑛手中的伞被刮跑了，她们也顾不得了，冒着大雨往前跑，陆珂越跑越兴奋，他想着凌青从火神庙钻出来会不会就变成神了，哪怕是半神半人也行，郎白跑得比郎本还快，她本想等等郎本，郎本喘着粗气颠着肚子对郎白说：“你先去，别顾我。”

凌青突然从赤火郡钻出来，温度湿度都很不适应，再加上大雨一激，张嘴要说话，突然就没有声音了，刚钻出来的时候还能出声说个一句半句，此时一个字也说不出来，眼前的一切景象都变得模糊起来，路灯灯光的四周散漫着一层光晕，过往的车辆全是流动着的虚影，耳朵里嗡嗡作响，雨声听不见了，黎雪说什么他也听不清楚，黎雪打手势跟他说：“你别说了，先赶紧回家。”鲍迪他们相继奔跑过来，鲍迪握着凌青的手不肯松开，陆珂赶过来，替黎雪推着自行车，郎白在雨里显得很欢实，左转转右转转，就是不知道干些什么好，贺嘉一会儿看看凌青黝黑透红的脸庞，一会儿和英瑛说：“没事，没事。”黎雪当着兄弟姐妹们的面，一滴泪也不掉了。

郎本最后一个跑过来，傻乐着跳起脚，双手却够不着凌青的脸，就拍着凌青的后腰仰着脑袋大声说：“我的亲娘啊二姨啊三舅母啊，你可回来啦，哈哈哈。”

黎雪自己腾不出手来，拜托英瑛赶紧在京东网上商城给凌青订购最大号的衣服，赶紧快递到凌青家，越快越好。英瑛手脚麻利，一边走一边遮着雨水用手机下单。

刚刚走到胡同口，金毛大狗从院子里远远地飞奔过来，眼中的泪水和雨水把金色的狗毛都打湿了，嘴边的口水一个劲儿地流，大狗汪汪地欢叫着，直立起身子往凌青身上扑，凌青没有多少力气，只是用手轻轻地抚摩着大狗湿漉漉的头。大雨中，凌青一边走一边缩小着身形，等走到家门口，已经恢复到原本的身形了，刚才那样高高大大粗粗壮壮的样子，恐怕连家门都进不去。凌青看见爸爸，只轻轻说了一声：“爸我回来了。”就扑通一声跌倒在爸爸怀里，呼呼地睡着了，凌爸爸泪眼婆娑。

大家连搀带扶，把凌青安置在床上睡下，京东商城的快递小哥太敬业了，用塑料袋包裹着商品冒着大雨送到凌青家，凌爸爸看着快递小哥被淋得像落汤大公鸡，心里不落忍，连着说让小哥喝点儿热水，小哥说：“不用，我们都习惯了。”扭头冲进雨里又去送下一家的商品。贺嘉手快，三下两下撕扯开包装袋，抖搂开大衣裳肥裤子，回头再一看凌青，她乐了，大雨一浇，凌青已经恢复到和鲍迪一般高了。贺嘉对黎雪打趣说：“得，这些衣服用不着了，留作纪念吧。”黎雪要把买衣服的钱还给英瑛，英瑛说：“你怎么这么见外呢。”死活不要黎雪的钱。

大雨浇得凌青周身起了很多水泡，肿起好多大包，疼痛难忍，凌爸爸和几个翊卫全都乱了手脚，有人说叫120，有人说赤火郡犯下的病，西医治不了。黎雪赶紧把盈缶老师叫来，盈缶身子倦不愿意出门，疯沙神也说盈缶不能淋雨水，黎雪在电话里大叫，说：“凌青浑身难受，您必须来救救凌青。”盈缶从没听见这个文静柔弱的姑娘这么撕心裂肺地跟她嚷嚷，意识到事情严重，就冒雨出门往凌青家赶，疯沙神不干，非要亲自护着盈缶前来，不让她淋着雨水。

盈缶老师见到凌青，大惊，说凌青刚从火宫出来，不能水浸，雨水更是不行，她对着鲍迪、黎雪大叫：“水火不容，这么浅显的道理你们不懂吗？这要是一般的凡夫俗子，身上的肉就全都烂了，幸亏凌青是地境神翊卫，否则绝对经受不起这般折磨。”几个女生担心凌青遭逢意外，眼圈都红了。

鲍迪低声说：“我们是看凌青在雨水中，恢复原形比较快，就让他淋大雨了。”

郎本自己拍打着自己，说：“我们大意了，我们不是什么翊卫，我们全是笨蛋。”

凌爸爸看着凌青疼得龇牙咧嘴，就求盈缶老师赶紧想办法救救凌青，盈缶指挥陆珂、郎本回到盈缶家，找盈缶父亲取几味家里存的高品质的中药材，熬制膏汁，给凌青敷上。

鲍迪看凌青浑身疼痛，躲在墙角呜呜地哭，贺嘉安慰他，他说：“他这是替我受难受苦呢。”

贺嘉也不知道说什么好，就说：“凌青不仅仅是为你，他这是为大家伙儿。”

鲍迪还是难受：“本来应该我去赤火郡，凌青替我，呜呜呜。”

贺嘉不爱看鲍迪这副窝囊样子，她劝鲍迪赶紧计算神钉布局，替凌青分忧就是了。

疯沙神远远地站在一旁，不敢靠近凌青，只是简单地说几句慰问的话，凌青瞥见这个昔日肆虐北京三天三夜的疯沙神，现在倚着门框变成一个会心疼女人的居家宅男，心里挺不是滋味。

转过天，钟楼中学的师生都知道凌青回来了。宋老师提着大西瓜，先于所有人来看望凌青，本想教育教育凌青，让凌青赶紧补补落下的功课，见凌青发烧难受，就闭了嘴，她还问了许多赤火郡和火炼神的事，觉得新鲜好奇，凌青说火炼神不是恶神，宋老师笑着不答话。

马校长代表地境神来安慰凌青，让他静心调养，凌青支开旁人，忍着疼把火炼神即将毁灭式进攻仗山神的部署告诉马校长，托他速速向地境神汇报，并且提醒北京市民准备抵抗火炼神的进攻。马校长不敢耽搁，连忙返回钟楼中学向地境神汇报。

凌青内火很大，所有少年翊卫全都被凌青的火劲干扰。鲍迪计算神钉布局的工作不得不暂时停下来，他脑袋烧得无法正常运转，贺嘉见凌青回来，又拿起画笔想画画了，可是画笔在手上颤抖，画出的画面怪异错乱。郎本必须把破解的密码记录在纸上，他的记忆力受到凌青的强烈干扰。郎白的脸蛋整天红扑扑的，唱出来的歌声越来越接近天籁，好像她的歌喉被神火里里外外上上下下通畅了一遍。英瑛一下子明白了做公主的责任，不知道地下的火焰如何让这位少女的心境变得宽阔起来，心绪变得成熟起来。陆珂还是没有开窍，他像一块顽石，越烧越硬。

凌青一副铜筋铁骨模样，相貌威严了许多，所有的人都向他致敬，他受到全北京人的尊重和爱戴，熟悉的人都不相信他能活着回来，街坊邻居、老师同学都激动地和他打招呼，所有斑兽毕恭毕敬地迎接他的归来，枣斑羚上前用头亲昵地接触他的面颊。这几天凌青家网速飞快，电视机异常清晰明亮，手机的蓄电池增加功能好几倍，院里的邻居兴奋不已。门口卖大馒头的小贩惊讶地发现，平时二十分钟蒸熟一锅三屉大馒头，现在十分钟就蒸熟了，大馒头比平日里越发散发着麦子的原香，老远都能闻着香气扑鼻，小贩的生意着实火爆了好几天。酒铺里的啤酒闻闻味道就醉得人双颊绯红，三十二度白酒全变成五十二度，五十二度白酒全变成八十二度，老板不得不把八十二度的白酒暂时下架收藏起来，这么高的度数喝进肚子里是要出危险的。

玻璃缸里的金鱼熬不住，全死了。

房顶上笼子里的鸽子掉毛，拼命喝水。

自行车胎全放炮了。

院子里的大树噗噜噗噜掉叶子。

凌爸爸浑身烤得慌，抱着大茶缸子没完没了地喝茶，浑身冒汗，三番五次地上厕所，除了过水炸酱面，什么也吃不下去。凌爸爸真的不敢频繁靠近凌青，只好拜托鲍迪、贺嘉、黎雪、郎本几个人，他们都是翊卫，不怕凌青携带的地火。当然也要麻烦盈缶老师一天两次给凌青敷药膏，灌药汤子。两天过去，凌青的内火才渐渐退下，皮肤也痊愈了，就是黝黑黝黑的不像入赤火郡前那样了。凌爸爸背着凌青，借着喝酒的当口，暗暗哭了一场，一块石头总算落了地。

盈缶见凌青黑黢黢的面庞就觉得委屈，本来大大咧咧的性格，现在不知为什么总是想掉眼泪，疯沙神心里暗暗佩服这个人族少年有牺牲精神，他安慰盈缶不要哭，他跟盈缶说："不要哭，伤了肚子里的孩子。"

盈缶一惊，说："你说什么，你说谁肚子里有孩子了？我吗？"

疯沙神柔和地笑着说："亏你还是个大夫。"

盈缶用手摸着自己的肚子，问疯沙神："你怎么知道？"

疯沙神说："别忘了，我虽不是神，但也不是一般人。"

盈缶脸红起来，她看着疯沙神说：“我要做妈妈啦，你要做爸爸啦。”

疯沙神捧着盈缶的脸，点点头。盈缶傻乎乎地笑，突然她放开疯沙神的手，一本正经地说：“我们还没领结婚证呢，这不行，你爸你妈得上我们家找我爸我妈提亲去。”

疯沙神说：“行，一定去。”

盈缶故意噘着嘴说：“不明媒正娶，我就不做水泱神仗山神的儿媳妇。”

疯沙神特意跑一趟，向父亲母亲郑重提出此事。仗山神没在家，在指挥战役。水泱神拉着儿子的手犯了愁，疯沙神和盈缶结婚，这对疯沙神没什么，只要他愿意，庶人和人族结婚本无可非议。可是对于盈缶是福是祸呢，她能幸福吗，她能坚持下来吗？水泱神劝疯沙神慎重，不要过于草率。科技再发达，基因技术再有突破，这人与神的婚恋终究是少之又少，白娘子和许仙的故事再动人，那不终究是个悲剧吗，水泱神不肯爽快地答应疯沙神。疯沙神知道现在大战在即，他本不该拿自己的私事让父母分心，可是母亲真的不同意，他还是急了，对母亲说：“您再渗着，可就耽误抱孙子了。”

水泱神瞎着眼，拉着疯沙神的手，不知道说什么好。

疯沙神再催，水泱神就说：“毕竟要等你爹回来，跟他说一声。”

疯沙神垂头丧气回来，不敢跟盈缶说水泱神不同意，怕盈缶不高兴，就说，得等仗山神从前线回来。

盈缶没往心里去，自己去医院做孕前检查去了。

123

火炼神在内蒙古阿拉善偷袭疯沙神大本营，幽深大通道的出口不停地往外喷射火焰，疯沙神不在家，又身为庶人无力迎战，留守的白沙兵团没想到火炼神进攻北京城的同时，把疯沙神大本营也作为进攻目标，它们仓皇应战，根本无法招架烈焰兵团的攻势，它们借助风势堆起高高的沙墙，阻挡火焰，后又集中巨量的白沙封堵幽深大通道出口，无奈烈焰兵团攻势丝毫没有减弱的迹象，白沙兵团不得不放弃抵抗，夺路而退。疯沙神大本营的沙壁大面积坍塌，出入口全被堵死，雪白的帷幔被烧成灰烬，战火殃及荒漠部落，村子周边燃起野火，几天几夜不灭。

陆珂要回荒漠部落把陆奶奶接回北京，英瑛也要一同前去，英妈妈拉着英瑛的肩膀，哀求着说：“你去干吗呢，你去干吗呢？”

英瑛瞪着眼睛说：“我是荒漠部落的首领，我不能撒手不管。”

两个学生连夜坐飞机到银川，再从银川坐汽车赶赴阿拉善。

陆珂英瑛再次回到荒漠部落，陆奶奶见到陆珂还是一如既往地嚷嚷：“你还算有良心，还知道有这个家。”

她见后边还跟着英瑛，就不再埋怨陆珂，让两人赶紧进屋歇歇，陆珂和英瑛哪里肯歇着，马不停蹄就组织村民搬家。

荒漠部落的小村庄离火场尚远，英瑛和陆珂劝大家搬迁躲避，村里人谁都不把野火当回事儿，老人们觉得搬家很麻烦，不到万不得已谁都不肯离开自己的土屋旧房，英瑛心里发凉，觉得救得了火，也未必救得了部落，失去的可能终将要失去了。

搬迁物品就是一大难事，像陆奶奶这样的老人家，什么也不舍得扔，破瓶子烂罐子都要背着抱着。陆珂此时也不敢着急上火跟老人嚷嚷，经历了这么多事儿，这位帅哥多多少少变得沉稳了一些。再说他现在是村里唯一的壮劳力，大家叫干啥他就踏踏实实干啥，不嚷嚷也不叫唤。

陆奶奶见英瑛和陆珂忙里忙外，也不多说什么，自己一人拿着个铁锹，提个布包，推着个车，出门往村外去了，谁也没留神她干什么去了。

慌乱中，有一家人的相册掉落地上，里边的照片撒落一地，英瑛弯腰帮助捡起来，她眼尖，看到去英国私人博物馆抄写经文的后生带回来的照片，猛地吃了一惊，她以前看到的是后生们抄写的经文，从来没有见过鹿皮经卷原件的照片，忙拿给陆珂看，陆珂没看出什么名堂，英瑛指着照片说："这是玉版。"陆珂这才细看，只见记录经文的鹿皮两侧缀着两根辫条，辫条的尾端分别系着两枚玉版，和凌青鲍迪腰间佩戴的一模一样的玉版，他睁大眼睛对英瑛说："瑞斑鹿也应该有玉版！"

英瑛说："看来瑞斑鹿的玉版被英国探险家带到伦敦去了。"

陆珂大声说："我们两人也有玉版。"

两人激动了老半天，不过这事先放一放，他们得抓紧时间组织村民搬迁转移。

陆奶奶头上包裹一块枣红色粗布大围巾，自己一个人跑到村外的墓地，要把陆爷爷的棺材挖出来转移到一个安全的地方，她知道陆爷爷死去多年了，尸体很可能已经干瘪成一具木乃伊，她就是心疼老伴儿，陆爷爷生前就怕热，喜欢凉快，她不愿意老伴儿的尸体被大火吞噬。陆奶奶弓着老腰，曲着老腿，挥动双臂拼命地挖，把滚烫的地表沙土挖开，挖到凉爽的沙子，再往下挖，就看见了棺材。

陆奶奶嘴里念叨着："老陆啊，你醒醒，咱们搬个家，咱们挪个窝，这个地方不安全。"陆奶奶知道陆爷爷的棺材她抬不动，就猫着腰，用事先预备好的麻布把陆爷爷风干的尸体缠绕起来，摘下头上的枣红色大围巾把陆爷爷的头再包上一层，把包裹好的尸体从棺材里轻轻抱出来，头朝前脚朝后放到车上，用推车推着寻找个安全的地方。

陆珂一上午没看见陆奶奶，问黄驼爷爷，黄驼爷爷摇头，问英瑛，英瑛也说不知道，他慌神了，骑上摩托车冲出村子，漫无目标地到处寻找奶奶，本来四处火烧火燎陆珂就心中慌张，现在不知道奶奶去哪里了，他的心更乱。他担心奶奶出意外，他埋怨奶奶出门去哪里也不跟谁说一声，他也怨自己，不该把奶奶一个人丢在荒漠部落，奶奶有事儿，身边一个亲人都没有，找谁说去。

火越烧越大越烧越近，陆珂却怎么也找不着。

老远望见个人影推着个车，车上放着个麻布包裹，艰难地行进，陆珂觉得像是奶奶，就加大油门冲过去。

陆珂以为奶奶车上放的是什么重要财产，埋怨奶奶舍命不舍财，说："大火冲天，您还顾着这么个大包裹，就是金银财宝现在也顾不上啦，赶紧走。"陆珂劝奶奶丢下麻布包裹，跟他骑摩托车逃命。

陆奶奶闭着嘴不言语，她要是告诉陆珂车上推的是爷爷的尸体，怕把陆珂吓着，也怕陆珂不能理解，她继续往前走。

陆珂性急，跟奶奶嚷嚷，说："照您这样磨磨蹭蹭，猴年马月才能逃出去呀。"

陆奶奶不得不停下脚步，她并没有直接坐到摩托车后座上，而是弯腰抱起车上的大包裹，嘴里跟大包裹还念叨着什么，坐上摩托车后座。

陆珂看说不服奶奶，也不争执，带着奶奶和奶奶抱着的大包裹，向安全地带驶去。

骑出老远，都赶上村里的人了，陆奶奶敲打着陆珂的后背，问英瑛在哪里，陆珂说不知道，奶奶叫陆珂停车，陆珂不停，奶奶大叫，陆珂不得不把摩托车停下来，奶奶着急忙慌把大包裹平放在路边，抬头找英瑛，一看村里的人群里没有英瑛，满脸涨得通红，扬起右手，抡圆了狠狠给陆珂的肩头一巴掌，吼道："把英瑛找回来。"

陆珂还要守着奶奶，陆奶奶双手甩着，大叫："别管我，别管我。"陆珂飞身骑上摩托车，开足马力冲回村子。

大火越烧越近，英瑛和最后一批村民一起撤出村子，陆珂赶来，催着英瑛赶紧走，英瑛跨上陆珂的摩托车，远处的火光把两个孩子的脸映得通红。

途中，大风突然转向，烈焰兵团向英瑛、陆珂扑过来，英瑛和陆珂猝不及防，就地摔倒，陆珂头脑异常清醒，他抱着英瑛就地打滚，躲摩托车越远越好，他知道摩托车油箱里有油，那是极其危险的易爆易燃品，滚着滚着，陆珂觉得身体扑通一下，坠入一个浅坑，陆珂用自己的身体把英瑛死死压在这个救命的沙窝里，身后一阵热浪扑过来又翻过去，陆珂的后背被轻度烧伤，疼得大叫一声晕死过去，附近白沙兵团的士兵见疯沙神的两名少年翊卫被烈火袭击，大惊失色，迅即推动白沙保护英瑛和陆珂，英瑛和陆珂算是保住了小命儿。

陆珂被烧伤，英瑛惊得浑身颤抖，她既没有足够的抢救常识，也没有专业的处置烧伤的经验，不敢妄动，赶紧打120叫急救车，幸好这几天大火熊熊，消防急救的应急人员和设备就在附近待命，否则，要从一百多公里外的大城市临时开来，陆珂估计就没救了。

陆奶奶前脚把陆爷爷的尸体重新埋葬在一个远离火场的安全地方，后脚就忙着照顾陆珂，村民们扯着嗓子大哭，他们特别喜欢陆珂，不客气说，真是把陆珂当作荒漠部落最帅气、最聪明的少年，真是把陆珂当作自己的亲儿子看待，大家满肚子委屈，觉得苍天不公，为什么让火炼神把这么帅气、这么高大、这么可人的陆珂烧成这样。急救车以最快的速度把陆珂送到医院。

陆珂后背上裹满纱布，侧卧在病床上，嘴里插满了管子。陆奶奶和英瑛守在陆珂身边，身在国外的陆珂父母得知消息赶紧回国，北京的凌青他们听说陆珂被火炼神烧伤后背，急得团团转，英妈妈一听说，立刻哭得稀里哗啦的，凌爸爸在一旁默默地劝英妈妈说："英瑛没事，现在是要想办法救陆珂。"

英妈妈说："陆珂我也心疼啊，可怜的孩子啊。"

凌爸爸搭腔道："唉，可怜的部落。"给英妈妈端杯水喝。

凌青身边的斑兽得知消息，想着如何搭救陆珂，枣斑羚、墨斑豹、秋斑狼头抵着头商议，抽出两只身强力壮的瑞斑鹿，奔赴荒漠部落，枣斑羚对凌青说，少年翊卫要出个人担任向导，带领瑞斑鹿快速到达荒漠部落，郎本二话不说，站起来对枣斑羚说："我去。"在场的翊卫们只有郎本去过荒漠部落。凌青点点头，让郎本快去快回。

郎本回头让郎白跟爸妈说一声，郎白顺手把头盔扣在郎本哥哥的大脑袋上，郎本翻身越上瑞斑鹿的脊背，带领两只瑞斑鹿向荒漠部落飞奔。

凌青给英瑛打来电话，说瑞斑鹿应该有疗伤的办法，告诉她，郎本已经带领瑞斑鹿赶往荒漠部落，陆奶奶听后着急，说几只鹿撒丫子跑到这么老远的地方，也得好几天，英瑛安慰陆奶奶说："斑兽比高铁跑得快。"

郎本骑着瑞斑鹿横穿马路，冲进医院，直奔病房，英瑛见到郎本来了，心里一股子委屈和惊吓再也压不住，就对着郎本哭，郎本也不安慰英瑛，直瞪着英瑛上下前后左右地看，看英瑛被烧着没有，见英瑛虽是脸皮脏头发污，但是完好无损，也就放心。他走进病房，放轻脚步，走近缠满绷带的陆珂，陆珂看见郎本来了，龇牙笑笑。

两只瑞斑鹿个头硕大，在楼道里着急，病房门太矮太窄，瑞斑鹿进不去，把病房门撞出好几个大口子，当当乱响，医院的院长、护士长、保安来了一大帮人，要把两只瑞斑鹿赶出去，可谁都不敢靠近，陆奶奶见这阵势也不知道如何是好，英瑛和瑞斑鹿交谈，瑞斑鹿让英瑛、郎本想办法给陆珂安排个没有门的大房间，英瑛和郎本也不知道瑞斑鹿要如何救治陆珂，请求医院院长给安排大房间，院长不拿两个少年的话当回事，陆奶奶大着嗓门说："大花鹿要给我孙子敷药疗伤。"

医院院长鼻子都气歪了，什么大花鹿，大花鹿会治病，要我们这些个专科大夫做什么。不过他也不好跟陆奶奶理论，陆奶奶的气场太强，陆奶奶一口气把英瑛是荒漠部落的首领的公主，陆珂是护卫大将军的后裔，陆珂为救公主被大火烧伤，斑兽为救陆珂专程从北京飞奔而来，一大套话告诉院长，院长赶紧答应换个大房间，也要看大花鹿到底如何疗伤。

郎本在时，陆珂不吭也不哼，郎本一出去，陆珂就忍不住哼哼，英瑛看陆珂难受，就劝郎本别老在陆珂跟前围着转，郎本不解其意，执意围着陆珂的病床打转转，不肯走，英瑛在一旁不知道怎么办好，两次三番，英瑛实在憋不住，就和郎本说出实情，说："陆珂在你面前哼又不能哼，叫又不能叫，不舒服，不自在，也不痛快。"

郎本这才明白，叹气一声："咳，何必呢。"英瑛说："陆珂要强啊。"郎本说："他这是没拿我当兄弟。"英瑛说："人都这样了，你让着他些。"郎本点点头。

陆珂被隆重地推到一个双开门的宽大的手术室里，医生、护士、保安和院长都围在大玻璃窗前不肯走，英瑛和郎本换上白大褂给瑞斑鹿当翻译打下手，几个护士协助瑞斑鹿。瑞斑鹿让英瑛告诉护士，让陆珂平平展展地趴在病床上，把陆珂后背上的纱布打开，露出伤口，护士抬头看看玻璃窗外的院长，院长点点头，示意她们照大花鹿的意图办，说瑞斑鹿是神派来的。

护士照着瑞斑鹿的意思操作。

现场安静极了。

瑞斑鹿站在病床前，迟迟没有什么动作，郎本很着急，陆奶奶也很着急，英瑛对瑞斑鹿充满信心，但是所有人都不知道瑞斑鹿要干什么。

瑞斑鹿站在陆珂的病床前，眨着硕大的鹿眼，哭泣起来，大粒的泪水吧嗒吧嗒滴落在陆珂后背的伤口上，瑞斑鹿轻轻低下头，用舌头在陆珂的伤口上轻轻地仔细地舔舐，将泪水均匀地涂抹在陆珂的伤口上。医院院长将信将疑，不知道这是医学还是妖术，他对陆奶奶说："我从来不知道鹿的眼泪可以医治烧伤。"

陆奶奶平静地对院长说："这既不是中医，也不是西医，连兽医都不是。我们家陆珂是疯沙神翊卫，有瑞斑鹿称号，一般的小孩子是没有如此这般的待遇的。"

陆珂的伤口奇迹般地愈合了，一点儿疤痕都没有留下。瑞斑鹿不肯耽搁，治好了陆珂的烧伤就要返回北京，郎本说："我怎么也要陪陆珂两天，不能拔腿就走。"瑞斑鹿就自己按原路返回北京，陆奶奶和全村老少又是作揖又是鞠躬，站在医院门口目送瑞斑鹿飞奔远去。

郎本见陆珂迅速见好，就问陆珂："想吃点儿什么，我马上给你做！解馋的？清淡的？牛的？羊的？老母鸡的？"

陆珂眼睛半睁半闭，懒懒散散有气无力地对郎本说："我想咬你一口。"

英瑛在一旁嘴角泛起笑意。郎本爽快地说："行，是要咬前肘棒，还是要咬后臀尖。"说着，站起身，先是撸袖子，后是装模作样要解裤腰带，连陆珂都笑出声来。陆奶奶特别喜欢郎本这个胖嘟嘟的大小子，他能帮助荒漠部落解开经文之谜，他给陆珂引来疗伤的瑞斑鹿，他在哪里，哪里就充满笑声。

陆珂的爸爸妈妈从欧洲赶回来看望陆珂，爸爸妈妈劝陆珂离开荒漠部落，要么回北京，要么跟他们去欧洲，陆珂说：“你们说来就来说走就走，也太轻巧了，我还有疯沙神翊卫的使命呢。”

陆爸爸随口就来一句：“疯沙神已经被贬为庶人了呀。”

陆珂不愿意走，他对爸爸妈妈说：“你们走，我不拦着，我留下，你们也别反对。我走了，谁陪着奶奶，把奶奶一个人孤零零留下吗？”

一屋子的人都不说话了，陆奶奶大着嗓门嚷嚷：“都滚，滚远远的，荒漠部落一把火烧成灰，也就谁都不惦记了。”

陆珂的爸爸妈妈在欧洲的生意也离不开人，走时还把村里几个人也都带走打工去了。

陆珂、英瑛、郎本和陆奶奶坐火车回到北京，在火车上，英瑛和陆珂、郎本聊天，想让府学中学的学生放暑假到疯沙神大本营附近和阿拉善泉眼旁种些树，钟楼中学、内街中学、南京都督中学的学生也可以参加。

陆珂说：“别费劲儿了，种不活。”

英瑛不死心。

陆珂接着说：“那泉眼最多做个旅游景点，挣点儿零钱，无济于事。部落的未来由不得你我，我们费多大气力，该消亡的终究要消亡。”

英瑛心里不好受，陆奶奶闭着眼养神。过去这部落是为了守泉眼，现而今，这部落死守下去的意义何在呢？

陆奶奶一边骂北京没意思，一边跟着陆珂一步三回头地回到北京。英妈妈见着陆珂又搂又抱，哭天抹泪，感谢陆珂舍身救英瑛，还欢天喜地地欢迎陆奶奶回来，陆奶奶哭丧着脸，懒得搭理她，英妈妈说东扯西，陆奶奶都听不进去。

陆奶奶想起荒漠部落就唉声叹气，陆珂经过一场大火，愈加心宽气壮，背直膀硬，他拉着奶奶的手走到街门口，他把后背一弓，屁股一撅，奶奶疑惑地问："你小兔崽子要干吗？"

陆珂说："我背着您到街上遛遛。"

陆珂把奶奶背到背上，稳稳当当地在街上走起来，街坊邻居见了都问："干吗呀这是？"

陆珂笑着说："背着奶奶遛遛弯儿，让我奶奶消消气儿。"

奶奶用手抠着陆珂宽阔的肩膀，脸上笑，心里哭，不由得又想起了陆爷爷。

124

仗山神、地境神、水泱神、冽水神、桀木神五个神坐在颐和园地下战役指挥所商议对策。地境神把凌青叫来列席，让他汇报在赤火郡服劳役的情况。

凌青站起身说了大致情况，关键是说出，仗山神、水泱神改变战法规则，引得火炼神大怒，要对仗山神实施疯狂的报复。凌青说出几层意思。第一，火炼神明确指出，仗山神不得出手加害凌青本人，仗山神失败责任在仗山神自身，不在凌青身上。凌青此时很机灵，把这一条放在前头说，防止仗山神一时性起把自己置于死地，那他就有多少条也说不出来了。

大家都觉得仗山神暗中改变覆盖火炼神力度的计谋，确实是周密大胆，马上就要到二〇二一年了，眼看着就要胜利了，却没能成功，十分可惜，大家也十分同情损失惨重的水泱神。仗山神呼呼地运气，想要制裁凌青，却又不能下手。

凌青接着说第二，给传心殿时钟上弦的工作在二〇二一年前不能停，但是必须将战法规则改回六对一。

仗山神不以为然：“既然密局已经公开，七对一不是对我们更加有利吗？”

凌青说：“公平必须得到应有的维护，不能随意更改，再说七对一，对现任冽水神极其不利，冽水神本身就比水泱神弱，加大力度、强度和周期，冽水神肯定吃不消。”

凌青还说出，地境神、冽水神的孩子圣婴在火炼神手里被扣为人质，仗山神、水泱神一惊，他们完全不知道这个情况，仗山神问地境神：“这么大的事儿你为什么闭口不说？”

地境神看着仗山神，说：“你从来都不相信我，从来都认为我以私情干扰你的大业。”

水泱神瞎着眼摸索冽水神，拉着冽水神的手安慰她，仗山神闭嘴老半天不言语，他俯首向地境神道歉，不应该错怪地境神，大家应该团结起来对抗火炼神。

凌青还得说第三，必须立刻恢复疯沙神的神灵身份，不能让他再做庶人。仗山神又不爱听了，你一个人族的熊孩子，还要对我仗山神指手画脚吗？凌青也不管那么多，张嘴说出火炼神的看法，说仗山神现在需要左膀右臂。仗山神不得不服。

至于下一步如何抗击火炼神，凌青就没有发言权了，他把该说的说了，就老老实实地坐下。

仗山神的根本缺陷是以细节上的周密掩盖了战略上的疏漏，不论大小战役，不论是对付火炼神还是对付地境神，仗山神全都事无巨细，亲力亲为，既不放手起用疯沙神，也不联合其他神一起作战，就连他的翊卫老僧人、小哑巴和左次老师也都一个个蔫头耷脑灰头土脸，得不到锻炼机会。仗山神的战略被火炼神看出弱点，对仗山神轮番发起进攻或者同时进攻，采用群狼战术，让仗山神首尾不能相顾；好在仗山神本身具有相当的实力，否则，早就被灭了。仗山神自以为比地境神强，看不上地境神，地境神说什么他都听不进去，死倔不听劝，非把石头脑袋撞出裂口子来，才会听进道理去。

仗山神和火炼神的战局进展到如此地步，仗山神仍然不肯言败，他要走一步险棋，启动青将军、赤将军抵抗火炼神，地境神一个劲儿地摇脑袋，仗山神反问地境神："如果不启动青将军和赤将军，你还能拿出别的什么好办法？"

地境神想来想去，没有好办法，只能同意仗山神冒险。

鲍迪从凌青嘴里得知要启动青将军和赤将军，劝凌青赶紧出面制止，凌青问："为什么？"

鲍迪说："按照我和曹老师的运算，整个神钉布局按照七个神分为七组，互相制衡，又按照地脉水脉岩脉火脉分为四个层次，彼此依托，形成一个严密周全的体系，青将军和赤将军的位置是这个布局的关键点，这个布局是七组九点四层，环环相扣，绝不能动。"

凌青赶紧问："一旦动了，会怎样？"

鲍迪说："青将军赤将军一旦离位，整个神钉布局就形同虚设，每一颗神钉的功效将逐渐退化。"

凌青对鲍迪说，现在仗山神地境神是两难，青将军和赤将军顾得了火炼神，顾不了神钉布局，如果固守神钉布局，那么火炼神肯定会将北京城夷为平地，权宜之策就是打一个时间差，先击退火炼神再回过身来守护神钉布局。

鲍迪也找不到更好的办法，自言自语道："这太悬乎了。"

五个神不做耽搁，从地脉来到钟鼓楼，英瑛拉上疯沙神前去参加诸神会议，疯沙神还说："父亲没有首肯，我不能参加诸神大会。"英瑛说："火烧眉毛了，你还顾那么多礼数，没有你，七神少一个，万一耽误了抗击火炼，我们都死无葬身之地。"

疯沙神梳梳头，先去内街中学跟盈缶老师告别一声，盈缶自从知道自己怀孕就不再做剧烈运动，连拳脚也不练了，整日在医务室闲坐着，今天没想到疯沙神来内街中学，这是很少见的事，她兴奋地站起身迎接，还想带疯沙神在内街中学里转转，看看图书馆，看看舞蹈教室，见见黎雪，疯沙神说："以后有空再安排吧，父亲仗山神叫我去钟鼓楼见他，我特意来和你说一声。"

盈缶想都没想，说："去吧。"即将做疯沙神的媳妇了，盈缶说话办事就是麻利爽快不过脑子。

盈缶又对疯沙神说："哎，我说，你跟父亲仗山神说没说提亲的事啊？"

疯沙神不敢看盈缶，说："说，我马上说，马上办。"

疯沙神又返回府学中学把图书馆的事略略安排一下，反正过几天就回来，倒是也没有特别要交接的业务。不过他临出门，还是叫来陆珂和英瑛，交代一件事。英瑛心里埋怨疯沙神做庶人没多少日子，一点儿神灵的麻利劲儿都没有了。

陆珂性急，问："什么事儿您快说。"

疯沙神掏出怀中揣着的两颗铜珠，交陆珂和英瑛共同保管，两颗铜珠原本是两个土坷垃，锈迹斑斑，污涂肮脏，被疯沙神反复揉搓，现在晶莹闪亮，陆珂伸手就要接，英瑛要笑陆珂说："你保管得好吗？别当作陆奶奶的破烂给扔了卖了。"

陆珂撇嘴，嫌英瑛小看人，当着疯沙神的面让他难堪。疯沙神看看陆珂，再看看英瑛，说："我相信你们两个。"就把两颗铜珠交给了陆珂。英瑛隐隐约约觉得疯沙神心里有事儿，也没好多嘴问。

仗山神给左次下一道秘密指令，命令他想方设法拆散凌青的团队，削弱地境神的翊卫，不让他们抱团儿，左次老师很为难，大敌当前，凌青他们血气方刚，肯定是越抱越紧，仗山神说："你必须想办法。"

左次哭丧着脸，挖空心思想招数，想也想不出，想出来也下不去手。仗山神嫌左次是个笨蛋。左次老师心里明白：仗山神说他左次是个笨蛋，其实这是笨蛋师傅带出的笨蛋徒弟，就在几天前，凌青被推入赤火郡，郎本、贺嘉、陆珂等人心灰意冷撒野耍赖，几乎所有的翊卫都遭遇前所未有的打击，那个时候恰恰是一个拆散翊卫团队的好时机，可惜，那时你仗山神也没动这方面的脑子，没说让我去拆散翊卫团队，现在凌青回来了，苦也吃了，难也受了，大小伙子锻炼得又壮又硬实，翊卫们都把凌青视为大英雄，这时你让我去拆散他们，谁肯离开凌青？谁肯给凌青使坏？左次老师满脑子怨气，怨仗山神总出馊主意，等想出好主意，也是时机已然错过，黄花菜都凉了。

疯沙神祈求仗山神，恢复自己神灵之身，仗山神深思良久，不说话，也不点头，他觉得惩罚自己的儿子得说话算话，不能有始无终，如果时间不长就收回惩罚，会让诸神看扁他，觉得他说话如同放屁。水泱神对仗山神说："你身边需要左膀右臂，危难之时不用亲儿子用谁呢。"仗山神觉得水泱神的话在理，现在地境神有异心，桀木神没力度，水泱神病病恹恹，洌水神初战不利，火炼神很难对付，他这才答应疯沙神。

仗山神恢复了疯沙神的神灵身份，疯沙神给仗山神和水泱神鞠了一躬，仗山神跟疯沙神也不多说，叫他参加抗击火炼神的战斗，疯沙神点点头，他有心把提亲的事跟父亲说一说，见战事紧张只好闭嘴，先放一放。英瑛、陆珂见疯沙神恢复神灵之身，异常兴奋，英瑛对疯沙神说："让我们干什么，您就吩咐吧。"疯沙神对两个翊卫说："神要干的，你们干不了，你俩跟着凌青，我有事就招呼你们。"陆珂凑近疯沙神比画着说："还想不想吃府学中学门口的手抓饼？我现在给您买去。"疯沙神拍着陆珂的肩膀，乐了。

凌青和马校长等翊卫组织钟楼中学、府学中学和内街中学的学生走上街头，动员钟鼓楼周边的居民疏散街道上的车辆，家中贵重物品也尽量清理，不明白事态的居民们问："这是要干吗？是要阻挡疯沙神，还是要驱赶桀木神？"

学生们说："诸神要把钟楼和鼓楼举得高高的，把地底下的青将军和赤将军请出来。"居民们全都听话配合，收拾东西撤离钟鼓楼周边区域，给诸神让出一片空地，可是每一个老街坊全都不走远，围在钟鼓楼的周边，他们要亲眼看见诸神托举钟鼓楼的旷世壮举。相关部门在钟鼓楼四周的道路全都采取交通管制，禁止一切车辆通行。钟鼓楼管委会的员工很细心，为安全起见，他们把钟鼓楼上的电路全切断了，把周边区域的电路水管和燃气管道全都关死了阀门，防止巨大的托举工程把管道撞断了，引发漏电漏水漏气的事故。

敏锐的新闻记者事先把景山北坡和山顶全占满了，各种照相录像设备架设完毕，要把钟楼和鼓楼高高升起的神圣时刻记录下来。你们以为钟鼓楼在北京城当真是两个不言不语不冷不热不死不活的摆设吗？让你们吃惊去吧，让你们发抖去吧。钟鼓楼是北京城的护城青将军和赤将军。

郎本、陆珂一边忙活，一边向马校长询问青将军是谁，赤将军又是谁，葛老师也是云里雾里，摸不着头绪，向马校长提出许多问题，马校长把他最近知道的一些告诉郎本、郎白和葛老师。青将军和赤将军是神钉布局的总领官，他们两位是诸神的神将军，按照仗山神交派的任务率领七十二颗神钉把北京城下的海眼扣紧锁死。原本北京城不在现在这个位置上，在现在北京城的西南角位置，元朝蒙古人建造元大都时，按照蒙古人"逐水草而居"的生活习惯，建筑师就把城市的中心选定在北海、什刹海、积水潭这片水域的附近。据说当时负责规划的是一个阿拉伯人，数学很好，就像鲍迪那样的，他算来算去，不偏不倚，把元大都的中心点算在青将军和赤将军的脑瓜顶上，也就是现在钟楼和鼓楼的位置，但是元代人并没有把钟鼓楼建在青将军和赤将军的脑瓜顶上，而是建造了一个四四方方的中心阁，到了明代才把钟鼓楼建在这里。

葛老师感叹："真是天人合一啊。"

郎本还是不明白，追问道："现在的钟鼓楼并不是北京城的中心点啊。"

这事连郎白都会解释，她讲给郎本听："明代朱棣皇帝建造北京城时，在元大都的原有位置上向南移动了，这事历史课上讲过，你肯定是睡着了没好好听。"

郎本噢一声，听明白了。

马校长说："谁也没有见过青将军和赤将军，现在他们二位现身，北京城肯定是万分危急了。"郎本郎白和葛老师脸色都很难看，他们现在谁也不敢拍胸脯表决心了，恐怕谁也没有那么大的本事。

疯沙神和桀木神把住鼓楼的东南角和西南角，水泱神和洌水神把住钟楼的东北角和西北角，仗山神和地境神力气大，仗山神两手把住鼓楼的东北角和西北角，地境神两手把住钟楼的东南角和西南角。

地境神特意叮嘱："各位轻点儿慢点儿，钟鼓楼已经好几百年的高寿了，咱们要是用力不均，钟鼓楼很可能会倒坍成碎砖烂瓦。”

桀木神一边干活儿一边说闲话：“它们还高寿啦？我们还没说自己高寿呢。”

仗山神不爱听：“大战在即，你们还有闲心耍贫嘴。”

六个神合力举起钟楼和鼓楼，钟鼓楼缓缓升起，下面露出无底深壑，深壑呈现出规规矩矩的四边形，壑壁上垒砌着的花岗岩石砖，每一块石砖大小规整，严丝合缝，深壑幽暗不见壑底，也没有一丝的声响。仗山神低头冲着深壑大叫，等了许久，钟楼深壑内青光烁烁，鼓楼深壑内红光闪闪，由暗转明，青将军和赤将军各自钻出地面。

两个摩天巨人比钟鼓楼还高，全身一副钢筋铁骨，头戴金石峥嵘纹战盔，身着祥云致密纹铠甲，足蹬熔岩奔流纹战靴，青将军头大项粗，手持一把巨槌，面目并不凶恶，远远看去反而比较俊秀，肩宽背厚，下身修长，双脚宽大扁平，赤将军比青将军个子稍矮些，浓眉大眼，不善言谈，双手紧握两个巨球，形体粗壮敦实，走起路来咚咚作响。

青将军是男性，赤将军是女性，但是青将军和赤将军是兄妹，是姐弟，还是夫妻？北京人谁也不敢开口问，大难临头，打仗是第一要务，拉家常的事先往后放一放，别给神添乱。

二位将军各自通体发出青光和赤晕，赤将军身上的赤晕闪烁，让钟楼中学的学生们霍地想起冬日的早晨鼓楼楼顶那道忽明忽暗的诡异的光辉。

青将军和赤将军的现身，引得戒严圈外的中学生小学生纷纷往前拥挤观看，不少人兴奋地跺脚鼓掌，六位神灵将钟楼和鼓楼重新稳稳地归复原位，仗山神迅即命令青将军和赤将军开赴西郊前线彻底压制火炼神的烈焰兵团，凌青等翊卫赶紧给青将军和赤将军疏通地面道路，让他们顺利到达西郊前线。

可是青将军和赤将军不肯立刻动身，他俩和仗山神争论起来，声如雷震，隆隆炸响。

青将军对仗山神说：“您只顾着地面上的战局，地下的情况您未必了解。”

仗山神沉着脸说：“我清楚，你们两位将军离开神钉布局，神钉就可能松动，海眼可能打开，这些我都知道。”

赤将军本来就脸红，现在一起急，脸色发紫，她急着跟仗山神解释：“神钉布局不是可能松动，是已经松动多时了。”

仗山神地境神听了暗暗吃惊，没想到局面恶劣到这种地步，他们二位还是故作镇定，听青将军和赤将军说明情况。

原来，自从人族擅自挖动第一颗神钉时，神钉布局就敏感地出现松动迹象，青将军和赤将军坚守岗位，极力维持局面，等到人族无知地挖出十几颗神钉，扣在海眼口上的扣板就出现无法挽救的裂缝，神钉布局的扣严拧紧锁死功能渐渐使不上劲儿了，青将军、赤将军整日提心吊胆，不知道这样的裂痕是否被远在深海的渤海神察觉，青将军、赤将军侥幸地认为，毕竟北京城下的海眼口离大海还有二百多公里的距离，海水就是涌入北京城，也不是一天两天就到来的，再说凌青他们几个翊卫已经从湖南罴村锻造了新的神钉，只要神钉布局被修复，海眼口就能够重新盖严实。

“可是，可是……”青将军急得都打磕巴了。

仗山神催促他快说。

青将军说：“少年翊卫们锻造的新钉全是错的，安装到神钉布局中根本不起作用。”

仗山神、地境神这才明白问题的严重性，凌青、鲍迪他们全傻眼了。

神钉是九色的，全被翊卫们当作黑色的了，凌青刚从赤火郡回来，对这个情况还不完全了解，鲍迪站出来说，他们已经意识到这个错误，安排湖南罴村加紧锻造正确的黑钉，一着急他又把神钉说成黑钉，赶紧又纠正。

仗山神对少年翊卫就是一百个不放心，神钉的错误再次印证了他的看法，他一个劲地摇动脑袋，发出嘎吱嘎吱怪响。地境神倒是还沉得住气，问鲍迪：“这次确有把握是正确的了吗？”

鲍迪心里有底，小哑巴的密语和罴村的石碑都能印证他的做法，他冲地境神肯定地点点头，仗山神问：“罴村的神钉什么时候到达北京？”

鲍迪说：“今晚六点到达北京西站。”

地境神一挥手说：“凌青你带领所有翊卫即刻安排接站，连夜修复神钉布局。”

凌青站起身，带领少年翊卫迅即集合队伍，凌青、郎本、陆珂三人骑着斑兽奔北京西站接站，鲍迪带领英瑛、贺嘉、黎雪、郎白和小哑巴进入地脉和水脉做预先准备。疯沙神抓住英瑛，叮嘱每一个翊卫都必须佩带救命纤索，提防水脉中的水流，冽水神也提醒黎雪，观察海水是不是已经涌上来了。

仗山神发布统一的命令，青将军赤将军开赴西郊前线对战烈焰兵团，冽水神继续深入幽深大通道协同纳木错湖神和天池池神覆盖火炼神，桀木神召集青木兵团的木块木球木梁准备填堵海眼，地境神的黄土兵团和疯沙神的白沙兵团抽调一半的力量协同岩石兵团在西郊封堵火炼神的出口，留一半力量准备对付随时可能涌上来的海水。

诸神按照仗山神的指挥各自行动去了，青将军、赤将军飞速疾行，城里人耳边还在回响着青将军赤将军的炸雷轰响，一转眼青将军和赤将军已经到达西郊灵山，钟鼓楼周边暂时又安静下来。

贺爸爸知道贺嘉有任务在身，他想帮忙也帮不上，在家有些坐立不安，他阳台上站站，书房里转转，耸耸鼻子，对贺妈妈说："好奇怪啊，我怎么闻到一股家乡的味道。"

贺妈妈抿着嘴笑，觉得贺爸爸几近天真，不过她最近学乖了，不再口出讥讽，笑话贺爸爸想家。

贺妈妈问贺爸爸："是乌龙茶的味道？是竹林的味道？"

贺爸爸皱着眉说："是海腥味儿。"

贺妈妈乐了，说："看来是想吃鱼了。"贺爸爸不语，他的感觉很怪。

125

火炼神在幽深大通道里深居不出，他自以为稳操胜券，强大的烈焰兵团在地面上根本没有对手。火炼神故意在灵山开战，是经过深思熟虑的，他不仅在幽深大通道消耗水泱神六百年，现在要继续消耗仗山神，让仗山神在战争中损耗得彻底翻不过身来，他从凌青的口中得知仗山神不肯承认自己的失利，不肯承认自己设置的骗局，那火炼神就叫仗山神一败到底。火炼神不仅要在实力上压制仗山神，还要分化仗山神与地境神的联盟，他一方面集中兵力在地面上打击仗山神，另一方面在幽深大通道牵制冽水神的水军，作为与地境神谈判的筹码，一旦火炼神与地境神坐下来谈判，则仗山神的格局就彻底破了，火炼神想得挺美，他觉得地境神的圣婴在他手中，地境神不得不低头。

仗山神手下的斑兽军团已经被烈焰兵团打得全线溃败，后续的岩石兵团大规模封堵烈焰兵团的出口，虽说兵多势众，但是面对烈焰兵团强烈的高温灼烤，岩石兵团封堵进去的下层岩石迅即被烧化了，上层压下去的岩石不是形成大面积塌陷，就是被烈焰拱上了天。

岩石兵团的封堵行动极其混乱仓促，各个岩石之间既没有严密的队形，也没有整齐的布阵，大块的和小块的一齐上阵，方形的和长形的一起叠加，在烈焰出口的封堵形成大大小小的缝隙，岩石兵团忽略了这些缝隙，可是烈焰兵团恰恰利用这些缝隙越烧越旺，越燃越猛。

西郊缺水，水泱神洌水神在西郊战场都无力排兵布阵，没有水军上阵，仗山神疯沙神和地境神损失惨重，洌水神不敢抽调幽深大通道中的水军奔赴西郊战场，如果地下的火炼神压制不住，那西郊战役必会输得更惨。

仗山神带领疯沙神在前线督战，面对这种局面仗山神没有考虑新的办法，只是一味地让后续岩石兵团往上冲，疯沙神跟父亲说："这样不行。"

仗山神不爱听，心里说，是你会打仗还是我会打仗，别在老子面前乱插嘴。

疯沙神不管那么多，建议仗山神将岩石兵团的士兵按照体积和形状排列整齐，调动黄土兵团和白沙兵团穿插在岩石兵团之间，不给烈焰兵团留有任何缝隙，仗山神还在说："我不愿意使唤地境神的兵团，我不求他们。"

疯沙神急了，冲着仗山神嚷嚷："您是诸神联盟的统帅，堵完火眼还得回去堵海眼呢。"

仗山神这才听从疯沙神的建议，改变战法。

岩石兵团、黄土兵团和白沙兵团联合封堵烈焰兵团出口，比岩石兵团单打独斗强上百倍，老远看上去，一块块巨石排列整齐向火口推进，黄土兵团和白沙兵团把岩石之间的缝隙通通堵死，密不透风，整个战阵形成一个整体压在火口上，烈焰往上拱一拱，岩石阵再往下压一压，如此几经反复，堵死好几处火口，有个别的火口还是要被烈焰兵团拱开，青将军和赤将军用脚掌踏，用拳头抵，再用力坚持少许，出口的火就灭了，出口就封死了。岩石兵团和白沙兵团、黄土兵团的士兵一拥而上，终使烈焰兵团再也翻不上来了。

青将军赤将军上阵，彻底改变了仗山神的被动挨打的局面，青将军和赤将军身高力大，不怕高温，对烈焰兵团形成高压态势，烈焰兵团绝无胜算，除非火炼神亲自上阵，烈焰兵团投掷过来的火球他们都不屑于躲避，打在他们身上也不痛不痒，烈焰兵团向岩石兵团的阵地猛攻，岩石兵团只有招架之势没有反攻之力，而青将军和赤将军像两堵高墙死死抵住烈焰的势头，烈焰兵团的嚣张气焰被明显打压下去。

战局发生逆转，火炼神从地面战况得知，烈焰兵团遭遇青将军和赤将军，全线败退，心中暗暗吃惊，他不明白青将军赤将军为什么出现在西郊战场，按照七神的约定，七神之间的博弈是不应该动用青将军和赤将军的，青将军和赤将军是有既定使命的，怎么可以擅自离开岗位。火炼神脑子里迅速盘算，目前这状况，除了桀木神因自身原因不能参与火战，水泱神体力不支，不能参战，仗山神地境神疯沙神冽水神全都派出兵团抵抗火炼神，现在连青将军赤将军都冲上前线，火炼神意识到，仗山神这是把看家的家底全都翻出来了，说明仗山神不惜牺牲北京城，也要跟火炼神玩命，火炼神冷静下来，他不愿意为一局的胜负而付出这么大的代价，这样的争斗肯定是双方两败俱伤，后果不堪设想。万一北京城下的海眼守不住……火炼神不敢再往下想。

火炼神佯装火力储备不足，命令烈焰兵团后撤，西郊战场局势稳定了下来。

仗山神宣告西郊战役胜利，虽然仗山神一方损失惨重，但毕竟是把火炼神的烈焰兵团击退了。仗山神疯沙神在战场上巡视，眼前景象惨不忍睹，斑兽军团基本上被火炼神消灭得所剩无几，枣斑羚、墨斑豹、秋斑狼、瑞斑鹿和雪斑马除了尸体就是伤兵，各个兵团几乎没有了完整的建制。岩石兵团被打得稀里哗啦，所有成规模有气势的巨型岩石全都被烈焰兵团击碎，岩石中原有的矿脉都被烈焰燃化，四处流淌，岩石上只留存着千奇百怪的孔洞，面目破碎，岩石的尸体和伤兵们依然保持着不屈的面容，宁肯死亡宁肯负伤，绝不低头。白沙兵团和黄土兵团本是不惧怕烈焰兵团的高温的，但是战场上形成的气流把它们吹得面目全非，它们一个个头朝下屁股朝天，死命地抵住烈焰出口，即使它们弱小，即使它们气力有限，但是它们成千上万地慷慨赴死，也是一个极其悲壮的场面。

青将军、赤将军和仗山神、疯沙神简短地交谈几句，不敢耽搁时间，迅速往北京城奔跑，他们还惦记着北京城的海眼呢，仗山神也不能多做停留，他让疯沙神留在西郊半日，安排掩埋牺牲士兵的尸体，搬运伤员，组织各兵团残余力量继续把守火口，防备火炼神反扑，自己也赶回城里去了。

青将军和赤将军风驰电掣赶回北京，钟楼中学的学生们满大街地呼喊：“青将军回来啦，赤将军回来啦。”

大战归来，青将军和郎本一个毛病，喊肚子饿，赤将军也嗯嗯地附和，马校长带领陂复老师葛老师左次老师等人二话不说，沿着鼓楼东大街、交道口、簋街，一直到三里屯商业区，发动所有餐馆大厨给青将军赤将军做饭，川菜湘菜粤菜鲁菜淮扬菜本帮菜日餐韩餐法餐俄餐印度菜泰国菜，连靠近长虹桥的伊朗菜、三里屯SOHO的秘鲁菜都给青将军赤将军送来了，毕竟二位将军深居地下六亿年没吃饱饭了，现身北京城急着赶着去西郊打仗，连口热水都没喝一口，北京人实在是太过意不去了，现在马校长召集从钟鼓楼到东三环长虹桥长达三四条街的餐馆,做最拿手的饭菜款待青将军和赤将军。青将军和赤将军也不客气，胃口也大，不用三四个小时就把所有的饭菜全咽进肚子里去了，敞亮，痛快。四周的中学生小学生和街坊邻居仰着脖子看青将军和赤将军狼吞虎咽，按说这是北京城老礼上最不礼貌的行为，这叫看嘴，就是眼巴巴地看别人吃饭，一副没吃过饱饭没见过世面的穷酸相，现在大家看神吃饭，不觉得寒碜丢脸，他们巴望着青将军、赤将军吃饱了好保护他们。

仗山神指挥六个神灵举起钟楼和鼓楼，青将军和赤将军钻身下去继续坚守神钉布局。可是钟鼓楼举起来了，青将军和赤将军却迟迟钻不下去，郎本纳闷：两位将军是不是贪嘴，吃得太多，肚子胀鼓，入口卡住了？

海水上来了，深壑里灌满了海水，青将军和赤将军已经下不去了。

126

现在凌青说话，谁都听，不争论也不磨蹭，再说也没时间叽叽喳喳地讨论了。鲍迪在曹老师的帮助指导下终于运算出神钉布局的全部奥秘，青将军、赤将军的现身让鲍迪终于明白所谓由永定门一直到奥林匹克森林公园的延长线是现代人的畅想，不是神灵的本意，钟楼才是这条线最北端的句号，神钉布局的局面豁然开朗，整个布局图形终于完整地呈现在眼前。

修复神钉布局的工作在凌青的带领下有条不紊地进行，但是，难度相当大，以往翊卫在地脉和水脉行走，除了要辨别方位，辨认各个交叉口，极少出现意想不到的状况，即使是水脉中有一股强大的定时往返的水流，凌青他们也能够掌握水流的规律，现在的情况是，地脉和水脉中涌入大量海水，深一脚浅一脚走起来很艰难，所有的斑兽都上前线了，进入地脉和水脉修复神钉只能几个少年翊卫徒步进行了。地脉经受不住海水的浸泡，时常有土方从头顶上砸下来，凌青命令大家戴好头盔，耳朵要支棱着，仔细听周边的动静，眼睛要睁得大大的，观察脚下的路。

凌青把队伍分成四组，他带黎雪和小哑巴一组往东，鲍迪带贺嘉往南，英瑛带陆珂往北，郎本带郎白往西，各组按照鲍迪的既定方案，迅速到达指定位置完成任务。

这一路中，凌青显得越发成熟稳重，他话不多，但是句句有分量，对黎雪和小哑巴也是细心照顾，黎雪也不再退缩，后边还跟着小哑巴呢，她往哪里退？她对小哑巴事事处处操着心，怕小哑巴迷路走失。黎雪观察水脉中很多锦斑鲤，原本晶莹剔透，因为海水的浸泡变得污浊，鱼眼凹陷，鱼皮溃烂，摆动着鱼鳍鱼尾挣扎几下，最后痛苦地死去，还有一些锦斑鲤顽强挣扎。问凌青怎么办，凌青也是揪心，跟黎雪说先把神钉修复任务完成，然后安排黎雪和陂复老师设法搭救锦斑鲤，黎雪点头答应。

此次任务是上次去湖南罴村铸错神钉的补救，鲍迪是这次任务的主力，更是马虎不得，他必须现场确认每一颗神钉和每一个待修复的位置，把他的运算结果准确地传达给每一个修复神钉的翊卫，不能有丝毫闪失，在境钉的位置上必须修复境钉，在冽钉的位置上必须修复冽钉，绝不可张冠李戴，再出现差错，北京城就保不住了。

英瑛和陆珂刚刚被火炼神收拾了一顿，现在身上所有的汗毛恨不得都还奓奓着呢，哪敢掉以轻心，英瑛和陆珂也不再拌嘴，陆珂对英瑛的护卫，让英瑛彻底打消了对陆珂的反感。

郎本这一路最是顺当，郎本最近又是找到泉眼，又是找到玉版，又是去除了身上的血腥味儿，心里相当顺畅，这会儿要不是工作气氛紧张，他还要请郎白开口唱唱呢，特别是郎白的女低音越练越好听，越学越专业，做哥哥的心里也美。但是鲍迪让郎本计算神钉位置，郎本就要打退堂鼓，说："我数学不好，记不住。"郎白嫌郎本哥哥丢人，自己跟鲍迪对接。按说郎本学会给英瑛献殷勤，也就应该学会照顾善良的妹妹，可是妹妹越善良，郎本越不拿妹妹当回事儿。郎本自有郎本的道理，典型的北京大男人，遇见事儿都知道挺身而出，护着心疼的人，可平时却不在乎，不爱惜，不拿她们当回事儿，这要是一辈子平平安安不遇上事儿，那北京男人就不是好男人，可是又有谁总盼着出事儿呢。这也是历史造成的，北京历来是兵家必争之地，别看这一百年来比较消停安稳，往上追溯，那是屡屡见硝烟，处处燃战火。北京爷们儿是遇见灾祸危难时挺身而出用的，不是过日子哄人暖心舒心开心用的，可是像郎本这样的小老爷们儿，遇见危难，用得上吗？

郎白进入地脉前，声乐老师千叮咛万嘱咐，让她这两天不要吃大鱼大肉，不要喝碳酸饮料，郎白说："我从来不吃，本来就不爱喝。"

老师说："过两天就是全北京少年组歌咏大赛，我推荐你参赛，登台独唱两首歌，这是你第一次登上这么大的舞台，电台电视台都要直播，你的女低音要让全城的人都听到了。"

郎白傻傻地问一句："全城的白鹅是不是也能听到？"

老师乐了，说：“傻丫头，鹅圈里没给安装电视屏啊。”

郎白也乐了，她跟老师握着手说：“我争气，我给您露脸。”

老师心里甜，嘴上应着：“哎，哎。”

谁都没有意识到，救命纤索被海水浸泡，纤索里的疯沙神密语不灵了，纤索没有了救命的作用。

哪一组都顺顺当当的，唯独郎本这一组出事儿了。

郎本走在前头，郎白走在后面，前面有塌方，郎白对哥哥说：“我走前面探路，你抱着神钉走后面稳妥些。”

郎本也没多想，就说：“还是我在前面，再怎么说我也是个小伙子。”

郎白说：“你得保护好神钉，万一让土方埋了找不着，我们就完不成任务了。”

执行完任务往回走，郎白还是不经意走在前面，嘴里还低声哼起了参赛歌曲的旋律。郎本心里得意，觉得任务完成得不错。

突然轰隆一声响，一块巨型的土方从两人脑瓜顶上砸下来，郎白反应快，本能地把郎本推开，郎本撒腿就往后跑，一回头，郎白不见了。

一定是郎白被埋在土底下了，郎本反身拼命嚷嚷，拼命挖土，顾不得保护脑袋，摘下头盔拼命刨，等把郎白刨出来，惊讶地发现郎白又从少女的身形变回到大白鹅的模样，紧闭鹅眼，满身血迹，郎本低下头，听听大白鹅的心脏，拉拉大白鹅的翅膀，扒扒大白鹅的眼睛，嘴里一会儿叫郎白，一会儿叫大白鹅，声音颤抖，郎白已经没气儿了。

郎白被活活憋死，郎本又是惊恐，又是伤心，他抱起大白鹅就跑，见到凌青、英瑛他们，就号啕大哭，贺嘉见郎本抱着一只大白鹅，先是不明所以，等她明白郎本抱的是死去的郎白，贺嘉控制不住情绪，冲上去劈头盖脸照着郎本的胖脸就扇，往他的头上肩上胳膊上一通暴打乱捶，嘴里大叫：“你把郎白还给我，你把郎白还给我。”郎本抱着大白鹅也不还手，哐当一声跪在地上，哭着说：“你打吧，你打吧。”鲍迪上去阻拦，根本拦不住，英瑛看着郎本挨打，流着泪也不上前劝阻，让贺嘉发泄出来算了，英瑛知道这时候制止贺嘉责怪郎本，几个人就得打起来，她轻声对贺嘉说：“想办法找些清水，给郎白把身上的血迹擦一擦吧，郎白最爱干净了。”

贺嘉转头看看四周，哭着说：“哪里找得到清水啊！”凌青和英瑛又是找水，又是做心肺复苏，想办法救郎白，小哑巴呆呆地看着大白鹅，摇摇脑袋，双手合十，郎白再也救不活了。

郎本把郎白交给英瑛，说：“刚才还热乎着，这么一会儿就凉啦。”又是号啕大哭，英瑛接过郎白的尸体，哗哗流泪。

凌青一边安稳队伍往回返，一边和鲍迪核对神钉布局修复的情况，这次不能再有任何疏漏了。鲍迪见郎白死了，心里直哆嗦，他稳稳神，与每一个翊卫逐一确认修复的情况，问到郎本时，鲍迪知道郎本静不下心，就一再用手抚摩郎本的肩膀。

贺嘉跟英瑛说，她要抱一抱大白鹅，几个女生轮换着抱着大白鹅，返回地面。

凌青打头阵，叫陆珂断后，提心吊胆往前奔走，防备着意想不到的突发情况。黎雪死拽着小哑巴的手，紧紧跟着凌青，生怕小哑巴有什么闪失。

返回地面，郎爸爸一见郎白牺牲了，脸色大变，家里连着死去两位亲人，这对他打击太大了，他忍住悲痛，把郎白的尸体停放妥当，安排接待前来悼念的人，心里想着怎么写悼词。郎妈妈哭个没完，说郎白这孩子可怜，说我们郎家对不住你，你保护了郎本，我们平日里对你情谊太薄，给予你的太少，我们亏待了你，你却对我们这么好，郎妈妈一边哭一边叨叨，谁也不敢拦着，怕郎妈妈要是不把心里的话全说出来，非憋出病来不可，郎爸爸和郎本心里乱糟糟的，贺嘉、英瑛找来清水给大白鹅仔细擦洗，郎本默默地整理郎白的书包课本。马校长宋老师、左次老师听说郎白死了，都大为吃惊，左次老师忙把这个不幸的消息告诉给声乐老师，声乐老师一听，哭得特别伤心，大家都来郎本家给郎白送一程，声乐老师一进屋，找不见郎白，哭着问："郎白在哪儿呢？我的学生在哪儿呢？"左次老师和郎妈妈指着大白鹅，哭着说这就是郎白啊，声乐老师看着一身雪白羽毛的大白鹅，一个劲儿摇头摆手，怎么都不敢相信这就是郎白，这就是最有发展前途的、最可能成为一名优秀女低音歌手的郎白，她哭哭啼啼地说：“好端端一个女低音的苗子，就这么没了，就这么没了。”

郎爸爸和郎妈妈带着郎本、贺嘉、英瑛，去野鸭湖选个僻静地方，把郎白埋了。郎爸爸的悼词也没写成，一个普普通通的中学生死了，写个悼词给谁看啊。

全北京少年组歌咏大赛如期举行，声乐老师在郎白应该登台的时刻走上擂台，她哭着跟台下的老师同学说，郎白为了保住北京城，去地脉修复神钉，被塌方压死了，不能来参加比赛了，她的演出服都是新做的，一次也没有穿过，她的歌谱上还留着她本人画过的痕迹。她哭着请求组委会现场播放一下郎白唱歌的视频资料。

评委们全都举牌同意，一位年长的评委还不由自主地站了起来，全场的人都跟着站了起来。

灯暗下来，大屏幕上出现郎白的身影，个子不高，脑门发亮，脸上的笑容圣洁而又内敛，显露着这个年龄少女特有的羞涩。屏幕上传出郎白和老师对话的声音：“我唱啦，您录着呢吗？”

老师说：“唱吧。”

全场鸦雀无声，郎白一开口，学生们就止不住掉眼泪，老师也哭了，郎白在屏幕里唱得越美，师生们在下面哭得越欢。

127

郎本央求凌爸爸再烧制一个和他们家碗柜里那三个一模一样的大海碗，给郎白留着，哭哭啼啼地说："四蔓不该把大海碗摔碎了。"

凌爸爸劝慰郎本说："郎白不在了，留个空碗心里也难受哇。"

郎本双手连连作揖，说："您给我做一个吧，求求您了，我总得留个念想。"

他回头对凌青说："你看看我，这么些日子，我手机里连个郎白的照片都没有，我是怎么当哥哥的！"他发短信，求英瑛求贺嘉求黎雪，能不能把手机里郎白的照片发给他。说着又要哭，凌青忙安慰他，凌爸爸忙答应给郎本再做个一模一样的大海碗，心里却感慨：这世上哪有一模一样的碗？

凌青这几天跟凌爸爸没好脸，乱发脾气，爸爸说什么他都听不进去，屋子里越来越乱，衣服也不洗，洗了也不叠，喝完的饮料瓶东倒一个西歪一个，招来了很多爱甜味的腻虫。凌爸爸急眼了，冲着凌青嚷嚷："你就是地境神翊卫，也不能就这么盆朝天碗朝地的，我是你老子，你就是替我担当使命，有天大的功劳，我也是你老子。”凌爸爸脸憋得通红，为了压一压怒火，钻进自己的工作室做陶艺，可是，他手抖得厉害，泥胎出不来个像样的形状，凌爸爸只好罢手，一肚子怒气憋着出不去。凌青给爸爸沏杯浓茶，跟爸爸说：“我错了，您消消气。” 凌爸爸长叹口气，“哎”了一声，不再多说什么。

郎本心里对郎白说，人族不懂事，你别记恨我们。他见着饭馆里有烧鹅这道菜，就跟人家急眼，说大白鹅舍不得北京城，你们不能把鹅烧着吃，你们不能一筷子一筷子地夹着白鹅的肉往汁水里蘸，白鹅怕咸也怕酸呢。

有认识这位中学生的吃客就立刻放下筷子，诚诚恳恳地说：“郎本，你说得对，我们再也不吃了，我们这辈子再也不吃了。”那些不认识郎本的吃客，就觉着莫名其妙，凭什么不让吃烧鹅，郎本几乎要跟人家打起来。

凡是江浙菜、粤菜的菜馆，只要看见郎本进来，就纷纷把烧鹅这道菜撤掉，他们觉着郎本有些迷怔了，他们不忍太伤郎本的心。等郎本走了，他们又把烧鹅的菜端出来，生意毕竟是生意，买卖毕竟是买卖，大多数人都不像郎本那么认真。

郎本人一下子瘦了好多，凌青拍着他的肩膀说：“你要想开些。”

郎本跟凌青顶嘴说：“你没有妹妹你不知道这难受滋味。”凌青不知道说什么好，只好不说话，默默陪着他。

郎妈妈说："你多吃些肉。"郎本理都不理。

郎妈妈好不容易认可这么个亲闺女，说没就没了。她走在大街上、胡同里，有哪个女孩或高声大嗓地，或嗲声嗲气地，或急赤白脸地叫妈，她都想要答应，都要扭头看看，是不是郎白叫她呢。唉，郎白从没有嗲声嗲气地，或是急赤白脸地叫过她呀。

自从郎白死后，贺嘉经常做梦，梦见自己在天上飞，飞着飞着她就能遇见大白鹅，成群成队的大白鹅。所有的大白鹅一边往远处飞，一边回头，依依不舍地望着北京城，它们扭着脖子，飞得不高也不是很远，脖子都快扭断了。贺嘉隐隐约约地听见大白鹅是在唱歌，是唱那种女低音的歌，像是自言自语，又像是在哭，呜呜的哭声在空中徘徊，聚成一阵阵挥之不去的风。

贺嘉在梦中也想跟着大白鹅呜呜地唱，好像不唱出来，不说出来，不发泄出来，浑身憋得慌，可是她唱出来的全是牢骚废话，一句也不好听，自责得她想扇自己的大嘴巴，又不行，她只有翅膀没有手，没有办法扇自己的大嘴巴。

她很难入睡，干脆爬起来，铺开画板，把梦中的郎白画下来。云是白的，天是白的，郎白也是白的，画布上，什么也没有留下来。

黎雪返回地面不敢歇手，速速叫上贺嘉去陂复老师家找陂复老师，商议如何搭救锦斑鲤。陂复老师情绪低落，愁眉苦脸地说："地境神惩罚我，不让我再画画啦，我还有什么脸面担当洌水神翊卫。"贺嘉给师傅打气，说："您一个大男人，不能一点儿风雨都受不得，一点儿打击都经不起。”两个女学生连推带搡把陂复老师拽出门。

搭救锦斑鲤的任务只能黎雪单独完成，现在全北京只有黎雪一人拥有锦斑鲤称号，只有黎雪一人能够进入到被海水浸泡的水脉中，其他少年翊卫都帮不上忙，黎雪找凌青商量，凌青支持她，说：“我信得过你，李老师不在了，你要替李老师保护锦斑鲤。”一提李老师，黎雪眼圈又红了。

北京城附近已经都被海水浸泡，按照冽水神的主意，干脆把锦斑鲤护送到湖南罴村暂时避一避，那里的水清洁干净，锦斑鲤能够存活下来。陂复老师提醒黎雪：“湖南罴村太远了，我们还是在北京城里找个合适的地方把锦斑鲤安顿下来。”

黎雪说：“我们发动同学们寻找修建在高楼上的游泳池，海水一时半会儿不会涌到高楼上去。”

内街中学舞蹈队的队员们在北京城寻找到四五家高档宾馆和健身馆，他们的室内泳池确实修建在高高的楼顶上，陂复老师和黎雪带着同学们挨家挨户拜访，求爷爷告奶奶央求人家把锦斑鲤暂时收养下来，那些宾馆和健身馆的老板一听这事儿，都很痛快地答应了，并保证游泳池里的水干净清洁。

黎雪一声令下，全体内街中学的师生每人背一个塑料大兜子，在什刹海湖心岛附近集结，陂复老师急中生智，请求桀木神在什刹海岸边和湖心岛之间搭建木桥，桀木神听明白陂复老师说的话，当然要搭救锦斑鲤，冽水神不在家，桀木神能帮就帮一把，再说，前些日子桀木神使坏，让陂复老师在全国画展上出丑企图阻止陂复老师担当冽水神翊卫，现在陂复老师不但不记仇，还瞪着眼睛请他出手相助，桀木神怎能不帮忙？但是桀木神对陂复老师说：“我能提供充足的木料，但是我没有足够的人手。”

陂复老师说：“这没问题，钟楼中学的壮小伙子有得是。”

钟楼中学的男生一听说帮助内街中学的女生搭建木桥，呼呼啦啦全都跑来了，这要是在往常，墨墨必定埋怨本校男生没出息，现在战局混乱，她也跟着干活儿，不再瞎发议论了。桀木神的手下现场指导木族搭桥的方法，男生们个个干得利索，用了一个下午，就搭好木桥。

黎雪通过木桥走向湖心岛，打算按照李老师生前的办法，打开水脉之门，现场的老师和同学们谁都不敢吱声，不知道黎雪如何让一条条锦斑鲤游上来。

黎雪心里有数，她不是下去冒险的，她要按照李老师的舞蹈动作，传递冽水神密语，让水脉中的锦斑鲤迅速集合到湖心岛出口来。

黎雪在湖心岛跳起李老师教给她们的舞蹈，想起李老师，黎雪又止不住地流眼泪，她一边流泪，一边舞蹈，水脉的出入口迟迟没有动静，木桥上和岸边的老师同学都着急，担心黎雪是不是没有学好李老师的舞蹈，是不是哪些动作漏掉了，哪些细节不连贯。黎雪镇定下来，身边的舞蹈队员提醒她，想想自己的舞蹈和李老师的舞蹈有什么不同。黎雪停下来，细细想，想不明白，陂复老师也劝黎雪说：“你先别哭，细想想。”简简单单一句话，点醒了黎雪，她突然明白，李老师的舞蹈是没有眼泪的，黎雪心里跟李老师说：“我不哭了。”她又跳了一遍，水脉的出入口打开了。

黎雪在水中游泳，一边游，一边跳起李老师的舞蹈，水脉中还活着的锦斑鲤，听见水中的律动，听见冽水神的召唤，纷纷向黎雪游来，黎雪带领它们从湖心岛出口跃出，内街中学的师生们排着队，在出口撑着装有清水的大口袋，迎接一条条跳跃而出的锦斑鲤，然后背起锦斑鲤，向着既定的宾馆和健身馆拼命跑去。

沿途的市民都被内街中学的师生们感动了，他们有划船的有开车的，都愿意帮助师生们跑得再快些，再稳当些。

一条条锦斑鲤被平安送入游泳池，欢快地游动起来，陂复老师忙前跑后，连呼哧带喘，救活一条锦斑鲤，他就哈哈大笑三声，再救活一条，他又呜呜大哭，宾馆的经理看他怪异，就问内街中学的学生：“这人没有病吧？”内街中学的学生忙解释：“他是大艺术家，他比谁都正常。”

宾馆和健身馆的员工们出于好心，还要给游泳池里投放食物，师生们大呼小叫地连忙制止：“别，别，别。锦斑鲤什么都不吃，投喂食物就会把清水搞浑啦。”拿着食物的人赶紧收手。

128

黎雪不在家，四蔓也走了，小哑巴夜晚安安静静地反而睡不踏实，小哑巴心静，听觉特异，在灵山寺院他能够听懂死去多年的动物骸骨说话，现在他听到有神灵在夜里聊天，这让他有些兴奋，又有些恐惧，他为自己能够和神灵沟通，倾听神灵的语言而感到得意，但是这种无意间的旁听算不算是偷听，算不算是得罪了神灵，他又心里没底。

他听出有青将军和赤将军，好像还有他不知道也没见过的神灵。

第二天早晨起来他不敢跟盈缶老师说，盈缶老师挺着大肚子，小哑巴怕把盈缶老师惊着了。

诸神开会，少年翊卫们规规矩矩坐在外围列席，地境神夸郎本的密码掌握能力是天赋异禀，仗山神夸鲍迪的计算能力非同小可，两个神谁也不夸凌青，凌青没有听出其中的话音儿，还跟着地境神仗山神称赞自己的伙伴，英瑛隐隐约约觉得不对头，她敏感地觉得凌青是深深陷入了仗山神地境神火炼神的争斗之中，目前海水往上涌，三个神必须齐心合力抵御海水，但是三个神的离心力很大，如果仗山神地境神火炼神分别拉拢鲍迪郎本和凌青，凌青和鲍迪郎本被三股势力拉向三个方向，将会出现一个非常悲惨的兄弟纷争的局面。

英瑛闭着嘴不把自己的猜测说出来，但愿这样的事情不会发生。凌青从赤火郡回来越来越强势，办事不和大家商量，自己做主。他意识到地境神是有私心的，暗中与仗山神较劲，他竟然不管不顾地给地境神和仗山神劝架，引得地境神心里不舒服，仗山神显然是对凌青怀恨在心，他明摆着是把凌青当作火炼神的帮凶，凌青越说火炼神喜欢他，仗山神就越不高兴，连地境神都不高兴了。凌青太年轻了太直率了，他完全没有在诸神的旋涡中进退自如的城府。

好在凌青数次出手帮助鲍迪，鲍迪目前不可能跟着仗山神与凌青对着干，郎本生性厚道，目前地境神夸他几句还没有什么副作用，陆珂和凌青目前还没有利益之争，少年翊卫们是团结的。

究其实，地境神并不愿意全心全意地跟随仗山神抗击火炼神，地境神习惯了仗山神和火炼神争斗角力给其他神带来的消停日子，如果仗山神不与火炼神抗衡，就会无缘无故挤占地境神地盘，土地越来越少，山脉越来越多，人族兽族的生存空间都不宽裕，地境神的地盘就会缩小。地境神的价值和在诸神中的地位，很大程度要看人族木族兽族在地面上的生息繁衍，人族木族兽族繁衍规模越来越大，数量越来越多，地境神在诸神当中说话就越有分量。

如果火炼神被水泱神过分压制，像仗山神预想的那样，用超出正常数值的水量压制火炼神，则地面上就会大范围大幅度降温，地境神也不舒坦。

仗山神当然知道地境神的小九九，他断不会让地境神的一己私利无限扩大。他与地境神有合作有争斗，这些瞒不住谁，连凌青都看出来了。

最后动用青将军赤将军实在是万不得已，所有的神都埋怨仗山神缺乏谋篇布局，仗山神却觉得大势所趋，不得不为。凌青此时斗胆说出诸神应该与火炼神合作，仗山神差点儿一巴掌把凌青拍死，说："神开会，你个毛孩子胆敢插嘴。"仗山神一怒，脸上全是爆裂的雷电纹，凌青还要站起来顶嘴，被鲍迪郎本死死摁住。

地境神觉得凌青说得大气，但目前他不愿意支持凌青，他担心凌青是火炼神的合作者，支持火炼神，在诸神联盟中必将引起轩然大波。

其实地境神对凌青的态度很矛盾。他眼看着仗山神没有自己的翊卫团队，虽然拥有斑兽军团指挥权，但各个军团都隐身郊外营地，在西郊战役中又损失惨重，当他意识到仗山神对他人多势众的翊卫团队心存忌妒时，渐渐发现少年翊卫是一股不可小觑的力量，凌青是少年翊卫的头头，地境神此时不肯轻易打压凌青。

地境神现在越发地看不上仗山神，明明有老婆孩子，对水泱神、疯沙神的力量不是助长，反而是削弱，明明有兄弟联盟，有斑兽军团，却刚愎自用，一意孤行，真是命中注定的悲剧人物，地境神暗自盘算着如何取代仗山神。

诸神拿不出好办法抵御海水，凌青出的主意谁也不采纳。凌青急了，说：“我把火炼神请到地面上来，和你们共同商议。”

仗山神一言不发，心里说火炼神不是你请就能请得动的，地境神也劝凌青别胡来，火炼神来到北京城地面上，北京城不就烤煳了吗！

凌青的想法很明确，必须七神团结起来，才能共同合力对付渤海神，可是地境神不让他去，仗山神也不让他去，凌青决心已定，非去不可。马校长和葛老师、左次老师都想让凌青低头，面对现实，凌青就是不低头。

马校长面对凌青陷入三神角力，固执地守着地境神，对凌青的灵活与变化不予理会，他几次指责凌青不该违背地境神的意愿，凌青说要审时度势，马校长执意要从一而终。两个人的分歧越来越大，马校长骂凌青刚刚初中还没毕业就自以为是，凌青给马校长耐心讲老僧人生前的叮嘱，马校长不以为然。马校长说：“老僧人在寺院生活一辈子，他老人家的话不管用。”

地境神仗山神对北京城的感情远不如人族，没想到一个熊孩子这么死性，谁劝都不听，疯沙神看着凌青，不说话，心里难受，这一年的折腾，人也闹，神也斗，谁都没提防海眼，作为神的后辈，疯沙神觉得他父亲和母亲，还有地境神洌水神桀木神，都不如凌青执着，忠诚。他心里确实佩服凌青这个人族的后生。

凌青又要下到赤火郡去，陆珂后背发烫，当着众神和翊卫指着凌青的鼻子嚷嚷："你不要命了，你以为去赤火郡是去二大爷家串门哪？"

凌青对大家说："再不找二大爷来，北京城就完蛋了。"

贺嘉跟鲍迪低声叨叨："凌青从赤火郡回来，说话办事儿怎么这么愣啊。"

鲍迪说："他越来越轴。"

这是极大的冒险，可不是闹着玩儿的，英瑛劝凌青稳妥行事："人，尤其是我们这些半大孩子，违背神的意愿，这不是找死吗！"

鲍迪心里算得准准的，但他也不敢怂恿凌青往火坑里跳，苦着脸说："谁不喜欢太平日子，谁愿意去冒险？"

小哑巴比比画画对凌青说："你去玩命，我护着你。"黎雪跟着小哑巴点头，凌青对黎雪和小哑巴说："我爸爸能闪开，马校长能推辞，鲍迪能退却，我凌青不能，这是我的命。"凌青打定主意要冒这个险，头也不回往外走，黎雪追着凌青，叮咛他注意安全。

凌青再次冒死进入赤火郡，这次他十分仓促，一路上跌跌撞撞，踉踉跄跄，胳膊和腿全都磕破了。

战事刚歇，火炼神在赤火郡里闲坐，哄着地境神的圣婴，想心事。他即将迎来这一局的最后胜利局面，火炼神安排自己在北京地面上安插的秘密翊卫密切注意诸神的动向，特别是海水涌上地面的事态进展，那个隐身翊卫随时把消息传到火炼神这里，仗山神和地境神的危险处境他静观其变，火炼神抬头见凌青闯进来，感到很意外。

凌青火急火燎央求火炼神与仗山神地境神携手封堵海眼，火炼神说：“我现在正准备发动最后一役，叫仗山神永世不得翻身，你还叫我跟他联手？”凌青着急上火，连珠炮般说出一长串话，说海水已经把北京城淹了，诸神兵败如山倒，难以抵挡。

火炼神故作慢条斯理地说：“仗山神咎由自取。我要让仗山神站在鼓楼上向全北京的人大声说出，他失败了。”

火炼神接着历数仗山神的罪行，他对凌青说：“仗山神安排自己的夫人赴前线与我对弈，这是无德。与水泱神合谋更改既定规则，这是不义。刚刚局势不利就把自己的儿子贬为庶人，这是不明智。你叫我跟他合作，我脸上无光。”

凌青说：“海眼大开，不仅北京城保不住，仗山神地境神保不住，您火炼神也保不住。”火炼神心里清楚得很，但他故意拖延，迟迟不答复凌青，火炼神不是不知道海水翻涌的厉害，他是要引诱凌青把人族对于目前事态的全部判断和计算通通说出来。凌青想起鲍迪和曹老师的计算，说渤海神不是仅仅为其他神而来，搞不好就是冲着您火炼神来的。

火炼神动了心，抬头问：“谁告诉你的，这是谁的推算？”

凌青说：“人族的脑袋比您的好使，人族不都是鸡贼小聪明。”

火炼神低头看着圣婴，一言不发。凌青再说什么，火炼神干脆把凌青放在一边，转身而去。

凌青孤零零站在原地，悲从中来，放声大哭，哭了一天一夜。

眼见得北京城身陷汪洋大海
大好河山被海水淹埋
我凌青不能坐观成败
只身冒险重又深入到赤火郡来
那地境神仗山神不叫我入火脉
说您是敌对方不可能慈悲胸怀
我本是翊卫服劳役不足一载
知道您火炼神不可能置之度外
您火炼神对人族应该仁慈博爱
您火炼神对北京不应该不理不睬
守城池保黎民您和我都责无旁贷
只有七神团结才能阻止海眼大开
少年我哭天抹泪拜上一拜
我请求火炼神您速速随我来

凌青大哭，地境神的圣婴也号哭不止，火炼神不胜其扰，也算是被凌青的诚意感动，答应凌青的请求，他让凌青坐下，细说详情，凌青见火炼神有所松动，哪里肯坐，心里说这都什么时候了，我还跟您坐下来细聊慢扯。他也不多言，擦干眼泪，趁火炼神不注意，俯身抱起圣婴，转身就跑，圣婴跟凌青一点儿都不陌生，可能是在他身上闻着地境神的土腥味儿了，土脑袋依偎着凌青滚烫的脸颊，双手紧搂着凌青的脖子不松开。

火炼神大吼：“你抢孩子干什么！”

凌青一边跑一边回答：“圣婴是地境神的，是您抢还是我抢？您还有理啦！”

火炼神真是服了凌青了，危急时刻头脑如此清醒，还不忘替地境神把孩子抱回去。

凌青怀揣圣婴骑着枣斑羚狂奔，火炼神的士兵不敢追，都知道凌青是火炼神宠爱的少年翊卫，冽水神的士兵都停下手中的活计为凌青铺路搭桥，遇到火，它们就铺设水路，深水过不去，它们就派出锦斑鲤用身体形成拱桥，火炼神感知到凌青的行为深得民心，心里暗暗喜欢这个少年，再说凌青怀揣地境神和冽水神的婴孩，火炼神不敢出手伤害他，只得尾随他来到地面。

火炼神一上到地面，形成一股巨大的热浪，地面上汪着的海水立刻被烤干一大半 ，水里的鱼虾浅处的全都翻白眼断气了，深处的呼哧呼哧大喘气，浑身难受。墙根被海水浸泡又被热浪蒸烤，泛起一片片盐霜，隔老远一看，显得北京城像是初冬的老树上挂了一层寒霜。北京城地面上被海水浸泡，现在来了火炼神，又潮湿又闷热，所有人都没经历过这么难挨的日子。

129

凌青从火神庙钻出来，一边狂奔，一边兴奋地大喊：“火炼神来啦，火炼神来啦。”

街上的人听凌青这么喊，个个不敢怠慢，全都钻进胡同里躲起来，私家车公共汽车上的人，要么就地趴下，要么用手捂住双眼，谁都不敢睁眼看即将到来的火炼神，怕把自己的眼睛看瞎了，火炼神从火神庙钻出来，照得整个北京城像刚刚出生的婴儿，通红透亮。北京城不会张嘴发声，如果会，一定会如同初生的婴儿，兴奋地放声大号起来。

凌青回头一看，火炼神把北京城的街道、建筑、树木、湖水烤得发红发烧发烫，汽车轮胎全化了，黏在地面上，无法前行。他连忙停下脚步，劝火炼神降温再降温，北京城实在受不了。火炼神初来乍到，也是听话，他毕竟是来办正事儿的，不是来放火烧城的，他自动降低自身的温度，跟着凌青一阵风似的穿过地安门北大街，与诸神相聚。

隔着老远，冽水神就听见凌青怀中圣婴的呼吸声，她拉着地境神，三步并作两步跑到凌青身边，从凌青手里接过圣婴，在圣婴的脸上又亲又吻，没完没了，她对凌青感激不尽，把凌青全身上下浇灌得蓝汪汪水淋淋的，地境神连连夸赞凌青办了一件大好事儿，他拉着圣婴的小手，让还不会说话的孩子管凌青叫哥哥，马校长在一旁心中暗自感叹，地境神这是拿凌青当作亲人了。地境神命令手下立刻加强戒备，不让火炼神再接近圣婴半步。仗山神见地境神的孩子被火炼神劫为人质，他依然默默支持冽水神覆盖火炼神，没有为自己的私利放弃大局，渐渐改变对地境神的成见。

地境神被火炼神映得满脸泛红光，像是刚喝过好几瓶二锅头，可是他心里不高兴，自从神钉布局被搅动，各个神都不守规矩，说来就来，说去就去，也不事先打招呼，北京城就算是风水宝地，也架不住这么没完没了劳心费神地迎来送往啊。

马校长一开始对凌青劝和诸神不以为然，认为半大小子不可能对七个神之间的爱恨情仇产生多大作用，没想到凌青救回圣婴的举动，在地境神冽水神仗山神火炼神之间产生不同寻常的作用。凌青此举非同小可，引来火炼神，七神能够坐在一起商量事情，这就是大功一件，圣婴的出现还促成仗山神对地境神减轻误解，仗山神总是怀疑地境神暗藏阴谋，此时面对圣婴，仗山神不得不谅解地境神，谁家的孩子谁稀罕，要是仗山神的儿子疯沙神有个三长两短，他仗山神心里也痛也苦也难受，凌青还把地境神与火炼神之间的扣子也解开了，如果不是凌青把圣婴抢回来，地境神与火炼神的纠结争斗不知道要持续到何年何月。四个神因为一个圣婴团结起来，哪怕是暂时的团结，在此时此刻也弥足珍贵。马校长从心底里喜爱凌青，佩服这个后生。

凌青见着黎雪就伸手要水喝，黎雪问："你刚刚从赤火郡上来，能喝水吗？"火炼神插言道："放心喝吧，这小伙子现在比我还结实哪。"

凌青礼貌地说："您过奖。"黎雪欣喜地给凌青递上瓶装水。

凌青大大方方带着自己的兄弟姐妹，拜见火炼神，鲍迪等人心中没底，不敢靠近跟前，陆珂还偷偷地问英瑛：是不是应该在脸上多涂些防晒霜？英瑛低声说："估计没有用。"火炼神对孩子们很友好，伸出手来想拍拍他们的肩膀，鲍迪等人个个往后躲，觉得浑身发烫，陆珂的后背又开始微微地刺痒，小哑巴不怕火炼神，一个劲儿地往火炼神身边靠近，黎雪不放心，死拽着小哑巴的衣襟不撒手，叫他别冲动。

疯沙神返回北京，白衫白裤全都乌七八糟，头发也乱蓬蓬的，他顾不上去看望盈缶，就给盈缶发短信报个平安，盈缶碎碎叨叨说了很多，疯沙神也没往心里去，急急忙忙赶往钟鼓楼。盈缶再说什么，他就都顾不上看了。这么一打仗，疯沙神把亲情，把妻子儿子全抛到脑后去了，谁轻谁重，疯沙神还是有个思量的。

盈缶肚子越来越大，身子越来越笨，她不管不顾要去钟鼓楼找疯沙神，被几个老师死死拉住，不让她出门，她想找少年翊卫问问情况，找谁谁不在，问谁谁没音。所有少年翊卫都忙着修复神钉布局，搭救锦斑鲤，盈缶老师嘴里拿黎雪出气，教了这么个徒弟，关键时刻也不在身边，骂来骂去，黎雪不在身边，也听不见。

诸神召开大会，商议如何锁住海眼，逼退海水。地境神建议火炼神把所有翊卫都叫来，地境神的意图是想让火炼神的秘密翊卫浮出水面，火炼神装聋作哑，马校长、陂复老师、葛老师、左次老师陆续来到，盈缶老师要来，葛老师对她说：“你最好不要去，火炼神会对肚子里的胎儿有影响。”盈缶听劝就没有来。

七神商议如何抵御渤海神之患，火炼神仗山神决定放弃北京城，地境神不干，凌青等翊卫也不干。其实放弃北京城，让三千多万人上山安营扎寨，仗山神承受得起吗？仗山神一再摇脑袋，说：“别价，别价。”

桀木神也说：“千万别让这么多人上山，我们木族实在承受不起。”

大家都回头看疯沙神，觉得把北京城搬到荒漠当中去比较合适，给地境神腾地方，不打扰仗山神，也不祸害桀木神，水泱神沉着脸说：“你们就想着神族合适不合适，不想想人族合适不合适。”

桀木神没轻没重地对水泱神说：“您是六百年没回北京城，现在回来了，也没睁开眼看，您当然不知道人族多么不是东西。”水泱神闭着眼不爱听。

仗山神地境神火炼神争论不休，火炼神仗着自己的强势，不依不饶，仗山神一条道走到黑，绝不回头，地境神左思右想，前瞻后顾，几个能做主的神谁也说不服谁，此时凌青再不敢插嘴，他能把火炼神请来，让七神合力共谋，就是立大功一件，诸神吵架，他要是插嘴就太没大没小了。

仗山神跟地境神争执不休。既然诸神都在，地境神就要把话说清楚，他也没必要维护仗山神这个失败的盟主，地境神希望火炼神能帮他忙，火炼神确实能帮地境神的忙，但帮了也没用，火炼神是来解决海水之患的，他觉得地境神和仗山神的争斗应该先放放。

仗山神对地境神说，六亿年前，就是地境神阻止仗山神重新填堵海道，才酿成今天的大祸临头，地境神百般抵赖说，现在翻腾六亿年前的陈年旧账，未免太过久远，神钉布局的毁坏是人族一手造成的，仗山神和火炼神争斗，这才被渤海的海水钻了空子，他地境神全无责任，气得仗山神不说话，火炼神也不说话。

在一旁不言不语的水泱神颤颤巍巍站起身，瞎着眼问："地境神你在哪里？你靠近些，我有话要说。"地境神以为水泱神同情他，要说些公道话，就靠近水泱神，说："我在这里，您有话就说。"

水泱神什么也看不见，她指着地境神一通责骂，水泱神大义凛然地站在仗山神一边，把地境神骂了个体无完肤，最后，水泱神对地境神说："我在幽深大通道辛辛苦苦劳作六百年，你在黄地宫舒舒服服昏睡六百年，你有什么脸面指责仗山神？你说！"

地境神听水泱神话说得这么狠，羞臊得脸上的黄土扑簌簌往下落，低头不言语了。仗山神听得眼圈红了，火炼神暗暗给水泱神竖大拇指，觉得这个平时不声不响的女神不一般，疯沙神、桀木神和冽水神张着嘴瞪着眼，不敢言语，凌青等站在神身边的翊卫头一回见如此虚弱不堪的水泱神发火，全都吓傻了。

海水顺着海眼进入北京城，漫溢到街面上，全城紧急动员，想办法排水，紫禁城管委会赶紧召集所有员工和一切能调动的力量给所有建筑的底座和一米以下的墙体木柱喷刷防水防腐涂料。

北京城地下电缆和水管燃气管道一律关闭，严防海水侵蚀造成泄漏。

地铁停运。地铁运营公司还没有在短时间内想出阻止海水灌进地铁通道里的有效办法。

火炼神一来，所有的人都必须拼命喝水，但是大家都担心，海水泛滥，就没有足够的淡水可以饮用了，家家户户忙着储备足够的淡水，有叫快递公司送水的，有自己忙着上超市采购的，进进出出一忙乎，浑身出汗，就得要喝更多的水，谁都想在沙发上老老实实坐着，心里又不踏实，所有的市民对火炼神又怕又埋怨，还有人直接埋怨凌青，不应该把火炼神叫来。

一个由生物学家、海洋学家、建筑师和城市规划师组成的代表团紧急出访意大利水城威尼斯市和荷兰阿姆斯特丹市，向当地人讨教水城的设计方法和管理方案。

岩石兵团、黄土兵团和白沙兵团都无法封堵海眼，投进去多少就被吸走多少，人族向海眼里投入水泥墩、钢锭，甚至重型卡车，也都无影无踪。海水还在上涨。

见此情景，市民们慌作一团，立刻分为三派，封堵派，逃亡派，忍受派，诸神也产生意见分歧。

诸神都是封堵派，海水上来，诸神没有一个受益，全都得吃大亏。地境神历经亿万年营造的广袤平原将被海水淹没，不仅仅是北京保不住，华北，山东半岛甚至大片华东地区都保不住。渤海神一来，冽水神水泱神必然灭亡，完全没有存在的意义，什么抵抗什么挣扎全都如以卵击石，渤海神根本不屑于出手，就将冽水神水泱神揽入自己的怀抱。疯沙神必须后退到大西北去，从此再别想来北京城，刚刚费尽千辛万苦找回来的母亲，连命也保不住了。仗山神不仅与火炼神争斗亿万年变得没有意义，连诸神绞尽脑汁设置的神钉布局也宣告失败。一个维持了六亿年的布局让渤海神钻了空子，在仗山神与火炼神的旷日持久的角力的关键时刻，利用人族的率性胡为，神不知鬼不觉地破解了神钉布局，占领北京城，面对如此败局，仗山神不是让渤海神淹死，就是被自己的失败活活气死。海水侵占如此大面积的陆地，桀木神的子孙也无立身之地，它们不可能在海水里生存。

最垂头丧气的是火炼神，本来是个胜利者，趾高气扬没几天又要和他的战败者一起面对一个无法战胜的敌人，面对一个无法扭转的败局。他怨气冲天，大骂仗山神就是个败家子，骂地境神是个废物，骂桀木神就是个混混儿，他不骂疯沙神，疯沙神比他小一辈，他不跟小辈发脾气，他也不骂冽水神水泱神，他尊重异性，别看他是火神，脾气暴躁，但从不对女神恶言恶语，像仗山神这样让自己的老婆在幽深大通道干重体力活儿，这种事儿他干不出来，他觉着缺德。

七神在一起争吵不休，面临大灾大难群龙无首，原来大家都听仗山神的，他是诸神联盟盟主，现在火炼神来了，火炼神不听仗山神的，他是胜利者，凭什么听一个手下败将的指挥。可是他现在初来乍到，充当指挥者又力不从心，再说他现在也拿不出一个封堵海眼的有效办法。

七神对弈渤海神的战役拉开序幕，原本历次战役的指挥所都设在颐和园秘宫，可是距离海眼太远，有什么紧急情况跑路耽误时间。地境神提议把指挥所设在黄地宫，诸神又都不愿意在黄地宫待着，大家觉得钻进钻出费事，就干脆把指挥部设在鼓楼上，钟楼和鼓楼在海水的强大压力下，不由自主地晃动。

地境神对仗山神说："想想办法吧，再这样摇晃，就把钟楼和鼓楼摇晃酥啦。"

洌水神请求火炼神无论如何再降降温，鼓楼上的木质结构禁不住长时间的高温。

火炼神不耐烦，说："北京城都快变成一片汪洋大海了，你们还有闲心照看鼓楼钟楼。"

洌水神说："钟鼓楼是旧物，必须得留着，就是因为人族向前跑得太快，才有人停下脚步念旧。"

仗山神不爱听火炼神洌水神扯闲篇儿，看不起火炼神初到地面上看什么都觉得不顺眼，派出岩石兵团把钟楼和鼓楼再次举起，四角垫起一定高度，让深壑里的海水流淌出来。

130

诸神都是封堵派，可是一时半会儿拿不出封堵的办法，人族中除了翊卫是封堵派，其他人都不操心封堵的事，他们觉得堵也堵不住；很多人是逃亡派，这一派人最省事，买飞机票火车票，拍拍屁股跑就是了，房子也不要了，北京城房价大跌，很多人连房子里的家具物品打包出售，越是大面积的豪宅越是卖不出去。不过还是有很多很多人是忍受派，他们除了北京城，没有地方可以去，北京城在，他们就在，北京城毁了，他们也就毁了。没过几天，这些忍受派变为乐观派，他们异想天开地开始学习探索如何在海水浸泡的北京城生活。

北京开始接受海水洗礼，中国科学院和中国工程院连夜连日起草科研计划，计划用三五代人的时间，也就是二百年的周期，逐渐培养北京人适应海水，凌爸爸这一代是没有希望了，只能一辈子吃淡水食品，凌青这一代可以接受百分之二十的海盐含量的食品，到凌青第四代孙子，就可以完完全全使用海水了，到那时候谁都不喝寡淡无味的河水或者地下水了。

敏锐的商家不等什么科研计划，开始开发研制海水挂面，海水馒头，海水煮鸡蛋，海水可乐和海水乌梅汁、海水啤酒也迅即摆上各大超市的货架。海水涌上来，北京人顺势改变膳食，开始用海产品代替家禽和家畜肉制品，鱼虾蟹海带海蜇越来越受到市场青睐，过去的北京人十天半个月不吃一回鱼虾，像郎本这样的家庭更是觉得鱼虾不算硬菜，现在不同了，天天顿顿都是鱼虾，更有不少人把鱼虾和鸡和牛羊肉一起烹制，谁也不说这是胡来，谁也不说这是离经叛道，都欢天喜地地认为这是创新。

海水餐馆纷纷挂上大招牌，一律是湛蓝湛蓝的颜色，电视台养生节目一次次宣传推广饮用经过改良的海水，说能减缓肌肉衰老，增加骨骼钙含量，喝海水人普遍能活到二百岁。

鱼虾吃多了，肠胃不适，孩子们和老年人经常跑肚拉稀，大家也不吃胃药，都互相安慰说：“慢慢就会适应了。”

北京城口味变了，鱼腥气很重，料酒黄酒畅销，即便这样，腥味也掩不住，就在菜肴中多放花椒大料和葱姜蒜。CBD一带的日餐店推出海水乌冬面，望京一带的韩餐店推出海水泡菜。此时此刻所有动物都闻不到郎本身上有血腥味儿了，一来是郎本身上的味儿退了，二来是所有北京人身上都有一股海腥味儿。贺爸爸这下趾高气扬了，跟贺妈妈讲如何驾船，如何捕鱼，如何观察风向，如何躲避台风。

贺妈妈撇着嘴说："你说这些都用不上。"

贺爸爸说："北京城就要变成大海港了。"

贺爸爸用手机跟远在四川宜宾的二竹聊诗歌，聊着聊着就说紫禁城被海水泡了，紫禁城的砖墙石基木柱根本经不住海水的浸泡，紫禁城眼看着就要被海水泡塌了，二竹一听就急了，说我们辛辛苦苦保护下的紫禁城怎么能毁于海水，拉上四蔓三槐五杨柳姑和花椒妞妞就奔北京城而来，大楠没有来。

几个孤孩儿又来到北京城，可是他们也一筹莫展，他们既拿不出淡化海水的办法，也拿不出击退海水的主意，几个人一会儿到盈缶老师家转转，一会儿到贺嘉家跟贺爸爸聊聊，再不就是去郎本家吃一顿，凌青说："现在挺乱，我们没工夫照看你们，你们几个别乱跑，赶紧守护那些渴得要命的大树，别让它们一棵棵枯死。"二竹他们这才干点儿正事。

儿童医院和妇产医院的新生儿起名字不是跟大海沾边，叫"海洋""海清""海阔""海平""海国"，就是跟海鱼结为兄弟姐妹，当爹当妈的把《现代汉语词典》中鱼边字纷纷找出来，给孩子起名，连淡水鱼的用字也被一股脑用上，只要在名字中有个鱼字旁，看着就喜庆，将来孩子长大了肯定有吃有喝饿不着，比如叫"鲨""鲭""鲮""鲳""鲢""鳇"。

三里屯、五道口等新潮聚集地开始在青年人当中流行渔民装扮，戴斗笠，穿肥裤腿的裤子，系宽腰带，穿高腰防水靴。有人在海水里捕鱼，有人在海水里游泳，还有人在海水里翻腾嬉戏，更有几个精明的商家迅速地在网上售卖小木船，青年男女纷纷放弃自家的私家车，驾上小木船，在海水中荡起双桨。

二环三环出现加装螺旋桨和水上浮板的自行车，在陆地上可以靠轮子前行，在水中可以像船一样行进，汽车都加装防水防腐蚀底盘，涂防锈漆，如果水位过高，汽车就变身为气垫船在水中行驶。早晨着急送孩子上学的家长纷纷在网上下单购买橡皮艇，大家私下议论，要买就赶紧下单，估计用不了几天，自行车电动车都在海水里骑不动了，万一北京市出台政策，要求橡皮艇上路也要考驾驶执照也要摇号，到那时想买就来不及了。

北京人眼界开阔了许多，心胸也敞亮了许多，拿大街胡同当作海滩，拿办公室当作漂荡在海上的航船，楼道朝阳的方向改叫船头，背阴的方向改叫船尾，停车场改叫锚地，飘扬的彩旗改叫船帆，北京人相互之间的称谓也开始发生变化，老板改叫船长，经理改叫舵手，街上的流氓大言不惭地叫海盗。

学校的操场被海水浸泡，想跑步抬不开腿，想打篮球，球也拍不起来，想游泳，海水又太浅，体育老师说不能整天让学生在屋里坐着，在体育课上，干脆让学生们在操场上抓鱼捞海带，也算是活动活动筋骨。校长对体育老师说：“我看行，你就这么办吧。”

北京人从来都是喜欢干燥，没想到海水一来所有的被褥衣服全都湿乎乎的，很多人的皮肤敏感，起了好多疹子。

全城最倒霉的要数地下巢穴中的老鼠、刺猬和黄鼠狼，海水把它们本不宽敞的窝全灌满了，储存的粮食全冲跑了，它们拖家带口地往高楼上爬，往树上爬，人们看着它们可怜，也不阻止它们，就让它们在楼道里暂且安身，但是绝不容许它们溜进房门，窜到客厅卧室里来，家猫和家狗瞪着眼睛驱赶老鼠、刺猬和黄鼠狼，被心软的主人制止，再说老鼠和黄鼠狼都是成群结伙，逃难之时也是脾气火爆，谈不拢就又咬又挠，家猫和家狗真不一定打得过它们。老鼠对家猫说："海水退了我们就走，你们这楼房不接地气，我们还住不惯呢。"自视清高的家猫不愿意跟老鼠聊天。

海水顺着海眼往上涌，既无浪花翻也无波涛滚，看似风平浪静，可是仗山神地境神的心彻底凉了。海洋里乌贼鱼、大虾、螃蟹、黄鱼、鲶鱼、银鲳、带鱼，对北京城很拒绝，它们祖祖辈辈来北京都是送死，都是变作热锅上的食物，餐桌上的佳肴，它们不愿意来，现在没头没脑地顺着海眼的通道涌入北京城，抬头一张望，好像很陌生，相互一打听，说这里是北京，稍有点儿历史知识的鱼虾和海菜海带全惊着了，说："坏了，这里不是久留之地，赶紧跑。"

不知道的还愣头愣脑地打听："跑啥呢？跑啥啊？"

明白事儿的心惊肉跳地说："犯什么傻呀，北京人吃海鲜不要命，吃鱼不吐骨头，你，你，你不跑，会死得很惨。"

北京人也没驾船出海，也没撒网捕捞，鱼啊虾啊就给送上门来了，这是怎么了这是！海鱼海草全乱作一团，纷纷寻找海眼往回跑，赶紧回到大海去，找到海眼入口的拼命往里钻，可是终究难以逆流而返，找不到海眼的就钻桌子椅子，躲犄角旮旯，游地下铁道，见人就躲。

海鱼以极快的速度，学会识别哪样的居室是厨房，哪些人是大厨师，后来海鱼见着有瓶瓶罐罐的操作间就以为是厨房，见着穿白大褂的就以为是大厨师，连医院大夫，理发店的美发师它们也避之躲之。最后海鱼听说全北京的家庭女主人差不多都是做鱼做菜的高手，即使是二把刀，下手也狠，酱油料酒呼呼地灌，一点儿不手软，它们终于泄气，几乎是没处躲没处藏了。

海菜海草为了逃命，确实动了脑筋，它们纷纷缠住大树，挂在树杈子上，和树叶结伴抱团，用绿色掩盖自己，躲避人们的视线，保自己一条性命，也有海草明智地说："躲得过初一躲不过十五，就是不变成人族的菜肴，海水一退，我们也得干死。"

大家纷纷表示，真不该随着海水来这个鬼地方凑热闹。

131

海水虽无声无息，还是把葛老师吓蒙了，北京城的树木纷纷枯萎死去，老树的树根扎得越深，吸食的海水越多，它们想抵抗海水的侵蚀，但是它们大多无能为力，小树树根扎得浅，吸食的海水少，但是它们也活不了多久。葛老师本能地要解救北京城里的树木，惊慌失措中又想不出好法子，他慌慌张张发动内街中学的学生上街给每一棵树砌一个石头池子，挡住海水。学生们都愿意帮助葛老师，可是有学生质疑说："海水是从地底下翻上来的，砌个池子不管用啊。"说得葛老师自己都泄了气，他反复拿手抓自己的头发，也想不出好主意。

葛老师问黎雪怎么办，黎雪没招儿，黎雪问凌青，凌青也没招儿，随口应付黎雪一句说："忍着。"黎雪就拿凌青的话当圣旨了，转告给葛老师，葛老师一听，倒受了启发，他组织黎雪和小哑巴，向所有树木发布年轮密语："不许吸食海水，忍着。"

黎雪问葛老师："怎么传播呢？咱们两人加上个不会说

话的哑巴，能救活几棵树啊？”

葛老师急得眼泪都快掉下来了，他不耐烦地嚷嚷：“能救几棵是几棵。”

黎雪一瞧，葛老师平时聪明，战时一点儿大将风度都没有，她不得不去找凌青商量，葛老师还拦着：“凌青他们忙着封堵海眼，救树木的事你别麻烦他。”

黎雪不听葛老师的话，心里想，要是听你的，黄花菜都凉了。凌青听了黎雪的话，打算抽身去求桀木神，鲍迪给凌青出主意说：“你我集中精力应对封堵海眼的事，桀木神的事安排别人去办，不能分心。”关键时刻还是鲍迪比较冷静，凌青听鲍迪的话，让贺嘉郎本去求桀木神。贺嘉一听是桀木神的事，二话不说，拉上郎本、黎雪、小哑巴就去找桀木神，葛老师在后头跟着。

桀木神心里正盘算如何从北京乃至整个华北地区撤退，没把北京城里的树木放在心上，听翊卫们说要解救北京城里的树木，他也不拦着，可是让他把年轮密语的传播方法教授给翊卫，桀木神不干，他心眼多，他担心为了救几百万棵树，把自己的法力传授给人族。这是不是人族在给他设圈套？他开始敷衍贺嘉等人。桀木神一会儿说年轮密语在地面上无法传播，一会儿说就是发布了年轮密语也救不了树木，一会儿说他还得忙活封堵海眼的事，没空帮助少年翊卫。

葛老师觉得桀木神心里另有隐忧，但他又猜不出桀木神心里到底是怎么想的，干着急，他反反复复说，桀木神根本不听他的。郎本、黎雪也央求桀木神发发善心，想想办法，不能眼看着北京城里的树木都被海水咸死。

贺嘉急眼了，不管桀木神是不是神，张嘴大声呵斥桀木神："你就不是个东西，你眼见着千千万万的树木就要死去，迟迟不肯出手相救，你没有资格做木神，你就是个废物。"

桀木神一个堂堂正正的神从来没想到被一个少女指着鼻子臭骂一通，愣在那里说不出话来，郎本厚道，黎雪胆小，都劝贺嘉收敛些，贺嘉哪是郎本、黎雪能劝得住的，嗓门越来越高，言辞越来越狠，连远处的仗山神地境神火炼神都侧过头来看，不知道桀木神这边搞什么名堂，让桀木神很没面子。

争吵之中，唯有小哑巴心静，从旁悟出桀木神的真实想法，他拉拉黎雪的衣襟，用哑语把他的猜测告诉给黎雪。黎雪趁着贺嘉嚷嚷的间歇，把小哑巴的话告诉大家："小哑巴说，桀木神不想把年轮密语的传播方法泄露给人族，担心人族害他，他对人族有防备之心。"

贺嘉又跳着脚嚷嚷起来："我说什么来着，你桀木神就是个没有格局没有善心的庸俗之辈。"

葛老师上前一步，劝住气头上的贺嘉，平心静气地对桀木神说："这样吧，我作为桀木神翊卫、作为人族的代表抵押给木族，我愿意为保护北京城的树木，一个人接受桀木神的年轮密语传播方法，终身绝不背叛木族。"少年翊卫都不说话了，桀木神见葛老师如此诚恳，再加上贺嘉不依不饶的阵势，终于松口，答应把年轮密语的传播方法传授给葛老师，大家不做迟疑，赶紧行动起来。

黎雪私下里劝贺嘉不该跟桀木神嚷嚷，贺嘉豪迈地说：“我这是激将法，逼急了我还挥拳头哪。”她一想起桀木神加害她的师傅陂复老师，让陂复老师在南锣鼓巷卖艺求生，心里就冒火。

郎本又搭茬儿劝贺嘉：“淑女些，淑女些。”目的达到了，几个翊卫都乐了。

梧桐树银杏树，这些号称是观赏树种，貌似树木中的贵族，但是它们对北京的水土也不适应，吃喝不习惯，拉撒不通畅，园林部门对它们呵护有加，又是浇水，又是打药，而那些榆树、槐树和柳树就显得姥姥不疼，舅舅不爱，现在海水这么一闹腾，反倒是这些姥姥不疼舅舅不爱的树格外的顽强，格外的皮实，格外的无所谓。反正事已至此，谁死谁活也不是靠背诵桀木神的密语就可以获得怜悯，获得恩宠的，能不能在北京扎下根，能不能在北京存活下来，能不能在北京繁衍生息，就看你们自己的本事了，这个地方也不是谁让你们来就来，谁让你们走就走的。

要不是北京人私自挖掘神钉，神钉布局就不会松动，要不是诸神打架，启动青将军赤将军，海水就不会倒灌进来，单纯动神钉，或者单纯启动青将军赤将军，都还不会到今天这种难以挽回的局面，这人族和神族一齐折腾，一齐调皮捣蛋，谁都不想想屁股底下还压着个海神呢。为什么地境神仗山神水泱神从不提海眼之事？诸神一向认为七神的争斗纷繁复杂，而海眼是早已平静安稳了几亿年了，神钉布局早就把海眼钉死钉牢了，没想到海眼依然不死心，几亿年后仍然活动着，人傻眼了，七神也傻眼了。

凌青有些慌乱，七神在想神的办法，凌青在想人的办法，但是现在的事情千头万绪，他有些不得要领，组织市民抵御海水，营救斑兽，特别是锦斑鲤，想办法封堵海眼，还要协调诸神的矛盾。这些事都要做，但他得有个分工，让马校长组织市民抵御海水，他站在诸神身边协调诸神可能产生的矛盾，鲍迪和贺嘉随时观察神钉布局的最新动态，有新情况立刻报告，陆珂和郎本去征集卡车运送石料添堵海眼。左次老师跟在仗山神身边，仗山神准备调集南京钟山神和湖南梅山神的兵团进京封堵海眼，命令左次老师迅速计算封堵海眼的工程规模与土方量，左次老师赶紧把府学中学所有数学和计算机方面的高才生通通召集起来，赶紧给仗山神干活儿。唯独盈缶老师身子重，没有到前线来。

郎本拼命干活儿，就是想忘掉失去郎白的悲痛，可是郎白不是他说忘就能忘的，他干得正欢时，想跟身旁的郎白说说话，发现郎白不在身边。他干着干着就渴了，就饿了，张嘴就要跟郎白嚷嚷要吃的要喝的，可是，郎白不在了。他也不能哭，一个大小伙子，不能当着同学老师的面总是哭哭啼啼的，他得忍着。

全城的居民在凌青等翊卫的号召下，由马校长统一指挥参加堵海眼的紧急行动，公共汽车排成长龙投入海眼，私家车保险柜冰箱桌椅沙袋投入海眼，大树投入海眼，广播里连续不停地动员大家提供物资，所有人都向钟鼓楼附近运送物资。

海眼深不见底，所有的投入瞬间就被吸走。

仗山神地境神合议，照着鸟巢的样子复制一具巨型铁网像血管支架一样送入海眼，但不是把海眼撑开，而是把海眼活活堵死，凌青从旁说，这个法子恐怕来不及，仗山神和地境神只好另想主意。

最恐怖的战争莫过于眼下这样的无声无息地侵蚀，可是鲍迪和贺嘉报告，神钉布局在进一步松动，很可能海水会形成一股强大的水流把海眼冲垮，海水不再是缓慢地漫溢，而是从地底下腾起冲天的巨浪，将北京城吞噬在汪洋大海之中，凌青听罢，不敢怠慢，赶紧向诸神汇报，所有翊卫停下手头的活计，簇拥到诸神身边，等候诸神商议出一个结果。

大家沉住气等待诸神的最后决策，马校长对凌青和鲍迪说："短短一年，我们一个错误接着另一个错误，已经犯过七个错误了。"

凌青和鲍迪听不明白，让马校长一一说来。

马校长说："第一个错误是仓皇决策，凌爷爷迫不得已，不得不把翊卫使命传给年幼的凌青。" 凌青撇嘴，不过马校长说得在理，他也没法反驳。

马校长接着说："第二个错误是贸然出手，疯沙神不该在未弄清真相的情况下疯狂掩埋北京城。第三个错误是仇恨报复，桀木神不该来北京，仗山神被迫现身。第四个错误是亲情所累，疯沙神不该救母亲致使火炼神失控。第五个错误是不明真相，凌青不该把改动过的规则告诉火炼神，导致仗山神大败，诸神力量失衡。第六个错误是怒火伤神，仗山神不该把疯沙神贬为庶人，大敌当前，自损大将。第七个错误是放弃坚守，仗山神和地境神不该启动青将军赤将军，最终破坏了神钉布局，导致六亿年沉寂的海眼终于再也压不住了。”

马校长长吁短叹，十分悲观，鲍迪说这是一环套一环，凌青说我们只能用一个个办法修正错误，挽救危局。马校长不吭声，心里想，但愿吧。

斑兽军团、岩石兵团、黄土兵团、白沙兵团、青木兵团和水军都不足以抵挡海水。结果出来了，七神最后的决策是不得不牺牲一个神灵，舍身封堵海眼，凌青脑子迅速转动，琢磨着应该派哪一个神前去，水神堵不住海眼，这是显而易见的。火神也堵不住，火神在仗山神地境神面前耀武扬威可以，在水泱神冽水神面前逞威风也行，但是在海水面前他没戏，六亿年前他战胜海神，完全得益于仗山神和地境神的鼎力相助，否则单枪匹马，孤身一人，他的能量会被海水消耗殆尽的。桀木神不行，他禁不起海水的常年侵蚀。地境神要去，大家不同意，觉得北京城不能没有地境神，最后，凌青明白，任务肯定落在仗山神和疯沙神身上。

牺牲儿子堵住海眼，仗山神犹豫不决，一四二一年仗山神献出自己的夫人覆盖火炼神，现在又要让他献出儿子，他迟迟不肯点头，水泱神颤颤巍巍站出来，促仗山神尽快决断，仗山神落泪了。

全场鸦雀无声。

疯沙神对身后的英瑛和陆珂低声说了一句："替我照顾盈缶老师。"就站起身，对父亲说："我去。"英瑛和陆珂含泪一个劲儿地点头。

英瑛和陆珂明白疯沙神要献身，惊慌失措，陆珂飞身要去告诉盈缶，被英瑛含泪死命拽住，英瑛说："别去，别去，盈缶老师万一受不了，那就是两条人命。"陆珂扑通一声坐在地上，想哭，一滴眼泪都流不出。

仗山神不同意儿子去送死，疯沙神也不说什么，转身就往水泱神跟前走去，水泱神心里明镜似的，什么都知道，但是眼睛看不见，疯沙神跪在母亲面前，拉起母亲的手，轻声说："娘啊，孩儿我去了。"

水泱神望着天，抚摩着疯沙神的头，说："去吧。"

水泱神又补一句："能回就想办法回来。"

疯沙神答应娘："哎。"

疯沙神又凑近水泱神的耳朵悄声说："娘，您还没去盈缶家提亲哪。"

水泱神流泪了。

凌青和鲍迪低头商议如何修复神钉布局，争取在神钉布局修复成功后把疯沙神救回来，疯沙神已经出门了。

疯沙神也没发出什么豪言壮语，也没张罗什么惊天动地的场面，也没做出什么大义凛然的夸张行为，说去就去了，唯有凌青、英瑛和陆珂目睹了疯沙神与仗山神、水泱神告别，转身而去的那个瞬间，凌青完全忘记了，这个从他身边走过去的疯沙神，曾经是令他咬牙切齿的敌人。疯沙神的消失，也无光彩，也无响动，只是英瑛眼里噙着泪，恍惚觉得疯沙神的身后划出一道洁白的弧线。

全北京的人都不知道，疯沙神说没影就没影了。全北京的人就知道，海水渐渐地消退了，蓝汪汪的海水餐馆的招牌全都摘下来作废了，海水面包和海水面条也全都悄然下架了，北京城的老老少少又重新过起没有海腥味儿的日子。六个神不言不语地把钟楼和鼓楼举起来又安置到原来位置，托举时，原来疯沙神站的位置，被火炼神一声不响地代替了。

青将军和赤将军也不说渴，也不说饿，低着头顺着腿，下到原来的深壑当中。

132

盈缶老师在家坐也不宁，卧也不安，盼着疯沙神回来，她见小哑巴和黎雪回来了，就问钟鼓楼的战况，小哑巴、黎雪都不知道疯沙神去哪里了，就眉飞色舞地给盈缶老师讲，怎么搭救锦斑鲤，怎么搭救街上的大槐树、大柳树和大杨树，说得起劲儿。盈缶老师的心思不在这些事上，她就问小哑巴和黎雪："疯沙神怎么不回来？"

小哑巴和黎雪想都不想，都说："快了，快了。"说着说着，英瑛和陆珂进来了，盈缶老师一下子觉得两个孩子脸色不对，她说："你俩带我去找仗山神。"

英瑛要拦，哪里拦得住，她和陆珂扶着盈缶老师打个车往黄地宫走，黎雪拉着小哑巴紧紧跟随着去。一路上，盈缶老师不说话，英瑛、陆珂也不敢开口说什么，十五六的孩子哪里会安慰人。

盈缶似乎明白了什么。她一手抚摩着自己的肚子，一手甩开英瑛的搀扶，缓步走进黄地宫，冽水神抱着圣婴率先看见盈缶，就问自己的翊卫黎雪，黎雪跟冽水神说，这是疯沙神的未婚妻。冽水神也不和盈缶多说什么，兴奋地冲进大厅，高声向诸神大叫大喊道：“水泱神啊，您要做奶奶啦！仗山神啊，您要做爷爷啦！”

水泱神瞎着眼睛看着冽水神声音传来的方向，欠起身，用手摸索着问冽水神：“我要做奶奶啦？我给谁做奶奶呀？”

冽水神拉着水泱神的胳膊，说：“疯沙神的未婚妻要给您生大胖孙子啦。”

刚刚做母亲的冽水神把疯沙神一去不复返的事儿抛在脑后，欢快的水滴把周围的水泱神地境神仗山神全都打湿了，地境神早就习惯了冽水神这种连浇带灌水花四溅的说话方式，仗山神受不了，他跟水泱神这么多年，没见过这么不稳重的水神，仗山神胡噜着脸上的水，心里生气，嘴上就说了出来：“不好好做庶人，思过自新，怎么还谈恋爱生孩子！”

水泱神一双盲眼瞪着仗山神，指着仗山神的鼻子说：“你把儿子贬为庶人，他就有生儿育女的权利。”

水泱神又低下头，自言自语道：“现在接受这个未婚妻，恐怕让她受委屈。”几个神明白水泱神的意思，都表情凝重起来，冽水神的欢快劲儿也没了。

盈缶身子沉，路也不熟，走得慢，她听见里边的神大呼小叫，也不管，缓缓往里走。

盈缶不看周围的神和翊卫，径直向水泱神身边走去，水泱神看不见迎面走过来的盈缶，仗山神地境神火炼神见盈缶这架势，不知道她是不是来讨要疯沙神的，都不便张嘴，桀木神见自己的翊卫怀有身孕，也不知道说什么好，火炼神自觉地向后退退，怕自己温度过高，伤到这位可怜的孕妇。

凌青见盈缶老师来了，心里难受，强忍着迎过去，盈缶老师挥挥手，叫凌青别言语。

盈缶老师走近水泱神，俯着身子，憋了半天，叫了一声："妈。"水泱神心一下子酸楚难忍，故作镇定地问："你，是谁啊？"

盈缶接着说："我是您没过门的儿媳妇。"

水泱神撑着身子站起身，摸索着拉住盈缶的手，说："孩子，你坐啊。"盈缶答应着，靠着水泱神坐下。英瑛陆珂和凌青等几个翊卫都老老实实地站在一旁。

几个神都围拢过来，谁都不开口说话。

盈缶开门见山，说与疯沙神有个约定，疯沙神答应的，水泱神仗山神要去她家上门提亲，盈缶问水泱神："这件事您可知道？"

水泱神牺牲了自己的儿子，心里难受，她为盈缶的前程着想，不想再提这门亲事，她拉着盈缶的手东拉西扯，就是不提上门提亲的事。仗山神、火炼神、地境神、冽水神和桀木神看出水泱神的心思，觉得盈缶委屈，可是谁也不敢拗着水泱神的意思。

盈缶听出来了，水泱神不接受她这个儿媳妇，可她丝毫没有退却的意思，说："我怀上疯沙神的孩子可能是冒犯了神灵，我甘愿接受神的惩罚，但我是把疯沙神当作普普通通的凡人，一个高高帅帅的小伙子。”

水泱神强笑着跟盈缶闲扯，说：“我儿子变成凡人，很帅吗，很英俊吗？”

盈缶握着水泱神的手，不紧不慢地说：“全北京城，他最帅呢。”在场的神和翊卫想起疯沙神，把眼泪往心里流，鲍迪和贺嘉这两个把疯沙神当作仇敌的少年翊卫，现在一提疯沙神，鼻子就酸，心就疼痛不止。

盈缶左说右说，水泱神就是不点头，盈缶的暴脾气上来了，她托着肚子站起身，对水泱神说：“我夫疯沙神临走时交代两件事，一件事是嘱托英瑛和陆珂保存好两颗像眼珠子似的铜珠，另一件事是嘱托我为他生个儿子。你们做长辈的不能毁约，必须去向我父母提亲，不能黑不提白不提，让我在内街中学的老师同学面前跌面子，让我无颜面对疯沙神。”说完，头也不回，站起来就往外走。

盈缶气得浑身颤抖，她万万没想到水泱神居然不接受她，也狠心不接受她肚子里的孩子，您这个做婆婆的怕我们孤儿寡母的不好过，那么，不做疯沙神的媳妇儿子，我们就好受得了吗？她紧咬双唇，不让自己哭出来。

马校长、陂复老师、葛老师、左次老师都可怜盈缶，又都不能上前，一个个身为大老爷们儿，不便在水泱神和盈缶之间的家务事上插嘴，说轻了说重了很难拿捏。

几个少年翊卫更是不知道怎么办好，凌青从小家里就没有个女人，他基本上不了解女性是如何处理家务事的，见到盈缶和水泱神这样谁也说不服谁，双方还都不动声色的场面，他完全不得要领，脑子里转半天，也不知道该说点儿什么。

黎雪见自己的师傅被水泱神拒绝，知道师傅心里难受，她要上前搀扶师傅，陪陪师傅，但是她真真切切地感觉到师傅此时此刻自尊心受到极大的伤害，黎雪怕此时陪伴在师傅身边，反而让她很难堪，她只好离师傅一段距离，默默地跟着。

陆珂不想那么多，心里记着疯沙神临走时的嘱托，迈步就要去陪伴盈缶老师，没想到英瑛原地不动，还拉扯他背上的书包。

英瑛是个极有灵性的女孩，她比谁反应都敏锐，刚才盈缶老师一句话点醒了她，她抓过陆珂就掏陆珂背着的书包，陆珂看着盈缶老师往外走，没反应过来英瑛在干什么，一个劲埋怨："瞎翻腾什么，瞎翻腾什么啊。"

英瑛从陆珂包里找出那两颗铜珠，那两颗已经被疯沙神揉搓的闪光锃亮的铜珠，一反身快步跑到水泱神面前，她摸索着水泱神的手，颤颤巍巍地把两颗铜珠呈递给水泱神，嘴里喃喃地说："盈缶老师刚才说，说这是两颗眼珠子。"

全场的人和神都惊呆了，水泱神听了英瑛的话，霍地明白了什么，她握紧两颗铜珠，一把扯下头上的白丝巾，把两颗铜珠毫不犹豫地塞进自己空洞洞的眼眶。

一股紫色的清泉从眼孔深处汩汩流出，覆盖住铜珠，那两颗寄托着儿子六百年思念的铜珠，让水泱神的双眼霎时重见光明。水泱神眨眨眼，扶着英瑛的肩头，激动地站起身，向着已经走远的盈缶高声叫道："那个胖嘟嘟的人儿你回来。"

盈缶还往前走，嘴里叨叨着："您双眼也看不见，凭什么说我胖。"

水泱神连哭带笑地说："我看见你啦，我看见你啦。"伸手掀出一股温暖的水浪，把盈缶捧了回来。所有神灵见到水泱神双眼复明，喜出望外，地境神罕见地拉着仗山神的手，说："这是你儿子的一番心意。"仗山神听罢，再也克制不住，老泪纵横。

盈缶回到水泱神和仗山神身边，一肚子委屈和对疯沙神的思念一股脑倒出来，大哭不止，洌水神抱着圣婴赶紧上来劝："别哭，别哭，别伤到肚子里的孩子。"

盈缶哭着对水泱神说："娘啊，您就快要抱孙子了。"她想问疯沙神还能不能回来，又强忍着不提此事。

水泱神对仗山神说："疯沙神不在家，我要给疯沙神和盈缶办婚礼，要明媒正娶，不能让儿媳妇受委屈。"

凌青兴奋地拍巴掌，他冲着火炼神没大没小地说："水泱神因为您而失明，盈缶老师让水泱神复明，您应该谢谢盈缶老师。"火炼神不敢靠近盈缶，怕伤到了她，隔着老远，连连作揖。

贺嘉悄悄问鲍迪："那么多日子过去了，疯沙神为什么不知道这两颗铜珠的效力，怎么就被盈缶老师一语道破了？"

鲍迪说："疯沙神久居荒漠，对医学一窍不通。"

黎雪抢着说："我师傅是神医吧。"得意之情按捺不住。

郎本连连称奇："我的亲娘二姨三舅母啊。"

水泱神叫仗山神准备彩礼，择良辰吉日去盈缶家提亲。

水泱神瞪着明晃晃的大眼睛走出水脉，去盈缶老师家拜访盈缶父母，盈缶老师的父母，还有住在盈缶家的黎雪、小哑巴都出来迎接水泱神。水泱神带来一股深紫色的水流，在盈缶老师家的院子里和屋里来回荡漾，盈缶的父母不适应，但这是亲家母带来的最高礼仪，盈缶的父母就在紫色的波浪中和水泱神亲切交谈，没过一会儿，水淹没到脚脖子，再过一会儿，水就到腰了。

盈缶的父亲让水泱神快些说，盈缶对父亲不客气："您就这么急着把您亲闺女嫁出去吗？"

盈缶的父亲看闺女当着未来的婆婆的面对自己耍脾气，也来气了，说："再不快些说，水就淹到嗓子眼儿了。"水泱神连忙把水势压一压。

水泱神跟盈缶的父亲母亲说客气话："有什么要求你们就尽管提出来，我和仗山神尽力去办。"

盈缶父亲老半天不说话，盈缶母亲连带盈缶本人，见盈缶父亲脸色不好看，不知道他要说出什么来，又不好插嘴。

水泱神也不便催促，耐心地等。

盈缶父亲开口说："我们什么也不要，我们就要您把疯沙神找回来。"

说得一屋子的神和人心里都难受，水泱神心绪一乱，身边的水势真的漫到嗓子眼儿了，慌得一屋子人都站了起来，黎雪见小哑巴个子矮，就让他站到凳子上去，小哑巴一个出家人从来没有这样登梯爬高过，脸上还好一阵不自在，水泱神赶紧又把水势压下去，盈缶父母的这份要求她也满足不了。

神和人相谈甚欢，水泱神临走时，盈缶父母说什么都要留水泱神在家里吃饭，水泱神说：“我们神几千年几万年也不吃一顿饭，今天的饭就免了吧，心意我领了。”

盈缶母亲突然抓住水泱神的胳膊，叮嘱说：“你们神可以不吃不喝，我们闺女可是一顿半顿都不能少，您可不能让我们家闺女饿着。”水泱神和盈缶都乐了，水泱神满口答应，盈缶母亲是认真的，脸上没有一点儿笑模样。

133

仗山神失去儿子，心里实在压不住，闷声痛哭。仗山神为了抵制火炼神，献出水泱神，为了封堵海眼，又献出疯沙神，他的悲苦，全北京人真真切切地感受到了。第七天过后，仗山神的哭声停了，很多人都缓不过神来，好像耳畔缺了些什么似的。还有人一边走路，一边嘴里哼唱着仗山神哭声的悲调。

仗山神的哭声引起郎本的注意，他跟英瑛说：“仔细听，这是仗山神密语。”英瑛听不懂，连忙通知伙伴们，谁也帮不上郎本的忙，只好跟宋老师请假，让郎本在家仔细收听，认真记录。宋老师嘴上不说什么，眼睛里流露出一丝不快，这不是又耽误功课嘛。

尽管郎妈妈死活不同意，郎爸爸内心里还是想做大厨，他最近倾心于为神的后代研制科学健康食谱，琢磨地境神的圣婴要吃什么，盈缶老师将来的新生儿是喂人奶，还是人奶和荒漠的白沙搅拌着喂。郎妈妈急了，说：“这是不着调。”

她绝不允许郎爸爸在郎本就要考大学的日子里荒腔走板，让郎本未来的人生出现差池。郎妈妈指着郎爸爸的鼻子凶巴巴恶狠狠地说："你要是把郎本的前程毁了，我可跟你急眼。我儿子跟着地境神折腾一年就得了，你还要让他折腾一辈子吗？该念书念书，该上大学上大学，将来认认真真考公务员。"

郎爸爸鼻子里暗暗哼一声，尽量不让郎妈妈听见。

小哑巴悄悄跟黎雪姐姐说，他夜里时常能听到北京城的神在聊天，黎雪说："别胡说八道，等西郊灵山的寺院修好，你还是回去，还是那里清净。"

小哑巴不高兴了，心里想，你黎雪也是小小年纪，怎么装作大人教训别人，黎雪也是好心，看小哑巴夜夜睡不踏实，恐怕他伤身体。她把小哑巴的话当作玩笑说给少年翊卫们听，大家都不以为然，笑话小哑巴发神经，独有郎本觉得声音这东西很奇妙，有人听得见，有人听不见，他跟凌青说："咱们还真不能拿小哑巴当小孩子，他的耳朵可是能听见动物骸骨说话的。"在场的翊卫都不言语了。

凌青提出来今天晚上谁也不许合眼睡觉，听听北京城的神聊些什么，大家很兴奋，都说行。这一夜无风无雨，安静极了，几个孩子在自己的床上大眼瞪小眼，支棱着耳朵，寻找着神的声音，郎本连个身也不敢翻，困得不行就找出两罐红牛饮料喝下去。第二天一大早，几个人互通消息，没有一个人听到神的聊天儿。郎本不甘心，说是方位不对，建议大家夜晚聚在葛老师的工作室里，集体收听神聊天儿，让黎雪把小哑巴也叫上。黎雪去跟葛老师说，连葛老师都兴奋起来，他破例把孩子们留在自己的工作室里，大家坐的坐，卧的卧，打算坚持一宿，郎本躺舒服了就要脱鞋，被贺嘉严辞呵止，郎本辩解：“我的浓郁的气息最多堵住你们的鼻子眼儿，再怎么也堵不住你们的耳朵眼儿啊。”

贺嘉说：“反正我们听不见就赖你。”郎本不得不去水房洗脚。

凌青和鲍迪心存疑问，他俩通过黎雪打手势问小哑巴，听到的是不是地境神仗山神或是洌水神在聊天，小哑巴摇摇头，他打手势说：“这些神我认识。”凌青和鲍迪都等着这一夜的动静，就没再深问。

又是一夜，少年翊卫们加上葛老师什么也没听见，贺嘉嘟囔说：“要是郎白还在，她就能听见。”鲍迪忙用手捅贺嘉，别招郎本心里难受。但是大家都盯着小哑巴，他们明显地意识到，小哑巴听见了，郎本急着性子问，但是小哑巴不肯说，陆珂就说，小哑巴可能是幻觉，也可能是想念老僧人了，大家就不再说什么。

接下来的日子也还没有完全消停下来，凌青忙着送走火炼神，火炼神喜欢北京，赖着不想走，凌青说：“该过冬天了，您若是不走，北京城连场雪都下不来。”

火炼神不高兴了：“你这是不是轰我走？”凌青忙表示绝无此意。

黎雪和陂复老师忙着养护锦斑鲤，毕竟海水里的盐在水脉完全退去还需要些时日。郎本忙着跟小哑巴打听夜里听到的聊天，他不会哑语，与小哑巴交流很费劲，但他兴趣很高，哄小哑巴开心也自有一套办法。英瑛和陆珂忙着伺候盈缶，盈缶说："我是中医大夫，我不用你们两个孩子伺候。"英瑛和陆珂还得随时把盈缶的情况告诉给陆奶奶和英妈妈，两个妇人对盈缶与疯沙神的后代格外上心。

二竹三槐四蔓五杨柳姑和花椒妞妞再次向凌青他们告别，要返回四川宜宾青木垒，大家就让鲍迪和贺嘉去车站送别几个孤孩儿，二竹还有好多话要跟贺爸爸说，贺嘉说："你干脆留在北京上学得了。"二竹又不肯背着父亲桀木神这么做，跟贺爸爸说不完的话就跟贺嘉说，贺嘉嫌二竹太文艺了，又觉得人家终究是一根竹子，喜欢你们人族，你们还嫌人家文艺，也太不厚道，就闭嘴不说。

四蔓脸色很难看，鲍迪和贺嘉都以为她舍不得北京城，鲍迪本来就话少，也不会哄女生，就装看不见，贺嘉只顾着和二竹说长道短，对四蔓的脸色根本不往心里去，她又不是陆珂，见着好看的女生就嘘寒问暖。

四蔓按照桀木神的主意，在紫禁城里轻车熟路地把传心殿的两座时钟揣进自己的背篓，偷偷带回宜宾，谁都没有注意这个神不知鬼不觉的举动。在送行的时候，凌青不在场，那微弱的熟悉的嘀嘀嗒嗒声，没有引起任何人的注意。等凌青再次钻进地道，走进紫禁城传心殿，发现两座时钟不见了，为时已晚，大楠在宜宾青木垒已经开始着手利用两座时钟实施大森林速生计划了。

又过了几个月，这一天，天刚刚亮，协和医院老楼的大屋檐下，燕子贪早，叽叽喳喳往外飞，产科病房里哇地爆发一声啼哭，盈缶老师生下一名健康硕大的男婴。这声啼哭发出莫名其妙的共振，药房里装着灵丹妙药的瓶瓶罐罐东倒西歪，手术器械室里准备收拾人族心肝脾胃的刀剪钳镊坐卧不稳，病人们的手机自动地大声地播放起音乐，乐声此起彼伏，连医院大门外烤白薯小贩刚刚烤好准备售卖的熟白薯都个个欢蹦乱跳起来。

北京城又迎来一个新的早晨。

图书在版编目 (CIP) 数据

少年翊卫 . 卷四 . 火炼神的欢腾 / 徐幼军著. — 北京 : 北京十月文艺出版社，2018.8
ISBN 978-7-5302-1802-0

Ⅰ . ①少… Ⅱ . ①徐… Ⅲ . ①长篇小说—中国—当代 Ⅳ . ① I247.5

中国版本图书馆 CIP 数据核字 (2018) 第 137284 号

少年翊卫　卷四　火炼神的欢腾
SHAONIAN YIWEI　JUANSI　HUOLIANSHEN DE HUANTENG
徐幼军　著

出　　版　北京出版集团公司
　　　　　北京十月文艺出版社
地　　址　北京北三环中路 6 号
邮　　编　100120
网　　址　www.bph.com.cn
发　　行　新经典发行有限公司
　　　　　电话（010）68423599
经　　销　新华书店
印　　刷　北京盛通印刷股份有限公司
版　　次　2018 年 8 月第 1 版
　　　　　2018 年 8 月第 1 次印刷
开　　本　850 毫米 ×1168 毫米　1/32
印　　张　7.5
字　　数　150 千字
书　　号　ISBN 978-7-5302-1802-0
定　　价　144.00 元（全四册）
质量监督电话　010-58572393